suhrkamp taschenbuch 3308

Die Jahre zwischen 1806 und 1813 werden von den Einwohnern der bosnischen Stadt Travnik die »Jahre der Konsuln« genannt. Bosnien gehört zum türkischen Reich, und in Travnik residiert ein Wesir des Sultans. Als nun Napoleon, auf dem Höhepunkt seiner Macht, in Verfolgung seiner weltpolitischen Pläne einen Konsul nach Travnik entsendet, folgt Österreich diesem Beispiel. Der Zusammenstoß zweier Welten, Okzident und Orient, läßt die kleine Stadt, in der Türken und Bosnier, Katholiken, Orthodoxe, Moslems und Juden zusammenleben, in einen Schnittpunkt der Weltpolitik geraten. Im Mittelpunkt der Geschehnisse steht Daville, der französische Konsul, der seine diplomatischen Aufgaben mit Anstand wahrzunehmen versucht.
Ivo Andrić (1892-1975), geboren in Travnik/Bosnien, einer der bedeutendsten südslawischen Autoren, erhielt 1961 den Nobelpreis für Literatur. *Wesire und Konsuln* zählt wie *Die Brücke über die Drina* zu den großen Romanen, die Andrić kurz nach dem Zweiten Weltkrieg vorlegte und in denen er eine historische und geistige Ortsbestimmung Bosniens und des Balkans unternimmt, die gerade heute wieder von brisanter Aktualität ist. Im Suhrkamp Verlag ist von ihm außerdem *Liebe in einer kleinen Stadt* (st 2583) erschienen.

Ivo Andrić
Wesire und Konsuln

Roman

Aus dem Serbokroatischen
von Hans Thurn

Suhrkamp

Titel der Originalausgabe:
Travnička hronika

suhrkamp taschenbuch 3308
Erste Auflage 2001
© 1961 Carl Hanser München
Lizenzausgabe mit freundlicher Genehmigung
des Carl Hanser Verlag München Wien
Suhrkamp Taschenbuch Verlag
Alle Rechte vorbehalten, insbesondere das
der Übersetzung, des öffentlichen Vortrags sowie der Übertragung
durch Rundfunk und Fernsehen, auch einzelner Teile.
Kein Teil des Werkes darf in irgendeiner Form
(durch Fotografie, Mikrofilm oder andere Verfahren)
ohne schriftliche Genehmigung des Verlages reproduziert
oder unter Verwendung elektronischer Systeme
verarbeitet, vervielfältigt oder verbreitet werden.
Druck: Druckerei C. H. Beck, Nördlingen
Printed in Germany

1 2 3 4 5 6 – 06 05 04 03 02 01

Prolog

Unterhalb der kühlen, rauschenden Quelle des Šumeć-Baches steht am Ende der Travniker Čaršija seit Menschengedenken die kleine »Lutvina kahva«. Auf Lutvo, den ersten Eigentümer der Kaffeeschenke, können sich selbst die ältesten Leute nicht mehr besinnen; an die hundert Jahre schon ruht er auf einem der rings um Travnik verstreuten Friedhöfe, aber noch heute gehen alle »zu Lutvo« ihren Kaffee trinken, und sein Name lebt in aller Munde, wo die Namen so vieler Sultane, Wesire und Begs längst vergessen sind. Im Garten der kleinen Kaffeeschenke, dicht unter der Felswand, am Fuße des Berges, lockt, etwas abseits und erhöht, ein schattiges Plätzchen, über das eine alte Linde ihre Äste breitet. Um diese Linde sind zwischen Felsen und Gestrüpp niedrige Bänke eingepfercht; sie sind schief und krumm, aber man sitzt bequem darauf und steht nur ungern wieder auf. Sie haben im Laufe der Jahre durch die stete Benutzung ihre alte Form verloren und scheinen mit dem Baum, der Erde und dem Gestein ringsum völlig verwachsen und eins geworden zu sein.

Während der Sommermonate, also von Anfang Mai bis Ende Oktober, ist dies nach uralter Sitte der Ort, an dem sich nachmittags um die Zeit der »Ikindija« die Begs von Travnik versammeln und mit ihnen andere Männer von hohem Ansehen, die zu ihrem Kreise Zutritt haben. Zu der Stunde würde sich kein gewöhnlicher Bürger unterstehen, auf dem erhöhten Platz zu rasten und Kaffee zu trinken. Die Stätte wird Sofa genannt. Auch dieses Wort hat im Travniker Volksmund seit Generationen seine bestimmte gesellschaftliche und politische

Bedeutung, denn was in der Sofa-Runde gesagt, besprochen und beschlossen wird, gilt beinahe ebensoviel, als sei es im Diwan des Wesirs, im Kreis der Ajanen, entschieden.

Auch heute sitzen hier etwa zehn Begs, obgleich der Himmel bewölkt ist und sich ein Wind erhoben hat, der um diese Jahreszeit Regen bringt. Es ist der letzte Freitag im Oktober 1806. Die Begs auf ihren angestammten Plätzen unterhalten sich leise; die meisten verfolgen, in Gedanken versunken, das Spiel von Sonne und Wolken und hüsteln ab und zu mißgestimmt.

Das Gespräch dreht sich um eine große Neuigkeit.

Einer von ihnen, Sulejman-Beg Ajvaz, den in diesen Tagen eine Geschäftsreise nach Livno geführt hat, will mit einem ernst zu nehmenden Mann aus Split gesprochen und von ihm das Gerücht erfahren haben, das er den anderen jetzt mitteilt. Sein Bericht leuchtet den Männern nicht ohne weiteres ein, sie heischen Einzelheiten zu erfahren und bitten ihn, seine Erzählung zu wiederholen. Und Sulejman-Beg erzählt nun ausführlich:

»Hört, wie es war! Erst fragt der Mann ganz harmlos: ›Rüstet ihr euch in Travnik zum Empfang von Gästen?‹ – ›Wir? Nein!‹ antworte ich. ›Uns liegt nichts an Gästen.‹ – ›Ob euch daran liegt oder nicht!‹ meint er darauf. ›Ihr müßt euch wohl oder übel auf einen Gast gefaßt machen. Man wird euch einen französischen Konsul bescheren! ›Bunaparte‹ hat von der Pforte in Stambul verlangt, sie möge der Entsendung eines französischen Konsuls zustimmen; dieser soll in Travnik ein Konsulat eröffnen und dort seinen Sitz haben! Die Genehmigung ist bereits erteilt. Noch in diesem Winter könnt ihr mit der Ankunft des Konsuls rechnen.‹ Ich gebe dem Gespräch eine scherzhafte Wendung: ›Wir sind Hunderte von Jahren ohne jeden Konsul ausgekommen, wir können es auch künftig. Und was soll uns schon ein Konsul in Travnik?‹ Aber der Fremde läßt nicht locker: ›Ihr könnt gelebt haben, wie ihr wollt, jetzt aber heißt es für euch, mit einem Konsul zu leben! Die Zeiten haben sich gewandelt. Der Konsul wird schon wissen, was er bei euch soll; er wird an der Seite des Wesirs thronen, herumkommandieren, Anordnungen treffen und darauf achtgeben, wie sich die Begs und die Agas benehmen, was die Rajah treibt, und dann wird er alles dem ›Bunaparte‹ hinterbringen.‹ – ›Das hat es noch nie gegeben und kann es nie geben!‹ widerspreche ich dem Christenkerl. ›Noch kein Mensch hat die Nase in unsere Angelegenheiten stecken können, also wird es auch dem nicht gelingen!‹ – ›Schön wär es! Doch seht selber zu, wie ihr damit fertig werdet‹, sagt er zu mir, ›den Konsul müßt ihr jedenfalls hinnehmen, denn was ›Bunaparte‹ fordert, hat bisher noch kein Mensch abgelehnt, und auch die Regierung in Stambul wird sich ihm nicht widersetzen. Paßt auf: Sobald Österreich dahinterkommt, daß ihr den französischen Konsul ins Land laßt, wird es darauf bestehen, daß auch sein Konsul hier Einlaß findet, und dann kommt Rußland ...‹ – ›Halt, das geht zu weit, Nachbar‹, falle ich ihm ins Wort, aber er schmunzelt nur herausfordernd, der Christenhund, und faßt sich an den Schnurrbart: ›Diesen Bart darfst du mir abschneiden, wenn es nicht genauso kommt, wie ich voraussage, oder wenigstens ähnlich.‹ Das, liebe Leute, habe ich vernommen, und es geht mir nicht aus dem Sinn«, schließt Ajvaz seinen Bericht.

In der gegenwärtigen Lage – das französische Heer befindet sich bereits seit einem Jahr in Dalmatien, und in Serbien wollen die Aufstände kein Ende nehmen – genügt ein solches Gerücht, um die ohnehin besorgten Begs in Unruhe zu versetzen. Sie zermartern sich die Köpfe, wenngleich sie sich nichts davon in ihrem Mienenspiel und in der Art anmerken lassen, wie sie den Rauch friedlich aus ihren Pfeifen paffen. Sie reden bedächtig und zögernd, einer nach dem anderen, ergehen sich in Mutmaßungen, werfen die Frage auf, wieviel an dem Gerücht wahr und wieviel erlogen und was zu unternehmen sei, um der Sache auf den Grund zu gehen und ihre Entwicklung womöglich noch im Keime zu ersticken.

Die einen vertreten die Ansicht, es handle sich um eine frei erfundene oder aufgebauschte Geschichte, mit der sie jemand aus ihrer Ruhe bringen und ins Bockshorn jagen wolle. Die anderen hingegen stellen erbittert fest, es seien nun einmal ungewöhnliche Zeiten angebrochen und in Stambul, in Bosnien und auf der ganzen Welt geschähen unerhörte Dinge, man dürfe sich daher über nichts mehr wundern, sondern müsse einfach auf alles gefaßt sein. Die dritten endlich trösten sich damit, es gebe nur ein Travnik auf dieser Welt und das sei nicht irgendein Provinznest oder ein elender Marktflecken, also sei es auch undenkbar, daß ihnen dasselbe widerführe wie anderen.

Jeder von ihnen läßt sich mit ein paar Worten vernehmen, nur um etwas zum Gespräch beizutragen, aber keiner will sich festlegen, denn alle warten im Grunde darauf, was der Älteste unter ihnen sagen wird. Dieser Älteste ist Hamdi-Beg Teskeredžić, ein stattlicher Greis, langsam in seinen Bewegungen, doch immer noch rüstig und kräftig und von riesenhaften Körpermaßen. Er hat an vielen Kriegszügen teilgenommen, Verwundungen erlitten und Gefangenschaften überstanden, außerdem ist er Vater von elf Söhnen und acht Töchtern und verdankt ihnen eine zahlreiche Nachkommenschaft. Bart und Schnurrbart sind schütter, das scharf und regelmäßig geschnittene Gesicht gebräunt und voller Narben und blauer Brandmale, die von einer lange zurückliegenden Pulverexplosion herrühren. Die schweren bleifarbenen Lider hängen weit herunter. Stets spricht er bedächtig und klar.

So unterbricht denn Hamdi-Beg das Rätselraten, die Mutmaßungen und die Befürchtungen mit seiner erstaunlich frischen Stimme:

»Nun, wir wollen doch nicht, wie man sagt, dem Hadschi nachtrauern, ehe er gestorben ist, und die Welt unnötig in Aufruhr versetzen. Man muß Augen und Ohren offenhalten, sich alles gut merken, aber man braucht sich nicht gleich alles zu Herzen zu nehmen. Wer will es schon wissen, was es mit diesen Konsuln auf sich hat? Bald heißt es, sie kommen, bald, sie kommen nicht. Aber selbst wenn sie kommen, wird die Lašva noch lange nicht bergauf fließen, sie wird in ihrem alten Bette weiterströmen wie bisher. Wir sitzen hier auf unserem eigenen Grund und Boden, jeder Eindringling dagegen steht auf fremder Erde, und sein Aufenthalt ist nicht von langer Dauer. Ganze Heere sind schon in unser Land eingebrochen, halten konnten sie sich niemals lange. Wie viele sind gekommen, hier Fuß zu fassen, aber sie haben immer wieder Reißaus genommen, und genauso wird es auch jetzt geschehen, falls sie überhaupt kommen! Noch hat sich keiner blicken lassen. Und was dieser dort in Stambul gefordert hat, muß deshalb noch lange nicht verbrieft und besiegelt sein. Manch einer hat schon sonstwas verlangt, aber nicht jeder Wunsch erfüllt sich ...«

Die letzten Worte hat Hamdi-Beg verärgert hervorgestoßen. Er hält in der Rede inne, bläst, während alle um ihn herum schweigen, eine Rauchwolke vor sich hin und fährt fort:

»Und selbst wenn es dazu kommt! Man muß abwarten, wie es sich entwickelt und wie lange es anhält. Noch fand sich kein einziger, dessen Feuer bis zum Morgengrauen gebrannt hat, also wird auch nicht das Feuer dieses ... dieses ...«

Hier räuspert sich Hamdi-Beg, er hustet, seinen Zorn unterdrückend, und vermeidet so, den Namen »Bunaparte« auszusprechen, der in allen Gehirnen herumspukt und allen auf der Zunge liegt.

Keiner sagt mehr ein Wort, und das Gespräch über die jüngste Neuigkeit ist damit beendet.

Die Sonne wird plötzlich ganz von Wolken verdeckt, und eine heftige, kühle Bö erhebt sich. Metallen raschelt das Laub in den Pappeln am Wasser. Ein eisiger Schauer, der durch das ganze Travniker Tal fährt, zeigt an, daß für dieses Jahr die Zusammenkünfte und Beratungen der Sofa-Runde ein Ende haben. Die Begs erheben sich, einer nach dem anderen, grüßen einander stumm und trennen sich dann, um ihre Häuser aufzusuchen.

I

Zu Anfang des Jahres 1807 begannen sich in Travnik sonderbare Dinge abzuspielen, wie man sie bisher noch nicht gekannt hatte.

Niemals hatte man in Travnik auch nur im entferntesten daran gedacht, die Stadt sei dazu erbaut worden, daß sich ein simples Leben mit alltäglichen Vorkommnissen in ihr abwickle. Niemand glaubte daran, nicht einmal der letzte Aftertürke am Fuße des Vilenica-Berges. Das elementare Bewußtsein, sie, die Travniker, seien anders als die übrigen Menschen und zu etwas Besserem, Höherem geboren und berufen, hatte sich mit dem kalten Winde vom Vlašić, mit dem scharfen Wasser des Šumeć-Baches und mit dem süßen Weizen von den Südhängen rund um Travnik in das Wesen eines jeden Einwohners eingenistet und verließ ihn nie, weder im Schlaf noch im Elend, nicht einmal in der Todesstunde.

Vor allem galt das für die Türken, die in der eigentlichen Stadt wohnten. Aber selbst die Rajah aller drei Konfessionen, die verstreut über die steilen Abhänge der Umgebung oder eingepfercht in den abseits gelegenen Vorort lebte, war von diesem Bewußtsein erfüllt, allerdings auf ihre Art und entsprechend ihren Verhältnissen. Ja, die Stadt selbst schien von ihrer Auserwähltheit zu wissen, denn schon ihre Lage und ihre Gliederung hatten etwas Außergewöhnliches, Ureigenes und Stolzes.

Ihre Stadt, das ist in Wirklichkeit nichts anderes als eine enge, tiefe Schlucht, im Laufe der Zeit von Geschlecht zu Geschlecht aufgebaut und umgestaltet, ein befestigter Durchgang, in dem die Menschen unversehens haltmachten, um für immer darin zu wohnen, den sie allmählich ihrem Wesen und dem sie umgekehrt auch ihr Wesen anglichen. Zu beiden Seiten der Stadt stürzen die Berghänge schroff ab und treffen sich im Tale in einem spitzen Winkel, so daß für den schmalen Fluß und die nebenher laufende Straße kaum noch Platz übrig ist. So erinnert die ganze Landschaft an ein halb aufgeschlagenes Bilderbuch: die links und rechts liegenden Gärten, Gassen, Häuser, Äcker, Friedhöfe und Moscheen sind die Bilder auf den beiden Seiten des Buches.

Kein Mensch nahm sich je die Mühe, auszurechnen, wie viele sonnige Tage die Natur dieser Stadt vorenthalten hat, aber ohne Zweifel geht die Sonne hier später auf und zeitiger unter als in irgendeiner der zahllosen bosnischen Städte und Städtchen. Das bestreiten selbst die Travniker nicht, sie behaupten jedoch, die Sonne strahle, solange sie scheint, nirgends so herrlich wie über ihrer Stadt.

In diesem engen Tal, durch das tief unten die Lašva fließt und auf dessen Seiten die Quellen, Wasserrinnen und Bäche ein buntes Muster bilden, in diesem feuchten, ewig zugigen Tal gibt es fast nirgends einen echten Weg oder ebenen Platz, auf den man frei und bedenkenlos seinen Fuß setzen könnte. Das gesamte Gelände, abschüssig und holprig, ist durchkreuzt und durchflochten, zusammengehalten oder zerrissen von Privatwegen, Zäunen, Gärten und Pförtchen, Friedhöfen oder Gebetshäusern.

Hier am Wasser, jener geheimnisumwitterten, unsteten, gewaltigen Urkraft, kommen die Travniker zur Welt und sterben, Generation um Generation. Hier wachsen sie auf, schwächlich und blaßgesichtig, aber zäh und allem gewachsen; hier leben sie, den Konak des Wesirs vor Augen, hochmütige, schlanke, geschmeidige, eitle und wählerische Besserwisser; hier gehen sie ihren Geschäften nach und bringen es zu Wohlstand oder hocken müßig herum und verfallen der Armut, alle aber sind sie zurückhaltend in ihrem Auftreten und wachsam, sie kennen kein lautes Lachen, aber sie verstehen es, spöttisch zu lächeln, sie reden wenig, doch sie lieben es, über andere zu tuscheln; ist ihre Zeit gekommen, werden sie hier auch bestattet, jeder nach seinem Glauben und seinen Gebräuchen, auf den von Überschwemmungen bedrohten Friedhöfen, und machen so einer neuen, ihnen ähnelnden Generation Platz.

So lösen sich die Geschlechter ab und vererben einander nicht nur ihre schon im voraus bestimmten körperlichen und seelischen Eigenheiten, nein, auch ihren Boden und ihren Glauben, nicht nur das angestammte Gefühl für Maß und Grenze, nicht nur das Vertrautsein mit allen Gassen, Pforten und Pfaden ihrer labyrinthartigen Stadt, sondern auch ihre angeborene Fähigkeit, sich über Welt und Menschen ein Urteil zu bilden. All das wird den Travnikern schon als Kind in die Wiege gelegt, in erster Linie jedoch ihr Stolz. Dieser Stolz, ihnen zur zweiten Natur geworden, ist für sie eine lebendige Triebkraft, die sie durch das ganze Dasein geleitet, sie lenkt und ihnen ein Stigma aufdrückt, das sie von allen anderen Menschen unterscheidet.

Ihr Stolz hat nichts Gemeinsames mit der naiven Überheblichkeit reich gewordener Bauern oder kleiner Provinzler, die sich selbstzufrieden in die Brust werfen oder marktschreierisch prahlen. Im Gegenteil, er ist völlig verinnerlicht; man müßte ihn eher ein sie erdrückendes Erbe nennen, eine quälende Verpflichtung dem eigenen Ich, der Familie und der Stadt oder – genauer gesagt – jener hohen, stolzen und utopischen Auffassung gegenüber, die sie von sich selbst und von ihrer Stadt hegen.

Allerdings hat jedes menschliche Gefühl sein ihm zugewiesenes Maß und seine Begrenzung, das gilt sogar für das Bewußtsein der eigenen Größe. Zugegeben, Travnik ist die Stadt des Wesirs, und in ihr leben wirkliche Herren, saubere, maßvolle und kluge Menschen, ausersehen, sogar mit dem Sultan zu reden, aber auch für die Travniker kamen Tage, an denen ihnen ihr eigener Stolz zum Halse heraushing und sie sich im stillen wünschten, lieber ungestört und sorglos leben zu dürfen in einer jener ganz gewöhnlichen, ruhmlosen Kassaben, die niemals genannt werden, weder in den großen Plänen der Kaiser noch beim Zusammenstoß zweier Staaten, die nicht im Brennpunkt der Weltereignisse stehen und die von berühmten, angesehenen Männern auf ihrem Wege nicht berührt werden.

Es war eine Zeit hereingebrochen, die nichts Angenehmes mehr erhoffen und mit nichts Gutem mehr rechnen ließ. Deshalb wünschten sich die stolzen, schlauen Travniker, es sollte gar nichts mehr passieren, damit sie leben könnten, so gut es eben ging, ohne Umwälzungen und ohne jegliche Überraschung. ›Wie soll denn alles ein gutes Ende nehmen, wenn die Kaiser verfeindet sind, wenn die Völker aus allen Wunden bluten und die Länder in Flammen stehen? Ein neuer Wesir? Der wird um nichts besser, sondern höchstens schlechter sein als sein Vorgänger; sein Gefolge kennt man noch nicht, sicher ist es zahlreich und ausgehungert und stellt weiß Gott was für neue Ansprüche. (Der beste Wesir war einst jener, der nur bis Priboj kam und dort wieder kehrtmachte, nach Stambul zurückging und so niemals seinen Fuß auf bosnischen Boden setzte.) Oder ein Ausländer? Ein angesehener Reisender vielleicht? Auch was man von ihnen zu halten hat, weiß man. Sie hinterlassen in der Stadt ein wenig Zehrgeld und einige Geschenke, ziehen aber – den Verfolger auf den Fersen – Verhöre und Untersuchungen nach sich: Wer und was diese Gäste gewesen seien, bei wem sie übernachtet und mit wem sie geredet hätten? Hast du deinen Kopf aus der Schlinge gezogen und die Scherereien von dir abgeschüttelt, dann bist du der ganzen Sache überdrüssig, deinen Gewinn aber bezahlst du um das Zehnfache. Oder war es ein Spitzel? Oder irgendein Vertrauensmann unbekannter Mächte, mit verdächtigen Absichten? Schließlich weiß man nie, wer was im Schilde führt und wer in wessen Hand Werkzeug und Dietrich ist. Kurzum, heutzutage kann man auf nichts Gutes mehr gefaßt sein. Heute will man das bißchen noch verbliebene Brot ungestört verzehren und die ohnehin gezählten Tage in dieser allerherrschaftlichsten Stadt der Erde in Frieden verleben dürfen: Gott bewahre uns vor Ruhm, vor vornehmen Gästen und großen Ereignissen!‹

So dachten und solches wünschten sich im stillen die angesehenen Travniker in den ersten Jahren des 19. Jahrhunderts; daß sie das für sich behielten, versteht sich von selbst, denn jeder Travniker muß innerlich einen langen, verschlungenen, schwer passierbaren Weg zurücklegen, bis er seine Wünsche und Gedanken auch öffentlich bekennt oder sie vernehmlich äußert.

In letzter Zeit, um die Wende vom 18. zum 19. Jahrhundert also, gab es in der Tat viele und mannigfache Ereignisse und Umwälzungen. Von allen Seiten stürmten sie auf den Menschen ein, prallten gegeneinander und wirbelten durch ganz Europa und das große Türkenreich, so daß sie sogar bis in diesen Talkessel vordrangen, wo sie dann plötzlich haltmachten gleich einem Sturzbach, der durch seine eigenen Anschwemmungen zum Stehen kommt.

Schon seitdem sich die Türken aus Ungarn zurückgezogen hatten, waren die Beziehungen zwischen Türken und Christen immer schwieriger und verwickelter und die allgemeinen Lebensverhältnisse immer ungünstiger geworden. Die Krieger des Großreiches – die Agas und Spahis –, die ihre reichen Besitzungen in den fruchtbaren Ebenen Ungarns hatten aufgeben und in ihr beengtes, karges Land zurückweichen müssen, waren verbittert und grollten allem Christlichen, gleichzeitig aber vermehrten sie die Zahl der hungrigen Mäuler, während die Zahl der arbeitswilligen Fäuste unverändert blieb. Dieselben Kriege des 18. Jahrhunderts, die die Türken aus den benachbarten christlichen Ländern hinausgedrängt und nach Bosnien zurückgetrieben hatten, lösten andererseits bei der breiten Masse der christlichen Rajah kühne Hoffnungen aus und eröffneten ihr ungeahnte Ausblicke; dies konnte nicht ohne Auswirkung auf die Beziehungen der Rajah zu den »regierenden türkischen Herren« bleiben. Jedes der beiden Lager, sofern man in dieser Phase der Auseinandersetzung schon von zwei Lagern reden konnte, kämpfte auf seine Art und mit jenen Mitteln, die den jeweiligen Umständen entsprachen. Die Türken arbeiteten mit Druck und Gewaltanwendung, die Christen wiederum rangen mit Geduld und mit List, aber auch mit Verschwörungen oder mit Bereitschaft zu Verschwörungen; den Türken ging es um die Verteidigung ihrer Lebensrechte und ihrer Art zu leben, den Christen um die Anerkennung der gleichen Ansprüche. Immer mehr empfand die Rajah die Türken als bedrückende Last, die Türken aber stellten entrüstet fest, daß die Rajah aufzubegehren begann und längst nicht mehr dieselbe war wie einst. Aus dem Zusammenprall so entgegengesetzter Interessen, religiöser Überzeugungen, Bestrebungen und Erwartungen entstand ein verknotetes Knäuel, das durch die langen Kriege der Türken mit Venedig, Österreich und Rußland nur noch verwickelter und verworrener wurde. Immer beklemmender und düsterer wurde es in Bosnien, die Konflikte häuften sich, das Leben wurde noch schwieriger, Ordnung und Sicherheit ließen mehr und mehr nach.

Der Beginn des 19. Jahrhunderts brachte als sichtbares Zeichen einer neuen Zeit und neuen Kampfesweise den Aufstand in Serbien. Somit wurde das Knäuel noch dichter und unentwirrbarer.

Der Aufruhr in Serbien bereitete im Laufe der Zeit dem ganzen türkischen Bosnien und auch der Stadt Travnik immer neue Sorgen, Schereieien, Schäden, Auslagen und Verluste, allerdings mehr dem Wesir, den türkischen Behörden und den übrigen bosnischen Städten als den bodenständigen Travniker Türken, die auch nicht einen einzigen Feldzug für so groß und so bedeutend erachteten, daß sie bereit gewesen wären, für ihn ihr Vermögen oder gar ihre Person aufs Spiel zu setzen. Den Aufstand des Karadjordje bagatellisierten die Türken, indem sie ihn mit gespielter Überlegenheit als einen »Tumult« bezeichneten, so wie sie auch für das Heer, das der Wesir gegen die Serben aussandte und das von den zaudernden und untereinander in Streit liegenden Ajanen nur säumig und in ungeordneten Haufen in die Umgebung von Travnik geschleust wurde, immer gleich ein spöttisches Wort auf der Zunge hatten.

Die Kriegszüge Napoleons kreuz und quer durch Europa boten den Travnikern schon einen würdigeren Gesprächsstoff.

Anfangs sprachen sie über diese Kriege wie über ferne Ereignisse, die man deutet und erörtert, die aber mit dem tatsächlichen Leben nichts zu tun haben und nichts zu tun haben können. Erst der Einmarsch der französischen Truppen in Dalmatien rückte die Hauptfigur ihrer Gespräche, »Bunaparte«, in greifbare Nähe Bosniens und Travniks.

Um dieselbe Zeit traf der neue Wesir, Husref Mechmed-Pascha, in Travnik ein, der Verehrung für Napoleon und Interesse für alles, was als französisch galt, mitbrachte, so daß die Travniker gleich spitz bemerkten, er ginge darin weiter, als sich für einen Osmanen und Statthalter des Sultans gezieme.

All das versetzte die Travniker Türken in Unruhe, machte sie gereizt, und darum begannen sie bald, sich über Napoleon und über seine Taten in kurz hingeworfenen, nichtssagenden Sätzen zu äußern oder auf vieles nur mit einem stolzen, verächtlichen Verziehen des Mundes zu antworten. Das half ihnen jedoch nicht, sich gänzlich gegen »Bunaparte« abzuschirmen und sich aus den Ereignissen herauszuhalten, die sich mit erstaunlicher Geschwindigkeit von seiner Persönlichkeit – wie Wellenkreise vom Mittelpunkt – ausbreiteten und einer Feuersbrunst oder Seuche glichen, die den Fliehenden ebenso ereilt wie jenen, der sich nicht von der Stelle rührt. Dieser für die Travniker unbekannte und nie sichtbare Eroberer warf auch die Stadt Travnik wie so viele andere Städte des Erdkreises in einen Strudel von Unruhe, Bewegung und Aufregung. Der in ihren Ohren harte, dröhnende Name »Bunaparte« sollte das Travniker Tal auf Jahre hinaus in Spannung halten, und die Travniker würden – gern oder ungern – die kantigen, knorrigen Silben wiederkäuen müssen; lange noch sollte der Name ihnen in den Ohren sausen und vor den Augen flimmern. Denn angebrochen waren jetzt *die Zeiten der Konsuln.*

Alle Travniker – ohne Unterschied – lieben es, sich gleichmütig zu geben und unempfindlich zu wirken. Doch das Gemunkel von der Ankunft der Konsuln, bald eines französischen, bald eines österreichischen, bald eines russischen oder sogar aller drei, rief bei ihnen Hoffnungen oder Sorgen hervor, weckte Wünsche und Erwartungen – und all das ließ sich nicht ganz verheimlichen, sondern brachte Bewegung in die Gemüter und Leben in die Gespräche.

Kaum einer von ihnen wußte, was es mit den schon seit Herbst kreisenden Gerüchten für eine Bewandtnis hatte, niemand konnte sagen, was für Konsuln da kommen sollten und was sie in Travnik zu tun hätten. Unter den obwaltenden Umständen genügte eine aufgelesene Nachricht oder ein nicht alltägliches Wort, um die Phantasie der Bevölkerung anzustacheln, um Gerede und Gerate zu entfachen, ja mehr noch: um eine Flut von Zweifeln und Befürchtungen, geheimen Wünschen und Gedanken auszulösen, die man tief in der Seele hegte, aber weder mit Worten noch mit Gebärden verriet.

Die einheimischen Türken waren, wie wir vorhin gesehen, in Sorge geraten und sprachen mißmutig von der möglichen Ankunft irgendwelcher Konsuln. Allem gegenüber, was aus dem Ausland kam, argwöhnisch und gegen alles Neue voreingenommen, hofften die Türken im stillen immer noch, daß es sich um böse Gerüchte oder schlimme Zeichen der Zeit handelte, daß die Konsuln womöglich gar nicht einträfen oder daß sie, träfen sie trotzdem ein, mit den schlimmen Zeiten, die sie hergespült hatten, auch wieder verschwänden.

Die Christen hingegen, Katholiken wie Orthodoxe, frohlockten über solche Neuigkeiten und gaben sie eilfertig, wie man Wasser aus einem Gefäß ins andere umgießt, von Mund zu Mund weiter, verstohlen und flüsternd, denn sie fanden in ihnen einen Anlaß zu vagen Hoffnungen und zu Aussichten auf Umwälzungen. Umwälzungen aber konnten nur zum Besseren führen.

Natürlich betrachtete jeder von ihnen die Dinge durch seine Brille und von seinem Standpunkt aus, der dem des anderen häufig widersprach.

Die Katholiken, die die Mehrheit bildeten, träumten von einem einflußreichen österreichischen Konsul, der die Hilfe und den Schutz des mächtigen katholischen Kaisers aus Wien mitbrächte. Die Orthodoxen, gering an Zahl und in den letzten Jahren wegen der Aufstände in Serbien ständig verfolgt, erwarteten nicht viel von einem österreichischen oder einem französischen Konsul, sondern sahen darin nur ein gutes Zeichen und einen Beweis, daß die Macht der Türken nachließ und daß gute und Erlösung verheißende Zeiten der Unruhe anbrachen. Sie vergaßen nicht, sofort hinzuzufügen, daß ohne einen russischen Konsul aus der Sache nichts werden könne.

Selbst den an Zahl geringen, aber hellwachen sephardischen Juden gelang es angesichts solcher Gerüchte nicht, ihre sonst in Geschäftsdingen übliche Verschwiegenheit, die sie die Jahrhunderte gelehrt hatten, streng zu wahren; auch sie versetzte der Gedanke in Aufregung, nach Bosnien käme der Konsul des großen französischen Kaisers Napoleon, von dem es hieß, er sei »zu den Juden gütig wie ein guter Vater«.

Die Gerüchte von der Ankunft ausländischer Konsuln tauchten, wie alle Neuigkeiten in unseren Landen, unvermutet auf, nahmen phantastische Ausmaße an, verloren sich dann plötzlich, um einige Wochen später mit neuer Heftigkeit und in neuem Gewand aufzutauchen.

Mitten im Winter, der in diesem Jahr mild und kurz war, erhielten die Flüsternachrichten ihre erste Bestätigung. Ein Jude aus Split namens Pardo erschien in Travnik und bemühte sich zusammen mit dem Travniker Kaufmann Juso Atijas, ein geeignetes Haus für das französische Konsulat ausfindig zu machen. Sie sprachen überall vor, suchten das Stadtoberhaupt auf und besichtigten in Begleitung des Güterverwalters Gebäude des Vakufs. Sie entschieden sich für ein großes, etwas verwahrlostes Haus, das der islamischen Gemeinde gehörte, in dem seit eh und je die Dubrovniker Kaufleute abgestiegen waren und das deshalb »Dubrovniker Han« genannt wurde. Es lag abseits, oberhalb der Medresse, mitten in einem steil abfallenden Garten, den ein Bach durchquerte. Unmittelbar nach Abschluß des Kaufvertrages fanden sich Handwerker, Zimmerleute und Maurer ein, um das Gebäude instand zu setzen. So erhielt das

Haus, das bis dahin abseits gestanden und unbeachtet aus leeren Fensterrahmen in die Welt geglotzt hatte, plötzlich wieder Leben, es zog die Aufmerksamkeit der Bevölkerung, die Neugier der Kinder und Müßiggänger auf sich. Irgendwoher fielen auf einmal die Worte »Wappen« und »Fahne«, von denen es hieß, sie würden sichtbar und für immer am Gebäude des ausländischen Konsulats angebracht werden. Das waren freilich Dinge, die bislang keiner gesehen hatte, aber die Türken nahmen die schwerwiegenden und bedeutsamen Worte nur selten in den Mund, und wenn, so nicht ohne ein mürrisches Stirnrunzeln, dafür konnten die Christen sie nicht oft genug gebrauchen, schadenfroh und heimlich flüsternd.

Die Travniker Türken waren natürlich viel zu klug und zu stolz, um ihre Erregung zu zeigen, in vertrautem Gespräch aber verhehlten sie ihren Mißmut keineswegs.

Lange schon quält und bekümmert sie die Erkenntnis, daß der Grenzzaun ihres Reiches eingestürzt und Bosnien zu einem ungeschützten Land geworden ist, das nicht mehr nur die Osmanen, sondern auch die Giaurs aus aller Welt durchstreifen und in dem sogar die Rajah den Kopf hochwirft, frech wie nie zuvor. Und jetzt sollen sich hier auch noch irgendwelche Konsuln und Spione dieser Giaurs breitmachen und die Macht und Stärke ihrer Kaiser auf Schritt und Tritt herauskehren. Das Ende der alten guten Ordnung und der »wunderbaren Ruhe«, die im türkischen Bosnien geherrscht hat und die zu schützen und zu bewahren ohnehin seit geraumer Zeit immer schwerer geworden ist, kommt näher und näher. Dabei ist es Gottes Wille und Ratschluß, daß die Ordnung gelte: »Bis an die Save regiert der Türke und von der Save an der Schwabe.« Gegen dieses so einleuchtende Gebot Gottes schürt nun jeder Getaufte, rüttelt am Grenzzaun und unterwühlt ihn Tag und Nacht, offen und im geheimen. Ja, in letzter Zeit hat der Wille Gottes selbst immer mehr an Klarheit und Ausdruckskraft verloren. »Was mag noch alles geschehen, und wer wird hier wohl noch auftauchen?« fragen sich die alteingesessenen Türken mit unverhohlener Verbitterung.

Und in der Tat, was die getaufte Bevölkerung anläßlich der Nachricht von der Eröffnung ausländischer Konsulate redete, bewies, daß die Besorgnis der Türken zu Recht bestand.

»Die Fahne wird gehißt!« raunten die Menschen einander zu, und ihre Augen blitzten so trotzig auf, als handelte es sich um ihre eigene Fahne. In Wirklichkeit wußte kein Mensch richtig Bescheid, was das für eine Fahne sein sollte und was denn schon Großes passieren konnte, wenn sie gehißt würde, aber der bloße Gedanke, es würden sich fortan außer der grünen türkischen Reichsfahne auch noch andere entfalten und neben ihr frei im Winde flattern dürfen, ließ die Augen der Menschen freudig aufleuchten und stachelte Hoffnungen an, wie sie nur die Rajah hegen und begreifen konnte. Die vier Wörtchen »die Fahne wird gehißt« erhellten manchem armen Schlucker wenigstens für Sekunden das finstere Heim, seinen leeren Magen beschlich ein wohliges Gefühl, und der Körper fror nicht mehr so sehr in den dünnen Kleidern. Beim Klang der vier einfachen, recht unbestimmten Wörter schlug manchem aus den Reihen der Rajah das Herz schneller, seine Augen waren geblendet von den prächtigen Farben und goldenen Kreuzen, und wie ein Sturmwind rauschten in seinen Ohren die Fahnen aller christlichen Kaiser und Könige: Vermag doch der Mensch von einem einzigen Wörtlein zu leben, solange er nur die Entschlossenheit besitzt, zu kämpfen und sich im Leben durch Kampf zu behaupten.

Daneben gab es noch einen weiteren Grund dafür, warum so mancher Kaufmann in der Čaršija der Veränderung hoffnungsfroh entgegensah. Mit der Ankunft der neuen, unbekannten, aber höchstwahrscheinlich wohlhabenden Persönlichkeiten eröffneten sich nämlich für ihn gute Verdienstaussichten, denn auch diese Herrschaften mußten ja Einkäufe tätigen und Geld ausgeben. Das Geschäft hatte in den letzten Jahren nachgelassen, und der Umsatz war zurückgegangen, vor allem seitdem sich Serbien gegen die Pforte erhoben hatte. Die vielen Fron- und Gespanndienste und die häufigen Requirierungen auf dem Lande hielten den Bauern von der Stadt fern, er verkaufte fast nichts und schaffte sich nur das Allernotwendigste an. Was den

Staat betraf, so war er ein schlecht zahlender und säumiger Kunde. Dazu kam, daß sich das benachbarte Slawonien gegen jede Einfuhr aus der Türkei absperrte und Dalmatien seit der Anwesenheit der französischen Truppen ein unzuverlässiger, schwankender Markt geworden war.

Unter solchen Umständen nahm man in der Travniker Geschäftswelt auch Kleinigkeiten ernst und neigte dazu, in allem das ersehnte Zeichen für eine Wendung zum Besseren zu erspähen.

Endlich geschah, wovon man schon monatelang gemunkelt hatte: Als erster traf der französische Generalkonsul in Travnik ein. Ende Februar war es, am letzten Tage des Fastenmonats Ramadan, da konnte die Bevölkerung der unteren Čaršija in der kalten versinkenden Februarsonne, eine Stunde vor dem Iftar, den Einzug des Konsuls beobachten. Die Kaufleute waren bereits damit beschäftigt, ihre Waren wegzupacken und die Läden zu schließen, als das Getrampel neugieriger Zigeunerkinder das Eintreffen des Konsuls ankündigte.

Der Zug war denkbar klein. An der Spitze die Abgesandten des Wesirs, zwei der angesehensten Hofbeamten, mit sechs Berittenen. Sie waren dem Konsul bis an die Lašva entgegengezogen, alle auf guten Pferden und aufs beste ausgerüstet. An den Seiten und am Schluß ritt die Wachmannschaft des Stadtoberhaupts von Livno, die den Konsul auf seinem ganzen Weg hierher begleitet hatte. Sie machte, fröstelnd und übermüdet, mit ihren ungestriegelten kleinen Gäulen einen recht unansehnlichen Eindruck. In der Mitte des Trupps ritt auf einem feisten, schon älteren Apfelschimmel der französische Generalkonsul, Herr Jean Daville, ein Mann von hohem Wuchs, mit blauen Augen, blondem Schnurrbart und rötlichem Gesicht. Neben ihm ein Reisegefährte, Herr Pouqueville, der sich ihm zufällig angeschlossen hatte und nach Adrianopel weiterreisen wollte, wo sein Bruder als französischer Konsul wirkte. Den beiden folgten, in mäßigem Abstand, der schon erwähnte Splíter Jude Pardo und zwei kräftig gebaute Männer aus Sinj, die in französischen Diensten standen. Alle drei waren bis an die Nasenspitze in schwarze Flauschmäntel und rote Bauernschals gehüllt, und aus ihren Stiefelschäften quoll Heu.

Der Zug war ohnehin, wie man sieht, weder feierlich noch groß, das Winterwetter aber nahm ihm die letzte Spur von Glanz und Würde, denn Frost zwingt jeden zu derber Bekleidung, verkrampfter Körperhaltung und beschleunigtem Gang.

So ritt der Zug, abgesehen von dem Häuflein halb erfrorener Zigeuner, durch ein Spalier gleichgültiger Travniker. Die Türken taten, als sähen sie den Zug nicht, die Christen wiederum unterstanden sich nicht, ihn auffällig zu betrachten. Aber selbst wer alles ungestört – verstohlen oder von einem Versteck aus – betrachtete, war ein wenig enttäuscht von diesem kläglichen, prosaischen Bild, wie der Konsul des großen »Bunaparte« seinen Einzug hielt, die meisten hatten sich unter einem Konsul einen hohen Würdenträger vorgestellt, angetan mit einer prachtvoll schimmernden Uniform voller Tressen, Orden, auf einem edlen Roß oder in einer Paradekutsche.

II

Das Begleitpersonal des Konsuls stieg im Han ab, der Konsul selbst und Herr Pouqueville im Hause Josif Baruchs, des reichsten und angesehensten Travniker Juden, denn der Umbau des großen für das französische Konsulat vorgesehenen Gebäudes konnte frühestens in vierzehn Tagen beendet sein. So erwachte denn am ersten Tag des Ramadanbairams im kleinen, aber hübschen Hause Baruchs ein ungewöhnlicher Gast. Man überließ ihm und Herrn Pouqueville das ganze Erdgeschoß. Daville hatte ein geräumiges Eckzimmer; zwei der Fenster gingen auf den Fluß hinaus, und zwei weitere gaben durch ein Holzgitter den Blick in den Garten frei, der öde und erstarrt unter einer Reifdecke lag, die selbst am Tage nicht wegtaute.

Vom oberen Stockwerk hörte man durch die Decke unaufhörlich Lärm und Gepolter; die vielen Kinder Baruchs tollten herum und schrien, dazwischen vernahm man die Stimme der Mutter, die sich mit Drohungen und Schimpfworten vergeblich mühte, ihre Kinder zur Ordnung zu rufen. Von der Stadt donnerten Kanonenschüsse und ballerten Kindergewehre, und dahinein mengte sich das ohrenzerreißende Tamtam der Zigeunermusik. Eintönig schlugen zwei Trommeln, und vor dem dunklen Hintergrund ihrer Schläge erhob sich das Spiel einer Zurle, die mit überraschenden Schleifen und Unterbrechungen unbekannte Melodien zu einem Gewebe verflocht. Es waren jene seltenen Tage des Jahres, die sogar eine Stadt wie Travnik aus ihrer sonst üblichen Ruhe reißen.

Da es der Brauch verlangte, daß sich der Konsul vor seinem feierlichen Antrittsbesuch beim Wesir nicht auf der Straße sehen ließ, verbrachte Daville die drei Bairamtage in seinem großen Wohngemach, stets dasselbe Flüßchen und den im Frost erstarrten Garten vor Augen, in seinen Ohren aber brauste es von all den ungewohnten Geräuschen, die aus dem Hause und der Stadt zu ihm drangen. Die fleischreichen, üppigen jüdischen Gerichte, ein Gemisch spanischer und orientalischer Kochkunst, strömten einen schweren Geruch von Olivenöl, geröstetem Zucker, Zwiebeln und scharfem Gewürz aus.

Daville vertrieb sich die Zeit damit, daß er mit seinem Landsmann Pouqueville plauderte, verschiedene Anweisungen gab oder sich das Zeremoniell des bevorstehenden feierlichen Antrittsbesuches erläutern ließ, der für Freitag, den ersten Tag nach den drei Bairamtagen, anberaumt war. Aus dem Konak hatte er zwei große Kerzen und je eine Okka Mandeln und getrocknete Trauben als Begrüßungsgabe erhalten.

Als Verbindungsmann zwischen dem Konak und dem neuen Konsul wirkte César d'Avenat, der Leibarzt und Dolmetscher des Wesirs, den die Osmanen und die Einheimischen »Davna« riefen. Diesen Namen führte d'Avenat schon sein halbes Leben. In Wirklichkeit war er seiner Herkunft nach Piemontese, geboren in Savoyen, und die Erziehung hatte aus ihm einen Franzosen gemacht. Als junger Mann war er auf die Universität nach Montpellier geschickt worden, um dort Medizin zu studieren. Zu jener Zeit hieß er noch Césare Davenato. In Montpellier legte er sich seinen jetzigen Namen zu und entschied sich für die französische Nationalität. Von dort auf eine nie geklärte und nie mehr zu klärende Art und Weise nach Stambul verschlagen, trat er als Chirurg und Arztgehilfe in den Dienst des mächtigen Admirals Kutschuk Hussein. Mechmed-Pascha, zum Wesir von Ägypten bestellt, übernahm ihn von diesem und brachte ihn von dort mit nach Travnik, um sich seiner als Leibarzt und Dolmetscher zu bedienen, aber auch, weil sich d'Avenat jeder Aufgabe als gewachsen und in jeder Lage als nützlich und brauchbar erwies.

D'Avenat, ein großer, langbeiniger, kräftiger Mann mit dunkler Hautfarbe, trug sein schwarzes, gepudertes Haar geschickt zu einem Zopf geflochten. Das breite, glattrasierte Gesicht hatte einen großen, sinnlichen Mund, funkelnde Augen und war von wenigen, aber tiefen Pockennarben gezeichnet. Er ging immer sorgfältig gekleidet, mit einer Vorliebe für die ältere französische Mode.

In seinen neuen Aufgabenbereich brachte d'Avenat redlich guten Willen mit, und er bemühte sich, seinem angesehenen Landsmann wahrhaft von Nutzen zu sein.

All das war neu und seltsam für Daville und füllte seine Zeit aus, wenn es auch nicht vermochte, seine Gedanken zu fesseln; diese arbeiteten, besonders in den sich schleppenden Stunden der Nacht, sehr rasch, sie schossen blitzartig und willkürlich aus der Gegenwart in die Vergangenheit oder rangen danach, die Umrisse der Zukunft zu erahnen.

Die Nächte waren bleischwer und schienen endlos.

Das Liegen auf der als fremd empfundenen niedrigen Lagerstatt auf dem Fußboden machte ihn ganz benommen, er konnte sich daran ebensowenig gewöhnen wie an den Geruch der Wolle, der aus den vollen und kürzlich aufgefrischten Matratzen drang. Oft wachte Daville auf; der schwüle Dunst der prallen wollenen Matratzen und Steppdecken ließ ihn in Fieber geraten, und die scharfen, ohnehin schwer genießbaren, noch schwerer aber zu verdauenden orientalischen Speisen brannten in den Gedärmen. Er erhob sich im Dunkeln und trank das beißende, eiskalte Wasser, das ihm wie ein Messer in der Kehle schnitt und im Magen eine schmerzende Kälte auslöste.

Bei Tage, wenn er sich mit Pouqueville oder mit d'Avenat unterhielt, war er der sicher und ruhig auftretende Mann, der wußte, was er seinem Namen, Beruf und Rang schuldig war, und der sein Ziel und seine Aufgaben genau kannte, um derentwillen er in diese entlegene türkische Provinz gekommen war, wie er auch bereit gewesen wäre, in jeden anderen Winkel der Erde zu gehen. Bei Nacht aber war er alles in einer Person, einmal der Mensch, der er heute war, dann jener, der er einst gewesen oder der er hätte sein sollen. Der hier in der Finsternis der langen Februarnächte auf seinem Lager schlaflos lag, war auch für ihn ein fremder, zeitweise völlig unbekannter Mensch mit mehreren Gesichtern.

Auch wenn Daville, noch ehe es tagte, die Trommeln und Zurlen der Bairammusik oder das Fußgetrappel der Kinder im oberen Stockwerk weckten, benötigte er geraume Zeit, bis er wieder wach und munter wurde und sich sammelte. Lange schwebte er dann zwischen Traum und Wachsein, denn die Träume hatten immerhin mehr mit der Wirklichkeit seines bisherigen Lebens gemein, während sein augenblickliches Wachsein eher einem Traum glich, in dem sich der Mensch unversehens in ein wunderliches, weit entferntes Land und in eine ungewöhnliche Lage geworfen sieht.

Darum war für Daville auch das Aufwachen weit mehr eine Fortsetzung der nächtlichen Träume, so daß er nur schwer und unter großen Anstrengungen in die nicht vertraute Wirklichkeit, den Pflichtenkreis eines Konsuls in dieser abgelegenen türkischen Stadt Travnik, zurückfand.

Mitten im Flechtwerk der neuen, ungewöhnlichen Eindrücke tauchten unwiderstehlich die Erinnerungen auf und kreuzten sich mit Anforderungen und Sorgen der Gegenwart. Die Ereignisse aus dem verflossenen Leben reihten sich schnell aneinander oder sprangen außer der Reihe vor und erschienen in einer ganz neuen Beleuchtung und in befremdlichen Ausmaßen.

Hinter Daville lag ein erfülltes und rastloses Leben.

Jean Baptiste-Etienne Daville näherte sich schon den Vierzigern, er war groß, blond, hatte einen aufrechten Gang und einen offenen Blick. Seiner Geburtsstadt an der Küste Nordfrankreichs hatte er mit siebzehn Jahren den Rücken gekehrt, um, gleich vielen anderen vor ihm, in Paris eine Existenz zu suchen und sich die ersten Sporen zu verdienen. Nach den ersten Gehversuchen und Erfahrungen zog ihn wie Millionen andere die Revolution in ihren Bann und wurde zu seinem persönlichen Schicksal. Ein Heft mit Gedichten, zwei, drei kühne Entwürfe zu historischen und Gesellschaftsdramen blieben in der Truhe liegen, die bescheidene Stellung als Beamtenanwärter wurde aufgegeben. Jean Daville wurde Journalist. Er veröffentlichte auch Verse und literarische Abhandlungen, seine Haupttätigkeit aber war der Verfassunggebenden Versammlung gewidmet. Den ganzen Schwung seiner Jugend und alle Begeisterung, deren er fähig war, legte er in seine ausführlichen Berichte über diese Versammlung. Der Mühlstein der Revolution jedoch zermalmte, verwandelte alles und ließ es schnell und spurlos verschwinden. Die Menschen wechselten – wie im Traum – rasch und unvermittelt von Position zu Position, von Ehrung zu Ehrung, von der Schmach in den Tod, vom Elend zum Ruhm, nur daß die einen in dieser Richtung, die anderen in der entgegengesetzten dahintrieben.

In diesen außerordentlichen Zeiten und unter den Umständen, auf die wir noch zu sprechen kommen, war Daville abwechselnd Journalist, Kriegsfreiwilliger in Spanien und Beamter im Außenministerium, das in aller Hast improvisiert wurde; als solcher kam er in einer Mission nach Deutschland, später nach Italien, in die Zisalpinische Republik und zum Malteserorden. Danach wirkte er wieder als Journalist und literarischer Korrespondent des »Moniteur« in Paris. Und zu guter Letzt war er nun Generalkonsul in Travnik geworden mit dem Auftrag, hier ein Konsulat zu eröffnen, wirtschaftliche Beziehungen zu den Ländern der Türkei anzubahnen und auszubauen, die Tätigkeit der französischen Besatzungsbehörden in Dalmatien zu unterstützen und die Bewegungen der Rajah in Serbien und Bosnien zu verfolgen.

So etwa würde das Leben des im Hause Baruchs untergebrachten Gastes aussehen, wollte man es mit wenigen Sätzen in einem kurzen *curriculum vitae* zusammenfassen.

Jetzt aber, aus der seltsamen Perspektive der unvorhergesehenen dreitägigen Zimmerhaft, mußte sich Daville oft selbst sehr anstrengen, um sich zu erinnern, wer er eigentlich war und von wo er gekommen, was er schon alles im Leben gewesen war, zu welchem Zweck er sich ausgerechnet hier eingefunden hatte und wieso er den ganzen Tag unentwegt auf diesem roten bosnischen Kelim hin und her ging.

Solange sich nämlich ein Mensch in seinem ursprünglichen Gesellschaftskreis und in geregelten Verhältnissen bewegt, stellen diese Daten seines Lebenslaufs auch für ihn wichtige Abschnitte und bedeutsame Wegscheiden seines Werdegangs dar. Aber sobald ihn Zufall, Beruf oder Krankheit aus seiner Bahn herausreißen und einsam machen, beginnen die Daten plötzlich zu verblassen und zu verlöschen, unglaublich schnell zusammenzuschrumpfen und zu zerfallen wie eine leblose Maske aus Papiermaché und Lack, deren er sich als Mittel bedient hat. Und unter diesen Daten kommt immer stärker unser zweites, uns allein bekanntes Leben zum Vorschein, diese »wahre« Geschichte unseres Geistes und Körpers, die nirgends aufgezeichnet ist, von der kein Außenstehender etwas ahnt, die zu unseren gesellschaftlichen Erfolgen nur wenig Beziehung hat, die aber für unser Ich, für unser letztliches Wohl und Wehe allein wichtig und real ist.

Verloren in dieser Wildnis, schaute Daville während der langen Nacht, sobald alle Geräusche verstummt waren, auf sein Leben zurück. Er sah es als eine Kette nur ihm bekannter Wagnisse und Schwächen, Kämpfe und Heldentaten, als einen Reigen von Glücksfällen und Erfolgen, Umbrüchen und

Mißgeschicken, Widersprüchlichkeiten, unnützen Opfern und fruchtlosen Kompromissen.

In der Finsternis und Stille dieser Stadt, die er noch nicht einmal richtig zu Gesicht bekommen hatte, die aber ohne Zweifel für ihn Sorgen und Schwierigkeiten bereithielt, sah es so aus, als ließe sich nichts auf der Welt in Ordnung bringen und schlichten. Dann und wann kam es Daville vor, als kostete das Leben viele Anstrengungen, für die man wiederum unerhört viel Mut aufbringen mußte. Jetzt, im Dunkeln, schien es ihm, als sei das Ende keiner einzigen dieser Mühen abzusehen. Man betrügt sich in einem fort selbst, um nicht stehenzubleiben oder zu straucheln, häuft auf unerledigte Aufgaben neue, die man ebenfalls nicht zu Ende führen wird, und sucht dann in neuen Unternehmungen und Anstrengungen neue Kräfte und neuen Mut. So bestiehlt man sich selbst und wird mit der Zeit ein immer größerer und hoffnungsloserer Schuldner seines eigenen Ichs und seiner Umwelt.

Je näher der Tag des Empfangs heranrückte, um so mehr traten die Erinnerungen und Überlegungen hinter den neuen Eindrücken und augenblicklichen, recht realen Sorgen und Geschäften zurück. Daville hatte sich wieder aufgerafft. Die Überempfindlichkeit legte sich, und alle Erinnerungen traten in den Hintergrund des Bewußtseins; aus diesem Dunkel würden sie gewiß noch oft auftauchen und seltsam und unerwartet an die tagtäglichen Geschehnisse oder ungewöhnlichen Erlebnisse seines neuen Lebens in Travnik anknüpfen.

Endlich waren auch diese drei langen Tage mit ihren sonderbaren Nächten vorüber. (Am letzten Morgen dachte Daville mit einer gewissen Vorahnung, die vielgeplagte Menschen nicht zu täuschen pflegt: ›Vielleicht waren das noch die ruhigsten und besten Tage, die mir in dem engen Tal vergönnt sind.‹)

Schon in aller Frühe waren an diesem Morgen Hufschlag und Pferdegewieher unter den Fenstern zu hören. Feierlich und in straff sitzender Uniform empfing der Konsul den Kommandanten der Mameluken des Wesirs, den d'Avenat herbegleitet hatte. Alles lief wie vereinbart und vorgesehen. Zwölf

Mameluken aus der Abteilung, die Mechmed-Pascha für seinen persönlichen Schutz aus Ägypten mitgeführt hatte und auf die er besonders stolz war, waren erschienen. Ihre wahrhaft kunstvoll gewickelten Turbane aus feinem Gewebe – ein Faden Gold, ein Faden Seide –, ihre Krummsäbel, die malerisch an den Pferden herabhingen, sowie ihre weichselfarbene Kleidung zogen die Blicke aller auf sich. Die für Daville und seine Begleiter bestimmten Pferde waren vom Kopf bis zum Schweif mit feinem, schwerem Tuch bedeckt. Das Kommando klappte, und alles spielte sich in der festgelegten Ordnung ab. Daville tat sein Bestes, sich so natürlich wie möglich auf das Pferd zu schwingen: einen ruhigen, älteren Rappen mit breiter Kruppe. Der Konsul trug Galauniform. Sein dunkler blauer Mantel stand weit offen, damit man die vergoldeten Knöpfe, die silbernen Tressen und die Orden sehen konnte. Der edle, männliche Kopf und die gerade Körperhaltung des Konsuls verliehen ihm ein imponierendes Aussehen.

Bis zu dem Augenblick, da der Reiterzug in die Hauptstraße einbog, ging alles gut, und der Konsul durfte zufrieden sein. Kaum hatten sie jedoch die ersten Türkenhäuser erreicht, ließen ihn verdächtige Zurufe aufhorchen; Hoftüren und Fensterläden krachten laut auf und zu. Schon beim ersten Haustor öffnete ein kleines Mädchen einen Spalt breit den Türflügel, murmelte unverständliche Worte und spuckte abergläubisch vor sich auf den Boden, als spreche es einen Fluch aus. So ging es nun der Reihe nach: Türen flogen auf, hölzerne Fensterläden wurden hochgezogen, und für eine Sekunde tauchten Gesichter auf, haßverzerrt, glühend vor Fanatismus. Vermummte Weiber spien aus, zischten Verwünschungen, Kinder riefen Schimpfworte, unterstrichen von drastischen Gesten und unzweideutigen Drohungen, sie klatschten sich auf den Hintern oder fuhren mit der Hand an die Gurgel, zum Zeichen des Halsabschneidens.

Die Straße war so eng, und die Erker der Häuser ragten zu beiden Seiten der Straße so weit vor, daß der Zug durch ein Spalier von Schmähungen und Drohungen ritt. Gleich zu Beginn verlangsamte der Konsul, aus der Fassung gebracht, den Trab seines Pferdes, aber d'Avenat näherte sich ihm sofort und beschwor ihn, aufgeregt, doch still auf ihn einredend und darauf bedacht, jede Bewegung zu vermeiden und keine Miene zu verziehen:

»Ich bitte Eure Exzellenz, ruhig weiterzureiten und die Vorgänge nicht zu beachten. Das Volk ist wild, es ist ein niedriges Gesindel, haßt alles, was ihm fremd ist, und begrüßt jeden Fremden auf diese Weise. Am gescheitesten ist es, Sie kümmern sich nicht darum. Auch der Wesir übersieht solche Straßenszenen. Das ist nun mal ihre wilde Art. Ich bitte Eure Exzellenz, den Weg gelassen fortzusetzen.«

Der Konsul ritt weiter, verlegen und verstimmt, wenn auch bemüht, seine Fassungslosigkeit zu verbergen, nachdem er sich davon überzeugt hatte, wie in der Tat die Männer des Wesirs all dem keine Aufmerksamkeit zollten. Dennoch spürte er, wie ihm das Blut zu Kopfe stieg. Die Gedanken schossen schnell auf ihn ein, sie kreuzten sich und prallten aufeinander. Seine erste Überlegung war: Durfte er, der Vertreter des großen Napoleon, das einfach dulden, oder sollte er sofort kehrtmachen und einen Skandal heraufbeschwören? Er konnte diese Frage nicht lösen, denn er wollte ebensowenig einen Prestigeverlust Frankreichs zulassen wie durch eine übereilte Handlung einen Konflikt auslösen, der seine Beziehungen zum Wesir und zu den Türken schon am ersten Tage getrübt hätte. Unfähig, sich zu einem Entschluß aufzuraffen, fühlte er sich gedemütigt und zürnte sich selbst. Schrecklich und widerlich zugleich aber erschien ihm dieser Levantiner d'Avenat, der ihm unentwegt von hinten ins Ohr raunte:

»Ich bitte Eure Exzellenz, weiterzureiten und sich um all dies nicht zu kümmern. So sind nun mal die wilden Sitten der Bosniaken. Immer nur ruhig weiter!«

Daville spürte, mit sich uneins und ohne einen Entschluß fassen zu können, wie ihm die Wangen glühten und ihm trotz der Eiseskälte der Schweiß die Achselhöhlen herunterrann. D'Avenats unaufhörliches Geflüster quälte ihn, er empfand es als abstoßend und plump. Er begann zu ahnen, wie es einem Westeuropäer ergeht, der sich nach dem Orient begibt und sein Schicksal mit ihm für immer verknüpft.

Da spien aus den letzten Häusern einige Weiber, deren Köpfe man nicht sehen konnte, von oben aus den Fenstern und trafen Pferde und Reiter. Nochmals verhielt der Konsul kurz, setzte aber dann seinen Ritt fort, d'Avenats inständigem Flehen nachgebend und mitgezogen vom ruhigen Trab seiner Begleiter. Plötzlich ging die Häuserreihe zu Ende, und die Čaršija mit ihren niedrigen Läden schloß sich an. Vor den Läden hockten türkische Kaufleute oder deren Kunden, schmauchend oder miteinander feilschend. Man glaubte aus einem überheizten Raum in einen eiskalten geraten zu sein. Auf einmal sah man keine wildfunkelnden Blicke mehr, keine Handbewegungen, die andeuteten, wie man einen Giaur köpft, und keine abergläubisch ausspuckenden Weiber. Statt dessen sah man jetzt auf beiden Seiten der Straße steinern unbewegliche Gesichter. Daville schaute diese Gesichter wie durch einen lästigen Schleier, der vor seinen Augen flimmerte. Niemand ließ sich in seiner Beschäftigung stören, legte die Pfeife aus der Hand oder schaute auf, um die keineswegs alltägliche Erscheinung des Konsuls und sein Ehrengeleit eines Blickes zu würdigen. Mancher der Krämer wandte sogar den Kopf ab, so als suche er in seinen Fächern irgendeine Ware. So abgrundtief können nur Orientalen hassen und verachten, nur sie zeigen einem so offen ihren Haß und ihre Verachtung.

D'Avenat war verstummt und wahrte wieder den vorgeschriebenen Abstand, aber jene unglaubliche stumme Verachtung seitens der Čaršija kränkte Daville nicht minder als der laute Haß der vorhin erlittenen Schmähungen. Endlich schwenkten die Reiter rechts ab. Vor ihnen erhoben sich lange, hohe Mauern und der Konak, ein weißer, harmonischer Bau mit einer langen Flucht von Glasfenstern. Wie eine Erlösung wirkte sein Anblick.

Der qualvolle Weg, der nun hinter Daville lag, würde ihm noch lange in Erinnerung bleiben, unauslöschlich wie unheilverkündende Träume. In den kommenden Jahren würde er noch viele hundertmal denselben Weg zurücklegen, immer unter ähnlichen Begleiterscheinungen, denn er mußte bei jedem Empfang – und die Empfänge waren recht zahlreich, besonders in Zeiten der Unruhe – stets durch die Mahalla und die Čaršija reiten. Dann hieß es für ihn, aufrecht zu Pferde zu sitzen, seine Augen durften weder links noch rechts abweichen, nicht zu hoch streifen noch zwischen den Ohren des Pferdes ruhen, sie durften nicht zerstreut noch bekümmert, nicht heiter noch grimmig blicken, sondern mußten vielmehr einen ernsten, aufmerksamen und ruhigen Ausdruck bewahren, jenem etwas entrückten Blick ähnlich, mit dem Feldherren auf Porträts über Schlachtfelder in die Ferne schauen, auf einen Punkt, der irgendwo zwischen der Landstraße und dem Horizont liegt, dort, woher die sichere Hilfe kommen muß, die sie in ihre Pläne genau einberechnet haben. Aus den Toren würden die türkischen Kinder auch später noch den Pferden abergläubisch auf die Beine spucken, so als hexten sie wie die Erwachsenen, denen sie das abgeguckt haben. Und die türkischen Kaufleute würden Daville den Rücken kehren, als suchten sie etwas in ihren Fächern. Nur die nicht zahlreichen Juden würden ihn grüßen, wenn sie zufällig seinen Weg kreuzten und ihm beim besten Willen nicht mehr ausweichen könnten. So würde er ungezählte Male ruhig und würdevoll diesen Weg reiten müssen, innerlich zitternd vor dem Übermaß an Haß und feindseliger Gleichgültigkeit, die ihn von allen Seiten umgaben, sowie vor unvorhergesehenen Unannehmlichkeiten, auf die er jeden Augenblick gefaßt sein mußte, stets angewidert von dieser Tätigkeit und diesem Leben hier und doch krampfhaft bemüht, seine Angst und seine Abscheu zu verbergen.

Aber auch später, wenn sich die Bevölkerung im Lauf der Jahre und im Zug der Veränderungen schon an die Anwesenheit der Ausländer gewöhnt hätte und wenn Daville mit vielen persönlich bekannt geworden und manchem menschlich nähergekommen wäre, würde sich dieser allererste festliche Ausritt durch das Bewußtsein des Konsuls wie eine schwarze, glühende, schmerzende Linie ziehen, die das Vergessen nur sehr langsam lindert und löscht.

Der festliche Zug ritt mit dumpfem Gepolter über eine Holzbrücke und stand plötzlich vor einem großen Tor. Beide Flügel wurden von dienstfertig herbeieilenden Knechten sofort aufgeriegelt, knarrend gab der Torbalken nach.

Hier also öffnete sich die Bühne, auf der Jean Daville fast volle acht Jahre in verschiedenen Szenen seine immer gleich schwere und gleich undankbare Rolle spielen sollte.

Das unverhältnismäßig weite Tor sollte sich noch viele Male vor Daville auftun. Immer wenn es sich öffnete, erschien es ihm als der häßliche Rachen eines Riesen, aus dem ihm der Pestatem alles dessen entgegenschlug, was in dem gewaltigen Konak lebte, wuchs, was sich aufbrauchte, verdunstete oder dahinsiechte. Daville wußte, daß die Stadt und ihre Umgebung, die den Wesir und seinen Hofstaat ernähren mußten, täglich etwa siebenhundertfünfzig Okka der verschiedensten Lebensmittel an den Konak ablieferten und daß all das verteilt, unterschlagen und verzehrt wurde. Ihm war bekannt, daß sich neben dem Wesir und seinen Angehörigen elf Würdenträger, zweiunddreißig Wächter und mindestens ebenso viele türkische Faulenzer und Tellerlecker oder christliche Tagelöhner und Angestellte befanden. Außerdem eine unbestimmbare Zahl von Pferden, Kühen, Hunden, Katzen, Vögeln und Affen. Und darüber schwebte der erdrückende, quälende Gestank von Butter und Rindertalg, der jeden, welcher das nicht gewohnt war, zum Erbrechen reizte. Dieser heimtückische Geruch verfolgte den Konsul nach jedem Empfang den ganzen Tag, und der bloße Gedanke an ihn rief Unwohlsein und Brechreiz hervor. Ihm war, als sei der ganze Konak von der widerlichen Ausdünstung so durchdrungen wie eine Kirche vom Weihrauch, als habe sich die schlechte Luft nicht nur in die Menschen und in die Kleider eingefressen, sondern in alle Gegenstände, ja sogar in die Wände.

Jetzt, da sich das unbekannte Tor zum erstenmal vor ihm

auftat, die Abteilung der Mameluken seitab schwenkte und absaß, ritt Daville mit seiner engeren Begleitung in den Hof. In dem kleinen Vorhof war es dämmerig, denn über ihn schob sich das obere Stockwerk mit seiner ganzen Breite. Danach erst kam der eigentliche, nicht überdachte Hof mit einem Brunnen, von Gras und Blumen umsäumt. Im Hintergrund umschloß ein undurchsichtiger Zaun die Gärten des Wesirs.

Daville, noch immer unter dem Eindruck dessen stehend, was er auf seinem Ritt durch die Stadt erlebt hatte, war nun verblüfft von der aufgeregten Liebenswürdigkeit und feierlichen Aufmerksamkeit, mit denen ihn ein ganzer Staat von Höflingen und Würdenträgern empfing. Alles tummelte sich und scharwenzelte um ihn herum mit einer Hast und Emsigkeit, die das westliche Zeremoniell nicht kennt.

Als erster begrüßte den Konsul der Teftedar. (Des Wesirs Vertreter, Sulejman-Pascha Skopljak, befand sich zur Zeit nicht in Travnik.) Es folgten der Arsenalchef, der Türwärter, der Finanzchef, der Siegelbewahrer, und schließlich drängte sich mit Ellbogengewalt ein Haufen Bediensteter vor, deren Rang und Verwendung keiner kannte. Die einen murmelten einige unverständliche Worte des Willkommens, bei denen sie sich tief verneigten, die anderen breiteten ihre Arme aus, und die ganze Schar bewegte sich dem großen Saale zu, in dem der Diwan stattfinden sollte. Durch das Gewimmel schlängelte sich, bald hierhin, bald dorthin, geschwind und rücksichtslos der große, dunkle d'Avenat; dreist fuhr er alle an, die ihm den Weg versperrten, und erteilte seine Befehle und Anweisungen auffälliger und lauter als nötig. Innerlich unsicher, jedoch nach außen hoheitsvoll und ruhig, kam Daville sich vor wie jene Heiligen auf katholischen Gemälden, die von einem aufgeregten Schwarm Engel gen Himmel gehoben werden. Und dieses Gewühl trug ihn tatsächlich über die wenigen breiten Stufen, die vom Hof in den Diwan führten.

Der Diwan war ein halbdunkler, geräumiger Saal im Erdgeschoß. Auf dem Boden einige Kelims. Rings im Kreise Sofas und auf ihnen weichselfarbene Tücher. In der Ecke, unter dem

Fenster, die Ruhekissen für den Wesir und den Gast. An der Wand als einziges Bild die Tura des Sultans: das Monogramm des Herrschers, auf grünem Papier mit goldenen Lettern gemalt. Darunter ein Säbel, zwei Pistolen, ein scharlachroter Mantel – Geschenke Selims III. für seinen Günstling Husref Mechmed-Pascha.

Über dem Saal, im ersten Stock, befand sich ein zweiter, ebenso großer Saal; er war bescheidener eingerichtet, wirkte aber heller; hier pflegte der Wesir seinen Diwan während der Sommermonate abzuhalten. Zwei Wände des Saales bestanden ganz aus Fenstern, von denen die einen in die Gärten und auf bewaldete Steilhänge, die anderen auf die Lašva und in die Čaršija jenseits der Brücke schauten. Dies waren die »gläsernen Fenster«, die überall in Erzählungen und Liedern gepriesen wurden und die tatsächlich in ganz Bosnien nicht ihresgleichen hatten. Mechmed-Pascha hatte sie auf eigene Rechnung in Österreich erworben und einen deutschen Meister eigens dazu herkommen lassen, damit er sie einsetzte. Wenn der Gast hier auf den Kissen saß, konnte er durch die Fenster einen Söller und unter seinem Dach auf einem Fichtenbalken ein Schwalbennest erblicken, aus dem einzelne Strohhalme herausstachen; dabei vernahm er von dort Vogelgezwitscher und sah vielleicht auch eine scheue Schwalbe behende hin und her fliegen.

Es war eine wahre Lust, an diesen Fenstern zu sitzen. Hier gab es eine Flut von Sonnenlicht, grüne Rasenflächen, offene Blüten, stets ein frisches Lüftchen, Wassergeplätscher, Vogelgezwitscher und Rast und Ruhe zum Nachdenken oder zum Plaudern. Auch hier wurden viele schwerwiegende, grausame Beschlüsse gefaßt oder für gut befunden, aber alles erhielt, wurde es hier oben erörtert, eine mildere Form, erschien klarer und menschlicher als die Beschlüsse vom unteren Diwan.

Das waren die beiden einzigen Räume im Konak, die Daville während seines Travniker Aufenthaltes kennenlernen sollte, der Schauplatz vieler seiner Qualen und Genugtuungen, Erfolge und Mißerfolge. Hier sollte er im Laufe der Jahre nicht nur die Türken, ihre einzigartigen Kräfte und zahllosen Schwächen, sondern auch sich selbst und das Maß und die Grenzen seiner Macht kennenlernen sowie die Menschen schlechthin, das Leben, die Welt und in ihr das Wesen der Beziehungen von Mensch zu Mensch.

Dieser erste Empfang fand, wie stets in der kalten Jahreszeit, im Diwan des Erdgeschosses statt. Die muffige Luft verriet, daß der Raum aus dem heutigen Anlaß in diesem Winter das erstemal aufgeschlossen und beheizt worden war.

Sobald der Konsul die Schwelle betreten hatte, erschien auf der gegenüberliegenden Seite aus einer zweiten Tür der Wesir in einem prunkvollen Gewand, von Höflingen begleitet, die ihr Haupt leicht gesenkt hielten und die Arme unterwürfig auf der Brust gekreuzt hatten.

Dies war in der Frage des Protokolls das große Zugeständnis, das Daville während der drei Wartetage in Verhandlungen über d'Avenat durchgesetzt hatte und mit dem er seinem ersten Bericht an den Minister eine besondere Note zu geben gedachte. Die Türken hatten nämlich verlangt, daß der Wesir, auf den Kissen sitzend, den Konsul empfangen sollte, wie er die übrigen Besucher empfing. Der Konsul jedoch forderte, der Wesir solle sich vor ihm erheben und ihn stehend willkommen heißen. Er berief sich auf die Macht Frankreichs und auf den Kriegsruhm seines Herrschers, die Türken dagegen auf ihre Sitten und die Größe ihres Reiches. Schließlich einigten sich beide darauf, daß der Konsul und der Wesir den Empfangsraum gleichzeitig betreten und sich dann in der Mitte des Saales treffen sollten; von hier sollte der Wesir den Konsul zu dem erhöhten Platz neben dem Fenster führen, wo die Sitzkissen bereitlagen und wo beide gleichzeitig Platz zu nehmen hatten.

So geschah es auch. Der Wesir, der mit dem rechten Fuß hinkte (der Volksmund nannte ihn deshalb Hinkefuß-Pascha), ging lebhaft und rasch, wie das hinkende Menschen oft tun. So trat er auf den Konsul zu und führte ihn mit großer Freundlichkeit zu seinem Platz. Zwischen beiden, doch eine Stufe tiefer, saß der Dolmetscher d'Avenat: vornübergebeugt, die Arme im Schoß gekreuzt, die Augen zu Boden geschlagen, einzig von dem Wunsch beseelt, kleiner und winziger zu wirken, als er war, und nur über so viel Geist und Atem zu verfügen, wie gebraucht wurde, damit die beiden hohen Würdenträger ihre Gedanken und ihre Order austauschen konnten. Das ganze übrige Gewimmel hatte sich lautlos verzogen. Zurückgeblieben waren nur die Diener, die, in kurzen Abständen postiert, den Wesir und seinen Gast zu bewirten hatten. Während des ganzen Gesprächs, das länger als eine Stunde dauerte, bewegten sich die Diener gleich stummen Schatten, sie gaben all das, was das Zeremoniell vorsah, von Hand zu Hand weiter und reichten es schließlich dem Konsul und dem Wesir.

Erst kamen die angezündeten Tschibuks, dann Kaffee, dann Scherbet. Nun brachte ein Bursche, auf den Knien rutschend, ein flaches Gefäß, dem ein starker Duft entströmte; er hielt es dem Wesir unter den Bart und dem Konsul unter den Schnurrbart, als wollte er sie beweihräuchern. Und wieder Kaffee, und wieder neue Tschibuks. Alles das geschah mit größter Achtsamkeit, unaufdringlich, schnell und geschickt.

Der Wesir war für einen Orientalen ungewöhnlich lebhaft, liebenswürdig und offen. Wenn man auch Daville schon vorher auf die Eigenschaften des Wesirs aufmerksam gemacht hatte und wenn er auch wußte, daß man das alles nicht für bare Münze nehmen dürfe, was er sagte, so behagten ihm dennoch diese Aufmerksamkeit und Liebenswürdigkeit nach den unerwarteten Demütigungen während seines Rittes durch die Stadt. Vorher war ihm das Blut zu Kopf gestiegen, jetzt aber faßte er sich bald. Die Worte des Wesirs, der Duft des Kaffees und der Tschibuks taten ihm wohl und beruhigten ihn, wenn sie auch die qualvollen Eindrücke nicht ganz auslöschen konnten. Der Wesir versäumte nicht, während des Gesprächs die Wildheit des Landes und die Roheit und Rückständigkeit der Bevölkerung zu betonen. Die Natur hier sei rauh, und die Menschen seien unmöglich. Was könne man anderes von Weibern und Kindern erwarten, von Geschöpfen also, die Gott nicht mit Verstand begabt habe, noch dazu in einem Lande, in dem auch die Männer jähzornig und ungehobelt seien? Was dieses Volk treibe oder spreche, habe weder Bedeutung noch Gewicht und könne daher auf die Geschäfte ernster, gebildeter Männer keinen Einfluß haben. »Hunde bellen, die Karawane zieht weiter ...«, schloß der Wesir, der offensichtlich von allem unterrichtet war, was dem Konsul während seines Rittes durch die Stadt zugestoßen war, und sich nun bemühte, die Vorfälle zu bagatellisieren und ihren Eindruck zu mildern. Und schnell ging er über die unangenehmen Kleinigkeiten hinweg und brachte die Rede auf die einzigartige Größe der Siege Napoleons, auf die Bedeutung und Wichtigkeit dessen, was die beiden Reiche, die Türkei und Frankreich, in enger und durchdachter Zusammenarbeit erreichen könnten.

Die Worte, so aufrichtig und gelassen ausgesprochen, taten Daville wohl, denn sie waren eine versteckte Entschuldigung für die vorangegangenen Beleidigungen und verringerten in seinen Augen die erlittene Demütigung. Bereits beschwichtigt und in bessere Laune versetzt, betrachtete er interessiert den Wesir und entsann sich dessen, was er von d'Avenat über ihn erfahren hatte.

Husref Mechmed-Pascha, genannt Hinkefuß, war Georgier. In seiner Kindheit als Sklave nach Konstantinopel verschleppt, diente er beim großen Kutschuk Hussein-Pascha. Hier wurde Selim III. auf ihn aufmerksam, bevor er noch den Thron bestiegen hatte. Tapfer, gewitzt, schlau, beredt und seinen Vorgesetzten aufrichtig ergeben, wurde der Georgier mit einunddreißig Jahren Wesir von Ägypten. Seine Mission endete allerdings unglücklich, denn der große Mamelukenaufstand verjagte ihn aus Ägypten, aber er fiel trotzdem nicht völlig in Ungnade. Nach kürzerem Aufenthalt in Saloniki wurde er zum Wesir von Bosnien ernannt. Die Strafe war verhältnismäßig leicht, und Mechmed-Pascha tat das Seine, sie noch erträglicher zu machen: Er war klug und verhielt sich vor der Außenwelt, als fühlte er sich keineswegs gemaßregelt.

Aus Ägypten hatte er eine Abteilung von etwa dreißig ergebenen Mameluken mitgebracht, mit der er gern auf dem Travniker Feld kleine Kriegsübungen vorführte. Die prächtig gekleideten und gut genährten Mameluken erregten die Neugier aller und festigten das Ansehen des Paschas bei der Bevölkerung. Die bosnischen Türken schauten auf sie voller Haß, aber auch mit Schrecken und geheimer Bewunderung.

Noch mehr Bewunderung als die Mameluken erregte das Gestüt des Wesirs, so viele und so edle Pferde hatte man bisher in Bosnien nie gesehen.

Der Wesir selbst war jung und sah noch weit jünger aus. Er war ziemlich klein, erschien jedoch durch seine Haltung und besonders durch sein Lächeln wenigstens eine Spanne größer. Sein rechtes Bein war kürzer als das linke, aber er verbarg den Fehler, so gut es ging, durch den Schnitt seiner Kleidung und durch rasche, geschickte Bewegungen. Mußte er stehen, so nahm er schnell eine Haltung an, die den Körperschaden verdeckte, mußte er aber gehen, so bewegte er sich schnell, lebhaft und ruckartig. Dadurch bot er das Bild jugendlicher Frische. Er hatte nichts von der steifen osmanischen Würde, von der Daville soviel gehört und gelesen hatte. Farbe und Schnitt seiner Kleidung waren schlicht, doch offensichtlich sorgfältig ausgewählt. Er gehörte zu den Menschen, die ihren Kleidern und ihrem Schmuck erst dadurch, daß sie sie tragen, Glanz und Vornehmheit verleihen. Sein Gesicht, rot wie das eines Seemannes, mit dem kurzen schwarzen Bart und den etwas schrägen, funkelnden schwarzen Augen wirkte offen und zeigte immer ein Lächeln. Der Wesir war ein Mensch, der hinter einem steten Lächeln seine tatsächliche Gemütsverfassung und hinter munterer Beredsamkeit seine Gedanken oder seine Geistesabwesenheit verbarg. Alles, was er sagte, sah so aus, als wisse er noch weit mehr darüber zu sagen. Jede seiner Liebenswürdigkeiten, Aufmerksamkeiten und Dienste schienen nur eine Einleitung, etwa der erste Teil alles dessen zu sein, was man noch von ihm erwarten durfte. Einerlei, wie man über ihn vorher unterrichtet worden oder gegen ihn eingenommen war, man konnte sich des Eindrucks nicht erwehren, in ihm einen edelmütigen und verständigen Mann vor sich zu haben, der nicht nur etwas versprach, sondern auch wirklich Gutes tat, wo und wann er nur konnte; und doch gab es keinen Menschen, der so scharfsinnig gewesen wäre, die Grenzen dieser Versprechungen und das wahre Ausmaß dieser guten Taten zu erahnen und festzustellen.

Der Wesir wie der Konsul lenkten die Unterredung auf Dinge, von denen sie wußten, daß sie eine geheime Schwäche oder ein Lieblingsthema des anderen waren. Der Wesir kam immer wieder auf die unvergleichliche Größe Napoleons zurück, auf dessen Siege, und der Konsul, der durch d'Avenat von der Liebe des Wesirs zum Meer und zur Seefahrt wußte, sprach über Schiffahrt und Seekrieg. Und tatsächlich, der Wesir liebte das Meer und das Leben auf hoher See leidenschaftlich. Neben dem verheimlichten Schmerz über seinen Mißerfolg in Ägypten litt er am meisten darunter, fern vom Meer in diese kalte und rauhe Gebirgslandschaft verbannt zu sein. In der Tiefe seines Herzens hegte der Wesir den Wunsch, eines Tages die Nachfolge seines großen Herrn Kutschuk Hussein-Pascha anzutreten und als Großadmiral dessen Pläne und Ideen vom Aufbau einer türkischen Seestreitmacht weiter zu verwirklichen.

Nach einem Gespräch von anderthalb Stunden Dauer trennten sich der Konsul und der Wesir wie gute Bekannte, jeder in gleichem Maße überzeugt, daß er beim anderen vieles erreichen würde, und zufrieden mit seinem Partner und mit sich selbst.

Beim Abschied gab es noch mehr Lärm und Hinundhergelaufe als zur Begrüßung. Man brachte kostbare Pelzumhänge, aus Edelmarder für den Konsul, aus Tuch und Fuchsfell für die Begleiter. Eine laute Stimme sprach Gebete und rief den Segen Gottes auf den Gast des Sultans herab, indes die übrigen Anwesenden im Chor antworteten. Höhere Beamte führten Daville in die Mitte des inneren Hofes zu dem Binjektaš, dem Stein, von dem man aufs Pferd stieg. Alle schritten mit ausgebreiteten Armen, als wollten sie den Gast tragen. Daville bestieg das Pferd. Über seinen Uniformmantel warf man ihm den

Marderpelz des Wesirs. Draußen warteten die Mameluken bereits zu Pferde. Der Zug schlug den gleichen Weg ein, den er gekommen war.

Trotz der schweren Kleidung, die auf Daville lastete, überlief ihn ein Frösteln bei dem Gedanken, wieder zwischen den schäbigen Verkaufsständen und schiefen Erkern durch ein Spalier von Geschimpf und Verachtung des Pöbels reiten zu müssen. Es war, als sollten seine ersten Schritte in Travnik ständig von Überraschungen begleitet sein, sogar auch von angenehmen. Die Türken vor den Geschäftshäusern blieben zwar düster und unbeweglich, den Blick absichtlich auf die Erde geheftet, aber aus den Häusern kamen diesmal weder Schmähungen noch Drohungen. Daville überlief es kalt, und er glaubte hinter den hölzernen Maschengittern der Fenster viele unfreundliche und neugierige Augen auf sich gerichtet – die Augen stummer, regloser Beobachter. Aus irgendeinem Grunde dünkte er sich eben durch den Pelzmantel des Wesirs vor dem Pöbel geschützt, und so zog er ihn ganz unwillkürlich noch enger an sich, richtete sich im Sattel auf und gelangte erhobenen Hauptes vor den ummauerten Hof Baruchs.

Als Daville endlich in dem warmen Zimmer allein war, setzte er sich auf die harte Bank, knöpfte den Uniformrock auf und holte tief Atem. Er war erregt, dabei zerschlagen und müde. Er fühlte sich ausgehöhlt, abgestumpft und verstört, als sei er, aus großer Höhe hinabgeschleudert, hier auf die harte Bank gefallen und noch nicht zu sich gekommen und als wisse er noch immer nicht recht, wo er sich befand und was mit ihm vorging. Endlich war er frei, aber was sollte er mit der freien Zeit anfangen? Er dachte an Ruhe und an Schlaf; da fiel sein Blick auf den aufgehängten Pelzmantel, den er gerade erst vom Wesir erhalten hatte, und schmerzhaft und unvermittelt meldete sich der Gedanke, daß er dem Minister in Paris und dem Botschafter in Konstantinopel über die Audienz Bericht erstatten mußte. Das hieß, alles noch einmal nachzuerleben und alles genau so zu schildern, daß es seinem Ansehen nicht Abbruch tat noch zu sehr von der Wahrheit abwich. Diese

Aufgabe stand nun vor ihm wie ein unüberwindlicher Berg, den er dennoch erklimmen mußte. Der Konsul bedeckte seine Augen mit der rechten Hand. Er sog noch einige Male die Luft tief ein, stieß sie wieder aus und stöhnte dabei halblaut vor sich hin: »Ach, du gütiger Gott, du gütiger Gott!«

Und so zurückgelehnt, blieb er auf der Bank. Das war sein Schlaf und seine ganze Erholung.

III

Daville erging es wie den Helden in orientalischen Geschichten. Gerade zu Beginn türmten sich vor ihm in seiner Tätigkeit als Konsul die größten Schwierigkeiten auf. Alles hatte sich anscheinend gegen ihn verschworen, wollte ihn einschüchtern und von dem eingeschlagenen Weg abbringen.

Was er in Bosnien vorfand und was aus dem Ministerium, aus der Botschaft in Stambul oder vom Kommandanten in Split eintraf, stand in völligem Gegensatz zu dem, was man ihm in Paris vor seiner Abreise gesagt hatte.

Nach einigen Wochen siedelte Daville aus dem Hause Baruchs in das für das Konsulat bestimmte Gebäude über. Er richtete zwei, drei Zimmer ein, so gut er es verstand, und lebte in dem leeren, geräumigen Haus allein mit seiner Dienerschaft.

Auf der Herreise hatte er seine Frau bei einer französischen Familie in Split zurücklassen müssen. Madame Daville sah damals der Geburt ihres dritten Kindes entgegen, und er wagte es nicht, sie in diesem Zustand in die unbekannte türkische Stadt mitzunehmen. Nach der Niederkunft erholte sich seine Frau nur schwer und langsam; ihre Weiterreise mußte ständig hinausgeschoben werden.

Daville war das Leben im Kreise seiner Lieben gewohnt und war bisher nie von seiner Frau getrennt gewesen. Die Trennung fiel ihm unter den hiesigen Verhältnissen besonders schwer. Das Alleinsein, die Unordnung im Haus, die Sorge um Frau und Kind verursachten ihm von Tag zu Tag wachsende Qualen. Herr

Pouqueville hatte nach wenigen Tagen Travnik den Rücken gekehrt und seine Reise nach dem Orient fortgesetzt.

Auch sonst glaubte sich Daville vergessen und auf sich gestellt. All die Mittel, die man ihm vor seiner Abreise nach Bosnien für seine Tätigkeit und seinen Kampf versprochen oder die er nachträglich angefordert hatte, reichten nicht aus oder trafen überhaupt nicht ein.

Da ihm keine Beamten oder sonstigen Mitarbeiter zur Verfügung standen, mußte er selbst alles zu Papier bringen und abschreiben sowie die Kanzleiarbeiten verrichten. Der Landessprache unkundig und mit den Verhältnissen in Bosnien nicht vertraut, hatte er keine andere Wahl, als d'Avenat zum Dolmetscher des Konsulates zu bestellen. Der Wesir trat ihm großmütig seinen Leibarzt ab, und d'Avenat war beglückt, daß sich ihm eine Gelegenheit bot, in französische Dienste zu treten. Daville bediente sich d'Avenats nur unter großen inneren Vorbehalten und mit verhohlener Abneigung, fest entschlossen, ihm ausschließlich solche Arbeiten anzuvertrauen, von denen auch der Wesir erfahren durfte. Bald jedoch mußte er sich von der Unersetzbarkeit und dem wirklichen Nutzen des Mannes überzeugen. D'Avenat gelang es sofort, zwei zuverlässige Kawassen zu finden, einen Albanesen und einen Herzegowiner; er beaufsichtigte auch die Dienerschaft und nahm dem Konsul viele kleine, lästige Arbeiten ab. Daville beobachtete ihn während der täglichen Zusammenarbeit und lernte ihn immer besser kennen.

Seit frühester Jugend hatte d'Avenat viele Eigenschaften und Gewohnheiten eines Levantiners angenommen. Der Levantiner ist ein Mensch, dem Illusionen und Skrupel fremd sind, ein Mensch, der kein Gesicht, das heißt viele Gesichter, hat, ein Mensch, der durch die Umstände gezwungen wird, bald Leutseligkeit, bald Kühnheit, bald Niedergeschlagenheit, bald Begeisterung zu mimen. All das dient ihm nur als unentbehrliches Mittel für den Lebenskampf, der in der Levante heftiger und komplizierter ist als anderswo in der Welt. Der Fremde, der in den Strudel dieses ungleichen, schweren Kampfes gerät, wird von ihm verschluckt und verliert seine wahre Persönlichkeit. Er verbringt zwar ein ganzes Menschenalter im Orient, wird aber nur unvollkommen und einseitig mit ihm vertraut, das heißt, er läßt sich einzig von der Überlegung leiten, ob etwas für den ihm aufgezwungenen Daseinskampf vorteilhaft oder schädlich ist. Ausländer, die sich wie d'Avenat im Orient niederlassen, übernehmen in den häufigsten Fällen von den Türken nur die schlechten, niedrigen Seiten ihres Charakters, da sie unfähig sind, eine einzige ihrer guten, edlen Eigenschaften und Gewohnheiten zu erkennen, geschweige denn sie sich anzueignen.

D'Avenat, über den wir noch Gelegenheit haben werden zu erzählen, war in vieler Hinsicht ein Mensch jenes Schlages. Schon in seiner Jugend recht genußsüchtig, lernte er im Umgang mit den Osmanen in dieser Hinsicht alles, nur nichts Gutes. Menschen seiner Art werden, wenn ihr Sinnes- und Triebleben verrauscht und ausgebrannt ist, finster und verbittert und fallen sich und anderen zur Last. Maßlos unterwürfig und von fast niederträchtiger Ergebenheit gegenüber jeder Gewalt, gegenüber Behörden oder dem Mammon, begegnete er andererseits den Schwachen, Armen und Hilflosen frech, grausam und erbarmungslos.

Und dennoch, es gab etwas, was ihn erlöste und über alles Niedrige erhob. Er hatte einen Sohn, einen schönen und gescheiten Knaben, um dessen Gesundheit und gute Erziehung er mit Hingabe besorgt war. Er tat für ihn alles und war jederzeit bereit, für ihn noch mehr zu tun. Das starke Gefühl väterlicher Liebe befreite ihn allmählich von seinen Lastern, ließ ihn besser und menschlicher werden. Je mehr der Knabe heranwuchs, um so geläuterter wurde auch das Leben des Vaters. Jedesmal, wenn d'Avenat seinen Mitmenschen etwas Gutes erwies oder etwas Gemeines unterließ, tat er es aus der abergläubischen Vorstellung heraus, daß dies dem Kleinen vergolten würde. Wie es so zu sein pflegt, war der irrende, unausgeglichene Vater nur von dem Wunsch beseelt, sein Sohn möge ein rechtschaffener, ehrlicher Mann werden. Und es gab nichts, was d'Avenat nicht für die Verwirklichung seines Wunsches getan oder geopfert hätte.

Sein Sohn, dem die Mutter fehlte, genoß alle Pflege und Fürsorge, die man einem Kind angedeihen lassen kann. Er wuchs neben dem Vater wie ein junges Bäumchen auf, das an einen trockenen, aber harten Stamm gebunden ist. Der Knabe war schön, trug die Gesichtszüge seines Vaters, nur gemildert und veredelt; an Leib und Seele gesund, zeigte er weder häßliche Neigungen noch Merkmale einer seelischen Belastung.

D'Avenat hegte im geheimen einen Wunsch, der sein höchstes Lebensziel darstellte: Sein Sohn möge nicht werden, was er geworden war – jedermanns Diener in der Levante –, sondern möge zunächst in Frankreich studieren und danach in den französischen Staatsdienst treten.

Dies war die Triebfeder seines Eifers und ergebenen Dienstes im Konsulat, der Schlüssel für seine Zuverlässigkeit und unwandelbare Treue.

Auch in Geldfragen hatte der neue Konsul Sorgen und Schwierigkeiten. Die Überweisungen erfolgten träge und unregelmäßig, und bei Wechselgeschäften kam es zu erheblichen unvorhergesehenen Verlusten. Die genehmigten Kredite trafen spät ein, Kredite, die er für neue Zwecke beantragt hatte, wurden abgelehnt. Statt dessen liefen unverständliche und sinnlose Befehle des Rechnungshofes ein, die Daville in seiner Einsamkeit und Verlassenheit wie Ironie anmuteten. In einem der Rundschreiben zum Beispiel wurde er streng angewiesen, sich im Verkehr mit Konsuln fremder Länder einzuschränken und Empfänge fremder Botschafter und Gesandter nur dann zu besuchen, wenn sein eigener Botschafter oder Gesandter ihn dazu aufforderte. Ein anderes Zirkular schrieb vor, wie der Geburtstag Napoleons, der 15. August, zu feiern sei. »Die Auslagen für das Orchester und die Balldekorationen muß der Generalkonsul selbst tragen.« Als Daville die Verordnung las, mußte er bitter auflachen. Gleich tauchte vor seinen Augen das Bild der Travniker Musikanten auf: drei zerlumpte Zigeuner, zwei Trommelschläger und ein Zurlespieler; sie brachten in den Tagen des Ramadans und Bairams das Trommelfell des Europäers, der verurteilt war, hier zu leben, fast zum Zerreißen. Er erinnerte sich auch an die erste Geburtstagsfeier des Kaisers oder, genauer gesagt, an seinen kläglichen Versuch, eine solche Feier zu veranstalten.

Schon mehrere Tage vorher war er vergeblich bemüht gewesen, durch d'Avenat für diesen Tag wenigstens einen der vornehmen Türken als Gast zu gewinnen. Sogar die aus dem Konak, die ihr Erscheinen zugesagt hatten, blieben fern. Die Fratres und ihre Gläubigen lehnten liebenswürdig, aber entschieden ab. Der orthodoxe Hieromonach Pahomije nahm die Einladung weder an, noch wies er sie ab – er kam einfach nicht. Einzig die Juden leisteten der Aufforderung Folge. Es waren ihrer vierzehn. Einige brachten, entgegen den Travniker Sitten, sogar ihre Frauen mit.

Madame Daville war damals noch nicht in Travnik. Daville, in Galauniform, spielte zusammen mit d'Avenat und den Kawassen den liebenswürdigen Hausherrn und servierte seinen Gästen einen Imbiß und Schaumwein, den er aus Split besorgt hatte. Er hielt auch eine kleine Ansprache zu Ehren seines Herrschers. Darin schmeichelte er den Türken und pries Travnik als eine bedeutende Stadt in der Annahme, daß wenigstens zwei der Juden in Diensten des Wesirs stünden und ihm die Worte zutrügen und daß die Besucher in Travnik alles verbreiteten, was er gesprochen hatte. Die Jüdinnen, die auf dem Sofa saßen, hatten die Hände über dem Bauch gekreuzt, sie blinzelten während der Rede mit den Augen und wiegten ihren Kopf von einer Schulter zur anderen, bald nach rechts, bald nach links. Die Juden schauten vor sich hin, womit sie ausdrücken wollten: Ja, so ist es und nicht anders, aber gesagt haben wir nichts ...

Sie waren vom Schaumwein alle ein wenig erhitzt. D'Avenat, der die Travniker Juden nicht sehr schätzte und ihre Aussprüche mißmutig übersetzte, hatte Mühe, alle zufriedenzustellen, denn jetzt wollte jeder dem Konsul etwas sagen. Man sprach auch spanisch, und nun lösten sich auf einmal die Zungen der Jüdinnen. Daville versuchte verzweifelt, aus seinem Gedächtnis die hundert Worte auszukramen, die er als Soldat in Spanien gelernt hatte. Einmal begannen die Jüngeren auch, ein Liedchen zu singen. Es war nur unangenehm, daß niemand ein französisches Lied konnte, ein türkisches aber wollten sie nicht singen. Endlich sang Mazalta, Bencions Schwiegertochter, eine spanische Romanze, schwer atmend vor Lampenfieber und vorzeitigem Fettansatz. Ihre Schwiegermutter, eine gutherzige, lebhafte Frau, geriet durch den Genuß des Schaumweins so sehr in Stimmung, daß sie in die Hände klatschte und schunkelte, immer darauf bedacht, den Tepeluk, ihren Kopfschmuck, zurechtzurücken, der ständig hin und her rutschte.

Eine harmlose Belustigung in einer so gutmütigen, einfachen Gesellschaft war alles, was man in Travnik zu Ehren des größten Herrschers der Welt veranstalten konnte. Der Konsul war bei diesem Gedanken ganz gerührt und traurig.

Daville dachte am liebsten gar nicht mehr daran zurück. In dem Bericht, den er dem Ministerium vom Verlauf der ersten Geburtstagsfeier in Travnik geben mußte, erwähnte er verschämt und absichtlich ungenau, der große Tag sei »entsprechend den eigentümlichen Umständen und Sitten des Landes« gefeiert worden. Doch als er jetzt das verspätete, unangebrachte Rundschreiben über Bälle, Orchester und Dekorationen las, war er wieder beschämt und niedergeschlagen; er hatte Lust, gleichzeitig zu weinen und zu lachen.

Ewig hatte Daville auch Sorgen mit den Offizieren und Soldaten, die von Dalmatien über Bosnien nach Stambul reisten.

Zwischen der türkischen Regierung und der französischen Botschaft in Stambul bestand ein Abkommen, dem zufolge das französische Heer den Türken eine bestimmte Zahl von Offizieren, Instrukteuren und Fachleuten – Artilleristen und Pionieren – zur Verfügung zu stellen hatte. Als die englische Flotte durch die Dardanellen stieß und Stambul bedrohte, traf Sultan Selim mit Unterstützung des französischen Botschafters General Sebastiani und einigen wenigen französischen

Offizieren Maßnahmen zur Verteidigung der Stadt. Zu dieser Zeit forderte die türkische Regierung dringend eine zusätzliche Zahl französischer Offiziere und Soldaten an. General Marmont erhielt aus Paris den Befehl, sie sofort in kleineren Gruppen über Bosnien nach Stambul in Marsch zu setzen. Daville wurde angewiesen, die Durchreise der Männer zu sichern sowie für Pferde und ein entsprechendes Geleit zu sorgen. Hierbei konnte er sich überzeugen, wie ein mit Stambul getroffenes Abkommen in seiner Durchführung aussah. Die für die fremden Offiziere unerläßlichen Sonderpässe trafen nie rechtzeitig ein. Die Offiziere mußten in Travnik herumsitzen. Der Konsul wurde beim Wesir vorstellig, der Wesir bei der Regierung in Stambul. Aber selbst wenn die Pässe rechtzeitig zur Stelle waren, so war noch nicht alles in Ordnung: Schwierigkeiten, mit denen man nicht gerechnet hatte, schossen wie Pilze aus dem Boden, und die Offiziere mußten ihre Reise unterbrechen und vertrödelten ihre Zeit in bosnischen Provinznestern.

Die bosnischen Türken beobachteten argwöhnisch und voller Haß die französischen Truppen in Dalmatien. Österreichische Agenten hatten unter ihnen das Gerücht verbreitet, Marmont baue durch Dalmatien eine breite Straße, um auch Bosnien zu erobern. Das Auftauchen französischer Offiziere in Bosnien bestärkte die Travniker in ihrem falschen Verdacht. Die Offiziere, die als Verbündete und auf Bitten der türkischen Regierung gekommen waren, wurden schon in Livno vom Pöbel mit Schmähungen begrüßt und stießen bei jedem weiteren Schritt, den sie taten, auf eine wachsende feindselige Haltung.

Es gab Zeiten, in denen sich um Daville in Travnik zehn, zwanzig und mehr Offiziere und Soldaten scharten, die weder vorankamen noch die Rückreise anzutreten wagten.

Vergeblich berief der Wesir die Ajanen und die Hauptleute zu sich; er drohte ihnen und beschwor sie, den Freunden, die mit Willen und Wissen der Hohen Pforte durch das Land reisten, eine solche Behandlung zu ersparen. Für gewöhnlich wurde alles mit Worten geglättet und bereinigt: Die Ajanen versprachen dem Wesir, der Wesir dem Konsul und der Konsul den Offizieren, die feindselige Haltung der Bevölkerung würde aufhören. Sobald aber die Offiziere am nächsten Tag aufgebrochen waren, stießen sie schon beim allerersten Marktflecken auf einen derartigen Empfang, daß sie entrüstet nach Travnik zurückkehrten.

Vergeblich waren Davilles Berichte über die wahre Einstellung der ansässigen Türken und über die Machtlosigkeit des Wesirs, seine Untertanen zu zügeln oder ihnen etwas zu befehlen. Stambul forderte nach wie vor Offiziere an, Paris erließ Befehle, und Split führte die Befehle aus. In Travnik aber tauchten plötzlich wieder einzelne Offiziere auf und harrten in galliger Stimmung weiterer Befehle. So ging alles drunter und drüber, und alles entlud sich über dem Haupte des Konsuls.

Vergeblich druckten die französischen Behörden in Dalmatien freundschaftliche Aufrufe an die türkische Bevölkerung. Die Aufrufe waren in gewähltem Türkisch verfaßt, kein Mensch wollte sie lesen, und wer sie las, konnte sie nicht verstehen. Es gab kein Mittel gegen das eingefleischte Mißtrauen der gesamten muselmanischen Bevölkerung, die weder etwas lesen noch hören noch sehen wollte, die sich nichts anderem hingab als ihrem tief eingewurzelten Selbstverteidigungstrieb und dem angeborenen Haß gegen den Fremdling und Ungläubigen, der sich der Grenze ihres Reiches näherte und in ihr Land einzudringen begann.

Erst mit dem Mai-Umsturz und dem Thronwechsel in Stambul hörte man auf, Offiziere nach der Türkei abzukommandieren. Neue Befehle erfolgten nicht, aber die alten wurden blind und mechanisch weiter ausgeführt. So geschah es noch lange, daß auf Grund eines längst veralteten Befehls plötzlich zwei oder drei französische Offiziere in Travnik auftauchten, obgleich ihr Weg jetzt völlig ziellos und unsinnig geworden war.

Befreiten den Konsul auch die Ereignisse in Stambul von einer lästigen Sorge, so luden sie ihm doch eine neue, noch größere auf.

Die einzige Hilfe und echte Unterstützung fand Daville in

der Person Husref Mechmed-Paschas. Der Konsul hatte allerdings schon in vielen Fällen beobachten können, wie begrenzt die Macht des Wesirs war und wie es um seine Autorität bei den bosnischen Begs bestellt war. Viele Versprechungen wurden nie erfüllt, viele Befehle, die der Wesir erließ, wurden einfach nicht beachtet, obwohl er so tat, als merke er nichts. Aber sein guter Wille war offenkundig und über jeden Verdacht erhaben. Der Wesir wünschte aus eigenster Sympathie und aus Berechnung, als Freund Frankreichs zu gelten und das durch Taten zu beweisen. Mechmed-Paschas glückliche Veranlagung, sein unverbesserlicher Optimismus und seine lächelnde Beschwingtheit, mit der er an alles herantrat und über jedes Hindernis hinwegkam, alles das wirkte auf Daville wie ein Heilmittel und gab ihm die Kraft, viele kleine und große Schwierigkeiten seines neuen Daseins zu ertragen.

Nun aber drohten die Ereignisse, dem Konsul auch diese Stütze, diesen einzigen Trost zu rauben.

Im Mai des gleichen Jahres kam es zum Staatsstreich in Stambul. Sultan Selim III., ein aufgeklärter Reformator, wurde von fanatischen Gegnern gestürzt und unter Hausarrest gestellt; statt seiner kam Sultan Mustafa auf den Thron. Der französische Einfluß in Stambul ließ nach, und – was für Daville noch weit schlimmer war – Husref Mechmed-Paschas Stellung war gefährdet, denn Mechmed-Pascha verlor mit dem Sturze Selims seinen Rückhalt in Stambul, in Bosnien aber brachte ihm der Ruf, ein Freund der Franzosen und ein Anhänger der Reformen zu sein, Haß und Feindschaft ein.

Der Wesir trug zwar in der Öffentlichkeit auch weiterhin sein breites Seemannslächeln und jenen orientalischen Optimismus zur Schau, der nicht in den äußeren Umständen, sondern im Wesen des Menschen selbst begründet liegt, aber damit konnte er seine Umwelt nicht täuschen. Die Travniker Türken, samt und sonders Gegner der Reformen Selims und Feinde Mechmed-Paschas, behaupteten: »Die Füße des Wesirs baumeln schon über dem Boden.« Im Konak griff eine beklemmende Stille um sich. Alle trachteten, sich unauffällig auf den

Abzug aus Travnik vorzubereiten, der ganz plötzlich erfolgen konnte. Jeder schwieg bedrückt und schaute, mit eigenen Sorgen beschäftigt, stumpf vor sich hin. Auch der Wesir wirkte in Gesprächen mit Daville zerstreut und geistesabwesend, aber er war bemüht, sein Unvermögen, jemandem in irgendeiner Weise zu helfen, hinter Liebenswürdigkeit und hochtrabenden Worten zu verbergen.

Sonderkurier um Sonderkurier traf in Travnik ein, und der Wesir schickte seine berittenen Tataren mit geheimnisvollen Anweisungen und Ehrengaben nach Stambul, zu Freunden, die noch zu ihm hielten. D'Avenat erfuhr nähere Einzelheiten und behauptete, der Wesir kämpfe in Wirklichkeit ebenso um seinen Kopf wie um seine Stellung beim neuen Sultan.

Daville wußte nur zu gut, was der Verlust des jetzigen Wesirs für ihn und seine Tätigkeit bedeuten würde, daher sandte er gleich zu Beginn der Krise Empfehlungen an General Marmont und an die Botschaft in Stambul. Er schrieb, man möge bei der Pforte all seinen Einfluß geltend machen und dafür Sorge tragen, daß Mechmed-Pascha, unabhängig von den politischen Umwälzungen in Stambul, seinen Posten in Bosnien behielte, und er wies darauf hin, daß die Russen und Österreicher ein Gleiches für ihre Freunde täten und man hier den Einfluß und die Stärke einer christlichen Macht nach solchen Dingen beurteile.

Die bosnischen Türken frohlockten.

»Der Giaur-Sultan ist gestürzt«, sprachen die Hodschas zu den Geschäftsleuten. »Nun kommt die Zeit, da man den Schmutz, der sich in den letzten Jahren an den reinen Glauben und an das echte Türkentum geklebt hat, hinwegwaschen wird: Der Hinkefuß-Wesir wird abziehen und seinen Freund, den Konsul, mitnehmen, wie er ihn ja auch hergebracht hat.« Der Pöbel verbreitete derartige Reden und wurde immer aufsässiger. Man foppte die Dienerschaft des Konsuls und fiel tätlich über sie her. D'Avenat rief man auf der Straße verblümte Bosheiten und Schimpfworte nach und fragte ihn, ob sich der Konsul schon zur Abreise rüste, und wenn nicht, worauf er eigentlich noch warte. Der Dragoman bot, dunkel und groß, wie er war, auf seiner gescheckten Stute ein hochmütiges Bild; er schaute verächtlich auf die Schandmäuler herab und antwortete dreist, doch wohlüberlegt: Sie wüßten nicht, was sie sprächen; so etwas könne nur ein Narr reden, der seinen Verstand im bosnischen Schnaps ersäuft habe. Der neue Sultan und der französische Kaiser seien gute Freunde, und aus Stambul sei bereits Bescheid gekommen, daß der französische Konsul in Travnik nach wie vor als »hoher Staatsgast« gelte und ganz Bosnien in Schutt und Asche gelegt würde, wenn ihm etwas zustoßen sollte; selbst das Kind in der Wiege würde man nicht verschonen. D'Avenat versicherte dem Konsul unermüdlich, man müsse gerade jetzt kühn und rücksichtslos auftreten, denn das sei das einzig wirksame Mittel im Umgang mit Wilden, die nur den bedrängen, der zurückweicht.

Dasselbe tat, auf seine Art, auch der Wesir. Seine Mameluken ritten täglich zur Übung auf das Feld bei Turbe, und die Travniker verfolgten die athletischen Reiter, die unter ihrer schimmernden schweren Rüstung wie Hochzeitsgäste herausgeputzt waren, mit Blicken, die Haß und Furcht zugleich verrieten. Der Wesir ritt zusammen mit seinen Männern auf das Feld hinaus, er besichtigte ihre Gefechtsübungen, beteiligte sich sogar selbst an den Wettkämpfen und am Zielschießen, kurz er benahm sich wie jemand, der keine Sorgen hatte und nicht im entferntesten an eine Abberufung oder gar an den Tod dachte, sondern sich auf einen Kampf vorbereitete.

Die eine wie die andere Seite – die Travniker Türken und der Wesir – wartete auf den Richtspruch des neuen Sultans und auf Nachrichten vom Ausgang des in Stambul geführten Machtkampfes.

Mitte des Sommers traf als Sonderbeauftragter des Sultans der Kapidžibaša mit seinem Gefolge ein. Mechmed-Pascha bereitete ihm einen außergewöhnlich feierlichen Empfang. Die gesamte Mamelukenabteilung des Wesirs, alle Würdenträger und Höflinge zogen ihm entgegen. Von der Festung donnerten

Salutschüsse. Mechmed-Pascha erwartete den Kapidžibaša vor dem Tore des Konaks. Wie ein Lauffeuer verbreitete sich in der Stadt das Gerücht, der Wesir habe mit seinen Bemühungen Erfolg gehabt, er stehe auch beim neuen Sultan in Gnaden und werde in Travnik bleiben. Die Türken wollten es nicht wahrhaben, sie behaupteten, der Kapidžibaša werde mit Mechmed-Paschas Kopf im Hafersack nach Stambul zurückkehren. Die Berichte erwiesen sich jedoch als zutreffend. Der Kapidžibaša brachte den Ferman des Sultans mit, in dem Mechmed-Pascha auf seinem Posten in Travnik bestätigt wurde, und überreichte dem Wesir feierlich einen kostbaren Säbel als Geschenk des neuen Herrschers sowie den Befehl, im Frühjahr mit einem starken Heer gegen Serbien zu ziehen.

Das freudige Ereignis wurde auf eigenartige, überraschende Weise getrübt.

Für den Tag nach der Ankunft des Gastes – es war ein Freitag – hatte Daville schon vorher einen Empfang beim Wesir vereinbart. Mechmed-Pascha sagte die Audienz nicht nur nicht ab, er empfing den Konsul sogar in Anwesenheit des Kapidžibašas, den er als alten Freund und glückbringenden Übermittler allerhöchster Gnade vorstellte. Und er zeigte stolz den Säbel, den er vom Herrscher als Geschenk erhalten hatte.

Der Kapidžibaša versicherte dem Konsul, er sei gleich Mechmed-Pascha ein aufrichtiger Verehrer Napoleons. Der Gast war ein Hüne, offensichtlich ein Mischling, mit starkem Negereinschlag. Seine gelbe Haut hatte eine leicht aschgraue Tönung, Lippen und Nägel waren dunkelblau, und das Weiße im Auge schien trüb, als sei es schmutzig.

Er sprach viel und aufgeregt über seine Sympathien für die Franzosen und über seinen Russenhaß. In den tiefen Winkeln seiner aufgeworfenen Negerlippen sammelte sich, wenn er redete, weißer Schaum. Daville wünschte oft, der Mann möchte dann und wann Atem holen und den Speichel abwischen, aber der Kapidžibaša sprach unentwegt, wie im Fieber. D'Avenat konnte mit der Übersetzung kaum nachkommen. Der Kapidžibaša schilderte mit noch glühendem Haß seine früheren Gefechte mit den Russen und rühmte sich irgendeiner Heldentat bei Otschakow, wo er verwundet worden war. Unvermittelt und mit einer heftigen Bewegung streifte er den engen Ärmel seines Rockes hoch und zeigte auf eine große Säbelnarbe unterhalb des Ellbogens. Sein dünner, sehniger Negerarm zitterte sichtbar.

Mechmed-Pascha war bester Laune, weil sich seine Freunde so gut unterhielten, und er lachte mehr als sonst. Man merkte, wie schwer es ihm fiel, seine Zufriedenheit und sein Glück, daß ihn die Gnade des Sultans überstrahlte, zu verbergen.

Der Diwan dauerte an dem Tage länger als üblich. Auf dem Rückweg fragte Daville d'Avenat:

»Was halten Sie von diesem Kapidžibaša?«

Er wußte, d'Avenat pflegte auf ähnliche Fragen über einen Menschen alle Angaben, die er bis dahin über ihn auftreiben konnte, wie aus dem Ärmel zu schütteln. Aber d'Avenat faßte sich diesmal auffallend kurz:

»Er ist ein Schwerkranker, Herr Generalkonsul.«

»Ja, ein sonderbarer Gast.«

»Ein sehr, sehr kranker Mann«, flüsterte d'Avenat. Er starrte vor sich hin und ließ sich in kein Gespräch mehr ein.

Am übernächsten Tage bat d'Avenat, den Konsul vor der üblichen Besuchszeit sprechen zu können. Daville empfing ihn im Speisesaal, wo er eben sein Frühstück beendet hatte.

Es war Sonntag, einer jener Sommermorgen, die mit ihrer Frische und Schönheit für die kalten, häßlichen und dämmerigen Herbst- und Wintertage entschädigen. Zahllose unsichtbare Gewässer spendeten Kühle, die Luft schimmerte blau, und man glaubte, ein stetes Rauschen zu hören. Daville fühlte sich erholt und ausgeschlafen, die gute Nachricht, nach der Mechmed-Pascha weiter in Travnik bleiben würde, befriedigte ihn. Vor ihm standen noch die Reste des Frühstücks, und er wischte sich den Mund mit der Bewegung eines Mannes, der eben seinen gesunden Hunger gestillt hat, als d'Avenat eintrat, finster und blaß wie immer, mit aufeinandergepreßten Lippen und gespanntem Kiefer.

Mit gedämpfter Stimme berichtete d'Avenat, der Kapidži-baša sei diese Nacht verschieden.

Daville sprang mit einem Ruck auf und stieß das Frühstückstischchen zur Seite. D'Avenat antwortete auf seine erregten Fragen einsilbig und unbestimmt. Er wich dabei nicht von der Stelle und änderte weder seinen Tonfall noch seine Haltung.

Der hohe Gast, der ohnehin in der letzten Zeit kränkelte, habe sich gestern nachmittag plötzlich unwohl gefühlt. Er habe ein warmes Bad genommen, sich hingelegt und sei in der Nacht gestorben. Niemand habe damit gerechnet, und so habe ihm auch niemand zu Hilfe eilen können. Heute vormittag sollte er begraben werden. D'Avenat versprach, Daville über alles, was sich auf den Todesfall oder auf das Echo bezog, das die Nachricht in der Čaršija auslösen würde, auf dem laufenden zu halten, sobald er Genaueres erführe.

Mehr konnte Daville im Augenblick aus d'Avenat nicht herausholen. Auf seine Frage, was zu tun sei und ob er dem Wesir sein Beileid aussprechen oder sonst einer ähnlichen Verpflichtung nachkommen müsse, antwortete d'Avenat, man brauche nichts zu unternehmen, eine Kondolation widerspreche dem, was man hier unter guten Sitten verstünde. Hierzulande ignoriere man den Tod und erledige alles, was mit ihm zusammenhinge, schnell, ohne viele Worte und ohne Zeremonien.

Allein gelassen, meinte Daville, daß der Tag, der erst so heiter begonnen, sich plötzlich verdüstere. Er mußte immer wieder an den unsympathischen Hünen zurückdenken, mit dem er sich noch vorgestern unterhalten hatte und der heute nun tot im Konak lag. Er versetzte sich auch in die unangenehme Lage, in die der Wesir durch den Tod des Würdenträgers geraten sein mußte, da der Gast gerade unter seinem Dach gestorben war. Stets hatte Daville d'Avenats kalkweißes Totengräbergesicht vor Augen, seine Gefühllosigkeit, sein Schweigen und seine unheimliche Art, sich zu verneigen und wegzugehen: genauso finster und eisig, wie er gekommen war.

Auf d'Avenats Rat hin unternahm der Konsul nichts, aber er dachte unentwegt an den Todesfall im Konak.

Erst am folgenden Vormittag kehrte d'Avenat zurück und klärte den Konsul, in einer tiefen Fensternische mit ihm flüsternd, zu seinem nicht geringen Entsetzen über die eigentliche Mission des Kapidžibašas und die wahren Hintergründe seines Todes auf.

Der Kapidžibaša hatte in der Tat das Todesurteil des Wesirs mit sich geführt. Der Ferman des Sultans, der Mechmed-Pascha in seiner bisherigen Stellung bestätigte, und der Ehrensäbel sollten nur das Todesurteil tarnen, den Wesir in Sicherheit wiegen und die Umgebung irreführen. Der Sendbote des Sultans sollte, nachdem er die Aufmerksamkeit des Wesirs eingeschläfert hatte, unmittelbar vor seiner Abreise aus Travnik einen zweiten Ferman hervorziehen, den »Katil-Ferman«, der das Todesurteil für Mechmed-Pascha sowie für alle engeren und entfernteren Mitarbeiter des gestürzten Sultans enthielt, und dann sollte er einem Bostandžibaša aus seiner Begleitung den Befehl zur Enthauptung Mechmed-Paschas erteilen, ehe einer von dessen Anhängern ihm zu Hilfe eilen konnte. Aber der schlaue Wesir hatte mit einer solchen Möglichkeit schon gerechnet; er überschüttete den Kapidžibaša mit Aufmerksamkeiten und Ehrungen, tat so, als zweifle er nicht an seinen Worten, als sei er von der Huld des Sultans entzückt, und bestach unterdessen die Begleitung des Kapidžibašas. Er zeigte dem Gast die Stadt und machte ihn auf dem Diwan mit dem französischen Konsul bekannt. Am darauffolgenden Tag unternahm man eine großartige Landpartie zu einer Wiese am Rande der Straße, die nach Turbe führt. Nach einem guten, kräftigen Mahl schüttelte den Kapidžibaša bei der Rückkehr in den Konak ein wildes Fieber, das, wie es hieß, »vom scharfen bosnischen Wasser« herrührte. Der Wesir bot seinem Gast an, er möge sich seines luxuriösen Bades bedienen. Während der Kapidžibaša auf den heißen Steinplatten ein Dampfbad nahm und gehörig schwitzend auf den Masseur wartete, den ihm Mechmed-Pascha besonders empfohlen hatte, trennten ein paar fingerfertige Leute des Wesirs das Futter vom Pelzrock des kaiserlichen Boten, wo sich nach Angabe eines bestochenen Bostandžibašas der Katil-Ferman befand. Er wurde auch gefunden und dem Wesir überreicht. Nachdem der Kapidžibaša, müde und von der Hitze erschöpft, das Bad verlassen hatte, fühlte er plötzlich einen schmerzhaft heißen Durst, den kein Getränk stillen konnte. Je mehr er trank, um so mehr vergiftete er sich. Vor der Abenddämmerung brach er zusammen, ächzend und stöhnend wie jemand, dem Mund und Eingeweide brennen. Dann wurde er steif und verstummte. Als die Leute des Wesirs sahen, daß er die Sprache verloren hatte und völlig machtlos war, so daß er sich weder mit Worten noch mit Zeichen verständlich machen konnte, stürzten sie Hals über Kopf aus dem Konak, um die Ärzte und die Hodschas herbeizurufen. Für die Ärzte war es zu spät, aber der Hodscha kommt immer zurecht.

Blau wie Indigo und steif wie ein toter Fisch lag der Kapidžibaša auf dem dünnen Kissen mitten im Zimmer. Einzig seine Lider zitterten noch, er schlug sie von Zeit zu Zeit mühsam auf, rollte mit den Augen und ließ den furchterregenden Blick durch das Zimmer irren, als suche er seinen Pelzrock oder jemand aus seinem Gefolge. Diese großen, trüben Augen eines betrogenen und ermordeten Menschen, der selbst gekommen war, durch List zu morden, waren das einzige, was an ihm noch lebte, und sie verrieten alles, was er nicht mehr zu sagen oder zu tun vermochte. Um ihn schlich auf Zehenspitzen die Dienerschaft des Wesirs, ihm jede erdenkliche Aufmerksamkeit erweisend, und in frommer Scheu verständigte sie sich nur mit Zeichen und kurzem Geflüster. Niemand wußte genau zu sagen, wann er sein Leben aushauchte.

Der Wesir spielte den untröstlichen Gastgeber. Der unvermutete Tod des alten Freundes trübte seine Freude über die gute Botschaft und die großen Ehrungen. Seine leuchtend weißen Zähne waren jetzt ständig hinter dem dichten schwarzen Schnurrbart versteckt. Ganz verwandelt, ohne das leiseste Lächeln sprach er mit allen, stets einsilbig, bewegt und voll verhaltenen Schmerzes. Er rief das Stadtoberhaupt Resim-Beg, einen schwächlichen, vorzeitig gealterten, alteingesessenen Travniker, zu sich und bat ihn, er möge sich dieser Tage zu Hilfeleistungen bereit halten; dabei wußte er nur zu gut, daß der Mann nicht einmal seinen eigenen Geschäften nachzukommen verstand. Gerade diesem Stadtoberhaupt nun klagte der Wesir sein bitteres Leid:

»Stand es denn für ihn geschrieben, daß er einen so langen Weg zurücklegen mußte, um schließlich vor meinen Augen zu sterben? Ich weiß, man kann seinem Schicksal nicht entrinnen, aber ich hätte, bei Gott, lieber meinen leiblichen Bruder tot vor mir sehen mögen als ihn«, sprach der Wesir im Ton eines Menschen, der bei aller Selbstbeherrschung nicht verschweigen kann, was ihn zutiefst bewegt.

»Was willst du, Pascha? Du weißt, wie es im Volksmund heißt: ›Wir alle sind längst tot, nur daß wir uns der Reihe nach beerdigen‹«, tröstete ihn das Stadtoberhaupt.

Der Katil-Ferman, der Mechmed-Pascha den Kopf hatte kosten und ihn unter die Erde bringen sollen, sei in den Pelzrock des Kapidžibašas an derselben Stelle wieder sorgfältig eingenäht worden, erzählte d'Avenat ... Der Kapidžibaša würde heute morgen auf einem der ersten Friedhöfe Travniks bestattet werden, seine gesamte bestochene und reich beschenkte Begleitung aber reise noch heute nach Stambul zurück.

So endete d'Avenats Bericht über die jüngsten Ereignisse im Konak.

Daville war erschüttert und sprachlos vor Staunen. Der ganze Vorfall mutete ihn wie ein Schauermärchen an, und er wollte den Dolmetscher des öfteren in seiner Rede unterbrechen. Das Vorgehen des Wesirs deuchte ihn nicht nur furchtbar und verbrecherisch, sondern auch unklug und gefährlich. Fröstelnd ging er im Zimmer auf und ab, blickte hin und wieder d'Avenat ins Gesicht, als wolle er sich überzeugen, ob er das alles im Ernst sagte und ob er noch bei Verstand sei.

»Wie? Was? Ist denn das möglich? Wie kann er so etwas

tun? Wie darf er das? Man wird es doch erfahren! Und außerdem, was kann ihm das schon helfen?«

»Es wird ihm helfen! Es sieht so aus, als würde es ihm helfen«, erwiderte gelassen d'Avenat.

»Die Rechnung des Wesirs ist nicht so falsch, wie sie auf den ersten Blick vielleicht zu sein scheint, obgleich es eine sehr verwegene Rechnung ist«, erklärte d'Avenat dem Konsul, der im Gehen innehielt.

»Erstens entging der Wesir der unmittelbaren Gefahr, und er tat es sehr geschickt, indem er seine Gegner überspielte und dem Kapidžibaša zuvorkam. Die Menschen werden zwar Verdacht schöpfen und allerlei munkeln, aber keiner wird etwas Bestimmtes sagen und noch weniger beweisen können. Zweitens hat der Kapidžibaša dem Wesir offiziell eine erfreuliche Botschaft und außerordentliche Ehren überbracht. Demnach wäre der Wesir der letzte, der ihm den Tod wünschte. Und diejenigen, die den Kapidžibaša mit seiner doppelgesichtigen Mission zu Mechmed-Pascha entsandt haben, werden zumindest in der ersten Zeit nichts gegen den Wesir unternehmen, da sie sich damit zu ihren hinterhältigen, bösen Absichten bekennen und das Scheitern der Pläne eingestehen müßten. Drittens war der Kapidžibaša ein allseits unbeliebter Mischling, übel beleumdet und ohne einen wahren Freund, ein Mensch, der mit derselben Leichtigkeit, wie er atmete oder redete, jeden zu verraten und zu belügen pflegte; so schätzten ihn auch jene nicht, die sich seiner bedienten. Deshalb wird sein Tod niemanden überraschen und noch viel weniger Verbitterung oder Rache nach sich ziehen. Dafür sorgt im übrigen schon die bestochene Begleitung. Viertens, und das ist das Wichtigste, herrscht jetzt in Stambul absolute Anarchie, und so haben die Freunde Mechmed-Paschas, denen er wenige Tage vor der überraschenden Ankunft ›alles Nötige‹ zukommen ließ, auf diese Weise Zeit gewonnen, um ihre ›Kontermine‹ anzubringen und den Wesir beim neuen Sultan zu retten, ja, wenn irgend möglich, sogar in seiner jetzigen Position zu festigen.«

Daville lauschte den sachlichen Ausführungen d'Avenats,

vor innerer Erregung fröstelnd. Unfähig, die Argumente zu widerlegen, stammelte er nur:

»Und trotz allem, trotz allem!«

D'Avenat fand es überflüssig, seinen Konsul weiter zu überzeugen, er fügte nur noch hinzu, die Čaršija sei ruhig und die Nachricht vom plötzlichen Tod des Kapidžibašas habe keine besondere Aufregung, wohl aber viele Vermutungen ausgelöst.

Erst nachdem der Dolmetscher gegangen war, wurde sich Daville des Entsetzlichen, das er soeben vernommen hatte, voll bewußt. Je weiter der Tag voranschritt, um so unruhiger wurde der Konsul. Er aß wenig, und es hielt ihn nirgends lange. Öfter war er versucht, d'Avenat zurückzurufen und ihn etwas zu fragen, nur um sich zu überzeugen, ob das am Vormittag Gehörte tatsächlich der Wahrheit entsprach. Er begann zu überlegen, was er über all dies schreiben sollte und ob er überhaupt davon berichten müßte. Er setzte sich an den Schreibtisch und fing an: »Im hiesigen Konak des Wesirs spielte sich diese Nacht ...« Nein, das klang fade und geschmacklos. »Die Ereignisse der letzten Tage lassen immer deutlicher erkennen, daß es Mechmed-Pascha mit den hier üblichen Mitteln und Methoden gelingen wird, seine Position auch unter den neuen Gegebenheiten zu behaupten, und daß wir demnach damit rechnen dürfen, daß der uns wohlgesinnte Wesir ...« Nein, nein. Das war zu trocken und zu unklar. Endlich sah er selbst ein, daß es am besten war, die Dinge so zu schildern und zu berichten, wie sie die breite Öffentlichkeit sah: Der Sonderbotschafter des Sultans, der Kapidžibaša, war aus Stambul gekommen und hatte einen Ferman überbracht, der Mechmed-Pascha in seiner Stellung bestätigte; ferner hatte er dem Wesir als Ausdruck allerhöchster Gunst und mit dem Hinweis auf den bevorstehenden Feldzug gegen Serbien einen Ehrensäbel überreicht. Zum Schluß wollte er noch hervorheben, daß das ein gutes Omen sei für die weitere Entwicklung der französischen Pläne, und nur ganz am Rande erwähnen, daß der Kapidžibaša mitten in der Ausübung seines Amtes unerwartet verstorben sei.

Das gedankliche Zurechtstutzen und wiederholte Abändern

des offiziellen Berichts wirkte auf Daville besänftigend. Das Verbrechen, das sich noch gestern hier vor seinen Augen abgespielt hatte, wirkte auf einmal weniger furchtbar und abscheulich, nachdem es Gegenstand des Nachdenkens über den Bericht geworden war. Jetzt suchte der Konsul in seinem Innern vergeblich nach jener Bestürzung und moralischen Entrüstung, die er am Morgen empfunden hatte.

Nun saß er hier und schrieb seinen Bericht; er schilderte das alles so, wie die Öffentlichkeit es sah. Während er es dann ins reine schrieb, überkam ihn eine noch größere Ruhe, ja eine Art Selbstzufriedenheit, weil er die großen und schwerwiegenden Geheimnisse, die hinter seinem Bericht standen, klug und geschickt verschwiegen hatte.

So sann er auch in den tiefen Frieden des Sommerabends hinein; es dämmerte noch, indirektes Licht ergoß sich auf die schweren Schatten der steilen Berge. Der Konsul war an das offene Fenster getreten und stand ruhig da. Hinter seinem Rücken kam jemand mit einem brennenden Docht ins Zimmer und begann die Tischkerzen anzustecken. Da durchfuhr Daville ein Gedanke: Wer konnte dem Wesir beim Giftmischen behilflich gewesen sein, wer konnte die Dosis bemessen und ihre Wirkung so sachkundig vorausberechnet haben, daß der Vorgang sich schnell genug (jede Phase zur rechten Zeit), aber auch nicht zu plötzlich und unnatürlich abspielte? Wer anders als d'Avenat? Das war sein Fach! Er stand doch bis vor kurzem und möglicherweise auch jetzt noch in den Diensten des Wesirs.

Auf einmal fiel die äußere Ruhe von Daville ab. Wiederum erwachte in ihm, wie am Morgen, das unbehagliche Gefühl, daß sich in seiner unmittelbaren Nähe und im Zusammenhang mit seiner Tätigkeit, also mit ihm, ein Verbrechen ereignet hatte und vielleicht sogar sein eigener Dolmetscher ein niedriger Söldling und Spießgeselle des Verbrechers war. Diese Vorstellung umzüngelte ihn wie eine Flamme. Wer war hier seines Lebens noch sicher und gegen Verbrechen gefeit? Und was hatte man schon von einem solchen Leben? So stand Daville wie gebannt zwischen dem Licht der Kerzen im Zimmer, die eine nach der anderen aufflammten, und dem letzten Schimmer der Abenddämmerung draußen, die auf den steilen Berghängen langsam verglomm.

Der Abend brach herein, und Daville stand eine jener schlaflosen Nächte bevor, die er erst hier in Travnik kennengelernt hatte, jener Nächte, die den Menschen weder schlafen noch klar denken lassen. Und auch wenn sich Daville für eine Weile eine Art Halbschlummer vortäuschen konnte, so traten, willkürlich einander ablösend, immer wieder Bildfetzen vor seine Augen: Mechmed-Paschas breites und frohes Lachen von vorgestern, der sehnige, dünne Arm des Kapidžibašas mit der breiten Narbe darauf und der finstere, undurchsichtige d'Avenat, der leise raunte:

»Ein sehr, sehr kranker Mann.«

Alles war ein wirres, zusammenhangloses Phantasieren. Jedes Bild lebte für sich und ohne ursächliche Beziehung zum folgenden Bild, so als sei noch alles ungewiß und nichts entschieden, als stünde das Verbrechen bevor, als ließe es sich aber ebensogut noch verhindern.

Daville quälten in diesem Halbschlaf zwei Dinge: der heiße Wunsch, das Verbrechen möge nicht geschehen, und in der Tiefe des Bewußtseins die Ahnung, daß doch alles längst geschehen sei.

Nicht selten klärt eine so schwere, schlaflose Nacht ein ganzes Erlebnis und schließt es dann für immer ab wie ein undurchdringliches, eisernes Tor.

In den nächsten Tagen kam d'Avenat wie üblich, um zu berichten. Es waren keine Veränderungen an ihm zu bemerken. Der jähe Tod des Kapidžibašas rief auch unter der türkischen Bevölkerung der Stadt nicht die geringste Entrüstung hervor; selbst die Stimmen der Verdächtigung und Anschuldigung hielten sich nicht; das Schicksal des Osmanen interessierte sie nur wenig. Sie sahen nur eines: Der verhaßte Wesir blieb weiterhin in Travnik und war sogar belohnt worden. Daraus folgerte jeder, es habe sich durch den Mai-Umsturz in Stambul nichts geändert. So zogen sie sich enttäuscht hinter eine

Mauer des Schweigens zurück, bissen die Zähne aufeinander und schauten finster zu Boden. Es stand für sie fest, daß auch der neue Sultan unter dem Einfluß der Ungläubigen oder einer gemeinen, bestochenen Umgebung handelte und daß der Sieg der edlen Sache wieder einmal hinausgeschoben war. Aber sie blieben trotzdem von dem unausbleiblichen Sieg des wahren und reinen Glaubens überzeugt, man mußte nur warten können. Und niemand versteht es so zu warten wie die echten bosnischen »Türken«; das sind Männer, die in ihrem Glauben nie wanken, ihr Stolz ist hart wie Stein, sie wüten wie ein Wildbach und sind geduldig wie die Erde.

Noch einmal erwachte in Daville das gleiche Entsetzen wie am ersten Tage, er spürte, wie der eisige Schreck ihm in den Eingeweiden brannte. Das geschah bei der ersten Audienz, die auf den Tod des Kapidžibašas folgte. Seit dem Vorfall waren zwölf Tage vergangen. Der Wesir schien unverändert und trug sein altes Lächeln zur Schau. Er sprach von seinen Vorbereitungen für den Feldzug gegen Serbien und genehmigte alle Pläne für die türkisch-französische Zusammenarbeit an der bosnisch-dalmatinischen Grenze.

Daville machte große Anstrengungen, gelassen und natürlich zu erscheinen, und sprach zum Schluß ganz nebenbei sein aufrichtiges Bedauern über den Tod des hohen Würdenträgers und Freundes des Wesirs aus. Noch bevor d'Avenat die Worte übersetzt hatte, erlosch das Lächeln auf dem Gesicht des Wesirs. Der schwarze Schnurrbart verbarg die leuchtend weißen Zähne. Das Gesicht mit den schrägen Mandelaugen erschien plötzlich kürzer, breiter und behielt diesen Ausdruck, bis d'Avenat Davilles Beileidsworte zu Ende übersetzt hatte. Im weiteren Verlauf des Gespräches lächelte er wieder wie sonst.

Das gewollte Vergessen und die Gleichgültigkeit aller gaben auch Daville seinen Seelenfrieden zurück. Er sah, wie das Leben in seinen gewohnten Bahnen weiterlief, und sagte sich: ›Das heißt, es geht auch so.‹ Selbst mit d'Avenat sprach er kein Wort mehr über das Verbrechen im Konak. Die Geschäfte nahmen seine Zeit völlig in Anspruch. Daville befreite sich von Tag zu Tag mehr von dem unbegreiflichen Aufbegehren des Gewissens und der ersten bitteren Bestürzung, er ließ sich vom Alltag treiben und lebte nach den Gesetzen, die für alle Lebenden gelten. Er würde zwar, so glaubte er, Mechmed-Pascha nie mehr ansehen können ohne den versteckten Gedanken, dies sei der Mann, der – nach d'Avenats Worten – schneller und geschickter gewesen und seinen Feinden zuvorgekommen war, aber er würde weiter mit ihm zusammen arbeiten und über alles sprechen, nur nicht über diesen Vorfall.

In diesen Tagen kehrte der Vertreter des Wesirs, Sulejman-Pascha Skopljak, von der Drina zurück, nachdem er, wie man sich im Konak erzählte, die serbischen Aufständischen vernichtend geschlagen hatte. Sulejman-Pascha selbst drückte sich darüber zurückhaltender und weniger bestimmt aus.

Der Vertreter des Wesirs, ein gebürtiger Bosniake, gehörte einer der vornehmsten Begfamilien an, er besaß große Güter im bosnischen Skoplje, auf dem Kupres-Plateau, und Dutzende von Häusern und Geschäften in Bugojno. Er war groß, sehnig und schlank, seine blauen Augen hatten, obwohl er schon bejahrt war, ihren scharfen Blick bewahrt, kurz er war ein Mann, der an vielen Kriegen teilgenommen und ein großes Vermögen erworben hatte; ohne Liebedienerei und besondere Bestechungsgelder war er zum Pascha aufgerückt. Im Frieden streng, grausam im Kriege, rücksichtslos und habgierig, wenn es galt, seine Güter zu vermehren, blieb er doch stets unbestechlich, unverdorben und frei von den Lastern der landesfremden Osmanen.

Man konnte von dem steifen Pascha, der noch ein halber Bauer war und mit seinen scharfen Augen als »der beste Schütze Bosniens« galt, beileibe nicht sagen, er sei ein besonders anziehender Mensch. Ausländern gegenüber verhielt er sich, wie die Osmanen, vorsichtig, mißtrauisch, listig und unnachgiebig, darüber hinaus war er in seinen Gesprächen kurz angebunden und grob. Im übrigen verbrachte Sulejman-Pascha den größten Teil des Jahres entweder auf Feldzügen gegen Serbien oder auf seinen Ländereien, und nur in den Wintermonaten hielt er sich in Travnik auf. Auch jetzt bedeutete seine Anwesenheit in der Stadt – wenigstens für dieses Jahr – das Ende der Feldzüge.

Auch sonst nahmen die Ereignisse allmählich einen ruhigeren Verlauf, und es geschah immer weniger. Der Herbst zog heran. Zuerst der Frühherbst mit den Hochzeiten, den Ernten, dem regeren Handelsleben und den besseren Einkünften, dann der Spätherbst mit seinen Regenfällen, mit dem Husten und den sonstigen Plagen. Die Pässe wurden unwegsam, die Menschen schwerfälliger und weniger unternehmungslustig. Jeder rüstete sich, dort zu überwintern, wo er sich soeben aufhielt, und stellte Berechnungen an, wie er den Winter überstehen würde. Sogar die große Maschinerie des französischen Imperiums schien Daville sanfter und säumiger zu arbeiten. Der Kongreß zu Erfurt war beendet. Napoleon wandte sich mit seinen Aktionen gegen Spanien, das aber bedeutete, daß das Rad der Geschehnisse sich wenigstens für die nächste Zeit dem Westen zuwälzte. Die Zahl der Kuriere war gering, die Befehle aus Split kamen seltener. Der Wesir, an dem Daville am meisten gelegen war, blieb, wie man aus allen Anzeichen folgern durfte, in seiner Stellung, er setzte sogar wieder sein allerfrohestes Lachen auf. (Die »Kontermine« seiner Freunde hatte anscheinend gewirkt.) Der österreichische Konsul, von dessen Ankunft man schon seit langem sprach, kam noch immer nicht. Aus Paris erhielt Daville die Nachricht, man würde ihm noch vor Jahresschluß einen qualifizierten Beamten schicken, der türkische Sprachkenntnisse besäße. D'Avenat zeigte sich in den schwierigen Tagen als geschickt, zuverlässig und treu ergeben.

Die größte Freude war Daville noch vor Beginn des Herbstes beschieden. Still und fast unbemerkt traf Madame Daville mit ihren drei Kindern ein, den Söhnen Pierre, Jules-François und Jean-Paul. Pierre war vier, Jules-François zwei Jahre alt, und Jean-Paul war vor einigen Monaten in Split zur Welt gekommen.

Madame Daville war blond, klein und schmächtig. Ihr etwas dünnes Haar, zu einer modelosen Frisur nach oben gekämmt, krönte ein lebhaftes Gesichtchen von gesunder Hautfarbe mit feinen Zügen; die blauen Augen hatten einen metallischen Glanz. Hinter der auf den ersten Blick unansehnlichen Erscheinung verbarg sich eine gescheite, nüchtern denkende und rührige Frau, willensstark und unermüdlich. Sie gehörte zu jenen Frauen, von denen man bei uns in Bosnien sagt: »Was die anpackt, gelingt!« Ihr Leben war ein besessener, aber wohlüberlegter und geduldiger Dienst an Haushalt und Familie. Diesem Dienst widmete sie alle ihre Gedanken und Gefühle, ihre schmalen, immer geröteten und so schwächlich aussehenden Hände ruhten nie, sie bewältigten, als wären sie aus Stahl, jegliche Arbeit. Madame Daville entstammte einer gutbürgerlichen Familie, die durch irgendein Mißgeschick während der Revolution zugrunde gegangen war; ihre Mädchenzeit hatte sie bei einem Onkel, dem Bischof von Avranches, verbracht; sie war ein aufrichtig-frommes Wesen, erfüllt von jener typisch französischen starken und humanen Gläubigkeit, die kein Wanken kennt, jedoch auch mit Bigotterie nichts gemein hat.

Mit dem Eintreffen Madame Davilles brachen für das große, öde Gebäude des französischen Konsulats neue Zeiten an. Sie redete wenig, klagte auch nie, sondern arbeitete, ohne einen Menschen um Rat oder Hilfe zu bitten, vom frühen Morgen bis spät in die Nacht hinein. Das ganze Haus wurde gründlich gesäubert, es bekam ein neues Gesicht und wurde durch zahlreiche Veränderungen den Bedürfnissen der neuen Bewohner soweit wie möglich angepaßt. Zimmer wurden abgeteilt, hier Fenster und Türen zugemauert, dort neue durchgebrochen. In Ermangelung von Möbeln und Stoffen mußte man sich mit türkischen Truhen, Kelims und bosnischem Linnen behelfen.

Das wohnlich hergerichtete und saubere Haus schien völlig verwandelt. Die Schritte hallten nicht mehr so unheimlich wie einst. Eine ganz neue Küche war entstanden. Alles erhielt allmählich den Stempel französischer Lebensart: maßvoll und vernünftig, aber reich an Bequemlichkeit.

Der kommende Frühling würde das Gebäude mit allem, was darin und darum war, nicht wiedererkennen.

Auf der Terrasse vor dem Hause waren zwei Gärten geplant, die mit ihren Blumenbeeten und in ihrer Anlage ein wenig an französische Parks erinnern sollten. Hinter dem Hause wurden ein Geflügelhof und etliche Abstellschuppen und kleine Speicher errichtet.

Alles geschah nach den Entwürfen Madame Davilles und unter ihrer Aufsicht. Die Frau des Konsuls hatte dabei mit Schwierigkeiten aller Art zu kämpfen, ganz besonders aber mit der Bediensetenfrage. Es handelte sich hierbei nicht um jenen Ärger mit dem Dienstpersonal, mit dem die Hausfrauen der ganzen Welt von jeher aufwarten, sondern um eine gewichtige Frage. In der ersten Zeit wollte niemand im Konsulat dienen. An eine türkische Dienerschaft war von vornherein nicht zu denken. Aus den wenigen orthodoxen Häusern wollte sich kein Mädchen verdingen, die Katholikinnen aber, die sonst sogar in türkischen Häusern dienten, wagten in der ersten Zeit nicht, den Fuß über die Schwelle des französischen Konsulats zu setzen, da ihnen die Fratres für diesen Fall mit Acht und Bann drohten. Endlich gelang es Frauen von jüdischen Händlern mit viel Überredungskunst, einige Zigeunerinnen dafür zu gewinnen, gegen gute Bezahlung im neuen Konsulat zu arbeiten. Erst als sich Madame Daville mit ihren Kirchgängen und Spenden für die Kirche von Dolac als eine echte Katholikin auswies, wenn sie auch weiterhin die Frau des »jakobinischen Konsuls« war, gaben sich die Fratres etwas weniger streng und duldeten stillschweigend, daß katholisches Hauspersonal bei der Französin arbeitete.

Madame Daville war überhaupt um möglichst gute Beziehungen zum Pfarrer von Dolac, zu den Fratres in Guča Gora und zur dortigen Glaubensgemeinde bemüht. Daville gab trotz aller Hindernisse, aller Unwissenheit und allem Mißtrauen, das ihm auf Schritt und Tritt begegnete, nie die Hoffnung auf, zumindest seine fromme und kluge Frau würde, noch ehe der österreichische Konsul einträfe, einen gewissen Einfluß auf die Ordensbrüder und die katholische Bevölkerung erringen.

Kurz, in der Familie Davilles und im französischen Konsulat

gestaltete sich das Leben mit den ersten Herbsttagen ruhiger und freundlicher. Den Konsul ließ nie das unbestimmte, aber stetige Gefühl im Stich, alles sei in Klärung begriffen und wende sich zum Besseren oder werde wenigstens leichter und erträglicher.

Über Travnik leuchtete ein eigentümlich blasser Herbsthimmel, unter dem die Straßen mit ihrem blankgespülten Pflaster heller und sauberer ausschauten. Die Sträucher und Wäldchen wechselten ihre Farbe, wurden kahler und lichteten sich. Wenn die Sonne auf die Lašva schien, sah man so recht auf den Grund des klaren Gewässers; es schoß dahin, zwischen regelmäßige Ufer eng gebettet, und summte wie die Saite eines Instruments. Die Wege waren trocken und hart geworden und zeigten Spuren von zertretenem Obst – aus Bütten und Körben gefallenen Früchten; Heubüschel hingen auf Sträuchern und Zäunen.

Daville unternahm jeden Tag ausgedehnte Spazierritte. Auf ebener Straße, unter hohen Rüstern, schaute er vom Kupilo über die Niederung zu seinen Füßen, auf die Häuser mit den schwarzen Dächern und bläulichen Rauchfahnen, auf die Moscheen und die weißen, ringsum verstreuten Totenäcker, und ihm war, als wollten sich die Häuser, Wege und Gärten zu einem bunten Bild zusammenfügen, das er mehr und mehr begreifen lernte und das ihm immer vertrauter wurde. Über allem wehte ein Hauch von Frieden und Erleichterung. Der Konsul atmete diesen Hauch mit der Herbstluft ein, und es trieb ihn, sich umzuwenden und seine Stimmung wenigstens durch ein Lächeln auch seinem Kawassen mitzuteilen, der ihn auf dem Ritt begleitete.

In Wirklichkeit war alles nur ein einziges tiefes Atemholen.

IV

Daville versäumte während der ersten Monate keine Gelegenheit, sich in seinen Berichten über alles zu beschweren, wozu die Verhältnisse hier für einen Konsul Anlaß boten. Er klagte über die Bosheit und den Haß der einheimischen, bosnischen Türken, über die säumige und unzuverlässige Arbeitsweise der staatlichen Behörden, über die niedrigen Gehälter und unzureichenden Kredite, über das Haus, dessen Dach den Regen durchließ, über das Klima, von dem die Kinder so leicht erkrankten, über die Ränke der österreichischen Agenten und über das mangelnde Verständnis seiner Vorgesetzten in Stambul und Split für seine Lage. Kurz, jede Sache war mit Schwierigkeiten verbunden, alles wurde nur halb erledigt, lief falsch und gab Grund zur Klage.

Unter anderem monierte er besonders, daß ihm das Ministerium noch immer keinen zuverlässigen, qualifizierten Beamten geschickt hatte, der Türkisch konnte.

D'Avenat war ihm zwar eine Hilfe in der Not, aber er vermochte ihm nie vorbehaltlos zu trauen. Der große Eifer, den d'Avenat an den Tag legte, reichte nach wie vor nicht aus, den Argwohn des Konsuls zu zerstreuen. Dazu kam, daß d'Avenat das Französische wohl in Worten beherrschte, nicht aber die dienstliche Korrespondenz führen konnte.

Für den Verkehr mit dem Publikum nahm der Konsul einen jungen Travniker Juden namens Rafo Atijas in seine Dienste, der die Arbeit in der Lederhandlung seines Onkels scheute und lieber Dolmetscher der »illyrischen« Sprache war, als in gegerbten Häuten herumzustöbern. Ihm durfte man noch weniger trauen als d'Avenat. Deshalb beschwor Daville seine Vorgesetzten in jedem Bericht, ihm einen Beamten zu schicken.

Zu guter Letzt, als der Konsul schon jede Hoffnung aufgegeben hatte und anfing, sich an d'Avenat zu gewöhnen und Vertrauen zu ihm zu fassen, traf der junge des Fossés ein, der fortan sein Kanzler und Dolmetscher sein sollte.

Amédée Chaumette des Fossés gehörte zur jüngsten Pariser Diplomatengeneration, das heißt zu den ersten, die nach den unruhigen Revolutionsjahren unter günstigen Verhältnissen ein geregeltes Studium und eine Fachausbildung für den Dienst im Orient genossen hatten. Er entstammte einer Bankierfamilie, die weder zur Zeit der Revolution noch während des Direktoriums ihren alten, gut angelegten Reichtum eingebüßt hatte. In der Schule galt er als Wunderkind und setzte seine Lehrer und Altersgenossen durch sein vorzügliches Gedächtnis, schnelles Urteil und seine gute Auffassungsgabe auf den verschiedensten Gebieten in Erstaunen.

Der Jüngling war groß, athletisch gebaut, hatte eine frische Gesichtsfarbe, und seine großen braunen Augen leuchteten vor Wißbegier und Unrast.

Daville erkannte in ihm sofort ein echtes Kind der neuen Zeit, den typischen jungen Mann aus dem neuen Paris: kühn und sicher in Rede und Geste, unbeschwert, mit beiden Beinen im Leben stehend, im Vollgefühl seiner Kraft und seines Wissens, dabei leicht geneigt, das eine wie das andere zu überschätzen.

Des Fossés übergab seinem neuen Vorgesetzten die Post und erzählte in aller Knappheit das Notwendigste, ohne zu verbergen, wie müde und durchfroren er war. Er aß reichlich und mit sichtlichem Appetit und erklärte, ohne sich viel zu entschuldigen, er wolle sich hinlegen und ausruhen. Er schlief die ganze Nacht und den darauffolgenden Vormittag. Dann stand er munter und ausgeruht auf und zeigte sein Wohlbehagen darüber ebenso natürlich und ungezwungen wie am Abend vorher seine Ermüdung und Schläfrigkeit.

Mit seiner Unmittelbarkeit, seinem sicheren Auftreten und beschwingten Wesen brachte der junge Mann Verwirrung in den kleinen Haushalt. Er wußte immer sofort und in allen Dingen, was er wollte und brauchte, und verlangte es ohne Umschweife und ohne viele Worte.

Gleich nach den ersten Tagen und den ersten Gesprächen war es klar, daß es zwischen dem Konsul und seinem neuen Beamten nicht viele Berührungspunkte gab und nicht geben konnte, ganz zu schweigen von einer engen Vertrautheit. Allerdings nahm das jeder auf seine Art hin, so wie er es verstand.

Für Daville, der jene Lebensphase durchmachte, in der alles zum Gegenstand von Gewissensproblemen und Seelenqualen werden kann, brachte des Fossés statt Erleichterung nur neue

Schwierigkeiten, er stellte ihn vor eine Reihe neuer, unlösbarer Probleme, denen er sich nicht entziehen konnte, und verstärkte schließlich nur die Öde und Einsamkeit um ihn. Für den jungen Kanzler dagegen schien nichts ein Problem zu sein, für ihn gab es keine unüberwindlichen Schwierigkeiten. Sein Vorgesetzter, Daville, jedenfalls war für ihn kein Problem.

Daville war fast vierzig Jahre alt, des Fossés wurde eben erst vierundzwanzig. Dieser Altersuntersehied hätte zu anderen Zeiten und unter anderen Umständen wenig bedeutet. Stürmische Zeiten jedoch, mit ihren großen Umwälzungen und sozialen Umschichtungen, schaffen und vertiefen die unüberbrückbare Kluft zwischen zwei Generationen und lassen aus ihnen geradezu zwei Welten entstehen.

Daville erinnerte sich des alten Regimes, obgleich er damals noch ein Knabe gewesen; er hatte die Revolution in allen ihren Erscheinungsformen als sein ureigenstes Schicksal erlebt; er war dem Ersten Konsul persönlich begegnet und hatte sich dessen Regime mit einem Eifer verschrieben, in dem erstickte Zweifel und grenzenlose Gläubigkeit verborgen lagen.

Er war etwa zwölf Jahre alt, als er, mit anderen Kindern aus bürgerlichen Häusern Spalier stehend, König Ludwig XVI. sah, der ihrer Stadt einen Besuch abstattete. Das war für den Geist und die Phantasie eines Knaben, der daheim immer zu hören bekam, daß seine ganze Familie im Grunde von »der Güte des Königs« lebe, ein unvergeßliches Ereignis. Jetzt schaute er mit eigenen Augen diesen König, die Verkörperung alles Großen und Schönen, was man vom Leben erwarten durfte. Unsichtbare Fanfaren erklangen, Kanonen donnerten, und die Glocken läuteten vereint von allen Türmen der Stadt. Die festlich gekleideten Menschen durchbrachen vor lauter Begeisterung fast alle Schranken. Tränen in den Augen, sah der Knabe auch in den Augen der Umstehenden Tränen, und eine große Erregung, die solchen Augenblicken eigen ist, würgte ihm in der Kehle. Der König, ebenfalls von Rührung übermannt, befahl dem Kutscher, Schritt zu fahren, er schwenkte mit weit ausholender Gebärde seinen großen Hut und antwortete auf die einträchtigen Zurufe »Es lebe der König!« mit klar vernehmlicher Stimme: »Es lebe mein Volk!« Dies alles, was der Knabe sah und hörte, nahm er in sich wie den Teil eines wunderbaren Traumes vom Paradies auf, bis die begeisterte Menge, die hinter ihm stand, ihm seinen neuen, etwas zu hohen Hut über die Augen gestülpt hatte, so daß er nichts mehr sah als den dunklen Schleier seiner eigenen Tränen, in denen gelbe Funken kreisten und blaue Streifen schwammen. Als es ihm endlich gelang, den Hut wieder hochzurücken, war alles vorüber wie eine Traumerscheinung, nur die Menschen um ihn drängten und schoben sich mit rotglühenden Gesichtern und leuchtenden Augen.

Wohl zehn Jahre später war es, da lauschte Daville als junger Pariser Zeitungsreporter – wiederum mit Tränen in den Augen und mit dem gleichen Würgen in der Kehle – den Reden Mirabeaus, der gegen die alte Ordnung und ihre Mißstände wetterte.

Davilles Begeisterung in dieser Zeit entsprang der gleichen Quelle wie in seiner Kindheit, aber der Gegenstand der Begeisterung war ein anderer. Selbst verändert, fand er sich einer völlig veränderten Welt gegenüber, in welche die Revolution ihn und Hunderttausende ihm ähnlicher junger Leute gewaltsam und unwiderstehlich hineingerissen hatte. Weil er selbst jung war, glaubte er, die ganze Welt hätte sich nochmals verjüngt und es müßten sich auf dem Erdball ganz neue Aussichten und ungeahnte Möglichkeiten eröffnen. Alles war auf einmal leicht, verständlich und einfach, alle Anstrengungen erhielten einen höheren Sinn, jeder Schritt und jeder Gedanke war von übermenschlicher Größe und Würde erfüllt. Das war nicht mehr jene königliche Güte, die nur einer beschränkten Zahl von Menschen und Familien galt, sondern eine allgemeine Offenbarung des göttlichen Rechts für die gesamte Menschheit. Daville war wie alle übrigen trunken von einem unbegreiflichen Glücksgefühl, so wie es schwache Menschen zu sein pflegen, wenn es ihnen gelingt, eine gemeinsame, allgemein anerkannte Formel zu finden, die ihnen die Befriedigung ihrer persönlichen Bedürfnisse und Triebe auf Kosten anderer und um den Kaufpreis fremden Untergangs verspricht und sie gleichzeitig von Gewissensbissen und Verantwortung befreit.

Obwohl der junge Daville nur einer von vielen Berichterstattern war, die über die Sitzungen der Verfassunggebenden Versammlung schrieben, glaubte er, seine Artikel, in denen er die Reden großer Männer wiedergab oder die patriotische und revolutionäre Begeisterung der Zuhörer schilderte, seien von unvergänglicher Bedeutung für den ganzen Erdkreis. Die Initialen seines Namens unter den Reportagen standen in der ersten Zeit vor ihm wie zwei Berge, die keine Macht der Erde überragen oder versetzen konnte. Er kam sich vor, als schriebe er nicht nur die Chronik der Nationalversammlung, sondern als knete er mit seinen Händen und mit riesenhaften Kräften die Seele der Menschheit wie gefügigen Ton.

Aber auch diese Jahre vergingen, und er sah schneller, als er hätte vermuten können, die Kehrseite der Revolution, die einst auch seinen Geist gefangengenommen hatte.

Eines Morgens stand er auf, vom Geschrei und Gejohle des Straßenpöbels aus dem Schlaf gerissen, und öffnete sein Fenster. Da glotzte ihn plötzlich ein vom Rumpf getrennter Menschenschädel an, der fahl und blutüberströmt auf einem Sansculottenpickel schaukelte. Davilles Magen – der Magen eines echten Bohemiens, noch leer vom gestrigen Tage – stülpte sich vor Ekel um, es war, als stiege eine kalte und bittere Flüssigkeit von unten nach oben und durchrieselte, schrecklich und schmerzhaft zugleich, den ganzen Körper. Von da an wartete das Schicksal Daville viele Jahre hindurch immer von neuem mit diesem Getränk auf, an das sich der Mensch so schwer gewöhnt. Er setzte den einmal eingeschlagenen Weg fort, lebte sein Leben unbeirrt weiter, schrieb seine Artikel nach wie vor und heulte mit der Menge, aber er tat es jetzt bereits unter der Qual einer inneren Spaltung, die er sich lange nicht eingestehen wollte und die er bis zum Schluß vor jedem Menschen geheimhielt. Und als dann die Stunde kam, in der über das Leben des Königs und das Schicksal des Königtums entschieden werden sollte, als er wählen mußte zwischen dem bitteren Getränk der Revolution, die ihn so gewaltsam mit sich gerissen, und der »königlichen Güte«, die ihn »großgezogen« hatte, da stand der Jüngling wieder auf der entgegengesetzten Seite.

Im Juni 1792, nach dem ersten gelungenen Sturm der Aufständischen auf die Tuilerien, gärte in den gemäßigteren Bevölkerungsschichten eine starke Gegenbewegung, die eine Unterschriftenaktion zugunsten des Königs und des Hofes in die Wege leitete. Mitgerissen von dieser Welle der Entrüstung über die Gewalttaten und das Chaos der Revolution, besiegte der Jüngling seine Angst und alle aufkommenden Bedenken und setzte seinen Namen unter die von zwanzigtausend Bürgern unterzeichnete Eingabe. Diesem Entschluß waren so viele Seelenkämpfe vorausgegangen, daß Daville seine Unterschrift keineswegs für belanglos oder verloren hielt zwischen den zwanzigtausend Namen, von denen die meisten bedeutender und bekannter waren als sein eigener. Er stellte sich vor, sein Namen leuchte mit Flammenlettern am Abendhimmel von Paris. Damals merkte Daville so recht, wie man mit sich selbst in Zwiespalt geraten, wie man in seinen eigenen Augen stürzen und emporsteigen kann, kurz, wie vergänglich die Begeisterung zu sein vermag, wie unbestimmt und verworren, solange sie währt, wie teuer man sie bezahlen muß und wie bitter die folgende Reue ist, hat sich einmal der Rausch verflüchtigt.

Einen Monat später begann eine große Verfolgungs- und Verhaftungswelle unter verdächtigen Personen und sogenannten schlechten Bürgern, in erster Linie unter den zwanzigtausend Menschen, die jene Eingabe unterzeichnet hatten. Um sich vor der Verhaftung zu retten, um eine Entscheidung herbeizuführen und einen Ausweg aus seinen inneren Kämpfen zu finden, meldete sich der junge Journalist Daville als Freiwilliger an die Front und wurde zur Pyrenäenarmee an die spanische Grenze geschickt.

Hier erfuhr er, daß der Krieg zwar hart und furchtbar, aber auch gut und heilsam sein konnte. Hier gewann er das richtige Maß zur Beurteilung körperlicher Leistungen und begriff ihre

Bedeutung, hier erprobte er sich selbst in Gefahren, lernte gehorchen und befehlen, sah das Leid in allen seinen Formen, erkannte aber auch den hohen Wert der Kameradschaft und den tieferen Sinn der Disziplin.

Drei Jahre nach den ersten großen inneren Krisen stand Daville wieder mit beiden Beinen auf der Erde, ausgeglichen und durch die soldatische Lebensweise gekräftigt. Der Zufall führte ihn in das Außenministerium, in dem zur damaligen Zeit alles drunter und drüber ging und in dem kein einziger, vom Minister bis zum Beamtenanwärter, Berufsdiplomat war, sondern in dem alle gemeinsam diese Kunst, die bislang den Menschen des alten Regimes vorbehalten war, von Grund auf erlernten. Damit, daß Talleyrand Minister wurde, erhielt alles einen Aufschwung, und es ging vorwärts. Wiederum war es ein Zufall, daß Talleyrand auf die Artikel des jungen Daville im »Moniteur« aufmerksam wurde und ihn unter seine besondere Obhut nahm.

Wie für so viele geplagte Menschen, denen das Leben hart zugesetzt hatte und die in ihrem Denken nicht selbständig genug waren, ging damals auch für Daville in seiner seelischen Not und Zerrissenheit ein leuchtender Stern auf: der junge General Bonaparte, der Sieger von Italien, die Hoffnung all jener, die wie Daville einen goldenen Mittelweg zwischen dem alten Regime und der Emigration einerseits und der Revolution und dem Terror andererseits suchten. Bevor Daville sein Amt als Sekretär der neuen Zisalpinischen Republik in Mailand antrat, mit dem ihn Talleyrand betraut hatte, empfing ihn der General, um ihm persönlich Weisungen an seinen Gesandten, den Bürger Trouvé, mit auf den Weg zu geben.

Daville war ein guter Bekannter von Lucien, dem Bruder Napoleons, und durfte sich auf seine Empfehlung berufen; deshalb wurde er mit besonderer Aufmerksamkeit nach dem Nachtessen von Napoleon in der Privatwohnung empfangen.

Als er dem schmächtigen Mann mit dem Gesicht eines Märtyrers und den Flammenaugen, die trotzdem kalt blickten, gegenüberstand und seinen Worten lauschte, die ebenso vernünftig wie herzlich klangen, erhabenen, kühnen, klaren, verführerischen Worten, die dem Menschen ungeahnte Aussichten eröffneten, für die es sich zu leben und zu sterben lohnte, da schien es ihm, als fielen aller Wankelmut und jede Verzagtheit von ihm ab. Es war ihm, als herrsche von nun an in der Welt eitel Frieden, als werde alles sich klären, als seien alle Ziele erreichbar und jede Mühe lohnend und von vornherein mit Erfolg gekrönt. Die Aussprache mit diesem außergewöhnlichen Menschen heilte ihn wie die Berührung eines Wundertäters. Alles, was sich in den verflossenen Jahren in seiner Seele niedergeschlagen hatte, war wie weggeschwemmt, alle verlöschende Begeisterung, alle quälenden Zweifel fanden ihren Sinn und ihre Erklärung. Dieser außergewöhnliche Mensch zeigte ihm jenen sicheren Weg, der zwischen den Extremen und Widersprüchen verlief und den Daville mit vielen anderen seiner Zeitgenossen schon seit Jahren leidenschaftlich und vergeblich gesucht hatte. Und als der frischgebackene Sekretär der Zisalpinischen Republik aus der Wohnung des Generals etwa um Mitternacht auf die Rue Chanteraine hinaustrat, wurde er plötzlich gewahr, wie ihm die Tränen in die Augen traten, und er spürte das gleiche starke, unbezwingliche Würgen in der Kehle, das er als Kind bei der Begrüßung Ludwigs XVI., später als junger Mann beim Gesang revolutionärer Lieder und bei den Reden Mirabeaus empfunden hatte. Er fühlte sich beflügelt, berauscht und hörte im Halse und in den Schläfen sein Blut im gleichen Rhythmus pochen wie das Weltall, dessen Pulsschlag er hoch oben, irgendwo unter den Sternen der Nacht, zu erahnen glaubte.

Wieder flossen die Jahre dahin. Das Bild des schmächtigen Generals stieg auf und bewegte sich am Horizont – eine einmalige Sonne, die keinen Untergang zu kennen schien. Daville wechselte seinen Aufenthaltsort, seine Stellungen, schmiedete literarische und politische Pläne und wandte sich, gleich der übrigen Welt, dieser Sonne zu. Aber die Begeisterung, wie alle Begeisterung schwacher Charaktere in großen und unruhigen

Zeiten, verriet ihn, sie hielt nicht, was sie versprochen hatte; Daville fühlte, daß auch er seiner Begeisterung heimlich untreu wurde und sich ihr immer mehr entfremdete. Seit wann ging diese Wandlung in ihm vor? Wann hatte das seelische Erkalten begonnen, und wie weit war es schon gediehen? Er hätte sich selbst darüber keine Rechenschaft ablegen können, aber er merkte von Tag zu Tag deutlicher, wie es um ihn bestellt war. Allerdings schien diesmal alles noch schwieriger und noch ausweglosen zu sein. Das alte Regime war von der Revolution wie von einem Sturm hinweggefegt worden, und Napoleon folgte wie eine Erlösung von beidem, er kam wie ein Geschenk der Vorsehung, als der so lange ersehnte »Mittelweg«, der Weg der Würde und Vernunft. Nun erwachten in Daville Zweifel: Vielleicht war auch dieser Weg kein Weg, sondern eine der vielen Täuschungen? Gab es überhaupt einen sogenannten »rechten Weg«? War nicht das ganze menschliche Leben ein einziges Sichverlieren auf rastloser Suche nach einer neuen Bahn und eine stete Berichtigung der falschen, die man eingeschlagen hatte? Es hieß also, auch weiterhin den rechten Weg zu suchen. Nach so vielen Aufstiegen und Stürzen war das nicht mehr so leicht und einfach wie einst. Daville war nicht mehr jung, und die Jahre und die früheren inneren Krisen, schwer und zahlreich, hatten ihn ermüdet; er war wie viele seiner Altersgefährten vom Wunsch nach stiller Arbeit und Beständigkeit beseelt. Statt dessen bewegte sich das Leben in Frankreich in einem sich steigernden Rhythmus und geriet auf immer seltsamere Bahnen. Und Frankreich steckte mit seiner Unruhe ein Volk nach dem anderen an und riß einen immer weiteren Kreis von Ländern mit in den Strudel; eines um das andere verfiel diesem Reigen tanzender, besessener Derwische. Es war wohl jetzt schon das sechste Jahr, etwa seit dem Frieden von Amiens, daß in Davilles Seele Hoffnung und Bangen wie das Spiel von Licht und Schatten einander ablösten. Nach jedem Sieg des Ersten Konsuls oder – später – des Kaisers Napoleon hatte es den Anschein, als sei der erlösende Mittelweg endgültig gesichert, doch wenige Monate danach fühlte man sich wiederum wie in einer Sackgasse. Angst erfaßte die Menschen. Alle gingen vorwärts, viele aber begannen zurückzuschauen. In den wenigen Monaten, die Daville, bevor er zum Konsul in Travnik ernannt wurde, in Paris weilte, las er in den Augen seiner Freunde wie in einem Spiegel dieselbe Angst, die er sich nicht eingestand, die er zu unterdrücken suchte, die aber immer wieder in ihm selbst aufstieg.

Vor zwei Jahren, gleich nach dem großen Sieg Napoleons über Preußen, hatte Daville ein Poem geschrieben: »Die Schlacht bei Jena«. Vielleicht hatte er es in der Absicht verfaßt, seinem Zweifel Schweigen zu gebieten und die Angst zu verscheuchen, indem er den siegreichen Kaiser überschwenglich verherrlichte. Gerade als er im Begriff war, das Gedicht in Druck zu geben, sagte ihm ein Landsmann und langjähriger Freund, ein ehemals hoher Offizier aus dem Marineministerium, bei einem Glas Calvados:

»Weißt du eigentlich, was du da rühmst und verherrlichst? Weißt du, daß der Kaiser wahnsinnig ist – ein Narr! Und daß er sich nur durch das Blut seiner Siege, die nichts nützen und zu nichts führen, an der Macht hält? Weißt du, daß wir alle gemeinsam in ein großes Unglück schlittern, dessen Namen und Ausmaß wir noch nicht kennen, das jedoch ohne Zweifel am Ende aller Siege auf uns wartet? Du weißt es nicht! Ja, siehst du, deshalb kannst du auch die Siege besingen!«

Zugegeben, der Freund hatte an dem Abend etwas tiefer ins Glas geschaut, aber Daville konnte seine seherisch in die Ferne blickenden, weit aufgerissenen Augen ebensowenig vergessen wie das Geflüster, aus dem ihm neben dem Alkoholgeruch auch der Atem der Überzeugung entgegenschlug. Und die nüchternen Menschen sprachen denselben Gedanken aus, auch flüsternd, nur mit anderen Worten, oder verbargen ihn hinter sorgenvollen Mienen.

Und doch entschloß sich Daville, das Gedicht in Druck zu geben, allerdings zögernd, zweifelnd am Wert seiner Dichtung und an der Dauerhaftigkeit der Siege. Der Zweifel, der eben erst dabei war, in der Welt um sich zu greifen, entwickelte sich für Daville zu einer persönlichen Seelenpein.

In dieser quälenden, verworrenen seelischen Verfassung, die er vor den anderen verheimlichte, kam er als Konsul nach Travnik, und was er hier erlebte, war nicht dazu angetan, ihn aufzumuntern oder zu beruhigen, sondern machte ihn nur noch wankelmütiger und kopfscheuer.

Die ersten Begegnungen mit des Fossés, dem jungen Mann, mit dem er fortan zusammen leben und zusammen arbeiten mußte, weckten die Seelenzustände von neuem und verstärkten sie sogar. Während Daville ihn beobachtete und ihm lauschte, wie er sich so natürlich gab und sich so kühn und leichthin über alles äußerte, dachte er für sich: ›Es ist nicht schrecklich, daß man altert, schwächer wird und stirbt, schrecklich ist allein die Erkenntnis, daß auf uns Neue, Jüngere folgen, die so ganz anders sind als wir. Darin besteht der eigentliche Tod. Es ist keiner da, der uns ins Grab zieht, nein, wir werden von hinten in das Grab gestoßen!‹ Der Konsul staunte, woher ihm solche Gedanken kamen, sie entsprachen so gar nicht seiner angeborenen Denkweise! Er verwarf sie auch schnell wieder, bezeichnete sie als eine Folge des »orientalischen Giftes«, das früher oder später jeden annagt und sich, wie er feststellen mußte, nun langsam auch in sein Gehirn einschlich.

Der junge Mann, der einzige Franzose in dieser Wildnis und im Grunde genommen sein einziger wahrer Mitarbeiter, war in allem so sehr anders als Daville (oder schien es mindestens zu sein), daß es ihm dann und wann vorkam, als lebe er neben einem Fremden oder gar neben einem Gegner. Was ihn jedoch am meisten aus dem Gleichgewicht brachte und an dem jungen Mann reizte, war dessen Einstellung (oder besser gesagt: das Fehlen jeglicher Einstellung) zu den »Grundfragen«, die für Daville den Inhalt seines ganzen Lebens bedeuteten, den Fragen: Königtum, Revolution und Napoleon. Die drei Begriffe bildeten für den Konsul und seine Generation ein wildes Durcheinander von Konflikten, von Elan, Begeisterung und strahlenden Heldentaten, aber auch von Wankelmut, innerem

Verrat und unsichtbaren Fehltritten des Gewissens, ein Durcheinander, für das es keine Lösung gab und das immer weniger Hoffnung auf eine dauerhafte Entwirrung bot; diese Begriffe hatten sich zu einer einzigen großen Qual verdichtet, die Davilles Generation seit ihrer Kindheit mit sich schleppte und vielleicht bis zum Grabe nicht loswerden sollte. Dennoch und gerade deshalb war ihnen diese Seelenqual ans Herz gewachsen und lieb geworden wie ihr eigenes Leben. Für des Fossés nun und seine Altersgenossen gab es, wenigstens in den Augen Davilles, weder Qualen noch Rätsel, weder Ursachen zu Beschwerden noch Gründe zum Nachdenken. Für die Jungen war das alles einfach und natürlich, es lohnte nicht, darüber Worte zu verlieren oder sich den Kopf zu zerbrechen. Das Königtum war ein Märchen; die Revolution eine trübe Erinnerung aus der Kindheit; das Kaisertum, das war das Leben an sich, das Leben und die Karriere, der natürliche und selbstverständliche Schauplatz unbegrenzter Möglichkeiten, Aktionen und ruhmvoller Husarenstücke. Für des Fossés stellte das System, in dem er lebte, das Kaisertum also, die einzige und in sich einheitliche Wirklichkeit dar, die sich, in geistiger und materieller Hinsicht, von einem Ende des Horizonts zum anderen erstreckte und alles umfaßte, was das Leben selbst enthielt. Für Daville war es nur eine zufällige und zerbrechliche Folge von Dingen, deren qualvollen Ursprung er einmal selbst erlebt und mit eigenen Augen gesehen hatte und deren Kurzlebigkeit er nie völlig vergessen konnte. Im Gegensatz zu dem Jüngling entsann er sich sehr wohl alles dessen, was vorher gewesen, und dachte häufig daran, was noch kommen könnte.

Die Welt der »Ideen«, die für Davilles Generation die wirkliche geistige Heimat und das wahre Leben dargestellt hatte, schien für des Fossés' Generation gar nicht zu bestehen, statt dessen gab es für sie das »lebendige Leben«, die Welt der Wirklichkeit, die Welt der greifbaren Tatsachen, der sichtbaren, meßbaren Erfolge und Mißerfolge, eine furchtbare, neue Welt, die sich vor Daville wie eine eisige Wüste auftat, schrecklicher noch als das Blut, die Qualen und die geistigen Wirrsale der

Revolution. Dieser dem Blut entsprossenen Generation fehlte alles, sie stürzte sich auf alles und war gestählt, als sei sie durchs Feuer gegangen.

Wie alles übrige, so verallgemeinerte und übertrieb Daville ohne Zweifel auch diese Beobachtung unter dem Einfluß der ungewöhnlichen Umgebung und der schwierigen Lebensverhältnisse. Er gestand sich das häufig auch selbst ein, denn er liebte von Natur aus weder Gegensätzlichkeiten noch die Erkenntnis, daß sie ewig und unüberbrückbar seien. Aber vor ihm stand wie ein unaufhörlicher Vorwurf der Jüngling: mit scharfem Blick, kalt und zugleich sinnlich, unbeschwert und voller Selbstbewußtsein, unbelastet von Rücksichten und Zweifeln, ein Mensch, der die Dinge um sich so nackt sah, wie sie waren, und sie rücksichtslos bei dem richtigen Namen nannte. Mochte des Fossés noch so begabt und persönlich gutherzig sein, er war für Daville ein Vertreter der neuen Generation, des »animalisierten Geschlechts«, wie Davilles Altersgenossen sagten. ›Das also ist die Frucht der Revolution, der freie Bürger, der neue Mensch‹, sagte sich Daville nach jedem Gespräch mit dem jungen Mann. ›Vielleicht gebären Revolutionen Ungeheuer?‹ fragte er sich dann besorgt. ›Ja, sie werden in Größe und moralischer Reinheit empfangen, aber sie gebären Ungeheuer‹, antwortete er sich oft selbst.

Nachts fühlte er dann, wie ihn immer schwärzere Gedanken überfielen und ihn zu beherrschen drohten, statt daß er ihrer Herr wurde.

Während Daville so mit seinen Gedanken und Stimmungen rang, die durch die Ankunft des jungen Kanzlers ausgelöst wurden, schrieb jener in sein den Freunden in Paris gewidmetes kleines Tagebuch über Daville nur soviel: »Der Konsul ist so, wie ich ihn mir vorgestellt habe.« Diese Vorstellung hatte er sich auf Grund der ersten Berichte aus Travnik gemacht und noch mehr auf Grund der Schilderung eines älteren Kollegen aus dem Ministerium, eines gewissen Queraine, dem man nachrühmte, er kenne alle Beamten des Außenministeriums und könne mit wenigen Worten ein mehr oder weniger genaues »moralisches und physisches Porträt« von jedem zeichnen. Queraine war scharfsinnig und geistreich, aber sonst ein unfruchtbarer Mensch, dem es ins Blut übergegangen und zur Leidenschaft geworden war, solche »mündlichen« Porträts zu zeichnen. Er gab sich mit ganzer Seele der unnützen Arbeit hin, die bald an strenge Wissenschaft erinnerte, bald an eine gewöhnliche Verleumdung, und er konnte das Bild einer Person jederzeit Wort für Wort, wie einen gedruckten Text, aus dem Gedächtnis wiederholen. Dieser Queraine zeichnete des Fossés' zukünftigen Chef Daville so:

»Jean Daville kam mit gesunden, geraden Gliedern auf die Welt, mit einem Wort: als Durchschnittsmensch. Seiner ganzen Natur, Herkunft und Erziehung nach war er geschaffen, friedlich und einfach zu leben, ohne große Aufstiege und schwere Stürze, ohne plötzliche Veränderungen überhaupt. Eine Pflanze für das gemäßigte Klima. Es war ihm angeboren, sich leicht von Ideen und Persönlichkeiten begeistern und hinreißen zu lassen; außerdem empfand er eine besondere Neigung zur Poesie und zu poetischen Seelenstimmungen. Aber all das überschreitet nicht die Grenze glücklicher Durchschnittlichkeit. Friedliche Zeiten und geordnete Verhältnisse festigen in solchen Menschen das Durchschnittliche, stürmische Zeiten und große Umwälzungen lassen sie zu komplizierten Naturen werden. Dies trifft auch auf unseren Daville zu, der immer inmitten großer Ereignisse stand. Das konnte seine wahre Natur nicht verändern, doch neben seinen angeborenen Eigenschaften entstanden neue, seinem Wesen entgegengesetzte Züge. Da er nicht rücksichtslos, grausam, gewissenlos oder heimtückisch sein konnte, wurde er, um sich zu schützen und sich zu behaupten, ängstlich, geheimnistuerisch und vorsichtig bis zum Aberglauben. Gesund, redlich, unternehmungslustig und heiter, wurde er mit der Zeit empfindlich, wankelmütig, träge, mißtrauisch und anfällig für Melancholie. Weil das seinem eigentlichen Charakter widersprach, bewirkte es in ihm eine wunderliche Spaltung der Persönlichkeit. Kurz, er ist einer von jenen Menschen, die zu besonderen Opfern großer geschichtlicher Ereignisse werden, da sie weder in der Lage sind, sich den Ereignissen zu widersetzen, wozu einzelne starke Ausnahmemenschen imstande sind, noch es verstehen, sich mit ihnen auszusöhnen, wie es die breite Masse der Durchschnittsmenschen tut. Er ist ein Typ, der jammert und jammern wird, solange er lebt – über alle Dinge im Leben und über das Leben selbst.

Ein Fall, wie er in unserer Zeit sehr häufig vorkommt«, schloß der Kollege.

Mit solcher grundsätzlichen Verschiedenheit begann also das Zusammenleben der beiden Franzosen. Trotz des feuchten, kalten Herbstwetters besichtigte des Fossés die Stadt und ihre Umgebung und lernte einen großen Teil der Bevölkerung kennen. Daville stellte ihn dem Wesir und den wichtigsten Persönlichkeiten im Konak vor, die übrigen Bekanntschaften schloß der junge Mann selbst. Er machte sich mit dem Pfarrer von Dolac, Fra Ivo Janković, bekannt, einem Mann, der hundertundvier Okka wog, im übrigen aber einen regen Geist und eine scharfe Zunge besaß. Er traf sich mit dem Hieromonach Pahomije, einem blassen und zurückhaltenden orthodoxen Mönch, der damals die Kirche des heiligen Erzengels Michael hütete. Ferner ging er in die Häuser der Travniker Juden, besuchte das Kloster in Guča Gora und schloß hier mit einigen Klosterbrüdern Bekanntschaft, die ihm Wissenswertes über Land und Leute erzählten. Er nahm sich vor, nach der Schneeschmelze alte Ansiedlungen und Gräber in der Umgebung zu erforschen. Schon nach drei Wochen überraschte er Daville mit der Nachricht, er habe die Absicht, ein Buch über Bosnien zu schreiben.

Der Konsul, der vor der Revolution aufgewachsen war und eine humanistische Erziehung genossen hatte, bewegte sich, obgleich er sich an der Revolution beteiligte, immer in dem Rahmen, den diese Erziehung seinem Denken und Reden vorschrieb. Deshalb schaute er mit einem Gefühl der Verachtung und des Unbehagens auf den ohne Zweifel begabten jungen Mann, auf seine unermeßliche Wißbegier und sein erstaunliches Gedächtnis wie auch auf die kühne Unordnung seiner Rede und die beneidenswerte Fülle seiner Gedanken. Er war von der Aktivität des Jünglings eingeschüchtert, die vor nichts haltmachte und sich durch nichts beirren ließ. Es fiel ihm schwer, sie zu ertragen, und er fühlte, wie ihm jedes Mittel fehlte, sie zu zügeln und zu hemmen. Der Jüngling hatte in Paris drei Jahre Türkisch gelernt und redete nun frank und frei jeden türkisch an. (»Er spricht ein Türkisch, wie man es im Collège Ludwigs des Großen in Paris lernt, aber er kann nicht die Sprache, deren sich die Türken in Bosnien bedienen«, vermerkte Daville.) Wenn es ihm auch nicht immer gelang, sich zu verständigen, so zog er doch die Menschen mit seinem breiten Lachen und seinen hellen Augen an. Mit ihm unterhielten sich auch die Ordensbrüder, die Daville auswichen, und der finstere, mißtrauische Hieromonach; nur die Travniker Begs blieben weiterhin unzugänglich. Aber selbst die Čaršija konnte dem »jungen Konsul« gegenüber nicht gleichgültig bleiben.

Des Fossés ließ keinen Markttag verstreichen, ohne sich den gesamten Basar anzusehen. Er erkundigte sich nach den Preisen, besichtigte die Waren, notierte sich Namen und Bezeichnungen. Das Volk sammelte sich um den »alla franca« gekleideten Fremden und beobachtete ihn, wie er ein Sieb ausprobierte oder aufmerksam die ausgelegten Bohrer und Meißel in Augenschein nahm. Der »junge Konsul« schaute lange zu, wie ein Bauer eine Sense kaufte: wie er mit dem schwieligen Daumen der linken Hand vorsichtig über die Klinge fuhr, wie er dann lange mit dem Stahl gegen die steinerne Schwelle klopfte und mit gespannter Aufmerksamkeit ihrem Klang lauschte, wie er endlich das eine Auge wie beim Zielen zukniff und mit dem anderen die ausgestreckte Sense entlangschaute, um ihren Schwung und ihre Schärfe abzuschätzen. Er trat zu den Bäuerinnen, steifen, älteren Frauen, und fragte sie nach dem Preis der Wolle, die vor ihnen in einem Sack aus Ziegenhaar lag und nach Pferch roch. Die Bäuerin wurde erst verlegen, als sie den Fremdling vor sich sah, denn sie glaubte, er wolle mit ihr scherzen. Schließlich nannte sie auf Drängen des ihn begleitenden

Kawassen den Preis und beteuerte, die Wolle sei »weich wie die Seele selbst«, wenn man sie nur erst gewaschen habe. Er erkundigte sich nach dem Namen der Getreidesorten und des Samens und prüfte die Körner auf ihre Gesundheit und Größe. Ihn interessierte, welcher Art die verschiedenen Griffe und Stiele von Beilen, Hacken, Picken und anderen Geräten waren, wie und aus welchem Holz man sie machte.

Der »junge Konsul« hatte alle wichtigen Personen auf dem Basar kennengelernt: Ibrahim-Aga, den Wiegemeister, Hamza, den Ausrufer, und den Markttrottel, den »närrischen Schwabo«.

Ibrahim-Aga war ein hagerer, großer, gebeugter Greis mit grauem Bart und strenger, würdiger Haltung. Einst war er wohlhabend gewesen und hatte die Gemeindewaage selbst in Pacht; seine Söhne und Gehilfen wogen und maßen damals alles, was auf dem Markt zum Verkauf kam, und er beaufsichtigte sie. Mit der Zeit war er verarmt und war allein geblieben, ohne Söhne und Gehilfen. Jetzt hatten die Travniker Juden die Gemeindewaage gepachtet und zogen das Wiegegeld ein, während Ibrahim-Aga nur noch ihr Angestellter war, aber das merkte man auf dem Basar nicht. In den Augen der Bauern und der übrigen Bevölkerung, die Handel trieb, war Ibrahim-Aga der einzige und wahre Wiegemeister, und er würde es bis zu seinem Tode bleiben. An jedem Markttag stand er an der Waage, vom Morgen bis zum späten Abend. Wenn er mit dem Wiegen begann, breitete sich feierliche Stille um ihn aus. Beim Einstellen der Waage hielt er den Atem an, machte ein feierliches und andächtiges Gesicht, und sein ganzer Körper hob und senkte sich im gleichen Takt wie das langsam schwankende Maß. Ein Auge zukneifend, tarierte er gewissenhaft und verschob vorsichtig das Tarierei in Gegenrichtung zur schweren Last, noch ein wenig, nur noch ganz wenig, bis die Waage zu pendeln aufhörte, feststand und das richtige Maß anzeige. Nun löste Ibrahim-Aga die Hand von der Waage, hob das Gesicht, ohne seinen Blick von der Ziffer zu wenden, und rief deutlich, streng und absolut sicher die Zahl der Okka aus:

»Einundsechzig, weniger zwanzig Drachmen.«

Gegen dieses Maß gab es keinen Einspruch. Überhaupt herrschte im ganzen Basartrubel um ihn ein Kreis der Ordnung, der Stille und jenen Respekts, den alle Menschen dem untrüglichen Maß der Waage und der gewissenhaften Arbeit des Meisters zollten. Die ganze Persönlichkeit Ibrahim-Agas war derart, daß etwas anderes gar nicht denkbar war. Und wenn sich irgendein mißtrauischer Bauer, dessen Ware gewogen wurde, allzusehr der Waage näherte, um sich hinterm Rücken des Wiegemeisters von der Zahl der Okka selbst zu überzeugen, legte Ibrahim-Aga sofort seine Hand auf das Ei, unterbrach das Wiegen und vertrieb den Zudringlichen:

»Scher dich weg von hier! Was hast du mir auf die Finger zu schauen und hustest die Waage an? Wiegen heißt: nicht betrügen; schon der Atem drückt auf die Waage. Und meine Seele wird dafür in der Hölle brennen, nicht deine. Troll dich!«

So verbrachte Ibrahim-Aga seine Zeit, über der Waage schwebend, ganz eins mit ihr, für sie und von ihr lebend, ein anschauliches Beispiel dafür, was man aus seinem Beruf machen kann, welcher Art er auch sein mag.

Den gleichen Ibrahim-Aga, der seine Seele vor der kleinsten Sünde beim Wiegen bewahrte, beobachtete des Fossés, wie er einen christlichen Bauern mitten auf dem Markt und vor den Augen der Menge in rohester Weise schlug. Der Bauer hatte an die zehn Beilstiele auf den Markt gebracht und an eine verfallene Mauer gelehnt, die einen verwahrlosten Friedhof und die Ruinen einer altertümlichen Moschee umgab. Ibrahim-Aga, der die Aufsicht über den Markt hatte, warf sich wütend auf den Bauern, stieß alle Beilstiele mit dem Fuße um und beschimpfte und bedrohte den erschrockenen Mann, der seine umhergestreute Ware aufsammelte:

»Denkst du, du schweiniges Schwein, die Moscheemauer ist für dich errichtet, damit du deine heidnischen Stiele daran lehnst. Noch läutet hier keine Glocke, und noch tönt keine Posaune der Ungläubigen, du Sau einer Säuin!«

Das Volk ging seinem Handel nach, es feilschte, wog die Waren ab und rechnete, ohne sich viel um den Streit zu kümmern.

Der Bauer sammelte glücklich seine Habseligkeiten wieder ein und verlor sich in der Menge. (Als des Fossés wieder daheim war, notierte er:»Die türkische Behörde hat zwei Gesichter. Ihr Vorgehen ist für uns unlogisch, unverständlich und versetzt uns unentwegt in Ratlosigkeit und Erstaunen.«)

Ein völlig anderer Mensch mit ganz anderem Schicksal war Hamza, der amtliche Ausrufer.

Einst wegen seiner Stimme und männlichen Schönheit berühmt, war er von früher Jugend an ein großer Zechbruder und Nichtstuer, einer der schlimmsten Säufer in Travnik. In jüngeren Jahren hatte er sich durch seine Kühnheit und Schlagfertigkeit einen Namen gemacht. Noch jetzt sind seine frechen und witzigen Antworten vielen geläufig und werden weitererzählt. Einmal befragt, weshalb er gerade den Beruf eines Ausrufers gewählt habe, antwortete er: »Es gibt keinen leichteren.« Vor einigen Jahren, als Sulejman-Pascha Skopljak mit seinem Heer gegen Montenegro gezogen war und ganz Drobnjak eingeäschert hatte, erhielt Hamza den Befehl, den großen türkischen Sieg zu verkünden und auszurufen, die Montenegriner hätten hundertundachtzig Mann im Kampf verloren. Einer von denen, die sich stets um den Ausrufer scharten, fragte ihn laut: »Und wie viele von den Unsrigen sind gefallen?« – »Ach was! Das wird der Ausrufer in Cetinje bekanntgeben«, antwortete Hamza gelassen und fuhr fort, auszuschreien, was ihm befohlen.

Hamza hatte sich längst durch sein ungeordnetes Leben, durch das Singen und Schreien seine Stimme verdorben. Er brachte die Čaršija nicht wie früher mit seiner lauten Stimme auf die Beine, sondern verkündete schrill und heiser und mit großer Mühe die amtlichen Meldungen und geschäftlichen Neuigkeiten, so daß ihn nur die allernächsten Zuhörer verstanden. Aber niemand dachte auch nur daran, ein jüngerer mit einer lauteren Stimme müßte ihn ablösen. Auch er selbst merkte anscheinend nicht, daß er keine Stimme mehr besaß. In der gleichen Haltung und mit den gleichen Gebärden, mit denen er einst seine berühmte Stimme durch die Gassen erschallen ließ, verkündete er auch jetzt recht und schlecht alles, was seine Pflicht ihm vorschrieb. Die Kinder scharten sich jetzt um ihn, lachten über die Gebärden, die schon lange nicht mehr dem mühevollen Gegurgel entsprachen, und begafften neugierig und scheu seinen aufgedunsenen Hals, der infolge der Anstrengungen einem Dudelsack glich. Und dennoch war er gerade auf die Kinder angewiesen, denn sie allein hörten noch sein ohnmächtiges Gerufe und verbreiteten die Neuigkeit sofort in der Stadt.

Des Fossés und Hamza freundeten sich schnell miteinander an, denn der »junge Konsul« pflegte hie und da einmal Schmuck oder einen Kelim bei Hamza zu kaufen, an dem jener gut verdiente.

Der »närrische Schwabo« war schon seit Jahren in der Travniker Čaršija bekannt. Er war ein Schwachsinniger unbekannter Herkunft »von irgendwo drüben«, und da die Türken keinem Narren etwas antun, schlief er an den Schwellen der Läden und ernährte sich von Almosen. Er besaß Bärenkräfte, und hatte er noch etwas Schnaps getrunken, so trieben sie mit ihm in der Čaršija immer den gleichen groben Unfug. Sie gaben ihm an Markttagen ein oder zwei Maß Schnaps und schoben ihm einen Knüppel in die Hand. Damit hielt der Tölpel dann die christlichen Bauern auf und begann ihnen mit stets denselben Worten zu kommandieren:

»Halbrechts! Links! Marsch!«

Die Bauern wichen ihm aus oder liefen recht ungeschickt davon, denn sie wußten, der närrische Schwabo war von den Türken aufgehetzt, und Schwabo trieb sie unter dem Gelächter der jüngeren Geschäftsleute und der müßig herumsitzenden Agas auseinander.

Nachdem des Fossés an einem Markttag den Basar aufgesucht und das Treiben dort beobachtet hatte, machte er sich auf den Heimweg. Ihm folgte sein Kawaß. Als sie an die Stelle kamen, wo der Platz enger wird und in die Čaršija mündet, pflanzte sich der närrische Schwabo vor des Fossés auf. Der junge Mann sah den Rüpel mit dem dicken Schädel und den bösen grünen Augen vor sich stehen. Der besoffene Narr blinzelte den Fremden an, lief dann weg, griff nach einem Meßstab, der vor einem Laden stand, und ging schnurstracks auf den jungen Mann zu:

»Halbrechts! Marsch!«

Die ganze Čaršija reckte in schadenfroher Erwartung die Hälse, um zu sehen, wie der »junge Konsul« vor dem närrischen Schwabo tanzte. Aber die Sache nahm einen anderen Verlauf. Bevor noch der Kawaß herbeisprang, bückte sich des Fossés unter dem hochgeschwungenen Meßstab, packte den Narren schnell und geschickt am Handgelenk, machte mit seinem ganzen Körper eine Kehrtwendung und wirbelte so den klobigen Menschen wie eine Puppe herum. Während der Narr dergestalt um den Jüngling herumzappelte, fiel ihm der Meßstab in weitem Bogen aus der zusammengepreßten Hand zur Erde. Da war auch der Kawaß mit der Pistole in der Hand heran. Aber der Narr war schon gebändigt, und seine Hand befand sich hilflos und schmerzhaft verdreht auf dem Rücken. So übergab des Fossés ihn seinem Begleiter, hob den Stab von der Erde auf und lehnte ihn gelassen an den Laden, wo er zuvor gestanden. Der Narr starrte mit verzerrtem Gesicht bald auf seine schmerzende Hand, bald auf den jungen Fremdling, der ihm wie einem Kinde mit dem Zeigefinger drohte und ihn in seinem steifen Büchertürkisch belehrte:

»Du bist unartig!

Man darf nicht unartig sein!«

Dann befahl er den Kawassen zu sich und setzte seinen Weg fort, vorbei an den staunenden Händlern, die vor ihren Läden saßen.

Daville machte dem jungen Beamten deswegen ernste Vorwürfe und erinnerte ihn daran, daß er recht gehabt hatte, als er ihm davon abriet, zu Fuß durch die Čaršija zu gehen, denn man wüßte nie, was dieses boshafte, ungehobelte und faule Volk noch alles aushecke und anstellte. Aber d'Avenat, der sonst des Fossés gar nicht leiden konnte und für sein freies Auftreten kein Verständnis aufbrachte, mußte Daville gegenüber zugeben, man spreche in der Čaršija nur mit Bewunderung von dem »jungen Konsul«.

Der »junge Konsul« setzte seine Erkundungszüge in die Umgebung fort, auch wenn es regnete und die Wege ein einziger Morast waren; er trat unbefangen an die Menschen heran, unterhielt sich mit ihnen und konnte Dinge sehen und erfahren, die sich Daville, ernst, steif und korrekt, wie er war, nie erschlossen hätten. Daville, der in seiner Verbitterung alles Türkische und Bosnische mit Argwohn und Widerwillen aufnahm, erblickte in des Fossés' Spaziergängen und Erkundigungen nicht viel Sinn und Nutzen für das Konsulat. Ihn reizte der Optimismus des jungen Mannes, sein Streben, tiefer in die Geschichte, in die Sitten und die Glaubensvorstellungen dieser Menschen einzudringen, für ihre Fehler immer eine Erklärung zu finden und schließlich und endlich ihre guten Seiten aufzuspüren, die nur verzerrt und verschüttet worden seien von den abnormen Verhältnissen, unter denen sie gezwungen seien zu leben. Solches Bemühen war in den Augen Davilles eine reine Zeitvergeudung und ein schädliches Abweichen vom rechten Wege. Deshalb endeten die Gespräche zwischen ihm und seinem Kanzler über solche Fragen stets mit einer Auseinandersetzung, oder sie verloren sich in einem gereizten Schweigen.

Des Fossés pflegte an eisigen Herbstabenden regendurchnäßt von seinen Spaziergängen zurückzukehren, knallrot im Gesicht und durchfroren, ganz erfüllt von Eindrücken und darauf versessen, von ihnen zu berichten. Daville, der schon seit Stunden im geheizten und hellerleuchteten Speiseraum unruhig auf und ab geschritten war, schwere Gedanken wälzend, empfing ihn von vornherein mit erstauntem Blick.

Der junge Mann, noch ganz außer Atem, aß mit herzhaftem Appetit und erzählte lebhaft, wie er in Dolac, einer eng zusammengedrängten katholischen Siedlung, gewesen und wie schwer ihm der kurze Weg von Travnik nach Dolac gefallen sei.

»Ich glaube, es gibt heute in Europa kein zweites Land, das so wenige Wege besitzt wie Bosnien«, sagte Daville, der langsam und freudlos aß, weil er keinen Hunger verspürte. »Das

Volk hier hat im Gegensatz zu allen übrigen Völkern der Erde einen unfaßbaren, perversen Haß gegen Wege, obgleich sie doch im Grunde Fortschritt und Wohlstand bedeuten; in diesem vermaledeiten Land sind die Wege nicht beständig und von Dauer, sie scheinen sich geradezu selbst zu zerstören. Sehen Sie, daß General Marmont durch Dalmatien eine große Straße bauen läßt, schadet uns hier bei den einheimischen Türken und auch beim Wesir mehr, als sich unsere unternehmungslustigen, prahlerischen Herren in Split auch nur vorstellen können. Das hiesige Volk wünscht nicht einmal in der Nachbarschaft Wege. Aber wer soll dies unseren Herren in Split verständlich machen? Sie brüsten sich laut mit ihren Straßenbauten, wodurch sie den Verkehr zwischen Bosnien und Dalmatien erleichtern wollen, und wissen gar nicht, mit welchem Mißtrauen die Türken das aufnehmen.«

»Darüber sollte man sich gar nicht wundern. Die Sache ist klar. Solange man in der Türkei so regiert wie heute und solange sich die Zustände in Bosnien nicht ändern, kann von Wegen oder einem Verkehr keine Rede sein. Im Gegenteil, aus unterschiedlichen Beweggründen wehren sich Türken wie Christen gleichermaßen gegen die Erschließung des Landes und gegen die Förderung von Verkehrsverbindungen aller Art. Das erkannte ich gerade heute deutlich in einem Gespräch mit meinem Freund, dem dicken Pfarrer Fra Ivo. Ich beschwerte mich über den steilen, vom Regen ausgewaschenen Weg von Travnik nach Dolac, und ich äußerte mein Erstaunen darüber, daß die Gemeindemitglieder von Dolac, die doch gezwungen sind, den Weg jeden Tag zurückzulegen, nichts unternehmen, um ihn wenigstens einigermaßen instand zu setzen. Der Ordensmann betrachtete mich zunächst spöttisch wie jemanden, der nicht weiß, was er spricht, dann kniff er listig das eine Auge zu und flüsterte mir ins Ohr: ›Mein Herr, je schlechter der Weg, desto seltener die türkischen Gäste! Am liebsten wäre es uns, wenn man zwischen ihnen und uns ein unübersteigbares Gebirge aufrichten könnte. Was uns selbst betrifft, so nehmen wir gern die geringe Mühe auf uns und bewältigen jeden Weg, wenn wir es nötig haben. Wir sind an schlechte Wege und an jegliche Hindernisse gewöhnt. Wir leben eigentlich nur davon, daß es Hindernisse gibt. Erzählen Sie es niemandem, was ich Ihnen hier verrate, aber eines sollen Sie wissen: Wir brauchen, solange in Travnik die Türken regieren, keinen besseren Weg. Unter uns gesagt, wenn die Türken den Weg ausbessern sollten, so würden ihn unsere Leute beim nächsten Regen oder Schnee wieder aufreißen. Das schreckt die unerwünschten Gäste wenigstens etwas ab.‹ Erst nach diesem Satz schlug der Ordensmann sein zweites Auge auf, von seiner Schlauheit nicht wenig eingenommen, und bat mich nochmals, mit keinem Menschen darüber zu reden. Hier haben Sie einen Grund, weshalb die Wege nichts taugen. Der zweite Grund liegt bei den Türken selbst. Jede Verkehrsverbindung mit dem christlichen Ausland bedeutet zugleich, dem Feinde Tür und Tor zu öffnen, ihn Einfluß nehmen zu lassen auf die Rajah und die Vormachtstellung der Türken zu gefährden. Im übrigen, Monsieur Daville: Wir Franzosen haben halb Europa geschluckt und dürfen uns nicht wundern, wenn die Länder, die wir noch nicht besetzt haben, argwöhnisch auf die Straßen blicken, die unser Heer an ihren Grenzen baut.«

»Ich weiß, ich weiß«, unterbrach ihn Daville, »aber es müssen nun mal Straßen durch Europa gezogen werden, und man kann doch nicht Rücksicht nehmen auf zurückgebliebene Völker, wie es die Türken und die Bosniaken sind.«

»Wer Straßen für nötig hält, der soll sie auch bauen. Das beweist, daß er sie braucht. Ich erkläre Ihnen nur, weshalb das hiesige Volk keine wünscht und weshalb es meint, es brauche keine und sie brächten ihm eher Schaden als Nutzen.«

Wie üblich, war Daville über die Sucht des jungen Mannes verärgert, alles, was er hier sah, zu erklären und zu rechtfertigen.

»Das alles läßt sich nicht verteidigen«, antwortete der Konsul, »und auch nicht mit irgendwelchen Vernunftgründen vertreten. Die Rückständigkeit der Hiesigen rührt in erster Linie von ihrer Bosheit her, und zwar von ihrer ›angeborenen Bosheit‹, wie der Wesir sagt. In dieser Bosheit findet man alles erklärt.«

»Gut, aber wie erklären Sie sich die Bosheit selbst? Woher kommt sie bei ihnen?«

»Woher, woher? Ich sage Ihnen doch, sie ist ihnen angeboren. Sie werden Gelegenheit haben, sich davon zu überzeugen.«

»Gern, aber bevor ich mich davon überzeugt habe, müssen Sie mir gestatten, bei meiner Auffassung zu bleiben, daß die Bosheit wie die Güte eines Volkes ein Produkt der Umstände ist, unter denen es lebt und sich entwickelt. Auch uns treibt nicht selbstloser Edelmut an, Straßen zu bauen, sondern die Notwendigkeit und der Wunsch, nützliche Verkehrsverbindungen und mehr Einfluß zu gewinnen, das aber legen uns viele als ›Bosheit‹ aus. So treibt unsere Bosheit uns, die Wege zu bauen, und ihre sie dazu, die Wege zu hassen und zu zerstören, wann immer sie es können.«

»Sie gehen reichlich weit, junger Freund!«

»Nein, das Leben ist es, das so weit und das weiter geht, als wir es verfolgen können. Ich bemühe mich nur, einige Erscheinungen zu deuten, wenn ich schon nicht alle verstehen kann.«

»Nicht alles läßt sich erklären und verstehen«, antwortete Daville müde und ein wenig von oben herab.

»Ganz richtig, aber man muß sich stets um eine Erklärung bemühen.«

Des Fossés, den nach seinem Ritt durch den kalten Tag jetzt das Essen und der Wein erhitzten und den seine Jugend dazu trieb, laut zu denken, fuhr in seiner Erzählung fort:

»Bitte, wie soll man sich das erklären. Der gleiche scharfsinnige und diskrete Pfarrer aus Dolac, der viel gesunden Verstand und Wirklichkeitssinn besitzt, hielt am vorigen Sonntag in seiner Kirche eine Predigt. Unser katholischer Kawaß erzählte mir, der Pfarrer habe in der Predigt von irgendeinem gottgefälligen Ordensbruder, der dieser Tage im Kloster Fojnica gestorben ist, behauptet, er habe, wenn er vielleicht auch kein Heiliger gewesen, doch in unmittelbarem Verkehr mit Heiligen gestanden und man wisse zuverlässig, daß ein besonderer Engel ihm jede Nacht einen Brief von einem Heiligen oder gar von der Muttergottes persönlich überbracht habe.«

»Sie kennen die Bigotterie dieser Menschen noch nicht.«

»Nennen wir es meinetwegen Bigotterie, aber das ist ein Wort, das nichts erklärt.«

Daville, der »klug, gemäßigt liberal« war, liebte auch die harmlosesten Diskussionen über Glaubensfragen nicht.

»Das erklärt alles«, behauptete Daville etwas sehr heftig. »Warum erzählen unsere Prediger in Frankreich nicht ähnliche Dinge?«

»Weil wir in Frankreich nicht in ähnlichen Verhältnissen leben, Monsieur Daville. Ich frage mich, was wir predigten, lebten wir so wie die hiesigen Christen schon seit drei Jahrhunderten. Weder Erde noch Himmel hätten genug Wunder für unser Glaubensarsenal, wenn wir gegen den türkischen Eroberer kämpfen müßten. Glauben Sie mir, je mehr ich das Volk hier beobachte und belausche, um so mehr überzeuge ich mich davon, daß wir falsch handeln, wenn wir bei unseren Eroberungszügen durch Europa von Land zu Land allen Menschen unsere Auffassungen, unsere streng und ausschließlich vom Verstand diktierte Lebens- und Regierungsweise aufdrängen wollen. Dieses Unterfangen kommt mir von Tag zu Tag unwirklicher und wahnwitziger vor, denn es hat keinen Sinn, Mißbräuche und Vorurteile beseitigen zu wollen, wenn man weder die Kraft noch die Möglichkeit hat, die Ursachen der Mißstände zu beheben.«

»Das würde uns zu weit führen«, unterbrach Daville seinen Kanzler. »Haben Sie keine Sorge, es ist schon jemand da, der auch darüber nachdenkt.«

Und der Konsul erhob sich vom Tisch und gab ungeduldig und schroff mit der Klingel ein Zeichen, den Tisch abzuräumen.

Sooft der junge Franzose mit der ihm angeborenen, wenn auch unbewußten Aufrichtigkeit und Ungezwungenheit, um die ihn Daville insgeheim beneidete, das kaiserliche Regime zu kritisieren anfing, fuhr Daville zusammen und verlor alle Kraft und Geduld. Gerade weil er selbst unsicher war und geheime, uneingestandene Zweifel mit sich herumtrug, konnte er fremde Kritik nicht gelassen hinnehmen. Ihm war, als ob der unbeschwerte und unbekümmerte Jüngling damit jenen wundesten Punkt aufdeckte und mit dem Finger berührte, den er nicht nur vor der Welt zu verbergen, sondern möglichst auch selbst zu vergessen bemüht war.

Auch über Literatur konnte Daville mit des Fossés kein Gespräch führen, noch weniger aber über seine eigene schriftstellerische Arbeit.

In dem Punkt war Daville besonders empfindlich. Seit er denken konnte, träumte er von schriftstellerischen Arbeiten verschiedenster Gattung, schmiedete Verse und erdachte Situationen. Vor etwa zehn Jahren war er eine Zeitlang Redakteur der Rubrik Literatur im »Moniteur« gewesen, hatte die Sitzungen literarischer Gesellschaften sowie Salons besucht. Von alldem ließ er ab, als er erneut in das Außenministerium eintrat und als Geschäftsträger nach Malta und später nach Neapel ging, seine persönlichen literarischen Arbeiten jedoch setzte er fort.

Die Gedichte, die Daville von Zeit zu Zeit in Zeitschriften veröffentlichte oder, in Zierschrift geschrieben, an hohe Persönlichkeiten, Vorgesetzte und Freunde verschickte, waren weder besser noch schlechter als die vielen tausend poetischen Produkte seiner Zeitgenossen. Daville nannte sich einen »überzeugten Schüler des großen Boileau«, und in Artikeln, die niemand auch nur zu widerlegen dachte, vertrat er entschieden die strenge klassische Richtung und verteidigte die Poesie gegen den übertriebenen Einfluß der Phantasie, gegen dichterische Kühnheit und geistige Unordnung. Die Inspiration, erklärte Daville in seinen Aufsätzen, sei zwar unentbehrlich, aber sie müsse sich von vernünftigem Maß und gesunden Gedanken leiten lassen, ohne die es kein Kunstwerk gebe noch geben könne. Daville betonte seine Grundsätze so sehr, daß er beim Leser den Eindruck hinterließ, es liege ihm mehr an der Ordnung und am strengen Maß in der Poesie als an der Poesie selbst, so als seien Ordnung und Maß ständig durch den Poeten und die Poesie bedroht und müßten mit allen Mitteln gegen die Dichter verteidigt und unterstützt werden. Sein Vorbild unter den zeitgenössischen Dichtern war Jacques Delille, der Dichter der »Gärten« und Übersetzer Vergils. Daville schrieb zur Verteidigung der Poesie Delilles eine ganze Artikelserie im »Moniteur«, auf die niemand einging, die niemand lobte oder ablehnte.

Daville selbst trug sich schon seit Jahren mit dem Plan, ein umfassendes Epos über Alexander den Großen zu schreiben. Es war in vierundzwanzig Gesängen gedacht und wurde sozusagen ein getarntes geistiges Tagebuch Davilles. Seine ganze Lebenserfahrung, seine Ansichten über Napoleon, über den Krieg, über Politik, seine Wünsche und all seinen Unmut verlegte Daville in jene entrückten Zeiten und nebelumhüllten Verhältnisse, in denen sein Hauptheld lebte, hier ließ er ihnen freien Lauf, bemüht, sie in vorschriftsmäßige Verse und mehr oder weniger strenge Reime zu bringen. Daville ging in seinem Werke so sehr auf, daß er seinem zweiten Sohn neben dem Namen Jules-François den Namen des makedonischen Königs Amyntas gab, des Großvaters von Alexander dem Großen. In seiner »Alexandreis« gab es auch Bosnien, ein karges Land mit einem rauhen Klima und bösen Menschen, wenngleich unter dem Namen »Tauris«. Mechmed-Pascha, die Travniker Begs, die bosnischen Mönche und alle übrigen, mit denen Daville zusammenarbeiten oder sich herumschlagen mußte, hier waren sie alle beschrieben – versteckt hinter dem Bild eines Würdenträgers Alexanders des Großen oder seiner Gegner. In diese Dichtung verwoben war auch Davilles ganze Ablehnung gegen den asiatischen Geist und gegen den Orient überhaupt, ausgedrückt im Kampf des Helden gegen das ferne Asien.

Wenn Daville über die Höhen um Travnik ritt und die Dächer und Minarette der Stadt betrachtete, entstand in seinem Geiste oft das Bild der phantastischen Stadt, die Alexander soeben in seinem Epos eroberte. Wenn er während seiner

Audienzen beim Wesir die stillen, flinken Diener und Höflinge betrachtete, ergänzte er vielmals in Gedanken die Beschreibung der Senatssitzung in der belagerten Stadt Tyros im dritten Gesang seines Epos.

Wie bei allen Schriftstellern ohne Begabung und echte Berufung hatte sich auch in Daville der unausrottbare Irrtum eingenistet, gewisse bewußte geistige Vorgänge brächten einen Menschen zum Dichten und man könnte im dichterischen Schaffen einen Trost oder einen Lohn für die Übel finden, mit denen uns das Leben belastet und umgibt.

Solange Daville jung war, stellte er sich oft die Frage, ob er Dichter sei oder nicht, ob seine Versuche in dieser Kunst Sinn und Aussicht hätten oder nicht. Jetzt, nach so vielen Jahren und so vielen Anstrengungen, die ihm keinen Erfolg, ja nicht einmal einen Mißerfolg gebracht hatten, durfte es endlich klar sein, daß er kein Dichter war. Von Jahr zu Jahr aber, wie das so ist, »arbeitete« er immer angestrengter an der Poesie, mechanisch und gleichförmig; die Frage nach der Berufung, die sich die Jugend in ihrem redlichen und tapferen Selbstbeobachten und Selbsturteilen häufig stellt, ließ er nun gar nicht mehr an sich heran. Solange er jünger war und sich noch ab und zu jemand fand, der ihn mit einer Anerkennung aufmunterte, schrieb er weniger, allein gerade jetzt, da ihn die Jahre längst überrundet hatten und ihn kein Mensch mehr ernsthaft für einen Dichter hielt, arbeitete er regelmäßig und mit Fleiß. Stumpfe Gewohnheit und Fleiß ersetzten nun das unbewußte Streben nach Ausdruck und die trügerische Kraft der Jugend. Der Fleiß, diese Tugend, die sich gern dort einfindet, wo sie nicht hingehört oder wo sie nichts mehr nützt, war seit je der Trost unbegabter Schriftsteller und das Verhängnis aller Kunst. Außerordentliche Umstände, Einsamkeit und Langeweile, zu denen Daville seit Jahren verurteilt war, trieben ihn mehr und mehr auf den unfruchtbaren Irrweg und in die harmlose Sünde, die er Poesie nannte.

Daville befand sich im Grunde schon seit dem Tag auf dem Irrweg, als er sein erstes Gedicht verfaßte, denn zur Dichtkunst konnte er nie und nimmer in eine legitime Beziehung treten. Er war nicht befähigt, ihren unmittelbarsten Ausdruck zu empfinden und, noch weniger, ihn hervorzurufen und zu schaffen.

Das Böse in der Welt vergrämte und bedrückte Daville, das Gute rief bei ihm Begeisterung und Zufriedenheit hervor, eine Art moralischen Rausches. Aber aus diesen moralischen Reaktionen, die in ihm tatsächlich lebendig und wach waren, wenn auch nicht stetig und nicht immer sicher, machte Daville Verse, denen schlechterdings alles fehlte, um Poesie zu sein. Allerdings bestärkte ihn der Geschmack seiner Zeit in dem Irrtum.

So fuhr Daville von Jahr zu Jahr immer standhafter fort, aus seinen nicht geringen Tugenden mittelmäßige Mängel zu machen und in der Dichtung gerade das zu suchen, was sie nicht birgt: billige moralische Euphorien, harmlose Geistreichelei und Zeitvertreib.

Der junge des Fossés war natürlich, so wie er vor Daville stand, nicht der ersehnte Zuhörer oder Kritiker, ja nicht einmal ein geeigneter Partner für literarische Gespräche.

Hier tat sich zwischen beiden eine neue, ungeheure Kluft auf, die besonders der Konsul deutlich empfand.

Des Fossés' überraschend große Sachkenntnis, sein schnelles Urteil und die Kühnheit, mit der er seine Schlüsse zog, waren die Hauptmerkmale seiner Intelligenz. Wissen und Intuition wirkten zusammen und ergänzten einander glücklich. Trotz aller Verschiedenheit und persönlicher Abneigung konnte der Konsul das nicht übersehen. Es schien ihm in manchen Fällen, als habe der Vierundzwanzigjährige ganze Bibliotheken durchgearbeitet, als messe er dem aber keine besondere Bedeutung bei. Der Jüngling verblüffte in der Tat seine Gesprächspartner immer wieder mit seinem vielseitigen Wissen und seinem kühnen Urteil. Mit geradezu spielerischer Leichtigkeit sprach er über die Geschichte Ägyptens oder über die Beziehungen der spanisch-südamerikanischen Kolonien zum Mutterland, über orientalische Sprachen oder über Glaubens- und Rassenkonflikte einerlei wo in der Welt, über die Ziele und Erfolgsaussichten des napoleonischen Kontinentalsystems oder über Verkehrswege und Tarifsätze. Ganz unverhofft zitierte er die Klassiker, und zwar meistens die weniger bekannten Stellen, stets in einer kühnen Verbindung und neuen Beleuchtung. Obwohl der Konsul in vielem davon mehr jugendliche Pose und Ungestüm als Ordnung und wahren Wert sah, lauschte er den Darlegungen des jungen Mannes mit einer Art abergläubischer und ihm etwas peinlicher Bewunderung, jedoch auch mit einem gewissen quälenden Gefühl eigener Schwäche und Unzulänglichkeit, die er vergeblich zu überwinden und zu vertreiben suchte. Der junge Mensch nun war taub und blind für das, was Daville am nächsten stand und ihm, neben den staatsbürgerlichen Pflichten, einzig und allein der Achtung wert erschien. Des Fossés bekannte unverblümt, er möge keine Verse und die zeitgenössische französische Poesie komme ihm unverständlich vor, völlig unaufrichtig, farblos und überflüssig. Aber der Jüngling verzichtete keinen Augenblick auf das Recht und Vergnügen, über das, wofür er nach eigenem Eingeständnis nichts empfinden oder übrig haben konnte, frei und rücksichtslos zu reden und zu handeln, ohne Gehässigkeit zwar, aber auch ohne Respekt und ohne viel zu überlegen.

So wußte der Jüngling sofort über Delille, den so vergötterten Delille, zu sagen, er sei ein gewandter Salonmensch, bekomme für jeden Vers sechs Franc Honorar und Madame Delille sperre ihren Mann deshalb jeden Tag ein und ließe ihn nicht eher heraus, bis er die vorgeschriebene Zahl von Versen zu Papier gebracht hätte.

Diese Unbekümmertheit der »neuen Generation« machte den Konsul bald ärgerlich, bald traurig. Auf jeden Fall war sie für ihn ein Anlaß, sich noch einsamer zu fühlen.

Es kam vor, daß Daville, getrieben von dem Drang, sich auszudrücken und mitzuteilen, all das vergaß und ein herzliches, aufrichtiges Gespräch über seine literarischen Ansichten und Pläne begann. (Eine durchaus verständliche Schwäche unter solchen Umständen!) So schilderte er eines Abends den Entwurf seines ganzen Epos über Alexander den Großen und wies auf die moralischen Tendenzen hin, die der Handlung des Epos zugrunde lagen. Ohne zu diesen Gedanken und Auffassungen, die die lichtere Hälfte von Davilles Dasein ausmachten, auch nur flüchtig Stellung zu nehmen, begann der Jüngling unerwartet und vergnügt lachend, Boileau zu zitieren:

»Que crois-tu qu'Alexandre, en ravageant la terre,
Cherche parmi l'horreur, le tumulte et la guerre?
Possédé d'un ennui qu'il ne saurait dompter
Il craint d'être à lui même et songe à s'éviter.«

Wie zur Entschuldigung fügte er rasch hinzu, er habe die Zeilen irgendwo in einer Satire gelesen und zufällig im Gedächtnis behalten.

Daville fühlte sich plötzlich verletzt und noch unendlich einsamer als wenige Minuten davor. Ihm war, als stehe vor ihm ein Bild und Beispiel der »neuen Generation«, das er geradezu mit dem Finger berühren konnte. Das war jene von diabolischer Unrast getriebene Generation mit ihren zerstörerischen Gedanken und schnellen, ungesunden Assoziationen, jene Generation, die keine Verse mochte, ihnen aber trotzdem – und ach, wie sehr – Aufmerksamkeit zollte, wenn sie sich nur einspannen ließen für ihre eigenen verkehrten Bestrebungen, die alles auf der Welt in den Staub zogen, klein machten und erniedrigten, weil sie alles auf das Schlechte und Niedrige im Menschen reduzieren wollten.

Ohne seine Mißbilligung (so heftig sie auch war!) im geringsten zu verraten, brach Daville das Gespräch sofort ab und zog sich in seine Wohnung zurück. Er konnte lange nicht einschlafen, und noch im Schlaf spürte er jene Bitterkeit, die eine unschuldige Bemerkung in uns hinterlassen kann. Tage hindurch konnte er sein Manuskript weder anrühren noch aufbinden, das in Karton geheftet und mit einem grünen Band verschnürt war, so sehr schien ihm sein Werk geschmäht und grob verlacht zu sein.

Des Fossés war sich jedoch nicht einen Augenblick bewußt, den Konsul in irgendeiner Hinsicht verletzt zu haben. Im Gegenteil, Verse waren die seltenste Frucht seines außerordentlichen Gedächtnisses. Er war sogar mit sich zufrieden, weil ihm die Verse in so trefflichem Zusammenhang eingefallen waren, und er dachte nicht daran, daß sie eine wirkliche innere Beziehung zum Werk Davilles haben, ihm aus irgendeinem Grund unangenehm oder auf ihr beiderseitiges Verhältnis von Einfluß sein konnten.

Von jeher ist es so, daß sich zwei Generationen, die einander berühren und ablösen, gegenseitig am schwersten ertragen und sich eigentlich am wenigsten kennen. Viele Differenzen und Konflikte zwischen den Generationen beruhen, wie die meisten Zusammenstöße überhaupt, auf Mißverständnissen.

Was dem Konsul den Schlaf besonders raubte und die Nacht vergällte, war folgende Überlegung: ›Der junge Mann, der mich heute abend verletzt hat und an den ich mit soviel Bitterkeit und Mißmut denke, schläft jetzt einen tiefen, gesunden Schlaf, genauso natürlich und unbekümmert zufrieden, wie er sich bei allem verhält, was er tagsüber tut und spricht.‹ Dabei hätte sich der Konsul wenigstens diesen Kummer ersparen können, denn hierin täuschte er sich. Nicht jeder, der am Tage heiter lacht und sich unbefangen unter seinen Mitmenschen bewegt, schläft gut oder ist glücklich und zufrieden. Der junge des Fossés war nicht nur ein kräftiger und sorgloser Jüngling »neuen Typs«, ein frühreifes, mit Wissen vollgestopftes Kind des glücklichen Kaiserreiches und sonst nichts, so wie es Daville oft vorkam. In dieser Nacht hatte jeder der beiden Franzosen sein Leid zu tragen, jeder auf seine Weise und ohne den anderen vollständig verstehen zu können. Auf seine Weise zahlte auch des Fossés der neuen Umgebung und den ungewöhnlichen Umständen seinen Tribut. Mochten auch seine Kampfmittel um noch so vieles stärker und reicher sein als die Davilles, auch er litt an der Öde und der »bosnischen Stille« und fühlte, wie dieses Land und das Leben darin an ihm nagten, ihn schlaff machten und danach trachteten, ihn zu beugen oder zu zerbrechen, damit er sich der Umwelt anglich. Denn es ist nicht leicht, mit vierundzwanzig Jahren aus Paris in das türkische Travnik verschlagen zu werden, indessen man Wünsche und Pläne hegt, die weit über das hinausgehen, was einen umgibt, noch ist es einfach, geduldig warten zu müssen, während alle gefesselten Kräfte und unbefriedigten Forderungen der Jugend in einem aufbegehren und sich gegen jegliches Warten sträuben.

Schon in Split hatte es begonnen. Es glich der Einengung durch einen unsichtbaren Reifen: Jedes Ding erfordert mehr Kraft, gleichzeitig fühlt man, daß man immer weniger imstande ist, sie aufzubringen; jeder Schritt fällt einem schwerer, man braucht für jeden Entschluß mehr Zeit, die Verwirklichung indes ist ungewiß, und hinter allem lauern – wie eine stete Drohung – Mißtrauen, Mißerfolge und Entbehrungen. So kündigte sich der Orient an.

Der Ortskommandant, der ihm einen unansehnlichen Wagen (und das nur bis Sinj), Lastpferde und vier Mann als Geleit zur Verfügung gestellt hatte, war mißmutig, griesgrämig und fast hämisch. Wenn auch jung, kannte des Fossés bereits diese durch die langen Kriege geformte Art. Die Menschen trotten schon seit Jahren wie unter einer schweren Last dahin, jeder schleppt an einer Plage, keiner befindet sich auf seinem Platz, und deshalb sieht jeder zu, wie er einen Teil seines Gepäcks auf einen anderen abwälzen, wie er sich die Last wenigstens ein bißchen erleichtern kann, wenn nicht anders, so durch einen kräftigen Fluch und ein derbes Wort. So wandert das allgemeine Elend von Ort zu Ort, wird von einem Menschen auf den anderen abgewälzt und wird durch die ständige Bewegung wenn nicht leichter, so doch erträglicher.

Das bekam des Fossés zu spüren, als er den Fehler beging, zu fragen, ob die Federung des Gefährtes stark und der Sitz weich genug seien. Der Kommandant sah ihn starr an, seine Augen funkelten wie die eines Betrunkenen:

»Das ist das Allerbeste, was sich in dem verteufelten Lande hier auftreiben läßt. Im übrigen, wer in die Türkei zieht, um seinen Dienst zu tun, der braucht einen Hintern aus Stahl.«

Ohne mit der Wimper zu zucken, mit heiterem, offenem Blick, antwortete ihm der junge Mann:

»In den Instruktionen, die ich in Paris erhielt, steht nichts davon.«

Der Offizier biß sich auf die Lippen, als er merkte, daß ein Mann vor ihm stand, der vor keinem Wortgefecht zurückschreckte, nahm aber sofort das gallige Gespräch zum Anlaß, seinem Herzen Luft zu machen:

»Sehen Sie, Monsieur, in unseren Instruktionen fehlt so manches davon. Das wird nachträglich eingefügt. An Ort und Stelle ...«

Und der Offizier machte boshaft mit der Hand die Bewegung des Schreibens.

Mit diesem bissigen Segensspruch machte sich der junge Franzose auf den staubigen Weg, später mußte er den nackten Felshang erklimmen, der steil hinter Split aufsteigt. So entfernte er sich mehr und mehr von der Adria, von den letzten harmonischen Bauten und dem letzten edlen Gewächs, um auf der jenseitigen steinigen Berglehne wie in ein neues Meer in dieses Bosnien hinabzusteigen, das für des Fossés die erste große Bewährungsprobe seines Lebens sein sollte. Er schritt immer tiefer hinein in die baumlose Wildnis, betrachtete neben der Straße die geduckten Hütten und die Hirtenmägde, die sich in dem Felsgewirr und Dornengestrüpp wie verloren ausnahmen, den Spinnrocken in der Hand, ohne daß man eine Herde in der Nähe sah. Während er das alles überschaute, fragte er sich, ob das schon das Allerschlimmste sei, so wie jemand, der eine Operation ausstehen muß und sich jeden Augenblick fragt, ob das nun bereits der größte Schmerz ist, von dem man ihm erzählt hat, oder ob es noch ärger wird.

Das alles waren Ängste und Befürchtungen, die sich die Jugend gestattet. In Wahrheit war der Jüngling auf alles gefaßt, und er *wußte*, er würde auch alles ertragen.

Als er nach neun Meilen Wegs auf dem felsigen Paß oberhalb von Klis Rast machte und auf die kahle Wildnis, die sich ihm darbot, und in die grauen Klüfte schaute, die mit einem schmutzigen Grün besprenkelt waren, wehte ihn von der bosnischen Seite die bislang ungekannte Stille einer neuen Welt an. Der Jüngling zitterte und fröstelte weniger des kühlen Windstoßes wegen, der über den Paß fuhr, als wegen der Stille und Trostlosigkeit des ungewohnten Anblicks. Er schlug den Mantelkragen hoch, schmiegte sich fester an sein Pferd und betrat die neue Welt des Schweigens und der Ungewißheit. Hier ließ sich Bosnien erahnen, dieses stumme Land, und in der Luft fühlte man schon einen frostigen Schmerz ohne Worte und ohne sichtbaren Grund.

Sie kamen gut durch Sinj und durch Livno. Auf dem Kupreško-Polje gerieten sie unverhofft in ein Schneegestöber. Der türkische Bergführer, der sie an der Grenze erwartet hatte, konnte die Reisenden mit Mühe und Not bis zum nächsten Han bringen. Hier ließen sie sich erschöpft und durchfroren um das Feuer nieder, das bereits einige Männer umlagerten.

Wenn auch todmüde, frierend und ausgehungert, hielt sich der Jüngling doch aufrecht und blieb munter, wohl mit Rücksicht auf die Fremden, in deren Augen er bestehen wollte. Er rieb sich das Gesicht mit einem Parfüm ein und machte einige seiner gewohnten Freiübungen, während ihn die übrigen verstohlen beobachteten, wie jemanden, der eine kultische Handlung verrichtet. Erst als er Platz genommen hatte, sprach ihn einer von denen am Feuer mit ein paar italienischen Brocken an und gab sich als Ordensmann, als Fra Julijan Pašalić aus dem Kloster Guča Gora, zu erkennen. Er erzählte, er reise in Geschäften seines Klosters. Die übrigen waren Saumtiertreiber.

Bedächtig nach italienischen Worten suchend, stellte sich des Fossés vor. Der Frater, der einen großen borstigen Schnurrbart und dichte Augenbrauen hatte, hinter denen wie hinter einer Maske ein jugendliches Gesicht hervorschaute, blickte plötzlich finster drein und verstummte, als er die Worte »Paris« und »Kaiserlich-französisches Generalkonsulat in Travnik« hörte.

Einen Augenblick musterten des Fossés und der Ordensbruder einander stumm und mißtrauisch.

Der Mönch war noch sehr jung, doch kräftig, er trug einen

dicken schwarzen Mantel, unter dem eine dunkelblaue Anterija, ein Ledergurt und eine Waffe hervorlugten. Der Franzose schaute ihn an, als traute er seinen Augen nicht, und überlegte wie im Traum, ob das da vor ihm wirklich ein Priester und Ordensmann sein könne. Der Frater prüfte, ohne den Mund aufzutun, scharf den Fremden, einen stattlichen rotwangigen Jüngling von edlem, stillem und unbekümmertem Aussehen; dabei verbarg er keineswegs seinen Mißmut, als er erfuhr, aus welchem Land und in wessen Auftrag der Reisende kam.

Um das Schweigen zu brechen, fragte des Fossés den Mönch, ob ihm sein Amt schwerfalle.

»Ja, sehen Sie, wir bemühen uns unter wirklich schwierigen Verhältnissen, das Ansehen unserer heiligen Kirche zu wahren, während Sie dort in Frankreich, die Sie in voller Freiheit leben, es zerstören und die Religion verfolgen. Es ist ein wahrer Jammer und eine Sünde, mein Herr!«

Des Fossés wußte aus Gesprächen in Split, daß die Ordensbrüder und mit ihnen die gesamte katholische Bevölkerung in diesen Gebieten die französische Besatzungsmacht als glaubenslos und »jakobinisch« ablehnten, trotzdem überraschten ihn die Worte des Mönches, und er dachte darüber nach, wie sich ein kaiserlicher Konsulatsbeamter unter so unvorhergesehenen Umständen verhalten müßte. Er schaute in die wunderlichen, lebhaften Augen des Mönchs und verneigte sich dann leicht vor ihm.

»Hochwürden sind vielleicht über die Verhältnisse in meinem Lande nicht richtig unterrichtet ...«

»Wollte Gott! Aber nach dem, was man hört und liest, ist viel Böses geschehen und wird noch viel geschehen gegen die Kirche, ihre Hirten und ihre Gläubigen. Das hat bislang noch niemandem etwas Gutes eingebracht!«

Auch der Mönch suchte angestrengt nach italienischen Ausdrücken, und seine maßvollen, gewählten Worte entsprachen nicht seinem zornigen, fast wilden Gesichtsausdruck.

Der Schnaps, den die Burschen brachten, und das Prasseln des Sterzes auf dem nahen Feuer unterbrachen das Zwiegespräch der beiden. Sich gegenseitig Speise und Trank reichend, schauten beide von Zeit zu Zeit einander an und wurden langsam warm, wie es zwei durchfrorene und ausgehungerte Menschen am Feuer bei kräftiger Speise zu tun pflegen.

Den jungen Diplomaten durchströmte eine innere Wärme, und Schläfrigkeit überkam ihn. Im hohen schwarzen Kamin pfiff der Wind, und der gefrorene Schnee schlug wie Kies auf das Dach. Im Kopf des jungen Franzosen jagten sich die Gedanken. ›Somit hat mein Dienst schon begonnen‹, überlegte er, ›und das sind die Schwierigkeiten und Kämpfe, von denen man in den Memoiren alter Konsuln im Orient liest.‹ Er versuchte, seine Lage zu begreifen: Er befand sich mitten in Bosnien und war, in einer Hütte eingeschneit, gezwungen, unvorbereitet ein Wortgefecht in einer fremden Sprache mit dem Mönch zu führen. Seine Augen fielen von selbst zu, und das Gehirn arbeitete mühsam wie in einem wirren Traum, in dem man sich vor schwere und ungerecht auferlegte Prüfungen gestellt sieht. Er wußte nur das eine, daß er weder den Kopf, der schwerer und schwerer wurde, sinken lassen noch den Blick zu Boden schlagen, noch seinem Gegenüber das letzte Wort überlassen durfte. Er war ganz außer Fassung und doch auch stolz, daß er so unverhofft und in so eigenartiger Gesellschaft sein Teil Pflicht auf sich nehmen, seine Überredungskunst beweisen und seinen dürftigen italienischen Sprachschatz, den er vom College mitgebracht hatte, anwenden mußte. Zugleich glaubte er schon beim ersten Schritt geradezu physisch zu empfinden, wie gewaltig und unerbittlich die Verantwortung war, die jeder zu tragen hatte und die überall wie eine Falle lauerte.

Seine durchfrorenen Hände brannten. Der Rauch reizte des Fossés zum Husten und biß ihm in die Augenlider. Die Müdigkeit und der Kampf gegen sie quälten ihn, als stehe er auf Wache, aber er behielt den Blick des Mönchs wie eine Zielscheibe im Auge. Wie durch eine warme, milchige Flüssigkeit, die ihm den Blick trübte und seine Ohren mit Geräusch erfüllte, betrachtete er in seiner Schläfrigkeit den ungewöhnlichen Ordensmann und lauschte wie aus der Ferne seinen bruchstückhaften Sätzen und lateinischen Zitaten. Entsprechend seiner angeborenen Beobachtungsgabe dachte der junge Mann: ›Dieser Mönch trägt viel aufgespeicherte Energie und viele Zitate in sich, die er sonst selten anbringen kann.‹ Der Ordensmann fuhr inzwischen fort zu betonen, es sei auf die Dauer keinem, auch Frankreich nicht, möglich, gegen die Kirche erfolgreich anzukämpfen, und es hieße schon seit alters her: »Quod custodiet Christus non tollit Gothus.« Der Jüngling wiederum versuchte in einem Gemisch aus Französisch und Italienisch darzulegen, das napoleonische Frankreich habe seinen Wunsch nach religiösem Frieden hinlänglich kundgetan, der Kirche den ihr gebührenden Platz eingeräumt und die Fehler und Gewaltmaßnahmen der Revolution wiedergutgemacht.

Aber unter der Wirkung von Speise, Trank und Wärme wurde alles weniger scharf und viel versöhnlicher. Auch der Blick des Mönchs verlor seinen harten Ausdruck, er blieb noch immer streng, doch er zeigte ein jugendliches Lächeln; des Fossés bemerkte dies, und er nahm es als Zeichen für einen Waffenstillstand und als Beweis dafür, daß die großen und ewigen Fragen auf Antwort warten können, daß sie auf keinen Fall in einem türkischen Han, bei einer zufälligen Begegnung zwischen einem französischen Konsulatsbeamten und einem »illyrischen« Ordensbruder gelöst wurden und daß folglich beiderseitige Rücksicht und Zurückhaltung angebracht waren, unbeschadet der Ehre und des dienstlichen Ansehens. Zufrieden mit sich und eingelullt von diesem Gedanken, gab er sich der Müdigkeit hin und sank in einen tiefen Schlaf.

Als man ihn weckte, brauchte er einige Minuten, um aufzuwachen und sich zu besinnen, wo er war.

Das Feuer war niedergebrannt. Die meisten Reisenden waren ins Freie getreten. Man hörte sie nach den Pferden rufen und nach ihrem Gepäck verlangen. Steif und zerschlagen erhob sich des Fossés und rüstete zum Aufbruch. Er tastete seinen Geldgürtel ab und rief, ein wenig zu schroff und zu laut, nach seinen Begleitern. Der unklare Gedanke, etwas vergessen oder unterlassen zu haben, quälte ihn. Erst als er alles an seinem Platz und die Leute reisefertig neben den gesattelten Pferden fand, war er beruhigt. Aus dem Stall trat der Ordensmann von gestern abend, einen prächtigen Rappen am Zügel. Tracht und Haltung erinnerten an einen morlakischen Grenzer und Haiducken, wie man ihn von Bildern her kennt. Als seien sie alte Bekannte und als sei alles, was zwischen ihnen zu klären war, geklärt, lächelten beide einander an, und der Jüngling fragte ohne Scheu, ob sie gemeinsam ritten. Der Mönch erwiderte, er müsse einen anderen Weg nehmen. Einen Querweg, wollte er sagen, fand aber nicht das passende Wort, sondern zeigte nur mit der Hand zum Wald hinüber, zur Berglehne. Ohne ihn völlig verstanden zu haben, schwenkte der Jüngling seinen Hut zum Gruß:

»Vale, reverendissime domine!«

Der Schneesturm war wie ein grober Unfug vorübergegangen. Nur an den Abhängen schimmerten vereinzelt schmale Schneeflächen. Die Erde war weich wie im Frühjahr, die Sicht klar und weit, blau ragten die Berge auf, und am klaren blaßblauen Himmel zogen sich in weiter Ferne zwei, drei Flammenbahnen heller Wolken hin; hinter ihnen verbarg sich die Sonne und übergoß die ganze Landschaft mit einem indirekten, seltsamen Licht. Alles erinnerte an nordische Gegenden und Länder. Da fiel es des Fossés ein, daß der Travniker Konsul in seinen Berichten die Türken und Bosniaken häufig als wilde Skythen und Hyperboreer bezeichnete und daß sie im Ministerium darüber gelacht hatten.

So war der junge des Fossés nach Bosnien gekommen, das seine Versprechungen und Drohungen gleich bei der ersten Begegnung wahrmachte, ihn immer mehr mit der schneidenden, kalten Atmosphäre armseligen Lebens umgab und ihn vor allem in seiner Stille und Einsamkeit begrub, mit der er nunmehr so viele Nächte rang, wenn sich der Schlaf seiner nicht erbarmte und von keiner Seite Hilfe kam.

Doch darauf werden wir noch in einem der folgenden Kapitel zurückkommen. Vorerst zeichnete sich am Horizont ein anderes, bedeutsameres Ereignis ab, das für das französische

Konsulat eine große Umstellung bringen sollte: die Ankunft des so lange erwarteten Gegners, des österreichischen Generalkonsuls.

V

Die Monate flossen dahin, das Jahr ging zur Neige, und der österreichische Konsul, von dem man erst angenommen hatte, er würde dem französischen auf den Fersen folgen, war immer noch nicht eingetroffen. Allmählich rechneten die Menschen gar nicht mehr mit dieser Möglichkeit. Gegen Ende des Sommers tauchte das Gerücht auf, der österreichische Konsul käme doch. Die Čaršija war voll davon. Wieder gab es ein Getuschel, ein spöttisches Geschmunzel und skeptisches Stirngerunzel. Weitere Wochen vergingen – vom Konsul war keine Spur. Doch mit den letzten Herbsttagen kam auch er.

Daß sich auch die österreichische Regierung anschickte, in Travnik ein Generalkonsulat zu eröffnen, war Daville schon in Split zu Ohren gekommen, ehe er noch bosnischen Boden betreten hatte. Diese Möglichkeit schwebte später, in Travnik, während des ganzen Jahres über ihm wie eine stete Drohung. Aber jetzt, als diese Drohung nach so vielen Monaten des Wartens Wirklichkeit wurde, beunruhigte ihn das weniger, als man hätte annehmen dürfen. Er hatte sich im Laufe der Zeit mit der Möglichkeit abgefunden. Außerdem schmeichelte es ihm, nach einer wunderlichen Logik menschlicher Schwäche, daß noch eine zweite Großmacht dem gottverlassenen Ort Wert beimaß. So wuchs er in seinen eigenen Augen und fühlte, wie neue Kraft und Kampfeslust ihn erfüllten.

Schon Mitte des Sommers begann d'Avenat, Auskünfte zu sammeln, Gerüchte über die üblen Absichten Österreichs auszustreuen, seine feindlichen Fäden zu spinnen, um den neuen Konsul gebührend zu empfangen. Insbesondere forschte er in allen Richtungen, wie man die Nachricht von der bevorstehenden Ankunft des Österreichers aufnahm. Die Katholiken frohlockten, und die Franziskanermönche waren bereit, sich in den Dienst des neuen Konsuls zu stellen; ihre Ergebenheit und Aufrichtigkeit war jetzt ebenso groß wie seinerzeit die Zurückhaltung und das Mißtrauen, mit denen sie den französischen Konsul begrüßt hatten. Die Orthodoxen, wegen des Aufstandes in Serbien heftig verfolgt, vermieden meist jedes Gespräch darüber, aber in vertraulichen Unterhaltungen behaupteten sie beharrlich, gegen einen russischen Konsul komme kein anderer Konsul auf. Die Osmanen im Konak schwiegen lässig, hochmütig und voller Würde; allzusehr waren sie mit ihren eigenen Sorgen und internen Intrigen beschäftigt. Die einheimischen Türken waren noch mehr beunruhigt als bei der Nachricht von der Ankunft des Franzosen. Während Bonaparte für sie eine ferne, wendige, in gewissem Maße phantastische Macht darstellte, mit der man zur Zeit eben rechnen mußte, bedeutete Österreich für sie eine nahe, reale und nur zu gut bekannte Gefahr. Mit dem unfehlbaren Instinkt einer Rasse, die jahrhundertelang ein Land besitzt und regiert, und zwar ausschließlich auf Grund einer überkommenen alten Ordnung, witterten sie jede, selbst die geringste Gefahr, die diese Ordnung und damit ihre Herrschaft bedrohte. Sie wußten es allzu gut: Jeder Ausländer, der nach Bosnien kam, trat den Weg zwischen der feindlichen Fremde und ihnen etwas mehr aus, der Konsul aber – mit seinen Sondervollmachten und ausgesuchten Mitteln – öffnete den Weg ganz und gar, auf dem für sie, für ihre Interessen und das, was ihnen heilig war, nichts Gutes, wohl aber allerlei Unheil erwachsen konnte. Ihre Empörung gegenüber Stambul und den Osmanen, die das zuließen, war groß und ihre Besorgnis größer, als sie d'Avenat eingestehen mochten. Auf seine zudringlichen Fragen gaben sie ihm keine klaren Antworten; sie verbargen ihren Haß in ihrem Herzen, aber mit ihrer Verachtung für d'Avenats Aufdringlichkeit hielten sie nicht hinterm Berge. Und als er von einem Kaufmann in der Čaršija um jeden Preis hören wollte, welcher Konsul ihm lieber sei, der französische oder der österreichische, antwortete jener ruhig, beide glichen sich aufs Haar: »Der eine ist scheckig, der andere fleckig. Der eine ist ein Köter, der andre ein Kläffer.«

D'Avenat schluckte die Antwort und war sich jetzt wenigstens im klaren darüber, wie das Volk dachte und empfand, nur wußte er nicht, wie er das dem Konsul übersetzen und erklären sollte, ohne ihn zu verletzen.

Nichtsdestoweniger taten die Franzosen alles, was in ihrer Macht stand, um ihren Gegner an der Arbeit zu hindern und ihm den Aufenthalt zu erschweren. Lange, wenn auch vergeblich, versuchte Daville, den Wesir zu überzeugen, welche Gefahr der Türkei durch den neuen Konsul entstehe und daß es am besten sei, wenn er keinen Berat und keine Aufenthaltsgenehmigung bekäme. Der Wesir schaute, ohne zu verraten, was er dachte, vor sich hin. Er wußte, daß der Berat für den österreichischen Konsul bereits ausgestellt war, aber er ließ den Franzosen reden und überlegte derweil, welcher Schaden oder Vorteil ihm selbst aus dem offenbar zwischen den beiden ausgebrochenen Kampf erwachsen werde.

Trotzdem erreichte d'Avenat mit neuen Schmiergeldern und unter Ausnutzung alter Beziehungen, daß wenigstens die Absendung des Berats hinausgeschoben wurde. So erwartete den österreichischen Generalkonsul, Herrn Oberst von Mitterer, in Brod eine unangenehme Überraschung; der Ferman des Sultans und der Konsulsberat lagen noch nicht – wie versprochen – beim dortigen österreichischen Kommandanten vor. Einen Monat lang saß von Mitterer in Brod, nur damit beschäftigt, Kuriere ergebnislos bald nach Wien, bald nach Travnik zu schicken. Endlich erreichte ihn die Nachricht, der Festungshauptmann von Derventa, Nail-Beg, habe den Berat mit dem Auftrag erhalten, die Urkunde dem Konsul zu übergeben und ihn nach Travnik passieren zu lassen. Daraufhin machte sich von Mitterer mit seinem Dolmetscher Nikola Rotta und mit zwei weiteren Begleitern auf den Weg. In Derventa harrte seiner noch eine Überraschung. Der Hauptmann versicherte, er habe nichts für den Konsul, weder einen Berat noch irgendwelche Anweisungen. Er bot ihm an, mit seinen Begleitern in der Festung Derventa Quartier zu nehmen, das heißt in einer feuchten Kasematte, denn der Han von Derventa war vor kurzem einem Brand zum Opfer gefallen. Obgleich alt geworden und gewitzigt in seinem Beruf und seinem Kampf mit türkischen Behörden, war der Oberst über diese Zumutung außer sich vor Entrüstung. Der Hauptmann, ein dickköpfiger, mürrischer Bosniake, sprach hochfahrend mit von Mitterer, »über die Kaffeeschale hinweg«.

»Warte, Herr! Stimmt es, was du behauptest, und haben sie wirklich für dich den Ferman und den Berat aus Stambul geschickt, so werden die Papiere eintreffen. Sie können gar nicht verlorengehen, denn was die Pforte schickt, muß ankommen. Warte ruhig hier, mir fällst du nicht zur Last.«

Während er das sagte, lagen die beiden Urkunden für Herrn Joseph von Mitterer, den kaiserlich-österreichischen Generalkonsul in Travnik, fein säuberlich gefaltet und in Wachstuch verpackt, unter seinem Kissen.

Wiederum schrieb der Oberst, ganz konsterniert und verzweifelt, einen Eilbrief um den anderen nach Wien; darin beschwor er seine Vorgesetzten, sie möchten den Berat aus Stambul mit mehr Entschiedenheit anfordern und ihn nicht in einer solchen Situation sitzenlassen, die dem Ansehen seines Landes abträglich sei und seine Tätigkeit in Travnik untergrabe, noch ehe sie richtig begonnen. Er schloß seine Briefe stets mit den Worten: »Geschrieben in der Festung Dervent, in einem dunklen Kämmerchen, auf dem Fußboden.« Gleichzeitig mietete er berittene Sonderkuriere, durch die er den Wesir bitten ließ, den Berat weiterzubefördern oder ihm zu erlauben, ohne die Urkunde nach Travnik zu kommen. Nail-Beg fing auch die Kuriere ab, beschlagnahmte die Post als angeblich verdächtig und schob sie seelenruhig unter das gleiche Sitzkissen, unter dem schon der Ferman und der Berat lagen.

So saß denn der Oberst weitere vierzehn Tage in Derventa herum. In dieser Zeit suchte ihn ein Travniker Jude auf und bot ihm seine Dienste mit der Behauptung an, er verfüge über

Mittel und Wege, den französischen Konsul zu bespitzeln. Argwöhnisch und erfahren im Umgang mit Spionen, hatte der Oberst sofort Bedenken, das fragwürdige Angebot des Mannes anzunehmen; er beschränkte sich darauf, ihn als Kurier zu benutzen, und gab ihm einen Brief für den Wesir mit. Der Jude steckte den Botenlohn ein, trug das für den Wesir bestimmte Schreiben nach Travnik und übergab es d'Avenat, in dessen Auftrag er das Doppelspiel getrieben hatte und nach Derventa gereist war, um dem österreichischen Konsul zum Schein seine Dienste anzubieten. Aus dem Brief ersah Daville, wie schwierig und grotesk die Lage seines Gegners war, und voller Genugtuung las er die Bitten und ohnmächtigen Beschwerden seines Gegners an den Wesir. Dann versiegelte man den Brief von neuem und leitete ihn dem Konak zu. Verblüfft befahl der Wesir, Nachforschungen anzustellen und zu untersuchen, was mit dem Berat und dem Ferman geschehen sei, die er schon vor vierzehn Tagen an den Hauptmann von Derventa, Nail-Beg, mit der ausdrücklichen Weisung gesandt hatte, den neuen Konsul, wenn er in Derventa einträfe, gleich mit diesen Urkunden zu empfangen. Der Archivar des Wesirs durchstöberte zwei-, dreimal sein verstaubtes Archiv und zerbrach sich vergeblich den Kopf, wo die Post hängengeblieben sein könne. Der berittene Bote, der die Dokumente nach Derventa gebracht hatte und zurückgekehrt war, konnte nachweisen, daß er dem Hauptmann die Post des Wesirs ordnungsgemäß ausgehändigt hatte. Alles war in Ordnung, nur der österreichische Konsul saß nach wie vor in Derventa und harrte ungeduldig und vergeblich auf seinen Berat.

Dabei war die Sache so einfach. Daville hatte über d'Avenat und den Juden auch den Hauptmann bestochen, damit er die Aushändigung des Berats nach Möglichkeit hinauszögere. Dem Hauptmann fiel nichts leichter, als zwölf Tage auf dem Ferman und dem Berat zu sitzen und dem Oberst Tag für Tag frech und kaltschnäuzig zu antworten, für ihn sei nichts eingetroffen – wenn *er* nur an jedem Tag für diese Tätigkeit seinen Golddukaten bekam. Es konnte ihm auch kein Mensch etwas anhaben, denn auf Beschwerden und Briefe, die seiner Laune mißfielen, antwortete er schon seit langem nicht mehr, und nach Travnik zu kommen lag ganz und gar nicht in seiner Absicht.

Endlich renkte sich auch das ein. Der Oberst erhielt vom Wesir den schriftlichen Bescheid, man fahnde nach seinen Urkunden, er möge sich indessen unverzüglich, ohne den Berat abzuwarten, auf den Weg machen. Noch am selben Tage verließ der Oberst frohgestimmt Derventa in Richtung Travnik. Nail-Beg aber schickte am Tage darauf dem Wesir die Dokumente für den Konsul mit der Entschuldigung, die Papiere seien verlegt gewesen.

Dem österreichischen Generalkonsul war damit dasselbe widerfahren, was fast allen Fremden zustößt, die wegen irgendwelcher Geschäfte in die Türkei reisen müssen. Die Türken verärgern, zermürben und demütigen einen solchen Menschen schon bei seinen ersten Schritten teils bewußt und absichtlich, teils, ohne sich etwas dabei zu denken, einfach unter dem Zwang der Umstände, so daß der Ausländer bereits mit verringerter Kraft und geschwächtem Selbstvertrauen an die Arbeit herangeht, um derentwillen er gekommen ist.

Im Vertrauen gesagt, auch von Mitterer hatte, noch während er in Brod auf seine Urkunden wartete, begonnen, die an den französischen Konsul gerichtete Post, die aus Ljubljana kam, heimlich zu öffnen.

Die Ankunft des kaiserlich-österreichischen Generalkonsuls in Travnik verlief ähnlich wie die Davilles. Ein Unterschied bestand nur insofern, als von Mitterer nicht gezwungen war, in einem jüdischen Hause abzusteigen; die katholische Bevölkerung glich einem aufgescheuchten Bienenschwarm, und die vornehmsten Kaufmannsfamilien rissen sich darum, ihn in ihr Haus aufzunehmen. Der Antrittsbesuch beim Wesir verlief, soweit d'Avenat in Erfahrung brachte, etwas kürzer und kühler als der des französischen Konsuls. Was aber die einheimische türkische Bevölkerung betraf, so begrüßte sie ihn weder herzlicher noch unfreundlicher. (»Der eine ist ein Köter, der andre ein Kläffer.«) Der neue Konsul wurde auf seinem Weg durch die Straßen von den Frauen und Kindern mit Flüchen und Drohungen bedacht, man spuckte von den Fenstern auf ihn herunter, und die Männer vor den Läden würdigten ihn keines Blickes.

Die ersten Besuche des neuen österreichischen Konsuls galten zwei hochangesehenen Begs und dem apostolischen Visitator, der sich um die Zeit zufällig im Kloster Guča Gora befand, dann erst suchte er seinen französischen Kollegen auf. D'Avenats Agenten folgten ihm bei diesen Besuchen wie ein Schatten, meldeten, was sie darüber in Erfahrung brachten, und dachten sich aus, was sie nicht erkunden konnten. Aus allem ging deutlich hervor, daß der österreichische Konsul alle Kräfte, die gegen den französischen eingestellt waren, zu vereinigen trachtete und daß er dabei vorsichtig und unauffällig zu Werke ging, ohne auch nur ein Wort gegen seinen Kollegen oder dessen Tätigkeit zu äußern, doch stets aufnahmebereit für alles, was ihm andere zu erzählen hatten. Dann und wann bedauerte er sogar seinen Kollegen, weil er eine Regierung vertreten müsse, die ein Kind der Revolution und in ihrem Kern eben doch glaubenslos sei. So sprach er zu den Katholiken. Bei den Türken wiederum bemitleidete er Daville, weil ihm die undankbare Rolle zugefallen sei, Zug um Zug den Vormarsch der französischen Truppen von Dalmatien in die Türkei vorzubereiten und so in das ruhige, schöne Bosnien alle Qualen und Schereien hineinzutragen, die Soldaten und ein Krieg mit sich brächten.

An einem Dienstag, pünktlich um die Mittagszeit, stattete Herr von Mitterer endlich Daville seinen Besuch ab.

Draußen blendete die spätherbstliche Sonne, doch im großen Zimmer des Erdgeschosses von Davilles Haus war es kühl, fast kalt. Die beiden Konsuln schauten einander gerade in die Augen, immer bemüht, während des Gespräches ungezwungen zu wirken und das schon lange vorher Zurechtgelegte so natürlich wie möglich vorzutragen. Daville sprach über die Zeit, die er in Rom verbracht hatte, und fügte wie beiläufig hinzu, es sei seinem Herrscher gelungen, die Revolution glücklich zu beenden und nicht nur die gesellschaftliche Ordnung, sondern auch das Ansehen der Religion in Frankreich wiederherzustellen. Wie zufällig fand er auf seinem Tisch das Kaiserliche Dekret über die Schaffung eines neuen Adels in Frankreich und erläuterte es seinem Gast ausführlich. Von Mitterer wiederum unterstrich protokollgemäß die weise Politik des Wiener Hofes, dem einzig und allein an Frieden und friedlicher Zusammenarbeit gelegen sei, der aber als Großmacht des östlichen Europas ein starkes Heer benötige.

Beide Konsuln waren völlig vom Bewußtsein ihrer Amtswürde und dem ersten Eifer des Anfängers beherrscht. Das hinderte sie, zu erkennen, wie komisch ihr hochtrabender Ton und ihr feierliches Gebaren bei der Begegnung wirkten, es hinderte sie aber nicht, sich gegenseitig zu beobachten und abzuschätzen.

Von Mitterer wirkte auf Daville viel älter, als er ihn sich nach den Beschreibungen vorgestellt hatte. Alles an ihm – die dunkelgrüne Uniform, die altmodische Frisur und der fein gezwirbelte Schnurrbart im fahlen Gesicht – kam ihm altväterlich und tot vor.

Daville wiederum machte auf von Mitterer den Eindruck, als sei er zu jung und zuwenig ernst. In seiner Art, zu sprechen, in seinem herunterhängenden rötlichen Schnurrbart und der Welle blonden Haares, die sich – weder gepudert noch zu einem Zopf geflochten – frei über der hohen Stirn erhob, in allem sah der Oberst ein Zeichen revolutionärer Lässigkeit und einen peinlichen Überfluß an Phantasie und Freiheit.

Wer weiß, wann die beiden Konsuln aufgehört hätten, die erhabenen Absichten ihrer Höfe zu entwickeln, wären sie nicht durch Geschrei, Gejammer und einen wilden Auflauf im Hof unterbrochen worden.

Trotz strengster Verbote hatten sich viele Christen- und Judenkinder auf der Straße angesammelt und an den Zaun gehängt, um den Konsul zu erwarten und in seiner herrlichen Uniform zu bestaunen. Auf die Dauer fiel es ihnen schwer, still abzuwarten, und schließlich gab eines der Kinder dem Kleinsten einen Schubs, so daß es ausglitt und vom Zaun in den Hof stürzte, in dem das Gesinde Davilles und von Mitterers Begleiter warteten. Die übrigen Kinder hüpften davon wie Sperlinge. Das Judenkind, das in den Hof gefallen war, begann nach dem ersten Schock zu schreien, als würde ihm bei lebendigem Leibe die Haut abgezogen, und seine beiden Brüder sprangen unter lautem Geplärr und Gerufe jenseits des verschlossenen Tores aufgeregt hin und her. Das darum entstandene Wehgeschrei und Gerenne lenkte die Unterhaltung der beiden Konsuln auf ihre eigenen Sorgen um Kind und Familie. Beide Konsuln glichen dabei Soldaten, die nach einer anstrengenden Übung plötzlich den Befehl »Rührt euch!« erhalten.

Daß der eine wie der andere, sooft ihm sein Beruf und seine Pflichten einfielen, von Zeit zu Zeit seine aufgeblasene dienstliche Haltung wieder einnahm, half nichts. Das gemeinsame Mißgeschick und das verwandte Schicksal waren stärker als alles andere. Über alle Schranken der Haltung, der Uniform, der Orden und einstudierten Floskeln ergoß sich, gleich einer Sturzflut, die gemeinsame Verbitterung über das unwürdige und schwere Dasein, zu dem beide verdammt waren. Vergeblich hob Daville wiederholt hervor, mit welch ungewöhnlichem Entgegenkommen man ihn von Anfang an im Konak empfangen habe, vergeblich unterstrich von Mitterer die großen, geheimen und mächtigen Sympathien, die er unter den Katholiken genoß. Aus dem Klang ihrer Stimmen und dem Ausdruck ihrer Augen sprachen nur verborgene Trauer und tiefes menschliches Verständnis zweier Leidensgenossen füreinander. Nur die äußerste Rücksicht auf ihre Pflichten und auf ihr Taktgefühl verbot ihnen, sich gegenseitig tröstend die Hand auf die Schulter zu legen, wie zwei besonnene, verständige Menschen in mißlicher Lage zu tun pflegen.

So endete der erste Besuch mit Gesprächen über Kinderkrankheiten, Ernährung und die schlechten Lebensverhältnisse in Travnik überhaupt.

Noch am selben Tage saßen beide Konsuln um die gleiche

Zeit lange über Bogen groben Konzeptpapiers, reihten in ihren dienstlichen Berichten Zeile an Zeile und rekonstruierten das erste Zusammentreffen mit ihrem Gegenspieler. Hier sah der Besuch ganz anders aus. Hier auf dem Papier war er ein unblutiger Zweikampf zweier Riesen an Geistesschärfe, Finesse und Pflichteifer. Jeder dichtete seinem Rivalen Kräfte und Eigenschaften an, die der hohen Auffassung entsprachen, die er von sich selbst und seiner Aufgabe hatte. Nur daß im Bericht des Franzosen der Österreicher zum Schluß moralisch flach auf dem Rücken lag, im österreichischen Bericht dagegen der Franzose, entwaffnet von der Würde und der raffinierten Argumentation des kaiserlich-österreichischen Generalkonsuls, die Sprache verlor.

Natürlich unterstrich jeder der beiden, wie sehr sein Gegenspieler darunter litt, als zivilisierter Europäer unter so außergewöhnlichen Umständen in der wilden, bergigen Gegend, zumal mit Familie, leben zu müssen. Daß dabei keiner seine eigene Niedergeschlagenheit erwähnte, versteht sich.

So fanden die Konsuln an jenem Tag in doppelter Hinsicht Trost und Befriedigung, einmal, weil sie sich aussprechen und, soweit eine erste Begegnung dies zuläßt, von Mensch zu Mensch über ihre privaten Sorgen klagen durften, zum anderen, weil einer den anderen in den ungünstigsten Farben darstellen, das heißt sich selbst in einem um so schmeichelhafteren Licht zeigen konnte. Damit stillte jeder zwei Gelüste, die, beide kleinlich und widersprüchlich, doch menschlich und verständlich waren. Das war zumindest ein kleiner Gewinn in diesem sonderbaren Leben, das ihnen sonst selten und immer seltener – echte oder eingebildete – Erfüllungen brachte.

So lebten von jetzt an zwei Konsuln mit ihren Familien und Mitarbeitern in Travnik genau vis-à-vis, auf zwei gegenüberliegenden Berghängen; zwei Männer, die von vornherein ausgesucht und hergeschickt waren, einander Gegner zu sein, sich zu befehden, sich gegenseitig zu übertrumpfen und bei den Behörden und im Volk die Interessen des eigenen Hofes und

Landes zu fördern, die des Gegners aber zu schmälern und zu schädigen, soweit sie konnten. Das taten sie denn auch, wie wir bereits gesehen haben und noch sehen werden, jeder nach bestem Wissen und so, wie es seinem Temperament, seiner Erziehung und seinen Mitteln entsprach. Häufig befehdeten sie einander so heftig und so rücksichtslos, daß sie alles vergaßen und sich ausschließlich von ihrem persönlichen Kampfgeist und Selbsterhaltungstrieb leiten ließen, wie zwei verbissene Streithähne, die von unsichtbaren Händen in die enge, schattige Arena getrieben werden. Jeder Erfolg des einen war der Mißerfolg des anderen und jeder eigene Mißerfolg für den Gegner ein kleiner Triumph. Die Schläge, die sie einstecken mußten, verbargen oder bagatellisierten sie vor sich selbst, die Schläge, die sie ihrem Rivalen versetzten, bauschten sie auf und strichen sie in ihren Berichten für Wien oder Paris heraus. Überhaupt wurden in diesen Berichten der Konkurrent und seine Tätigkeit nur in den schwärzesten Farben gemalt. Die beiden so fürsorglichen Familienväter und ruhigen Bürger gesetzten Alters wirkten hier bisweilen schrecklich und blutrünstig wie rasende Löwen oder finstere Machiavellisten. So wenigstens stellten sie einander dar, verblendet von ihrem eigenen schweren Los und beirrt von der ungewohnten Umgebung, in die sie hineingeworfen waren und in der beide bald das Gefühl für Maß und Wirklichkeit verloren hatten.

Es wäre langwierig und müßig, der Reihe nach all ihre Stürme im Wasserglas und ihre Kämpfe und Winkelzüge zu erwähnen, von denen viele lächerlich, einige traurig, die meisten aber unnötig und bedeutungslos waren. Viele ihrer Ränke werden wir im Lauf unserer Erzählung ohnehin nicht umgehen können. Die Konsuln rangen um den Einfluß auf den Wesir, auf seine ersten Mitarbeiter, sie bestachen die Ajanen in den Grenzorten und stachelten sie zu Beutezügen und Plünderungen in den gegnerischen Bereichen auf. Der Franzose schleuste seine besoldeten Agenten in den Norden, über die österreichische Grenze, der Österreicher die seinen in den südlichen Raum, nach Dalmatien, wo die Franzosen herrschten. Jeder verbreitete mit Hilfe seiner Vertrauensleute Lügenmeldungen unter dem Volk, zugleich bestrebt, die Verleumdungen des Gegners zu widerlegen. Zum Schluß verleumdeten sich beide und klatschten übereinander wie zwei verzankte Weiber. Sie fingen sich gegenseitig die Kuriere ab, brachen fremde Briefe auf, bestachen das Dienstpersonal des anderen oder machten es ihm abspenstig. Schenkte man dem Glauben, was sie übereinander redeten, so mußte man denken, sie hätten sich gegenseitig wirklich vergiftet oder wenigstens versucht, es zu tun.

Zur gleichen Zeit gab es vieles, was die beiden feindlichen Konsuln einander näherbrachte und trotz allem verband. Im Grunde waren die beiden Männer in mittleren Jahren, von denen jeder mit »familiärem Anhang belastet« war und mit seinem komplizierten Leben, seinen Plänen, Sorgen und Plagen fertig werden mußte, gezwungen, in diesem fremden, unwirtlichen Land miteinander zu ringen und zu kämpfen, wider Willen, aber beharrlich, mit ihren eigenen Bewegungen die gewaltigen Bewegungen ihrer fernen, unsichtbaren und oft unbegreiflichen Auftraggeber unterstützend. Was sie zueinander trieb, war ihr mühseliges Leben und ihr schlimmes Schicksal. Wenn es zwei Menschen auf der Welt gab, die geschaffen waren, einander zu verstehen, zu bedauern, ja sich zu helfen, so waren es die beiden Konsuln, die ihre beste Kraft, ihre Tage und nicht selten ihre Nächte dafür hergaben, einander Hindernisse in den Weg zu legen und das Leben zu vergällen, so gut sie nur konnten.

Eigentlich waren nur die Ziele ihrer offiziellen Tätigkeit verschieden, alles andere an ihnen war wesensgleich oder ähnlich. Sie stritten unter den gleichen Voraussetzungen mit ähnlichen Mitteln, nur mit wechselndem Erfolg. Beide mußten daneben Tag für Tag einen Kampf mit den trägen und unzuverlässigen türkischen Behörden und den einheimischen Türken führen, die unglaublich hartnäckig und bösartig waren. Beide hatten ihre eigenen Familiensorgen, die gleichen Scherereien mit der eigenen Regierung, die ihre Instruktionen nicht rechtzeitig schickte, mit dem Ministerium, das keine Kredite genehmigte, und mit den Grenzbehörden, die ständig etwas falsch machten oder verpaßten. Was aber die Hauptsache war: Beide mußten in dem gleichen orientalischen Städtchen leben, ohne Gesellschaft und Kurzweil, ohne die geringsten Bequemlichkeiten, des öfteren sogar ohne das Allernotwendigste, inmitten wilder Berge und einer groben Bevölkerung, sie mußten ankämpfen gegen Mißtrauen, Unzuverlässigkeit, Schmutz, Krankheiten und Widerwärtigkeiten aller Art. Kurz, sie hatten in einer Umwelt zu leben, die den Westeuropäer anfangs zermürbt, später krankhaft reizbar macht und so zurichtet, daß er sich selbst und seinen Mitmenschen zur Last fällt, um ihn endlich mit den Jahren völlig zu verändern, zu verbiegen und lange vor seinem Tode in dumpfem Gleichmut zu begraben.

Deshalb kamen die beiden Konsuln, sobald die veränderten Verhältnisse und besseren politischen Beziehungen zwischen ihren Ländern es gestatteten, sich voller Freude entgegen. In diesen Augenblicken des Waffenstillstandes und der Rast schauten sie sich verlegen und beschämt an wie nach einem bösen Traum, sie suchten in ihrem Innern nach anderen, nach persönlichen Gefühlen für den Gegner und fragten sich nur, in welchem Maße sie ihnen freien Lauf lassen durften. Nun trachtete jeder nach der Gesellschaft des anderen, nun trösteten sie sich und tauschten Geschenke und Briefe mit einer Wärme und Herzlichkeit aus, wie es nur Menschen können, die einander Leid zugefügt haben, gleichzeitig aber durch ein gemeinsames arges Schicksal innig verbunden und aufeinander angewiesen sind.

Allein sobald sich die kurze Windstille ihrem Ende näherte und sich die Beziehungen zwischen Napoleon und dem Wiener Hof verschlechterten, besuchten auch die Konsuln einander seltener und dosierten ihre Liebenswürdigkeit, bis der Abbruch der Beziehungen oder ein neuer Krieg sie völlig entzweite oder in Streit verwickelte. Dann nahmen die beiden ermüdeten Männer ihre Feindseligkeiten wieder auf und ahmten wie zwei an langen Fäden befestigte gehorsame Puppen die Bewegungen des großen fernen Kampfes nach, dessen Endziele ihnen unbekannt waren und der sie mit seiner Ungeheuerlichkeit und Wucht in der Tiefe ihrer Seele mit ähnlicher Furcht und Ungewißheit erfüllte. Aber selbst dann zerriß nicht der unsichtbare, feste Faden zwischen den beiden Konsuln, den »zwei Verbannten«, wie sie sich in ihren Briefen nannten. Weder sie noch ihre Familien sahen und trafen sich dann, im Gegenteil, sie schürten und hetzten wieder gegeneinander mit allen Mitteln und auf allen Gebieten. Nachts, wenn Travnik schon in tiefe Finsternis versunken war, konnte man nur noch in den beiden Konsulaten je ein oder zwei Fenster erleuchtet sehen. Dort wachten die beiden Konsuln, über Papiere gebeugt, lasen die Zuträgereien ihrer Gewährsleute und verfaßten Berichte. Dann kam es nicht selten vor, daß Monsieur Daville oder Herr von Mitterer seine Arbeit für einen Augenblick liegenließ, ans Fenster trat und auf dem jenseitigen Berg das einsame Lichtlein betrachtete, bei dem ihm sein Nachbar und Gegner drüben unbekannte Fallen legte und Ränke schmiedete, um die Stellung seines Kollegen am anderen Ufer der Lašva zu untergraben und dessen Pläne zu vereiteln.

Für sie verschwand das im Gebirge eingepferchte Städtchen, und zwischen ihnen blieb nur Leere, Schweigen und Finsternis. Ihre Fensterscheiben blitzten sich an wie die Pupillen zweier Duellanten. Aber hinter dem Vorhang versteckt, starrten der eine oder der andere oder beide gleichzeitig in die Dunkelheit und auf den schwachen Schimmer des Lichtes ihres Gegners und dachten aneinander mit Rührung, tiefem Verständnis und aufrichtigem Bedauern. Dann rafften sie sich wieder auf und kehrten zur Arbeit und zu den Kerzen zurück, die inzwischen langsam niedergebrannt waren, und setzten ihren Bericht fort, der keine Spur der eben noch empfundenen Gefühle aufwies und in dem einer über den anderen herfiel und ihn schlechtmachte, und zwar von jener verlogenen amtlichen Warte herab, von der Beamte auf die ganze Welt herabzuschauen glauben, wenn sie an ihren Minister ein vertrauliches Schreiben richten, von dem sie wissen, daß die Betroffenen selbst es niemals in die Hände bekommen.

VI

Als hätten sich hier in Travnik, während der an Mühsal überreichen Jahre des alles mitreißenden Krieges, nur finstere, freudlose Schicksale ein Stelldichein gegeben, so war auch das Leben des österreichischen Generalkonsuls Joseph von Mitterer eine einzige Kette von Schwierigkeiten, von denen seine Ankunft in Travnik keineswegs die geringste war.

Er war ein brünetter Mann von fahler Gesichtsfarbe, mit aufgezwirbeltem schwarzem Schnurrbart, starrem Blick, langsamer Rede und gemessenem Auftreten. Alles an ihm war steif, eckig, sauber und ordentlich, aber schlicht und »kommißhaft«; man gewann den Eindruck, Mann und Uniform seien vor kurzem aus einem kaiserlich-österreichischen Heeresdepot bezogen worden, weil man dringend einen mittelmäßigen Oberst brauchte. Nur seine kastanienbraunen runden Augen, deren Lider immer rot und entzündet waren, ließen eine gewisse stille Güte und ein stets verborgenes warmes Herz erahnen. Es waren die unreinen Augen eines Leberleidenden, die müden Augen eines alten aktiven Grenzoffiziers und Kanzleisklaven – Augen, die sich verbraucht hatten in der wachsamen Beobachtung der ständig bedrohten Reichsgrenze, traurig-stumme Augen, die bei dieser Beschäftigung sehr viel Übles gesehen und die Grenzen irdischer Macht, Freiheit und Menschlichkeit erkannt hatten.

Vor etwa fünfzig Jahren in Osijek geboren, wo sein Vater Offizier in einem slawonischen Husarenregiment gewesen war, hatte er später die Kadettenschule besucht und sie als Fähnrich der Infanterie verlassen. Als Leutnant wurde er zum geheimen Nachrichtendienst nach Semlin versetzt. Dort brachte er, mit kurzen Unterbrechungen, etwa zwanzig Jahre zu, schwere Jahre, die ganz ausgefüllt waren mit Kriegszügen gegen die

Türkei und mit verwickelten Grenzzwischenfällen während der serbischen Aufstände. Sein Dienst in dieser Zeit bestand nicht nur in Begegnungen mit Gewährsleuten, im Sammeln von Daten, in der Pflege geheimer Querverbindungen und im Verfassen vertraulicher Nachrichten, nein, er ging auch mehrfach selbst nach Serbien hinüber, oft als Bauer verkleidet oder als Mönch, und erkundete unter den schwierigsten Umständen die Stärke der türkischen Streitkräfte, machte Skizzen von befestigten Plätzen und wichtigen Stellungen oder prüfte die Stimmung im Volke. Von Mitterer hatte Erfolg in dieser Tätigkeit, die den Menschen vorzeitig zermürbt. Wie oft im Leben wurde auch ihm der Erfolg zu jenem Verhängnis, das einem so leicht das Genick bricht. Seine Vorgesetzten im Ministerium waren nach einigen Jahren mit seinen Meldungen so zufrieden, daß er persönlich nach Wien gerufen wurde, wo er den Rang eines Hauptmanns und hundert Dukaten Belohnung erhielt. Dieser Erfolg weckte in der Seele des jungen Offiziers die kühne Hoffnung, er könnte von der eintönigen, anstrengenden Bahn abweichen, auf der all seine Vorfahren ihre Last geschleppt hatten.

Der Grenzoffizier, der sein dreißigstes Lebensjahr hinter sich hatte und eine Belohnung von hundert Dukaten und die Belobigung in der Tasche wußte, war überschwenglich in seinen Zukunfträumen, am sehnlichsten aber wünschte er sich ein ruhigeres und schöneres Dasein auf gesellschaftlich höherer Stufe. Die Verkörperung eines solchen Lebens sah er in einer jungen Dame aus Wien. Sie war die Tochter eines höheren Gerichtsoffiziers, eines eingedeutschten Polen, und einer unbegüterten ungarischen Baronin. Die Eltern gaben ihm, dem wenig angesehenen, doch tüchtigen Grenzoffizier von der Peripherie des Reiches, die schöne, etwas zu lebhafte und zu romantische Tochter Anna Maria ohne jedes Zögern, ja sogar auffallend leichten Herzens und schnell. Es war, als hätte das Schicksal ihm nur diese Frau an den Hals hängen müssen, um ihn vollends und für immer auf das tote Gleis des subalternen Lebens zu schieben, dem er um jeden Preis entfliehen wollte. Die Heirat, die ihm die Tore in ein höheres und angenehmeres Leben aufstoßen sollte, verriegelte ihm den Weg und legte ihn für immer an die Kette, sie raubte ihm Ruhe und Seelenfrieden, die einzig wahren Güter, die höchste Würde bescheidener Schicksale und namenloser Menschen.

Der Spionageoffizier, der »Erfolg gehabt« hatte, entdeckte sehr bald, daß es etwas gab, was niemand vorher ausspionieren oder voraussehen konnte – die Launen und Anwandlungen eines unruhigen, unberechenbaren Weibes. Die »unselige polnisch-ungarisch-wienerische Mischung«, wie der Semliner Garnisonskommandant Frau von Mitterer nannte, litt an einem Überfluß von Phantasie und an einem krankhaften, unbezwinglichen und unersättlichen Hang zur Schwärmerei. Frau von Mitterer schwärmte für die Musik, für die Natur, für ungesunde Philanthropie, für alte Bilder, für neue Ideen, für Napoleon oder für irgend etwas anderes, wenn es sie nur nichts anging, außerhalb ihrer Kreise stand und ihrem Familienleben, ihrem guten Ruf und dem Ansehen ihres Mannes nicht schadete. Diese unausbleibliche, stets und regelmäßig wiederkehrende Schwärmerei verband sich bei Frau von Mitterer sehr oft mit einer vergänglichen und launischen Liebelei. Aus einem schicksalhaften, unüberwindlichen Drang schwärmte diese Frau mit dem kalten Körper und dem hitzigen Kopf von Zeit zu Zeit für junge Männer, die gewöhnlich jünger waren als sie; jedesmal war sie überzeugt, in dem Jüngling, bei dem sie einen starken Geist und ein tapferes Herz voll reinster Empfindungen vermutete, nun endlich den erträumten Ritter und eine ihr verwandte Seele gefunden zu haben. Und ebenso verhängnisvoll war es, daß es sich regelmäßig um rücksichtslose, begabte junge Männer handelte, die in Wirklichkeit nur sie selbst besitzen wollten, und zwar für eine kurze Frist bloß, vorübergehend und eindeutig, so wie es sie nach irgendeiner anderen Frau gelüstet hätte, wenn sie ihren Weg gekreuzt und sich ihnen nicht widersetzt hätte. Anna Maria stürzte nach der anfänglichen Schwärmerei in Enttäuschung und Verzweiflung, sobald mit dem ersten Kontakt völlig unvermeidlich der Unterschied zwischen ihrer erhaben und unfruchtbaren Begeisterung und den eigentlichen Absichten des betreffenden jungen Mannes zutage trat. Die »Liebe« verwandelte sich dann in Haß und Widerwillen gegen das bisherige Idol, gegen das eigene Ich, gegen Liebe und Leben schlechthin. Nach einer gewissen Genesungsfrist suchte sie in Schwärmerei und Verbitterung anderer Art ihre Seelennahrung und befriedigte so ihr angeborenes Bedürfnis nach Krisen und seelischen Zusammenbrüchen. So ging das bis zur nächsten Gelegenheit, bei der alles von neuem abrollte.

Von Mitterer versuchte viele Male, seine Frau von diesen Irrungen abzubringen, ihr mit Verstand beizukommen und sie zu schützen, aber es half nichts. Sein »krankes Kind«, das inzwischen in die Jahre kam, fiel auf der Suche nach der lauteren Liebe periodisch, mit der Zwangsläufigkeit des Epileptikers in immer neue Krisen. Der Oberst kannte die Anfangssymptome wie auch den weiteren Verlauf jeder »Verirrung« seiner Frau schon auswendig und sah genau den Augenblick voraus, da sie ihm wieder weinend und enttäuscht um den Hals fallen würde, jammernd, daß alle sie zu besitzen wünschten, aber keiner sie liebte.

Wieso konnte eine solche Ehe Bestand haben und nicht zerbrechen? Wie dieser gewissenhafte und nüchtern denkende Mensch das ertrug und warum er seiner Frau alles von vornherein verzieh, das wird nie jemand erfahren; es wird eines jener unergründlichen Geheimnisse bleiben, die so oft zwei Menschen unerbittlich voneinander trennen und doch unlösbar aneinanderketten.

Gleich im ersten Jahr ihrer Ehe kehrte Anna Maria zu ihren Eltern nach Wien zurück und behauptete, sie empfände tödlichen Abscheu gegen jede körperliche Liebe und könne ihrem Mann in dieser Hinsicht keine Rechte zubilligen. Nur dadurch, daß der Hauptmann auf alle ihre Wünsche einging, gelang es ihm, sie zur Rückkehr zu bewegen. Bald darauf gebar sie ihm ein Töchterchen. Es begann eine kurze Zeit scheinbarer Ausgewogenheit. Zwei Jahre später begann alles von vorn. Der

Hauptmann beugte sich seinem Los und vergrub sich fortan ganz in die schwierigen Geschäfte der Semliner Quarantäne und seine Spionagearbeit, er fand sich damit ab, daß er verurteilt war, mit einem feurigen Drachen zusammenzuleben, dem er alles opfern mußte und der für alles, was er erhielt, nur mit neuer Unzufriedenheit und neuer Aufregung dankte.

Wie alle überspannten und hysterischen Frauen trieb die schöne, verschrobene und verschwenderische Frau von Mitterer, was ihr gefiel, ohne je zu wissen, was sie wirklich wollte. Sie stürzte sich Hals über Kopf in ihre stetig wiederkehrenden Schwärmereien, um dann schnell und voller Enttäuschung zu erwachen. Man weiß nicht, was für Mitterer schwerer zu ertragen und qualvoller mit anzusehen war: ihre Schwärmereien oder der Augenblick ihrer Enttäuschung. Der Hauptmann trug das eine wie das andere mit der Ergebenheit eines Märtyrers. Im Grunde liebte er die Frau, die ihm das Schicksal als unverdiente Strafe aufgebürdet hatte, so grenzenlos und unablässig, wie man ein krankes Kind liebt. Alles, was mit ihr zusammenhing, hatte für ihn etwas Liebes, Vornehmes und Erhabenes. Alles an ihr, ihr innerstes Wesen und alles, was sie umgab, einschließlich der toten Dinge, die ihr gehörten, alles zwang sich ihm auf als etwas Höheres, Schönes, würdig, daß man es anbete und jedes Opfer dafür bringe. Er litt unter ihren Anfällen und Exzessen, er schämte sich vor seinen Mitmenschen und quälte sich herum, und doch zitterte er bis in die Seele hinein, wenn er nur daran dachte, diese berückende Frau könnte ihn verlassen, sich etwas antun und aus seinem Hause oder der Welt plötzlich verschwinden. Indes er in seinem Beruf vorankam und sein Töchterchen, ein kleines, ernstes und schweigsames Wesen, allmählich heranwuchs, traumwandelte Frau von Mitterer unaufhaltsam dahin und erwartete vom Leben all das, was es nicht bieten konnte; sie verwandelte alles in einen Gegenstand der Begeisterung oder der Verbitterung und folterte mit dem einen wie mit dem anderen sich und ihre Umgebung. Die unbezähmbare und unverständliche Raserei, von der die Frau besessen war, wechselte wohl mit den Jahren Ziel und Erscheinungsform, aber sie ließ nicht erkennen, daß sie nachlassen oder milder werden wollte.

Als von Mitterer, ziemlich überraschend, zum Generalkonsul in Travnik bestellt wurde, begann Anna Maria, die gerade eine ihrer großen Enttäuschungen verwand, zu toben und zu weinen: Sie denke nicht daran, aus einem halb türkischen Nest, in dem sie bisher geschmachtet habe, nun gar »auf einen richtigen türkischen Friedhof« überzusiedeln und ihr Kind »nach Asien« zu lassen. Der Oberst beschwichtigte seine Frau und versuchte sie davon zu überzeugen, daß seine neue Position eine wesentliche Veränderung für ihn und in seiner Karriere einen »Sprung nach oben« bedeute; es sei wohl richtig, daß sie sich in Travnik ein wenig plagen müßten, aber die neuen Einkünfte würden dem Kinde die Zukunft sichern. Endlich schlug er ihr vor, mit dem Kind in Wien zurückzubleiben, wenn sie schon um keinen Preis mit ihm gehen wolle. Anna Maria ging anfangs auf den Vorschlag ein, änderte aber dann schnell wieder ihren Plan und entschloß sich, das Opfer zu bringen. Offensichtlich war es dem Oberst nicht beschieden, wenigstens einige friedliche Monate seines Daseins fern von seiner Frau zu verbringen, was für ihn eine Art Himmel auf Erden bedeutet hätte.

Sobald von Mitterer ein Haus gefunden und es, so gut es eben ging, bewohnbar gemacht hatte, trafen auch seine Frau und seine Tochter in Travnik ein.

Schon auf den ersten Blick sah man, daß es eine Frau war, die viel Platz in der Welt beanspruchte. Schon etwas füllig, hatte sie noch immer ein schönes, jugendliches Aussehen. Ihre ganze Erscheinung: der Schimmer ihrer untadelig weißen Haut, der eigenartige Glanz ihrer Augen, die bald grünlich, bald dunkelgolden aussahen, schillernd wie das Wasser der Lašva, ihre Haarfarbe, die Art, wie sie sich kämmte, ihr Gang, ihre Bewegungen und der befehlende Ton ihrer Stimme, all das brachte zum erstenmal nach Travnik einen Hauch dessen, was die Travniker in ihrer Phantasie den ausländischen Konsuln zuschrieben.

An der Seite Frau von Mitterers schritt die Tochter Agathe, ein dreizehnjähriges Mädchen, das seiner Mutter gar nicht ähnlich sah. Zurückhaltend und schweigsam, frühreif und übersensibel, mit schmalen, aufeinandergepreßten Lippen und dem starren Blick des Vaters, wirkte Agathe neben ihrer Mutter wie ein ständiger stummer Vorwurf; sie verriet nie und durch nichts ihre Gefühle und schien unempfänglich für alles in ihrer Umgebung. In Wirklichkeit war das Kind von früher Kindheit an eingeschüchtert und verwirrt worden durch das Temperament seiner Mutter und die Dinge, die sich, wie es zuweilen ahnte, zwischen Vater und Mutter abspielten; was es auf der Welt liebte, war der Vater, ihn liebte es mit einer hilflosen Hingabe. Agathe gehörte zu jenen Mädchen, die sich trotz ihres zarten Knochenbaus und ihrer Zierlichkeit sehr früh entwickeln und bald aussehen wie reife Frauen in Miniatur, so daß man leicht überrascht und getäuscht wird; mal legen sie eine noch völlig kindliche Haltung an den Tag, mal lassen sie schon voll entwickelte Formen erkennen. In allem ganz das Gegenteil der Mutter, war das Mädchen unmusikalisch und liebte die Bücher und die Einsamkeit.

Frau von Mitterer warf sich gleich nach ihrer Ankunft mit aller Inbrunst auf die Gestaltung von Haus und Garten. Das Mobiliar wurde aus Wien beschafft, die Handwerker kamen aus Slawonisch-Brod. An allen Ecken und Enden wurde etwas verändert und das Unterste zuoberst gekehrt. (Im französischen Konsulat sagte man bei dem unausbleiblichen Klatsch über »die von jenseits der Lašva«, die gnädige Frau baue »ein neues Schönbrunn«. Frau von Mitterer allerdings, die für die französische Sprache eingenommen war und alles, was sie unter französischem Esprit verstand, pflegte, blieb ihren Spöttern nichts schuldig. Wenn sie auf Madame Davilles Einrichtung, die, wie wir wissen, zu einem großen Teil aus geschickt verkleideten und verhangenen Truhen bestand, zu sprechen kam, behauptete sie mit spitzer Zunge, Madame Daville habe ihr Haus im Stil »Louis Caisse« eingerichtet.) Ein hoher Zaun trennte den Garten vom lärmerfüllten, schmutzigen Hof des Čaršija-

Hans und von dessen Stallungen. Das altertümliche Haus des Hafizadić wurde nach persönlichen Entwürfen der Frau Konsul ganz und gar umgestaltet, nach Plänen, deren Sinn und Zweck kein Mensch verstand, die aber einer ihr selbst unklaren hohen Auffassung von größter Vollendung, von Glanz und Herrentum entsprachen oder entsprechen sollten.

Wie häufig bei dieser Art von Frauen, zeigten sich mit den Jahren bei ihr neue Marotten. Anna Maria litt jetzt an einem Sauberkeitsfimmel. Noch mehr, als sie selbst darunter litt, quälte sie damit ihre Umgebung. Nichts war ihr ausreichend frisch und gewaschen und niemand sauber genug. Mit dem Ungestüm, dessen sie fähig war, stürzte sie sich in den Kampf gegen Unordnung und Schmutz. Sie wechselte dauernd ihr Dienstpersonal, terrorisierte die Hausbewohner, lief hin und her, zeterte und zerriß sich förmlich im Ringen mit dem Schmutz, dem Staub, dem Ungeziefer und den ungewöhnlichen Sitten des neuen Landes. Dann kamen wieder Tage, an denen Anna Maria, plötzlich entmutigt, den Glauben an den Erfolg ihres Kampfes aufgab und den Rückzug antrat; mit verschränkten Armen stand sie verzweifelt da, fühlte, wie die Unordnung und Unsauberkeit dieses orientalischen Landes von allen Seiten auf sie einstürmten, aus der Erde schossen, von oben herabregneten, durch Türen und Fenster, ja durch jede kleinste Spalte hereindrängten und langsam, aber unabwendbar vom ganzen Haus und von allem, was darin war, den Gegenständen, dem Gesinde und den Tieren, Besitz nahmen. Sie bildete sich ein, selbst ihre persönlichsten Dinge setzten, seitdem sie in diesen Talkessel geraten war, Schimmel oder Rost an und überzögen sich langsam mit einer dünnen, nicht mehr wegzuwischenden Dreckschicht.

Von ihren kurzen Spaziergängen kam sie zumeist erschüttert und noch entmutigter zurück, denn schon bei den ersten Schritten stieß sie auf einen räudigen oder lahmen Hund, der sie scheu und kläglich anglotzte, oder gar auf ein ganzes Rudel zottiger Straßenköter, die sich um die Eingeweide eines Hammels balgten und dabei die Därme über die Straße zerrten. Sie machte darum Spazierritte, die sie aus der Stadt hinausführten, und bemühte sich, hoch zu Roß all das zu übersehen, was sie unmittelbar umgab. Aber auch das half nichts.

Eines Tages, nach einem kurzen Frühlingsregen, ritt sie mit ihrer Begleitung durch die Hauptstraße. Dort, wo sie die Stadt verlassen mußten, begegneten sie einem Bettler. Schwachsinnig, krank, barfüßig und in Lumpen gehüllt, ging er seines Wegs und erklomm, um den herrschaftlichen Reitern auszuweichen, den schmalen Pfad, der am steilen Berghang parallel zur Straße lief. So tauchten seine Füße in Augenhöhe der Reiterin auf. Das Paar Füße, das in zermanschtem Lehm stapfte, nackt, schmutzig und klobig, füllte nur für eine Sekunde ihr Blickfeld aus; es waren die Füße eines vorzeitig gealterten Arbeiters, der zum Arbeiten nicht mehr fähig war. Sie sah sie zwar nur einen flüchtigen Augenblick, aber sie wollten lange nicht aus ihrer Vorstellung schwinden, diese nicht mehr menschenähnlichen Füße, klobig, unförmig, knorrig und unsagbar verunstaltet durch lange Märsche und ein schweres Leben, diese Füße, die rissig wie die Rinden von Föhrenstämmen waren, gelb und schwarz, klotzig und krumm, Füße eines Landarbeiters, die sich selbst kaum tragen konnten und ungeschickt humpelten. Und wer weiß, ob sie nicht soeben ihre letzten Schritte taten?

›So ist das nun. Keine hundert Sonnen und keine tausend Lenze können diesen Füßen helfen‹, mußte Anna Maria plötzlich denken. ›Keinerlei Pflege, keine Ernährung und kein Heilmittel können sie wiederherstellen oder anders machen; was immer auf Erden keimen und blühen wird, diese Füße können nur noch gelber, noch verkrüppelter und schrecklicher werden.‹

Der Gedanke daran verfolgte sie jetzt stets, und das quälende Bild von Schmerz und Mißgestalt wollte sie Tage hindurch nicht verlassen. Allein die Vorstellung, »daß es so etwas gibt«, lähmte sie in allem, was sie unternahm und dachte, und machte sie schaudern und erstarren.

So quälte sich Frau von Mitterer selbst, und ihre Pein wurde noch gesteigert durch die schmerzliche, beleidigende Erkenntnis, daß es niemanden gab, der für ihr Ekelgefühl Verständnis aufbrachte und ihren Wunsch nach Vollkommenheit und Reinheit teilte. Trotzdem oder gerade deshalb hatte sie das stete Bedürfnis, davon zu reden und sich bei jedem über die schmutzige Stadt und die Schlampigkeit der Dienerschaft zu beklagen, obgleich sie sah, daß sie nirgends auf Verständnis, geschweige denn auf Hilfe stieß.

Der Pfarrer von Dolac, der ungeschlachte, dicke Fra Ivo Janković, hörte ihren Beschwerden und leidvollen Ergüssen höflich und zerstreut zu und tröstete sie oberflächlich und mit jener Nachlässigkeit, mit der man Kinder beschwichtigt, indem er irgend etwas sagte, nur um überhaupt etwas zu sagen, und behauptete, man müsse im Leben alles still und ergeben hinnehmen, auch der Schmutz sei schließlich eine Gabe Gottes.

»Im übrigen hat man schon in alten Zeiten den Satz geprägt: ›Castis omnia casta.‹ Reinen ist alles rein«, übersetzte der Pfarrer mit der allen dicken Menschen und alten Mönchen eigenen Unbekümmertheit.

Dann pflegte Frau von Mitterer, eingeschüchtert und verbittert von allem, was sie umgab, tagelang das Haus zu hüten, meidend die Nähe der Menschen und den Anblick der Stadt. Den ganzen Tag trug sie Handschuhe, saß in einem Fauteuil, der mit weißem Linnen, das sie häufig wechselte, überzogen war, und erlaubte niemandem, sich ihr im Gespräch zu sehr zu nähern. Und trotzdem wurde sie von dem Gefühl verfolgt, sie versinke in einem Pfuhl von Schmutz, Staub und Gestank. War ihr dann die Qual unerträglich geworden, und das kam sehr oft vor, so erhob sie sich jäh, stürzte in das Zimmer ihres Mannes, unterbrach ihn in seiner Beschäftigung, machte ihm bittere Vorwürfe, weil er sie hierher gebracht habe, und forderte unter Tränen, er solle auf der Stelle mit seiner Familie das dreckige, unglückselige Land verlassen.

Das wiederholte sich so mehrere Male, bis die Macht der Gewohnheit sie abstumpfte oder eine neue Marotte die alte ablöste.

Im Konsulat selbst war, nächst dem Generalkonsul, der Dolmetscher und Kanzleibeamte Nikola Rotta die Hauptperson. In früheren Jahren hatte er in der Semliner Quarantäne Dienst getan, und Mitterer hatte ihn mit nach Travnik gebracht.

Rotta war klein und bucklig, doch ohne sichtbaren Höcker, er hatte einen starken Brustkorb und einen mächtigen Kopf, den er immer eigenartig nach hinten trug und der in den hochgezogenen Schultern versank; der breite Mund, die lebhaften Augen und das natürlich gekräuselte, angegraute Haar lenkten die Aufmerksamkeit auf sich. Die Beine waren kurz und dünn und steckten in niedrigen Stulpenstiefeln oder in seidenen Strümpfen und Halbschuhen, auf denen eine große vergoldete Schnalle saß.

Im Gegensatz zu seinem Vorgesetzten, Herrn von Mitterer, einem mildherzigen, zugänglichen Mann, der allen Mitmenschen mit einer wehmütigen Sanftheit begegnete, benahm sich Rotta, Mitterers rechte Hand, hochfahrend und gegen Türken wie Christen in gleicher Weise unwirsch. Sein übellauniges Schweigen wirkte nicht weniger unerträglich, peinlich und verletzend als seine Art, zu reden. So klein und bucklig er war, verstand er es doch, auf jeden noch so großen Menschen, mochte dieser ihn auch um halbe Körperlänge überragen, irgendwie von oben herabzuschauen. Aus dem großen, zurückgeworfenen Kopf mit den hochgezogenen Schultern blickten seine finsteren Augen, über welche die schweren Lider tief herabfielen, gelangweilt und verletzend, verächtlich müde, als sähen sie ihr Gegenüber irgendwo in weiter Ferne und tief unter sich. Nur wenn er vor hohen und einflußreichen Persönlichkeiten stand (und er unterschied genau, welche es wirklich waren und welche sich nur den Anschein gaben, es zu sein) und er ihre Gespräche übersetzte, senkten die Augen den Blick zur Erde, wurden frech, herablassend und unerreichbar zugleich.

Rotta sprach viele Sprachen (die Travniker hatten ausgerechnet, es seien zehn). Seine größte Gewandtheit aber bestand nicht so sehr in dem, was er sagte, als vielmehr in der Art, wie er den Gegner zum Schweigen brachte. Er hatte die

Angewohnheit, den Kopf zurückzuwerfen, den Gesprächspartner mit seinen zusammengekniffenen Augen zu mustern und mit einer Stimme, die so klang, als käme sie von weit her, trocken und dreist zu fragen:

»Na und dann? Na und? Und?«

Durch diese nichtssagenden Worte, auf seine Art gesprochen, ließen sich häufig die kühnsten Leute verwirren, und ihre besten Argumente und gerechtfertigtsten Forderungen zerflossen in nichts.

In César d'Avenat fand Rotta den einzig würdigen und ebenbürtigen Gesprächspartner. Seitdem d'Avenat den Österreichern noch vor ihrer Ankunft in Travnik den geschickten Streich mit dem Ferman und Berat gespielt und sie gezwungen hatte, zwei Wochen wie Landstreicher in Derventa herumzusitzen, war er in Rottas Augen ein Gegner von Rang, den man nicht unterschätzen durfte. Auch d'Avenat unterschätzte Rotta keineswegs, denn er hatte sich bei Kaufleuten aus Belgrad über ihn erkundigt. Die beiden Dolmetscher begegneten einander anders, als es sonst Menschen tun. Wenn sie miteinander sprachen, so taten sie es fast immer in einem leichten, scherzenden Ton, der ihre Unbekümmertheit und Geringschätzung des anderen herausstreichen sollte, hinter dem sich jedoch eine gespannte Aufmerksamkeit und eine nie zugegebene Furcht vor dem anderen verbargen. Sie beschnupperten sich wie zwei Bestien und behielten einander stets im Auge wie zwei Gauner, die zwar voneinander wissen, daß sie Gauner sind, die aber die Schliche und Methoden des anderen noch nicht ganz durchschaut haben.

Die Zwiegespräche, die für gewöhnlich in französischer Sprache, in weltmännischem Ton und mit dem vornehmen Wortschatz begannen, dessen sich Konsuln bedienen, arteten hin und wieder in ein saftiges Wortgefecht aus, bei dem sie ein ungehobeltes, verdorbenes Venezianisch gebrauchten, wie man es an allen Küsten des Mittelmeeres sprach. Sobald es dazu kam, ließen beide Dolmetscher ihre Masken fallen, stritten miteinander und übertrumpften sich – echt levantinisch –

mit Kraftausdrücken, ihr Herrentum völlig vergessend; sie gebrauchten die schamlosesten Ausdrücke, begleitet von unbeschreiblichen Gesten und Grimassen.

»Segne, hochwürdiger Vater, segne den demütigen Diener der Heiligen Mutter Kirche«, sagt d'Avenat mit einer ironischen Verbeugung vor Rotta, anspielend auf die guten Beziehungen der Österreicher zu den Fratres.

»Die ganze Meute der jakobinischen Teufel in der Hölle soll dich segnen«, pariert Rotta gelassen, als leiere er eine eingelernte Rolle herunter.

»Aber die Altäre, die leckt ihr den Fratres? Nicht wahr, ihr leckt sie!« sagt d'Avenat.

»Und ihr würdet ihnen, wenn sie es nur wollten, auch noch das lecken, was man nicht zu lecken pflegt. Aber sie wollen es nicht. Sie wollen von euch Franzosen nichts wissen. Doch wie ich höre, eröffnet ihr in einem Flügel eures Konsulats eine Synagoge.«

»Nein, das tun wir nicht. Was sollten wir mit einer Synagoge? Wir gehen lieber in die Kirche nach Dolac, um Ihre Exzellenza, den kaiserlich-österreichischen Generalkonsul, und seinen gewichtigen Dolmetscher zu sehen, wie beide Fra Ivo zur Messe ministrieren.«

»Warum nicht? Ich kann auch das.«

»Weiß ich, weiß ich. Du kannst alles. Nur eins kannst du nicht. Wachsen kannst du nicht!«

»Tja, da hast du wiederum recht. Das, siehst du, das kann ich nicht«, sagt der Bucklige, ohne mit der Wimper zu zucken. »Aber glaube mir, es tut mir nicht leid, seitdem ich dich baumlangen Lulatsch gesehen habe. Zumal wenn ich mir vorstelle, wie du dich ausrecken wirst, wenn du tot bist. Das wird allerhand Schererereien geben, bis man für dieses Ungetüm von Leiche eine Kiste auftreibt.«

»Wenn ich nur endlich einmal dein Ende erleben dürfte, ich würde weder Mühe noch Ausgaben scheuen; ich würde schon ein passendes Kistchen für dich finden!« D'Avenat zeigt dabei mit den Händen die Länge einer Elle an.

»Nein, nein! Mir ist nicht zum Sterben zumute. Wie sollte ich auch sterben, solange du mich nicht als Arzt kurierst?«

»Wer sollte dich schon kurieren? Dich soll die Cholera kurieren!«

»Das weiß ich, die Cholera ist dein Kollege. Aber sie tötet wenigstens unentgeltlich. Dafür ist deine Hand sicherer. Der Cholera entwischt noch dieser oder jener, dir keiner.«

Und so setzen sie ihren Streit fort, bis beide auf einmal in ein schallendes Gelächter ausbrechen und sich gegenseitig unverfroren fixieren, als wollte einer den anderen mit Blicken durchbohren.

Solche Rededuelle verliefen stets ohne Zeugen, sie waren für beide Dolmetscher eine Art Atemholen und Gymnastik. Zum Ende wurde die Unterhaltung wieder in Französisch und in artigstem zeremoniellem Tonfall geführt. Die Travniker, die sahen, wie sich die beiden verabschiedeten und höflich den Hut abnahmen, zogen allerlei Schlüsse aus der langen freundschaftlichen Plauderei der Beamten beider christlichen Mächte.

Allen übrigen Menschen gegenüber verhielt sich Rotta gleichbleibend dreist, mürrisch, mißtrauisch, sachlich und einsilbig.

Rotta, in Triest gebürtig, war das zwölfte Kind eines armen an Trunksucht verstorbenen Schusters, der Giovanni Scarparotta hieß. Dieses zwölfte Kind war winzig, mißgestaltet und bucklig zur Welt gekommen und in den ersten Monaten so schwach gewesen, daß die Seinen ständig die brennende Kerze zur Hand gehabt hatten. Einmal hatten sie an dem Kind sogar schon die Totenwaschung vorgenommen und es für die Beerdigung vorbereitet. Als aber der blasse, bucklige Knabe zur Schule kam, stellte sich bald heraus, daß er scharfsinniger war als seine Geschwister und etwas Besseres zu werden versprach, als sein Vater und sein Großvater es waren. Während alle seine Brüder – stramme und gesunde Burschen – Matrosen oder Handwerker wurden oder in jene undefinierbaren Berufe gingen, von denen die Männer in Triest ebenso leben können wie von einem richtigen Gewerbe, wurde der bucklige Junge in der Kanzlei einer Schiffahrtsgesellschaft aufgenommen.

Hier gewann der schwächliche, allen Menschen gegenüber verschlossene Knabe, dessen bleiches Gesicht durch die großen Augen und den leidenschaftlichen Mund auffiel, zum erstenmal einen Einblick in das herrschaftliche Leben in den großen sauberen Räumen, wenn er die Post austrug oder gerufen wurde, die Schreibkiele zu spitzen; er lernte die Lebensweise und die gesicherten Verhältnisse einer gesitteten Welt kennen, in der man leise redete und einander höflich begegnete, einer Welt, für die Nahrung, Kleidung und alle übrigen täglichen Bedürfnisse Selbstverständlichkeiten, keinesfalls aber Probleme waren und deren Denken und Streben über den Alltag hinauslief, weiten und hohen Zielen zu. Wenn der Knabe tagsüber von Kanzlei zu Kanzlei ging, verglich er im stillen dieses Leben, in das er ein wenig hineinlugen durfte, mit der Enge, dem Schmutz und der Armut seines Vaterhauses, mit dem Gezänk, den Bosheiten und Derbheiten in seiner Familie und in der Nachbarschaft. Und er litt grenzenlos unter dem Vergleich. Nun er wußte, daß es auch ein solches Dasein gab, konnte er nicht länger in dem tiefen Elend verharren, in dem er geboren war und sein Leben verbringen sollte. Nachdem er eines Nachts lange wach gelegen hatte, weil ihn der Gedanke so folterte, schälte er sich vor dem Morgengrauen aus den Lumpen, unter denen er lag und die ihn unerträglich anwiderten, und gelobte auf den Knien und mit tränenüberströmtem Gesicht (er wußte selbst nicht, wen er zum Zeugen anrief und an wen er den Schwur richtete), er werde entweder aus dem Leben, das die Seinen führten, herauskommen oder überhaupt nicht mehr weiterleben.

Hier neben ihm schliefen seine vielen Brüder ihren tiefen Schlaf, die älteren wie die jüngeren, alles geprügelte Lehrbuben oder erbärmliche, schmutzige Nichtstuer, mit ebensolchen Fetzen zugedeckt wie er. Aber er sah in ihnen nicht mehr seine Brüder, für ihn waren sie nicht die nächsten Blutsverwandten, sondern abscheuliche Sklaven, mit denen er nicht mehr zusammenleben konnte und denen er schleunigst, für immer und um jeden Preis den Rücken kehren mußte.

Von dem Tage an wandte er sich ganz dem besseren und höheren Leben jener vornehmen Welt zu. Er gab sich mit Leib und Seele der Arbeit hin, war gehorsam und bemüht, seinen Herrschaften die Wünsche von den Augen abzulesen; er hielt Augen und Ohren offen, um überall etwas zu erhaschen, was sein Wissen erweiterte, und versuchte mit der Beharrlichkeit eines Verzweifelten aufzuspüren, wo die Türen waren, die in das leichtere und feinere Leben führten, und wie sie sich öffnen ließen. Das unbewußte, doch starke Verlangen, in jenes Leben einzudringen und sich in ihm zu behaupten, zog ihn vorwärts, von hinten stießen ihn mit der gleichen Gewalt der elementare Haß gegen das andere, entsetzliche Dasein im Elternhaus und der unbezwingliche Abscheu vor allem, was damit zusammenhing.

Ein solcher Aufwand an Energie und Pflichteifer konnte nicht unbemerkt und unbelohnt bleiben. Der Knabe machte sich mit den Arbeiten eines Schreibers mehr und mehr vertraut. Kleine Besorgungen auf Schiffen und bei der Behörde wurden ihm anvertraut. Er erwies sich stets als unermüdlich und diskret, war sprachbegabt und hatte eine ausgezeichnete Handschrift. Seine Vorgesetzten wurden auf ihn aufmerksam. Es bot sich ihm die Möglichkeit, Deutsch zu lernen. Er bekam Gehaltsaufbesserung. Bei einem royalistischen Emigranten begann er Französischunterricht zu nehmen. Sein Lehrer, ein gelähmter Greis, den die Not zwang, Privatstunden zu erteilen, hatte einst der guten, gebildeten Pariser Gesellschaft angehört. Von ihm erwarb der junge Niccolo Scarparotta nicht nur gründliche Sprachkenntnisse, sondern auch ein großes Wissen in Geschichte, Geographie und überhaupt all dem, was der alte Herr unter »Weltkenntnis« verstand.

Nach diesen Erfolgen verließ der junge Mann kaltblütig, als sei es die selbstverständlichste Sache der Welt, sein Vaterhaus im Armenviertel und mietete sich ein bescheidenes, sauberes möbliertes Zimmer bei einer Witwe. Damit nahm er den ersten Fußbreit Boden jener besseren Welt in Besitz, die zu erobern er sich in den Kopf gesetzt hatte.

Mit der Zeit wurde er in den Kontoren der Gesellschaft, bei der Abnahme von Schiffsladungen und im Verkehr mit den Fremden unentbehrlich. Er konnte sich leicht und schnell in fünf Sprachen verständigen, kannte bis ins kleinste die Aufgaben aller Behörden des Reiches und die Titel aller Beamten. Was anderen zu behalten schwerfiel, was sie aber jederzeit wissen mußten, merkte er sich ohne weiteres. Trotzdem blieb er der gleiche stille und diskrete Mann, der keine persönlichen Bedürfnisse kannte und keinerlei Forderungen erhob, vielmehr stets hilfsbereit war und niemandem lästig wurde.

So zog er auch die Aufmerksamkeit des Ortskommandanten, Major Kalchers, auf sich, dem der bucklige junge Mann einige Dienste geleistet und recht nützliche Auskünfte über Fremde, die auf den Schiffen der Gesellschaft fuhren, erteilt hatte. Als der Major nach Semlin versetzt wurde, forderte er den Jüngling nach einigen Monaten auf, sich als Dolmetscher und Mitarbeiter des Nachrichtendienstes für das Semliner Kommando zu verpflichten.

Der Schustersohn, der seiner Welt entflohen war, um in einer anderen Fuß zu fassen, sah in der Aufforderung einen Wink des Schicksals und eine willkommene Gelegenheit, sich auch materiell von dem Elend seiner Familie zu entfernen, das hier nur einige Straßen von ihm entfernt herrschte.

So kam der junge Mann nach Semlin. Auch hier zeichnete er sich gleich durch seinen Eifer und seine Geschicklichkeit aus. Er ging in vertraulicher Sache nach Belgrad hinüber und verhörte Fremde in der Quarantäne. (In jüngster Zeit hatte er auch Griechisch und Spanisch gelernt.) Hier legte der Sohn des Triester Flickschusters in dem Bestreben, jede Spur seiner Abstammung zu verwischen, das »Scarpa« ab und nannte sich Rotta; es gab eine Zeit, in der er sogar mit »de Rotta« zeichnete. Hier auch heiratete er eine Levantinerin, die Tochter eines Stambuler Exporteurs, die bei Verwandten in Semlin zu Besuch weilte. Ihr Vater war aus Stambul gebürtig, jedoch der Abstammung nach Dalmatiner, die Mutter war Griechin.

Das etwas volle Mädchen, ein schönes und stilles Wesen, brachte eine Mitgift in die Ehe. Rotta war es, als habe er nur noch eine solche Frau gebraucht, um sich für immer in der schöneren und leichteren Welt einzunisten und seinen jahrelangen mit Mühen und Entsagungen erkämpften Aufstieg zu krönen.

Gerade in diesem Lebensabschnitt begann Rotta jedoch einzusehen, daß dies nicht das erträumte Ziel seines Weges und der ersehnte Lohn war. Dem auf seinem Wege ermatteten Mann zeigte sich das Leben plötzlich als eine endlose Linie, die nichts Dauerhaftes und Verläßliches aufwies, als ein hinterlistiges Spiel zahlloser Spiegel, in denen sich immer neue, immer entferntere und wahrscheinlich ebenso trügerische Perspektiven eröffneten.

Seine Frau entpuppte sich als unzuverlässig, faul, kränklich, verschwenderisch und als in jeder Beziehung schwierig. Hätte Rotta nicht die Brücken, die ihn mit dem Leben seiner Kindheit verbanden, vollständig hinter sich abgebrochen, dann wäre ihm vielleicht das in den Mittelmeerländern geläufige Sprichwort eingefallen, das er in seiner Kindheit oft genug in Gesprächen daheim gehört hatte: »Chi vuol fare la sua rovina, prende la moglie levantina!« Die Tätigkeit in Semlin war weder so geordnet noch so harmlos wie die in Triest. Man betraute ihn mit gefährlichen und heiklen Aufgaben, die an seinen Nerven zerrten und ihm nicht nur den Tag, sondern auch die Nacht raubten und seinen Schlaf störten. Die bunte, durchtriebene und rauhe Welt, die sich auf dem großen Scheideweg von Belgrad nach Semlin, von Semlin nach Belgrad, donauabwärts und donauaufwärts bewegte, war kompliziert, unzuverlässig und für jeden eine Qual, der sich mit ihr befassen mußte. Feindschaften entstanden, es kam zu unerwarteten Zusammenstößen und heimtückischen Racheakten. Um sich zu behaupten, mußte sich Rotta derselben Mittel bedienen. So gewöhnte er sich nach und nach den trockenen, unverschämten Ton an, den auch die Kawassen und Dolmetscher im Nahen Osten an sich haben und der nichts anderes ist als ein Ausdruck für ihre seelische Leere, für ihr Mißtrauen gegenüber den Mitmenschen und das Fehlen jeglicher Illusionen.

Nachdem ihnen auch das zweite Töchterchen in den ersten Monaten gestorben war, überwogen in der Ehe Mißmut und Haß. Es kam zu Auseinandersetzungen, die sich schnell in stürmische Auftritte verwandelten und einen ebenso häßlichen und brutalen Charakter annahmen wie das Gezänk, dessen sich Rotta aus seiner Kindheit entsann. Zum Schluß verließ ihn seine Frau, ohne Bedauern und ohne Skandal, und kehrte nach Stambul zurück, das sie, wovon beide in gleicher Weise überzeugt waren, am besten nie verlassen hätte.

Da gingen Rotta die Augen auf: Das Gelübde, das er als sensibles, buckliges Bürschlein, in schlafloser Nacht über seine Armut Tränen weinend, getan, und selbst die zwanzig Jahre beharrlicher, schwerster Arbeit und Pflichterfüllung reichten nicht aus, um einen Menschen aus der Welt, in die er hineingeboren war, in eine andere Welt zu verpflanzen, in die er zufällig Einblick gewonnen hatte und zu der es ihn hinzog. Noch schlimmer war es für ihn, daß diese »neue« Welt in Wirklichkeit gar nichts Abgesondertes, Bestimmtes und Unverrückbares war, das man sich ein für allemal zu eigen machen und erleben konnte, wie er es sich in den ersten Jahren vorgestellt hatte; gleichzeitig erkannte er, daß die »alte« Welt des Elends und der Niedertracht, der er um den Preis höchster Anstrengungen entfliehen wollte, sich nicht so leicht und einfach abschütteln ließ, wie er seine Brüder und Schwestern oder die Kleiderlumpen seines Elternhauses von sich abgeschüttelt hatte, sondern den Menschen unsichtbar und schicksalhaft durch alle scheinbaren Veränderungen und Erfolge hindurch begleitete.

Rotta war erst über dreißig Jahre alt, er fühlte sich aber bereits betrogen und abgekämpft gleich einem Menschen, der sich über Gebühr angestrengt und nicht den verdienten Lohn geerntet hat. Obwohl jedem abstrakten Denken abhold, konnte er nicht anders als über sein Schicksal nachdenken und sich verlassen und enttäuscht fühlen. Auf seiner Flucht vor diesen Gedanken und vor seinem eigenen Ich warf er sich ganz in das dunkle, barbarische Leben der Grenze und Quarantäne, wo man über alle Maßen verrohte und vor der Zeit alterte. Er war auf Geld und Gewinn erpicht und in seinem Beruf ein Streber, war leicht reizbar, kurz angebunden und zänkisch, benahm sich auffällig, derb, wurde abergläubisch und innerlich feige. Seine Eitelkeit schien den anderen maßlos übertrieben, denn er bildete sich nicht darauf etwas ein, was er erreicht hatte, sondern auf die unsichtbaren Anstrengungen und den Preis, um den er seine Erfolge erkauft hatte.

Auch die Eitelkeit hielt ihm nicht die Treue, denn mit den Jahren läßt uns auch das Vergnügen an unseren eigenen Lastern im Stich. Nachdem Rotta einmal den Glauben verloren hatte, daß ein weiterer Aufstieg auf dem ermüdenden Weg, der seine Erwartungen nicht erfüllt hatte, Sinn und Zweck hätte, ließ er sich stromabwärts treiben, nichts wünschend als ein Leben ohne Krankheit und Entbehrung, mit möglichst wenig Arbeit und Kopfzerbrechen, mit vielen kleinen Annehmlichkeiten, mit Sicherheit und Verdienst.

Wie der Dolmetscher des französischen Konsulats, d'Avenat, hatte auch er sich völlig in die türkische Umwelt eingelebt, sich an ihre Gebräuche und Sitten und an jene unmenschliche Lebensweise gewöhnt, die darin bestand, daß man dauernd Beziehungen anknüpfte und pflegte, aber auch dauernd hassen, überschreien und übertrumpfen mußte, ganz gleich, ob man es mit Türken, mit der Rajah beliebiger Glaubensrichtung oder mit Reisenden aller Art zu tun hatte.

Vorzeitig ausgemergelt, war er jetzt ein grauhaariger, griesgrämiger und selbstsüchtiger Hypochonder geworden, der beherrscht war von kleinen Verrücktheiten und der Pedanterie seiner Kanzleiseele. Er litt dauernd unter eingebildeten Krankheiten, fürchtete sich vor Hexenkünsten und bösen Zeichen und haßte die Kirche und alles, was mit ihr zusammenhing. Er fühlte sich vereinsamt, dachte nur mit Abscheu an seine Frau und an das Leben mit ihr zurück, und bei dem bloßen Gedanken an seine schmutzige, krakeelende Elendssippe, der er einst in Triest den Rücken gekehrt hatte und an die er nicht einmal mehr durch den Familiennamen erinnert sein wollte, schauderte ihn. Befriedigung fand er im Sparen; er sparte aus Leidenschaft und in der Überzeugung, dadurch etwas von dem gutzumachen, was im Leben falsch und verkehrt war, und er sah im Geld das einzige Mittel, das den Menschen wenigstens einigermaßen zu erheben, zu retten und zu schützen vermochte.

Bei aller Vorliebe für ein kräftiges Mahl und einen guten Schluck fürchtete er immer, es könnte jemand in sein Essen Gift gemischt haben, mied große Ausgaben und bangte davor, sich im Zustand der Trunkenheit zu verraten. (Jene unbegründete Angst vor Giften überfiel ihn immer häufiger, obgleich er versuchte, sich von der Wahnvorstellung loszureißen und zu befreien, die ihn ebenso – wenn nicht mehr – schreckte wie die Möglichkeit, wirklich vergiftet zu werden.)

Solange er jünger war, legte er viel Wert auf seine Kleidung und fand Gefallen daran, seine Mitmenschen mit der steifen Weiße seiner Hemden und der Spitzen auf der Brust und an den Manschetten, mit der Buntheit und Vielzahl seidener Halstücher und dem tadellosen Glanz seiner Schuhe zu beeindrucken. Jetzt aber ließ er sich auch in seinem Äußeren gehen. Seine leidenschaftliche Sparsucht verdrängte in ihm alle anderen Regungen.

Sogar sein mühsam aufgespeicherter und eifersüchtig gehüteter Reichtum verwandelte sich bei ihm in Angst vor der Armut. Es stimmte, was sich die Leute von ihm erzählten: Einst, als junger Geck, hatte er hundertundein Hemd und dreißig Paar Schuhe besessen. Sogar jetzt noch waren seine Truhen bis an den Rand gefüllt. Es stimmte, daß er über Ersparnisse in Gold verfügte. Aber was half das alles, wenn ihn auch nicht für eine Minute die Gewißheit verließ, daß seine Hemden langsam, aber stetig an den Rändern verschlissen, seine Schuhe sich an den Spitzen und Absätzen abwetzten und dünner wurden und es keinen Platz auf der Welt gab, wo man sein Geld sicher verstecken konnte. Was half all das? Was nützten zwanzig Jahre viehischer Arbeit und Entsagung, wenn weder Geld noch Stellung, noch Kleidung imstande waren, das Schicksal zu wandeln (die »Hure Schicksal«, wie er es des Nachts in verkrampften Monologen beschimpfte), wenn alles vor seinen Augen zerriß, weniger wurde, sich verbrauchte und wenn ihn, bei allem Überfluß, durch die Löcher und Risse in Kleidern und Schuhwerk die gleiche, nur für ihn sichtbare, schmähliche Armut angrinste, von der er dachte, sie sei dort in Triest, weit hinter ihm, für immer zurückgeblieben. Diese Sorge um das Hüten und Zusammenhalten des Geldes – wie eine Schwester ähnelte sie der Sorge, die ihn in seiner Kindheit gezwungen hatte, dem ständig fehlenden Groschen nachzujagen; die Qualen des Sparens und Geizens ähnelten den Qualen der Entbehrung und Bedürftigkeit. Was half all das? Was nützte es, wenn man nach so vielen Anstrengungen, nach vergeblichen Fluchtversuchen und nach vermeintlichem Aufstieg schließlich doch zum Ausgangspunkt zurückkehrte und wenn sich in die Gedanken, nur auf Umwegen, dieselbe Boshaftigkeit und Roheit und in die Worte und Taten die Rücksichtslosigkeit und Primitivität von einst einschlichen; wenn man, um das Errungene zu bewahren, dieselben scheußlichen Qualen erleiden mußte, die sich der Armut an den Fuß heften. Kurz, was nützte es, viel zu besitzen und etwas zu sein, wenn man nie die Angst vor der Armut loswurde, die Niedertracht in der Denkweise, die ungehobelten Ausdrücke, die Unsicherheit, wie man sich benehmen soll, wenn einem das bittere, unsichtbare Elend, das sich nicht bestechen läßt, auf den Fersen folgte und jenes schönere, bessere, stillere Leben wie ein Trugbild entglitt.

In der Erkenntnis, es sei doch alles sinnlos und man könne seiner Abstammung und Kindheit nicht so leicht entfliehen, warf Rotta den Kopf noch weiter zurück, er stelzte noch dreister einher, schaute die Menschen seiner Umgebung noch verächtlicher an, knauserte noch mehr, hielt noch pedantischer Ordnung in der Kanzlei und wurde noch strenger und unerbittlicher gegenüber Jüngeren und jedem, der von ihm abhing.

Außer Nikola Rotta waren noch zwei niedere Beamte im österreichischen Konsulat beschäftigt.

Da war zunächst der Kanzleibeamte Franz Wagner, der Sohn eines deutschen Einwanderers aus Slawonisch-Brod, ein kleiner, blonder, diensteifriger Mensch mit gestochener Handschrift, der nie müde wurde, zu arbeiten. Ein Männchen nur, aschfahl im Gesicht, zerfloß er nahezu vor Unterwürfigkeit beim Anblick eines Vorgesetzten, aber in seinem Innern verbarg er einen zusammengepreßten Batzen sammetweicher, tauber, doch grausamer und tödlicher Beamtenbosheit, die er später, wenn er auf der Leiter der Karriere emporgeklettert war, über dem Haupt eines ihm unterstellten Unglücksraben ausschütten würde, über einem Menschen, der vielleicht jetzt noch die Schulbank drückte. Dieser Wagner war Rottas Hauptrivale. Die beiden befehdeten einander und benahmen sich wie zwei Erbfeinde.

Petar Markovac, ein Slawone, der um Tageslohn arbeitete, war ein ehemaliger Unteroffizier von gutem Aussehen, mit roten Wangen, einem aufgezwirbelten schwarzen Schnurrbärtchen, immer auf Taille geschnürt und geschniegelt, ganz mit seiner eigenen Person beschäftigt, selbstzufrieden und ohne das geringste Bedürfnis, über irgend etwas anderes in der Welt nachzudenken als über sich selbst.

VII

Es ist nicht mehr Herbst, aber auch noch nicht Winter; dieses Wetter – besser dieses Unwetter –, das weder Herbst noch Winter und schlimmer ist als das eine oder andere, dieses Ungeheuer von Jahreszeit, hält Tage und Wochen an; die Tage sind dabei so lang wie die Wochen, die Wochen erscheinen länger als Monate. Regen, Matsch und Schnee, der schon in der Luft zu Regen wird und sich in Matsch verwandelt, sobald er die Erde berührt, sind in ihrem Gefolge. Versteckt hinter Wolken, überzieht am frühen Morgen eine blasse, kraftlose Sonne den

Horizont im Osten mit einer matten Röte, um dann, ehe der graue Tag wieder in schwarze Nacht übergeht, im Westen nur als kleines gelbliches Licht kurz aufzublinken. Den lieben langen Tag und die ganze Nacht dünsten Himmel und Erde Feuchtigkeit aus. Die Nässe rieselt von oben herunter, schleicht sich überall ein, nimmt Besitz von der Stadt und durchdringt alle Dinge; unsichtbar und doch allmächtig, verändert sie Farbe und Form der Gegenstände, die Stimmung der Tiere und das Verhalten, die Gedanken und die Laune der Menschen. Der Wind, der zweimal am Tage durch den Talkessel zieht, treibt die Feuchtigkeit nur von der Stelle und bringt mit Schneegestöber und dem Dunst der nassen Wälder neue und neue Massen von Nässe; so verdrängt eine Nässe die andere und löst sie ab; die Nässe aus dem Gebirge, kalt und schneidend, schiebt die gesättigte Nässe fort, die sich in der Stadt abgelagert hat. Auf beiden Seiten des Tales tun sich Moräste auf, Quellen fließen über, und Rinnsale wachsen zu Wildbächen an. Bisher unansehnliche, schmale Bächlein verwandeln sich in Wasserfälle, brüllen auf und stürzen über Abhänge hinab, um wie ein betrunkener, blind torkelnder Bauer in die Čaršija einzubrechen. Mitten durch die Stadt strömt und heult die Lašva, verwandelt, schmutzig und angeschwollen. Nirgends kann man sich vor dem Lärm und Getöse dieser Wasser retten noch sich gegen die Kälte und Nässe, die daraus quellen, schützen, denn sie dringen bis in die Wohnungen und in die Betten. Jeder lebendige Körper wehrt sich nur noch mit der eigenen Wärme, der Stein in der Wand dünstet kalten Schweiß aus, und das Holz wird glitschig und klamm. Vor dem todbringenden Angriff der Nässe zieht sich jedes Wesen in sein Innerstes zurück und nimmt jene Form an, die den besten Widerstand verspricht; Tier lehnt sich an Tier, das Samenkorn verhält im Erdboden, die nassen, frierenden Baumstämme sparen ihren Atem im tiefsten Mark und in den warmen Wurzeln auf.

Die Einheimischen, daran gewöhnt und abgehärtet, ertragen das alles; sie halten durch, ernähren und wärmen sich triebhaft, gemäß ihren Erfahrungen, jeder nach seinen Möglichkeiten und Gewohnheiten und den Mitteln, die ihm bei seiner wirtschaftlichen Lage und gesellschaftlichen Stellung zu Gebote stehen. Der Reiche verläßt sein Haus nicht ohne zwingenden Grund, sondern verdämmert die Tage und verschläft sie im dunstigen Gemach, er wärmt seine Hände an grünen Töpfen, die auf Lehmöfen stehen, und wartet mit einer Geduld, die auch den längsten Winter und das langwierigste Unwetter um Tageslänge überdauert. Keiner bangt, er könnte etwas versäumen, es könnte ihn jemand übervorteilen oder überraschen, denn alle leben unter den gleichen Bedingungen, im gleichen Rhythmus und in der gleichen Art. Sie haben alles, was sie benötigen, griffbereit und wohlverschlossen im Keller, auf dem Dachboden, in Speichern oder Vorratskammern, denn sie kennen ihren Winter und sind stets auf ihn vorbereitet.

Genau umgekehrt verhält es sich mit den Armen. Gerade solche Tage treiben sie aus dem Hause; sie haben sich keine Wintervorräte aufgespart, und selbst wer sich im Sommer um keinen Teufel geschert hat, muß jetzt auf die Straße hinaus, um einen Erwerb zu suchen, muß Schulden machen oder betteln, etwas »herbeizaubern« und es nach Hause schaffen. Den Kopf geduckt, schaudernd, in verkrampfter Haltung, sammeln die Armen Nahrung und Brennholz, den Rücken und Kopf mit einem alten Sack verhüllend, den sie wie eine Kapuze überstülpen; sie wickeln sich etwas um Hals und Hüften, vermummen sich bis zur Unkenntlichkeit mit Lumpen, sie schützen die Füße mit Häuten, Hadern und Holzsohlen, kriechen unter Vordächer und Erker, umgehen vorsichtig jede Pfütze, überspringen Rinnsale, von Stein zu Stein hüpfend, schlenkern wie eine Katze die Füße, hauchen in die hohle Hand oder wärmen beide Hände an den nackten Schenkeln, zähneklappernd oder leise vor sich hin summend, sie schuften sich ab, verdingen sich oder gehen betteln und finden bei dem Gedanken an das Essen und das Holz, um dessentwillen sie unterwegs sind, die Kraft, das alles zu ertragen.

So verbringen die Travniker diese unbequeme Zeit, an die sie von Jugend auf gewöhnt sind.

Anders ist es um die Ausländer bestellt, die das Schicksal in das enge Tal geworfen hat, das um diese Jahreszeit finster und »zugig und feucht wie ein Gefängnisgang« ist.

Im Konak, in dem sonst Lärm und Sorglosigkeit herrschen wie in einer Kavalleriekaserne, hält mit der Langeweile auch die Nässe wie eine Krankheit ihren Einzug. Die Mameluken des Wesirs, die zum erstenmal in ihrem Leben den Travniker Winter kennenlernen, zittern an allen Gliedern, bleich und verstört, und schauen mit den traurigen, ungesunden Augen eines Tieres um sich, das aus den Tropen in eine nördliche Gegend verbannt wurde. Viele liegen den ganzen Tag, die Decke über den Kopf gezogen, auf ihren Pritschen, sie husten in einem fort und sind ganz krank vor lauter Heimweh.

Selbst die Tiere, die der Wesir nach Travnik gebracht hat, Angorakatzen, Papageien und Affen, regen sich nicht, schreien nicht und unterhalten ihren Herrn nicht mehr, sondern kauern stumm und traurig in einer Ecke und warten darauf, daß die Sonne sie wieder wärmt und aufmuntert.

Der Teftedar und die übrigen Würdenträger wagen sich, als sei draußen eine Überschwemmung, nicht über die Schwelle. In allen Räumen, die sie bewohnen, stehen große Lehmöfen, die vom Gang her beheizt werden, und die Knechte schichten in ihnen ganze Stöße schwerer Buchenscheite auf, die viel Wärme spenden und während der Nacht das Feuer nicht ausgehen lassen, so daß man es am nächsten Morgen mit den noch glimmenden Glutresten vom Vortage wieder anschüren kann. In den Zimmern, die nie kalt werden, ist es eine Lust, zu lauschen, wie am frühen Morgen draußen der Ofen geöffnet wird, wie die Asche herausgekratzt, neues Holz nachgelegt wird, Scheit um Scheit. Aber die Eintönigkeit stößt auch in diese Räume vor, lange vor der schnell einbrechenden Abenddämmerung. Die Menschen kämpfen dagegen an, sie ersinnen Spiele und allerlei Kurzweil, besuchen einander und plauschen. Auch der Wesir hat seine angeborene Heiterkeit und Unternehmungslust eingebüßt. Einige Male am Tage geht er in den dämmerigen Diwan im Erdgeschoß, der dicke Wände und spärliche kleine Fenster hat, denn der obere Diwan, der luftiger ist und heller, liegt im Kampf mit der Kälte verlassen da, wird nicht geheizt und bleibt den Winter hindurch verschlossen. Hier umgibt sich der Wesir zum Zeitvertreib und zur Unterhaltung mit den älteren, vertrauteren Beamten. Er spricht lange mit ihnen über belanglose Dinge, nur um sich die Erinnerung an Ägypten, die Gedanken an die Zukunft und die Sehnsucht nach dem Meer, die ihn selbst im Traume noch quält, von der Seele zu reden. Wenigstens zehnmal am Tage sagt er zu jedem seiner Leute ironisch: »Ein schönes Land, Freund. Ein edles Land! Womit haben wir, du und ich, uns vor Gott versündigt und das Schicksal gegen uns herausgefordert?«

Und jeder pflichtet dem Wesir mit einigen saftigen, abfälligen Äußerungen über Land und Klima bei. »Ein Land, wo die Wölfe einander gute Nacht sagen«, sagt der Teftedar. »Hier kommen sogar einem Bären die Tränen«, klagt der Arsenalchef Junuz-Beg, ein Landsmann des Wesirs. »Jetzt sehe ich, man hat uns hergeschickt, damit wir hier zugrunde gehen«, behauptet Ibrahim-Hodža, ein persönlicher Freund des Wesirs, und zieht dabei sein fahles Gesicht in lange Falten, als schicke er sich tatsächlich an, zu sterben.

So übertrumpfen sie sich gegenseitig mit ihren Klagen und Beschwerden und machen sich damit die gemeinsame Langeweile erträglicher. Und man hört, wie sich in alle ihre Gespräche das Getöse des Wassers und das Rauschen des Regens mischen, und man glaubt, den Konak umwoge seit Tagen schon ein Meer von Nässe, das in jede Öffnung und Mauerspalte hineinströmt, wo immer eine solche sich auftut.

Sobald Sulejman-Pascha Skopljak, des Wesirs Stellvertreter, hereintritt, der trotz des Regens und der Kälte jeden Tag etliche Male durch die Stadt reitet, brechen alle Anwesenden ihre Unterhaltung ab und begaffen ihn wie ein Wunder.

Wenn der Wesir mit seinem Vertreter, einem rauhen, schlichten Bosniaken, redet, bemüht er sich, beherrscht und aufmerksam zu sein, aber jetzt fragt er ihn im Scherz:

»Mann, sag mir um Gottes willen: Bricht ein solches Unheil oft über die Stadt herein?«

Sulejman-Pascha erwidert ernst, in seinem schlechten Türkisch:

»Pascha, von Unheil kann, Gott sei es gedankt, keine Rede sein, sondern es hat der Winter angefangen – schön und wie er sein muß; ist er zu Beginn feucht und am Ende trocken, weiß man, das gibt ein fruchtbares Jahr. Warte erst, bis der Schnee fällt und starker Frost kommt und bis die Sonne alles überstrahlt und es unter deinen Füßen knirscht und dir die Funken vor den Augen tanzen. Eine Pracht und Wonne, wie das Gott hat eingerichtet und wie das so muß sein.«

Den Wesir fröstelt bei dem Gedanken an die neuen Wunder, die ihm sein Vertreter so begeistert verheißt, er reibt seine geröteten, rissigen Hände und trocknet seine nassen Gamaschen am Ofen.

»Halt ein, mein Gast und Freund! Erlaß uns, wenn irgend möglich, einige von diesen Schrecken«, sagt scherzend der Wesir.

»Nein, nein! Gott gebe uns nur dieses sein Geschenk. Es ist nicht gut, wenn Winter nicht richtiger Winter ist«, antwortet ernst Sulejman-Pascha, unzugänglich für die Sticheleien der Osmanen und ohne Gefühl für ihre Empfindlichkeit. So sitzt er aufrecht, kalt und steif zwischen den verfrorenen, spottenden Fremdlingen, die ihn mit einer Mischung von Bangen und Neugier betrachten, als sei er es, der unbestechlich über Witterung und Jahreszeit verfügt.

Wenn sich Sulejman-Pascha erhebt, um, eingehüllt in seinen weiten roten Mantel, durch den eisigen Regen auf morastigem Weg zu seinem Konak zu reiten, dann schauen die Zurückbleibenden fröstelnd und verzweifelt einander an; kaum aber haben sich die Türen hinter ihm geschlossen, setzen sie ihr Gespött und ihr Geschimpfe über die Bosniaken, über Bosnien und den bosnischen Himmel fort, bis ihnen von all dem Drauflospoltern wenigstens scheinbar etwas leichter geworden ist.

Im französischen Konsulat hat sich das Leben ebenfalls verkrochen und verläuft gedämpfter. Madame Daville sammelt ihre ersten Erfahrungen mit dem Travniker Winter, sie zieht gleich ihre Schlüsse, merkt sich alles für die Zukunft und findet für alles ein Heilmittel und eine Abhilfe. Gehüllt in einen Schal aus grauem Kaschmir, wandert sie flink und zäh, wie sie ist, den ganzen lieben Tag durch das ungemütliche, geräumige Gebäude, erteilt ihre Befehle, hat Schwierigkeiten, sich mit dem Gesinde zu verständigen, denn sie beherrscht die Landessprache nicht und verlangt von ihm Verrichtungen, die dem hiesigen Volk fremd sind, zu guter Letzt aber setzt sie immer ihren Willen durch und erreicht im wesentlichen doch, was sie will. Erst zu dieser Jahreszeit verrät das Gebäude alle seine Nachteile, Tücken und Fehler. Das Dach läßt den Regen durch, die Dielen geben nach, die Fenster schließen nicht, wie sie sollen, der Kalk rieselt von Decken und Wänden, die Öfen qualmen. Aber es gelingt Madame Daville letzten Endes stets, alles zu reparieren, alles geschickt anzufassen und in Ordnung zu bringen; ihre spröden, immer geröteten Hände sind jetzt blau vor Kälte, trotzdem ruhen sie nicht einen Augenblick im Kampf gegen Schaden, Unordnung und Verfall.

In dem ein wenig feuchten, aber gut geheizten, hellen Erdgeschoß sitzen Daville und sein junger Kanzler. Sie sprechen über den Krieg in Spanien und die französischen Behörden in Dalmatien, über Kuriere, die gar nicht oder nicht zur rechten Zeit eintreffen, über das Ministerium, das auf Gesuche und Anträge nicht antwortet, am häufigsten aber unterhalten sie sich über das schlechte Wetter, über Bosnien und die Bosniaken. Ihre Unterhaltung fließt ruhig und breit dahin wie zwischen Menschen, die geduldig warten, daß der Diener die Kerzen bringt oder daß man sie zum Abendessen bittet, und sie wechselt, für sie selbst unmerklich, auf Fragen allgemeiner Natur über, um zum Schluß die Form eines Streits und Wortgeplänkels anzunehmen.

Das war jene Zeit zwischen Tag und Nacht, in der man noch kein Licht macht, aber auch nicht mehr deutlich genug sieht, um lesen zu können. Eben war des Fossés von einem Spazierritt zurückgekehrt, denn auch bei diesem Wetter versäumte er nicht, wenigstens einmal am Tag in die nahe Umgebung zu reiten. Sein Gesicht, noch rot von der kalten Luft draußen, war feucht vom Regen, sein kurzes Haar wirr und verklebt. Nur mit Mühe verbarg Daville, wie ungehalten er über die Ausritte war, die in seinen Augen des Fossés' Gesundheit gefährdeten und das Ansehen des Konsulats aufs Spiel setzten. Überhaupt reizte ihn der rege, unternehmungsfreudige junge Mann mit seinem sprühenden Geist und seiner Wißbegier. Der junge Mann aber, gegen Tadel unempfindlich und den Ansichten des Konsuls völlig unzugänglich, erzählte begeistert von seinen Entdeckungen und Erfahrungen, die er von den Ritten durch Travnik und die Umgebung mitgebracht hatte.

»Ach was«, winkte Daville ab, »dieses Travnik und alles im Umkreis von hundert Meilen ist eine einzige Schlammwüste, bevölkert von Jammergestalten zweierlei Art: von Peinigern und von Gepeinigten, und wir sind die Unglücklichen, die dazu verurteilt sind, zwischen ihnen zu leben.«

Des Fossés blieb unerschütterlich, er wies nach, daß die Gegend, obgleich tot und weltabgeschieden, keine Einöde, sondern im Gegenteil abwechslungsreich und in jeder Hinsicht interessant sei und auf ihre Weise dem aufmerksamen Beobachter vieles zu sagen habe. Freilich sei die Bevölkerung in Konfessionen gespalten und ganz dem Aberglauben hingegeben, sie sei der übelsten Verwaltung, die es auf der Erde gibt, unterworfen und deshalb in vielem rückständig und unglücklich, gleichzeitig aber sei sie reich an geistigen Gütern, weise interessante Charaktereigenschaften auf und verfüge über eine Fülle wunderlicher Sitten und Gebräuche; auf jeden Fall lohne es sich, den Ursachen der unglücklichen Lage und Rückständigkeit nachzugehen. Daß das Leben in Bosnien den Herren Daville, von Mitterer und des Fossés, als Ausländern, nicht gefalle und behage, beweise noch lange nichts. Den Wert und die Bedeutung eines Landes könne man nicht danach bemessen, wie sich der Konsul eines fremden Staates dort fühle.

»Im Gegenteil«, fuhr der Jüngling fort, »ich glaube, es gibt auf unserer Erde kaum Gegenden, die weniger öde und eintönig sind. Man braucht hier nur eine Spanne tief in die Erde zu graben, um auf Gräber und sonstige Spuren vergangener Zeiten zu stoßen. Jeder Acker ist hier ein Friedhof, und zwar in etlichen Schichten; eine Nekropole liegt über der anderen, so wie die Menschen einander durch Geburt und Tod, Epoche um Epoche, Generation um Generation, im Laufe der Jahrhunderte ablösten. Gräber aber sind ein Beweis des Lebens, keineswegs der Verwüstung ...«

»Ach was!« Wie vor einer unsichtbaren Fliege wehrte sich der Konsul vor der Ausdrucksweise des jungen Mannes, an die er sich nie gewöhnen würde.

»Nicht nur Gräber, nicht nur Gräber! Heute habe ich auf dem Weg nach Kalibunar eine Stelle entdeckt, an der durch den Regen die Erde unterhalb der Straße abgebröckelt ist. In etwa sechs Ellen Tiefe waren, gleich geologischen Schichten übereinanderliegend, die Spuren der alten Straßen zu sehen, die einst durch das Tal führten. Auf dem untersten Grund lagen schwere Quadersteine, Überreste einer römischen Via, drei Ellen darüber die Pflasterreste einer mittelalterlichen Straße und ganz zuoberst Kies und Schotter der türkischen Straße von heute. So haben sich mir durch einen zufälligen Querschnitt des Erdreiches zwei Jahrtausende Menschheitsgeschichte und innerhalb dieser drei Epochen aufgetan, von denen eine die andere unter sich begrub. Sehen Sie!«

»Ich sehe es. Wenn wir natürlich die Sache von dem Standpunkt betrachten...«, sagte Daville, nur um überhaupt etwas zu antworten. Er lauschte nicht so sehr den Ausführungen des jungen Mannes, sondern betrachtete vielmehr die kalt glänzenden braunen Augen, als wünschte er, diese Augen ganz zu ergründen, die ihre Welt und ihre Umgebung so beobachteten.

Der Jüngling fuhr fort, von den Spuren neolithischer Siedlungen auf dem Wege zum Dorf Zabilje zu sprechen; hier hatte er vor der Regenperiode Keile und Sägen aus Feuerstein aufgefunden, die Zehntausende von Jahren im Lehm gelegen haben mochten. Er hatte die Werkzeuge auf einem Acker entdeckt, der einem Mann namens Karahodžić gehörte, einem rüstigen, griesgrämigen Alten, der nicht einmal über den bloßen Wunsch, auf seinem Acker zu graben und zu forschen, mit sich reden ließ. Lange verfolgte der Alte mit zornfunkelnden Blicken den Fremden und seinen Begleiter, die in Richtung Travnik verschwanden.

Auf dem Heimritt hatte der Kawaß des Fossés von der Herkunft und dem Schicksal der Familie Karahodžić erzählt.

Vor mehr als zwei Jahrhunderten, zur Zeit der »großen Kriege«, hatte die Sippe Bosnien verlassen und sich in Slawonien angesiedelt, in der Nähe von Požega, wo ihnen große Ländereien zugefallen waren. Hundertzwanzig Jahre später, als die Türken aus Slawonien zurückweichen mußten, hatten auch sie die schönen Güter bei Požega aufgegeben und sich auf ihren ursprünglichen kleineren und ärmlicheren Besitz in Zabilje zurückgezogen. Noch heute bewahrten sie in der Familie einen Kupferkessel auf, den sie als Sinnbild des zurückgelassenen Besitztums und des ehemaligen herrschaftlichen Lebens mitgebracht hatten, als sie unter der Führung des alten Karahodža, gedemütigt und verbittert, nach Bosnien zurückgekehrt waren. Mit dem Kupferkessel hatte Karahodža seinen Nachkommen ein Vermächtnis hinterlassen: Sie sollten keinen einzigen Krieg versäumen, der gegen die »Schwaben« geführt würde, und jeder von ihnen sollte alles daransetzen, das in Slawonien verlorene Herrenleben eines Tages wiederzuerlangen; sollten aber die Schwaben durch unglückseliges Geschick und Gottes Fügung sogar die Save überschreiten, dann verpflichtete er sie, zu geloben, ihre karge Scholle in Zabilje so lange zu verteidigen, als sie es vermöchten; erst wenn sie dazu nicht mehr imstande seien, dürften sie weiter fliehen, und wäre es von einem Ort zum anderen, durch alle Länder der Türkei, bis an die äußersten Grenzen des Reiches, bis zu den unbekannten Gegenden von Tschin und Matschin.

Der Kawaß hatte dem Jüngling, während er ihm das erzählte, oberhalb des Weges neben einem Pflaumenwäldchen einen kleinen türkischen Friedhof gezeigt, auf dem zwei Grabmäler aus weißem Stein besonders herausragten. Das waren die Gräber des alten Karahodža und seines Sohnes, des Großvaters und Vaters jenes Greises, der so grimmig neben dem Lattenzaun stand und mit bebenden Lippen und sprühenden Augen haßerfüllt etwas Unverständliches vor sich hin murmelte.

»Sehen Sie«, bemerkte der Jüngling wieder zu Daville, während er in die Dämmerung und auf die beschlagenen Fensterscheiben blickte, »ich weiß nicht, was für mich interessanter war, die Zehntausende Jahre vor Christus zurückreichenden Spuren aus der Steinzeit oder jener Greis, der das Vermächtnis seiner Ahnen heilighält und nicht zuläßt, daß jemand seinen Acker auch nur mit dem Finger antastet.«

»Gewiß, gewiß«, sagte Daville geistesabwesend und mechanisch und wunderte sich nur darüber, was der junge Mann alles sah.

Beide Männer gingen während der Unterhaltung im Zimmer auf und ab und blieben dann vor dem Fenster stehen.

Draußen begann es dunkel zu werden. Noch wurden nirgends Lichter angezündet, nur tief im Tale, dicht am Wasser, zitterte ein schwacher Schimmer aus dem Mausoleum Abdulah-Paschas. Er rührte von der Kerze her, die ständig auf dem Grabe des Paschas brannte; ihr schwaches Flackern war vom Fenster im Konsulat auch dann immer zu sehen, wenn die übrigen Lichter der Stadt noch nicht angezündet oder schon erloschen waren.

So auf völlige Dunkelheit wartend, standen beide oft am Fenster und plauderten über das »ewige Licht« und den Pascha, an dessen Grabkerze sie sich wie an etwas Beständiges und Vertrautes gewöhnt hatten.

Des Fossés kannte auch die Lebensgeschichte des Paschas.

Er stammte aus der hiesigen Gegend. Schon in jungen Jahren hatte er Ruhm und Reichtum erworben. Als Soldat und später als Wali war er viel in der Welt herumgekommen. Kurz nach seiner Ernennung zum Wesir von Travnik starb er, ein Mann in den besten Jahren, überraschend (wie es hieß, durch Gift) und wurde hier bestattet. Im Gedächtnis der Nachwelt lebte er fort als ein milder und gerechter Statthalter. Ein Travniker Chronist vermerkte: »Die Armen haben zur Zeit der Regierung Abdulah-Paschas das Wort ›Elend‹ nicht gekannt.« Vor dem Tode vermachte er seinen Besitz dem Travniker Muselmanenkloster und anderen Einrichtungen. Er hinterließ eine bedeutende Geldsumme mit dem Vermächtnis, man möge ihm das schöne Grabmal aus edlem Gestein errichten und aus den Erträgen seiner Häuser und seiner Frongüter neben dem Grab eine ungewöhnlich dicke Wachskerze aufstellen, die Tag und Nacht brennen müsse. Das Grab war stets mit einem grünen Tuch bedeckt, auf das die Worte gestickt waren: »Der Allerhöchste erleuchte sein Grab.« Den Satz hatten gelehrte Mönche zum Zeichen ihres Dankes für den Wohltäter verfaßt.

Des Fossés war es gelungen, herauszubekommen, wo sich das Testament des Wesirs befand, und er sah in ihm ein bemerkenswertes Dokument, kennzeichnend für Menschen und Verhältnisse. Auch heute abend beschwerte er sich darüber, daß man ihm noch immer um keinen Preis erlauben wollte, das Testament einzusehen und abzuschreiben.

Die Unterhaltung geriet ins Stocken. In der Pause hörte man aus der Dunkelheit, die immer dichter wurde, die gedehnten Töne eines Liedes, dessen Wortlaut nicht zu verstehen war. Es war wie ein Stöhnen aus der Tiefe eines Gewässers. Ein Mann sang im Gehen, unterbrach dann und wann seinen Gesang und griff das Lied nach wenigen Schritten wieder auf. Der Gesang klang immer ferner und ferner und wurde schwächer und schwächer.

Daville läutete ungeduldig und befahl, die Kerzen zu bringen.

»Ach, diese Musik! Mein Gott, diese Musik!« jammerte der Konsul, den die bosnische Art, zu singen, zur Verzweiflung brachte.

Mussa, bekannt unter dem Spitznamen »der Sänger«, war

es, der wie jeden Abend die steile Gasse hinaufstieg. Er wohnte in einem der wenigen Häuser, die wie verloren in den steilen Gärten oberhalb des Konsulates standen.

Des Fossés, der allen Dingen auf den Grund ging, hatte auch die Lebensgeschichte dieses Säufers und Galgenvogels gehört, der jeden Abend auf dem gleichen Wege nach Hause torkelte und heiser, in abgerissenen Sätzen seine gedehnte Melodie sang.

In Travnik lebte einst der alte Krdžalija, ein Mann von niedriger Herkunft, der kein besonderes Ansehen genoß, aber sehr reich war. Er handelte mit Waffen, einer Ware, mit der sich schönes Geld verdienen läßt, denn wer Waffen benötigt, fragt nicht nach dem Preis, er zahlt jeden, wenn er die Waffen nur rechtzeitig dort erhält, wo er sie gerade braucht. Er hatte zwei Söhne. Der ältere Bruder arbeitete beim Vater, indes Mussa nach Sarajevo auf die Schule geschickt wurde. Da starb plötzlich und unerwartet der alte Krdžalija. Am Abend hatte er sich, noch kerngesund, schlafen gelegt, und am nächsten Morgen fand man ihn tot im Bett. Mussa brach seine Ausbildung ab und kehrte nach Travnik zurück. Bei der Vermögensteilung fand man eine unglaublich kleine Summe Bargeld vor. Die verschiedensten Gerüchte über den Tod des alten Krdžalija tauchten auf. Keinem Menschen wollte es einleuchten, und es war auch kaum zu glauben, daß der alte Mann nicht mehr Bargeld besessen haben sollte; viele faßten Verdacht gegen den älteren Bruder und stachelten Mussa auf, Klage gegen ihn zu führen und auf seinem Recht zu bestehen. Dazu kam, daß der ältere Bruder auch bei der Teilung des übrigen Besitzes alles daransetzte, den jüngeren zu übervorteilen. Dieser ältere Bruder war groß und sah gut aus, aber er gehörte zu jenen kalten Menschen, in deren Blick ein gewisser düsterer Zug selbst dann nicht erlischt, wenn sie lachen. Während die Erbteilung noch im Gange war und Mussa zwischen seiner angeborenen Sorglosigkeit in Geldfragen sowie in allem, was damit zusammenhing, und den Ratschlägen der Čaršija hin und her schwankte, geschah etwas weit Schlimmeres. Beide Brüder verliebten sich in das gleiche Mädchen – aus Vilići. Beide bemühten sich um das Mädchen. Man gab es dem Älteren. Daraufhin verschwand Mussa aus Travnik. Über die undurchsichtige Erbschaftsgeschichte zwischen den beiden Brüdern und über den Tod Krdžalijas fiel keine Silbe mehr. Der Ältere vergrub sich in seine Geschäfte und vergrößerte sein Vermögen. Zwei Jahre später kam Mussa als ein ganz anderer Mensch wieder heim: mit einem Schnurrbart, blaß, abgemagert und mit dem schwermütigen, unsteten Blick eines Menschen, der wenig schläft und gern trinkt. Seitdem lebte er auf seinem Vermögensteil, das zwar nicht gerade klein, jedoch vernachlässigt und schlecht verwaltet war. So hatte sich im Laufe der Jahre der gutaussehende junge Mann und reicher Leute Sohn, der einst eine wunderbare Stimme und ein ausgezeichnetes Gehör besessen hatte, in diese hagere Jammergestalt verwandelt, die von ihrem Gesang lebte und um des Trinkens willen am Leben hing, in einen harmlosen lustigen Bruder, der sonst wortkarg war und nach dem sich die Kinder auf der Straße umdrehten. Nur seine gerühmte Stimme war lange Zeit die gleiche geblieben. Jetzt war aber auch sie schon wie seine Gesundheit angegriffen, seinem Vermögen vergleichbar, das mehr und mehr zusammenschmolz.

Der Diener brachte die Leuchter. Schatten an der Wand lebten kurz auf und beruhigten sich dann wieder. Die Fenster wurden plötzlich stockfinster. Das Lied des betrunkenen Sängers erstarb völlig; auch das Hundegebell, das sich auf den Gesang hin erhoben hatte, verstummte. Tiefe Stille legte sich über alles. Der Konsul und sein junger Mitarbeiter schwiegen. Jeder hing seinen eigenen Gedanken nach, doch jeder wünschte sich im geheimen weit weg, vertieft in ein Gespräch mit einem anderen Partner.

Wieder war es des Fossés, der das Schweigen unterbrach. Er redete über den Sänger Mussa und über Menschen dieser Art. Daville fiel ihm ins Wort und behauptete, dieser stimmgewaltige Trinker sei keine Ausnahme, sondern der wahre Ausdruck eines Milieus, dessen Hauptmerkmale Schnaps, Müßiggang und Roheit jeder Art seien. Des Fossés widersprach der Auffassung. Menschen dieses Schlages gebe es in einer solchen Umgebung immer, versuchte der Jüngling nachzuweisen, und es müsse sie geben. Die Menschen blickten mit Angst und Mitleid, zugleich aber mit einer Art religiöser Verehrung auf sie, ähnlich wie die alten Griechen das »Enlysion«, die vom Blitz getroffene Stätte, verehrten. Doch diese Menschen seien keineswegs typisch für die Gesellschaft, im Gegenteil, man betrachte sie als verlorene Wesen und als Ausnahme. Daß es solche ausgestoßenen und vereinsamten Menschen gäbe, die ihren Leidenschaften, ihrer Schande und ihrem jähen Abstieg überantwortet sind, beweise nur, wie fest die Bindungen und wie unerbittlich streng die Gesetze der Gesellschaft, der Religion und der Familie in dem patriarchalischen Leben hier seien. Das gelte für die Türken ebenso wie für die Rajah aller Religionen. In diesem Milieu seien alle untereinander verbunden und fest ineinandergefügt, einer halte den anderen aufrecht und beaufsichtige ihn. Jeder einzelne beobachte seine Gemeinschaft und sie wieder jeden einzelnen. Ein Haus kontrolliere das andere, eine Straße die andere, denn jeder sei für jeden und alle für alles verantwortlich; jeder einzelne sei verbunden mit dem Schicksal nicht nur seiner Verwandten und Hausgenossen, sondern auch seiner Nachbarn, Glaubensbrüder und Mitbürger. Darin liege die Kraft und die Knechtschaft der hiesigen Menschen, meinte des Fossés. Das Leben des Einzelwesens sei nur in einem solchen Gefüge und das Leben der Gemeinschaft nur unter solchen Voraussetzungen möglich. Wer aus der Reihe tanze und seinem eigenen Kopf und seinen Trieben folge, der gleiche hierzulande einem Selbstmörder und gehe früher oder später unaufhaltsam und unvermeidlich zugrunde. Das sei nun einmal das Gesetz einer solchen Umgebung, wie es schon im Alten Testament erwähnt werde. Das Gesetz gelte auch für die antike Welt. Mark Aurel sage an einer Stelle: »Wer sich den Verpflichtungen der Gesellschaftsordnung entzieht, kommt einem Verbannten gleich.« Gegen dieses Gesetz habe sich auch Mussa versündigt, und die von ihm geschädigte Gesellschaft und das verletzte Gesetz rächten sich jetzt und straften ihn dafür.

Wieder war Daville mehr mit dem Jüngling selbst als mit dessen Worten beschäftigt. Er dachte: ›Der junge Mann hier ist heute entschlossen, alle Schrecknisse und Auswüchse des Landes zu erklären und zu rechtfertigen. Wahrscheinlich ist er in seinem Buch über Bosnien gerade auf das Thema gestoßen, und es drängt ihn, mir oder irgend jemand einen Vortrag darüber zu halten. Vielleicht ist es ihm auch gerade erst eingefallen. Aber das ist eben die Jugend, die ich hier vor mir sehe: Beschwingtheit, Selbstvertrauen, eine große Fähigkeit, Gedanken darzulegen, und zwingende Überzeugungskraft. Ja, das ist die Jugend.‹

»Ich hoffe, lieber Freund«, unterbrach Daville den Vortrag des Jünglings und seine eigenen Gedanken über ihn, »ich hoffe, daß wir all dies in Ihrem Buche lesen werden, und jetzt wollen wir sehen, wie es mit dem Abendessen steht.«

Beim Abendessen kreiste das Gespräch um die täglichen Dinge und Ereignisse, und an ihm beteiligte sich auch Madame Daville mit ihren kurzen, sachlichen Bemerkungen. Am meisten war von der Küche die Rede; Erinnerungen an Gerichte und Weinsorten der verschiedensten Landschaften Frankreichs tauchten auf, Vergleiche mit der türkischen Ernährungsweise wurden angestellt, man beklagte sich über den Mangel an französischem Gemüse, Wein und Gewürz. Einige Minuten nach acht gähnte Madame Daville kurz und verhalten. Das zeigte das Ende der Tafel an, und bald darauf zog sich Madame Daville zurück, sie ging ins Kinderzimmer. Eine halbe Stunde später trennten sich der Konsul und des Fossés. Der Tag war damit beendet. Das nächtliche Leben Travniks begann.

Madame Daville sitzt neben dem Bettchen ihres Jüngsten und häkelt, so wie sie auch tagsüber alle ihre Arbeiten verrichtet und wie sie zu Abend gegessen hat: schnell und beflissen, schweigend und nimmermüde wie eine Ameise.

Der Konsul ist wieder in seinem Arbeitszimmer, er sitzt am Schreibtisch. Vor ihm liegt das Manuskript seines Epos über

Alexander den Großen. Jahrelang schon arbeitet er an dem Werk; er arbeitet langsam und unregelmäßig, denkt aber jeden Tag mehrere Male daran, in Verbindung mit allem, was er sieht, hört und erlebt. Das Epos ist, wie wir schon früher erwähnten, für ihn eine Art andere, leichtere und bessere Wirklichkeit geworden, über die er nach Gutdünken gebieten kann, in der es keinerlei Schwierigkeiten und keinen Widerstand gibt und in der er für alles, was in einer Seele und in seiner Umwelt ungelöst und unlösbar erscheint, eine Lösung findet, er sucht Trost in dieser Arbeit, sooft ihn etwas bedrückt, und einen Ersatz für alles, was ihm das wirkliche Leben nicht bietet und nicht erlaubt. Mehrmals am Tage flieht Daville in die »Wirklichkeit auf dem Papier«, er stützt sich dann seelisch auf einen Gedanken aus seinem Epos wie der Lahme auf seine Krücke. Und umgekehrt, wenn er Nachrichten von Kriegsereignissen hört, Zeuge eines Ereignisses wird oder eine Arbeit verrichtet, überträgt er alles das – in Gedanken – in sein Epos. Die Dinge verlieren dann, um Jahrtausende zurückversetzt, alle etwas von ihrem Gewicht, ihrer Schärfe und sehen zumindest leichter und erträglicher aus. Natürlich, in Wirklichkeit werden die Dinge darum nicht leichter und sein Epos einem echten Kunstwerk nicht ähnlicher. Aber viele Menschen stützen sich innerlich oft auf eine Illusion, die noch absonderlicher und noch verschwommener ist als ein poetisches Werk, das zwar einen willkürlichen Inhalt, aber wenigstens eine feste Metrik und einen strengen Reim aufweist.

    Auch an diesem Abend legte Daville das dicke Manuskript im grünen Einband vor sich hin, er tat es mit einer schon zur Gewohnheit gewordenen Bewegung. Aber seitdem er in Bosnien lebte und sich immer mehr in seine Konsulatsgeschäfte mit den Türken vertiefte, brachten ihm die Abendstunden von Mal zu Mal weniger Früchte und Befriedigung. Es wollten keine Bilder vor seinem Auge erscheinen, die Verse ließen sich nur schwer auf den Leisten spannen und waren unvollkommen, die Reime wollten sich nicht aneinander entzünden wie früher, als sie noch Funken sprühten; sie blieben unvollendet wie ein Ungeheuer, das nur auf einem Beine steht. Sehr häufig wurden nicht einmal die grünen Schnüre des Kartoneinbandes gelöst, und das Manuskript diente nur als Unterlage für kleine Merkzettel, auf denen der Konsul seine Notizen für den nächsten Tag oder die versäumten Termine des verflossenen Tages zu verzeichnen pflegte. In solchen Stunden nach dem Abendessen tauchte alles, was am Tage getan und geredet worden war, von neuem auf, brachte anstelle der ersehnten Rast und Zerstreuung neue Plagen, und längst vergessene Sorgen kündigten sich noch einmal an. Die Briefe, die am Tage nach Split, Stambul oder Paris abgegangen waren, erschienen in ihrer Gesamtheit vor seinen Augen, und auf einmal stand alles klar und unerbittlich vor ihm, was er zu schreiben vergessen oder was er an Überflüssigem und Unpassendem mitgeteilt hatte. Das Blut stieg ihm vor Erregung und Unzufriedenheit mit sich selbst zu Kopf. Die an diesem Tage geführten Gespräche erstanden, bis ins Detail genau, aus der Erinnerung, und zwar nicht nur die ernsten und wichtigen über Berufs- und Geschäftsfragen, sondern auch die kurzen, belanglosen Gespräche. Er erblickte sein Gegenüber deutlich vor sich, hörte jeden Unterton, der in seinen Worten mitschwang, sah sich selbst auch und erkannte genau die Schwächen seiner eigenen Ausführungen und die ganze Bedeutung dessen, was er aus unbegreiflichen Gründen nicht gesagt hatte. Plötzlich gelangen ihm jetzt formvollendete, gehaltvolle Sätze, die er anstelle der wirklich geäußerten farb- und kraftlosen Ausdrücke und Antworten hätte vorbringen müssen. Der Konsul flüsterte sie nun vor sich hin und fühlte gleichzeitig, wie vergeblich und verspätet sein Unterfangen war.

Aus solchen Stimmungen erwachsen keine Gedichte, und mit solchen Gedanken schläft man schlecht ein; gelingt es einem aber dennoch, so verursachen sie Alpträume.

Auch an diesem Abend klang in den Ohren des Konsuls das soeben mit des Fossés geführte Gespräch wieder auf. Mit einemmal wurde ihm klar, wieviel unreifes Zeug in des Fossés' Schilderung lag, in den Erzählungen von den drei Schichten der Straße, die aus verschiedenen Jahrhunderten herrühren sollten, von den neolithischen Werkzeugen, von Karahodža und dem Sänger Mussa, von der Bedeutung der Familie und der gesellschaftlichen Ordnung in Bosnien. Auf die Phantastereien des Jünglings, die, wie ihm jetzt schien, nicht der geringsten Kritik standhielten, hatte er wie gelähmt und verzaubert nur mit einem »Ich sehe, ich sehe, aber ...« geantwortet. ›Was, zum Teufel, habe ich denn gesehen?‹ fragte sich Daville. Er kam sich lächerlich und gedemütigt vor, war aber zugleich über sich selbst erzürnt, weil er den bedeutungslosen Gesprächen eine so unverdiente Aufmerksamkeit gezollt hatte. Schließlich, um was für ein Gespräch hatte es sich schon gehandelt? Und mit wem hatte er schon geredet? Das war doch weder der Wesir noch von Mitterer, sondern ein Grünschnabel, mit dem er über nichtige Sachen stritt. Aber die Gedanken ließen sich weder bannen noch verjagen. Als er gerade glaubte, es sei ihm gelungen, die Kleinigkeiten zu vergessen, sprang er plötzlich vom Schreibtisch hoch, stellte sich mitten im Zimmer auf und sprach mit ausladender Geste zu sich selbst: ›Man hätte ihm auf seine unreifen Reden sofort ›So und so stehen die Dinge‹ antworten und ihn zurechtweisen müssen. Auch in den kleinsten Dingen muß man seine Gedanken den Mitmenschen frei und ungeschminkt entgegenschleudern, mögen sie sich dann mit ihnen selbst auseinandersetzen, man darf sie nicht für sich behalten, um danach mit ihnen wie mit einem Vampir zu ringen!‹ Ja, das mußte man, und gerade das war es, was er nicht getan hatte, was er nie tun würde, weder morgen noch übermorgen, ja niemals, weder im Geschwätz mit diesem Grünschnabel noch in Unterredungen mit seriösen Persönlichkeiten; erst abends würde er immer zu der Einsicht kommen, nach dem Essen und vor dem Schlafengehen, wenn es zu spät war, wenn die alltäglichen, gewöhnlichen Worte ins Ungeheuerliche anwuchsen – unzerstörbare Wahnbilder.

So redete Daville mit sich selbst, wieder zum kleinen Schreibtisch neben dem verhängten Fenster zurückkehrend. Aber die Gedanken folgten ihm; vergeblich versuchte er, sie zu verscheuchen, denn er war nicht fähig, sich mit etwas anderem zu beschäftigen.

›Selbst ihr gräßliches Singen findet er interessant. Selbst das ist er imstande zu verteidigen‹, haderte der Konsul im stillen.

Von dem krankhaften Bedürfnis getrieben, nachträglich mit dem jungen Mann zu rechten und abzurechnen, schrieb der Konsul schnell und ohne abzusetzen seine Gedanken auf das weiße Papier, das eigentlich dazu ausersehen war, Verse über die Heldentaten Alexanders des Großen aufzunehmen:

»Ich habe mit eigenen Ohren gehört, wie das Volk hier singt, und selbst beobachtet, daß es in seine Lieder die gleiche Wildheit und ungesunde Wut hineinlegt wie in jede andere Funktion seines Geistes oder Körpers. Ich habe in der Reisebeschreibung eines Franzosen, der vor mehr als hundert Jahren die Gegenden bereiste und die Leute singen hörte, gelesen, ihr Singen gleiche mehr dem Gejaule eines Hundes als einem Lied. Indessen hat sich das Volk hier entweder zu seinen Ungunsten verändert, oder der gute alte Franzose hat das Land nicht genügend gekannt, denn ich finde, im Gejaule eines Hundes liegt weitaus weniger Boshaftigkeit und Verstocktheit des Herzens als im Gesang dieser Menschen, wenn sie betrunken sind oder von ihrer Wut übermannt werden. Ich habe selbst gesehen, wie sie beim Singen die Augen rollen, mit den Zähnen knirschen und mit der Faust gegen die Wand trommeln, sei es, weil sie vom Raki berauscht sind oder weil sie einfach von einem Bedürfnis, zu grölen, zu toben und zu zertrümmern, mitgerissen werden. Und ich bin zu dem Schluß gekommen, daß alles das weder mit der Musik noch mit dem Gesang anderer Völker etwas gemein hat. Die Leute hier versuchen nichts anderes, als dadurch ihre verborgenen Leidenschaften und bösartigen Instinkte auszudrücken, für die sie bei aller Ausgelassenheit eben keinen Ausdruck finden, denn selbst die Natur bäumt sich dagegen auf. Ich habe darüber auch mit dem österreichischen Generalkonsul gesprochen. Auch er hat trotz all seiner militärischen Steifheit das Entsetzliche des Klagegeschreis und Geheuls empfunden, das man nachts auf den Gassen und in den Gärten und tagsüber aus manchen Kneipen hört. ›Das ist ein Urjammer‹, sagte er auf deutsch. Doch ich glaube, von Mitterer täuscht sich wie gewöhnlich und überschätzt das Volk noch. Das ist einfach die Tollwut von Wilden, die ihre Naivität verloren haben.«

Der schmale Bogen war vollgeschrieben. Das letzte Wort hatte nur mehr in der Ecke Platz, unten am Rande. Die Eile, mit der er geschrieben, und die Leichtigkeit, mit der er Worte und Vergleiche fand, brachten ihn in Glut, und er spürte so etwas wie Erleichterung. Übermüdet, vergiftet von seinen Sorgen, überlastet von den Pflichten, die an dem Abend seine Kräfte zu übersteigen schienen, saß er da, und nur seine schlechte Verdauung und seine Schlaflosigkeit leisteten ihm Gesellschaft. Versonnen und regungslos beugte er sich über sein Manuskript, als Madame Daville an die Tür klopfte.

Sie hatte sich schon zum Schlafengehen gerichtet. Unter der weißen Haube wirkte ihr Gesicht noch kleiner und noch schärfer als sonst. Soeben hatte sie ihre schlafenden Kinder gesegnet und fest zugedeckt und danach auf den Knien ihr uraltes Abendgebet gesprochen und Gott angefleht, er möge ihr einen ruhigen Schlaf gewähren und ihr vergönnen, am nächsten Morgen frisch und gesund aufzuwachen, »so gewiß, wie ich glaube, daß ich auferstehen werde am Tage des Jüngsten Gerichts«. Jetzt steckte sie, die Kerze in der Hand, ihren Kopf durch die halb geöffnete Tür:

»Genug für heute, Jean. Es ist Zeit, schlafen zu gehen.«

Daville winkte ihr zur Beruhigung beschwichtigend zu und schickte sie zu Bett, er selbst blieb zurück, über seinen beschriebenen Bogen gebeugt, bis es vor seinen Augen zu flimmern anfing und die Reihen auf dem Papier durcheinandertanzten und verschwammen, so daß alles verworren und unklar wurde wie das nächtliche Bild der Welt draußen, die bei Tage klar und verständlich aussah.

Dann ging er wie immer von seinem Schreibtisch an das Fenster, schob die schweren Vorhänge ein wenig beiseite und schaute in die undurchdringliche Finsternis hinaus. Würde er wohl noch, als letzte Spur der Tageswelt, im Konak oder im österreichischen Konsulat Licht erspähen? Aber nein, die beschlagenen Scheiben zeigten ihm nur sein erleuchtetes Zimmer und die undeutlichen Konturen seines eigenen Gesichts.

Wer im selben Augenblick durch die Dunkelheit, die von einem dichten Nebel und einem schwarzen feinen Regen erfüllt war, zum französischen Konsulat hinüberschaute und den Lichtstreifen erblickte, konnte sich gewiß nicht vorstellen, worüber sich der Konsul den Kopf zerbrach und weshalb er die Nacht durchwachte, er, der nüchterne, ernste Konsul, der tagsüber nicht eine Minute an eine Sache verschwendete, die nicht reell und nutzbringend war und nicht in unmittelbarem Zusammenhang mit seiner Arbeit stand.

Aber der Konsul war nicht der einzige, der in dem großen Hause wachte. Genau über seinem Zimmer, im ersten Stockwerk, waren hinter Vorhängen aus bosnischem Linnen drei Fenster erleuchtet. Hier saß des Fossés über seinen Papieren. Wenn auch anders und aus anderen Gründen als Daville, so war doch auch er wach und verbrachte seine Nacht nicht nach seinem Wunsch und Willen und nicht so, wie es ihm lieb und angenehm gewesen wäre. Der junge Franzose grübelte nicht über seine tagsüber geführten Gespräche nach, im Gegenteil, er hatte bereits nach fünf Minuten die letzte Unterhaltung mit dem Konsul wie auch ihn selbst vergessen. Ihn bedrückten weder Müdigkeit noch Ruhebedürfnis, noch die Sorge um den morgigen Tag. Die innere Unruhe war es, die ihn peinigte, die unbefriedigten Begierden seiner Jugend.

In solchen Nächten tauchten unvermittelt Erinnerungen an Frauen auf, nein, nicht Erinnerungen, sondern leibhaftige Frauen, die mit der Weiße ihrer Haut und mit dem Schimmer ihres Lächelns die Finsternis und Stille wie ein Aufschrei durchbrachen und in sein geräumiges Zimmer einfielen. Die großen, junghaft kühnen Pläne, mit denen er Paris verlassen hatte und die ihn weit hinaustragen sollten aus diesem Provinznest, in dem er sich im Augenblick festgefahren hatte, meldeten sich wieder, und er sah sich schon irgendwo in einer

Botschaft oder in der Pariser Gesellschaft, dort, wohin er gehörte, in einer Rolle, die er sich erträumte.

So trieb seine Phantasie jede Nacht ihr Spiel mit seinen Sinnen und Ambitionen, bis sie ihn verließ und der todbringenden bosnischen Stille überantwortete; auch jetzt quälte ihn der Hauch dieser Stille und nagte an ihm. Bei Tage vermochte er sie zu überlisten, er betäubte sie durch Arbeit, Spaziergänge und Gespräche, nachts jedoch gelang das selbst unter Kämpfen und Anstrengungen nicht völlig, und es fiel ihm immer schwerer, sich gegen die Stille zu wehren, denn sie überwältigte, löschte und erstickte selbst jenes leise Scheinleben der Stadt, sie verhüllte, umschloß und durchdrang alles Lebendige und alles Tote ganz und gar.

Seitdem der Jüngling, wie wir gesehen haben, Split verlassen, sich oberhalb von Klis umgewandt und ein letztes Mal das fruchtbare Land zu seinen Füßen und das Meer in der Ferne mit seinen Blicken in sich aufgenommen hatte, war er in steter Berührung mit der Stille und in einem immerwährenden Kampf gegen sie geblieben.

Er entdeckte die Stille in allem, was ihn umgab. In der Architektur der Häuser, deren wahres Gesicht dem Hofe und deren stumme, trutzige Kehrseite der Straße zugewandt war, in der Tracht der Männer und Frauen und in ihren Blicken, die deshalb so vielsagend waren, weil ihr Mund schwieg. Selbst in der Rede der Menschen, wenn sie sich überhaupt zu sprechen erkühnten, unterschied er besser die bedeutungsvollen Pausen als die gesprochenen Worte. Er hörte förmlich, wie die Stille zwischen die Wörter jedes ihrer Sätze und zwischen die Silben jedes Wortes drang, so wie Wasser in einen lecken Kahn. Er lauschte den Vokalen, die farblos und ohne Übergang gesprochen wurden und die bewirkten, daß sich die Rede der Kinder und Mädchen anhörte wie ein nachlässiges Gurren, das sich in der Stille verlor. Auch dieses Singen, das ab und zu von der Straße oder aus einem Hof zu ihm heraufschwoll, war nichts als ein langgezogener Wehlaut, der von der Stille, als dem beredtesten Bestandteil eines solchen Liedes, an seiner Quelle und Mündung verschüttet wurde. Und selbst das im Leben, was bei Sonnenlicht und am Tage zu sehen war und sich um keinen Preis zum Schweigen zwingen oder verbergen ließ, ein Überfluß oder ein kurzer Schimmer sinnlicher Schönheit – auch das flehte um Schutz und um Verschwiegenheit und floh, den Finger auf die Lippen gelegt, in Namenlosigkeit und Stille wie in ein nächstes Tor. Jedes lebende Wesen, ja selbst die toten Dinge, alles erbebte bei dem geringsten Laut, versteckte sich vor fremden Blicken und verging vor Angst, ein Wort aussprechen zu müssen oder beim richtigen Namen genannt zu werden.

Wenn er die Männer und Frauen so sah, gebeugt, vermummt und immer stumm, ohne ein Lächeln und ohne jede Bewegung, verlangte es ihn weit mehr danach, ihre Ängste und Hoffnungen als ihr wirkliches Leben kennenzulernen, das ohnehin derart zum Schweigen gebracht und gelähmt war, daß es mit dem Leben nur noch den Namen gemeinsam hatte. Da er sich ständig damit beschäftigte, begann er endlich in allem nur noch ein Beispiel und eine Bestätigung für die Richtigkeit seiner Ansicht zu finden. Selbst in der recht beträchtlichen Ungeschlachtheit dieser Menschen und in ihren heftigen Ausfällen sah er nur die Angst vor dem eigentlichen Ausdruck, also wiederum eine plumpe und besondere Art des Schweigens. All seine Gedanken über die hiesigen Menschen (Woher kommen sie? Wie kommen sie zur Welt? Wonach streben sie? Woran glauben sie? Wie lieben und wie hassen sie? Wie altern sie und wie sterben sie?) verloren sich, ohne zu Ende gedacht zu sein und ohne ihren Ausdruck gefunden zu haben, in jener unaussprechlichen, qualvollen Atmosphäre des Schweigens, die ihn völlig umzingelt hatte, die alles in seinem Lebensbereich durchdrang und bestrebt war, von seinem ganzen Inneren Besitz zu ergreifen.

In der Tat, der junge Mann spürte mit Grauen immer deutlicher, wie die Stille auch an ihm nagte und ihn verseuchte, wie sie durch seine Poren drang, unmerklich seinen Geist hemmte und sein Blut gerinnen ließ.

Vor allem die Nächte waren unerträglich schwer.

Gewiß, manchmal erscholl ein Laut, gell und unverhofft; ein Schuß peitschte irgendwo am Stadtrand durch die Nacht, ein Hund kläffte einen seltsamen Fußgänger oder auch seinen eigenen Traum an. Aber so ein Laut meldete sich nur für einen Augenblick, um danach die Stille noch größer zu machen, denn ein dumpfes Schweigen schlug über dem Laut zusammen wie die Wellen eines tiefen, uferlosen Gewässers. Die Stille gestattet es ebensowenig wie eine Orgie von Tönen, zu schlafen, sie zwingt den Menschen, dazusitzen und zu spüren, wie sie ihn zu zermalmen, aufzulösen und aus dem Kreis der vernunftbegabten, lebendigen Wesen auszulöschen droht. Jede Nacht ist es ihm, während er neben den schnell heruntergebrannten Kerzen sitzt, als höre er die Stille in der ihr eigentümlichen geheimnisvollen, stummen Sprache zu sich reden:

›Nicht mehr lange wirst du so geschmeidig einhergehen, so gerade vor dich hin schauen, die Menschen anlächeln und dich durch Freiheit des Gedankens und eine laute, offene Rede auszeichnen. So wie du bist, kannst du hier nicht bleiben. Ich werde dir deinen Rücken schon beugen, das Blut im Bereiche deines Herzens stauen und deine Blicke zu Boden zwingen; ich will aus dir eine bittere Pflanze machen, an einer von Wind und Wetter heimgesuchten Stätte auf felsigem Boden. Nicht dein französischer Spiegel, ja nicht einmal die Augen deiner leibhaftigen Mutter werden dich wiedererkennen.‹

Das sagt die Stille nicht etwa heftig und herausfordernd, sondern leise, wenn auch unerbittlich. Während sie noch flüstert, biegt und formt sie ihn schon um, wie eine Stiefmutter, die ihr Stiefkind ankleidet. Er hat es erfaßt: die Stille war in Wirklichkeit der Tod selbst, nur in anderer Gestalt, der Tod, der dem Menschen zwar das Leben als Hülle läßt, ihm aber jede Möglichkeit zu leben raubt.

Und dennoch, keiner ergibt sich ohne Widerstand, keiner stirbt, ohne sich zu wehren, am wenigsten ein Mensch im Alter des Fossés', ein Mensch von seiner Erziehung und Rasse. Seine Jugend und gesunde Natur kämpften gegen dieses Übel an wie gegen die Gefahren einer ungesunden Landschaft. Mochten ihn auch manchmal des Nachts die Kräfte verlassen und der Verstand verraten, so erlöste ihn doch der kommende Morgen stets aufs neue, die Sonne richtete ihn auf, das Wasser erquickte ihn, und Arbeit und Wissensdurst schenkten ihm seine Spannkraft wieder.

Auch an diesem Abend bemühte er sich, und das mit Erfolg, seine Gedanken der Öde und Stille zu entreißen, sie zu ordnen und an laute, sichtbare und greifbare Dinge des Tages zu binden, um sich so gegen die Stille zu verteidigen, die alles zermürbte und unter sich verschüttete und die, wie in sein Zimmer, auch in sein Bewußtsein einschleichen wollte. Er blätterte seine Aufzeichnungen vom Vortage durch, stimmte sie aufeinander ab und überarbeitete sie. Sein Buch über Bosnien, mit dem er sich herumquälte und das durch und durch »wirkliche Wirklichkeit« war, kam nur langsam voran. Alles darin war mit Beweisen untermauert, durch Zahlen bekräftigt und durch Beispiele erläutert. Unter Verzicht auf Beredsamkeit, geschliffenen Stil und allgemein gehaltene Abhandlungen kam langsam Seite zu Seite, hart, glatt, kühl und schlicht – wie eine Abwehr gegen die heimtückische, verführerische orientalische Stille, die alle Dinge umnebelt, aufweicht, verwirrt, hemmt und sie doppelsinnig, übersinnlich und endlich sinnlos werden läßt, bis sie alles der Reichweite unserer Augen und unseres Verstandes ganz entrückt und in ein taubes Nichts versetzt, uns aber blind, stumm und hilflos zurückläßt, lebendig begraben, zwar noch auf dieser Welt, jedoch von ihr gelöst.

Nach dem Sichten und Abschreiben der Aufzeichnungen, die er sich am Tage notiert hatte, fand er sich wieder Auge in Auge mit der Stille der Nacht, die nur träge voranschritt. So saß auch er mit verschränkten Armen über seinem Manuskript, in Grübeleien versunken, die mit der Wirklichkeit nichts mehr gemein hatten, bis auch er vor Müdigkeit kaum noch etwas sehen konnte und die großen Lettern, die für die nüchterne Wirklichkeit Zeugnis ablegen sollten, vor seinem Blick zu tanzen begannen wie kleine Phantome und Wahnbilder.

»Travnik! Travnik!« Er wiederholte das Wort halblaut vor sich hin wie den Namen einer geheimnisvollen Krankheit, wie eine magische Formel, die man sich schwer einprägt und leicht vergißt. Je öfter er das Wort wiederholte, um so seltsamer erschien es ihm: zwei dunkle Selbstlaute, zwischen dumpfe Mitlaute gebettet. Diese Formel enthält für ihn jetzt mehr, als er sich früher jemals unter der ganzen Welt hat vorstellen können. Das ist nicht ein zufälliges Wort, der dumpfe, kalte Name eines entlegenen Städtchens, das ist nicht Travnik, sondern für ihn ist das jetzt Paris und Jerusalem, die Hauptstadt der Welt und der Mittelpunkt des Lebens. So träumt man seit der Kindheit von großen Städten und berühmten Schauplätzen, aber die wirklichen und entscheidenden Schlachten um die Behauptung der eigenen Persönlichkeit und die Verwirklichung alles dessen, was sie in sich birgt, werden dort ausgetragen, wohin das Schicksal den einzelnen wirft, auf Gott weiß welchem engen, namenlosen Raum bar allen Glanzes und aller Schönheit, ohne Zeugen und ohne Richter.

Der Jüngling stand unwillkürlich auf, trat an das Fenster, schob den Vorhang ein wenig beiseite und blickte in die Finsternis hinaus, ohne selbst zu wissen, was er eigentlich in der laut- und lichtlosen Nacht suchte.

Durch die Finsternis und die dichte Nässe, von der man nicht wußte, war es Regen oder Schnee, konnte man in dieser Nacht das schwache Licht in den verhängten Fenstern des österreichischen Konsulates nicht sehen. Aber in dem großen Hause brannten gleichfalls Kerzen, auch dort saßen Menschen über ihre Manuskripte und Gedanken gebeugt.

Das Arbeitszimmer des österreichischen Generalkonsuls ist ein langer, unfreundlicher Raum ohne Sonne und frische Luft, denn die Fenster gehen auf den steil ansteigenden Obstgarten hinaus. Hier sitzt Generalkonsul von Mitterer schon stundenlang an seinem Arbeitstisch, der unter Plänen, Entwürfen und militärischen Handbüchern versinkt.

Das Feuer im Ofen ist vergessen, die lange Pfeife liegt kalt auf dem Tisch, und im Zimmer nimmt die Kälte schnell zu.

Der Konsul hat seinen Uniformmantel um die Schultern geworfen und schreibt, er füllt unermüdlich Bogen um Bogen des gelblichen »ärarischen« Papiers. Sooft er einen Bogen beschrieben hat, wärmt er seine steife, durchfrorene Rechte über der Flamme der hell flackernden Kerzen und greift nach dem nächsten Bogen, glättet ihn mit der Handfläche, setzt zum ersten Federstrich an und füllt rasch das Papier mit den großen, regelmäßigen Schriftzügen, die allen Offizieren und Unteroffizieren des kaiserlich-österreichischen Heeres eigen sind.

Beim Abendessen hatte ihn seine Frau heute wieder einmal, wie so oft zu jeder Tages- und Nachtzeit, unter Tränen und Drohungen beschworen, er solle nach Wien schreiben und um Versetzung aus der fürchterlichen Wildnis ansuchen. Und wie an jedem Abend hatte der Oberst seine Frau vertröstet und ihr klarzumachen versucht, es sei weder so leicht noch so einfach, wie sie es sich vorstellte, um Versetzung zu bitten und vor Schwierigkeiten Reißaus zu nehmen, denn es würde das Ende seiner Karriere bedeuten, und zwar kein sehr ehrenvolles Ende. Anna Maria überschüttete ihn mit Vorwürfen und hörte auf keines seiner Argumente. Tränen in den Augen, drohte sie ihm, sie würde »ihr Kind nehmen« und Travnik, Bosnien und auch ihn im Stich lassen. Endlich versprach der Konsul, wie schon so häufig, seiner Frau, um sie zu beschwichtigen, er würde noch heute abend das Gesuch schreiben, hielt aber auch jetzt sein Versprechen nicht, denn für ihn war es kein leichtes, sich zu einem solchen Schritt zu entschließen. So ließ er denn Frau und Tochter im Speisezimmer allein, steckte sich seine Pfeife an und zog sich in sein Arbeitszimmer zurück, aber nicht, um das Gesuch zu verfassen, zu dem er sich so gar nicht entschließen konnte, sondern um eine Arbeit wiederaufzunehmen, die ihm Vergnügen bereitete und regelmäßig seine Abende ausfüllte.

Schon die zehnte Nacht arbeitete von Mitterer an einem ausführlichen Referat, das er den Militärbehörden in Wien vorlegen wollte: Er beschrieb die Umgebung Travniks vom militärischen Gesichtspunkt. Mit vielen Zeichnungen und Skizzen, Zahlen und nützlichen Angaben schilderte er bereits die vierzehnte Stellung, die für ein hypothetisches Heer in Frage käme, das durch die Lašvaschlucht gegen das sich verteidigende Travnik vordrang. Schon in der Einleitung zu der umfangreichen Darstellung hatte er vermerkt, er habe die Arbeit unternommen, weil sie dem Obersten Heereskommando von Nutzen sein könne, aber auch, »um die langen Abende des eintönigen Lebens, zu dem der Fremde in Travnik verurteilt ist, zu verkürzen«.

Und tatsächlich, die Nacht verstrich, wenn auch langsam, und von Mitterer schrieb ohne Rast und ohne abzusetzen. Er beschrieb die Travniker Festung bis in die kleinsten Einzelheiten, bis auf ihre Entstehung zurück, er berichtete, was man von ihr hielt und sprach, er schilderte ihre effektive Kampfesstärke, den Wert ihrer Position sowie die Dicke der Mauern, nannte die Zahl der Geschütze, den Vorrat an Munition und wies auf die Möglichkeiten der Proviantzufuhr und Wasserversorgung hin. Die Feder kratzte, die Kerzen knisterten, die Zeilen reihten sich aneinander, lauter regelmäßige Buchstaben, genaue Zahlen, klare Daten; Blatt auf Blatt schichtete sich, und der Stapel wuchs an.

Das sind von Mitterers beste Stunden, und hier ist sein Lieblingsplatz. Neben den Kerzen über die beschriebenen Blätter gebeugt, von einem Ring des Schweigens umgeben, fühlt er sich selbst geborgen wie in einer sicheren Festung, fern von allen Zweifeln und Zweideutigkeiten und mit einem klaren Ziel vor Augen. Alles, angefangen von seiner Handschrift und Ausdrucksweise bis hin zu den Gedanken, die er niederschreibt, und den Gefühlen, die ihn leiten, alles bindet ihn an die große kaiserliche Armee wie an etwas Festes, Beständiges und Zuverlässiges, auf das er bauen und in das er sich mit seinen persönlichen Sorgen und Schwankungen verkriechen kann. Er weiß und fühlt, daß er nicht allein und nicht dem Zufall ausgeliefert ist. Über ihm gibt es eine Stufenleiter von Vorgesetzten und unter ihm eine Reihe von Untergebenen. Dieses Wissen trägt und stützt ihn. Alles ist von unzähligen Vorschriften, Traditionen und Gewohnheiten durchdrungen und dadurch eines mit dem anderen verbunden, alles ist eine einzige Gemeinschaft, nichts geschieht unvorhergesehen, jede Einrichtung ist beständig und unveränderlich und währt länger als der einzelne Mensch.

In einer Nacht wie dieser und an einem solchen Plätzchen, wo der Mensch sich in seine Illusion rettet, kennt das Glück keine Steigerung und gibt es keine noch schönere Art des Vergessens. Und von Mitterer schrieb Bogen um Bogen voll, reihte Zeile an Zeile und schilderte die strategische Lage Travniks und der Umgebung in seinem Referat, das niemals auch nur ein einziger Mensch lesen, das vielmehr im Archivstaub mit einem oberflächlichen Namenszug in einem jungfräulichen Faszikel abgelegt bleiben würde, unbesehen und ungelesen, solange die Welt bestehen und solange es Handschriften und Papierbogen geben wird.

Von Mitterer schrieb. Die Nacht schien dahinzusausen. Der schwere Uniformmantel wärmte seinen Rücken, der Geist war überwach und von einer Idee besessen, die nicht schmerzte, sondern besänftigte, die den Ablauf der nächtlichen Stunden beschleunigte und im Menschen ein Gefühl der Ermattung auslöste, ihm aber auch die wohltuende Genugtuung erfüllter Pflicht und den so ersehnten, kostbaren Schlaf schenkte.

So also schrieb Oberst von Mitterer, er wurde nicht müde, es flimmerte nicht vor seinen Augen, auch die Buchstaben fingen nicht an zu tanzen, er glaubte vielmehr zwischen den regelmäßigen Schriftzeilen endlos lange andere Reihen zu sehen: gut ausgerüstete Soldaten, in blitzenden kaiserlichen Uniformen aufmarschiert. Er fühlte sich, während er schrieb, in eine festliche Stimmung versetzt und war so ruhig, als arbeitete er angesichts der gesamten bewaffneten Streitkräfte, angefangen vom Oberbefehlshaber bis zum letzten slawonischen Rekruten. Selbst wenn er die Arbeit unterbrach, betrachtete er lange sein Manuskript; er las es nicht, sondern schaute es nur an, sich ganz darin verlierend und die Travniker Nacht, sich selbst und die Seinen vergessend.

Aus dem wohligen Halbtraum riß ihn das Getrommel kurzer, harter Schritte, die über den Gang hallten und wie ein Donner aus der Ferne herannahten. Jäh wurde die Tür aufgerissen. Frau von Mitterer stürzte geräuschvoll und in heller Aufregung herein. Sofort war das Zimmer mit Gewitterschwüle geladen, die Luft schwirrte von einer Flut zusammenhangloser, gereizter Worte, die die Frau schon von der Tür her niederprasseln ließ und die sich in das Geklapper ihrer Absätze auf dem nackten Boden mischten. Langsam erhob sich von Mitterer von seinem Stuhl und nahm, bevor seine Frau an den Tisch herangetreten war, militärische Haltung an. Verflogen war seine festliche Stimmung von vorhin. Alles war verblaßt und in Dunkelheit versunken, hatte Sinn, Wert und Bedeutung verloren. Das Manuskript vor ihm schrumpfte zusammen zu einem belanglosen Häuflein Papier. Die gesamte Streitmacht geriet in Auflösung und verflüchtigte sich in ein rötlich-silbernes Wölkchen. Der schon vergessene Schmerz in der Lebergegend meldete sich wieder.

Anna Maria stand vor ihm, ihre Augen funkelten zornig, sie sahen nichts, sie flackerten und zitterten nur ein wenig, so wie jetzt alles in dem Gesicht bebte: die Lider, die Lippen und das Kinn. Auf den Wangen und unter dem Halse flammten rote Flecke auf. Sie trug ein Hauskleid aus feiner weißer Wolle, tief ausgeschnitten, mit einer weichselfarbenen Seidenschärpe um die Taille. Über die Schultern floß ein kleiner leichter Schal aus weißem Kaschmir, von einer Brosche mit einem Amethyst in goldener Fassung über der Brust zusammengehalten und befestigt. Die Frisur war hochgekämmt und mit einem breiten Musselinband umwunden, über das sich braune Locken und Haarsträhnen in ungeordneter Fülle schlängelten.

»Joseph! Um Gottes willen! ...«

Damit begann es immer. Das waren die einleitenden Worte für das irre Herumjagen und das zornige Aufstampfen mit den Absätzen, für die häßlichen Schimpfworte, die jeglichen Zusammenhangs und jeglicher Logik entbehrten, für die Vorwürfe, denen jede Berechtigung fehlte, für das Weinen, das keine Ursache kannte, für den qualvollen Streit, der kein Ende nahm.

Der Oberst stand stramm da wie ein ertappter Kadett, denn er wußte: Die leiseste Regung, ein geflüstertes Wort von ihm rief Explosionen hervor und gab der Zornesflut neue Nahrung.

»Joseph! Um Gottes willen!« wiederholte die Frau mit tränenerstickter Stimme.

Eine schwache, wohlgemeinte Handbewegung des Obersten genügte, und das Gewitter entlud sich über ihm, über allen Gegenständen, über den beschriebenen Bogen auf dem Tisch, über dem kalten Raum, dem noch der Geruch der erloschenen Pfeife anhaftete. Die Frau raste. Die breiten Ärmel ihres weißen Peignoirs flatterten in der Luft hin und her, so daß die Flammen der Kerzen bald nach dieser, bald nach jener Seite flackerten; dann und wann schimmerte ihr fester, schöner Arm auf – nackt bis zu den Schultern. Der dünne Schal tanzte um ihren Hals, die Amethystbrosche bewegte sich von einer Seite des Busens auf die andere. Ganze Haarbüschel sprangen aus dem Musselinband und kräuselten sich wie elektrisiert über der Stirn.

Über die Lippen der Frau sprudelten Worte, teils erstickt und unverständlich, teils laut und von Tränen und Geifer entstellt. Der Oberst hörte auf die Worte gar nicht, er kannte sie alle auswendig; er wartete nur den Augenblick ab, da der Wortschwall sich zu legen begann, ermattete und damit das Ende der Szene ankündigte, denn diese Tausende von Wörtern konnte nachher niemand wiederholen, selbst Frau von Mitterer nicht, es sei denn bei ihrem nächsten Anfall.

Im Augenblick tobte das Gewitter noch in voller Stärke.

Sie habe gewußt, sagte sie, daß er auch an diesem Abend das Gesuch um seine Versetzung nicht schreiben würde, obgleich er es ihr beim Abendessen vorhin wohl zum fünfzehnten Male versprochen hatte. Aber nun sei sie gekommen, um sich zu überzeugen, wie das Ungeheuer von einem Menschen, kaltblütiger als ein Henker, seelenloser als ein Türke, über seiner stinkigen Pfeife sitze und seine Dummheiten niederschreibe, die doch kein Mensch lesen werde (und es sei besser, wenn sie niemand lese!), wie er all das nur tue, um seinem irrsinnigen Ehrgeiz zu huldigen, dem Ehrgeiz eines unfähigen Mannes, der nicht einmal seine Familie, seine Frau und sein Kind, zu stützen und zu bewahren verstünde, die vor seinen Augen zugrunde gingen, die... die...

Was nun noch folgen sollte, verlor sich in einem lauten Schluchzen, in einem bösen, schnellen Trommeln zweier kleiner starker Fäuste auf der Tischplatte und auf dem Berg durcheinandergeworfener Papiere.

Der Oberst machte eine Bewegung, um ihr sanft seine Hand auf die Schulter zu legen, aber er sah sofort: Es war verfrüht, die Gewitterwolken hatten sich noch nicht entladen.

»Laß mich, du Gefängniswärter, du kalter Folterknecht, du seelen- und gewissenloser Unmensch. Du Unmensch!«

Ein neuer Schwall von Worten brach über ihn herein, Tränen flossen, Ströme von bitteren Tränen, dann begann die Stimme zu zittern, und allmählich wurde es stiller. Noch schluchzte die Frau, aber sie duldete es bereits, daß der Oberst ihre Schultern umfaßte und sie zum Ledersessel geleitete. Mit einem Seufzer ließ sie sich nieder.

»Joseph... Um Gottes willen!«

Das war jedesmal das Ende ihres Anfalls und ein Zeichen dafür, daß die Frau bereit war, jede Erklärung ohne Widerspruch hinzunehmen. Der Oberst streichelte ihr Haar und versicherte ihr, er werde sich sofort hinsetzen und das Gesuch abfassen, und zwar bestimmt und unverzüglich; gleich morgen würde es ins reine übertragen und abgesandt werden. Er liebkoste sie, machte ihr Versprechungen, besänftigte sie, alles aus Furcht vor neuen Beschuldigungen und neuen Tränen. Aber Anna Maria war müde und schläfrig; noch immer traurig, war sie doch stumm und kraftlos. Willig ließ sie sich vom Oberst ins Schlafzimmer führen, ließ sich die letzten Tränen aus den Augen wischen, ins Bett legen, zudecken und mit Liebkosungen und freundlichen, nichtssagenden Worten einlullen.

In sein Zimmer zurückgekehrt, stellte er den Leuchter auf

den Tisch; ihm war unbehaglich zumute, ein Zittern überfiel ihn, und das Stechen auf der rechten Seite, unter den Rippen, war noch heftiger geworden. Bei diesen Szenen war für den Oberst immer jener Augenblick der schwerste, wenn es ihm gelungen war, seine Frau zu besänftigen, und er dann, allein geblieben, von Mal zu Mal klarer erkannte, daß man so nicht weiterleben könne.

Der Oberst warf erneut den schweren, doch eiskalten Mantel um die Schultern, der ihm vorkam wie ein unbekanntes, fremdes Kleidungsstück. Er setzte sich an den Tisch, legte sich einen neuen Bogen zurecht und begann nun tatsächlich das Gesuch um seine Versetzung zu verfassen.

Wiederum schrieb der Oberst im Schein der hell brennenden Kerzen, deren Docht nicht beschnitten war. Er wies auf seine Verdienste hin, unterstrich seine Bereitwilligkeit, auch künftig ganz in seinen Pflichten aufzugehen, aber er beschwor seine Vorgesetzten, ihn von seinem jetzigen Posten zu versetzen. Er erfand Gründe, Beweise und Erklärungen dafür, daß unter den heutigen Verhältnissen in Travnik nur ein »familienloses Individuum« leben und arbeiten könne. Die Buchstaben, korrekt und regelmäßig, reihten sich aneinander, aber diesmal kalt und finster wie die Glieder einer Eisenkette. Nirgends auch nur eine Spur des Glanzes und Kraftbewußtseins von vordem, und auch die Genugtuung, einer großen Gemeinschaft anzugehören, war verflogen. Wie hingemäht von einer Sense, schrieb er jetzt seine eigene Schwäche und Schmach nieder, doch er tat es unter einem unausweichlichen Druck, den kein Außenstehender kannte und sah.

Das Gesuch war verfaßt. Der Oberst war fest entschlossen, es morgen abzuschicken; jetzt las er es zum zweitenmal, als lese er sein eigenes Urteil. Er las, aber seine Gedanken entfernten sich unaufhaltsam von dem weinerlichen Text und kehrten in die Vergangenheit zurück.

Er sieht sich, wie er als Leutnant mit dunklem Haar, blassem Gesicht eingeseift vor dem Offiziersbarbier sitzt, wie ihm dieser sein dichtes Haar und den schönen vorschriftsmäßigen

Zopf, auf den er immer so stolz war, abschneidet, wie er ihm das Haupt kahl rasiert und ihn herrichtet, damit er, als serbischer Bauernbursche verkleidet, durch die türkischen Marktflecken und serbischen Dörfer und Klöster streifen kann. Er sieht die unbequemen, beschwerlichen Wege und erinnert sich seiner Ängste und seines Herumirrens. Er sieht sich nach erfolgreicher Erkundung in die Semliner Garnison zurückkehren, hört die begrüßenden Zurufe seiner Kameraden und die herzlichen Worte seiner Vorgesetzten.

Die tückische, dumpfe Regennacht, in der er den Kahn bestieg und mit zwei Soldaten die Save überquerte, dann vor den Kalemegdan ging, vor das Tor, an dem er von seinem Verbindungsmann den Wachsabdruck aller Schlüssel der Belgrader Festung bekam, ersteht vor seinen Augen. Er sieht sich, wie er die Schlüssel seinem Major übergibt, glücklich, wenn auch zitternd vor Fieber und Müdigkeit.

Dann sieht er sich im Postwagen nach Wien reisen, als ein Mann, der »Erfolg gehabt« hat und der nun seine Belohnung erhalten soll. Er selbst trägt das Schreiben des Kommandanten bei sich, in dem von ihm mit größter Anerkennung als von einem jungen Offizier gesprochen wird, der ebenso nüchtern wie unerschrocken ist.

Er sieht sich ...

Da, ein leichtes Geräusch draußen auf dem Flur. Der Oberst zuckte erschrocken zusammen, er erstarrte bei dem Gedanken, es könnten wieder die unheilbringenden Schritte seiner Frau sein. Er lauschte. Alles blieb still. Ein harmloses Geraschel hatte ihn genarrt. Die eben noch geschauten Bilder der Erinnerung jedoch waren zerstoben und wollten nicht wiederkehren. Vor ihm lagen die Zeilen seines Manuskripts, aber jetzt lagen sie unter seinem müden Blick tot und verworren da. Wohin hatte sich dieser junge Offizier, der nach Wien gereist war, verloren? Wo war die Freiheit, wo die Kühnheit seiner Jugend geblieben?

Der Oberst erhob sich ruckartig wie jemand, der nach Atem ringt oder Erlösung herbeisehnt. Er trat an das Fenster und schob die grünen Vorhänge etwas auseinander, aber hier, zwei

Fingerbreit vor seinen Augen, hatte sich die Nacht erhoben wie eine Mauer aus Eis und Finsternis. Von Mitterer stand wie ein Verurteilter vor ihr, und er wagte nicht, sich umzuwenden und zu den schwarzen Zeilen des Gesuches auf seinem Schreibtisch zurückzukehren.

Während er so dastand und über die Versetzung nachsann, ahnte er zum Glück nicht, wie viele Nächte, wie viele Herbste und Winter er hier noch zubringen sollte, eingezwängt zwischen diese düstere Mauer und seinen Schreibtisch, vergeblich auf eine Entscheidung über sein Gesuch wartend. Das Gesuch aber würde, gleich seinem großen Elaborat über die strategischen Punkte um Travnik, im Archiv der »Geheimen Hof- und Staatskanzlei« liegen, nur in einer anderen Abteilung. Es würde zwar schnell und pünktlich in Wien eintreffen und zu dem zuständigen Referenten gelangen, einem müden und ergrauten Sektionschef, aber dieser würde es an einem Wintermorgen in seiner hohen, hellen und geheizten Kanzlei, mit dem Ausblick auf die Minoritenkirche, lesen, mit einem Rotstift jenen Satz ironisch anstreichen, in dem von Mitterer vorschlug, man möge an seiner Stelle ein »familienloses Individuum« schicken, und auf der Rückseite vermerken, der Konsul müsse sich gedulden.

Der besagte Sektionschef war nämlich ein ruhiger, gepflegter Junggeselle, ein Leisetreter und verwöhnter Ästhet, der in seiner gesicherten, gehobenen, sorglosen Stellung nicht die geringste Kenntnis und Vorstellung davon hatte, wie groß die Qualen des Konsuls waren, was Travnik und was Anna Maria für ihren Mann bedeutete und was es überhaupt für menschliche Ärgernisse und Nöte auf der Welt gab. Dieser Mensch würde nicht einmal in seiner letzten Stunde, in der er mit dem Tode rang, vor einer ähnlichen Mauer stehen wie Oberst von Mitterer in der heutigen Nacht.

VIII

Das Jahr 1808 hielt kein einziges jener vagen Versprechen, die Daville im vergangenen schönen Herbst zu hören geglaubt hatte, als er über den Kupilo ritt. In der Tat, nichts vermag uns so zu narren wie unser eigenes Gefühl der Sicherheit und der wohltuenden Zufriedenheit mit dem Lauf der Dinge. Dieses Gefühl hatte auch Daville betrogen.

Gleich bei Jahresbeginn erlebte er den schwersten Schlag, der ihn in seinem undankbaren Beruf in Travnik treffen konnte. Es ereignete sich etwas, womit Daville nach all dem, was er wußte, am wenigsten rechnete. D'Avenat hatte aus zuverlässiger Quelle erfahren, Mechmed-Pascha sei abgesetzt. Der Ferman über seine Absetzung sei noch nicht eingetroffen, aber der Wesir bereite im geheimen schon seinen Abzug vor, und zwar mit Sack und Pack und dem ganzen Gefolge.

Mechmed-Pascha wünsche nicht, den Ferman in Travnik abzuwarten, so erklärte d'Avenat, sondern werde die Stadt unter einem geschickten Vorwand schon eher verlassen, um nie mehr dahin zurückzukehren. Der Wesir wisse zu gut, wie der Tag in einer türkischen Stadt aussehe, wenn der Kurier mit dem Sultansedikt über die Amtsenthebung des alten und die Ernennung des neuen Wesirs ankomme. Mechmed-Pascha habe schon den frechen, bezahlten Boten vor Augen, der von solchen Nachrichten und von der krankhaften Neugier der Čaršija und des Pöbels lebe; jawohl, er lebe von ihnen und weide sich an ihnen. Er sehe und höre schon, wie der Bote hoch zu Roß in die Stadt hineinstürme, mit der Peitsche knalle und aus voller Kehle die Namen des abgesetzten und des neuernannten Wesirs ausrufe:

»Abgesetzt ist Mechmed-Pascha, abgesetzt! Ernannt ist Sulejman-Pascha, er ist ernannt!«

Der Pöbel werde den Boten neugierig und erstaunt anglotzen, die Entscheidung des Sultans erörtern, frohlocken und randalieren. Man schmähe zumeist den, der die Stadt verlasse, und preise eilfertig den neuen Herrn.

Das sei der Augenblick, in dem man dem nichtstuerischen,

primitiven Volk den Namen des abgesetzten Paschas vor die Füße werfe wie hungrigen Kötern ein Aas, damit es ihn unbestraft beschmutzen, geschmacklose Späße mit ihm treiben und sich billig und leicht als Held aufspielen könne. Kleine Leute, die sonst nicht wagten, ihr Haupt zu erheben, sooft der Pascha vorbeiritt, zeigten sich plötzlich als stimmgewaltige Rächer, obwohl der Pascha persönlich ihnen nie etwas zuleide getan hatte, ja nicht einmal von ihrer Existenz wußte. Oft könne man in solchen Stunden hören und sehen, wie der eine oder andere verkrachte Theologiestudent oder bankrotte Kaufmann beim Glase Schnaps über den gestürzten Wesir so donnernd Gericht halte, als hätte er ihn im Zweikampf überwunden, und sich dabei in die Brust werfe und rufe:

»Daß ich das erleben durfte, freut mich mehr, als wenn man mir halb Bosnien geschenkt hätte!«

Mechmed-Pascha wußte, daß es immer und überall so zuging. Die kleinen, namenlosen Leute erkletterten den Leichnam der im gegenseitigen Kampf gestürzten Großen. Und es war nur zu verständlich, wenn sich der Wesir hierbei wenigstens dieser Schmähung zu entziehen wünschte.

Daville suchte sofort um eine Audienz nach. Anläßlich dieses Diwans gestand ihm der Wesir unter dem Siegel der Verschwiegenheit, er werde tatsächlich unter dem Vorwand, die Vorbereitungen zum Frühjahrsfeldzug gegen Serbien schon jetzt zu überprüfen, Travnik verlassen und nicht mehr zurückkehren. Den Worten des Wesirs war zu entnehmen, daß er von Freunden in Stambul Berichte erhalten hatte, denen zufolge dort ein völliges Chaos herrsche und ein heimtückischer Kampf innerhalb der Clique tobe, die im Mai des vergangenen Jahres Sultan Selim beseitigt hatte. Nur in einem Punkte seien sich alle einig, in der Verfolgung all jener Personen, die so oder so die Reformen und Pläne des gestürzten Sultans begrüßt und gutgeheißen hätten. Unter solchen Voraussetzungen hätten die Klagen der bosnischen Begs gegen ihn als einen Freund Frankreichs und einen Mann des Selim-Regimes in Stambul ein offenes Ohr gefunden. Er wisse jetzt, daß er abgesetzt sei, und er hoffe nur noch, seine Freunde erreichten, daß er nicht in die Verbannung gehen müsse, sondern irgendein anderes Paschalik, weit weg von Stambul, erhielte. Auf jeden Fall wolle er jetzt, ehe der Ferman eintreffe, Travnik verlassen, in völliger Stille, um nicht seinen bosnischen Gegnern Gelegenheit zu geben, über seine Niederlage zu triumphieren und sich an ihm zu rächen. Unterwegs, irgendwo in Sjenica oder Prijepolje, würde er dann den Ferman abwarten, der über seine weitere Verwendung entschied.

Das alles sagte Mechmed-Pascha zu Daville in jenem unbestimmten orientalischen Tonfall, der selbst bei den sichersten Dingen einen Zweifel und die Möglichkeit von Veränderungen und Überraschungen nicht ausschließt. Das Lächeln auf dem Antlitz des Wesirs oder richtiger die Reihe seiner weißen, regelmäßigen Zähne, die jedesmal zwischen dem dichten, schwarzen, gepflegten Schnurrbart und Bart hindurchschimmerte, verschwand während seiner Worte nicht, aber zu einem richtigen Lachen war weder dem Wesir noch dem Konsul zumute.

Daville schaute den Wesir an, lauschte dem Dolmetscher und nickte nichtssagend höflich. In Wirklichkeit war er von der Nachricht des Wesirs schwer betroffen. Jener kalte, quälende Druck in den Eingeweiden, den er bei jedem Besuch im Konak und bei allen Gesprächen mit Türken bald stärker, bald schwächer verspürte, ging wie ein Schnitt durch ihn – eine dumpfe Lähmung, die ihn am Denken und am Sprechen hinderte.

In der Rückberufung des Wesirs aus Bosnien sah Daville auch eine urpersönliche Niederlage und einen spürbaren Mißerfolg der französischen Regierung. Während er zuhörte, wie Mechmed-Pascha mit erzwungener Ruhe über seine Abreise sprach, fühlte er sich hintergangen, unverstanden, im Stich gelassen in dem kalten Land, inmitten eines heimtückischen, bösen Volkes, das man nie ganz verstand und von dem man nie richtig wußte, was es dachte oder wie es empfand, bei dem das Wort »bleiben« auch »abreisen« heißen konnte, bei dem ein

Lächeln kein Lächeln, ein Ja kein Ja und ein Nein nicht unbedingt ein Nein bedeutete. Es gelang ihm, einige Sätze zu formen und dem Wesir zu sagen, wie sehr er seine Abreise bedaure, auch vermochte er, seiner Hoffnung Ausdruck zu geben, daß sich die Angelegenheit vielleicht doch noch zum Guten wenden werde, und den Wesir von seiner unverbrüchlichen Freundschaft und dem Wohlwollen seiner Regierung zu überzeugen. Er verließ den Konak in der bangen Vorahnung, die ganze Zukunft werde für ihn pechschwarz aussehen.

In solcher Seelenverfassung erinnerte sich Daville an den Kapidžibaša, den zu vergessen ihm schon gelungen war. Der Tod dieses unglückseligen Mannes, durch den kein einziges Gewissen aus dem Gleichgewicht gekommen war, begann ihn jetzt, da er sich als so wenig nützlich erwiesen hatte, von neuem zu beunruhigen.

Zu Beginn des neuen Jahres expedierte der Wesir unbemerkt seine wertvollsten Sachen, dann verließ auch er selbst mit seinen Mameluken Travnik. Das frohe, rachelüsterne Raunen, das unter den Travniker Türken immer breitere Wellen schlug, konnte ihn nicht mehr treffen. Der einzige, der den Tag seiner Abreise wußte und den Wesir auch eine Strecke des Weges begleitete, war Daville.

Der Abschied zwischen dem Wesir und dem Konsul verlief herzlich. An einem sonnigen Januartag ritt Daville mit d'Avenat vier Meilen aus Travnik hinaus. Vor einem einsamen Kaffeehaus an der Landstraße, in einer Laube, deren Dach sich unter dem Gewicht des Schnees bog, tauschten der Wesir und der Konsul die letzten herzlichen Worte und Grüße.

Der Wesir rieb sich die frostkalten Hände und war bemüht, sein Lächeln nicht erlöschen zu lassen.

»Grüßen Sie General Marmont«, sagte er mit jener ihm eigenen warmen Stimme, die der Aufrichtigkeit glich wie ein Wassertropfen dem anderen und die selbst bei einem noch so mißtrauischen Menschen einen überzeugenden und beruhigenden Eindruck zurückließ. »Bitte, sagen Sie ihm wie auch allen anderen, bei denen eine Erklärung notwendig ist: Ich bleibe ein Freund Ihres edlen Landes und ein aufrichtiger Verehrer des großen Napoleons, einerlei wohin mich das Schicksal werfen und die Umstände verschlagen werden.«

»Ich werde nicht versäumen, es zu tun, ich werde es nicht versäumen«, versicherte Daville tief bewegt.

»Und Ihnen, lieber Freund, wünsche ich Gesundheit, Glück und Erfolg. Ich bedaure, daß ich Ihnen in Ihren Schwierigkeiten, die Sie stets mit der ungebildeten, barbarischen Bevölkerung Bosniens haben werden, fernerhin nicht zur Seite stehen kann. Die Sorge um Ihre Angelegenheiten habe ich Sulejman-Pascha, der mich vorläufig vertreten wird, ans Herz gelegt. Auf ihn können Sie sich verlassen. Grob und einfach wie alle Bosniaken, ist er doch ein Ehrenmann, zu dem man Vertrauen haben darf. Ich wiederhole Ihnen, es tut mir allein Ihretwegen leid, daß ich von hier fortgehe, aber es muß sein. Wollte ich ein Kopfabschneider und Tyrann sein, könnte ich hierbleiben und die hohlköpfigen, aufgeblasenen Begs unterwerfen, aber ich bin es nicht und will es nicht sein. Deshalb gehe ich.«

Zitternd vor Kälte, bleich und grün im Gesicht, in seinen bis zur Erde reichenden schwarzen Mantel gehüllt, übersetzte d'Avenat mechanisch und schnell die Sätze wie jemand, der das alles schon auswendig weiß.

Daville war sich bewußt, daß das, was der Wesir zu ihm sagte, nicht in allen Punkten der Wahrheit entsprach und nicht entsprechen konnte, trotzdem rührte ihn jedes Wort. Jeder Abschied ruft in uns eine doppelte Illusion hervor. Der Mensch, von dem wir uns – wie in diesem Fall – vermutlich für immer verabschieden, erscheint uns plötzlich viel wertvoller und unserer Aufmerksamkeit würdiger als vorher, und wir selbst halten uns einer aufopfernden, selbstlosen Freundschaft für fähiger, als wir in der Tat sind.

Der Wesir schwang sich in den Sattel seines hohen Fuchses, bemüht, mit schnellen, energischen Schritten seinen Hinkefuß zu verbergen. Seine zahlreichen Begleiter folgten ihm. Als sich die beiden Gruppen, die große des Wesirs und die kleinere Davilles, um mehr als eine Meile voneinander entfernt hatten, sonderte sich einer der Reiter des Wesirs vom Gefolge ab, flog wie ein Pfeil davon und holte Daville und seine Begleitung, die für einen Augenblick haltmachten, bald ein. Hier parierte er das galoppierende Tier und sprach laut die Worte: »Mein glücklicher Herr, Husref Mechmed-Pascha, übermittelt nochmals seine besten Grüße dem hochverehrten Vertreter des großen französischen Kaisers. Seine guten Wünsche mögen jeden Eurer Schritte begleiten.«

Überrascht und etwas verwirrt, zog Daville mit einer feierlichen Geste den Hut, dann kehrte der Reiter so schnell, wie er gekommen, zurück zum Gefolge des Wesirs, das durch die verschneite Ebene ritt. Im Umgang mit Orientalen erlebt man immer wieder solche kleinen Einzelheiten, die uns angenehm überraschen und berühren, selbst wenn wir wissen, daß sie nicht so sehr ein Zeichen besonderer Aufmerksamkeit oder persönlicher Hochachtung sind als vielmehr der Bestandteil eines uralten, unerschöpflichen Zeremoniells.

Die in ihre Mäntel gehüllten Mameluken glichen von hinten Frauengestalten. Unter den Hufen der Pferde stob Schnee auf und wurde im Licht der winterlichen Sonne immer mehr zu einer weißen und rötlichen Wolke. Je weiter sich die Reitergruppe entfernte, um so winziger erschien sie, während die aufgewirbelte Schneewolke mehr und mehr anwuchs. In dieser Wolke versank endlich der ganze Trupp.

Daville ritt zurück auf dem vereisten Weg, der sich kaum von dem übrigen Weiß der Landschaft abhob. Die Dächer der vereinzelten Bauernhütten, die Zäune und Wäldchen links und rechts lagen unter Schnee und waren nur als schmaler, dunkler Strich in dem weißen Gefilde angedeutet. Die gelben und rötlichen Schatten wurden blau und grau. Auch der Himmel verdunkelte sich allmählich. Der sonnige Nachmittag ging schnell in einen winterlichen Vorabend über.

Die Pferde trabten mit kurzen kräftigen Schritten, und hinter ihren Hufen tanzten die eisverklebten Kötenzöpfe.

Daville hatte das Empfinden, als kehre er von einem Begräbnis zurück.

Er dachte an den Wesir, von dem er sich gerade getrennt hatte, aber er dachte an ihn wie an etwas längst und unwiederbringlich Verlorenes. Einzelheiten aus vielen Gesprächen stiegen in seiner Erinnerung auf. Es schien ihm, als sähe er noch immer sein Lächeln, diese aus Licht gesponnene Maske, die den ganzen Tag zwischen Lippen und Augen spielte und die vielleicht nur erlosch, wenn er schlief.

Er erinnerte sich der bis zum letzten Augenblick wiederholten Beteuerungen des Wesirs, wie sehr er Frankreich liebe und wie sehr er die Franzosen schätze. Jetzt, im Lichte des Abschieds, überprüfte Daville die Worte auf ihre Lauterkeit hin. Er glaubte die Beweggründe des Wesirs klar zu sehen, so sauber, wie sie waren – frei von den üblichen, professionellen Schmeicheleien. Ihm war, als erfasse er überhaupt erst jetzt, wie und warum die Fremden Frankreich, die französische Lebensart und die französischen Anschauungen so sehr liebten. Sie liebten es nach dem Gesetz der Gegensätzlichkeit, sie liebten in ihm alles das, was sie in ihrem eigenen Lande nicht finden konnten und wonach ihr Geist ein unwiderstehliches Bedürfnis verspürte; sie liebten es mit Recht als ein Bild allseitiger Schönheit und harmonischen, vernünftigen Lebens, das sich durch keinerlei vorübergehende Trübung verändern und verzerren ließ und das nach jeder Sintflut und jeder Trübung in unzerstörbarer Kraft und ewiger Freude neu aufleuchtete vor der Welt; sie liebten es auch, wenn sie es nur oberflächlich, wenig oder überhaupt nicht kannten. Und es würde immer und von vielen geliebt werden aus Gründen und Anlässen, die zueinander im Gegensatz standen, denn die Menschen würden nie aufhören, nach Höherem und Besserem zu streben, als ihnen vom Schicksal zugemessen würde. Er ertappte sich plötzlich dabei, wie auch er an Frankreich nicht wie an seine ureigene Heimat dachte, die er von jeher gekannt und in der er Gutes und Schlechtes geschaut hatte, sondern wie an ein wunderbares, fernes Land der Harmonie und Vollkommenheit, von dem er inmitten der Rauheit und

Wildnis träumte. Solange Europa bestand, bliebe auch Frankreich bestehen, es sei denn, daß ganz Europa in gewissem Sinne (das heißt als eine lichte Harmonie und Vollkommenheit) ein einziges Frankreich würde. Aber das war nicht möglich. Und allzu verschieden, fern und fremd waren sich die Menschen.

Da fiel Daville wie von ungefähr ein Erlebnis aus dem vergangenen Sommer ein. Der lebhafte, wißbegierige Wesir hatte sich immer schon nach dem Leben in Frankreich erkundigt, und so sagte er eines Tages, er habe viel über das französische Theater gehört und würde gern einmal, wenn es ihm schon nicht vergönnt sei, ein richtiges Theater zu besuchen, ein Stück kennenlernen, das man in Frankreich aufführe.

Begeistert von dem Wunsch, kam Daville schon am nächsten Tag mit dem zweiten Band der Werke Racines unter dem Arm, um dem Wesir einige Szenen aus »Bajazet« vorzulesen. Nachdem Kaffee und Tschibuks gereicht worden waren, zog sich die Bedienung zurück, nur d'Avenat blieb, weil er übersetzen mußte. Der Konsul schilderte nach bestem Vermögen, was ein Theater sei, wie es aussehe und welche Aufgabe ein Schauspiel habe. Dann begann er jene Szene zu lesen, in der die Rede davon ist, daß Amurat den Bajazet unter die Aufsicht der Sultanin Roxane stellt. Der Wesir runzelte die Stirn, folgte aber der dürren Übersetzung d'Avenats und dem pathetischen Vortrag des Konsuls. Als es jedoch zur Aussprache zwischen der Sultanin und dem Großwesir kam, unterbrach Mechmed-Pascha den Konsul, lachte vergnügt und winkte mit der Hand ab.

»Der weiß ja nicht, was er sagt«, äußerte der Wesir streng und spöttisch. »Seitdem die Welt besteht, war es weder jemals möglich, noch wird es jemals möglich sein, daß der Großwesir den Harem betritt und dort mit den Frauen des Sultans spricht.«

Noch lange lachte der Wesir offen und laut heraus, ohne zu verheimlichen, daß er enttäuscht sei und weder den Sinn noch den Wert eines solchen geistigen Vergnügens einsehe. Er äußerte das unverhohlen, fast grob, mit der Taktlosigkeit eines Menschen, der einer anderen Zivilisation angehört.

Peinlich berührt, bemühte sich Daville vergeblich, ihm die Bedeutung der Tragödie und den Sinn der Poesie klarzumachen. Der Wesir winkte nur immer wieder energisch mit der Hand ab.

»Auch wir, ja, auch wir haben solche Derwische und Betbrüder, die klingende Verse vortragen; wir geben ihnen dann ein Almosen, aber es fällt uns niemals ein, sie Menschen gleichzustellen, die einen redlichen Beruf haben und Ansehen genießen. Nein, nein, ich verstehe das nicht.«

Daville empfand die Erinnerung an das Erlebnis lange Zeit als verletzend und peinlich; er sah darin einen seiner uneingestandenen Mißerfolge. Jetzt jedoch blickte er milder und ruhiger darauf zurück, so wie man auf lächerliche Situationen zurückschaut, um derentwillen man sich in der Kindheit übertrieben und grundlos gegrämt hat. Er wunderte sich nur, warum sich jetzt nach soviel wichtigen und bedeutenden Dingen, die er mit dem Wesir erlebt hatte, gerade diese Kleinigkeiten in seine Erinnerung stahlen.

Jetzt nach dem Abschied vom Wesir, während er auf verschneiter Straße in die verwehte Stadt ritt, schien ihm überhaupt alles begreiflich, gerechtfertigt und angebracht. Mißverständnisse waren eben natürlich, und Mißerfolge blieben unvermeidlich. Auch die Abreise Mechmed-Paschas schmerzte ihn nun in einem ganz anderen Sinne. Der Verlust stand zwar in seiner ganzen Tragweite vor ihm. Auch die Angst vor neuen Unbilden und Mißerfolgen war wieder da. Aber alles erschien ihm heute milder und ferner wie ein unvermeidlicher Bestandteil des Lebens, in dem man – nach einem undurchsichtigen Rechenschema – verliert und gewinnt.

Mit solchen Gedanken, die auch ihm selbst neu und ungewöhnlich vorkamen, ihn aber für den Augenblick trösteten, gelangte er schnell und noch vor Einbruch der Dunkelheit nach Travnik.

Die Abreise Husref Mechmed-Paschas war für die Travniker Türken ein Alarmsignal. Keiner zweifelte mehr daran, daß der verschlagene Wesir dem Zorn der Čaršija heimlich entflohen war. Man wußte auch, daß der französische Konsul dem Scheidenden das Geleit gegeben hatte. Das vergrößerte noch die Erbitterung.

Da konnte man erleben, was so ein Aufruhr der türkischen Čaršija in den bosnischen Städten bedeutete und wie er aussah.

Jahre hindurch arbeitet die Čaršija still und friedlich, sie vegetiert gelangweilt dahin, sie feilscht und kalkuliert, vergleicht ein Jahr mit dem anderen, verfolgt jedoch alle Geschehnisse, unterrichtet sich, hält sich auf dem laufenden, kauft Informationen und Gerüchte wie eine Ware und trägt sie flüsternd weiter von Geschäft zu Geschäft, bestrebt, jede eigene Schlußfolgerung und jede Meinungsäußerung zu vermeiden. So bildet sich langsam und unmerklich eine einheitliche Gesinnung der Čaršija heraus. Zu Beginn ist das nur eine allgemeine, unklare Stimmung, die sich in kurzen Gesten und Flüchen äußert, bei denen jeder weiß, auf wen sie gemünzt sind, dann verwandelt sich die Stimmung in eine Meinung, mit der niemand mehr zurückhält, und endlich wird sie zu einer fest umrissenen, eingefleischten Überzeugung, über die zu reden sich fortan erübrigt und die nur noch in Taten zum Ausdruck kommt.

Zusammengehalten und durchdrungen von dieser Überzeugung, flüstert die Čaršija einstweilen nur, sie rüstet sich und verharrt wie ein Schwarm Bienen, der auf die Stunde des Ausschwärmens wartet. Es ist unmöglich, in die Logik der blindwütenden und für gewöhnlich fruchtlosen Tumulte der Čaršija Einsicht zu gewinnen, aber sie haben ebenso eine Logik, wie sie eine eigene unsichtbare Technik haben, die sich auf Tradition und Instinkt gründet. Sichtbar ist nur, wie die Tumulte losbrechen, wüten und verebben.

An einem Tag, der genauso heraufdämmert und beginnt wie so viele andere vorher, birst die jahrelange verträumte Stille der Kassabe; Ladenflügel klappern, Türen und Torstangen der Geschäfte und Lagerhäuser erdröhnen dumpf. Mit einem Satz springen die Ladenbesitzer der Čaršija von ihren Plätzen hoch, auf denen sie jahraus, jahrein unbeweglich gesessen haben, still, ordentlich und sauber, mit untergeschlagenen Beinen, dienstbeflissen, dabei stolz, in ihren Hosen aus kostbarem Tuch, ihren mit Litzen verzierten Westen und hellgestreiften Anterijas. Die rituelle Bewegung, mit der sie aufspringen, sowie das ohrenbetäubende Zuschlagen der Türen und Ladenflügel genügen, daß sich in der gesamten Stadt und Umgebung pfeilschnell die Nachricht verbreitet:

»Die Čaršija ist geschlossen.«

Das sind verhängnisvolle, schwerwiegende Worte, und ihre Bedeutung ist jedem klar.

Frauen und Gebrechliche steigen hinab in die Keller. Die angesehenen Kaufleute der Čaršija ziehen sich in ihre Häuser zurück, bereit, sie zu verteidigen und notfalls auf der Schwelle zu fallen. Aus den Kaffeehäusern und entfernten Mahallas strömt die Masse der kleinen Türken, die nichts zu verlieren und bei solchen Wirren und Veränderungen höchstens etwas zu gewinnen hat. (Denn auch hier, wie bei allen Bewegungen und Umwälzungen auf dieser Erde, gibt es eine Gruppe, die eine Sache auslöst und vorantreibt, und eine zweite, die das Prinzip verwirklicht und ausführt.) An die Spitze der Masse stellen sich von irgendwoher ein oder zwei Rädelsführer. Das sind gewöhnlich Marktschreier, Raufbolde, Unzufriedene, dunkles Gelichter und Sonderlinge, die niemand bis dahin gekannt oder bemerkt hat, die sich, sobald der Aufruhr verebbt, wieder in die namenlose Armut der abschüssigen Mahalla verlieren, aus der sie gekommen sind, oder in irgendein Gefängnis geraten, wo sie bis zu ihrem Ende dahinvegetieren.

Das Ganze dauert, je nachdem wann und wo es ausbricht, zwei, drei oder fünf Tage, so lange, bis etwas kurz und klein geschlagen ist oder in Flammen aufgeht, bis Blut fließt oder der Aufruhr sich ausgetobt hat und von selbst abflaut.

Hernach öffnet sich wieder ein Geschäft um das andere, der

Pöbel zieht sich zurück, und die Kaufleute der Čaršija setzen ihre Arbeit und ihr Leben in gewohnter Weise fort, beschämt und übernächtig, ernst und bleich.

Das ist, will man es typisieren, das Bild des Aufruhrs in unseren Städten, das Bild seines Ursprungs, Verlaufs und Endes.

So war es auch diesmal. Die Travniker Čaršija wie auch das gesamte bosnische Begovat verfolgte Jahre hindurch die Versuche Selims III., das türkische Reich auf neue Grundlagen zu stellen, die den Anforderungen und Bedürfnissen des modernen europäischen Lebens entsprachen. Sie machte aus ihrem Mißtrauen und ihrem Haß gegenüber den Bemühungen des Sultans keinen Hehl, und sie brachte das in vielen unmittelbaren Vorsprachen bei der Pforte in Stambul sowie in ihrem Verhalten gegenüber dem Stellvertreter des Sultans, dem Wesir von Travnik, zum Ausdruck. Für sie war es klar: diese Reformen dienten nur den Ausländern, indem sie ihnen die Gelegenheit boten, das Reich zu untergraben und von innen heraus zu zerstören. Sie waren überzeugt, daß solche Reformen in ihren allerletzten Folgen für die Welt des Islams, also auch für jeden einzelnen von ihnen, den Verlust der Religion, des Vermögens, den Ruin der Familie und des Lebens im Diesseits, im Jenseits aber die ewige Verdammnis bedeuteten.

Sobald man erfuhr, der Wesir sei angeblich an die Drina gereist, weil er die dortigen Verhältnisse prüfen und die Kampfstellungen besichtigen wolle, entstand jene verdächtige Stille, die den Explosionen der Volkswut immer vorausgeht, es begann ein für Fremde unbegreifliches »Sichverständigen« durch Geflüster und vielsagende Blicke. Der Aufruhr war vorbereitet und harrte seiner Stunde.

Wie gewöhnlich war der Anlaß für die Entladung nebensächlich und unbedeutend.

César d'Avenat hatte sich als Burschen und Gewährsmann einen gewissen Mechmed, genannt Brko, gedungen, einen breitschultrigen, stämmigen Herzegowiner. Alle, die in den fremden Konsulaten dienten, waren den einheimischen Türken verhaßt, aber dieser Mechmed war es ganz besonders.

Mechmed hatte im Winter eine junge, schöne Türkin geheiratet, die aus Belgrad zu ihrer Familie nach Travnik gekommen war. Die Frau war vorher in Belgrad mit einem gewissen Bekri-Mustafa verheiratet gewesen, der in einem Blockhaus in Dorćol einen Kaffeeausschank betrieb. Vier Zeugen, alles Travniker Türken, hatten unter Eid erklärt, Bekri-Mustafa sei an den Folgen seiner Trunksucht verstorben und die Frau sei daher wieder frei. Daraufhin vermählte sie der Kadi mit Mechmed.

Gerade um die Zeit, da der Wesir die Stadt verließ, erschien auf einmal Bekri-Mustafa in Travnik, zwar nicht als Toter, aber auf den Tod betrunken, im übrigen jedoch lebendig, und forderte seine Frau zurück. Der Kadi wies ihn zuerst ab, weil er sich in trunkenem Zustand befand und keine Unterlagen vorweisen konnte. Der Kaffeehauswirt gab an, er habe für den Weg von Belgrad nach Travnik elf Tage gebraucht und habe bei dem Schneetreiben und dieser furchtbaren Kälte soviel Raki trinken müssen, weshalb er jetzt beim besten Willen nicht nüchtern werden könne. Er suche nur sein Recht: Man solle ihm seine Frau zurückgeben, die sich der andere durch Betrug erschlichen habe.

Die Čaršija mischte sich ein. Alle witterten eine gute Gelegenheit, dem verhaßten Mechmed, seinem Herrn d'Avenat und überhaupt den Konsuln und Konsulaten eins auszuwischen. Alle hielten es für ihre Pflicht, einem ehrenwerten Muselmanen in der Verteidigung seiner Rechte und im Kampf gegen die Ausländer und ihre Söldlinge beizustehen. Bekri-Mustafa, der bei der strengen Kälte ohne Mantel und ohne festes Schuhzeug gekommen war, nackt und bloß, und der sich hatte mit Schnaps aufwärmen und von Zwiebeln ernähren müssen, wurde mit warmer Kleidung überhäuft, mit Speise und Trank bewirtet und von der ganzen Čaršija verwöhnt. Jemand schenkte ihm sogar einen Mantel mit einem abgewetzten Fuchskragen, den er mit Würde trug. Schluchzend und blinzelnd ging er so von Geschäft zu Geschäft, wie eine Fahne von der Hilfsbereitschaft und Gunst des Volkes vorangetragen, und forderte sein Recht lauter und vernehmlicher denn je. Er wurde zwar dadurch nicht nüchterner, aber das hatte er auch für die Verteidigung seiner Rechte nicht mehr nötig: Die Čaršija hatte seine Angelegenheit in die Hand genommen!

Als sich der Kadi entschieden weigerte, dem betrunkenen Kerl auf sein bloßes Wort die Frau zurückzugeben, erhob sich die Čaršija. Der längst erwartete Tumult hatte endlich seinen Anlaß gefunden und konnte nun offen ausbrechen und ungehindert abrollen. Er brach aus, obgleich die Wintertage für solche Dinge, die sich gewöhnlich im Sommer oder Herbst abspielen, nicht recht geeignet sind.

Keiner der Ausländer hatte sich eine Vorstellung machen können, wie der Ausbruch eines solchen Massenwahnsinns, der von Zeit zu Zeit die Bevölkerung dieser Kassaben, eingepfercht und verloren zwischen den hohen Bergen, heimsucht, aussehen und wie weit er gehen würde. Sogar für d'Avenat, der zwar den Orient, nicht aber Bosnien gut kannte, war dies etwas Neues, und es bereitete ihm, wenigstens vorübergehend, Sorgen. Daville aber schloß sich mit seiner Familie im Konsulat ein und war auf das Ärgste gefaßt.

An diesem Wintertag, eine Stunde vor Mittag, sperrte die Čaršija wie auf ein unsichtbares, geheimes Zeichen ihre Pforten. Ladenflügel, Türen und Torstangen polterten, man glaubte das Dröhnen und das Geprassel eines Sommergewitters mit Hagel und Donner zu vernehmen. Es war, als wälzten sich mit lautem Grollen Steinlawinen von allen Seiten die Travniker Steilhänge hinab und als drohten sie die Stadt und alles, was in ihr lebte, unter sich zu begraben.

In der Stille, die sofort danach eintrat, waren vereinzelte Schüsse und wilde Zurufe zu hören, und dann begann sich, erst unter Gemurmel, dann unter ohrenbetäubendem Gebrüll, ein Haufe kleiner Leute, Straßenjungen und unreifer Burschen zusammenzurotten. Als die Horde auf zwei- bis dreihundert Kehlen angewachsen war, bewegte sie sich, erst zögernd und langsam, dann schnell und entschlossen, auf das französische Konsulat zu. Die einen schwangen Knüppel, die anderen fuchtelten mit den Armen. Das stärkste Geschrei galt dem Kadi, der Bekri-Mustafas Frau getraut hatte und der im übrigen als Anhänger der Reformen Selims und des bisherigen Wesirs bekannt war.

Ein völlig unbekannter Mann mit langem Schnurrbart schrie laut, solcher Kerle wegen sei es so weit gekommen, daß die Rechtgläubigen nicht mehr ihr Haupt erheben dürften und daß ihre Kinder hungerten; er beschimpfte mit gewichtigen Worten den verhaßten Mechmed, der den Ungläubigen diene und Schweinefleisch esse, und setzte der Masse auseinander, man müsse ihn sofort verhaften und zusammen mit dem Kadi an die gleiche Kette legen; der Kadi raube gläubigen Türken ihre Weiber und verkupple sie dann um schnödes Geld an andere, und in Wirklichkeit sei er gar kein Kadi, sondern ein Verräter, ärger als jeder christliche Pfaffe. Ein blaß aussehendes Männlein, sonst ein bescheidener, ängstlicher Schneider aus der unteren Čaršija, von dem man nicht einmal in seinem eigenen Hause ein lautes Wort vernehmen konnte, lauschte eben noch dem bärtigen Redner aufmerksam, da blinzelt er plötzlich, reckt seinen Kopf und schreit heiser vor Wut, mit einer Kraft, die ihm niemand zugetraut hätte, als räche er sich für sein langes Schweigen:

»In die Festung, nach Vranduk mit dem pfäffischen Kadi.«

Der Aufruf stachelt auch die übrigen an, eine ganze Flut von Schmähworten erhebt sich gegen den Kadi, den Wesir, das Konsulat und besonders gegen Mechmed-Brko. Die furchtsamen Halbwüchsigen brauchen erst eine Weile, um sich auf den Tumult vorzubereiten, sie stecken die Köpfe zusammen und tuscheln, als hörten sie sich gegenseitig ab, dann nehmen sie einen Anlauf, werfen aufgeregt die Köpfe hoch, als wollten sie zu singen anfangen, und stoßen ihren Schlachtruf aus, den sie sich so lange überlegt haben. Daraufhin lauschen sie, puterrot vor Scham und Erregung, dem stärkeren oder schwächeren Echo ihres Rufes, der sich im Gemurmel und Beifall der Menge kundtut. So feuert einer den anderen an, so hetzen sie sich auf und berauschen sich immer mehr an dem beglückenden Gefühl, daß nun jeder die Freiheit habe, im Rahmen des Krawalls zu lärmen, zu tun, was er wolle, und sich endlich von der Leber zu schreien, was ihn bedrückt und quält.

Sulejman-Pascha Skopljak, des Wesirs Vertreter, der wohl wußte, was so ein Travniker Straßentumult bedeutete und wie er zu verlaufen pflegte, und der seine Verantwortung, die er für das Konsulat trug, nicht aus dem Auge ließ, tat das Vernünftigste, was man in einem solchen Falle tun kann. Er ließ den Konsulatsdiener Mechmed verhaften und in die Festung werfen.

Der Haufe, der vor dem Konsulat zusammengeströmt war, kochte vor Wut, weil ihn der weite Hof und der große Garten um das Gebäude daran hinderten, das Haus mit Steinen zu bewerfen. Eben als der Pöbel noch überlegte, was zu tun sei, schrie jemand, man führe Mechmed-Brko durch Seitengassen zur Festung. Der Pöbel wandte sich sofort dem Berge zu und gelangte im Laufschritt zur Brücke vor der Festung. Der Bursche war jedoch schon eingeliefert, und das große eiserne Tor hatte sich hinter ihm geschlossen. Jetzt geriet alles in Verwirrung. Die meisten zogen singend in die Stadt zurück, einige aber blieben weiter vor dem Wall stehen, sahen zu den Fenstern des Eingangsturmes hinauf, als warteten sie auf etwas, und forderten lärmend die grausamsten Strafen und Folterungen für den verhafteten Mechmed.

Die wie von einem Sturm leergefegte Čaršija füllte sich mit dem Gemurmel und Geschrei der herumlungernden Bevölkerung, die durch die Verhaftung Mechmeds nur zur Hälfte befriedigt war. Auf einmal verstummte auch dieser Lärm; man stand da, begaffte sich gegenseitig und tauschte Zurufe aus. Neugierig wandten sich die Köpfe nach allen Seiten. Die Masse hatte jenen Zustand der Langeweile und Ermüdung erreicht, der sie für jede Veränderung und jeden Zeitvertreib, ob grausam und blutig oder gutmütig und scherzhaft, empfänglich machte. Endlich blieben die Blicke an jener Straße haften, die vom französischen Konsulat zur Čaršija führte.

Von daher erschien mitten in der Menge, die sich inzwischen gelichtet hatte, d'Avenat auf seiner hohen gescheckten Araberstute; er hatte sich in Gala geworfen und war bewaffnet. Alle blieben vor Verwunderung starr auf ihrem Platz stehen und betrachteten den Reiter, wie er still und sorglos daherritt, als folge ihm eine Reiterschwadron. Hätte nur ein einziger aus dem Volk, gleichgültig was, gerufen, so hätten alle ein großes Geschrei erhoben, es wäre zu Lärm und Gedränge gekommen, und auch Steine wären geflogen. Das Volk hätte wie ein Strom Roß und Reiter verschluckt. Aber so wollte jeder erleben, wohin der kühne Konsulatsdolmetscher strebte und was er im Schilde führte, und sich erst dann an den Ausrufen oder den Aktionen beteiligen, die sich ergeben würden. So kam es, daß keiner etwas rief und daß die Masse abwartend dastand ohne einen gemeinsamen Willen und ohne ein bestimmtes Ziel. Aber dafür brüllte d'Avenat laut und verwegen, wie es nur ein Levantiner vermag, sich bald nach rechts, bald nach links bückend, als treibe er eine Rinderherde zuhauf. Er war totenblaß. Seine Augen glühten, und sein Mund war von einem Ohr zum anderen aufgerissen:

»Euch hat wohl die Tarantel gestochen, das kaiserlich-französische Konsulat anzutasten«, schrie er und faßte die ihm zunächst Stehenden scharf ins Auge. Dann fuhr er fort:

»Ist so etwas möglich? Ihr habt euch gegen uns, eure besten Freunde, erhoben? Dazu konnte euch nur ein Narr überreden, dessen Verstand im bosnischen Raki ersäuft ist. Ihr wißt eben nicht, daß der neue Sultan und der französische Kaiser die größten Freunde sind und aus Stambul schon der Befehl gekommen ist, ein jeder habe den französischen Konsul zu achten und zu ehren wie einen Staatsgast!«

Aus der Menge murmelte einer etwas Unverständliches vor sich hin, aber die Masse griff es nicht auf. Das machte sich d'Avenat zunutze, er wandte sich dorthin, woher die einzelne Stimme gekommen war, und redete zu diesem Sprecher allein, als seien alle anderen Zuhörer auf seiner, d'Avenats, Seite und als spräche er in ihrem Namen.

»Was? Wie? Willst du etwa das, was die Herrscher untereinander geregelt und beschlossen haben, trüben und verderben?

Gut, dann soll man wissen, wer die friedliche Bevölkerung ins Unglück stürzt. Merkt euch: Der Sultan kann das nicht dulden, und ganz Bosnien wird niedergebrannt, wenn unserem Konsulat nur das Geringste zustößt. Selbst das Kind in der Wiege wird nicht verschont.«

Wieder meldeten sich einige Stimmen, aber vereinzelt und dumpf wie aus einer Gruft. Das Volk wich dem Reiter aus, der den Eindruck machte, als rechne er gar nicht damit, daß ihm etwas widerfahren könnte; frech ritt er so durch die ganze Čaršija und rief zornig, er werde jetzt zu Sulejman-Pascha gehen und ihn fragen, wer hier eigentlich der Herr sei, und nachher, darauf könnten sie sich verlassen, würden viele bereuen, daß sie Tollköpfen gefolgt wären und sich gegen allerhöchste Befehle vergangen hätten.

Und d'Avenat verschwand über die Brücke. Die Furche, die er in der Menge gezogen hatte, füllte sich hinter ihm auf, der Pöbel aber kam sich, wenigstens für einen Augenblick, besiegt und gezähmt vor. Jetzt fragten sich alle, warum sie den Ungläubigen frei und unverschämt zwischen sich hatten durchreiten lassen und weshalb sie ihn nicht wie eine Wanze zerquetscht hatten. Aber nun war es zu spät. Der richtige Augenblick war verpaßt, der erste Schwung versäumt und dahin, das Volk blieb verwirrt und kopflos zurück. Nun hieß es, von vorn anzufangen.

Die Verwirrung und den augenblicklichen Kleinmut der Masse ausnutzend, ritt d'Avenat ebenso kühn und gemächlich in das Konsulat zurück. Jetzt schrie er nicht, sondern sah nur herausfordernd um sich und nickte bedeutungsvoll und drohend, so als sei er der Mann, der die Angelegenheit im Konak ins reine gebracht habe und nun genau wisse, was den Leuten bevorstand.

In Wirklichkeit hatte d'Avenats Versuch, mit Sulejman-Pascha ebenfalls etwas schärfer und von oben herab zu reden, gar keinen Erfolg gehabt. Der Vertreter des Wesirs ließ sich durch d'Avenats Drohungen ebensowenig wie durch den Travniker Straßentumult verblüffen oder gar einschüchtern. So wie er seinerzeit den Travniker Winter gegen den Wesir verteidigt und behauptet hatte, er sei keineswegs ein Unglück, sondern eine Gabe Gottes und eine Notwendigkeit, so äußerte er sich auch jetzt über den Aufruhr. Es sei nichts los, ließ er Daville bestellen, das gemeine Volk, der Pöbel, habe sich erhoben. Das geschähe von Zeit zu Zeit hierzulande. Zuerst gäbe es Geschrei und Klamauk, dann aber beruhige sich alles wieder, und an Geschrei sei noch niemand gestorben. Kein Mensch werde es wagen, das Konsulat anzutasten. Die Angelegenheit des Dieners Mechmed aber falle unter das Scheriatgesetz. Man werde sie untersuchen; erweise sich der Diener als schuldig, müsse er seine Strafe verbüßen und die Frau zurückgeben, befände er sich im Recht, so werde ihm nichts geschehen. Alles übrige bleibe beim alten, in Ordnung und an seinem Platze.

Diese Botschaft teilte Sulejman-Pascha Daville mit – langsam und gebrochen türkisch redend, mit schlechter Aussprache und einer großen Zahl unverständlicher Provinzialismen. Mit d'Avenat selbst wollte er sich überhaupt nicht auseinandersetzen, sosehr auch der Dolmetscher sich ihm aufdrängte. Er entließ ihn wie einen türkischen Diener mit den Worten:

»So! Merk dir gut, was ich dir gesagt habe, und übersetze es genau dem ehrenwerten Konsul.«

Aber der Aufruhr wuchs weiter an. Weder die Frechheit d'Avenats noch Sulejman-Paschas typisch türkische bewußte Bagatellisierung und Schönfärberei nützten etwas.

Am frühen Abend des gleichen Tages kam ein noch größerer, noch ungezügelterer Haufe aus den Mahallas herab und ergoß sich unter dem Gejohle und Geschrei halbwüchsiger Burschen in die Čaršija. Im Laufe der Nacht schlichen sich verdächtige Gestalten an das Konsulatsgebäude heran. Die Hunde bellten, und die Konsulatsknechte hielten Wache. Am nächsten Tage entdeckte man Lunten aus Hanf und Teer, mit dem die Galgenvögel das Gebäude hatten in Brand stecken wollen.

Tags darauf forderte d'Avenat mit derselben Unerschrockenheit Zutritt zu dem in der Festung eingesperrten Diener und hatte Erfolg. Er fand ihn gefesselt in einer Dunkelzelle, Brunnen genannt, in die sonst die Todeskandidaten geworfen wurden. Der Bursche war tatsächlich mehr tot als lebendig, denn der Muteselim hatte ihm, da er den wahren Grund der Verhaftung nicht kannte, »für alle Fälle« hundert Fußstreiche aufzählen lassen. Es gelang d'Avenat nicht, den Unglücklichen aus der Haft auszulösen, aber er fand Mittel und Wege, den Wächter zu bestechen und dem Burschen die Haft zu erleichtern.

Zu Davilles größtem Ärger waren gerade in diesen Tagen zwei französische Offiziere in Travnik eingetroffen, die von Split nach Konstantinopel reisten. Obgleich die Entsendung von Offizieren schon seit langem nicht nur als unnötig, sondern sogar als schädlich anzusehen war und obgleich Daville schon seit Monaten seine Vorgesetzten beschwor, niemanden mehr zu schicken oder wenigstens niemanden über Bosnien in Marsch zu setzen, wo das Erscheinen solcher Personen nur Haß und Mißtrauen im Volk hervorrief, so geschah es noch immer, daß sich zwei, drei Offiziere auf Grund eines veralteten Befehls auf den Weg machten.

Der Aufruhr hatte auch die beiden Offiziere, wie alle übrigen, in das Konsulatsgebäude verbannt, aber hochmütig, ungeduldig und wenig einsichtig, wie sie waren, versuchten sie trotz des Aufruhrs, am ersten Tage in die Umgebung der Stadt zu reiten.

Kaum hatten sie das Konsulat ein Stück hinter sich gelassen und kamen in die Mahallas, da flogen Schneebälle hinter ihnen her. Straßenbengel rannten den Reitern nach und bewarfen sie mit immer mehr Bällen. Aus allen Toren sprangen die Jungen heraus mit glutroten Gesichtern und mit wild funkelnden Blicken, sie hetzten und schrien sich zu:

»Schaut, ein Getaufter! Haut drauflos!«

»Drauf auf die Ungläubigen!«

»Heraus mit dem Lösegeld, du Christenhund!«

Die Offiziere sahen, wie die Bengel zum Brunnen liefen und ihre Schneebälle naß machten, damit sie schwerer wogen. Sie waren in großer Verlegenheit; sie konnten sich weder entschließen, ihre Pferde anzuspornen und Reißaus zu nehmen, noch wollten sie sich mit den Kindern herumbalgen, noch den wilden Schabernack ruhig hinnehmen. So kehrten sie schließlich ins Konsulat zurück, wutschnaubend und beschämt.

Während von der Čaršija das Geschrei des Pöbels herüberdrang, schrieb einer von ihnen, ein Major der Pioniere, eingeschlossen in den Mauern des Konsulats, seinen Bericht an den Kommandanten in Split.

»Es war noch gut«, schrieb der Major, »daß es Schnee gab, sonst hätten die Wilden uns genauso mit Steinen und Dreck beworfen. In mir kochte es vor Scham und Wut, und als mir unsere Situation in ihrer Lächerlichkeit untragbar erschien, warf ich mich mit einem Stecken zwischen die Bengel, die für einen Augenblick auseinanderliefen, sich aber sofort wieder sammelten und uns mit um so größerem Geschrei verfolgten. Mit vieler Mühe gelangten wir in die Stadt zurück. Der Dolmetscher des Konsuls versuchte mir klarzumachen, es sei noch ein Glück gewesen, daß mein Stock keines der Kinder getroffen habe, ihre Eltern hätten uns die Tat sonst womöglich mit dem Tode sühnen lassen. Die Erwachsenen seien hierzulande um nichts besser als ihre mißratenen Kinder, die von ihnen aufgehetzt werden.«

Daville machte alle Anstrengungen, den Offizieren die Vorfälle begreiflich zu machen, aber die Tatsache, daß Landsleute Zeugen seiner Ohnmacht und Erniedrigung geworden waren, nagte an ihm wie ein Wurm.

Am dritten Tage öffnete die Čaršija ihre Läden. Ein Kaufmann um den anderen kehrte zurück, klappte seine Ladenflügel auf, setzte sich an seinen Platz und eröffnete seinen Geschäftsbetrieb. Alle wirkten steifer und noch ernster als sonst, ein wenig beschämt und blaß wie nach einer durchzechten Nacht.

Dies zeigte an, daß der Aufruhr sich legte. Noch stiegen Nichtstuer und Gassenbuben aus Randsiedlungen in die Čaršija hinunter und strolchten in der Stadt umher, fortwährend in ihre frostklammen Hände hauchend. Dann und wann hetzte einer gegen den oder jenen, aber seine Rufe fanden kein Echo. Aus dem Konsulat ging noch immer niemand auf die Straße außer d'Avenat und den am meisten benötigten Dienstkräften, die mit Drohungen, Schneebällen und hin und wieder mit einem Schreckschuß verfolgt wurden. Aber der Tumult näherte sich seinem natürlichen Abschluß. Dem französischen Konsul war demonstriert worden, was das Volk von ihm und seiner Anwesenheit in Travnik hielt. D'Avenats Bursche, der sich den Haß aller zugezogen hatte, ward bestraft. Man hatte ihm die Frau weggenommen, sie allerdings nicht dem Bekri-Mustafa wiedergegeben, sondern zu ihrer Familie zurückgeschickt. Bekri-Mustafa selbst verlor plötzlich jede Bedeutung für die Čaršija. Keiner würdigte ihn eines Blickes. Das Volk, wieder ernüchtert, fragte sich, wer eigentlich der vagabundierende Säufer sei und was er hier suche. Niemand ließ ihn in die Nähe seiner Ladenschwelle, keiner gestattete ihm, sich an der Glutpfanne zu wärmen. Er torkelte noch einige Tage in der Stadt herum, verkaufte gegen Schnaps Stück um Stück seine Kleider, die ihm die Bevölkerung in der ersten Gefühlsaufwallung geschenkt hatte, und verschwand ein für allemal aus Travnik.

Damit war der eigentliche Aufruhr zu Ende. Aber die Schwierigkeiten, mit denen das Konsulat zu kämpfen hatte, nahmen nicht ab, im Gegenteil, sie mehrten sich. Daville stieß mit jedem Schritt auf neue Hindernisse.

Endlich wurde Mechmed-Brko aus der Haft entlassen, aber die Stockschläge hatten ihn gebrochen und der Verlust der Frau ihn verbittert. Zwar hatte Sulejman-Pascha auf die scharfen Proteste Davilles hin dem Muteselim befohlen, sich wegen der Verhaftung des Burschen, der beleidigenden Rufe, die den Franzosen gegolten hatten, sowie wegen der Anschläge auf das Konsulatsgebäude bei Daville zu entschuldigen, allein der starrköpfige, stolze Greis erklärte entschieden, er quittiere lieber seinen Dienst und gäbe, wenn es sein müsse, eher seinen Kopf her, als daß er zu einem ungläubigen Konsul ginge, um sich zu entschuldigen. Dabei blieb es.

Der gesamten Dienerschaft des französischen Konsulats war nach dem Vorfall mit Mechmed-Brko der Schreck in die

Glieder gefahren. Auf der Straße begegnete sie haßerfüllten Blicken. Die Kaufleute weigerten sich, ihr etwas zu verkaufen. Der Kawaß Hussein, ein Albanese, der sich sonst auf seine Stellung viel einbildete, ging, blaß vor Wut, durch die Čaršija, blieb vor den Geschäften stehen, doch immer, wenn er etwas verlangte, antwortete der Türke mit finsterer Miene vom Verkaufstisch, daß es nicht da sei. Oft hing die verlangte Ware so nahe vor seinen Augen, daß er danach hätte greifen können, und wenn er den Kaufmann darauf aufmerksam machte, antwortete dieser entweder gelassen, sie sei verkauft, oder er fuhr ihn an:

»Wenn ich sage, daß es nicht da ist, dann ist es nicht da. Für dich ist es nicht da!«

Die Sachen wurden dann hintenherum durch Katholiken und Juden beschafft.

Daville fühlte, wie der Haß auf ihn und das Konsulat von Tag zu Tag wuchs. Er glaubte zu sehen, wie er ihn einst aus Travnik wegschwemmen würde. Dieser Haß raubte ihm den Schlaf, hemmte seinen Willen und erstickte jeden Entschluß schon im Keime. Seine gesamte Dienerschaft fühlte sich machtlos, verfolgt und der Haßwelle ausgeliefert. Nur ihr angeborenes Schamgefühl und ihre Anhänglichkeit an die gute Herrschaft hielten sie davon ab, den so verleideten Dienst im Konsulat aufzugeben. D'Avenat behielt als einziger seine unerschütterliche und unbeirrbare Frechheit. Ihn konnte der Haß, der sich um das einsame Travniker Konsulat immer mehr verdichtete, weder verwirren noch erschrecken. Er blieb seinem alten Grundsatz unbeirrt treu, daß man einem kleinen Kreis von wirklichen Machthabern konsequent und ohne Hemmungen schmeicheln, allen übrigen aber mit Gewalt und Verachtung entgegentreten müsse, denn die Türken fürchteten nur den, der selbst keine Angst hätte, und schreckten vor jedem zurück, der stärker sei als sie. Ein solches menschenunwürdiges Dasein entsprach völlig seinen Lebensauffassungen und Gewohnheiten.

IX

Aufgerieben von den Anstrengungen, zu denen ihn die Ereignisse der letzten Monate gezwungen hatten, enttäuscht von dem geringen Verständnis und der unzulänglichen Unterstützung, die er in Paris, bei General Marmont in Split und beim Botschafter in Stambul fand, verwirrt durch die Gehässigkeit und den Argwohn, mit dem die Travniker Türken jeden seiner Schritte und überhaupt alles verfolgten, was von den Franzosen kam, litt Daville immer mehr unter der Abreise Mechmed-Paschas. Vereinsamt und reizbar, begann er die Dinge in einem besonderen Licht und unter einem außergewöhnlichen Blickwinkel zu betrachten. In seinen Augen wuchs alles ins Unermeßliche, nahm ungeheure Bedeutung an, erschien schwer und unverbesserlich, fast tragisch. In der Abberufung des bisherigen Wesirs, des »Freundes der Franzosen«, sah er nicht nur eine persönliche Niederlage, sondern auch einen Beweis für den geringen Einfluß Frankreichs in Stambul und einen großen Mißerfolg der Staatspolitik.

Innerlich bereute er es, daß er den Posten angenommen hatte, der offensichtlich so unbequem war, daß ihn niemand haben wollte. Vor allem machte er sich Vorwürfe, seine Familie hergeholt zu haben. Er sah ein, daß er sich getäuscht hatte und getäuscht worden war und daß er hier aller Wahrscheinlichkeit nach auch sein Ansehen und die Gesundheit von Frau und Kindern ruinieren würde. Er fühlte sich auf Schritt und Tritt gehetzt und wehrlos, deshalb erwartete er auch von der Zukunft nichts Gutes noch Tröstliches.

Alles, was er bis jetzt über den neuen Wesir hatte hören und in Erfahrung bringen können, beunruhigte und ängstigte ihn. Ibrahim Halimi-Pascha war zwar auch ein Mann Selims III. und eine Zeitlang sogar dessen Großwesir gewesen, aber er hatte persönlich nicht sehr viel für Reformen übrig und war noch weniger ein besonderer Freund der Franzosen. Seine bedingungslose, völlige Ergebenheit gegenüber Selim kannte jeder, das war überhaupt das einzige, wodurch er bekannt geworden war. Den Sturz Selims hatte er, so erzählte man sich, mehr tot als lebendig überstanden, und die neue Regierung Sultan Mustafas hatte ihn, so wie man sich einen Leichnam aus den Augen schafft, erst als Statthalter nach Saloniki und unmittelbar darauf nach Bosnien geschickt. Er war, so hieß es, ein Mann vornehmer Herkunft mit durchschnittlicher Begabung, der durch den kürzlich erfolgten Sturz noch immer völlig fassungslos und wegen der wenig beneidenswerten Stellung, die man ihm zugedacht hatte, verbittert war. Was konnte Daville von einem solchen Wesir zugunsten Frankreichs erwarten, was für sich selbst erhoffen, wenn nicht einmal der aalglatte, ehrgeizige Mechmed-Pascha imstande gewesen war, sich durchzusetzen? So sah Daville nur mit Bangen dem neuen Wesir wie einer neuen Plage in der langen Kette von Plagen entgegen, die sein Beruf in Bosnien mit sich brachte.

Ibrahim-Pascha traf Anfang März mit einem Schwarm von Personal und einer gepäcküberladenen Karawane in Travnik ein. Sein Harem war in Stambul zurückgeblieben. Sobald der Wesir sich häuslich niedergelassen und von der Reise erholt hatte, empfing er die Konsuln zu einer Festaudienz.

Daville wurde als erster empfangen.

Auch diesmal ging es nicht ohne Drohungen und Schmähungen ab, als er feierlich durch die Stadt ritt. (Daville hatte seinen jungen Kanzler darauf vorbereitet.) Aber es verlief alles gemäßigter und harmloser als das erstemal. Ein paar laute Schimpfwörter und ein paar drohende oder spöttische Gesten waren die einzigen Anzeichen des Hasses, den das Volk den fremden Konsulaten entgegenbrachte. Mit Schadenfreude stellte Daville fest, daß sein österreichischer Rivale, der am nächsten Tage empfangen wurde, bei der niederen türkischen Bevölkerung auch nicht besser davonkam als er.

Das Zeremoniell im Konak verlief wie bei dem früheren Wesir. Die Geschenke waren reicher und die Bewirtung großzügiger. Der neue Kanzler des Konsulats erhielt einen Hermelinumhang, Daville bekam auch dieses Mal wieder einen Mantel aus Edelmarder. Von besonderer Wichtigkeit war jedoch für

Daville, daß sich der Wesir mit ihm eine halbe Stunde länger unterhielt als am nächsten Tage mit dem österreichischen Konsul.

Im übrigen war der neue Wesir für Daville tatsächlich eine Überraschung, durch sein Wesen wie auch durch seine Erscheinung. Es war, als wollte sich das Schicksal mit dem Konsul einen Scherz erlauben und ihm in Gestalt des neuen Wesirs das krasse Gegenstück zu Mechmed-Pascha liefern, mit dem es sich doch wenigstens leicht und angenehm hatte arbeiten lassen, mochte auch die Zusammenarbeit nicht immer von Erfolg gekrönt gewesen sein. (Einsame Konsuln haben nicht nur den Hang, sich von ihrer Regierung verlassen und vom Gegner verfolgt zu fühlen, sondern sind auch leicht geneigt zu glauben, sie seien Menschen, die das Schicksal mit besonderer Gehässigkeit ganz persönlich aufs Korn genommen hat.) Anstelle des jungen, lebhaften, freundlichen Georgiers sah Daville beim Diwan nun einen schwerfälligen, unbeweglichen, kalten Osmanen vor sich, dessen Äußeres schon erschreckte und abstieß. Wenn die Gespräche mit Mechmed-Pascha nicht immer das Erhoffte ergeben hatten, so hatten sie den Konsul immerhin mit einer gewissen Heiterkeit erfüllt und Arbeitsfreude und weitere Verhandlungsbereitschaft nach sich gezogen. Jedes Gespräch mit Ibrahim-Pascha mußte, so schien es Daville, seinen Partner mit Mißmut, Trauer und stiller Hoffnungslosigkeit anstecken.

Das da war eine Ruine, die sich bewegte. Eine Ruine ohne Schönheit und Erhabenheit, vielmehr nur mit der Erhabenheit des Grauenvollen. Wenn Tote sich bewegen könnten, so flößten sie den Lebenden vielleicht mehr Furcht und Überraschung ein, aber sie lösten kaum jenes eisige Entsetzen aus, das von dem Wesir ausging, den Blick erstarren ließ, jedem die Rede verschlug und den Arm mitten in der Bewegung lähmte. Das Gesicht des Wesirs war breit und blutleer, von wenigen, aber tiefen Falten gezeichnet und mit einem schütteren Bart bewachsen, der auf eigentümliche Art farblos war wie längst abgestorbenes, daniederliegendes welkes Gras in den Spalten des

Karstgebirges. Dieses Gesicht des Wesirs stach seltsam von dem riesigen Turban ab, der ihm bis auf die Augenbrauen und über die Ohren gestülpt war. Der kunstvoll gewundene Turban war aus allerfeinstem weißem Gewebe, das rosig schillerte, der Stirnpanzer auf dem Turban war durch Stickerei aus Gold und grüner Seide nur leicht, schmuckartig angedeutet. Der Turban saß so seltsam auf dem Kopfe, als hätte ihn eine fremde Hand im Dunkeln auf gut Glück einem Toten aufgestülpt, der ihn nie mehr zurechtrücken oder gar abnehmen würde, sondern sich mit ihm begraben ließe, damit sie gemeinsam vermoderten. Alles andere an dem Menschen, vom Halse bis hinunter auf die Erde, war ein einziger Block, an dem man die Arme, die Beine und den Rumpf nur schwer voneinander unterschied. Man konnte sich keine Vorstellung davon machen, was für ein Körper unter dem Kleiderhaufen aus schwerem Tuch, Leder, Seide, Silber und Borte lebte. Er konnte ebenso klein und schwach wie groß und kräftig sein. Und was das wunderlichste war, die schwere Masse von Kleidern und Schmuck hatte in den seltenen Augenblicken, in denen sie sich wirklich fortbewegte, wider Erwarten die schnellen, kräftigen Bewegungen eines jungen, sehnigen Mannes. Währenddessen blieb jedoch das breite, gealterte Gesicht, aus dem alles Leben gewichen schien, starr und ausdruckslos. Man wähnte, die einem Toten gleichende Gestalt und den steifen Haufen von Kleidungsstücken bewegten von innen unsichtbare Federn.

Das Zusammenwirken all jener Momente gab dem Wesir ein gespenstisches Aussehen und flößte jedem, der ihm gegenübersaß, ein Gemisch aus Angst und Ekel, aus Bedauern und Unbehagen ein.

Das war der Eindruck, den die Person des neuen Wesirs bei der ersten Begegnung auf den Konsul machte.

Mit der Zeit sollte sich Daville durch seinen privaten und beruflichen Umgang mit Ibrahim-Pascha an ihn gewöhnen, ja sogar wirkliche Freundschaft mit ihm pflegen und erkennen lernen, daß sich hinter dem ungewöhnlichen Äußeren ein Mensch verbarg, der Herz und Verstand besaß, ein Mensch, den zwar das Unglück verfolgte und einkreiste, der aber für alle edleren Regungen empfänglich war, die seine Rasse und die Kaste, der er angehörte, kannten und gestatteten. Jetzt aber, auf Grund des ersten Eindrucks, sah Daville pessimistisch auf seine künftige Zusammenarbeit mit dem neuen Wesir, der ihn an eine Vogelscheuche erinnerte, allerdings an eine sehr üppig ausgestattete Vogelscheuche, die nicht für die ärmlichen Äcker dieser Erde bestimmt war, sondern die Aufgabe hatte, in irgendwelchen phantastischen Gefilden Paradiesvögel von ganz besonderer Farbe und Gestalt zu vertreiben.

In dem Gedränge, das im Konak herrschte, bemerkte Daville noch viele andere neue und ungewöhnliche Gesichter. D'Avenat, der jetzt, da er ganz in den Dienst des französischen Konsuls übernommen war, nicht wie einst unter Mechmed-Pascha freien Zutritt zum Konak hatte, fand trotzdem mit der Zeit Verbindungen und Wege, sich über alles zu informieren, über den Wesir, über die bedeutendsten Persönlichkeiten, über ihre Stellung zueinander und über die Art, in der sie die wichtigsten Geschäfte abwickelten.

Aus angeborenem Diensteifer, aus Neugier und Langeweile und zum Teil auch aus dem unbewußten Hang heraus, die Arbeitsweise der alten königlichen Botschafter fortzusetzen, deren Berichte Daville gern las, war er stets bemüht, in das Privatleben des Wesirs, in die Intimitäten seines häuslichen Lebens einzudringen; er wollte nach dem Rezept der alten Diplomatie »die Launen, Gewohnheiten, Leidenschaften und Neigungen des Herrschers, bei dem man akkreditiert ist«, herausbekommen, um so seinen Einfluß geltend zu machen und seine Wünsche und Absichten besser durchzusetzen.

D'Avenat, der es immer beklagte, in der bosnischen Öde leben zu müssen statt an einer Botschaft oder im Dienst eines Wesirs in Stambul, wie es seinen Fähigkeiten und der hohen Meinung entsprach, die er selbst von ihnen hatte, war wie geschaffen dafür, alles das zu erkunden und weiter zu berichten. Mit der Dreistigkeit eines Levantiners, der Gewissenhaftigkeit eines Arztes und dem Scharfsinn eines Piemontesen verstand er es, alles trocken, sachlich, bis ins kleinste genau auszukundschaften und wiederzugeben, mit Einzelheiten, die für den Konsul häufig von Interesse und fast immer von Nutzen waren, ihn aber oft anwiderten und quälten.

Wie es zwischen den beiden Wesiren keinerlei Ähnlichkeit gab, so waren auch ihre Mitarbeiter völlig voneinander verschieden. Mechmed-Pascha hatte in der Hauptsache jüngere Leute um sich, alle kamen mehr oder weniger aus dem Kriegerstand, und sie waren auf jeden Fall gewandte Reiter und Jäger. Es fand sich unter ihnen keine einzige außergewöhnliche Persönlichkeit, die durch körperliche oder geistige Eigenschaften, ob nun durch gute oder durch schlechte, unter den übrigen hervorgetreten und besonders ins Auge gefallen wäre. Sie alle waren durchschnittlich begabte, rührige Kerle, die Mechmed-Pascha in bedingungslosem Gehorsam ergeben waren und einander fast so ähnlich sahen wie seine zweiunddreißig Mameluken, die mit ihren nichtssagenden Gesichtern wie Puppen wirkten, einander gleich in Aussehen und Wuchs.

Ibrahim-Paschas »Haus« war anderer Art. Sein Gefolge war zahlreicher und ein Gemisch verschiedenster Charaktere und Gesichter. Sogar d'Avenat, für den die türkische Welt nicht viele Geheimnisse barg, fragte sich manchmal staunend, wo der Wesir wohl die absonderliche Gesellschaft aufgetrieben hatte, warum er sie durch die ganze Welt mit sich schleppte und wie es ihm gelang, sie immer beisammenzuhalten. Ibrahim-Pascha war nicht, wie das bei der Mehrzahl der Wesire der Fall ist, ein Emporkömmling und ein Mensch unbekannter Herkunft. Sein Vater wie auch sein Großvater waren hohe Würdenträger und reiche Leute gewesen. Aus diesem Grunde hatte sich um seine Sippe ein großer Haufe von Sklaven, Vertrauensleuten, Schützlingen und Bediensteten, Adoptierten, durch Heirat Hinzugekommenen und Verwandten ungewissen und nie feststellbaren Verwandtschaftsgrades, von Tellerleckern und Nichtstuern aller Art angesammelt. Im Laufe seines langen, wechselvollen Lebens und seiner öffentlichen Tätigkeit hatte sich der Wesir für seine mannigfaltigen Bedürfnisse der verschiedensten Leute bedient, insbesondere in der Zeit, da er Großwesir Selims III. gewesen. Die meisten trennten sich, auch wenn sie ihre eigentliche Aufgabe längst erfüllt hatten, nicht von ihm, sie klammerten sich an den Wesir »wie Muscheln an ein altes Schiff« und blieben auch fortan mit dem Schicksal des Wesirs oder, sagen wir lieber, mit seiner Küche und Kasse verbunden. Unter ihnen befanden sich Überalterte und Entkräftete, die den lieben langen Tag nicht ins Freie gingen, sich vielmehr in ihrem Kämmerchen, irgendwo in einem Winkel des Konaks, bedienen ließen. Sie hatten Gott weiß wann einmal in den Diensten des Wesirs gestanden und hatten ihm damals irgendeinen großen Gefallen getan, den der Wesir inzwischen längst vergessen hatte und auf den auch sie sich nur noch schwach besinnen konnten. Es gab auch junge, kerngesunde Nichtstuer unter ihnen, die keinen Beruf hatten. Mancher war sogar im »Hause« Ibrahim-Paschas geboren, weil sein Vater zur selben Zeit dort in Diensten stand, er wuchs auf und verbrachte sein ganzes Leben dort ohne ersichtlichen Grund und ohne ernsthaften Daseinszweck. Endlich lungerten freche Schmarotzer und simple Bettlerderwische auf dem Hof herum.

Kurz, d'Avenat übertrieb nicht sehr, wenn er bei seinen Berichten Daville gegenüber den Konak des neuen Wesirs mit frechem Lachen als »Museum für Monstren« bezeichnete.

Alle die Leute empfing der Wesir widerstandslos, er duldete sie, schleppte sie mit sich und ertrug mit abergläubischer Langmut ihre Fehler und ihre internen Kämpfe und Zusammenstöße, ihre Gehässigkeiten und Streitereien.

Auch jene, die einen höheren Posten bekleideten und wirklich arbeiteten, waren zumeist eigenwillige Menschen und nur selten einfache und alltägliche Gestalten.

Unter ihnen nahm, hinsichtlich seiner Bedeutung und seines Einflusses auf die Staatsgeschäfte, der Teftedar des Wesirs, Tahir-Beg, den ersten Platz ein, Ibrahim-Paschas Vertrauter und intimer Berater in allen Angelegenheiten. Ein kranker Sonderling, aber ein edelmütiger und grundgescheiter Mann. Über ihn war man in der Stadt wie im Konak geteilter Meinung, allein es bestand kein Zweifel, und darin stimmten die Travniker und die Konsuln überein, daß Tahir-Beg das Gehirn des Konaks und des Wesirs »rechte Hand und Feder« sei.

Wie jedem höheren osmanischen Würdenträger ging auch ihm ein gewisser Ruf voraus, der auf dem Wege hierher verzerrt und aufgebauscht worden war. Der Travniker muselmanische Klerus, ebenso zahlreich wie neidbesessen, biß sich vor Gehässigkeit auf die Lippen und tröstete sich damit, daß Tahir-Beg auch nur ein Mensch sei und daß man einzig dem allein vollkommenen Himmel über uns weder etwas nachsagen noch etwas absprechen könne. Und tatsächlich, Tahir-Beg hatte noch nicht die Hälfte seines Weges zurückgelegt, da gelang es ihnen schon, ihm etwas anzudichten und auch etwas abzusprechen. Einer von denen, die aus Stambul gekommen waren und über Tahir-Begs Gelehrsamkeit und Klugheit berichteten, erzählte von ihm, er sei schon in seiner Schule *Brunnen der Weisheit* genannt worden. Gleich darauf hängten sie ihm in Travnik den Spitznamen *Brunnen-Effendi* an.

So sind eben die Agas und Alteingesessenen in Travnik, besonders die schreibkundigen und gelehrten. Für alles, was sie selbst nicht besitzen, nicht wissen oder nicht beherrschen, haben sie sofort ein böses Wort oder einen Schimpfnamen bereit. Auf diese Weise haben sie an allen und selbst an den bedeutsamsten Dingen teil, von denen sie sonst ausgeschlossen wären.

Sobald jedoch Tahir-Beg in Travnik eingetroffen war, konnte sich der Spottname im Volke nicht halten, sondern fiel auf die Travniker Geistlichkeit zurück, die ihn voreilig vergeben hatte. Die Persönlichkeit des neuen Teftedars war so überzeugend, daß jede Beleidigung von selbst zerschmolz und jeder Anflug von Spöttelei erlosch. Schon nach einigen Wochen nannte ihn die Bevölkerung nur noch den *Effendi*, wobei die Leute dieses alltägliche Wort mit Hochachtung und besonderer Betonung aussprachen. Es gab zu jener Zeit in Travnik wohl viele Effendis, gebildete und halbgebildete Schreiber, Hafis, Theologen und Winkelhodschas, aber nur einen *Effendi*.

Die Gelehrsamkeit, die Beherrschung fremder Sprachen und die Federgewandtheit waren in der Familie Tahir-Begs Tradition. Sein Großvater hatte ein Wörterbuch und einen Kommentar verfaßt, sein Vater war der Erste Sekretär der Pforte gewesen und hatte sein Leben als Reis-Effendi beschlossen. Auch Tabir-Beg hätte von seinem Vater diese Würde geerbt, wäre es nicht zu jenem Aufstand gekommen, der Sultan Selim vom Throne stürzte und den Großwesir Ibrahim-Pascha erst nach Saloniki und von dort nach Travnik vertrieb.

Tahir-Beg hatte erst sein fünfunddreißigstes Lebensjahr überschritten, sah aber viel älter aus. Aus einem frühreifen Knaben war er fast ohne Übergang zu einem kränklichen, schwerfälligen und gealterten Mann geworden. Als solcher lebte und arbeitete er nun. Heute war er nach allem, was er an der Seite Ibrahim-Paschas, solange der in der schwersten Zeit Großwesir gewesen war, durchgemacht hatte, und infolge der Krankheit, die immer mehr über seinen an sich kräftigen, ebenmäßigen Körper Herr wurde, ein schwerkranker Mensch, der sich nur langsam und widerwillig bewegte, dessen ganzes Wesen aber Lebensdurst und eine ungewöhnliche Geisteskraft verriet.

Hätte er verstanden, etwas maßvoller zu leben, oder wäre er bereit gewesen, seinen Dienst zu quittieren, so hätte ihn sein Leibarzt in Stambul bei Ausbruch der Krankheit wohl noch heilen können. Jetzt hatte sich das sonderbare Leiden in seinem Körper eingenistet und war chronisch geworden. Tahir-Beg hatte sich damit abgefunden, daß sein weiteres Dasein nur noch in einem einzigen Dahinsiechen bestand. In der linken Seite hatte er eine unheilbare Wunde, die sich im Jahre mehrmals schloß und wieder aufbrach. Deshalb ging er immer leicht vornübergebeugt und langsamen Schrittes. Im Winter und wenn der Föhn kam, stellten sich heftige Schmerzen und Schlaflosigkeit ein, und dann mußte er noch mehr Alkohol und Schlafmittel zu sich nehmen.

Seitdem er ohne seinen Stambuler Leibarzt geblieben war, pflegte und verband er seine Wunden selbst, wie er überhaupt sein Leiden unauffällig und still ertrug, sich bei keinem beklagte und niemanden belästigte.

Unter den vielen Posten am Hofe Ibrahim-Paschas gab es auch den des Leibarztes, er wurde von dem vergreisten, doch geistreichen Ešref Effendi bekleidet, der selbst das, was er einst gewußt, vergessen hatte, insbesondere seine Kenntnisse in der Heilkunst, zu der er ohnehin immer wenig Beziehung gehabt. In der Jugend war er etwas Ähnliches wie ein Apotheker gewesen, hatte dann aber sein halbes Leben im Heeresdienst, auf Kriegsschauplätzen und in Biwaks verbracht, wo er mehr durch die Suggestivkraft seines herzlichen Wesens und seines unerschütterlichen, redlichen Willens als durch medizinische Kenntnisse oder Medikamente heilte. Vor vielen Jahren hatte Ibrahim-Pascha ihn aus dem Heeresdienst herausgezogen und führte ihn mehr als angenehmen Gefährten denn als Arzt überall mit herum. Der ehemals leidenschaftliche Wildentenjäger war jetzt vom Rheuma in den Beinen fast völlig gelähmt, und er saß zumeist irgendwo in der Sonne oder in einem geheizten Zimmer, stets in hohen Stiefeln mit Schäften aus Tuch. Er war lebhaft, geistreich und von rückhaltloser Offenheit, doch überall beliebt und von allen geachtet.

Daß Tahir-Beg nicht im entferntesten daran dachte, sich von jenem Ešref Effendi, mit dem er im übrigen sehr gern scherzte und plauderte, behandeln zu lassen, versteht sich von selbst.

In einer besonderen Truhe hielt Tahir-Beg, sorgfältig geordnet, schmale und breite Binden, Watte, Tinkturen und Salben bereit. Es war eine fein gearbeitete und geschickt ausgetüftelte kleine Truhe aus gutem, edlem Holz, das um so schöner wird, je älter und je länger es in Gebrauch ist. Tahir-Begs Großvater hatte einst in der Truhe seine Manuskripte unter Verschluß gehabt; sein Vater bewahrte später Geld darin auf und er selbst nun Medikamente und Verbandzeug.

Überfiel ihn sein Leiden, wurde eigens für ihn jeden Morgen, immer zur gleichen Stunde, Wasser aufgewärmt. Dann begann das schmerzhafte, lange, fast rituelle Baden, Säubern und Verbinden der Wunden. Er schloß sich zu dem Zweck in seine

Stube ein und wusch, die Kiefer krampfhaft zusammengepreßt und mit gerunzelten Brauen, vorsichtig seine Wunde, salbte sie neu und wechselte den Verband. Das währte oft Stunden.

Dies waren die heimlichen Stunden der Qual im Leben des Teftedars. Aber zugleich blieben in ihnen unausgesprochen und wie in einem Grab alle Beschwerden und Bitternisse zurück, denn wenn er endlich damit fertig war, sich zu verbinden, sich zu gürten, zu schnüren und anzukleiden, trat er ruhig, gekräftigt und völlig verändert unter die Leute. In dem kalten Gesicht, in dem sich keine Miene verzog, glühten nur seine unwiderstehlichen Augen, und seine schmalen Lippen zitterten kaum wahrnehmbar. Es gab dann für ihn nichts Beschwerliches und nichts Schreckliches auf der Welt, weder unlösbare Fragen noch gefährliche Menschen, noch unbezwingliche Schwierigkeiten. Dieser seit eh und je schwerkranke Mann war stärker als die Gesunden und geschickter als die Starken.

Das eigentliche Leben und die tatsächliche Kraft dieses Menschen verrieten sich nur in den Augen. Bald waren es die großen, leuchtenden Augen eines bedeutenden Mannes, dessen Gedankenflug ihn über alles hinweghebt, bald schmale, scharf blickende, golden glänzende Augen, wie man sie bei seltenen Tieren, bei Mardern und Wieseln, beobachten kann – leuchtende, kalte Augen, die in blinder Raubwut erbarmungslos funkeln, bald die verträumten, lächelnden Augen eines eigensinnigen, doch edlen Knaben, voller Sorglosigkeit und Schönheit, wie die Jugend sie selbst verleiht. Tahir-Beg lebte ganz in seinen Augen. Seine Stimme klang heiser, seine sparsamen Bewegungen waren langsam.

Von allen Mitarbeitern übte Tahir-Beg den weitaus stärksten Einfluß auf den Wesir aus. Sein Rat wurde am meisten gesucht und auch immer befolgt. Ihm vertraute man schwierige, heikle Fragen an, die oft dem eigentlichen Vertreter des Wesirs nicht zu Ohren kamen. Er löste die Probleme in der Regel schnell und mit Leichtigkeit, mit natürlicher Selbstverständlichkeit und ohne viele Worte, mit jenem goldenen Glanz in den Augen, und er kam auf die gleiche Sache nie ein zweites Mal zurück. Er teilte sein Wissen und die Früchte seines Scharfsinns großzügig und selbstlos aus wie jemand, der alle Güter im Überfluß besitzt und zu schenken gewohnt ist, selbst aber auf nichts angewiesen ist. Er war gleichermaßen in Fragen des Scheriatgesetzes wie auch des Heeres und der Finanzen bewandert. Er sprach Persisch und Griechisch und verfügte über einen vollendeten Stil, ja er hatte sogar einen eigenen Diwan verfaßt, den Sultan Selim gut kannte und sehr liebte.

Tahir-Beg war einer der wenigen Osmanen aus dem Konak, der sich nie über seine Verbannung nach Bosnien, über die Wildnis des Landes und die Primitivität des Volkes beschwerte. Im stillen trauerte er Stambul nach, denn er war mehr als irgendein anderer an den Luxus und die Genüsse des großstädtischen Lebens gewöhnt. Aber auch diese Trauer verheimlichte und »verband« er wie seine Wunden: im verborgenen und allein.

Tahir-Begs genaues Gegenteil und sein unversöhnlicher, allerdings machtloser Gegner war der Schatzmeister Baki, den sie im Konak Kaki nannten. Körperlich mißgestaltet und geistig verschroben, eine monströse Rechenmaschine, ein Mann, den alle haßten und der es auch nicht besser haben wollte. Längst war er dem Wesir mehr aus Angewöhnung denn aus zwingender Notwendigkeit unentbehrlich. Der Wesir wollte es sich nicht eingestehen; er, der sonst nur ruhige, edle Menschen liebte, hielt und duldete den boshaften Sonderling aus abergläubischer Schwäche neben sich. Er war ihm ein Amulett, das allen Haß und alles Böse von nah und fern auf sich lenkte. Er war »des Wesirs Hausschlange«, wie Tahir-Beg ihn nannte.

Unbeweibt und ohne Freunde, führte Baki seit Jahren die Bücher des Wesirs auf seine Art pflichttreu und genau, er knauserte wie ein hartnäckiger, krankhafter Geizkragen mit jedem Groschen und verteidigte ihn gegen jedermann, selbst gegen den Wesir. Sein Leben kannte in Wirklichkeit weder persönliches Glück noch Genuß, es war einzig und allein der Anbetung seines eigenen Ichs und dem Kampf gegen Ausgaben jeglicher Art, einerlei aus welchem Anlaß und zu welchem

Zweck, gewidmet. Grenzenlos grausam in seiner Boshaftigkeit, hatte er im Grunde gar keinen Vorteil durch sie, denn er verlangte nichts vom Leben, als dieser Boshaftigkeit frönen zu können.

Ein Mensch von gedrungener, voller Gestalt, ohne Bartwuchs, mit einer gelben, dünnen und durchsichtigen Haut, die so aussah, als gäbe es unter ihr weder Knochen noch Muskeln, sondern nur eine farblose Flüssigkeit oder Luft – das war Baki. Seine aufgeschwemmten gelben Wangen hingen wie schlaffe Säcke. Über ihnen schwammen zwei unstete Augen, die blau und hell waren wie die Augen eines kleinen Kindes, aber immer etwas Sorgenvolles und Mißtrauisches im Blick hatten. Diese Augen kannten kein Lachen. Hemd und Oberkleid Bakis hatten einen tiefen Ausschnitt, der Hals war aufgebläht und lag in drei tiefen Falten, wie man sie bei blutarmen, dicken Frauen oft beobachtet. Der ganze Mensch glich einer faltigen Riesenblase, die zischend zusammenschrumpfen würde, wollte jemand nur mit einer Nadel hineinstechen. Der ganze Körper bebte schon, wenn er atmete, und er zitterte aus Angst vor jeglicher Berührung, womit es auch immer sei, sofern es nicht ein Teil von ihm selbst war.

Er verstand keinen Spaß und kannte keine Zerstreuung. Er sprach wenig, und was er sagte, war wohlüberlegt und auf das Notwendigste beschränkt. Begeistert vertiefte er sich in das Hineinhorchen und Beobachten seines Ichs und alles dessen, was er als sein eigen ansah. Hätte er über zwei Leben verfügt, so hätten beide nicht für diese Beschäftigung ausgereicht. Er aß wenig und trank nur Wasser, denn er verwendete weder seine Zähne zum Kauen noch seinen Magen zum Verdauen, und der Bissen, den er sich versagte, mundete ihm besser als der andere, den er verzehrte. Wenn er aber schon gezwungen war, zu essen, so machte er sich jedes Krümelchen vorher zurecht, er drehte es zu einer Kugel und betrachtete es mit inniger Zärtlichkeit, war es doch bestimmt, ein Stück seines Leibes zu werden.

Diesen Mann fror es immer, überall und zu jeder Jahreszeit.

Seine empfindliche Haut und sein schlaffer Körper vertrugen
es nicht, daß er sich mit vielen Gewändern bekleidete, wie es
eigentlich nötig gewesen wäre. Jede Berührung mit Kleidersäumen und Nähten schmerzte ihn, sie konnte ihm die ganze
Stimmung verderben, ihn vor Mitleid mit sich selbst zerfließen lassen. Sein Leben lang war er auf der Suche nach warmen, leichten, weichen Stoffen, und er bekleidete und beschuhte sich auf seine Art; er trug weite, bequeme, einfache
Kleider und Schuhe – ohne Rücksicht auf die Umwelt und auf
den herrschenden Geschmack. Einer seiner Träume war der
von der Wärme. Er träumte immer von einem Kämmerchen,
ohne jede Einrichtung, das von einem unsichtbaren, stets
gleichmäßigen und ununterbrochenen Feuer von allen Seiten
erwärmt wurde und dabei hell, sauber und gut durchlüftet war.
Eine Art Tempel für sein Ich, eine geheizte Gruft, aus welcher
er jedoch auf seine Umwelt einen machtvollen, dauernden Einfluß ausüben könnte, zu seinem eigenen Wohlgefallen und
zum Schaden der anderen. Baki war nämlich nicht nur ein
lächerlicher Geizkragen und eigensüchtiger Sonderling, sondern auch eine Klatschbase, ein Zuträger und Verleumder, der
vielen das Leben vergällte und mehr als einem Menschen dazu
verholfen hatte, seinen Kopf zu verlieren. Das galt vor allem
für Bakis ruhmreiche Zeit, als Ibrahim-Pascha Großwesir gewesen war und Baki selbst zur engeren Umgebung großer Persönlichkeiten gehört und nahe am Brennpunkt der Ereignisse
gestanden hatte. Damals hieß es von ihm: »Wem Baki den Kupferteller umstülpt, der ißt nie mehr zu Mittag.« Aber auch
heute noch, da er fern in der Verbannung, ohne Verbindungen
und ohne Einfluß alt und eher lächerlich als gefährlich geworden war, hörte er nicht auf, an die verschiedensten Persönlichkeiten in Stambul Briefe zu verschicken. Aus lauter Gewohnheit denunzierte und verdächtigte er, wen immer er nur konnte
und von wem er etwas zu wissen glaubte. Er brachte es auch
jetzt noch fertig, manche Nacht verkrampft und gebückt, aber
mit Wohlbehagen über einem kleinen Blatt Papier zu hocken,
so wie andere ihre Nächte in froher Gesellschaft oder im Lie-

besrausch verbringen. Er tat das alles ganz selbstverständlich, fast immer ohne persönlichen Vorteil, aus innerem Zwang, ohne Schamgefühl und ohne Gewissensbisse, ja ohne Angst.

Wer immer im Konak lebte, haßte den Schatzmeister, und er wiederum haßte alle, die ganze Schöpfung einbegriffen. In seiner krankhaften Sparsucht und Lust am Rechnen wollte er weder einen Gehilfen noch einen Schreiber haben. Den ganzen Tag über Geld gebeugt, flüsterte er vor sich hin wie im Gebet, zählte immer wieder die Summen nach und machte sich mit einem kurzen, stumpfen Federkiel auf kleinen, ungleichen Papierfetzen seine Notizen. (Das Papier stahl er den anderen Beamten.) Er bespitzelte alle im Konak, schlug auf Jüngere ein und vertrieb sie aus dem Dienst, er langweilte den Wesir mit seinen Zuträgereien und Verleumdungen über Ältere, mit seinen ewigen Beschwörungen, der Wesir möge dem Verschleudern und Schadenstiften Einhalt gebieten und es verhindern. Er kämpfte gegen jede Ausgabe und Verschwendung, gegen jeglichen Genuß und alle Freude, ja fast gegen jede Aktivität überhaupt, denn nicht nur die heiteren und sorglosen Menschen, auch die gesprächigen, unternehmungslustigen galten ihm als Nichtstuer und gefährliche Vergeuder. Es kam zu komischen und traurigen Vorfällen in seinem Kampf gegen das Leben selbst. Bestochene Spitzel mußten ihm hinterbringen, in welchem Zimmer das Licht länger brannte als nötig, er wog und maß ab, wieviel jemand aß und trank, und die Zwiebelsprossen im Garten guckten kaum aus der Erde, da zählte er sie schon. In Wirklichkeit kosteten all die Maßnahmen mehr an Auslagen und Anstrengungen, als der verhinderte Schaden ausgemacht hätte. (Tahir Effendi bemerkte gern im Scherz, Bakis Eifer brächte dem Wesir mehr Schaden und Verlust als die Fehler und Laster der übrigen Beamten zusammen.) Dick und asthmatisch, wie er war, stieg er immer wieder auf den Dachboden und in die Keller. Obgleich er alles registrierte, kennzeichnete und beaufsichtigte, verschwand dennoch alles aus seinen Augen. Er bekämpfte verzweifelt den natürlichen Lauf der Dinge im Leben: Am liebsten hätte er das Leben auf der ganzen Erde ausgelöscht, so wie man im Zimmer unnötig brennende Kerzen mit dem angefeuchteten Daumen und Zeigefinger löscht, und wäre dann neben dem verloschenen Lebensdocht im Dunkeln allein geblieben, um die Freude auszukosten, daß nun für alle die ewige Nacht gekommen sei, daß endlich niemand mehr lebe, also auch keiner mehr etwas verschwende, und daß nur er allein noch atme und als Sieger und Zeuge seines Triumphes existiere.

Er war auf die Reichen schlecht zu sprechen, die viel besaßen und ihr Eigentum verbrauchten und verschleuderten, aber die, die gar nichts besaßen, die schwarze, ewige Armut, diesen Drachen mit Millionen von unersättlichen Mäulern, haßte er mit besonderer Inbrunst. Wenn man ihn im Konak aufstacheln wollte, pflegte der eine oder andere an ihn heranzutreten und in der Unterhaltung mit übertrieben trauriger Miene und mitleidiger Stimme von irgend jemand zu erzählen, er verdiene Beachtung, weil er arm sei. Mit der Sicherheit eines Mechanismus sprang dann Baki von seinem Platz auf, vergaß sich und schrie mit seiner Fistelstimme:

»Was hast du mit den Armen zu schaffen? Was klebst du dich an das Bettelvolk? Laß es stromabwärts treiben, wie es treibt. Bin ich Gott, daß ich Arme in Reiche verwandeln kann? Er selbst tut es ja auch nicht mehr! Auch er hat die Armen satt.«

Dann neigte er das Haupt, senkte bedauernd seine Stimme und äffte sein Gegenüber nach:

»Weil er arm ist! Na und? Was ist schon dabei, wenn der Mann arm ist? Und seit wann ist es denn eine Ehre, arm zu sein? Ist das vielleicht irgendein Titel, der einen Rechtsanspruch verleiht? ›Er ist arm!‹ Das klingt wie ›Er ist ein Hadschi!‹ oder ›Er ist ein Pascha!‹.«

Dann hob er seine Stimme und blickte, schäumend vor Wut, dem anderen ins Gesicht.

»Wozu frißt er, wenn er arm ist? Kein Mensch ißt soviel wie ein Armer! Warum spart der Mann nicht?«

Baki lobte die Bosniaken als schlichte und enthaltsame Menschen, und er lobte sie, weil ihre Armen nicht aufdringlich waren, nicht bettelten und den Menschen nicht förmlich überfielen, wie sie es in Stambul und Saloniki tun, sondern still und geduldig ihre Armut ertrugen. Die Travniker konnte er nicht ausstehen, da ihm ihre Vorliebe für Schmuck aufgefallen war und weil sie sich fast ausnahmslos gern schön kleideten. Die Männer mit den breiten Schärpen und den Hosen mit den vielen seidenen Troddeln, die Frauen mit ihren Feredsches aus schwerem Tuch und mit goldgestickten Schleiern über ihren Gesichtern, sie alle ärgerten ihn, denn er mühte sich vergeblich, herauszufinden, wieso das Volk zu soviel Geld kam, wieso die Leute es fertigbrachten, die teuren, unnötigen Sachen, die sich doch so schnell abtrugen und verbrauchten, zu kaufen und immer wieder zu erneuern. Ein Schwindel erfaßte ihn bei dem Gedanken an die schier turmhohen Rechnungen. Wenn jemand in der Unterhaltung anfing, die Travniker zu verteidigen und zu beweisen, wie schön es doch sei, sie so sauber und stets gut angezogen in der Čaršija zu sehen, sprang ihm Baki ins Gesicht.

»Sie sollen meinetwegen sauber sein! Aber woher haben sie das Geld für solche Kleider? Na, woher? Ich frage dich, woher kommt das Geld in dieses dörfische Nest?«

Wenn sich nun sein Partner weiter verstellte, die Travniker lobte und ihren Aufwand an Kleidung billigte, geriet der Schatzmeister in noch größeres Fieber. Seine blauen, bekümmerten Augen, die gleichzeitig unwiderstehlich komisch schauten, verfärbten sich auf einmal zu einem gewitterhaften Violett, wurden boshaft und glänzend. Dann bewegte er sich wie ein besessener Derwisch schnell auf seinen kleinen, kaum sichtbaren Beinen, die in den dicken Körper hineingewachsen schienen, und fuchtelte mit seinen kurzen Armen in der Luft herum. Schließlich stand er breitbeinig mitten im Zimmer mit seinen ausgebreiteten Armen und den auseinandergespreizten, plattgedrückten Fingern und zischte geifernd, von Mal zu Mal schneller und schärfer:

»Woher das Geld? Woher das Geld? Wo-her die-ses vie-le Geld?«

Hier ging der Spaßvogel, der nur gekommen war, ihn aufzustacheln und in Wut zu versetzen, fort und ließ den verzweifelten Schatzmeister mitten im Zimmer ohne Antwort zurück, wie einen Ertrinkenden, der ohne Hoffnung und Hilfe auf dem wütenden Ozean der unübersehbaren Ausgaben und unentwirrbaren Rechnungen dieser vernunftlosen, armseligen Welt trieb.

Am besten kannte Ešref Effendi, der kranke Leibarzt des Wesirs, den Schatzmeister, er wußte am meisten über ihn zu erzählen. Von ihm hatte auch d'Avenat das meiste über Baki erfahren.

Ešref Effendi saß mit ausgestreckten Beinen, die in Tuchstiefeln steckten, in der Sonne, die langen mageren, narbengezeichneten Hände, auf denen die Adern hervortraten, auf seine Knie gestützt, und erzählte mit seiner tiefen, heiseren Jägerstimme:

»Ja, jetzt ist er nur noch komisch und fast am Ende seiner Kräfte. Nicht einmal eine Sau würde sich mehr an ihm scheuern, aber man muß den Kerl früher gekannt haben. Man darf ihn auch heute nicht unterschätzen. Es heißt zwar, er sähe gelb aus und seine Hände zitterten. Das stimmt schon, man würde aber irren, wenn man daraus den Schluß zöge, er habe nicht mehr lange zu leben oder sei nicht mehr, soweit es seine Kraft erlaubt, schädlich und gefährlich für alles, was da lebt und um ihn ist. Zugegeben, er ist gelb wie eine verwelkte Quitte, aber er war nie anders, er kam schon so zur Welt. Über fünfzig Jahre kriecht dieser Mensch auf Gottes Erde herum, hustet, niest, stöhnt, pustet und faucht nach allen Seiten wie eine aufgestochene Blase. Von dem Tage an, als er das erstemal den Fußboden bekleckerte, auf dem ihn seine Mutter gebar, besudelt er seine Umwelt und siecht so dahin. Zur Hälfte verbrachte er sein Leben mit lang anhaltenden, hartnäckigen Verstopfungen und zur anderen Hälfte mit schrecklichen Durchfällen, hin und her rennend über den Hof, in der Hand den Tonkrug für die Waschungen. Aber das hindert ihn ebensowenig wie sein ewiges Zahnweh, seine Schlaflosigkeit, seine Ausschläge und

Blutungen daran, daß er wie ein Fäßchen kullert und mit der Schnelligkeit einer Schlange und mit der Kraft eines Bullen Unheil stiftet, Unheil aller Art, an allem und gegen jeden. Ich lehne mich ebenfalls dagegen auf, wenn man von ihm sagt, er sei ein Geizhals. Nein, das ist eine Beleidigung für alle Geizhälse. Der Geizhals liebt sein Geld oder wenigstens seine Knausrigkeit und ist bereit, vieles dafür zu opfern, aber der da liebt nichts und niemanden außer sich selbst, und er haßt alles in der Welt, die lebenden Menschen und die toten Gegenstände. Nein, er ist kein Geizhals, sondern ein Lump. Er ist wie der Rost, der das Eisen anfrißt.«

Ešref Effendi beendete seine Charakteristik mit einem spröden Lachen.

»Ach, ich kenne ihn wie kaum jemand, auch wenn er mir nie etwas anhaben konnte. Wissen Sie, ich war stets nur ein Jäger, ein freier Mann, und solche wie ihn habe ich immer mit Leichtigkeit in den Sack gesteckt.«

Außer diesen maßgeblichen Persönlichkeiten gelang es d'Avenat, auch die übrigen wichtigen Beamten bis ins kleinste kennenzulernen und dem Konsul über sie zu berichten.

Da war noch der schwarze, hagere Archivar Ibrahim Effendi, von dem es hieß, er sei unbestechlich. Ein schweigsamer, zurückhaltender Mann, der sich nur um seine zahlreichen Kinder und um die Korrespondenz und das Archiv des Wesirs kümmerte. Sein Leben war ein Kampf mit ungeschickten, pflichtvergessenen Schreibern, Kurieren und Postleuten und mit den Papieren, die, wie verhext, nie in Ordnung kamen. Den Tag verbrachte er in einem halbdunklen Zimmer voller Schubladen und Regale. Hier herrschte eine nur ihm bekannte Ordnung. Verlangte man von ihm die Abschrift eines Dokuments oder irgendeinen alten Brief, geriet er jedesmal in Aufregung, als geschähe etwas ganz Unerwartetes, Unerhörtes, er sprang auf, blieb mitten im Zimmer stehen und faßte sich, nachdenkend, mit beiden Händen an die Schläfen. Seine schwarzen Augen schielten plötzlich und »schauten auf zwei einander gegenüberstehende Regale zugleich«, so erzählte Ešref Effendi.

Dabei murmelte er den Namen des gesuchten Dokuments ununterbrochen vor sich hin, immer schneller, immer kürzer, immer undeutlicher, bis sich das Gemurmel in ein einziges langgezogenes Näseln verwandelte. Auf einmal brach das unverständliche Näseln wieder ab, der Archivar machte einen Satz, als wolle er nach einem Vogel haschen, und fuhr mit beiden Händen in eines der Fächer. Dort lag dann für gewöhnlich das gesuchte Schreiben. Ließ es sich aber zufällig einmal dort nicht auffinden, kehrte er in die Zimmermitte zurück und begann seine »innere Sammlung« von neuem, näselte wie vorhin und sprang wieder mit einem Satz an eine andere Stelle. Das ging so, bis das Gesuchte gefunden war.

Der Kommandant der »Leibgarde« des Wesirs war der heitere, leichtsinnige Bechdžet, ein Mann von unverwüstlicher Gesundheit, recht wohlgenährt und mit rotem Gesicht, ein tapferer Soldat, aber ein unverbesserlicher Würfelspieler und Faulenzer. Die zwei Dutzend Infanteristen und Reiter, die des Wesirs bunte Garde bildeten, machten Bechdžet weder viel Sorge noch Arbeit. In der Hauptsache regelte sich die Angelegenheit dadurch, daß er sich nicht um sie und sie sich nicht um ihn kümmerten. Die Männer würfelten, aßen, tranken und schliefen. Die schwerste und zugleich die wichtigste Aufgabe des Kommandanten war sein Kampf mit dem Schatzmeister Baki, wenn es galt, den Monatssold oder besondere Ausgaben für sich und seine Soldaten ohne große Schereien aus ihm herauszuquetschen. Dabei ereigneten sich oft unglaubliche Szenen. Es gelang dem Schatzmeister mit seiner Haarspalterei und seiner Gehässigkeit, den gutmütigen Bechdžet so sehr aus der Fassung zu bringen, daß er das Messer zog und drohte, den Geizkragen wie Fleisch, das er auf dem Rost braten wollte, in Stücke zu zerhacken. Der sonst ängstliche, schwache Baki aber stürzte sich bedenkenlos auf das blanke Messer Bechdžets, um die Geldlade zu verteidigen, ganz blind vor Haß und Ekel diesem Verschwender gegenüber. Er verbürgte sich mit seinem Seelenheil, daß er, noch ehe er stürbe, Bechdžets Kopf, aufgespießt auf einen Pfahl, sehen würde, dort an dem Steilhang unter dem Friedhof, wo die Köpfe der Verbrecher gezeigt wurden. Schließlich endete alles damit, daß der Kommandant sein Geld doch erhielt und laut lachend das Zimmer verließ, während Baki, über die Schublade gebeugt, zurückblieb und die leere Stelle darin wie eine Wunde streichelte, bereit, zum hundertstenmal zum Wesir zu gehen und sich über diesen Brudermörder und Erzräuber von Kommandanten zu beklagen, der schon seit Jahren die Kasse attackierte und ihm das Leben verbitterte. Mit der ganzen Inbrunst seiner Buchhalterseele wünschte er aufrichtig den Sieg des Rechts und der Ordnung herbei und wollte wirklich den Tag erleben, an dem der freche, hohle Kopf Bechdžets von einem Zaun heruntergrinste.

Den Wesir zu vertreten oblag Sulejman-Pascha Skopljak, der die gleiche Stellung, wie wir wissen, schon beim früheren Wesir innegehabt hatte. Er war selten in Travnik, doch wenn er da war, brachte er dem österreichischen Konsul mehr Verständnis und Wohlwollen entgegen als dem französischen. Trotzdem war dieser Bosniake in dem ganzen Allerweltsgewürfel des Konaks der einzige Mann, bei dem man mit gewisser Sicherheit darauf rechnen durfte, daß er das Wort, das er gegeben, auch zu halten gedachte und halten konnte.

X

Die Zeit der Konsuln brachte Bewegung und Unruhe in die Wesiratsstadt. In mittelbarem oder unmittelbarem Zusammenhang mit ihnen erlebten viele ihren Aufstieg, viele strauchelten und stürzten, vielen blieb davon etwas Gutes im Gedächtnis, anderen etwas Böses.

Aber warum hat der Barbierlehrling Salko Maluhija, der Sohn einer armen Witwe, von den Knechten des Beg Hafizadić Prügel bezogen? Warum behielt er die Zeit der Konsuln dieses Mißgeschicks wegen in Erinnerung, obwohl er weder zu den Beamten des Sultans noch zu den Begs und Ajanen, noch zu den Geistlichen, noch zu den Geschäftsleuten der Čaršija gehörte?

Hier war eine jener Mächte im Spiel, die in uns und um uns kreisen, uns im Leben erheben, vorwärtstreiben, aufhalten oder zu Boden werfen. Eine Macht, die wir kurz Liebe nennen, trieb Salko, den Barbier, dazu, in den Zaunhecken des Hafizadić herumzuklettern und sich dabei Schrammen zu holen sowie auf Bäume zu steigen, nur um die Tochter des österreichischen Konsuls – Agathe – mit eigenen Augen zu sehen.

Wie alle ernsthaften Liebhaber sprach Salko nicht von seiner Liebe, und er verriet sie auch nicht durch sein Verhalten, aber er fand einen Ausweg, seine Sehnsucht wenigstens etwas zu stillen.

In seiner freien Stunde um die Mittagszeit schlich er unbemerkt in den Stall des Hans und kroch von dort durch die Öffnung, durch die man sonst den Mist hinauswarf, in ein Gebüsch; von hier konnte er den Garten des Konsuls und darin sie, die Tochter des Konsuls, fast regelmäßig beobachten. Zu ihr zog ihn etwas hin, was größer und stärker war als alle Kraft, über die sein schwächlicher Jungenkörper verfügte.

Zwischen dem Zaun und dem Garten des Konsulats lag ein schmaler, vernachlässigter Pflaumengarten der Begfamilie Hafizadić, aber hinter ihm sah man gut und deutlich den europäisch gepflegten Garten des Konsuls. Wege waren darin eingeschnitten, und die Maulwurfshügel waren eingeebnet. In der Mitte hatte man stern- und kreisförmige Blumenbeete angelegt und Stöcke mit roten und blauen Glaskugeln in die Erde geschlagen.

Der ganze Erdboden ringsum war feucht und sonnenbeschienen, deshalb ging alle Saat gut auf, sie wuchs schnell, blühte üppig und trug reiche Frucht.

Hier konnte Salko die Tochter Herrn von Mitterers erblicken. Eigentlich sah er sie auch in der Stadt, wenn sie mit ihrem Vater vorbeifuhr, aber das kam so selten vor und geschah so schnell, daß er gar nicht wußte, wohin er zuerst schauen sollte: auf die Uniform des Konsuls, auf den gelblackierten Wagen oder auf das Fräulein, das seine Beine stets fest in eine graue Wagendecke gewickelt hatte, in die eine rote Krone und ein Monogramm gestickt waren. Dieses Mädchen, dessen Augenfarbe er aus der Entfernung nie zu erkennen vermochte, konnte er nun aus der Nähe betrachten, wie es sich allein, sich unbeobachtet wähnend, im Garten vor der Veranda des Erdgeschosses bewegte, die im Frühling in Ordnung gebracht und mit einer gläsernen Wand versehen worden war.

Verborgen vor den Augen der Menschen, lugte Salko in hockender Stellung, heimlich, mit halbgeöffnetem Mund und verhaltenem Atem durch die Zaunlatten. Überzeugt, allein zu sein, trat das Mädchen zu den Blumen, beguckte sich die Rinden der Bäume und sprang von einem Wegrand zum anderen. Dann wiederum hielt es inne, schaute bald zum Himmel, bald auf die Hände. (So wie junge Tiere einen Augenblick im Spiel verhalten, wenn sie nicht wissen, was sie mit ihren Gliedern anfangen sollen.) Und nun begann Agathe von einem Ende des Gartens zum anderen zu schlendern, sie schwenkte die Arme und klatschte rhythmisch in die Hände, einmal vorn, einmal hinter dem Rücken. Ihre Gestalt, angetan mit einem hellen Kleid, brach sich, zusammen mit dem Himmel und dem Grün des Gartens, seltsam verzerrt in den leuchtenden bunten Zierkugeln.

Salko vergaß sich und die Welt darüber, er verlor jedes Gefühl für Zeit, Raum und den eigenen Körper. Erst wenn er sich zum Fortgehen erhob, spürte er, wie seine Füße beim Hocken eingeschlafen waren und wie ihm Finger und Nägel, verdreckt von Erde und abgeschürfter Rinde, weh taten. Und noch danach, im Barbierladen, wo er oft, weil er zu spät kam, Prügel bekam, klopfte sein Herz aufgeregt und beklommen. Aber am folgenden Tag konnte er es kaum erwarten, daß er sein karges Mittagessen eingenommen hatte, schnell lief er auf und davon und stahl sich durch den Stall bis zum Zaun des Hafizadić, schon vorher zitternd, einmal aus Angst, ertappt zu werden, dann aber auch vor freudiger Erwartung.

Eines Tages, an einem hellen, stillen Nachmittag nach einem verregneten Vormittag, war das Mädchen nicht im Garten. Die Beete waren feucht und die Pfade von den starken Schauern festgestampft. Die Glaskugeln, vom Regen sauber gewaschen, blinkten und spiegelten im Sonnenschein lustig die wenigen weißen Wolken wider. Als Salko bemerkte, daß das Mädchen nicht im Garten war, schwang er sich, von Sehnsucht und Ungeduld getrieben, auf den Zaun, von dort auf einen alten Pflaumenbaum, der dicht neben dem Zaun stand und der von üppigem Holundergebüsch umgeben war. Er äugte durch das dichte Blattwerk des Holunders.

Die Fenster der Veranda standen weit offen, und in den Scheiben spiegelten sich die Sonne und der klare Himmel. Um so kühler erschien das Verandazimmer innen. Salko konnte alles gut unterscheiden: den roten Kelim auf dem Fußboden und die merkwürdigen Bilder an der Wand. In einem kleinen, ganz niedrigen Stühlchen saß die Tochter des Konsuls. Auf dem Schoß hielt sie ein großes Buch, aber immer wieder schaute sie auf und ließ ihre Augen bald im Zimmer umherschweifen, bald durch das Fenster hinauswandern. Die neue Stellung, in der er sie bisher noch nie erblickt hatte, erregte ihn noch mehr. Je mehr Schatten auf dem Mädchen lag und je weiter es von ihm entfernt war, um so länger mußte er es betrachten. Er hatte Angst, er könnte mit dem Fuß abrutschen oder ein Zweig könnte brechen. Salko zerfloß vor Wonne, Agathe so still sitzen zu sehen, da ihr Gesicht im Schatten noch schmaler und noch blasser erschien, und er dachte unentwegt, es müßte noch etwas geschehen, etwas noch Aufregenderes, Ungewöhnlicheres, wie ja auch der ganze regnerische Tag unwirklich war. Dann wieder versuchte er, sich selbst zu versichern, es werde nichts geschehen. Was sollte denn auch geschehen? Und dennoch, es wird etwas geschehen.

Plötzlich legt das Mädchen beide Hände flach auf das aufgeschlagene Buch. Er hält den Atem an, und seine Gedanken stocken. – Es wird, ja es wird etwas geschehen. – Und tatsächlich, sie erhebt sich langsam und unentschlossen, faltet die Hände und löst sie wieder und fügt dann nur die Fingerspitzen zusammen. Sie betrachtet ihre Nägel. – Es wird etwas geschehen! – Dann löst sie jäh die Finger, als zerrisse sie etwas Dünnes und Unsichtbares, schaut an sich herab, hebt leicht die Arme vom Körper und beginnt langsam auf dem roten Kelim zu tanzen.

Sie neigt den Kopf etwas zur Seite, als lausche sie, und schaut mit gesenkten Augen auf ihre Schuhspitzen. Ihr Gesicht ist unbewegt, verzückt; Schatten und Licht des regnerischen Tages spielen darauf, sooft sie sich bewegt.

Salko hat alles um sich herum vergessen, weil er das Erahnte tatsächlich vor seinen Augen sich abspielen sieht, er klettert vom Stamm auf kleine Äste, erhebt sich über den Zaun und reckt sich immer noch höher, sooft sie im Tanz ihren Fuß weiter vorstreckt. Er schmiegt sein Gesicht dicht an das Laub und an die junge Rinde. Sein ganzes Inneres hüpft und stirbt fast vor Unruhe. Es ist schwierig, soviel Wonne in einer solchen unbequemen Stellung zu ertragen. Das Mädchen hört nicht auf zu tanzen. Wenn sie die gleiche Figur das zweite- und drittemal wiederholt, durchrieselt seinen ganzen Körper ein Entzücken, als sähe er etwas Liebliches, Wohlvertrautes.

Auf einmal kracht es in der Baumkrone. Der Ast unter ihm bricht und gibt nach. Salko fühlt, wie er durch die Holunderblätter stürzt, wie ihn die Zweige schürfen und peitschen und wie er zweimal aufschlägt, einmal mit dem Rücken, ein zweites Mal mit dem Kopf.

Über den Zaun stürzt er kopfüber in den Garten des Hafizadić. Erst fällt er auf die Latten, dann von den Latten auf die Erde zwischen wurmstichige, fäulnisgrüne Bretter, die eine Jauchegrube verdecken. Die morschen Bretter brechen unter der Wucht des Aufschlags, und er versinkt bis zu den Knien in Dreck und Morast.

Als er sein schmutziges, zerschundenes Gesicht wieder hob und die Augen aufsperrte, sah er über sich eine Küchenmagd des Hafizadić, eine Greisin, deren Gesicht welk und verhutzelt aussah wie das seiner Mutter.

»Lebst du noch, du Ärmster? Aber welcher Teufel hat dich auch in diese Grube gejagt?«

Aber er blickte nur um sich, um einen letzten Schimmer der

Schönheit zu erhaschen, die ihn in seiner luftigen Höhe, aus der er heruntergefallen war, eben noch angestrahlt hatte. Die Worte der alten Frau hörte er wohl, aber er verstand sie ebensowenig, wie er die vom anderen Ende des Gartens herbeilaufenden, Knüppel schwingenden Knechte des Hafizadić verstand, die er mit aufgerissenen Augen kommen sah; er konnte sich weder zurechtfinden noch begreifen, was mit ihm vorging und was die Leute von ihm wollten.

Das einsame und traurige kleine Mädchen setzte die Spaziergänge und unschuldigen Spiele im Garten und auf der Veranda fort, nicht wissend, was sich im Nachbargarten ihretwegen zugetragen hatte, wie sie auch vorher nicht geahnt hatte, daß sie beobachtet wurde.

Salko blieb nach den im Garten des Hafizadić erhaltenen Prügeln und nach den Ohrfeigen, die er seiner Verspätung wegen in der Barbierstube einsteckte, ohne Nachtessen. So pflegte ihn seine Mutter, eine verwelkte, früh gealterte Frau, die durch die Armut verhärmt, streng und bissig geworden war, zu strafen. Nach dem Vorfall stahl sich der Junge nicht mehr in fremde Gärten, er kletterte auch nicht mehr auf Zäunen und Bäumen herum, um zu sehen, was seine Augen nichts anging. Er blieb fortan im Laden und träumte, noch trauriger und blasser als vorher, von dem wunderschönen fremden Mädchen. Es tanzte jetzt so, wie es seine Sehnsucht ihm vorzaubern wollte und konnte, und es bestand für ihn von nun an keine Gefahr mehr, in Jauchegruben fremder Leute zu fallen und dabei erwischt und verprügelt zu werden.

Und dennoch, auch erträumte Schönheit wird teuer bezahlt. Wenn Salko, die Seifenschale in seinen dünnen bläulichen Fingern, neben dem dicken Meister stand, der den Schädel irgendeines Effendis rasierte, bemerkte der Meister den geistesabwesenden Blick seines Lehrlings und gab ihm mit Blicken und einer gewohnten Handbewegung den Wink, seine Aufmerksamkeit lieber auf das Rasiermesser des Meisters zu heften, damit er von ihm lerne, statt mit verlorenem Blick durch die Ladentür in die Ferne zu gaffen. Der Junge zuckte zusammen, sah erschrocken den Meister an und richtete folgsam den Blick auf das Rasiermesser. Aber schon in der nächsten Minute sahen seine wiederum geistesabwesenden Augen auf der bläulich glänzenden kahlen Stelle, die das Messer des Meisters auf dem Schädel des Effendis hinterließ, einen paradiesischen Garten und darin ein Mädchen, beschwingt und von fremdartigem Aussehen. Sobald der Meister erneut Salkos Zerstreutheit bemerkte, fiel die erste Maulschelle mit der freien Linken, an deren Zeigefinger dicker Seifenschaum klebte. Die ganze Kunst bestand dann darin, die Seifenschale nicht aus der Hand gleiten zu lassen und die Backpfeife ruhig hinzunehmen, denn dann kostete es ihn nur die eine. Andernfalls prasselten die Ohrfeigen wie Regentropfen, und auch der Tschibuk bekam zu tun.

So heilte Meister Hamid den Lehrling von seiner Verträumtheit, trichterte ihm Verstand ein, trieb ihm die Flausen und den Hang zum Nichtstun aus und bemühte sich, seine Aufmerksamkeit auf die Arbeit zu lenken.

Aber jene Macht, über die wir eingangs gesprochen haben, erschien wie ein unterirdisches Gewässer unvermutet und unerwartet auch an anderen Orten und unter veränderten Umständen, und sie strebte danach, so weit wie möglich um sich zu greifen und in immer mehr Menschen beiderlei Geschlechts die Oberhand zu gewinnen. So tauchte sie auch dort auf, wohin sie nicht gehörte und wo sie sich infolge des Widerstandes, auf den sie stoßen mußte, auf keinen Fall halten konnte.

Schon seit ihrer Ankunft besuchte Frau von Mitterer die katholischen Kirchen und Kapellen in der Umgebung Travniks und bedachte sie mit Spenden. Sie tat das nicht so sehr aus eigenem Bedürfnis als auf das Zureden des Obersten, dem daran gelegen war, seinen Einfluß auf den katholischen Klerus und die katholische Bevölkerung zu festigen.

Aus Wien wurden Steingutvasen bestellt, leichte Kerzenhalter und vergoldete Zweige, alles billige und geschmacklose, aber hierzulande seltene oder nie gesehene Dinge. Die Frau Konsul spendete dem Kloster in Guča Gora und den Pfarreien armer bäuerlicher Kirchspiele in der Nähe von Travnik Brokatstickereien, Stolen und Meßgewänder, aus Zagreb besorgte Handarbeiten dortiger katholischer Nonnen.

Aber selbst in diesem Wirken, das nützlich und gottgefällig sein sollte, verstand es Anna Maria nicht, maßzuhalten. Sie ließ sich hierbei, wie gewöhnlich, von ihrer extravaganten Veranlagung hinreißen, in deren Folge alles, was sie unternahm, sich ins Groteske verwandelte und einen falschen Weg einschlug. Mit ihrem Übereifer erregte sie bald bei den Türken Argwohn und ängstigte und verwirrte die ohnehin verschüchterte und mißtrauische Dolacer Gemeinde und die Mönche. Sie verfuhr mit den Geschenken und deren Verteilung launisch und eigenwillig, drang in die Kirchen ein, ordnete die kirchlichen Geräte auf den Altären nach ihrem Geschmack, gab Anweisung, daß man die Kirche durchlüftete und scheuerte und die Wände weißte. Die Ordensbrüder, die vor jeder Neuerung zurückschreckten und es nicht gern sahen, wenn jemand in ihre Angelegenheiten, sei es auch in bester Absicht, hineinredete, verfolgten das alles anfangs mit Unbehagen, um sich schließlich einander nur noch vielsagende Blicke zuzuwerfen und sich zu vereintem Widerstand zu verschwören.

Dem Kaplan des unmittelbar benachbarten Dorfes Orašje verursachte Frau von Mitterers inbrünstiger Eifer wahre Stunden der Versuchung. Der Kaplan, der Fra Mijat Baković hieß, übte zu jener Zeit die Seelsorge allein aus, denn sein Pfarrer, der gleichfalls Fra Mijat hieß, aber gewöhnlich Kolar genannt wurde, war in Ordensgeschäften unterwegs. Der Kaplan, ein schwächlicher, kurzsichtiger, noch junger Mann, neigte zur Verträumtheit. Er litt sehr unter der Öde und dem harten Leben des Dorfes, und im Ordensleben stand er noch nicht fest genug auf eigenen Füßen.

An diesen Kaplan heftete sich, bald Mutter, bald verliebte Frau spielend und förmlich glühend in der Rolle der Beschützerin, Anna Maria mit einer Aufmerksamkeit, die selbst Männer mit größerer Sicherheit und Erfahrung leicht aus dem Gleichgewicht brächte. Eine Zeit hindurch, im Frühsommer, ritt sie zwei-, dreimal in der Woche mit ihrer Begleitung zur Kirche nach Orašje, ließ den Kaplan rufen und gab ihm Weisungen für Kirche und Haushalt. Sie mischte sich in seine Hauswirtschaft ein, in seine Zeiteinteilung und in die innere Einrichtung des Gotteshauses. Der junge Frater schaute sie an wie ein nicht erwartetes, herrliches Traumbild, das viel zu schön und zu erhaben war, als daß er sich schmerzlos daran erfreuen konnte. Die schmalen weißen Spitzen an ihrem schwarzen Reitkostüm schimmerten um ihren Nacken, als seien sie aus Strahlen gewoben, und blendeten seine Augen, die es nicht wagten, der Frau gerade ins Gesicht zu sehen. In ihrer Anwesenheit bebte er wie im Fieber. Frau von Mitterer betrachtete voll Wonne die mageren zitternden Hände und das Gesicht des Geistlichen, der vor Scham verging, weil er wußte, daß er zitterte.

Wenn sie dann den Berg nach Travnik hinunterritt, blieb der Kaplan wie hingemäht auf der Bank vor dem alten Pfarrhaus zurück. Alles, das Dorf, die Kirche und seine Tätigkeit, erschien ihm maßlos nüchtern, trostlos und unerträglich. Aber alles leuchtete und blühte wieder auf, sobald er die Reiter aus Travnik kommen sah. Dann aber überfielen ihn von neuem das Zittern der Verwirrung und der quälende Wunsch, sich schnell und für immer von der blendenden und vernichtenden Schönheit frei zu machen.

Zum Glück für den Kaplan kehrte Fra Mijat Kolar bald in seine Pfarrei zurück, und der junge Mann erleichterte seine Seele durch eine gewissenhafte, aufrichtige Beichte. Kolar, einem kräftigen, lebhaften Fünfziger mit breitem Gesicht, einer Stupsnase und schrägen Augen, der ein erfahrener, umsichtiger, gesunder Mann mit Humor und Witz war, sehr belesen und redegewandt, fiel es nicht schwer, den Fall gleich zu übersehen und die Lage seines armen Kaplans zu erfassen.

Sofort schickte er den Kaplan zurück ins Kloster. Als Frau von Mitterer das nächstemal mit ihrer Begleitung angeritten kam, trat ihr anstelle des stets verlegenen Kaplans lachend und mit gelassener Ruhe Kolar entgegen, er setzte sich auf einen

Baumstumpf und antwortete der überraschten Frau des Konsuls auf ihre Vorschläge, die sich auf die Ausgestaltung der Kirche bezogen, prompt und ohne seine dicke Zigarre aus dem Mund zu nehmen:

»Ich frage mich, meine Gnädigste, warum du deine Füße auf diesen Dorfwegen abschindest, wenn dir doch der liebe Gott die Gunst einräumt, in deinem eigenen Heim in allem Wohlstand und auf weichen Kissen auszuruhen. Du wirst, und magst du noch so lange leben, unsere Kirchen und Kapellen nie in Ordnung bringen können, und wenn du den ganzen kaiserlichen Schatz an sie verteiltest. Wie wir sind, so sind auch unsere Kirchen; stände es besser darum, es würde nichts taugen. Folge meinem Rat: Schicke die Geschenke, die du für unsere Dorfkirchen vorgesehen hast, durch einen Boten. Sie kommen uns immer gelegen, und dir wird Gott es vergelten.«

Obwohl verletzt, begann Frau von Mitterer ein Gespräch über Kirche und Bevölkerung, Fra Mijat jedoch bog alle ihre Bemerkungen ins Witzige um. Als sie erbost ihren Rappen bestieg, zog der Frater das kleine Tonsurkäppchen von seinem struppigen Haar, verneigte sich in einer teuflischen wie auch demütigen und spöttischen Art und sagte:

»Du hast ein gutes Pferd, Gnädigste, ein Bischof müßte es reiten!«

Anna Maria kam nie wieder in die Kirche nach Orašje.

Zur gleichen Zeit etwa sprach auch der Pfarrer von Dolac mit Herrn von Mitterer über den Fall. Da die Klosterbrüder den Konsul als Freund und Gönner schätzten und ihn um keinen Preis kränken wollten, wählten sie den dicken, schwerfälligen, doch zugleich listigen und geschickten Fra Ivo, um dem Konsul auf irgendeine Weise zu verstehen zu geben, daß ihnen der Eifer der gnädigen Frau ungelegen käme, doch sollte er es ihm so sagen, daß er weder den Konsul noch die gnädige Frau verletzte. Fra Ivo, den die Türken nicht umsonst den »Überklugen« nannten, führte seinen Auftrag vorbildlich aus. Zuerst erzählte er dem Konsul, daß sie, die Mönche, aus Angst vor den Türken darauf achthaben müßten, mit welchem Fuße sie zuerst aufträten und erst recht mit wem sie Verkehr pflegten, daß ihnen die Geschenke, die Frau von Mitterer brachte, sehr zugute kämen und daß sie nicht aufhören würden, für sie und für den, von dem die Geschenke wären, zum lieben Gott zu beten. Kurz und gut, er ließ im Laufe des Gesprächs durchblicken, die Kirche würde auch weiterhin gern Geschenke entgegennehmen, nur dürfte Frau von Mitterer sie nicht persönlich bringen und in ihre Verwendung und Verteilung nicht hineinreden.

Aber Frau von Mitterer waren die Kirchen sowieso schon über, sie war enttäuscht von der Bevölkerung und den Mönchen. Ihr Unmut entlud sich eines Morgens über dem Oberst. Sie überschüttete ihn mit häßlichen Ausdrücken und Beleidigungen. Sie schrie, der französische Konsul tue ganz recht, wenn er sich mit den Juden abgäbe, denn die bewiesen eine bessere Erziehung als diese türkischen Katholiken. Sie brachte ihr Gesicht ganz nahe an das seine, schleuderte ihm, ihn anfunkelnd, die Frage ins Gesicht, was er denn sei: Generalkonsul oder Kirchendiener. Und sie gelobte, ihr Fuß würde in Zukunft weder eine Kirche noch überhaupt ein Dolacer Haus betreten.

So wurde der junge Kaplan von Orašje aus einer Situation befreit, die für Anna Maria eine Spielerei bedeutete, ihm aber Seelenqualen bereitete. Für Frau von Mitterer endete damit gleichzeitig die fromme Phase ihres Travniker Lebens.

Die Macht, von der wir hier schon die ganze Zeit sprechen, verschone auch das französische Konsulat auf dem anderen Ufer der Lašva nicht, denn sie schaut weder aufs Wappen noch auf die Fahnen.

Während Madame Daville im Erdgeschoß des »Dubrovniker Hans« ihre Kinder versorgte, Monsieur Daville über seinen ausführlichen Konsulatsberichten und verworrenen schriftstellerischen Plänen hockte, rang in dem Stockwerk über ihnen der »junge Konsul« mit der Einsamkeit und den Wünschen, die durch sie entstehen, aber von ihr nicht gestillt werden können. Er half Daville bei der Arbeit, machte Ausritte in die Umgebung, studierte die Sprache und Volksbräuche und schrieb an seinem Buch über Bosnien. Er tat alles, um seine Tage und

Nächte auszufüllen. Und dennoch, wenn man jung und lebensfroh ist, hat man noch genug Kraft und Zeit übrig für Wünsche, für die Einsamkeit selbst und für Irrungen, wie nur die Jugend sie kennt.

So fielen des »jungen Konsuls« Augen auf Jelka, ein Mädchen aus Dolac.

Wir haben gesehen, wieviel Zeit und Geduld Madame Daville nach ihrer Ankunft aufwenden mußte, um das Vertrauen der Ordensbrüder und das Wohlwollen der Bevölkerung von Dolac zu erringen. In der ersten Zeit wollten nicht einmal die Allerärmsten ihre Kinder in das französische Konsulat verdingen. Aber als die Leute Madame Daville kennengelernt und gesehen hatten, was die Mädchen, die zuerst bei ihr arbeiteten, alles gelernt hatten, fingen sie an, sich um eine Stellung bei der Frau des französischen Konsuls zu reißen. Gleich mehrere Dolacer Mädchen auf einmal arbeiteten bei ihr, teils waren sie im Haushalt beschäftigt, teils machten sie Handarbeiten, in denen Madame Daville sie unterwies.

In den Sommermonaten hatten sich drei, vier Mädchen bei ihr eingefunden, die stickten oder häkelten. Sie saßen auf einem breiten Altan unter dem Fenster, den Kopf über die Arbeit gesenkt, und sangen leise. Des Fossés kam oft auf seinem Weg zu Daville an den Mädchen vorüber. Dann ließen sie die Köpfe noch tiefer sinken, kamen aus dem Takt und brachen ihr Lied ab. Wenn der Jüngling den breiten Gang mit langen Schritten durchmaß, schaute er sich die Mädchen oft genauer an und warf ihnen wie zum Gruß ein Wort zu, auf das sie vor lauter Schüchternheit nicht antworten konnten. Es war auch wirklich schwer, darauf zu antworten, denn jedesmal war es ein anderes Wort, je nachdem welches er eben an dem Tag gelernt hatte, und es wirkte ebenso verwirrend auf sie wie sein gewandtes, selbstbewußtes Auftreten, seine schnellen Bewegungen und seine forsche Stimme. Nach einer gewissen Logik, die in diesen Dingen waltet, fiel des Fossés vor allem das Gesicht jenes Mädchens auf, das seinen Kopf am tiefsten vor ihm senkte.

Sie hieß Jelka und war die Tochter eines kleinen Kaufmanns,

der in Dolac ein bescheidenes Haus voller Kinder hatte. Die schweren, dichten Stirnlöckchen ihres braunen Haars fielen ihr bis an die Augen. Etwas Unwägbares, was mit ihrer Tracht, aber auch mit ihrer Schönheit zusammenhing, hob sie aus dem Kreis der übrigen Mädchen. Der Jüngling begann ihren braunen Hinterkopf und ihren weißen, starken Nacken von den gesenkten Köpfen der anderen zu unterscheiden. Als sein Blick eines Tages etwas länger auf dem gesenkten Nacken ruhte, hob das Mädchen unverhofft den Kopf, als brenne sie der Blick und als wünsche sie, ihm auszuweichen. Dabei zeigte sie ihm für einen Augenblick ein junges, breites Gesicht mit leuchtenden, aber sanften kastanienbraunen Augen, einer kräftigen, leicht gebogenen Nase und einem großen, doch vollendet schönen Mund, dessen völlig gleiche Lippen sich kaum merklich berührten. Überrascht betrachtete der Jüngling das Gesicht und sah, wie der kräftige Mund leicht zuckte, als schwebe ein verhaltenes Weinen auf den Lippen, während aus den braunen Augen ein Lächeln leuchtete, das sich nicht verbergen ließ. Auch der junge Mann lächelte und rief ihr einen ganz beliebigen Ausdruck aus seinem »illyrischen« Wortschatz zu, denn in diesem Alter und bei solcher Gelegenheit klingen alle Worte freundlich und vielsagend. Um die Augen, die noch immer lächelten, und den Mund, um den ein kaum wahrnehmbarer weinerlicher Zug spielte, zu verbergen, senkte das Mädchen erneut den Kopf und gab damit wieder seinen weißen Nacken zwischen den braunen Haarflechten den Blicken frei.

  Das wiederholte sich in den nächsten Tagen zwischen den beiden Menschen mehrere Male wie ein Spiel. Jedes Spiel aber verlangt nach Fortsetzung und Dauer. Das Verlangen wird unwiderstehlich, handelt es sich dabei um ein solches junges Mädchen und einen einsamen, sehnsuchtsvollen jungen Mann. So verbinden sich belanglose Worte, anhaltende Blicke und ein unbewußtes Lächeln zu einer sicheren Brücke, die von selbst weiterwächst.

  Des Fossés dachte des Nachts und auch morgens, wenn er aufwachte, plötzlich an Jelka. Suchte er sie anfangs nur in Gedanken, so tat er es später auch in Wirklichkeit, er fand sie, wie durch ein Wunder, immer öfter, und sein Auge ruhte immer länger auf ihr. So wie um diese Jahreszeit alles sprießt und Blätter bekommt, erschien auch sie ihm als ein Teil – ein beseelter, losgelöster Teil – des bunten Pflanzenreiches. ›Sie ist wie ein Gewächs‹, sagte er zu sich wie jemand, der den Teil eines Liedes vor sich hin singt, gedankenlos und ohne Überlegung, was seine Worte bedeuten. Rotwangig, lächelnd und doch verschämt, wie sie ihren Kopf immer wieder senkte gleich einer Blume, die ihren Kelch neigt, war sie in seinen Gedanken tatsächlich mit der Vorstellung von Blumen und Früchten verbunden, und zwar in einem tieferen, besonderen Sinn, dessen er sich selbst nicht bewußt war. Es war, als hätten Seele und Wesen von Früchten und Blumen in ihr Gestalt angenommen.

Als der Frühling weiter fortgeschritten war und der Garten sich belaubt hatte, setzten sich die Mädchen in den Garten. Hier stickten sie den ganzen Sommer.

Spräche man mit zwei Reisenden, von denen der eine den Winter und der andere den Sommer in Travnik verbracht hat, so bekäme man zwei völlig entgegengesetzte Ansichten über die Stadt zu hören. Der erste würde berichten, er habe in der Hölle geweilt, der andere, er habe eine Stätte nahe dem Paradiese kennengelernt.

Solchen ungünstig gelegenen Ortschaften, die ein unfreundliches Klima haben, sind für gewöhnlich einige Wochen im Jahr beschieden, die mit ihrer Schönheit und Lieblichkeit als ein tröstlicher Ausgleich für alle Launen und Unbilden des übrigen Jahres gelten können. In Travnik fällt diese Zeit in die Wochen zwischen Anfang Juni und Ende August und umfaßt in der Regel den ganzen Juli.

Wenn sogar in den tiefsten Klüften der Schnee wegschmilzt, wenn Frühlingsschauer und Schneegestöber vorbei sind, wenn die bald kalten, bald lauen, die bald gewaltigen, brausenden, bald stillen, leichten Winde sich ausgetobt, wenn sich die Wolken endgültig zurückgezogen haben auf die hohen Ränder des steilen Amphitheaters, das von den die Stadt umsäumenden

Bergen gebildet wird, wenn der Tag die Nacht durch seine lange Dauer, durch seinen Glanz und seine Wärme verdrängt, wenn auf den Hängen oberhalb der Stadt die Äcker gilben, wenn die Birnbäume sich unter ihrer Last biegen und über die Stoppelfelder ihre reichen Früchte ausstreuen, so reif, daß sie von selbst herunterfallen, dann beginnt der kurze, schöne Travniker Sommer.

Des Fossés kürzte seine Spaziergänge in die Umgebung ab und verbrachte ganze Stunden in dem großen, abschüssigen Garten des Konsulats, er ging die vertrauten Steige und Strauchreihen entlang, als seien es seltsame, nie gesehene Dinge. Jelka kam vor den übrigen Mädchen an oder richtete es so ein, daß sie hinter ihnen zurückblieb. Von dem erhöhten Plätzchen, auf dem sie alle arbeiteten, ging sie jetzt immer häufiger ins Haus hinein und holte sich bald einen Faden, bald etwas Wasser oder einen kleinen Imbiß. So trafen sich der Jüngling und das Mädchen auf den schmalen, grasbewachsenen Pfaden. Wieder neigte sie ihr breites weißes Gesicht, und er sprach lächelnd einige seiner »illyrischen« Worte zu ihr, in denen das *r* dunkel und gedehnt klang und die Betonung immer auf dem Wortende ruhte.

Eines Nachmittags blieben sie auf einem abgelegenen Weg zwischen dichtem Laubwerk, wo selbst der Schatten Hitze atmete, längere Zeit allein. Das Mädchen trug weite taubenfarbene Pluderhosen, ein enges Leibchen aus lichtblauem Atlas nur mit einem Knebel und eine gekräuselte Bluse, die unter dem Hals von einer silbernen Nadel zusammengehalten wurde. Ihre Arme, bis zu den Ellenbogen verdeckt, waren jugendlich fest und prall, man sah geradezu ihr Blut unter der Haut wallen. Der Jüngling faßte sie am Arm. Da wich das Blut aus den Gefäßen, und seine Finger ließen blasse Spuren zurück.

Ihre Lippen – blaßrot, ungewöhnlich, kräftig und beide gleich geschwungen – verzogen sich in den Mundwinkeln langsam zu dem flehenden, fast weinerlichen Lächeln, aber gleich darauf senkte sie den Kopf und schmiegte sich stumm und gefügig an ihn wie Gras und Gezweig. ›Ein Gewächs‹, dachte er noch einmal, doch was sich um ihn schlang, war ein menschliches Geschöpf, ein in Wehgefühl aufgelöstes Weib mit einer Seele, die noch zaudert, sich aber innerlich schon mit der Niederlage abgefunden hat. Hilflos hingen ihre Arme herunter, der Mund war halb geöffnet und die Augen zur Hälfte geschlossen wie in einer Ohnmacht. So stand sie da, an ihn gelehnt, ja ihn umrankend wie eine Rebe, bebend vor Liebe, vergehend vor jener Wonne, die ihr die Liebe verheißt, und vor dem Entsetzen, das ihr schattengleich folgt. Sich anschmiegend, erschüttert und niedergemäht, bot sie ein Bild völliger Hingabe, Schwäche, Unterwerfung und Verzweiflung, doch auch nie geahnter Größe.

Den Jüngling riß sein Blut mit sich fort, das Gefühl restlosen Glückes und ungehemmten Triumphes. Wie Funken glommen und verlöschten in ihm grenzenlose Fernen. Ja, das war es! Er hatte es seit eh und je so vorausgespürt und oft genug behauptet, daß das erbärmliche, karge, vernachlässigte Land in Wirklichkeit reich und verschwenderisch sei. Hier offenbarte sich ihm eine der vielen verborgenen Schönheiten.

Die grünen, mit Blumen übersäten steilen Abhänge prangten noch einmal in voller Blüte, und die Luft war mit einem unbekannten, betäubenden Duft gesättigt, der sich – wie ihm jetzt schien – immer schon in dem Tal versteckt gehalten hatte. Nun erschloß sich ihm der verborgene Reichtum dieser nur dem Scheine nach finsteren und armen Gegend, es offenbarte sich ihm auf einmal, daß ihre beharrliche Stille jenen kurzen, stockenden Liebesatem in sich barg, in dem der letzte mühsame Widerstand mit der Süße des Einverständnisses streitet, und daß das ewig fahle, stumme Antlitz des Landes nur eine Maske war, hinter der Licht strömte und flimmerte, rot von süßem Blut.

Ein weitverzweigter, stämmiger alter Birnbaum lag da, umgestürzt und bis zum steilen Abhang reichend, eine Art Sofa. Unten völlig verdorrt, trieb er immer noch an seiner Spitze grünes Laub. An diesen Birnbaum gelehnt, sanken beide, einander umarmend, erst Jelka, dann er, in den gegabelten Stamm wie in ein zurechtgemachtes Lager. Sie war immer noch ohne Widerstand, stumm und regungslos, sobald aber die Hände des jungen Mannes an ihr herabglitten und sie um den Leib faßten, in der Taille, zwischen dem Leibchen und ihren Pluderhosen, wo sie nichts als das Hemd trug, entwand sie sich ihm wie ein Zweig, der, beim Obstpflücken heruntergebogen, plötzlich wegschnellt. Er hatte es gar nicht gespürt, wie sie ihn plötzlich von sich schob und wie es dazu kam, daß er wieder auf dem Pfad stand. Das Mädchen kniete zu seinen Füßen mit gefalteten Händen, das Antlitz wie im Gebet zu ihm erhoben. Ihr Gesicht wurde plötzlich bleich, und Tränen traten in ihre Augen, ohne daß sie wirklich weinte. Kniend, mit gefalteten Händen, sprach sie Worte, die er nicht kannte, die er aber im Augenblick besser verstand, als wären es Worte in seiner eigenen Muttersprache: Sie beschwor ihn, er möge ein Einsehen haben mit ihr und sie verschonen und nicht zugrunde richten, denn sie selbst sei wehrlos gegen das, was auf sie unabwendbar wie der Tod, aber schwerer und furchtbarer als dieser einstürme. Sie beschwor ihn beim Leben seiner Mutter und bei allem, was ihm heilig wäre, und wiederholte immer wieder mit einer Stimme, die plötzlich vor Leidenschaft und Rührung trocken hauchte:

»Nicht, tu es nicht …!«

Der Jüngling fühlte, wie ihm das Blut in den Halsadern hämmerte, und er versuchte, sich zu sammeln und die unerwartete und entsetzlich schnelle Veränderung der Lage zu begreifen. Er fragte sich verwundert, wie es zugehen konnte, daß dieses junge Weib, erst so hingebungsvoll, ihm auf einmal entglitten war und sie beide in diese lächerliche Situation geraten waren: er verwirrt und in der Haltung eines heidnischen Imperators, sie zu seinen Füßen kniend, mit gefalteten Händen und mit Tränen in den Augen zu ihm aufschauend wie eine Heilige auf frommen Bildern. Er wollte sie von der Erde aufheben, sie erneut an sich ziehen und sie auf den sich gabelnden Stamm des umgestürzten Birnbaums betten, aber er fand keine Kraft mehr und keinen Schwung zu diesem Entschluß. Alles war mit einemmal auf unbegreifliche Art verändert.

Er konnte sich selbst nicht erklären, wie und wann es geschehen war, aber er sah deutlich, daß das schwache, wie Schilf biegsame Mädchen auf seltsame Weise aus dem »Pflanzenreich«, dem sie bisher verhaftet gewesen, heimlich in eine völlig neue Welt übergewechselt und unter den sicheren Schutz eines stärkeren Willens geflohen war, wo er ihr nichts mehr antun konnte. Er fühlte sich betrogen, überlistet, ja schmerzlich enttäuscht. Zuerst erfaßte ihn Scham, dann der Zorn auf sie, auf sich selbst und auf die ganze Welt. Er beugte sich über sie und hob sie vorsichtig von der Erde auf, wobei er irgend etwas stammelte. Sie fügte sich, noch immer widerstandslos und gehorsam, jeder Bewegung seiner Hand wie kurz vorher, aber sie flehte ihn auch weiter mit Worten und Blicken an, er möge sich ihrer erbarmen und sie verschonen. Er dachte nicht mehr daran, die Umarmung zu wiederholen. Düster, mit erzwungener Höflichkeit half er ihr, die Falten ihrer Pluderhose zu ordnen und die silberne Nadel an ihrem Hals, die sich gelockert hatte, zurechtzurücken. Dann verschwand das Mädchen, ebenso plötzlich und für ihn wiederum unbegreiflich, den Hang hinunter zum Konsulatsgebäude.

Der Jüngling verbrachte etliche unruhige Tage. Ständig begleiteten ihn die Verwirrung, der ohnmächtige Groll und die Scham, die er in jenen Minuten im Garten empfunden. Stets kehrte in seinen Gedanken die Frage wieder: Was war nur mit ihm und dem Mädchen vorgefallen, und wie konnte dies geschehen? Aber ebenso oft schob er die Frage trotzig von sich, bemüht, nicht mehr an das kurze Zusammentreffen auf dem entlegenen Gartensteig zurückzudenken. Und dennoch sprach er oft mit ironischem Lächeln zu sich:

›Jaja, du bist tatsächlich ein unfehlbarer Psychologe und vollendeter Liebhaber. Aus irgendeinem Grunde meinst du, das Mädchen stamme aus dem Pflanzenreich, sie sei der heidnische Geist dieses Landes, ein unentdeckter Schatz, den man nur zu heben brauche. Und du ließest dich dazu herab, dich über sie zu neigen. Doch während du das tatest, war plötzlich alles verändert. Sie kniete da gleich Isaak, den sein Vater Abraham als Opfer schlachten wollte, den aber im letzten Augenblick der Engel vor dem Tode rettete. Ja, so kniete sie vor dir! Und du spieltest vor ihr den Abraham. Herzlichen Glückwunsch! Du hast begonnen, Rollen in lebenden Bildern biblischen Inhalts und tief moralischer, frommer Tendenz zu spielen. Herzlichen Glückwunsch!‹

Nur lange Spaziergänge durch die Wäldchen im steilen Gelände der Umgebung konnten ihn beschwichtigen und seinen Gedanken eine andere Richtung geben.

So quälten ihn der unbefriedigte Wunsch und der verletzte jugendliche Ehrgeiz noch einige Tage, bis auch diese Pein verging. Er begann, sich zu beruhigen und das Erlebnis zu vergessen. Im Vorbeigehen sah er auch weiterhin die Stickerinnen im Garten und unter ihnen das gesenkte Haupt Jelkas, aber er wurde nicht mehr verwirrt und blieb nicht mehr stehen, sondern warf den Mädchen frei und heiter irgendein Wort zu, das er am betreffenden Tag gelernt hatte, und ging vorbei, immer lächelnd, frisch und munter und in Eile.

Einmal nur, in einer der Nächte, fügte er dem Manuskript seines Buches über Bosnien an der Stelle, wo er von den Typen und rassisch bedingten Eigenschaften des bosnischen Menschen berichtete, folgenden Absatz hinzu:

»Die Frauen sind für gewöhnlich von kräftigem Körperbau; viele fallen auf durch ihre feinen, regelmäßigen Gesichtszüge, durch die Schönheit ihrer Gestalt und ihre blendend weiße Haut.«

XI

Alles in diesem Lande erfuhr mit der Zeit seine überraschende Umkehr, und jede Sache konnte im nächstbesten Augenblick anders ausfallen, als es vorher den Anschein hatte. Daville begann sich schon mit der unbequemen Tatsache abzufinden, daß er Husref Mechmed-Pascha verloren hatte, den lebhaften und offenherzigen Mann, bei dem er immer mit freundlichem Empfang, wohlmeinendem Verständnis und zumindest einer gewissen Hilfe rechnen durfte und daß er an seiner Stelle den steifen, kalten, unglücklichen Ibrahim-Pascha bekommen hatte, der sich und aller Welt zur Last fiel und aus dem man ebensowenig wie aus einem Stein ein Wort der Güte oder ein menschliches Gefühl herauspressen konnte. Daville fand diese Ansicht durch seine erste Begegnung mit dem Wesir und besonders durch alles, was er von d'Avenat über ihn vernommen hatte, bestätigt. Aber sehr bald mußte der Konsul auch an diesem Beispiel erkennen, daß d'Avenat mit seinem praktischen und sachkundigen Urteil eigentlich doch ein einseitiger Menschenkenner war. Sooft es um einfache Angelegenheiten und um normale Zusammenhänge im Alltag ging, verriet sein Urteil Scharfsinn, war grausam sicher und zuverlässig. Sah er sich aber vor komplizierte, subtilere Fragen gestellt, verführten ihn seine Denkfaulheit und seine moralische Gleichgültigkeit zu Verallgemeinerungen und zu voreiligen, allzusehr vereinfachten Schlüssen. So geschah es auch in dem Fall. Der Konsul bemerkte bereits nach dem zweiten und dritten Gespräch, daß der Wesir gar nicht so unzugänglich war, wie er auf den ersten Blick zu sein schien. Was vor allem wichtig war, auch der neue Wesir hatte sein Lieblingsthema, wenn er sich unterhielt. Nur daß es bei ihm nicht wie bei Husref Mechmed-Pascha das Meer war und auch sonst nichts Lebensnahes und Greifbares. Für Ibrahim-Pascha war der Ausgangspunkt und der Abschluß eines jeden Gesprächs der Thronverlust seines Herrn, Selims III., und seine, Ibrahim-Paschas, persönliche Tragödie, die mit dem Sturz des Sultans eng zusammenhing. Von hier aus entwickelte er seine Anschauungen in allen Richtungen. Er beurteilte die Ereignisse in seiner Umwelt unter diesem Gesichtspunkt, und, so gesehen, mußte alles finster, schwierig und hoffnungslos erscheinen. Aber für den Konsul war es schon von Bedeutung, daß der Wesir nicht einfach »physisch ein Monstrum und geistig eine Mumie« war und daß es Dinge in der Welt gab und Worte, die auch ihn bewegen und erregen konnten. Im Laufe der Zeit erkannte der Konsul sogar, daß dieser steife, düstere Wesir, mit dem jedes Gespräch zu einer Lektion über die Wertlosigkeit alles Bestehenden wurde, in vieler Hinsicht zuverlässiger und besser war als der beschwingte, blendende und ewig lachende Mechmed-Pascha. Die Art, wie Daville es verstand, die pessimistischen Urteile und allgemeinen Betrachtungen des Wesirs anzuhören, gefiel ihm, sie schmeichelte ihm und flößte ihm Vertrauen ein. Kein einziges Mal sprach der Wesir so lange und so vertrauensvoll mit Herrn von Mitterer oder einer anderen Persönlichkeit, wie er es jetzt immer häufiger mit Daville tat. Der Konsul gewöhnte sich mehr und mehr an die Gespräche, bei denen sich beide in Betrachtungen über das mannigfache Elend auf der unvollkommenen Welt ergingen und aus denen er am Schluß stets einen kleinen Vorteil zog, um dessentwillen er ja die Unterhaltung angestrebt hatte.

Die Aussprachen begannen für gewöhnlich mit einem Loblied auf den jüngsten Erfolg Napoleons auf dem Schlachtfeld oder in der internationalen Politik. Der Wesir ging allerdings sofort, nach alter Neigung, von den günstigen und freudigen Ereignissen auf schwierige, unliebsame Fragen über. So kam er zum Beispiel auf England zu sprechen, auf dessen Zähigkeit, Rücksichtslosigkeit und Habgier, gegen die sogar das Genie Napoleons vergeblich kämpfte. Von diesem Thema war es nur ein Schritt bis zu Betrachtungen allgemeiner Natur, etwa darüber, wie schwierig es sei, Völker zu beherrschen und über Menschen zu befehlen, was für eine undankbare Aufgabe das für einen Herrscher und Befehlshaber sei und wie die Dinge dieser Welt gewöhnlich krumm und verkehrt liefen, den Gesetzen der ohnmächtigen Moral und den Absichten edler Männer zuwider. Und damit waren sie schon beim Schicksal Selims III. und seiner Mitarbeiter angelangt. Daville lauschte mit stummer Aufmerksamkeit und tiefer Anteilnahme, und der Wesir sprach in bitterer Verzückung:

»Die Menschheit will nicht glücklich sein. Die Völker vertragen keine verständige Verwaltung und keine edlen Regenten. Güte ist auf dieser Welt ein nacktes Waisenkind. Der Allerhöchste möge Ihrem Kaiser beistehen, aber ich habe mit eigenen Augen gesehen, wie es meinem Herrn, Sultan Selim, ergangen ist. Das war ein Mensch, den Gott mit allen guten Eigenschaften des Körpers und des Geistes ausgestattet hatte. Gleich einer Kerze verglomm er und verzehrte sich im Dienst für das Glück und das Gedeihen des Reiches. Weise, sanft und gerechtigkeitsliebend, wie er war, sann er nie Böses oder Verrat und ahnte die Abgründe von Boshaftigkeit, Verstellung und Treulosigkeit nicht, die sich im Menschen verbergen; deshalb konnte er sich auch nicht vorsehen, und niemand konnte ihn beschützen. Er verbrauchte alle seine Kräfte in Erfüllung seiner Herrscherpflichten und lebte ein so reines Leben, wie man es seit den ersten Kalifen nicht mehr gekannt hatte, und so unternahm er nichts, um sich vor Überfall und Verrat ruchloser Menschen zu schützen. Nur deshalb konnte es geschehen, daß eine Abteilung von Söldnern, Abschaum der Armee, geführt von einem toll gewordenen Rüpel, einen Sultan wie ihn vom Thron stürzte, ihn in das Serail sperrte und so seine rettenden, großzügigen Pläne völlig vereitelte, um dafür einen beschränkten, hoffnungslosen Wüstling auf den Thron zu erheben, dessen Umgebung aus Säufern, Raufbolden und professionellen Verrätern besteht. Darin sieht man, wie es auf der Welt zugeht! Wie wenig Menschen gibt es, die das begreifen, und wie wenig erst, die so etwas verhindern wollen und können.«

Das Gespräch schwenkte von diesem Thema sehr schnell auf Bosnien über und auf die Verhältnisse, unter denen der Wesir und der Konsul in dem Lande leben mußten. Ibrahim-Paschas Vorrat an geißelnden Worten und düsteren Bildern reichte nicht aus, wenn er auf Bosnien und die Bosniaken zu sprechen kam, und Daville hörte ihm dann mit aufrichtiger Teilnahme und wirklichem Verständnis zu.

Der Wesir konnte es nicht verwinden, daß ihn der Sturz Selims gerade zu einer Zeit überraschte, als er an der Spitze eines Heeres Vorbereitungen traf, die Russen aus der Moldau und Walachei hinauszuwerfen, und ihm der Erfolg so gut wie sicher war, und daß der Umsturz das Reich um seinen besten Sultan und ihn, Ibrahim-Pascha, um einen großen Sieg brachte, den er schon fest in der Hand zu haben glaubte – mit dem Ergebnis, daß er plötzlich, gedemütigt und zerbrochen, in dieses ferne, arme Land verbannt wurde.

»Sie sehen es ja mit eigenen Augen, edler Freund, wo wir leben und mit wem ich hier kämpfen und mich herumschlagen muß. Eine Herde wilder Büffel ist leichter zu regieren als diese bosnischen Begs und Ajanen. Sie sind wild, jawohl, wild, und haben keine Einsicht, sie sind derb und primitiv, aber überempfindlich und aufgeblasen. Sie handeln nach ihrem eigenen Kopf, der aber hohl und leer ist. Glauben Sie mir, was ich Ihnen sage: Diese Bosniaken haben weder Ehrgefühl im Herzen noch Verstand im Kopf. Sie streiten sich und hintergehen einander um die Wette, das ist das einzige, was sie können und verstehen. Und mit so einem Volk soll ich jetzt den Aufstand in Serbien niederschlagen? So stehen also die Dinge in unserem Reich, seitdem Sultan Selim gestürzt und in Verbannung ist, und Gott allein weiß, wie weit wir es noch bringen werden.«

Der Wesir hielt inne und schwieg, doch in seinem unbeweglichen Gesicht leuchteten mit dem schwachen Glanz dunkler Kristalle die tiefliegenden Augen auf, die nur die Verzweiflung noch zu beleben vermochte.

Daville unterbrach das Schweigen und bemerkte geschickt und vorsichtig:

»Und wenn sich durch irgendwelche glückliche Umstände die Lage in Stambul verändern sollte und Sie wieder auf Ihren Posten als Großwesir zurückkehren ...«

»Sogar dann!« sagte der Wesir abwinkend, der es an dem Morgen auskostete, sich und dem Konsul die Aussichten so schwarz wie möglich zu malen.

»Sogar dann!« fuhr er mit dumpfer Stimme fort. »Ich müßte Befehle aussenden, die nicht befolgt würden, ich würde das Land gegen Russen, Engländer, Serben und alle anderen, die uns bedrängen, verteidigen. Ich würde also zu retten versuchen, was kaum zu retten ist.«

Am Ende all der Gespräche warf der Konsul gewöhnlich jene Frage auf, derentwegen er gekommen war, ob es sich nun um eine Ausfuhrgenehmigung für Weizen nach Dalmatien, um einen Grenzstreit oder etwas Ähnliches handelte, und der Wesir erteilte, ganz in seine finsteren Erwägungen vertieft, seine Zustimmung, ohne lange zu zögern. Bei einer anderen Audienz sprach der Wesir über andere Dinge, aber er tat es mit derselben müden, trostlosen Ruhe und der gleichen Bitterkeit. Er erzählte vom neuen Großwesir, der ihn haßte, der es ihm mißgönnte, daß ihm in früheren Kriegen mehr Glück beschieden war, und sich nun damit rächte, daß er ihm weder Anweisungen noch Lageberichte, noch wirksame Mittel für den Kampf gegen Serbien zukommen ließ. Oder er berichtete dem Konsul Neuigkeiten über seinen Vorgänger in Travnik, Husref Mechmed-Pascha, den der gleiche Großwesir sogar bis nach Kayseri verbannt hatte.

Diese Eindrücke ballten sich zu einem Knäuel zusammen und stauten sich in der Seele des Konsuls, und obgleich er von den Audienzen fast nie unverrichteterdinge wegging, kehrte er doch jedesmal wie vergiftet heim, konnte keinen Bissen zu sich nehmen und träumte noch des Nachts von Unglück, Verbannung und menschlicher Trübsal mannigfaltigster Art.

Und dennoch war Daville zufrieden, daß er in dem unheilbaren Pessimismus des Wesirs – wenigstens für eine kurze Frist – einen Berührungspunkt fand, einen kleinen, abgeschlossenen Bereich, in dem sich beide als Menschen begegnen konnten inmitten dieser rauhen türkischen Umwelt, die nicht den kleinsten Funken von Verständnis und keine Spur von Menschlichkeit zeigte, die ihm, dem unglücklichen fremden Konsul, den Zugang erleichtert hätte. Dann und wann dünkte es Daville, als ob es nur noch kurzer Zeit und geringer Anstrengungen bedürfte, um eine echte Freundschaft mit dem Wesir zu schließen und eine enge menschliche Beziehung zu ihm zu gewinnen.

Aber immer gerade dann kam es zu einem Vorfall, der auf einmal die unüberbrückbare Kluft zwischen beiden offenbarte und den Wesir in einem völlig neuen Licht erscheinen ließ, in dem er furchtbarer und bedauernswerter aussah, als ihn d'Avenat in seinen Gesprächen je schilderte, zu einem Vorfall, der

Daville von neuem in eine ausweglose Verwirrung warf und ihm die Hoffnung nahm, jemals in dieser Gegend einen »Schimmer von Menschlichkeit« zu entdecken, der länger währte als eine Träne, ein Lächeln oder ein Blick. Verwundert und verzweifelt sagte sich der Konsul dann, die harte Schule des Orients würde wohl ewig dauern und die Überraschungen würden hier nie ein Ende nehmen, wie es ja auch für die menschlichen Beziehungen kein echtes Maß, kein stetes Urteil und keinen dauernden Wert gab.

Man konnte nicht einmal annähernd voraussehen oder sagen, was man von den Menschen hier erwarten durfte.

Eines Tages bat der Wesir beide Konsuln überraschend zur gleichen Stunde zu sich, was sonst nie der Fall gewesen. Ihr Gefolge traf sich vor dem Tor. Der Diwan bot ein festliches Bild. Die Hofbeamten scharwenzelten herum und tuschelten miteinander. Der Wesir war liebenswürdig und hoheitsvoll. Nach dem ersten Kaffee und den ersten Tschibuks erschienen auch das Stadtoberhaupt und der Teftedar und nahmen bescheiden ihre Plätze ein. Der Wesir berichtete den Konsuln, sein Vertreter Sulejman-Pascha habe mit bosnischen Truppen in der vorigen Woche die Drina überschritten und die stärkste, bestausgerüstete, von »russischen Offizieren« ausgebildete und befehligte serbische Einheit aufgerieben. Er gab der Hoffnung Ausdruck, daß sich nach dem Siege keine Russen mehr in Serbien befänden und dies wahrscheinlich der Anfang vom Ende des gesamten Aufstandes wäre. Der Sieg sei von großer Tragweite, und es nahe wohl die Stunde, da auch in Serbien Ruhe und Ordnung wieder einkehrten. Weil er wüßte, die Konsuln würden als gute Freunde und Nachbarn darüber große Freude empfinden, habe er sie zu sich gebeten, um seine Zufriedenheit über die frohe Botschaft mit ihnen zu teilen.

Da verstummt plötzlich der Wesir. Wie auf ein vereinbartes Zeichen eilen zahlreiche Höflinge fast im Laufschritt in den Diwan. Sie breiten auf dem freien Fußboden des großen Raums eine Binsenmatte aus. Dann werden einige Körbe, grobe Säcke und fettige schwarze Hammelbälge hereingetragen. Alle Behälter werden schnell aufgebunden und geöffnet und ihr Inhalt nacheinander auf die Matte geschüttet. Währenddessen reicht die Dienerschaft den Konsuln Limonade und neue Tschibuks.

Eine Unzahl abgehackter Ohren und Nasen ergießt sich auf die Matte, eine unbeschreibliche Masse armseligen Menschenfleisches, regelrecht eingepökelt und schwarz verfärbt vom geronnenen Blut. Ein kalter, widerlicher Gestank von dem feuchten Salz und dem geronnenen Blut strömt durch den Diwan. Aus Körben und Säcken holt man Hüte, Koppel und Patronentaschen mit metallenem Adler, und aus Beuteln kommen rote und gelbliche Fahnen zum Vorschein, schmal und goldverbrämt, mit dem Bildnis eines Heiligen in der Mitte. Danach fallen zwei, drei Kirchengeräte heraus, dumpf auf dem Boden aufschlagend. Endlich bringt man ein mit Bast umwickeltes Bündel Bajonette.

Das waren die Trophäen des Sieges, den die Türken über das »von den Russen organisierte und befehligte« Heer der aufständischen Serben errungen hatten.

Jemand, der aber nicht zu sehen war, sagte mit tiefer Gebetsstimme aus einer Ecke des Raumes: »Gott hat die Waffen des Islams gesegnet.« Die Anwesenden antworteten mit einem unverständlichen Gemurmel.

Daville, der nicht im Traume ein solches Schauspiel erwartet hätte, fühlte, wie sich sein Magen hob, wie ihm die Limonade bitter aufstieß und ihm in die Nase zu steigen drohte. Er vergaß den Tschibuk und blickte nur zu Mitterer hinüber, als erwarte er von ihm Erlösung oder Aufklärung. Der Österreicher, selber kreidebleich und niedergeschlagen, fand jedoch, da er seit langem ähnliche Überraschungen gewöhnt war, als erster seine Sprache wieder und beglückwünschte den Wesir und das bosnische Heer. Pflichteifer und die Sorge, hinter seinem Gegenspieler zurückzubleiben, besiegten in Daville Angst und Ekel, auch er sprach einige Sätze, um den Sieg zu würdigen, und wünschte dem Sultan, die türkischen Waffen mögen auch in Zukunft mit Erfolg gesegnet sein und dem Reiche den Frieden sichern. Dies alles sagte er mit einer hölzern klingenden Stimme. Ihm war, als höre er deutlich jedes seiner Worte, aber als sei es ein Fremder, der sie aussprach. Alles wurde wörtlich verdolmetscht. Nochmals ergriff der Wesir das Wort. Er dankte den Konsuln für die Wünsche und Gratulationen und pries sich glücklich, sie in dieser Stunde an seiner Seite zu sehen, da er tief erschüttert auf die Waffen schaue, die die wortbrüchigen Moskowiter kläglich auf dem Schlachtfeld zurückgelassen hätten.

Daville wagte einen Blick auf den Wesir. Dessen Augen waren tatsächlich lebhafter geworden und leuchteten in den Winkeln wie Kristall.

Die gleiche tiefe Stimme aus dem Hintergrund sprach, wie zu Beginn, ein paar feierliche, unverständliche Worte.

Ein kaum hörbares Murmeln ging nochmals durch den Diwan. Der Empfang war beendet. Als Daville sah, daß von Mitterer die auf der Matte liegenden Gegenstände betrachtete, sammelte auch er seine Kräfte und warf einen Blick über die hingebreiteten Trophäen. Die toten Gegenstände aus Leder und Metall waren zweifach tot und lagen traurig und verlassen da, als seien sie nach Jahrhunderten aus der Erde geschaufelt und an die Sonne getragen worden. Unbeschreiblich anzusehen war die Menge abgehackter Ohren und Nasen, die auf dem Boden herumlag; dazwischen war Salz gestreut, wie Erde schwarz von Blut und mit Spreu vermengt. Dem ganzen Haufen entströmte ein fader, kalter, widerlicher Geruch.

Daville blickte abwechselnd bald zu Mitterer hinüber und bald auf die vor ihm liegende Matte, in der geheimen Hoffnung, das Bild vor ihm werde plötzlich wie ein häßlicher Spuk verschwinden, aber jedesmal fiel sein Blick auf dieselben unfaßbaren Dinge, die gleichwohl unverändert vor ihm lagen und sich nicht wegleugnen ließen.

›Ich muß aufwachen!‹ dachte Daville fieberhaft. ›Aufwachen und den Alpdruck von mir abschütteln! Ich muß hinaus in die Sonne, muß mir die Augen wachreiben und reine Luft atmen!‹ Aber ein Erwachen gab es nicht. Diese scheußliche Gemeinheit war Wirklichkeit. So waren diese Menschen. Das war ihr Leben. So handelten die Besten unter ihnen.

Wieder fühlte Daville, wie sich sein Magen hob. Finsternis legte sich wie ein Schleier über seine Augen. Dennoch gelang es ihm, sich höflich zu verabschieden und mit seinen Begleitern still nach Hause zu gehen, wo er, statt sich an den Mittagstisch zu begeben, sofort sein Bett aufsuchte.

Am nächsten Tage traf der französische Konsul Herrn von Mitterer. Keiner fragte, wer an der Reihe sei, dem anderen einen Besuch abzustatten; beide vergaßen, wieviel Zeit seit ihrer letzten Begegnung verflossen war. Sie flogen einander fast in die Arme. Sie schüttelten sich lange die Hände und sahen sich, wie zwei Schiffbrüchige, stumm in die Augen. Von Mitterer war schon über den Wert des türkischen Sieges und über die Herkunft der Trophäen informiert. Die Waffen waren einer serbischen Kompanie abgenommen worden, die Fahnen aber und das übrige stammten von einem gewöhnlichen Blutbad her, das müßige Soldaten in einem Anfall von Wut unter der bosnischen Rajah irgendwo in der Nähe von Zvornik während eines Gottesdienstes angerichtet hatten.

Von Mitterer lag es nicht, sich in Betrachtungen zu ergehen, und es hatte keinen Sinn, lange mit ihm darüber zu diskutieren. Daville aber überwand das Erlebnis, indem er sich immer wieder die Frage stellte: ›Wozu die Verlogenheit? Woher die fruchtlose, geradezu kindische Grausamkeit? Wie deutet man das Lachen, wie das Weinen dieser Menschen? Was verbirgt sich hinter ihrem Schweigen? Und wie können sie, der Wesir mit seinen edlen Ansichten, der auf den ersten Blick so biedere Sulejman-Pascha und der weise Tahir-Beg, so etwas veranstalten und solchen Szenen aus einer anderen, niedrigen und schrecklichen Welt beiwohnen? Welches ist ihr wahres Gesicht? Was ist an ihnen echt und was Berechnung und Schauspiel? Wann lügen sie, und wann sagen sie die Wahrheit?‹

Er wurde nicht nur von physischen Leiden, sondern auch von der Erkenntnis gepeinigt, es werde ihm niemals gelingen, ein richtiges Maß für die Menschen hier und ihre Handlungsweise zu finden. Noch unerträglicher und noch schmerzlicher waren für ihn derartige Vorfälle, wenn sie die französischen Interessen und damit auch seinen persönlichen Stolz und Diensteifer betrafen.

Durch Mittelsleute hielt Daville ständige Verbindung zu den bosnischen Stadthauptleuten an der österreichischen Grenze. Jeder, auch der kleinste Beutezug aus diesen Städten oder ein bloßes Gerücht über Vorbereitungen zu einem solchen Zug zwang die Österreicher, ihre Truppen dorthin zu werfen und sie dort zu belassen. Daville benutzte die Verbindungen dazu, die österreichischen Streitkräfte nach bestem Vermögen zu schwächen und die Spannungen entlang der bosnischen Grenze ständig aufrechtzuerhalten.

Unter den Hauptleuten tat sich der Stadthauptmann von Novi, Achmet-Beg Cerić, besonders hervor. Daville kannte ihn persönlich. Er hatte erst vor kurzem, nach dem Tode seines Vaters, den Posten eines Stadthauptmanns geerbt, war sehr jung, redegewandt und schwer zu zügeln. Achmet-Beg brannte vor Ehrgeiz, in Kämpfen an jener Grenze Ruhm zu erwerben, die seine Ahnen so oft in Beutezügen überschritten hatten. In seiner Unbesonnenheit deckte er jedoch seine Beziehungen zu den Franzosen auf und ließ dem österreichischen Kommandanten jenseits der Grenze Drohungen und beleidigende Botschaften »von Achmet-Beg Cerić und dem französischen Kaiser Napoleon« zukommen. Nach der Tradition der Grenzhauptleute haßte und verachtete er den Wesir, kam selten nach Travnik und lehnte es ab, Weisungen oder Befehle von irgendwem entgegenzunehmen.

Da gelang es den Österreichern, Achmet-Beg durch Vertraute bei der Pforte als Verräter und französischen Söldling anzuschwärzen. Das war für sie ein kürzeres, billigeres und wirksameres Verfahren, als sich mit dem jungen forschen Hauptmann jahrelang an der Grenze herumzuschlagen. Die Falle war geschickt gestellt. In Travnik traf das Todesurteil für Cerić ein. Gleichzeitig erhielt der Wesir einen Verweis, daß er solche Hauptleute duldete und die Pforte deren Verrat erst von anderer Seite erfahren mußte. Die Frage war klar: Entweder gelang es, den verhaßten Hauptmann zu stürzen und zu beseitigen, oder der Travniker Wesir wurde abgelöst.

Es war nicht leicht, Achmet-Beg nach Travnik zu locken, aber mit Hilfe der Österreicher gelang es. Der Hauptmann wurde durch eine gefälschte Botschaft zu einer Aussprache mit dem französischen Konsul bestellt. In Travnik eingetroffen, wurde er sofort ergriffen, in Ketten gelegt und in das Festungsverlies geworfen.

Bei dieser Gelegenheit sah Daville, was türkischer Terror bedeutete, wozu Lüge und Gewalt, miteinander verbündet, imstande waren und gegen welche Mächte er in der verwünschten Stadt kämpfen mußte.

Schon am Tage nach der Verhaftung Achmet-Begs wurde ein Zigeuner unterhalb des Friedhofs aufgehängt, und der amtliche Ausrufer verkündete in einer Weise, die darauf abgestellt war, Aufsehen zu erregen, der Zigeuner sei an den Galgen gekommen, weil er den Stadthauptmann von Novi bei dessen Überführung ins Gefängnis gegrüßt habe. Damit war auch das Todesurteil über den Hauptmann gesprochen. Sofort fuhr jedem einzelnen das blinde, eisige Entsetzen in die Glieder, das von Zeit zu Zeit Travnik und Bosnien überfällt, alles Leben und den Gedanken eines jeden für einige Stunden oder Tage lahmlegt und so der Gewalt, die das Entsetzen verbreitet hat, gestattet, währenddessen schnell und ungehindert ihre Absicht zu verwirklichen.

Seitdem Daville lebte, haßte und vermied er alles, was den Anstrich des Dramatischen hatte. Er konnte sich auch gar nicht vorstellen, warum ein Zwischenfall seine einzige Lösung in einem tragischen Ausgang finden sollte. Das widersprach seiner ganzen Natur. Und nun war er – mittelbar – in eine tatsächliche, unentwirrbare und ausweglose Tragödie verwickelt. In diesem Zustand der Gereiztheit, in dem er sich befand – von den Gebirgsketten eingekreist, unsicher und schon seit zwei Jahren von Schwierigkeiten und Unbilden aller Art verfolgt –, glaubte er sich stärker in das Drama des Hauptmanns von Novi verwickelt, als er tatsächlich war. Besonders der Mißbrauch seines Namens, mit dem man den Hauptmann, wie d'Avenat behauptete, nach Travnik gelockt hatte, schmerzte ihn, denn der Unglückselige mußte ja denken, der französische Konsul sei an seinem Unglück beteiligt.

Nach einer schlaflos verbrachten Nacht beschloß er, den Wesir um eine Aussprache zu bitten und sich für den Hauptmann, allerdings vorsichtig und geschickt, einzusetzen, damit er ihm nicht noch mehr schadete. Diese Unterredung zeigte ihm ein neues Gesicht Ibrahim-Paschas. Das war nicht der gleiche Wesir, mit dem er sich noch vor wenigen Tagen wie mit einem Verwandten oder Vertrauten über das Durcheinander in der Welt oder über den notwendigen Zusammenschluß aller edlen und klugen Menschen unterhalten hatte. Sobald er den Hauptmann erwähnte, wurde der Wesir kühl und unnahbar. Ungeduldig, geradezu betroffen, lauschte der Wesir seinem »edlen Freund«, der in seinem Leben anscheinend noch nicht erfaßt hatte, daß Unterhaltungen Unterhaltungen und Geschäfte eben Geschäfte waren und daß jeder Mensch sein wahres Leid allein tragen und mit ihm nach bestem Wissen und Vermögen fertig werden mußte.

Daville bemühte sich, seine Kraft zusammennehmend, entschieden, überzeugend und schroff aufzutreten, aber er spürte, daß sein Bewußtsein und sein Wille wie im Schlafe erlahmten und schwanden und daß den schönen Hauptmann, der so gern lachte, eine unabwendbare Sturzwelle in den Abgrund reißen würde. Einige Male warf er auch den Namen Napoleon in das Gespräch und stellte dem Wesir die Frage, was die Welt wohl sagen würde, wenn sie erführe, daß über eine angesehene führende Persönlichkeit einzig aus dem Grunde die schwerste Strafe verhängt werde, weil man in ihm einen Freund Frankreichs sah und die Österreicher ihn verleumdeten. Aber jedes Wort Davilles ging sofort wirkungslos in einem Meer des Schweigens unter. Schließlich sagte der Wesir:

»Ich hielt es für sicherer und vorteilhafter, ihn hier festzuhalten, bis sich der Lärm und die Hetze gegen ihn gelegt haben, wenn Sie es jedoch wünschen, werde ich ihn an seinen Standort zurückbringen lassen; mag er dort alles Weitere abwarten. Auf jeden Fall wird alles so verlaufen, wie Stambul es beschließt.«

Für Daville standen die nebelhaften Worte in gar keinem Zusammenhang mit dem Schicksal des Hauptmanns und dem, was ihn quälte, aber mehr konnte er aus dem Wesir nicht herausbekommen.

Der Konsul bekam auch Sulejman-Pascha, der eben aus Serbien zurückgekehrt war, sowie Tahir-Beg zu Gesicht, und er war überrascht und entsetzt zugleich, als er bei ihnen auf das gleiche Schweigen und den gleichen verwunderten Blick stieß. Auch sie betrachteten ihn wie einen Menschen, der seine Worte an etwas längst Überholtes und unwiderruflich Verlorenes verschwendete, dem man jedoch aus Gründen der Höflichkeit nicht ins Wort fallen durfte, sondern den man geduldig und mitleidig bis zu Ende anhören mußte.

Schon auf dem Wege zum Konsulat fragte der Konsul d'Avenat, wie er darüber dächte. Der Dolmetscher, der alle drei an dem Vormittag geführten Unterredungen übersetzt hatte, sagte gelassen:

»Aus allem, was der Wesir sagte, geht klar hervor, daß sich für Achmet-Beg nichts unternehmen läßt. Die Sache ist aussichtslos. Entweder Verbannung nach Asien oder noch Schlimmeres!«

Dem Konsul schoß das Blut in den Kopf.

»Wieso? Der Wesir hat doch wenigstens versprochen, ihn nach Novi zurückzuschicken!«

Der Dolmetscher ließ die ausgebrannten Augen kurz auf dem Gesicht des Konsuls ruhen und bemerkte sachlich und trocken:

»Wie darf er ihn nach Novi zurücklassen, wenn der Hauptmann dort hundert Möglichkeiten hat, sich zu verteidigen und zu retten?«

Die Stimme wie auch der Blick des Dolmetschers hatten, so schien es dem Konsul, etwas von jener Ungeduld und Verwunderung, die ihn während seines Gespräches mit dem Wesir und seinen Mitarbeitern so verwirrt und gekränkt hatte.

Wieder stand dem Konsul eine schlaflose Nacht bevor, in der die Stunden nur langsam vorrückten und die ihn mit dem beschämenden Gefühl erfüllte, daß er verloren, hilflos und unfähig war, seine Sache zu verteidigen. Er öffnete das Fenster, als erwarte er von draußen eine Hilfe. Er holte tief Atem und blickte in die Finsternis. Dort, in der Dunkelheit, lag irgendwo auch das Grab des Zigeuners, der zu seinem Unglück dem Hauptmann gerade an der Brücke vor der Festung begegnet war und ihn demütig und erschrocken mit »merhaba« gegrüßt hatte, denn wenn er auch ein Zigeuner war, hatte er doch weder das Herz noch die Stirn, grußlos an jenem Mann vorbeizugehen, der ihm einmal etwas besonders Gutes im Leben getan hatte. In dieser Finsternis ging auch der junge Hauptmann ohne Urteilsspruch und ohne Begründung zugrunde. Daville wollte es scheinen, als sehe er in der Dunkelheit auch seine eigene Ohnmacht und das Verhängnis des Hauptmanns viel klarer als in der verlogenen Helligkeit des Tages.

Während der Revolution in Paris und auf den Feldzügen in Spanien hatte Daville viele Todes- und Unglücksfälle, Tragödien unschuldiger Menschen und verhängnisvolle Mißverständnisse erlebt, aber er hatte noch nie aus unmittelbarer Nähe mit angesehen, wie ein ehrenhafter Mann unter dem Druck der Ereignisse rettungslos unterging. Unter ungesunden Verhältnissen und in Kreisen, in denen blinder Zufall, Willkür und niedrige Triebe herrschen, kommt es vor, daß die Ereignisse wie der Strudel eines Stromes oder der Wirbel eines Sandsturmes einen Menschen, auf den zufällig jemand mit dem Finger zeigt, mitreißen, so daß der Mensch hilflos darin versinkt. Und in einem solchen Strudel befand sich unversehens dieser schöne, starke und begüterte Hauptmann. Er hatte nichts anderes getan, als alle Grenzhauptleute seit eh und je, ihr Leben lang, getan hatten, aber ihn umstrickte eine ganze Reihe zufälliger Ereignisse, die sich zu einer festen Kette zusammengeschlossen hatten.

Zufällig war der österreichische Grenzkommandant mit seinem Vorschlag, den jungen Hauptmann aus Novi zu vernichten, bei seinen Vorgesetzten auf Verständnis gestoßen; zufällig hatten die höheren Behörden zum gleichen Zeitpunkt dem Frieden an dieser Grenze besonderen Wert beigemessen; zufällig forderten die Hintermänner in Wien von ihrem geheimen Söldling bei der Pforte, der Hauptmann müsse beseitigt werden; zufällig übte dieser unbekannte hohe Beamte einen scharfen Druck auf den Wesir in Travnik aus, weil ihm im Augenblick am Bestechungsgeld der Österreicher viel gelegen war; zufällig übergab der entmutigte und für sein ganzes Leben eingeschüchterte Ibrahim-Pascha die Angelegenheit dem unerbittlich harten Travniker Stadtoberhaupt, dem es so gut wie gar nichts bedeutete, einen unschuldigen Menschen zur Strecke zu bringen, und der, wiederum zufällig, im Augenblick ein abschreckendes Beispiel brauchte, um seine Macht zu beweisen und die Ajanen und die Grenzhauptleute einzuschüchtern.

Jede dieser Figuren handelte unabhängig von den anderen, ausschließlich aus eigenem Antrieb ohne irgendeine Beziehung zur Person des Hauptmanns, aber indem sie alle so handelten, zogen sie gemeinsam die Schlinge um den Hals des Hauptmanns immer enger zusammen. All das zufällig und unabsichtlich.

So stand es um das Los von Davilles unglücklichem Schützling. Während der Konsul in die feuchte Dunkelheit hinausstarrte, wurden ihm das ungeduldige Schweigen und die erstaunten Blicke im Konak, die er heute morgen nicht zu deuten vermochte, verständlich.

Auch auf der anderen Seite von Travnik, dem jenseitigen Ufer der Finsternis, wachte jemand beim ruhigen Kerzenschein: Herr von Mitterer schrieb seinen Bericht über den Fall Achmet-Beg Cerić an seine vorgesetzte Dienststelle. Er bemühte sich, seine Verdienste um die Vernichtung des Hauptmanns aus Novi herauszustreichen, aber sie auch nicht zu übertreiben, um nicht etwa den Kommandanten in Kroatien und andere, die daran mitgearbeitet hatten, zu kränken. »Jetzt liegt der Unruhestifter, der ehrgeizige Hauptmann, unser großer Gegner, gefesselt und unter schwerer Anklage in der hiesigen Festung. Wie die Dinge stehen, hat er wohl kaum Aussicht, mit dem Leben davonzukommen. Soweit ich unterrichtet bin, ist der Wesir entschlossen, ihn zu vernichten. Ich will nicht zu offen vorgehen, aber Sie können mir glauben, daß ich nichts unternehmen werde, was geeignet wäre, zu verhindern, daß man ihm ein für allemal den Garaus macht.«

Am nächsten Tage, beim Morgengrauen, wurde der Hauptmann von Novi im Schlaf durch einen Gewehrschuß getötet und noch am selben frühen Morgen auf dem Friedhof zwischen der Landstraße und der Lašva begraben. In der Stadt verbreitete man das Gerücht, er habe, als man ihn nach Novi eskortieren wollte, einen Fluchtversuch unternommen und die Wache sei genötigt gewesen, auf ihn zu schießen.

Daville glühte wie im Fieber und fiel immer wieder vor Übermüdung und Ermattung um. Sobald er die Augen geschlossen hatte, glaubte er sich allein auf der Welt, er sah sich als Opfer einer Verschwörung höllischer Mächte, und ihm war, als kämpfte er mit letzter Kraft und mit schwindenden Sinnen im Nebel und auf schlüpfrigem Erdreich.

Ihn durchzuckte der Gedanke, er müsse seine Berichte schreiben, und zwar nach drei Seiten: nach Paris, nach Stambul und nach Split. Nun hieß es, sich hinzusetzen, zu schreiben, die beim Wesir unternommenen Schritte als einen hochdramatischen Kampf um die Wahrung des französischen Ansehens hinzustellen und den ganzen Mißerfolg den unglückseligen Umständen zuzuschreiben.

Daville verwand den Tod des Hauptmanns von Novi. Als er sich wieder aufraffte, sagte er sich: ›Du bist in einer bösen Stunde in dieses Land gekommen, und jetzt gibt es kein Zurück mehr, aber du sollst dir immer vor Augen halten, daß du die Handlungen des Volkes hier nicht mit deinem Maß messen und nicht mit deiner Empfindsamkeit aufnehmen darfst, sonst gehst du in kurzer Zeit jämmerlich zugrunde.‹ Mit diesem festen Entschluß ging er wieder an die Arbeit. Im übrigen löst in solchen Zeiten gewöhnlich eine Sorge die andere ab. Es trafen neue Aufträge und Aufgaben für den Konsul ein. Als er erkannte, daß seine Vorgesetzten dem Mißgeschick des Hauptmanns von Novi nicht die gleiche Bedeutung beimaßen, wie er ihm in seiner Vereinsamung und Kopflosigkeit beigemessen hatte, bemühte er sich selbst, den Mißerfolg in sich zu begraben und die quälenden Fragen, die er in ihm hervorgerufen hatte, zum Schweigen zu bringen. Es war nicht leicht, das rotwangige, mädchenhafte Gesicht Achmet-Begs mit den leuchtenden Zähnen, den braunen, klaren Augen eines Gebirglers und dem frohen Lachen eines Menschen, der sich vor nichts fürchtet, zu vergessen, ebensowenig wie jenes Schweigen des Wesirs, vor dem sich der Konsul machtlos, gedemütigt gefühlt hatte und außerstande sah, sein Recht und die Sache seines Landes zu verteidigen. Und dennoch, angesichts der Anforderungen, die jeder neue Tag an ihn stellte, mußte er auch das vergessen.

Der Wesir war plötzlich wieder der alte. Wieder bat er Daville um seinen Besuch, zeigte sich ihm gegenüber wie vordem freundlich, erwies ihm auch die oder jene Gefälligkeit und setzte die gewohnten Unterhaltungen mit ihm fort. Daville pflegte und hegte die eigentümliche Freundschaft. Immer mehr Zeit verbrachten die beiden Männer in vertraulichen Gesprächen, die oft nur aus pessimistischen Monologen des Wesirs bestanden, zu deren Abschluß jedoch Daville stets eine seiner kleinen Konsulatssorgen, um derentwillen er gekommen war, zu präsentieren wußte. An manchen Tagen bat der Wesir den französischen Konsul sogar von sich aus unter irgendeinem Vorwand um eine Aussprache. In dieser Beziehung ließ Daville seinen Gegenspieler von Mitterer auf weiter Strecke hinter sich zurück. Der österreichische Konsul wurde nur empfangen, wenn er selbst um eine Audienz nachsuchte, und die Unterredung war immer kurz, höflich, kühl und rein dienstlich.

Nicht einmal die Tatsache, daß Napoleon durch seine Aussöhnung mit Rußland in Stambul eine große Verstimmung und Enttäuschung auslöste, konnte auf die Dauer die Beziehungen zwischen dem Wesir und dem Konsul beeinflussen. Der Wandel im Verhalten des Wesirs kam, wie stets bei den Türken, jäh und völlig überraschend. Sobald der Wesir die Meldung aus Stambul erhalten hatte, legte er Daville gegenüber ein kühles Benehmen an den Tag. Er stellte seine Einladungen ein; bat Daville selbst um eine Audienz, so gab sich der Wesir ungnädig und wortkarg. Aber dieser Zustand währte nur kurze Zeit und schlug, wie immer, bald ins Gegenteil um. Ohne ersichtlichen Grund war der Wesir plötzlich wieder besänftigt. Die freundschaftlichen Unterhaltungen und die wechselseitigen Gefälligkeiten nahmen erneut ihren Anfang. Selbst die Vorwürfe, die Daville der Aussöhnung wegen vom Wesir zu hören bekam, boten nur Anlaß zu gemeinsamen melancholischen Betrachtungen über die Unbeständigkeit menschlicher Beziehungen. Daville wälzte alle Schuld auf England ab, Ibrahim-Paschas Engländerhaß wiederum hielt dem Russenhaß die Waage und reichte in die Zeit zurück, da er als Großwesir den Vorstoß der englischen Kriegsmarine in den Bosporus miterlebte.

Schließlich begann sich Daville an die Überraschungen und die Gezeiten im Verhalten des Wesirs ihm gegenüber zu gewöhnen.

Von Mitterers Versuche, durch Geschenke den Wesir für sich zu gewinnen und Daville aus dessen Gunst zu verdrängen, schlugen fehl. So hatte er aus Slawonisch-Brod einen schönen Fiaker beschafft und ihn dem Wesir geschenkt, die erste wirkliche, prunkvolle Kutsche, die die Travniker zu sehen bekamen. Der Wesir nahm die Aufmerksamkeit mit Dank an. Das Volk strömte in den Konak, um die schwarze, lackglänzende Kutsche gesehen zu haben. Der Wesir selbst aber blieb dem Geschenk gegenüber gleichgültig. Daß er es verschmähte, sich jemals in den Wagen zu setzen und in ihm auszufahren, bedeutete für Mitterer eine tiefe Demütigung, die er in den offiziellen Berichten an seine Vorgesetzten wohlweislich verschwieg. Tagaus, tagein stand die Kutsche im mittleren Hof des Konaks: ein kaltes, glänzendes, aber völlig unpassendes Geschenk. Um die gleiche Zeit gelang es Daville, obschon er viel geringere Mittel und bei seiner Regierung viel weniger Einfluß besaß, aus Paris ein kleines Fernrohr und ein Astrolabium – ein Gerät zur Messung der Position und Höhe der Gestirne am Horizont – aufzutreiben, die er dem Wesir schenkte. Der Konsul konnte ihm nicht einmal die Handhabung des Fernrohrs erläutern, ja es schien ihm, als fehlten ein paar Teilchen oder als sei etwas defekt, doch der Wesir nahm die Gabe huldvoll an. In seinen Augen waren sowieso alle Gegenstände auf dieser Welt tot und ohne Bedeutung, und er bewertete sie nur nach der Persönlichkeit und den Absichten dessen, der sie schenkte. Das Fernrohr diente nur als Vorwand für neue Gespräche über die Gestirne und über das Schicksal des Menschen, das man aus ihnen lesen konnte, über Veränderungen und Katastrophen, die sie prophezeiten.

Noch im Laufe des ersten Jahres traf den Wesir ein neuer, harter Schlag, der ihn niederschmettern mußte, sofern das überhaupt noch nötig war.

Der Wesir war in diesem Sommer mit großem Gefolge an die Drina gezogen. Er hatte die Absicht, die bosnischen Truppen durch seine Anwesenheit so lange wie möglich festzuhalten und ihre vorzeitige Rückkehr in die Winterquartiere zu verhindern. Vielleicht hätte er damit Erfolg gehabt, wenn ihn nicht in Zvornik die Nachricht von einem neuen Staatsstreich in Stambul und vom tragischen Tod des ehemaligen Sultans, Selims III., erreicht hätte.

Der Tatar, der einen ausführlichen Bericht über alles, was sich Ende Juli in Stambul ereignet hatte, mitbrachte, wußte nicht, daß sich der Wesir auf dem Kriegsschauplatz befand. Deshalb ritt er zuerst nach Travnik, wurde aber von dort an den Wesir nach Zvornik verwiesen. Durch diesen Tataren schickte Daville dem Wesir eine Kiste Zitronen, zusammen mit ein paar bewegenden Zeilen, in denen die letzten Ereignisse in Stambul unerwähnt blieben, die aber offensichtlich als ein Zeichen der Aufmerksamkeit und der Anteilnahme an dem Unglück gedacht waren, das den ehemaligen Gebieter des Wesirs getroffen hatte. Derselbe Tatar übermittelte bei seiner Rückkehr nach Travnik dem Konsul ein Schreiben des Wesirs, worin er sich bedankte und nur kurz bemerkte, ein Geschenk von einem aufrichtigen Freund sei die größte Freude, die man sich wünschen könne, und ein strahlender Engel lenke die Schritte eines jeden, der schenke. Daville, der sehr wohl wußte, wie schwer der Schlag war, den der schreckliche Tod Selims für den Wesir bedeutete, las überrascht und nachdenklich die liebenswürdigen, heiteren Zeilen. Das war eine jener seltsamen Überraschungen, die einem, lebt man im Orient, widerfahren. Zwischen dem wirklichen Innenleben des Menschen und seinen geschriebenen Worten bestand kein Zusammenhang.

Noch überraschter wäre der Konsul gewesen, hätte er den Wesir unmittelbar nach dem Empfang der Nachrichten aus Stambul gesehen. Auf einem kleinen Plateau, unterhalb eines verlassenen Bergwerks, waren die Zelte für den Wesir und sein Gefolge aufgeschlagen. Hier war es auch in den schwülen Nächten immer kühl, denn aus dem engen Tal wehte die ganze Nacht ein leichter Wind, der den frischen Hauch von Wasser und den Geruch von Weiden mitbrachte. Der Wesir hatte sich sofort in sein Zelt zurückgezogen und ließ niemand außer seinen engsten Vertrauten und Getreuen zu sich. Tahir-Beg gab Befehl, alles zur Abfahrt nach Travnik vorzubereiten, doch an eine so beschwerliche Reise war im Augenblick, mit Rücksicht auf den Wesir, nicht im entferntesten zu denken.

Kaum hatte der Wesir gelassen die erschütternde Nachricht entgegengenommen, sprach er, ohne von seiner Umgebung Notiz zu nehmen, mit ebensolcher Gelassenheit die Suren für die Verstorbenen und das *Rachmet* für die Seele des Mannes, den er geliebt hatte wie keinen zweiten und nichts anderes in der Welt. Mit den ihm eigenen langsamen Schritten eines verspäteten Traumwandlers ging er dann zu seinem Zelt. Der schwere Vorhang war noch nicht hinter ihm herabgefallen, als er sich auch schon wie ein gefällter Baum auf die Kissen stürzte und sich Gewand und Rüstung vom Leibe zu zerren begann, als sei er am Ersticken. Sein greiser Diener, von Geburt an stumm, versuchte vergeblich, ihm das Gewand abzunehmen und ihn zuzudecken, denn der Wesir ließ ihn nicht an sich heran, als verursache ihm jede, selbst die leiseste Berührung unbeschreiblichen Schmerz. Wild stieß er das ihm angebotene Glas mit Scherbet von sich. Er lag da wie ein aus großer Höhe herabgeschleuderter Stein, die Augen geschlossen, die Lippen zusammengepreßt. Seine Hautfarbe wechselte jäh; sie war, infolge des plötzlichen Gallenergusses, zuerst gelb, dann grün und endlich braun wie Erde. So lag er einige Stunden stumm und regungslos. Erst gegen Abend seufzte er leise auf, um dann in ein gedehntes, eintöniges, nur selten kurz unterbrochenes Stöhnen überzuwechseln. Hätte jemand gewagt, an dem Zelt vorbeizugehen, so hätte er geglaubt ein schwaches, erst gestern geborenes und nun verirrtes Lamm zu hören, das nach dem Mutterschaf blökte. Aber nur der Teftedar und der alte Leibdiener durften sich dem Wesir nähern, die anderen bekamen ihn nicht einmal von ferne zu sehen oder zu hören.

Den ganzen Tag und die ganze Nacht lag der Wesir so auf seinem Lager, jede Hilfe verschmähend, immer noch die Augen geschlossen. Er stieß stets den gleichen, kehligen, langgezogenen, eintönigen, leisen, tierhaften Klagelaut aus: »E-e-e-e-e-e!«

Erst am folgenden Tage, beim Morgengrauen, gelang es Tahir-Beg, den Wesir in die Wirklichkeit zurückzurufen und ihn zu einem Gespräch zu bewegen. Sobald sich der Wesir einmal aufgerafft hatte, sammelte er sich schnell, kleidete sich an und wurde wieder der alte. Es war, als hätte er mit seinen Kleidern auch seine steife Haltung und seine gewohnten, spärlichen Bewegungen wieder angenommen. Auch das allergrößte Unheil vermochte nichts mehr an ihm zu ändern. Er gab den Befehl zum sofortigen Aufbruch, und so geschah es. Man mußte die Reise jedoch langsam fortsetzen, in kurzen Abständen, von Raststätte zu Raststätte.

Nach dem Eintreffen des Wesirs in Travnik sandte ihm Daville als Willkommensgruß eine zweite Kiste Zitronen. Er bat jedoch nicht um eine Audienz, da er der Überzeugung war, er handelte richtiger, wenn er dem trauernden Wesir die Entscheidung überließe, ihn zu rufen, wann er es wollte. Gleichwohl brannte er vor Begierde, den Wesir wiederzusehen und mit ihm zu sprechen, damit er dem französischen Botschafter in Stambul über seine persönlichen Eindrücke und über die Auffassung des Mannes, der einst Selims III. Großwesir gewesen war, berichten konnte. Daville beglückwünschte sich zu seinem wohlüberlegten Entschluß, als er erfuhr, der österreichische Konsul habe sofort um eine Audienz nachgesucht und sei auch empfangen worden, allerdings kalt und unfreundlich. Der Wesir war nicht willens gewesen, auf Mitterers neugierige Fragen nach den Vorgängen in Stambul auch nur mit einem Wort einzugehen. Bereits einige Tage später erntete dann Daville die Früchte seiner klugen Zurückhaltung.

Am Vorabend des Freitags ließ der Wesir den französischen Konsul unter dem Vorwand zu sich bitten, er wünsche, vom Kriegsschauplatz zurückgekehrt, ihn über den Verlauf der Operationen gegen die Aufständischen in Serbien zu informieren. Er begrüßte ihn herzlich und sprach zu Beginn der Unterredung tatsächlich nur von seinen Eindrücken auf dem Schlachtfeld. In der Darstellung des Wesirs erschien alles winzig und bedeutungslos. Mit seiner tiefen, hohlen Stimme sprach er mit gleicher Verachtung von den Aufständischen wie von den bosnischen Truppen, die mit ihnen im Kampfe lagen.

»Was ich sehen mußte, habe ich gesehen, und meine weitere Anwesenheit in dieser gottverlassenen Gegend ist nicht vonnöten. Die Russen, die den Aufständischen bei der Führung der Operationen halfen, haben Serbien geräumt. Zurück blieb die aufgehetzte, verführte Rajah, und es würde das Ansehen des Osmanischen Reiches nur schädigen, wenn sich ein ehemaliger Großwesir persönlich mit ihr herumschlüge. Das sind arme Tröpfe, die sich gegenseitig bis zum Verbluten bekriegen, sie werden uns ohnehin wie eine reife Frucht vor die Füße fallen. Man darf sich an ihnen nicht die Hände beschmutzen.«

Mit Befremden schaute Daville auf diese Statue des Schmerzes, die so gelassen und so würdevoll log. Was der Wesir da vortrug, stand im schroffsten Gegensatz zur Wirklichkeit, aber die Ruhe und Würde, mit denen er es sagte, waren eine eigene mächtige, trutzige Wirklichkeit.

›Siehst du‹, spann Daville seinen alten Gedanken weiter, indes der Dolmetscher die letzten Worte aneinanderreihte. ›Siehst du! Im Leben hängt der Lauf der Dinge nicht von uns ab, entweder überhaupt nicht oder nur in geringem Umfang, aber die Art, wie wir die Schicksalsschläge meistern, hängt in starkem Maße von uns ab. Dieser Kunst also muß man seine ganze Kraft und Aufmerksamkeit zuwenden. Dieser Kunst!‹

Es ergab sich von selbst, daß das Gespräch von der wegwerfenden Bemerkung über den serbischen Aufstand und das bosnische Heer, das zu seiner Niederwerfung eingesetzt war, schnell auf Selims Tod überwechselte. Auch dabei veränderte der Wesir weder Tonfall noch Gesichtsausdruck. Sein ganzes Wesen war von Todestrauer erfüllt, einer Trauer, die keine Steigerung mehr kannte.

Im großen Diwan, jenem im ersten Stock, durfte sich eine Zeitlang niemand sehen lassen. Auch die Diener mit den Tschibuks waren auf ein unsichtbares Zeichen hin verschwunden. Allein saßen der Wesir und der Konsul, und zwischen ihnen, eine Handbreit tiefer, kauerte mit untergeschlagenen Beinen d'Avenat, die Arme auf der Brust gekreuzt, gesenkten Blicks, völlig verwandelt, als wäre er nur noch Stimme, eine leise und eintönige Stimme, fast ein Geflüster, das die Worte des Wesirs dem Konsul in Übersetzung wiedergab.

Der Wesir fragte Daville, ob er Einzelheiten über die Vorgänge in Stambul wisse. Der Konsul verneinte und fügte gleich hinzu, er sei begierig, möglichst bald alle Einzelheiten zu erfahren, denn alle Franzosen betrauerten in Selim einen aufrichtigen Freund und einen Herrscher von selten hohem Wert.

»Sie haben recht«, sagte der Wesir nachdenklich, »der gottselige Sultan, der nun alle Freuden des Paradieses genießt, liebte und schätzte Ihr Land und Ihren Padischah von Herzen. In Selim verloren alle Edelmütigen und Vornehmen einen ihrer besten Freunde.«

Der Wesir sprach so leise und verhalten, als liege der Tote im Zimmer nebenan, und doch klammerte er sich dabei ständig an konkrete Tatsachen und Einzelheiten, als könne er dadurch das Wesentlichste und Schwerste ungeschehen machen.

»Wer ihn nicht aus nächster Nähe gekannt hat, vermag gar nicht zu ermessen, wie groß der Verlust ist«, sagte der Wesir. »Er war ein vielseitig begabter und in jeder Hinsicht vollkommener Mensch. Er suchte den Verkehr mit gelehrten Köpfen. Unter dem Namen Ilhami (der Erleuchtete) schrieb er auch selbst Gedichte, die allen, die sie lesen durften, Genuß bereiteten. Ich entsinne mich noch eines Gedichts, das er am Morgen, als er den Thron bestieg, verfaßte: ›Gott hat mich in seiner Huld für den Thron Sulejmans des Großen auserkoren‹, so begann es, glaube ich. Mathematik und Architektur waren ihm zur wahren Leidenschaft geworden. An den Reformen der Verwaltung und des Steuersystems war er aktiv beteiligt. Er ließ es sich nicht nehmen, die Schule selbst zu besichtigen, die Schüler abzufragen und Preise zu verteilen. Er kletterte auf Baugerüsten herum, in der Hand ein Arschinmaß aus Elfenbein, überzeugte sich von der Art der Arbeit und prüfte die Qualität der Baustoffe und ihre Preise. Alles wollte er wissen, alles wollte er selbst gesehen haben. Er liebte die Arbeit, sein Körper war gesund, kräftig und elastisch, im Speerwurf und im Säbelfechten fand er keinen Ebenbürtigen. Ich war Augenzeuge, als er mit einem einzigen Säbelhieb drei Hammel halbierte. Man muß ihn, während er wehrlos war, hinterrücks überfallen haben, denn er hätte, mit dem Säbel in der Hand, keinen Menschen zu fürchten brauchen. Ach, er war eben zu edel, zu vertrauensselig und leichtgläubig!«

Allein daran, daß der Wesir in der Vergangenheitsform von seinem geliebten Herrn sprach, merkte man, daß von einem Toten die Rede war. Im übrigen war es, als fürchtete er sich oder als triebe er einen geheimen Zauber, denn er erwähnte mit keiner Silbe den Tod des Sultans und seinen Untergang.

Er sprach schnell, wie geistesabwesend, als wollte er eine zweite, eine innere Stimme zum Schweigen bringen.

D'Avenat übersetzte leise, sorgsam darauf bedacht, möglichst gar nicht durch seine Stimme und seine Erscheinung aufzufallen. Plötzlich, bei den letzten Worten, fuhr der Wesir leicht zusammen, als entdeckte er erst jetzt den Dolmetscher; sein ganzer Körper wandte sich ihm zu, langsam und steif wie eine Bildsäule, die unsichtbare Hände in Bewegung setzten. Der Wesir heftete seinen toten, grauenerregenden Blick, den Blick einer Statue aus Stein, auf den Dolmetscher, der mitten im Satz ins Stocken geriet und sich noch tiefer zur Erde neigte.

Damit endete für diesen Tag die Unterredung.

Der Konsul und sein Dolmetscher verließen den Diwan, als stiegen sie aus einer Gruft. Blaß wie ein Toter sah d'Avenat aus, und kalte Schweißperlen standen auf seiner Stirn. Daville blieb auf dem ganzen Heimweg stumm. Aber in die Galerie der schrecklichen Bilder, die er in Travnik im Laufe der Jahre erlebt hatte, reihte er nun auch diese gespenstische Bewegung der lebenden Statue ein.

Der Mord an dem gestürzten Sultan Selim war indessen ein Ereignis, das den unglücklichen Wesir mit dem Konsul noch inniger verband, da Daville ein dankbarer Zuhörer war und sich mit maßvoller Zurückhaltung und mit Klugheit an den freudlosen Gesprächen des Wesirs zu beteiligen wußte.

Schon nach wenigen Tagen wurde der Konsul wiederum zum Wesir bestellt. Ibrahim-Pascha war in den Besitz neuer Berichte aus der Hauptstadt gelangt, und zwar durch einen ihm ergebenen Diener, der Augenzeuge der Ermordung Selims gewesen war; offensichtlich lag ihm daran, sich mit dem Konsul darüber auszusprechen.

Die äußere Erscheinung des Wesirs verriet in keiner Weise, was sich in den zehn Tagen in seiner Seele abgespielt hatte, doch seiner Rede durfte man entnehmen, daß er sich mit dem Verlust selbst allmählich abfand und sich an den Schmerz darüber gewöhnte. Er sprach jetzt über den Tod wie über eine abgeschlossene Sache.

In den darauffolgenden zwei Wochen traf Daville dreimal

mit dem Wesir zusammen: zweimal im Diwan und einmal, als sie die neue Kanonengießerei des Wesirs besichtigen gingen. Jedesmal hatte der Konsul dann eine ganze Liste von Gesuchen und laufenden Fragen bereit. Alle Anliegen wurden schnell und fast ausnahmslos in einem für den Konsul günstigen Sinn entschieden. Anschließend ging der Wesir mit geradezu leidenschaftlichem Vergnügen auf Selims tragischen Tod über, auf die Hintergründe und die Einzelheiten des Unglücks selbst. Ein überwältigendes und unbezwingliches Bedürfnis trieb ihn, darüber zu reden, und der französische Konsul war der einzige Mensch, den er eines solchen Gesprächs für würdig erachtete. Mit wenigen, geschickten Fragen ergänzte Daville immer wieder den Wesir, ermunterte ihn, im Gespräch fortzufahren, und deutete ihm sein tiefes Mitgefühl an. So erzählte ihm der Wesir alle Einzelheiten des letzten Aktes von Selims und im Grunde auch seiner eigenen Tragödie. Man spürte, wieviel ihm daran lag, gerade diese Einzelheiten ausführlich zu schildern.

An der Spitze der Bewegung, die sich für den gestürzten Selim III. einsetzte, stand Mustafa Barjaktar, einer der tüchtigsten Truppenkommandanten, ein biederer, doch jähzorniger und ungebildeter Mann. Er war mit seinen Arnauten aus der Walachei nach Stambul gezogen, um die nichtswürdige Regierung und ihren Sultan Mustafa zu stürzen, Selim aus seiner Verbannung im Serail zu befreien und wieder auf den Thron zu setzen. Er fand an allen Orten gute Aufnahme und traf glücklich in Stambul ein, wo man ihn als Sieger und Befreier begrüßte. Mit Erfolg drang er bis zum Serail und sogar bis in den ersten Hof vor, aber hier gelang es dem Bostandžibaša, ihm das große Tor, das in den inneren Hof führte, vor der Nase zuzuwerfen. Da beging der tapfere, doch sehr primitive und ungeschickte Barjaktar einen verhängnisvollen Fehler. Er schlug Lärm und forderte, sofort den gestürzten Sultan Selim freizugeben, da er der legitime Herrscher sei. Sultan Mustafa, kein Mann von Verstand, dafür hinterhältig und grausam, befahl, sobald er das hörte und sah, daß Mustafa Barjaktar Herr der

Lage war, die sofortige Ermordung Selims. Eine Sklavin verriet den unglückseligen Sultan, der gerade sein Nachmittagsgebet verrichtete, als Kislar-Aga und seine vier Helfershelfer in das Gemach eindrangen. Wohl machten die Schergen zuerst verlegen halt, dann aber warf sich Kislar-Aga auf den Sultan, den Augenblick ausnutzend, da er auf den Knien lag und mit der Stirn den Kelim berührte. Die Sklaven sprangen Kislar-Aga bei, und während einige versuchten, Selim an Händen und Füßen zu packen, jagten die anderen seine Leibdiener mit Dolchen in die Flucht.

Dem Konsul lief plötzlich ein eisiger Schauer über den Rücken, und nur mit einem Ohr hinhorchend, dachte er unwillkürlich, er habe einen Wahnsinnigen vor sich und das Innenleben des Wesirs sei noch monströser und gestörter als sein ungewöhnliches Äußere. D'Avenat übersetzte mit großer Selbstüberwindung, ganze Abschnitte überspringend und dieses oder jenes Wort auslassend.

›Der Mann ist wahnsinnig, daran ist nicht zu zweifeln‹, sagte sich der Konsul. ›Er ist wahnsinnig!‹

Der Wesir setzte unentwegt seine Erzählung im Gebetston fort, als redete er nicht zu einem Menschen, der an seiner Seite saß, sondern zu sich selbst. Er fügte immer mehr hinzu, wohlüberlegt und gewissenhaft; nicht die geringste Einzelheit vergaß er, so als sei ihm alles von unermeßlicher Bedeutung, als spräche er Zauberformeln, als wolle er durch solchen Zauber den Sultan retten, für den es keine Rettung mehr gab. Getrieben von diesem unverständlichen, aber unüberwindlichen Bedürfnis, war der Wesir fest entschlossen, alles laut zu wiederholen, was er von dem entronnenen Augenzeugen vernommen hatte und was in ihm nun eingeschlossen war. Der Wesir durchlebte offensichtlich Tage zeitweiligen Irreseins. Es war eine Art Besessenheit, deren Ursache und Mittelpunkt der Untergang Selims III. war. Indem er das ganze Drama so, wie es seiner Auffassung nach stattgefunden hatte, einem ihm wohlgesinnten Fremden schilderte, befreite er sich wenigstens zum Teil von seinen Qualen.

Ganz deutlich sah der Konsul das Ringen vor sich. Er mußte es wider seinen Willen bis in alle Einzelheiten verfolgen, und immer überkam ihn dabei ein Schaudern.

In dem Kampf, der sich entsponnen hatte, schilderte der Wesir weiter, war es Selim gelungen, sich loszureißen und den dicken Kislar-Aga mit einem kräftigen Hieb zu Boden zu schmettern. Nun stand er mitten im Zimmer, mit Händen und Füßen um sich schlagend. Die schwarzen Sklaven sprangen ihn abwechselnd an, wobei sie seine Hiebe auffangen mußten. Einer von ihnen hatte einen Bogen ohne Pfeil in der Hand und bemühte sich immer wieder, seinem Opfer die Darmsehne des Bogens über den Kopf zu schwingen, um ihn damit zu erwürgen. (»Der Sultan hatte keinen Säbel, sonst wäre der Kampf ganz anders ausgegangen«, wiederholte mehrmals betrübt der Wesir.) Da Selim vor allem der Schlinge ausweichen wollte, verlor er den zu Boden gestürzten Kislar-Aga aus den Augen. Der schwarze, dicke, kräftige Mann erhob sich daraufhin unbemerkt auf die Knie und packte mit einem schnellen Griff den gespreizt dastehenden Selim an den Hoden. Der Sultan stöhnte vor Schmerz auf und beugte sich so weit nieder, daß sein Gesicht Kislar-Agas schweißverklebte, blutüberströmte Fratze beinahe streifte. Aus dieser Nähe konnte der Sultan zu keinem neuen Schlag gegen Kislar-Aga ausholen, der sich, ohne sein Opfer loszulassen, auf dem Kelim wälzte. Diesen Augenblick nutzte der Sklave aus, und es gelang ihm, Selim die Sehne über den Kopf zu werfen. Er drehte den Bogen einige Male und zog so die Schlinge immer enger um den Hals zusammen. Der Sultan wehrte sich, aber nur mehr mit halber Kraft, denn die Schmerzen in der Leistengegend raubten ihm plötzlich die Besinnung. Sein Gesicht wechselte die Farbe. Der Mund öffnet sich, die Augen treten heraus. Die Hände fuchteln noch ein paarmal in Halshöhe in der Luft herum, aber kläglich und hilflos, dann sackt der ganze Mann in sich zusammen, geht in die Knie, krümmt sich in den Hüften, und schließlich fällt auch sein Kopf auf die Brust. Dann stürzt er an der Wand zu Boden, wo er, so vornübergerollt und halb sitzend, liegenbleibt, ohne sich wieder zu regen, so als hätte er nie gelebt und nie um sein Leben gekämpft.

Der Leichnam wurde rasch auf einen Kelim gelegt und auf ihm, wie auf einer Trage, vor Sultan Mustafa gebracht.

Draußen, vor dem verschlossenen Tor, hämmerte und schrie inzwischen Mustafa Barjaktar, rasend vor Ungeduld.

»Macht auf, ihr Hündinnen und Söhne von Hündinnen, gebt Selim, den wahren Sultan, frei, sonst behält keiner von euch seinen Kopf!«

Barjaktars Arnauten schrien und johlten im Chor, als wollten sie seinem Geschrei nachhelfen, und machten Anstalten, das schwere Tor zu zertrümmern.

In diesem Augenblick öffnete sich eines der schmalen, tief in die Mauer eingelassenen Fenster, die zu beiden Seiten des Tores in beträchtlicher Höhe angebracht waren. Der Fensterladen öffnete sich langsam, denn er war eingerostet und mit Moos bewachsen. In dem halbgeöffneten Fenster kam eine eingerollte Matte zum Vorschein, aus ihr glitt ein halbnackter Leichnam und schlug dumpf auf dem kleinen weißen Pflaster auf.

Als erster lief Mustafa Barjaktar hinzu. Vor ihm lag – tot, barhäuptig, mit blau angelaufenem Gesicht und zerschundenem Körper – Sultan Selim. Zu spät also! Barjaktar hatte zwar gesiegt, sein Sieg jedoch jeden Wert und jeden Sinn verloren. Das Böse und der Wahnwitz frohlockten. Das Laster blieb auf dem Thron, und die Unordnung in Regierung und Staat bestand weiter.

»Einen solchen Tod, Herr, mußte der edelste Herrscher, den das Osmanische Reich je kannte, sterben«, schloß der Wesir, als wache er sichtlich erlöst aus einem Traum auf, in dem er bislang gesprochen hatte.

Wenn immer Daville nach derartigen Gesprächen heimkehrte, kam ihm stets aufs neue zum Bewußtsein, daß nie ein Mensch erfahren würde, um welchen Preis er seine kleinen Erfolge und Zugeständnisse dem Wesir abrang. Sogar d'Avenat wurde einsilbig und fand kein Wort der Erklärung.

XII

Dieses Jahr, das Jahr 1808, war offenbar ein Jahr der Verluste und Unglücksfälle jeglicher Art. Statt des feuchten Travniker Wetters, das »weder Herbst noch Winter ist«, trat schon Anfang November ein früher und heftiger Frost auf. In den Tagen erkrankte unerwartet eines der Kinder Davilles.

Das Kind, der zweite Sohn Davilles, war drei Jahre alt und hatte sich, ganz im Gegensatz zu seinem in Split geborenen und stets schwächlichen jüngeren Bruder, bisher gesund und kräftig entwickelt. Als das Kind nun auf einmal krank wurde, versuchte die Mutter, es mit verschiedenen Kräutergetränken und anderen Hausmitteln zu heilen, aber als das Kind immer mehr von Kräften kam, verlor selbst die tapfere Madame Daville ihre Zuversicht und ihre Fassung. Die Eltern riefen einen Arzt um den anderen und zogen selbst solche, die sich Ärzte nannten und bei den Leuten als solche galten, zu Rate. Jetzt konnte man sehen, wie die Travniker über Gesundheit und Krankheit dachten und was es bedeutete, in diesem Lande zu leben und krank zu sein. An Ärzten erschienen: d'Avenat, der dem Konsulat angehörte, Fra Luka Dafinić aus dem Kloster Guča Gora, Mordo Atijas, der Apotheker von Travnik, und Giovanni Mario Cologna, der Titulararzt des österreichischen Konsulates, dessen Anwesenheit einen offiziellen Charakter hatte. Er erklärte bei seinem Erscheinen feierlich, er sei »im Auftrage des Herrn österreichischen Generalkonsuls gekommen, um dem Herrn französischen Generalkonsul seine Kunst zur Verfügung zu stellen«. Zwischen ihm und d'Avenat kam es sofort zu Meinungsverschiedenheiten und zu einem Wortwechsel über die Diagnose wie über die Therapie. Mordo Atijas schwieg einfach, und Fra Luka bemerkte nur, er müsse nach Guča Gora, um dort gewisse Heilpflanzen zu besorgen.

In Wirklichkeit waren alle Travniker Ärzte verlegen und widerspenstig, denn es war noch nie vorgekommen, daß man ihnen zugemutet hatte, ein so kleines Kind zu behandeln. Menschen der höchsten und der niedrigsten Altersstufe gehörten gar nicht in den Bereich ihrer ärztlichen Kunst. In diesen Gegenden hier ist das Leben oder Sterben der kleinen Kinder der Willkür des Zufalls überantwortet, wie auch die Leute im hohen Alter entweder verlöschen wie eine Kerze oder selbst ihr Leben noch ein wenig in die Länge ziehen. Das hängt ganz von der Widerstandskraft der Kinder oder Greise ab sowie von der Pflege, die ihnen ihre Angehörigen angedeihen lassen, letzten Endes aber ist der Wille des Schicksals maßgebend, gegen das weder Heilmittel noch Ärzte aufkommen. Deshalb sind solche kleinen oder solche hochbetagten Wesen, die nicht sicher und nicht mit beiden Beinen auf der Erde stehen, hier gar nicht Gegenstand ärztlicher Behandlung und Sorge. Wären nicht Personen höchsten Ansehens und Ranges betroffen gewesen, keiner der Ärzte hätte sich mit dem kleinen Geschöpf überhaupt beschäftigt. So galt ihr Besuch eher als ein Ausdruck ihrer Aufmerksamkeit den Eltern gegenüber denn als echtes Interesse am Kinde. Hierin unterschieden sich d'Avenat und Cologna von Fra Luka und Mordo Atijas in keiner Weise, denn auch die beiden ausländischen Ärzte hatten sich mit den Auffassungen und Gewohnheiten der östlichen Länder abgefunden. Im übrigen waren ihre Kenntnisse weder umfassender noch tiefer als die ihrer einheimischen Kollegen.

  In dieser Lage entschloß sich Daville, sein Kind selbst nach Sinj zu bringen, wo er einen guten und berühmten französischen Militärarzt wußte. Die Travniker »Ärzte« waren, entsprechend ihren Auffassungen, einstimmig gegen den kühnen und ungewöhnlichen Entschluß, aber der Konsul ließ sich nicht von ihm abbringen.

  Trotz des noch stärker einsetzenden Frostes und der vereisten Straßen machte er sich in Begleitung eines Kawassen und dreier Reitknechte auf den Weg. In seinen Armen hielt er das sorgsam in Decken gewickelte kranke Kind.

  Der ungewöhnliche Zug brach beim Morgengrauen auf. Er war noch nicht über den Karaula-Berg hinausgekommen, da hauchte der Knabe sein Leben in den Armen des Vaters aus. Sie übernachteten mit dem toten Kind in einem Han und kehrten am nächsten Tag nach Travnik zurück. Um die Abenddämmerung waren sie wieder vor dem Konsulat angelangt.

Madame Daville brachte soeben ihren jüngsten Sohn zu Bett und flüsterte ihr Gebet »für jene, die auf Reisen sind«, als Hufschläge und Klopfzeichen am Tor sie aufscheuchten. Sie konnte sich, starr vor Schrecken, nicht vom Platz bewegen und erwartete in dieser Haltung Daville; er betrat die Stube, das in Decken gehüllte Kind mit der gleichen Zärtlichkeit und Vorsicht im Arm haltend wie beim Fortreiten. Er legte das tote Kind aus den Armen, warf den weiten schwarzen Übermantel ab, aus dem einem Kälte entgegenschlug, und umschlang seine Frau, die, fassungslos und zu Eis erstarrt, die letzten Worte ihres Gebetes lispelte, das sie eben um die Genesung und die glückliche Rückkehr ihres Söhnchens gesprochen hatte.

Der Konsul konnte sich, durchfroren und zerschlagen von dem zweitägigen Ritt, kaum mehr auf den Beinen halten. Seine Arme, die, stundenlang in derselben Haltung, das kranke und dann tote Kind getragen hatten, schmerzten, so steif waren sie. Jetzt aber hielt er, alles vergessend, die zierliche Gestalt seiner Frau mit einer stummen Zärtlichkeit umfangen, die seine grenzenlose Liebe zu Frau und Kind ausdrückte. Er schloß die Augen und vertiefte sich in die Vorstellung, er trage so auch weiterhin, Müdigkeit und Schmerz vergessend, sein Kind der Genesung entgegen und es würde nicht sterben, solange er es unter Schmerzen und Qualen so festhielt und trug. Und das Weib in seinen Armen weinte sanft in sich hinein, wie es nur tapfere und ganz selbstlose Frauen tun.

Des Fossés stand verlegen abseits, er kam sich überflüssig vor und betrachtete überrascht, ja verständnislos, die ungeahnte Größe eines so schlichten und durchschnittlichen Mannes.

Am Tag darauf wurde der kleine Jules-François Amyntas Daville bei sonnigem und trocken-frostigem Wetter auf dem katholischen Friedhof beigesetzt. Der österreichische Konsul wohnte mit Frau und Tochter dem Begräbnis bei und kam in das Konsulat, um sein Beileid auszusprechen. Frau von Mitterer bot der Familie ihre Hilfe an und sprach viel und aufgeregt über Kinder, Krankheiten und Tod. Daville und seine Frau hörten ihr ruhig zu und schauten mit trockenen Augen vor sich hin wie Menschen, denen jedes tröstliche Wort guttut, denen aber in Wirklichkeit niemand helfen kann und die auch von keinem Hilfe erwarten. Das Gespräch ging in einen langen Dialog zwischen Frau von Mitterer und des Fossés über, um als ein Monolog Anna Marias über das Schicksal zu enden. Sie sah blaß und feierlich aus. Erschütterungen und Aufregungen waren ihr wahres Element. Ihre wirren braunen Haare glichen unruhigen Peitschen. Die beiden großen Augen glänzten unnatürlich in dem blassen Gesicht, und der Glanz leuchtete in grau schillernde Tiefen hinein, so daß es jedem schwerfiel, längere Zeit unentwegt in diese Augen zu schauen. Das Gesicht straff und schneeweiß, der Hals ohne die geringste Falte, die Brust – die eines reifen Mädchens. In dem Kreis des Todes und der Trauer, zwischen ihrem fahlen, bekümmert dreinblickenden Mann und ihrem kleinen, schweigsamen Töchterchen wirkte sie noch strahlender, stach sie noch mehr durch ihre eigenartige, gefährliche Schönheit ab. Des Fossés betrachtete lange ihre schmalen, kräftigen Hände. Die Haut der Hände war blaß, aber bei jeder Bewegung und an den Gelenken umspielte sie ein zarter, perlenhafter Schimmer wie der gerade noch bemerkbare Widerschein einer weißen Flamme, die selbst nicht zu sehen ist. Ein Rest des weißen Schimmers glomm noch den ganzen Tag über in des Fossés' Augen. Und als er in der Kirche von Dolac, wo eine Totenmesse für die Seele des hingeschiedenen Kindes gelesen wurde, Anna Maria wiedersah, suchte sein erster Blick ihre Hände, aber sie trugen diesmal schwarze Handschuhe.

Nach wenigen Tagen der Aufregung nahm das Leben wieder seinen gewohnten Lauf. Der Winter verriegelte alle Türen und jagte die Menschen in ihre geheizten Häuser. Wieder war jegliche Verbindung zwischen den beiden Konsulaten abgerissen. Sogar des Fossés schränkte seine Spaziergänge ein. Die Gespräche zwischen ihm und Daville vor dem Mittagessen oder der Abendmahlzeit hatten jetzt einen milderen, herzlicheren

Charakter angenommen und bewegten sich in der Hauptsache um Themen, bei denen der Unterschied ihrer Auffassungen nicht so hervortrat. Sie vermieden es, wie das immer in Tagen unmittelbar nach einem Begräbnis zu sein pflegt, über den Verlust und den Tod des Kindes zu sprechen, aber da sich der Gedanke nicht verscheuchen ließ, unterhielten sie sich ausführlich über die Krankheit des Jungen, dann über Gesundheit und Krankheit im allgemeinen und über die Heilmethoden und über die Ärzte in diesem rauhen Lande im besonderen.

Zahllos und mannigfaltig sind die Überraschungen, die den Menschen aus dem Westen erwarten, wenn er, jäh nach dem Orient verschlagen, gezwungen wird, hier zu leben, eine der größten und schmerzlichsten Überraschungen aber erlebt er, sobald Fragen der Gesundheit und Krankheit auftauchen. Einem solchen Menschen erscheint das leibliche Befinden plötzlich in völlig neuem Licht. Im Westen ist die Krankheit in ihren verschiedenen Erscheinungsformen und mit all ihren Schrecken genauso vorhanden, aber sie ist dort etwas, was man verdrängt und lindert oder zumindest vor den Augen der gesunden, ihrem Beruf nachgehenden heiteren Menschen verbirgt, und zwar kraft einer besonderen Organisation der Gemeinschaft, durch Konventionen und durch die geheiligten Formen des gesellschaftlichen Lebens. Hier hingegen ist es, als sei die Krankheit keinesfalls etwas Außergewöhnliches. Sie taucht auf und verläuft Seite an Seite mit der Gesundheit, mit ihr sich abwechselnd, man sieht und hört und spürt sie auf Schritt und Tritt. Für den Einheimischen bedeutet sich kurieren nicht mehr als essen, und er ist mit der gleichen Natürlichkeit krank, mit der er lebt. Die Krankheit ist die andere, die schwerere Hälfte des Lebens. Es wimmelt von Fallsüchtigen, Syphilitikern, Aussätzigen, Hysterikern, Idioten, Buckligen, Lahmen, Stummen, Blinden und Krüppeln am hellichten Tage, sie alle kriechen herum oder schleichen dahin, betteln um Almosen oder schweigen trotzig und tragen geradezu hochmütig ihr schreckliches Gebresten zur Schau. Es ist nur ein Glück, daß die Frauen, vor allem die türkischen, ihr Gesicht verschleiern und sich vermummen, sonst wäre die Zahl der Kranken, die man hier träfe, doppelt so groß. Daran denken Daville und des Fossés, sooft sie auf einem steilen Dorfpfad, der nach Travnik führt, einen Bauern sehen, wie er am Zaumzeug sein Pferd hinter sich her zieht, auf dem eine Frau schwankt, ganz in die Feredsche eingehüllt: ein Sack voll unbekannter Qual und Krankheit.

Aber nicht allein die Armen sind von der Krankheit betroffen. Die Krankheit ist für die Armen Schicksal und für die Reichen Strafe. Auf den Trieben des Überflusses blüht die gleiche Blume wie auf denen des Elends: die Krankheit. Auch der Konak des Wesirs ist, betrachtet man ihn näher und lernt man ihn besser kennen, nicht viel anders daran als die arme, primitive Welt, wie man sie an Markttagen auf den Gassen sieht. Wenn auch die Art des Krankseins verschieden ist, die Einstellung zur Krankheit ist die gleiche.

Die Erkrankung von Davilles Kind hatte des Fossés Gelegenheit gegeben, alle vier Travniker Ärzte kennenzulernen. Das waren, wie wir gesehen haben, d'Avenat, Cologna, Mordo Atijas und Fra Luka Dafinić.

D'Avenat kennen wir schon seit Beginn, und zwar als Dolmetscher und Konsulatsbeamten auf Widerruf. Seine ärztliche Praxis hatte er selbst zu jener Zeit kaum mehr ausgeübt, als er in Mechmed-Paschas Diensten gestanden. Sein Arzttitel diente ihm, wie so vielen anderen Ausländern, nur als Aushängeschild für die Ausübung allerlei anderer Geschäfte, in denen er weitaus mehr Wissen und Fertigkeit bewies als in diesem Beruf. Jetzt war er glücklich und zufrieden in seiner neuen Stellung, für die er den guten Willen wie auch die entsprechenden Fähigkeiten mitbrachte. Es hatte den Anschein, als ob er in seiner Jugend wirklich etwas Medizin in Montpellier studiert hätte, aber für den Arztberuf fehlte ihm jegliche Voraussetzung. Er besaß weder die notwendige Liebe zum Menschen noch das Vertrauen zur Natur. Wie die meisten Westeuropäer, die durch eine Verkettung von Umständen im Orient verbleiben und sich allmählich den Türken anpassen, war er von einer starken allgemeinen Skepsis und einem tiefen Pessimismus befallen. Die gesunde und die kranke Menschheit waren für ihn zwei Welten, die zueinander in keiner echten Beziehung standen. In der Genesung sah er einen befristeten Zustand und nicht ein Hinüberwechseln aus der Welt der Kranken in die der Gesunden, denn nach seiner Auffassung gab es ein solches Hinüberwechseln nicht. Der Mensch kam entweder krank zur Welt, oder er wurde es, das war dann sein Los in diesem Leben, und alles Elend, wie Schmerzen, Unkosten, Pflege, Ärzte und sonstige traurige Dinge, gehörte natürlicherweise dazu. Deshalb befaßte sich d'Avenat lieber mit Gesunden als mit Kranken. Er hatte einen Ekel vor Schwerkranken, und langes Siechtum faßte er als eine Art persönlicher Beleidigung auf; er erwartete von diesen Kranken, daß sie sich endlich für Links oder Rechts entschieden, das heißt für die Gesunden oder die Toten.

Sofern er türkische Herrschaften, in deren Diensten er stand, überhaupt behandelte, verließ er sich weniger auf seine medizinischen Kenntnisse und auf seine mehr oder minder neutralen Medikamente als auf seinen starken Willen und seine skrupellose Frechheit. Seinen vornehmen Patienten schmeichelte er geschickt, indem er ihre Kraft und ihre Ausdauer lobte; dadurch stachelte er ihren Ehrgeiz und ihren Widerstandswillen gegen die Krankheit auf. Half das nicht, so suggerierte er ihnen ihre Krankheit als harmlos und ungefährlich. Dies fiel ihm um so leichter, als er mit der gleichen Beständigkeit und Konsequenz auch den gesunden Herrschaften schmeichelte, nur auf andere Weise und in anderer Hinsicht. Er hatte schon sehr früh die Bedeutung der Schmeichelei und die Kraft der Einschüchterung, ja überhaupt die Wirkung erfaßt, die ein gutes oder ein derbes Wort, im richtigen Augenblick und am rechten Platz gesprochen, ausüben kann. Grob und rücksichtslos gegen die meisten Menschen, sparte er seine ganze Aufmerksamkeit und jedes höfliche Wort für die Mächtigen und Großen auf. In dieser Kunst zeigte er sich unerhört geschickt und dreist.

So ein Arzt war César d'Avenat.

Das wahre Gegenstück zu ihm war Mordo Atijas, ein kleiner, schweigsamer Jude, dessen Geschäft sich in der unteren Čaršija befand, wo er nicht nur Medikamente und ärztliche Unterweisung feilbot, sondern auch alles andere, angefangen von Augengläsern und Schreibutensilien bis zum Wässerchen für unfruchtbare Frauen, zu Wollfarben und guten Ratschlägen jedweder Art.

Die Atijasse waren die älteste jüdische Familie in Travnik. Sie lebten hier schon über hundertfünfzig Jahre. Ihr erstes Haus hatte seinerzeit noch außerhalb der Stadt gestanden, in einer engen, feuchten Schlucht, durch die einer der vielen namenlosen in die Lašva mündenden Bäche fließt. Es war ein kleines Tal innerhalb des Travniker Tales, fast ganz ohne Sonne, voll von Nässe und angeschwemmtem Kies, allseits umwuchert von Erlen und Waldreben. Hier erblickten die Atijasse das Licht der Welt, hier starben sie, Generation um Generation. Später gelang es ihnen, der feuchten, dämmerigen, ungesunden Gegend den Rücken zu kehren und sich in der Oberstadt anzusiedeln, aber alle Angehörigen der Familie behielten etwas von ihrem ursprünglichen Wohnsitz, sie alle waren klein und blaß, als wären sie im Keller aufgewachsen, wortkarg und menschenscheu; sie lebten bescheiden, irgendwie unbemerkt, obgleich sie sich mit der Zeit auch wirtschaftlich verbesserten und zu Reichtum gelangten. Und immer befaßte sich einer aus der Familie mit Arzneien und mit der Heilkunst.

Von allen Travniker Ärzten und denen, die als solche galten und in das französische Konsulat gebeten wurden, läßt sich über Mordo Atijas das wenigste sagen. Was könnte man auch von einem Menschen berichten, der seinen Mund nicht auftut, nirgends hingeht, mit niemandem Umgang pflegt, keine Ansprüche stellt und nur sein Geschäft und sein Hauswesen im Auge hat. Ganz Travnik und allen Dörfern ringsum war Mordo mit seinem Arzneiladen ein Begriff, aber das war auch alles, was man von ihm wußte.

Er war ein kleines Männlein, das in seinen Bart, Schnurrbart, in die Ohrlöckchen und Augenbrauen förmlich hineingewachsen schien, angetan mit einer gestreiften Anterija und blauen Pumphosen. Soweit man in der Familie zurückdenken konnte, waren die Vorfahren früher, als sie noch in Spanien lebten, Ärzte und Apotheker gewesen. Jene Kunst hatten die Atijasse dann fortgesetzt, nachdem sie als Verbannte und Flüchtlinge zuerst nach Saloniki und von dort nach Travnik übergesiedelt waren. Der Großvater dieses Mordo, Isak der Hekim, war hier in Travnik ein erstes Opfer der großen Pest geworden, die um die Mitte des vergangenen Jahrhunderts gewütet hatte; sein Sohn hatte das Geschäft übernommen und es vor rund zwanzig Jahren Mordo übertragen. Die Atijasse verwahrten in ihrer Familienbibliothek Werke und Aufzeichnungen berühmter arabischer und spanischer Ärzte – Schriften, die ihre Vorfahren, als sie seinerzeit aus Andalusien vertrieben worden waren, hierher mitgebracht hatten. Die Werke vererbten sie als geheimen Schatz von Geschlecht zu Geschlecht weiter. Nun waren mehr als zwanzig Jahre ins Land gegangen, in denen Mordo jeden Tag, außer am Sabbat, auf der Ladenstufe hockte, mit untergeschlagenen Beinen, gekrümmtem Rücken und gesenktem Kopf, immer um seine Kundschaft bemüht oder mit Pulvern, Kräutern und Wässerchen beschäftigt. Sein Laden glich, von unten bis oben mit Waren vollgerammelt, einer großen Holzschachtel, und er war so eng und niedrig, daß Mordo nach jedem Gegenstand mit der Hand langen konnte, ohne sich dabei von seinem Platz zu erheben. So saß er, im Winter wie im Sommer, in seinem Geschäft, immer der gleiche, stets im selben Anzug und in der gleichen Laune: ein gekrümmtes Knäuel Schweigen, das weder Kaffee trank noch rauchte, noch sich an den Gesprächen oder Scherzen der Čaršija beteiligte.

Wenn Kundschaft kam, ein Kranker oder jemand aus der Familie eines Erkrankten, so setzte er sich auf die schmale Ladenstufe und berichtete, worum es sich handelte. Mordo stellte flüsternd, die Lippen blieben dabei durch den dichten schwarzen Bart und Schnurrbart verdeckt, seine Diagnose, händigte die Arznei aus und nahm die Bezahlung entgegen. Es gab kein Mittel, ihn in ein Gespräch zu verwickeln. Selbst mit den

Kranken sprach er über ihre Krankheit nur das Allernotwendigste. Er hörte ihnen geduldig zu, schaute mit seinen mattdunklen Augen aus einem Dickicht von Haaren, unter denen kein einziges graues war, stumm vor sich hin und antwortete auf all ihr Gerede immer mit den gleichen, stereotypen Sätzen, von denen der letzte lautete: »In meiner Hand die Arznei, in Gottes Hand die Gesundheit.« Damit brach er jedes weitere Gespräch ab und ließ die Kundschaft wissen, daß sie die Arznei nehmen und bezahlen oder sie liegenlassen sollte.

»Jaja, ich nehme sie schon, was bleibt mir denn übrig; sogar Gift würde ich annehmen«, klagt der Kranke, dem ebensoviel am Medikament wie daran gelegen ist, sich aussprechen und ausjammern zu dürfen.

Aber Mordo ist unerbittlich. Er wickelt das Medikament in blaues Papier ein, stellt es vor den Kranken hin und greift wieder auf irgendeine kleine Arbeit zurück, die er soeben, als der Kunde erschien, unterbrochen hat.

An Markttagen sammelt sich vor Mordos Geschäft ein Haufen Bauern und Bäuerinnen. Einer sitzt an der Schwelle und flüstert mit Mordo, während die übrigen auf der Straße herumstehen und warten. Sie verlangen eine Arznei oder bieten Heilkräuter zum Verkauf an, sie reden leise, sie feilschen, gestikulieren, gehen weg und kehren wieder um. Nur Mordo bleibt auf seinem Platz sitzen – unbeweglich, kühl und schweigsam.

Besonders laut und wählerisch sind die älteren Bäuerinnen, die sich Augengläser kaufen. Erst erzählen sie des langen und breiten, wie sie noch bis unlängst den Zwirn in das feinste Nadelöhr einfädeln konnten und wie sich seit dem Winter, infolge eines Schnupfens wohl oder etwas Ähnlichen, ein Schleier vor ihre Augen gehängt habe, so daß sie jetzt sogar ihre Strickarbeit nur schwer erkennen könnten. Mordo mustert eine Frau in den Vierzigern, bei der die Sehschärfe aus natürlichen Gründen nachzulassen beginnt, prüft Gesichtsbreite und Form der Nase, kramt dann aus einer schwarzen runden Schachtel eine blechumrandete Brille hervor und setzt sie der Bäuerin auf. Sie beguckt sich zuerst ihren Handteller, dann den Handrücken, endlich schaut sie auf das Wollknäuel, das ihr Mordo mit der Frage überreicht: »Na, siehst du es? Oder nicht?« Er preßt die Worte durch die Zähne, als geize er mit jedem Ton.

»Ich sehe, ich sehe es schön: Es ist Wolle. Aber irgendwie weit weg ist sie, wie am andern Ende der Čaršija«, sagt die Bäuerin zaghaft.

Mordo greift nach einer zweiten Brille, fragt: »Besser?« und spart sich alle weiteren Worte.

»Teils, teils. Jetzt schwimmt irgendein Nebel vor meinen Augen, wie Rauch, wie etwas ...«

Mordo langt ruhig nach der dritten Brillensorte, und das ist die letzte. Mit ihr muß die Bäuerin sehen können, sie muß die Brille kaufen oder sie liegenlassen. Ein weiteres Gespräch mit Mordo gibt es nicht, nicht um Liebe und nicht um Geld.

Es folgt der nächste Patient, ein knochiger, abgemagerter, blasser Gebirgsbauer aus dem Dorf Paklarevo. Mordo fragt ihn mit seiner tonlosen Stimme und seinem spanischen Akzent nach seinen Beschwerden.

»Mich brennt da was an der Galle wie ein Glutfunken, Gott erhalte dich gesund, aber es schmerzt, es tut weh ...«, sagt der Bauer und zeigt mit dem Finger mitten auf die Brust. Er möchte am liebsten einige Male wiederholen, wie sehr es ihm weh tut, aber Mordo unterbricht ihn trocken und überzeugend:

»Da ist nichts, da kann nichts weh tun.«

Der Bauer beteuert ihm, es schmerze ihn gerade hier, weicht allerdings mit dem Finger schon etwas nach rechts hinüber.

»Aber es tut weh ... Wie soll ich dir das sagen? Es schmerzt, siehst du, so. Hier beginnt der Schmerz und wandert, verzeih, aber er wandert wirklich ...«

Endlich geben beide etwas nach, der Kranke und auch Mordo, und sie einigen sich auf eine Stelle, wo man Schmerz mehr oder weniger immer spürt. Dann fragt ihn Mordo kurz und geschäftlich, ob in seinem Garten Kampferbeifuß wachse, und heißt ihn, das Kraut in einem Napf zu zerstampfen, etwas Honig beizumengen und über alles ein Pülverchen zu streuen, das er ihm geben werde. Aus der Mischung solle er zwischen den Händen drei Kügelchen kneten und sie vor Sonnenaufgang hinunterschlucken.

»Das tu jeden Tag, acht Tage lang, von Freitag zu Freitag. Und der Schmerz und die Krankheit werden schwinden. Gib mir zwei Groschen. Und: Gott segne dich!«

Der Bauer, der mit weit aufgerissenen Augen die Anweisung nachlispelte, um sie sich zu merken, vergißt plötzlich alles, sogar den Schmerz, um dessentwillen er gekommen ist, und greift nach dem linnenen Geldbeutel. Schwerfällig und langsam zieht er den Beutel heraus, schnürt ihn unter Stöhnen und Zaudern auf, zählt das Geld ab, und endlich erfolgt das schmerzhafte Bezahlen.

Wieder sitzt Mordo unbeweglich und klein da, mit der nächsten Kundschaft beschäftigt. Unterdes verläßt der Bauer langsam die Čaršija und geht am Bachrand entlang in sein hochgelegenes Dorf Paklarevo, den Schmerz in der Brust, der nicht nachläßt, und in der Tasche Mordos Pulver, das in blaues Papier eingewickelt ist. Und ein anderer, davon unabhängiger Schmerz erfüllt sein ganzes Wesen: die Trauer über das, wie ihm vorkommt, vergeudete Geld und die Angst, er könnte betrogen sein. So geht er geradewegs in den Sonnenuntergang hinein, völlig geistesabwesend und niedergeschlagen, denn es gibt kein Geschöpf, das so traurig und verwirrt ist wie ein kranker Bauer.

Und doch gab es einen Besucher, mit dem Mordo längere und intimere Gespräche führte und bei dem er die Minuten und die Worte, die er über seine Gewohnheit hinaus mit ihm verlor, nicht bedauerte. Dieser Besucher war Fra Luka Dafinić, bekannter unter dem Namen »Likar«. Fra Luka hatte schon mit Mordos Vater, David Atijas, zusammengearbeitet und sich mit ihm gut verstanden, zwanzig Jahre war es her, seitdem er Mordos unzertrennlicher Freund und Zunftgenosse geworden. (Schon seinerzeit, da er als junger Seelsorger in den verschiedensten Pfarreien sein Amt ausübte, kam er, sooft er nur konnte, nach Travnik und suchte dann zuerst Mordos Laden und nachher erst den Pfarrer in Dolac auf.) Auch die Travniker Čaršija hatte sich schon seit langem an das Bild gewöhnt, wie Mordo und Fra Luka die Köpfe zusammensteckten, miteinander tuschelten oder Gräser und Arzneien begutachteten.

Fra Luka war aus Zenica gebürtig. Als Kind schon hatte er, nachdem die Seinen alle an der Pest gestorben waren, im Kloster von Guča Gora Aufnahme gefunden. Hier hatte er seitdem, mit kurzen Unterbrechungen, sein ganzes Leben zwischen Arzneien, medizinischen Büchern und Instrumenten verbracht. Seine Zelle war vollgestopft mit Töpfen, Tongefäßen und Schachteln, an den Wänden und an der Decke baumelten in Säckchen oder Bündeln getrocknete Kräuter, Zweiglein und Wurzeln. Auf dem Fensterbrett stand ein großes Gefäß mit Blutegeln in klarem Wasser und ein zweites, kleineres mit Skorpionen in Olivenöl. Neben seinem Schlaflager, das mit einem alten, angesengten, fleckigen und geflickten Kelim zugedeckt war, befand sich ein irdener Ofen, auf dem in einem Geschirr immer irgendwelche Kräuter kochten. In Winkeln und auf Regalen sah man Stücke seltenen Holzes, kleines und großes Gestein, Tierhäute und Geweihe.

Trotz alledem war die Zelle stets saubergehalten, gut durchlüftet und freundlich. Zumeist lag ein Duft von Wacholderbeeren oder Pfefferminz über dem Raum.

An der Wand drei Bilder. Hippokrates, der heilige Aloisius von Gonzaga und die Gestalt eines unbekannten geharnischten Ritters mit einem Visier und einem großen Federbusch auf dem Helm. Wie Fra Luka zu den Bildern gelangt war und wozu sie ihm dienten, das konnte kein Mensch jemals erfahren. Als die Türken einmal im Kloster eine Hausdurchsuchung vorgenommen hatten, ohne etwas gefunden zu haben, woran sie Anstoß nehmen konnten, und auf das Bild des geharnischten Ritters gerieten, erklärte man ihnen, es sei das Bildnis eines Sultans. Das löste eine Debatte aus, ob es wohl denkbar und gestattet sei, daß Sultane abgebildet würden. Aber da das Bild völlig ausgeblichen war und den Türken jede Bildung fehlte, verlief die Sache im Sande. Die Bilder hingen schon länger als ein halbes Menschenalter dort, und da sie sowieso nie sehr erkennbar gewesen waren, verblaßten sie mit der Zeit ganz, so daß der heilige Aloisius jetzt dem Hippokrates und Hippokrates dem »Sultan«, der »Sultan« aber, ein schlechter Druck auf weichem, billigem Papier, jetzt überhaupt niemandem mehr glich. Einzig und allein Fra Luka bildete sich ein, das Schwert und den Helm genau zu unterscheiden und den kriegerischen Gesichtsausdruck, den der Held vor fünfzig Jahren gehabt hatte, immer noch klar zu erkennen.

Schon als junger Theologe hatte Fra Luka Neigung und Talent zum Arztberuf gezeigt. Da seine damaligen Vorgesetzten das sahen und nur zu gut wußten, wie sehr ein zuverlässiger und geschickter Arzt im Volk und bei den Klosterbrüdern vonnöten war, schickten sie ihn auf die medizinische Schule nach Padua. Aber schon im darauffolgenden Jahr, beim ersten Wechsel innerhalb des Kapitels, fand der neue Ordensvorstand, der sich aus der bisherigen Opposition konstituiert hatte, daß dieser Aufenthalt Fra Luka nicht dienlich sei und dem Orden zu teuer komme. Sie beorderten den jungen Mönch nach Bosnien zurück. Als im dritten Jahr das vorherige Ordenskapitel wiedergewählt wurde, schickte es den jungen Frater zum zweitenmal nach Padua, damit er seine »medizinischen Studien« nunmehr beende. Jedoch nach Ablauf eines Jahres kam die gegnerische Partei nochmals ans Ruder, sie erklärte wieder alles vorher Beschlossene für null und nichtig und bestand unter anderem geradezu eigensinnig darauf, Fra Luka müsse aus Padua nach Guča Gora zurückkehren.

Mit dem Wissen, das er gesammelt hatte, und den Büchern, die er hatte erstehen können, quartierte sich Fra Luka in seine jetzige Zelle ein und fuhr fort, mit aller Leidenschaft Heilkräuter zu sammeln und zu erforschen und aus Menschenliebe Kranke zu heilen. Diese Leidenschaft hatte ihn nie losgelassen, und seine Liebe zu den Menschen war nie erkaltet.

Die Zelle, in der sich der große, kurzsichtige, magere Likar lautlos bewegte, atmete Ordnung und Frieden. Fra Lukas Magerkeit war in der ganzen Provinz sprichwörtlich geworden.

(»Zwei Dinge weiß auch der weiseste Schriftgelehrte nicht, und zwar: worauf die Erde steht und worauf die Ordenskutte Fra Lukas hängt.«) Auf dem großen, schlanken Körper ruhte stolz ein schöner Kopf mit einem lebhaften Gesichtsausdruck und blauen Augen, die entrückt und abwesend blickten, ein schütterer Kranz weißer Haare umgab den regelmäßig geformten Schädel, der von einer feinen, rötlichen Haut überzogen war, durch die blaue und verzweigte Äderchen schimmerten. Fra Luka blieb lebhaft und behende bis in sein hohes Alter. »Er geht nicht, sondern er blitzt durch die Luft wie ein Säbel«, sagte einmal von ihm ein Guardian. Und tatsächlich, der Mann mit dem lachenden Blick und den flinken, lautlosen Bewegungen legte nie die Hände in den Schoß. Die ausgelaugten und ausgedörrten langen Finger befaßten sich den ganzen Tag mit einer Unmenge kleiner Dinge, sie raspelten, hämmerten, klebten, banden, verzeichneten dies und jenes und stopften etwas in Kisten und Regale. Denn in Fra Lukas Augen war nichts unbedeutend, nichts überflüssig oder unnütz. Unter seinen mageren Fingern und seinen lächelnden, kurzsichtigen Augen nahm alles Leben an, wurde beredt und suchte wie von selbst den ihm gebührenden Platz unter den Arzneien oder wenigstens unter jenen Sachen, die als unentbehrlich oder als selten galten.

Tagaus, tagein, jahraus, jahrein von Kräutern, Steinen und Lebewesen umgeben, ihre Veränderungen und Bewegungen ständig beobachtend, erkannte Fra Luka immer deutlicher, daß es auf der Welt, so wie wir sie sehen, nur zwei Dinge gibt: ein stetes Werden und Vergehen, und zwar eng und unlösbar miteinander verflochten zu einem allumfassenden, ewigen Kreislauf. Alle Erscheinungen um uns herum sind nur herausgelöste Phasen des endlosen, komplizierten, ewigen Wechsels von Ebbe und Flut, reine Fiktionen, vorübergehende Augenblicke, die wir Menschen willkürlich absondern, bezeichnen und mit bestimmten Namen belegen, die da heißen: Gesundheit, Krankheit und Sterben. Natürlich gibt es das gar nicht. Es gibt nur ein Wachsen und ein Verfallen in verschiedenen Stadien und unter verschiedenen Aspekten. Die ganze ärztliche Kunst beruht darauf, jene Kräfte kennenzulernen, zu erfassen und auszuwerten, die in Richtung des Wachstums gehen, so »wie der Seefahrer die Winde in seinen Dienst stellt«, und alle die, die den Verfall fördern, zu vermeiden und zu beseitigen. Wo es dem Menschen gelingt, die Kraft des Wachstums einzufangen, wird der Kranke genesen, und er kann weitersegeln; wo ihm dies nicht glückt, versinkt er ganz einfach und unaufhaltsam; in der großen, unsichtbaren Buchführung von Werden und Vergehen geht alle Kraft von der einen Seite auf die andere über.

So nahm sich sein Weltbild im großen aus; in Einzelheiten war es natürlich viel schwieriger und verwickelter. Jedes Lebewesen, jede Pflanze, jede Krankheit, jede Jahreszeit, jeder Tag und jede Minute hatten ihr eigenes Steigen und Sinken. Und all das war ineinandergefügt und miteinander verknüpft durch zahllose, undeutliche Fäden, all das wirkte und werkte, quoll über, zitterte und strömte Tag und Nacht tief in der Erde, überall auf ihr und hoch in der Luft, bis hinauf zu den Planeten, alles nach dem einzigen, zwiefachen Gesetz von Werden und Vergehen, das so schwer zu verstehen und zu verfolgen war.

Sein Leben lang war Fra Luka zutiefst von seinem Weltbild und von der vollendeten Harmonie des Kosmos entzückt, die sich nur erahnen ließ, deren sich der Mensch hin und wieder bedienen konnte, die er aber nie vollständig beherrschte. Was vermochte ein Mensch wie er, dem alle Zusammenhänge enthüllt waren und der berufen war, auf diesem so unübersehbaren, aussichtslosen Tätigkeitsfeld zu wirken, das heißt nach Gottes Ratschluß Kräuter zu erforschen und Krankheiten zu heilen? Was sollte er zuerst erfassen und sich einprägen von dem Bild, das bald vor ihm aufblitzte, klar, verständlich und nahe, mit Händen greifbar, bald wieder sich verfinsterte und zerstob wie ein toller Schneewirbel in undurchdringlicher Nacht? Wie sollte er sich in diesem Lichtgewirr, in diesem scheinbaren Chaos verwickelter und sich kreuzender Einflüsse und blind waltender Mächte und Urkräfte zurechtfinden? Wie sollte es ihm gelingen, wenigstens einige, und seien es auch nur die gröbsten, Fäden zu ergreifen und die Folgen mit den Ursachen zu verknüpfen?

Darauf eine Antwort zu finden war Fra Lukas einzige Sorge und neben seinen Ordens- und Priesterpflichten der Leitgedanke seines Lebens. Deshalb war er so entrückt und geistesabwesend, deswegen so mager und dünn wie eine gespannte Saite. Deshalb befaßte er sich so leidenschaftlich mit Kräutern und Kranken, einerlei, wo sie sich befanden, wie sie aussahen und wie sie hießen.

Fra Luka war der festen Überzeugung, die Natur berge genausoviel Heilkräfte, wie es Krankheiten unter Menschen und Tieren gäbe, und das eine stimme mit dem anderen bis aufs Quentchen überein. Das waren große Berechnungen, für die es weder eine passende Lösung noch ein gültiges Maß gab, aber es stand ebenso außer Zweifel, daß sie stimmten und aufgingen, irgendwo dort im Unendlichen. Diese Heilkräfte befanden sich, wie die Alten lehrten, »in herbis, in verbis et in lapidibus«. In der geheimsten Falte seines Herzens hegte Fra Luka, ohne es sich selbst einzugestehen, den kühnen Glauben, jede böse Veränderung im menschlichen Körper ließe sich ausmerzen, wenigstens in der Theorie, denn die Krankheit und ihr Gegenmittel entstünden und lebten zur gleichen Zeit, wenn auch fern, oft eines vom anderen unerreichbar fern. Gelang es dem Arzt, die beiden in Verbindung zu bringen, wich die Krankheit; gelang es ihm nicht, so nahm die Krankheit überhand und zerstörte den Organismus, in dem sie aufgetreten war. Kein Mißerfolg, keine Enttäuschung vermochten den geheimen Glauben ins Wanken zu bringen. Mit diesem stillen Glauben ging Fra Luka an jedes Heilmittel und jeden Kranken heran. Und es sei zugegeben, er selbst leistete seinem unerklärbaren Glauben dadurch Vorschub, daß er, wie so viele Ärzte, jeden nicht geheilten oder verstorbenen Kranken möglichst schnell und radikal vergaß, jede geglückte Heilung aber noch fünfzig Jahre in Erinnerung behielt.

Das also war Fra Luka Dafinić, der Likar. Ein begeisterter,

unverbesserlicher Freund des kranken Teils der Menschheit, hatte er die ganze Natur zum Freund und nur zwei Gegner: seine Ordensbrüder und die Mäuse.

Das mit den Ordensbrüdern war eine alte, langwierige Geschichte. Die Geschlechter lösten einander ab und unterschieden sich in vielem, aber in einem waren sie sich einig: in der Mißachtung und Ablehnung Fra Lukas ärztlicher Kunst. Seitdem sie ihn als Studenten nach Padua geschickt und zurückgerufen, nochmals dorthin geschickt und wieder zurückbefohlen hatten, hatte er völlig und für immer die Hoffnung verloren, bei seinen Mitbrüdern auf Verständnis oder Unterstützung zu stoßen. Der frühere Guardian, Fra Martin Dembić vulgo Dembo, schilderte einmal das Einvernehmen zwischen Fra Luka und seinen Ordensbrüdern folgendermaßen:

»Siehst du hier unseren Likar? Selbst wenn er mit den Fratres gemeinschaftlich im Chore zu Gott betet, denkt er nicht dasselbe wie sie. Während ihre Lippen das gleiche Gebet sprechen, denkt Fra Luka so: ›Bring meine schlimmen Brüder zu Verstand, Herrgott, und besänftige sie, auf daß sie mich nicht bei jedem Schritt behindern, den ich in meiner guten, nützlichen Sache tue. Oder aber, wenn du dies nicht vermagst, denn ich kann mir vorstellen, was ein solcher Dickschädel von einem Mönch selbst für Gottes Hand bedeutet, wappne mich wenigstens mit heiliger Geduld, damit ich sie ohne Haß und ohne böse Worte ertragen lerne, so wie sie sind, und damit ich ihnen, wenn sie krank werden, helfe mit meiner Kunst, die sie verachten und verurteilen.‹ Die Brüder wieder denken beim Beten: ›Herrgott, erleuchte den Verstand unseres Fra Luka, heile ihn von seiner schweren Krankheit: von der Heilkunst und von den Heilmitteln. Wir wollen gern alle Leiden ertragen, die du uns schickst (denn an irgend etwas muß man schließlich sterben!), nur schaffe uns den Arzt vom Halse, der uns von ihnen heilen will.‹«

Überhaupt war Fra Luka für Dembo, der ein geistreicher und kräftiger Mann von grimmiger Spottlust, aber auch ein guter Vorgesetzter und vollkommener Ordensgeistlicher war, lange Jahre der Gegenstand zahlloser Geschichten und Scherze. Und dennoch, auch er mußte wie viele andere in den Armen Fra Lukas sterben. Allerdings, Dembo lächelte auch da, seine Schmerzen verbeißend, und sprach schwer atmend zu den versammelten Fratres:

»Brüder, die Bücher des Klosters sind alle in Ordnung, Schulden und Bargeld sind richtig verzeichnet. Der Vikar kennt alles bis ins kleinste. Nun segnet mich und gedenkt meiner im Gebet. Und daß ihr es wißt: Zwei Dinge haben mir den Garaus gemacht – mein Asthma und mein Arzt!«

So scherzte Dembo und trieb es noch angesichts des Todes mit seinen Scherzen zu weit.

Aber all dies ist schon lange her, es geschah »zu Dembos Zeiten«, als Fra Luka noch jünger und rüstiger war, als seine Generation noch lebte, von der es jetzt außer ihm so gut wie keinen mehr gab, denn auch er hatte nun schon seit Johannis das einundachtzigste Jahr auf seine Schultern genommen. Längst hatte Fra Luka seinen Brüdern verziehen, daß sie ihn nicht länger in Padua gelassen hatten und ihm nie soviel Geld bewilligten, als er für seine Bücher und Versuche benötigte, und auch seine Ordensbrüder hatten mit der Zeit aufgehört, ihn wegen seiner ungewöhnlichen Lebensweise, seiner Leidenschaft für die Medizin und seines freundschaftlichen Verkehrs mit Mordo Atijas zu necken. Fra Luka ging auch jetzt nach Travnik, saß bei Mordo auf der Ladenschwelle und tauschte Daten und Erfahrungen aus, handelte Kräuter und Wurzeln gegen Schwefel und Höllenstein ein, denn niemand verstand die Lindenblüte so zu trocknen oder den Muskatsalbei, das Johanniskraut und die Schafgarbe so zuzubereiten wie Fra Luka. Und die Mönche hatten sich längst an die »Freundschaft zwischen dem Alten und dem Neuen Testament« gewöhnt.

Auch die Krankenbesuche und die Behandlung von Patienten außerhalb der Klostermauern, um derentwillen Fra Luka einst mit seinen Ordensgefährten die meisten Kämpfe auszufechten hatte, waren längst auf das unumgängliche Mindestmaß beschränkt. Einst hatten sie für das Kloster eine Quelle dauernden Ärgernisses und die einzige Ursache ernster Zusammenstöße zwischen Fra Luka und seinen Oberen bedeutet. Auch damals war es nicht etwa so gewesen, daß Fra Luka danach gestrebt hätte, Patienten aus den Reihen der weltlichen und noch dazu der türkischen Bevölkerung zu gewinnen, die Türken waren es vielmehr, die damit begonnen hatten, ihn aufzusuchen, die nach ihm riefen und ihn um seine Behandlung baten oder, was noch häufiger vorkam, ihn zu sich befahlen und unter Bewachung ans Bett der Kranken führten. Diese leidigen Krankenbesuche verursachten ihm und seinen Ordensbrüdern viel Kopfweh, Schaden und Unannehmlichkeiten. Manchmal erhoben dieselben Türken, die ihn ans Krankenlager gerufen und beschworen hatten, irgendeinen der Ihren zu behandeln, nach erfolgter Behandlung gegen ihn und gegen das Kloster Klage, wenn sich der Gesundheitszustand eines Kranken verschlimmerte oder wenn er gar starb. Aber auch wenn die Heilung gelang und die überglückliche Familie zum Dank dafür Fra Luka beschenkte, fanden sich Hetzer und Nichtsnutze unter den Türken, die ihm nachsagten, er suche Umgang mit türkischen Familien. Zeugen konnten zwar nachweisen, daß der Mönch immer auf Drängen der Betreffenden und in edler, redlicher Absicht ins Haus gegangen sei, aber bis sich das alles belegen und klarstellen ließ und bis der Lärm verebbte, mußte das Kloster Schereien und Ängste und sogar Einbußen an Geld auf sich nehmen. Deshalb untersagten die Ordensbrüder Fra Luka, das Haus eines Türken zu betreten, ehe nicht die Familie eine amtliche Bewilligung beschafft hatte, aus der klar hervorging, daß man den Arzt von sich aus bestellt und daß die Behörde nichts dagegen einzuwenden habe.

Trotzdem ging es nicht immer ohne ärgerliche Verwicklungen und Schereien ab. Dabei gab es viele Fälle, in denen die Behandlung Erfolg hatte, so daß die begeisterten und dankbaren Menschen Fra Luka und das Kloster mit Lobesbezeigungen und Geschenken geradezu überschütteten.

Ein Beg zum Beispiel, einer von jenen kleinen dörflichen Begs, ein unerschrockener, einflußreicher Mann, dem Fra Luka eine lange vernachlässigte Wunde am Schienbein geheilt hatte, beteuerte dem Mönch, sooft er ihm begegnete:

»Immer, wenn ich mich frühmorgens auf die Beine stelle, bist du nach Gott der erste, dessen ich gedenke!«

Solange jener Beg lebte, setzte er sich für das Kloster und die Mönche ein, und sooft sie es nötig hatten, bürgte er für sie und stellte ihnen ein gutes Zeugnis aus.

Ein begüterter Türke aus Turbe, dessen Frau der Bruder Luka das Leben gerettet hatte, redete zwar mit keinem Menschen darüber (man spricht nicht über Frauen), aber er schickte Jahr für Jahr nach Mariä Himmelfahrt zwei Okka Honig und ein Schaffell an das Kloster mit der Weisung, es »dem Priester, der die Kranken heilt«, auszuhändigen.

Dafür gab es aber auch Beispiele von größter Undankbarkeit und teuflischer Gemeinheit. So behielt man im Kloster lange den Fall einer Schwiegertochter von Mustaj-Beg Miralem in Erinnerung. Die junge Frau war eines Tages von einem unerklärlichen Leiden befallen worden; sie wußte sich vor Qualen nicht mehr zu helfen und kreischte, tobte und knirschte mit den Zähnen Tag und Nacht, dann wiederum lag sie tagelang regungslos und stumm auf ihrem Lager, wollte keinen Menschen sehen und rührte keine Speise an. Ihre Angehörigen hatten schon alle möglichen Ratschläge befolgt, aber nichts half: weder Zaubersprüche noch Hodschas, noch irgendein Talisman. Von Tag zu Tag siechte die Frau mehr und mehr dahin. Endlich schickte der Schwiegervater, der alte Miralem, selbst nach dem Likar aus dem Kloster.

Als Fra Luka vor die Kranke hintrat, lag sie schon den zweiten Tag völlig erschöpft und zusammengekrümmt da, ohne daß es jemandem gelungen wäre, sie aus ihrem finsteren Dahinbrüten herauszureißen. Anfangs wollte sie nicht einmal den Kopf bewegen. Mit einemmal aber hob sie, nur ein wenig, ihre Augenlider und bemerkte die schweren Sandalen des Mönchs, den Saum seiner Kutte und den weißen Ordensgürtel, endlich glitt ihr Blick langsam und verdrießlich über Fra Lukas hagere, asketische Gestalt, und es dauerte noch eine ganze

Weile, bis sie die Umrisse seines greisen Hauptes sah und seinen freundlichen blauen Augen begegnete. Da plötzlich brach die Frau in ein unerwartetes, wahnsinniges Gelächter aus, das kein Ende nehmen wollte. Der Mönch versuchte, sie mit Worten und Gebärden zu beschwichtigen, doch es gelang ihm nicht. Noch als er den Konak des Türken Miralem verließ, konnte er das schaurige Gelächter hören, das aus dem Erdgeschoß herüberscholl.

Schon am Tage darauf führten die Schergen Fra Luka gefesselt ab. Dem Guardian wurde sofort mitgeteilt, der alte Miralem bezichtige Fra Luka der Zauberei an seiner Schwiegertochter, denn die junge Frau erschüttere nun schon den zweiten Tag das Haus mit fortgesetztem Gelächter. Der Guardian versuchte die Leute von der Unhaltbarkeit solcher Vorwürfe zu überzeugen, die Pflicht eines Arztes bestünde doch darin, Menschen zu heilen, wenn es in seiner Macht lag, und Zauberei und Magie seien ihm nicht erlaubt. Daß der Guardian bald nach links, bald nach rechts jenem Beamten fünf und dem anderen zehn Silbergroschen zusteckte, nutzte nichts. Man sagte ihm nur, es stünde sehr schlecht um den Arzt, denn die Kranke hätte steif und fest behauptet, der Mönch habe ihr heimlich etwas zum Trinken verabreicht, eine Flüssigkeit, »dick und schwarz wie Wagenschmiere«, und er habe sie zweimal mit einem großen Kreuz auf die Stirn geschlagen, worauf sie in diesen Lachkrampf ausgebrochen sei, der sie immerfort quäle.

Und während noch alles derart hoffnungslos und verfahren schien, wurden Fra Luka plötzlich die Fesseln abgenommen, und man setzte ihn auf freien Fuß, als sei nichts vorgefallen. Die junge Frau hatte sich wider Erwarten am vierten Tage beruhigt und war dann in ein leises, wenn auch heftiges Wimmern verfallen. Sie ließ den Schwiegervater und ihren Mann zu sich kommen und erklärte, sie habe den Mönch in einem Zustand der Umnachtung verleumdet, ferner gestand sie, der Arzt habe ihr weder eine Arznei verabreicht noch ein Kreuz auch nur bei sich gehabt, sondern er habe nur seine Hände über sie ausgebreitet und nach seiner Glaubensweise zu Gott gebetet; dadurch fühle sie sich nunmehr wohler.

Damit war die Sache beigelegt. Allein die Ordensbrüder waren Fra Luka noch lange nachher böse. Fra Mijo Kovačević, der damalige Guardian, der wegen Fra Luka die meisten Laufereien und Scherereien gehabt hatte, sagte danach im Refektorium zu ihm in Anwesenheit aller:

»Also, Fra Luka, hör nun gut zu: Entweder bleibst du mir vom Halse mit deinen verrückten Muselmaninnen, oder ich fliehe in den Wald; nimm du dann die Schlüssel und sei hier Arzt und Guardian zugleich. Denn so geht das nicht weiter.«

Und er meinte es ernst, als er ihm voller Zorn die Schlüssel anbot.

Zu guter Letzt beruhigte man sich, und alles geriet in Vergessenheit. Geblieben ist nur, was der Guardian in dem klösterlichen Buch für Straf- und Bestechungsgelder niederschrieb:

»Am 11. Januar erscheint der Kettenwärter mit dem Bescheid, Fra Luka Dafinić, der Hekim (es war eine verhexte Stunde, in der er es wurde), habe der Schwiegertochter Miralems schädliche Pillen gegeben ... Unser Schaden beträgt, sei es beim Kadi, sei es beim Stadtkämmerer – 148 Groschen.«

Aber auch in den späteren Jahren ging es nicht ohne Scherereien ab, die Fra Luka durch seine Tätigkeit als Arzt verursachte. Im Kloster geriet das in Vergessenheit, nur das Buch für Straf- und Bestechungsgelder, in dem Fra Luka oft erwähnt wurde, bewahrte es für die Nachwelt auf.

»Weil Fra Luka einen Türken behandelte – 48 Groschen.«

»Wegen des Likars – 20 Groschen.«

Dann wieder, auf einem neuen Blatt, war mit Nummer und Datum eine Anordnung des Ordenskapitels vermerkt, nach der es den Mönchen in jedem Fall verboten war, »über einem Türken oder einer Türkin ein Gebet zu sprechen oder ihnen irgendwelche Arzneien zu verabreichen«, selbst wenn die Patienten die Bewilligung der türkischen Behörden vorwiesen. Unmittelbar danach folgte ein Vermerk über ein neuerliches Bußgeld:

»Weil Fra Luka nicht zu einem Kranken gegangen ist – 70 Groschen.«

Und so ging es weiter, jahraus, jahrein.

Zu Lebzeiten Fra Lukas, und er lebte lange, wütete in Travnik zweimal die Pest. Die Menschen erkrankten und starben, ein Teil floh in die Berge. Die Čaršija schloß ihre Läden, und viele Häuser veröden für immer. Sogar unter den Menschen, die einander am nächsten standen, lockerten sich die Bande, und jede Rücksicht auf den anderen hörte auf. Während der beiden Epidemien bewies Fra Luka als Arzt wie auch als Ordensmann menschliche Größe und Unerschrockenheit. Er suchte die verpesteten Mahallas auf, pflegte die Kranken, nahm Beichten ab, reichte Sterbenden die Sakramente, begrub Tote, half, wo er nur konnte, und stand den Genesenden mit Rat bei. Diese Tat rechneten ihm seine Ordensbrüder hoch an, und sie festigte bei den Türken sein Ansehen und seinen Ruf als Arzt.

Wem jedoch ein langes Leben beschieden ist, der überlebt alles, sogar seine Verdienste. Auf die Periode der Seuchen und des Elends folgten friedliche, gute Jahre. Veränderungen traten ein, alles fiel dem Vergessen anheim, schwand dahin und verblaßte. Und in diesem stetigen Wechsel, in den Erfolgen wie in den Mißerfolgen, in der Flut von Lob und Schimpf, in Versuchung und Selbstüberwindung, blieb einzig und allein Fra Luka derselbe Mensch, unverändert und unerschütterlich; er behielt seinen entrückten Blick, sein leichtes Schmunzeln, seine flinken Bewegungen und seinen tiefen Glauben an die geheimnisvollen Zusammenhänge zwischen Arznei und Krankheit. Da er nichts anderes kannte als seine Arzneien und die Arbeit, die sie ihm machten, hatte alles in der Welt für ihn seinen gebührenden Platz und seine Berechtigung: die Krankheit und die Verluste des Klosters, der Groll des Guardians, die Mißverständnisse und die Verleumdungen. Selbst die Zeit der Haft, so pflegte er zu sagen, sollte schließlich und endlich gesegnet sein, gäbe es nur nicht dieses lästige Eisen an den Fußgelenken und müßte man nicht stets in der Sorge leben, die

Arzneien im Kloster verdürben, die Blutegel gingen ein und die Brüder stöberten in allem herum und würfen die Kräuterbündel und Päckchen durcheinander.

Diese seine »großen Widersacher«, seine Ordensbrüder, über die er sich im stillen nur ab und zu, in einer ärgerlichen Aufwallung, beklagte, behandelte und pflegte Fra Luka mit inniger Hingabe, wenn sie krank wurden, er stand ihnen mit Ratschlägen bei und umsorgte sie, wenn sie gesund waren. Sobald jemand nur hüstelte, setzte Fra Luka einen Kräutertee auf dem Ofen an, brachte höchstpersönlich das heiße, duftende Getränk in die Zelle und redete dem Betreffenden zu, den Tee zu trinken. Nun gab es unter den Ordensbrüdern bärbeißige Sonderlinge, griesgrämige »alte Onkel«, denen alles gleich war und die weder von Heilmitteln noch vom Likar etwas hören wollten, sie wiesen ihn aus der Zelle oder machten sich über ihn und seine Behandlung lustig. Fra Luka ließ sich weder irremachen noch abschütteln, er ging über alle Spötteleien und Kränkungen hinweg, als habe er sie gar nicht gehört, und bestand hartnäckig darauf, daß sich die kranken Mönche von ihm behandeln ließen und auf ihre Gesundheit achteten. Bald beschwor er sie, bald versuchte er es mit Überredungskünsten, bald bestach er sie, nur damit sie das Mittel einnahmen, das er mit soviel Mühe zubereitet oder oft unter persönlichen Opfern erworben hatte.

Unter den alten »Onkeln« befand sich einer, der den Schnaps mehr liebte, als es die Vorgesetzten billigten und als es für sein körperliches Wohlergehen und sein Seelenheil gut und nützlich war. Der Alte hatte ein Leberleiden, aber vom Trinken ließ er nicht. Fra Luka, der in seinen Aufzeichnungen auch ein Mittel hatte, das dort die Überschrift »Um dem Menschen das Trinken zu vergällen« trug, behandelte den alten Mönch mit übermenschlicher Geduld, doch ohne Erfolg. Tag für Tag wiederholte sich zwischen den beiden das gleiche Gespräch:

»Scher dich weg von mir, Fra Luka, und kümmere dich um solche, die es gern sehen, daß du sie pflegst, und denen deine Quacksalbereien helfen«, polterte der Alte.

»Aber ich bitte dich, nimm doch Vernunft an! Für jeden Menschen gibt es eine Hilfe. Für jeden hat die Erde eine Arznei bereit.«

Und Fra Luka saß am Bett des alten, kranken, bärbeißigen »Onkels«, der sich nie, nicht einmal in seinen gesunden Tagen, um Bücher oder gar um Wissenschaft gekümmert hatte, er brachte ihm immer wieder Bücher und setzte ihm lang und breit auseinander, welche Reichtümer die Erde berge und welchen unermeßlichen Segen sie für den Menschen bedeute.

»Weißt du denn nicht, daß Plinius die Erde als die ›benigna, mitis, indulgens ususque mortalium semper ancilla‹ bezeichnet und daß er von ihr geschrieben hat: ›Illa medicas fundit herbas, et semper homini parturit.‹ Siehst du, das sagt Plinius! Du aber kommst mir ewig mit deinem ›für mich gibt es keine Arznei‹. Ich aber sage dir, es gibt sie, wir müssen sie nur finden.«

Der Greis runzelte gelangweilt die Stirn, ihn interessierten weder die Arzneien noch Plinius, aber Fra Luka ließ sich nicht irremachen und nicht abweisen.

Als er dem Kranken mit seiner Medizin nicht helfen und ihn mit seinen lateinischen Zitaten nicht besänftigen konnte, trug er ihm heimlich und unter dem Vorwand, es handelte sich um Medizin, etwas Raki ans Bett, gerade jenes Getränk, das der Guardian dem Alten strengstens untersagt hatte, und machte ihm wenigstens auf die Weise die Schmerzen erträglicher.

Aber nicht nur für seine Brüder, die im Kloster waren, sorgte Fra Luka. Für die anderen, die verstreut auf den Pfarreien lebten, bekritzelte er mit seiner winzigen Handschrift vergilbte Papierbogen und nähte sie zu kleinen Heften zusammen. Diese Büchlein, genannt »ärztliche Epistel«, wurden immer wieder abgeschrieben und über Dörfer und Pfarreien verbreitet. Sie enthielten, alphabetisch geordnet, Hausmittel und zwischendurch hygienische Ratschläge, abergläubisches Zeug und nützliche Hinweise für den Haushalt. Zum Beispiel, wie man Kerzenspuren aus einer Kutte entfernt oder wie man schimmligen Wein behandelt. Neben dem Mittel gegen die Gelbsucht und »gegen das Fieber, welches nicht von der Galle herrühret,« war unter Bezug auf italienische Quellen geschildert, »wie die Meister in Indien und in anderen Gegenden nach Bergschätzen schürfen« oder »wie man das Getränk, solches man Wermuth nennt und die Eingeweide erquicket, zubereitet«. Alles, was immer Fra Luka im Laufe der Jahre an Wissen erworben und an Hinweisen gesammelt hatte, angefangen von den uralten *Compositiones medicamentorum* bis zu den Hausmitteln alter Weiber und den Rezepten Mordos, alles war in den Heften enthalten. Aber auch hierbei erntete Fra Luka von seinen Mitbrüdern nur Undankbarkeit und viele Enttäuschungen. Die einen waren beim Abschreiben nicht gewissenhaft genug, die anderen entstellten oder übergingen aus Unkenntnis oder Oberflächlichkeit einzelne Wörter, ja ganze Sätze, die dritten verhöhnten in Bemerkungen, die sie neben die Rezepte setzten, die Ratschläge und den Likar selbst. Fra Luka jedoch hatte sogar selbst an den Glossen, wenn er auf sie stieß, seinen Spaß; er tröstete sich damit, daß die Mühe, die er auf die Heilbriefe verwendete, dem Volke und den Mönchen trotz alledem Segen brächte und der Nutzen größer sei als die erlittene Kränkung und der Schmerz, den ihm seine Mitbrüder mit ihrer Unbedachtheit und Verständnislosigkeit antaten.

Noch etwas anderes wäre zu erwähnen, was Fra Luka trotz aller Harmlosigkeit in seiner Tätigkeit behinderte. Das waren, wir haben schon von ihnen gehört, die Mäuse. In dem alten, massiven Klostergemäuer gab es in der Tat viele Mäuse. Nun behaupteten die Mönche, Fra Lukas Zelle, die ohnehin an Mordos Apotheke in Travnik erinnere, sei mit all ihren Fettsalben, Balsamdüften und Arzneien die eigentliche Ursache für die Mäuseplage im Kloster. Fra Luka hingegen beschwerte sich, es läge am alten Klostergemäuer und an der großen Unordnung, die in den Zellen der Mönche herrsche, wenn sich die Mäuse, die ihm alle seine Arzneien vernichteten und gegen die er vergeblich ankämpfte, so entsetzlich vermehrten. Der Kampf gegen die Mäuse war für ihn mit der Zeit zu einem unschuldigen Wahn geworden. Er klagte und jammerte weit mehr, als der Schaden, den ihm die Tiere tatsächlich verursachten, es verdiente. Seine Instrumente schloß er vor ihnen ein, die Heilkräuter hängte er an die Zimmerdecke, und er kam auf die sonderbarsten Einfälle, um seine unsichtbaren Feinde zu überlisten. So träumte er von einem großen Metallbehälter, in dem er alle wertvollen Dinge unter Verschluß halten und vor den Mäusen schützen könnte, aber er brachte nicht den Mut auf, eine solche Anschaffung und Ausgabe vor den Brüdern oder vor dem Guardian zu erwähnen. Wenn ihm die Mäuse wirklich einmal den Hasentalg auffraßen, den er so unendlich vorsichtig zubereitet und in mehreren Wassern gespült hatte, konnte er den Verlust nicht verwinden.

In seiner Zelle hielt er immer gleich zwei Mäusefallen bereit, eine große und eine kleine. Sorgfältig stellte er jeden Abend die Fallen mit einem Schinkenrest oder einem Talgrest aus dem Leuchter als Köder auf. Für gewöhnlich fand er am nächsten Tage im Morgengrauen, wenn er aufstand, um zum Gebet in die Kapelle zu eilen, die beiden Mausefallen immer noch gespannt und leer vor, Talg und Schinkenrest aber waren weggefressen. Ließ sich wirklich einmal eine Maus erwischen und weckte das Einschnappen der Falle Fra Luka aus dem Schlafe, so sprang er aus dem Bett, umschlich mit drohendem Zeigefinger die verschüchterte, gefangene Maus, nickte mit dem Kopf und sagte:

»Ahaaa! Was tust du jetzt, Elende? Wolltest auf Beute ausgehen, was? Das hast du nun davon!«

Dann pflegte er, barfüßig und mit rasch übergeworfener Kutte, vorsichtig die Mausefalle in die Hand zu nehmen und auf den langen Söller hinauszutragen, bis zu den Stufen selbst, um dann die Fallenklappe zu öffnen und leise zu rufen:

»Hinaus mit dir, du Dieb! Los! Verschwinde!«

Das scheue Mäuslein lief die wenigen Treppen hinunter ins Freie, über das Pflaster hinweg und verschwand in dem Holzhaufen, der hier zu allen Jahreszeiten stand.

Den Ordensbrüdern blieb die Art Fra Lukas, Mäuse zu fangen, kein Geheimnis. Sie zogen ihn deswegen häufig auf und erzählten, der Likar fange und befreie seit Jahren immer ein und dieselbe Maus. Fra Luka bestritt das energisch. Er wies umständlich nach, wie er im Laufe des Jahres mehrere Mäuse gefangen hätte, und zwar große, kleine und mittelgroße.

»Na, ich habe gehört«, so sagte einer der Alten, »daß du, wenn du eine Maus freiläßt, die Falle aufmachst und zu ihr sagst: ›Los, verschwinde und lauf in die Zelle vom Guardian. Scher dich weg!‹«

»Seht da, den Versucher! Was er sich ausdenkt!« verteidigte sich Fra Luka lachend.

»Nein, ich erfinde nichts, Hekim Effendi, sondern das haben andere mit angehört, die so wie du nachts auf dem Söller herumgeistern.«

»Laß das, du Versucher in Menschengestalt, laß das!«
Gleich darauf griffen die anderen den Scherz auf.

»Bruder, ich würde die gefangene Maus so, wie ich sie in der Falle finde, in siedendes Wasser tauchen. Ich möchte mal sehen, ob sie dann wiederkäme«, hänselte einer der jüngeren Mönche.

Fra Luka geriet dann immer in helle Aufregung.

»Armer Tor! Faß dich an den Kopf! Siedendes Wasser! Was bist du für ein Christ?« fuhr ihn der Likar an.

Eine halbe Stunde später, nach anderen Scherzen und Gesprächen, knurrte er den Jüngling noch einmal an:

»Hm, siedendes Wasser? Sieh mal einer den an! Ein Geschöpf Gottes in siedendes Wasser stecken!«

So schlug und vertrug sich Fra Luka Dafinić mit seinen großen und kleinen Gegnern, so heilte, nährte und behütete er sie. Und so verlief sein langes, glückliches Dasein.

Der vierte Arzt, der bei der Erkrankung von Davilles Sohn in das Konsulat gerufen wurde, hieß Giovanni Mario Cologna, Titulararzt des österreichischen Generalkonsulats.

Nun zeigt es sich, daß unsere anfangs aufgestellte Behauptung, Mordo Atijas sei von den vier Ärzten der, über den man das wenigste sagen könne, doch nicht zutrifft. In Wirklichkeit kann man über Cologna ebensowenig berichten wie über Mordo. Über Mordo deshalb nicht, weil er selbst nie den Mund auftat, über Cologna hingegen nicht, weil er zuviel redet und das, was er einmal sagt, unaufhörlich abwandelt.

Cologna war ein Mann unbestimmbaren Alters, unbestimmbarer Herkunft, Nationalität und Rasse, unbestimmbaren Glaubens, unbestimmbarer Anschauungen und ebenso unbestimmbarer Kenntnisse und Erfahrungen. Kurz, an dem ganzen Menschen blieb nicht viel übrig, was sich genauer bestimmen ließ.

Nach seinen eigenen Aussagen war er von der Insel Kefallinia gebürtig, wo sein Vater ein berühmter Arzt gewesen sei. Der Vater war Venezianer, aber in Epirus geboren, die Mutter stammte aus Dalmatien. Seine Kindheit hatte er beim Großvater in Griechenland verbracht, die Jugend in Italien, wo er Medizin studierte. Sein übriges Leben hatte er in der Levante verbracht, in türkischen und österreichischen Diensten.

Er war von hoher Gestalt, doch ungewöhnlich mager; er ging gebeugt und in allen Gliedern verbogen, so daß er, wie von Federn gehalten, sich unerwartet bald verkürzen und krümmen, bald auseinanderschnellen und sich dehnen konnte; diese Gewohnheit hatte er auch beim Reden, mal weniger, mal mehr. Auf dem langen Körper saß ein regelmäßig geformter Kopf, der sich immer unruhig hin und her bewegte. Man konnte den Schädel als nahezu kahl bezeichnen, denn nur wenige lange, flachsartige Strähnen hingen glanzlos von ihm herab. Das Gesicht war glatt rasiert, in den großen braunen Augen, die unter außerordentlich dichten grauen Brauen hervorsahen, lag immer ein unnatürlicher Glanz. Die wenigen großen gelben Zähne in seinem großen Mund wackelten beim Sprechen. Nicht nur der Gesichtsausdruck, sondern das ganze Aussehen des Mannes veränderte sich ohne Unterlaß, und zwar gründlich und auf unwahrscheinliche Weise. Er brachte es fertig, sein Aussehen im Laufe eines einzigen Gesprächs gleich mehrmals von Grund auf zu verändern. Unter der Maske des kraftlosen Greises brach ab und zu – schon wieder eine andere Maske? – das Bild eines kräftigen, aufgeweckten Mannes in mittleren Jahren oder – eine dritte Maske! – das Gesicht eines flegelhaften, unruhigen, hochaufgeschossenen Burschen hervor, dem der Anzug zu klein geworden ist und der nicht weiß, was er mit seinen Händen und Füßen anfangen und wohin er den Blick wenden soll. Das ausdrucksreiche Gesicht war immer in Bewegung und verriet ein fieberhaft schnelles Spiel des Gehirns. Bedrücktheit, Versonnenheit, Verbitterung, aufrichtige Begeisterung, naive Verzückung, reine, ungetrübte Freude lösten einander schnell und unverhofft in dem regelmäßigen, ungewöhnlich beweglichen Gesicht ab. Gleichzeitig schüttete sein großer Mund mit den wenigen lockeren Zähnen Worte aus, eine Sintflut von reichen, gewichtigen, bösen, kühnen, liebenswürdigen, süßen und hinreißenden Worten: ein ganzes Vokabular der italienischen, türkischen, neugriechischen, französischen, lateinischen und »illyrischen« Sprache. Mit derselben Leichtigkeit, mit der Cologna Gesichtsausdruck und Bewegungen wechselte, ging er auch von einer Sprache in die andere über, vermischte und entlieh Worte, ja ganze Sätze, aus der einen oder anderen Sprache. Gut beherrschte er im Grunde nur das Italienische.

Sogar seinen Namen schrieb er nicht immer gleich, er änderte ihn bei verschiedenen Anlässen und in den einzelnen Abschnitten seines Lebens, je nachdem in wessen Diensten er gerade stand und mit welchen Dingen er sich beschäftigte, ob er einer wissenschaftlichen, einer politischen oder schriftstellerischen Arbeit nachging. Er nannte sich Giovanni Mario Cologna, Gian Colonia, Joanes Colonis Epirota oder Bartolo cavagliere d'Epiro, dottore illyrico. Noch häufiger und gründlicher wandelte sich der Inhalt dessen, was er unter den verschiedenen Namen tat und behauptete. Cologna hielt sich aus tiefster Überzeugung für einen Mann von modernen Auffassungen, für einen »Philosophen«, einen freien und kritischen Geist, der sich von keinem Vorurteil beeinflussen ließ. Das hinderte ihn nicht, das religiöse Leben nicht nur der verschiedenen christlichen Konfessionen, sondern auch das der islamischen und der anderen orientalischen Sekten und Glaubensrichtungen zu studieren. Diese Religionen zu studieren hieß nun aber für ihn soviel wie, sich für eine gewisse Zeit mit dem betreffenden Gegenstand seines Studiums zu identifizieren, sich an ihm zu berauschen, ihn zumindest für den Augenblick als seine einzige und ausschließliche Überzeugung anzusehen und alles, was er früher geglaubt und wofür er sich früher begeistert hatte, zu verwerfen. Sein in allem außergewöhnlicher Geist verlieh ihm unerhörten Schwung, aber er bestand aus Elementen, die sich leicht mit der Umwelt vereinten und stets danach trachteten, sich mit dem zu verbinden und zu identifizieren, was sie umgab.

Dieser Skeptiker und Philosoph hatte zeitweise Anwandlungen religiöser Schwärmerei und tätiger Frömmigkeit. In solchen Stimmungen besuchte er das Kloster Guča Gora, stellte die Geduld der Mönche auf die Probe, bat sie um Erlaubnis, ihre geistlichen Übungen mitverrichten zu dürfen, um ihnen hinterher Vorhaltungen zu machen, es ermangle ihnen dabei an dem notwendigen Eifer, an theologischem Wissen und frommer Inbrunst. Die Ordensleute von Guča Gora, wirklich fromme, doch rauhe, schlichte Männer, hatten wie alle Mönche in Bosnien eine angeborene Abneigung gegen übereifrige Betbrüder, exaltierte Gläubige und jeden, der sich dem Herrgott an die Rockschöße hängt und die Steinfliesen seines Altars leckt. Die alten Mönche lehnten sich gegen Cologna auf und murrten über ihn; einer von ihnen hinterließ sogar schriftlich, wie verdächtig und unangenehm ihnen der Allerweltsdoktor sei, »der sich rühmt, ein frommer Diener der katholischen Kirche zu sein, sintemal er jeden Morgen die Messe höre und religiöse Übungen mannigfaltiger Art verrichte«. Trotzdem wagten die Fratres um der guten Beziehungen zum österreichischen Konsulat willen und mit Rücksicht auf die Hochachtung, die sie von Mitterer persönlich entgegenbrachten, nicht, dem illyrischen Doktor, der in seinen Diensten stand, ein für allemal die Tür zu weisen.

Ebenso wie zu den katholischen Mönchen ging Cologna auch zu dem Hieromonach Pahomije und suchte orthodoxe Familien in Travnik auf, um ihre religiösen Gebräuche zu studieren, sich ihren Gottesdienst und ihren Gesang anzuhören und all das mit dem Gottesdienst in Griechenland zu vergleichen. Über die Geschichte der islamischen Religion führte er mit dem Travniker Muderis, Abduselam Effendi, gelehrte Gespräche, denn er kannte nicht nur den Koran gut, er war auch in allen theologischen und philosophischen Richtungen des Islams, von Abu Hanifa bis zu Al Ghasali, zu Hause. Er überhäufte bei jeder Gelegenheit auch die übrige mohammedanische Geistlichkeit von Travnik unermüdlich und rücksichtslos mit Zitaten islamischer Theologen, und zwar mit solchen, die sie in den meisten Fällen selbst gar nicht kannten.

Die gleiche konsequente Unbeständigkeit beherrschte den ganzen Charakter des Mannes. Auf den ersten Blick gewann jeder den Eindruck, als sei er entgegenkommend, elastisch in seiner Denkweise und derart unterwürfig, daß es einen anwiderte. Er paßte in der Regel seine Meinung der seines Gesprächspartners an, er machte sie sich nicht nur zu eigen, sondern übertraf sein Gegenüber sogar in der Schärfe der Formulierung. Es kam jedoch ebenso vor, daß er völlig unerwartet und abrupt gegen alle Welt und jeden einzelnen einen kühnen Standpunkt einnahm und ihn mutig und verbissen verteidigte, sich ganz einsetzend, ohne Rücksicht auf Schaden und unbesorgt um die eigene Sicherheit.

Schon von Jugend auf stand Cologna in österreichischen Diensten. Das war vielleicht das einzige, worin er sich treu blieb und ausharrte. Eine gewisse Zeit war er Leibarzt des Paschas von Skutari und des Paschas von Janina gewesen, aber auch damals waren seine Verbindungen zu den österreichischen Konsuln nie abgerissen. Jetzt war er dem Konsulat in Travnik zugewiesen, weniger als Arzt denn wegen dieser alten Beziehungen und Verdienste sowie seiner Sprach- und Landeskenntnisse. Eigentlich gehörte er nicht zum Personal des Konsulats, sondern lebte für sich allein und war bei den Behörden lediglich als Arzt unter dem Schutz des österreichischen Konsulats gemeldet.

Von Mitterer, dem jeder Sinn für Phantasie und jedes Verständnis für Philosophie fehlten und der dazu noch die Sprache des hiesigen Volkes und die Verhältnisse in Bosnien besser kannte als Cologna, wußte nicht, was er mit dem unerbetenen Mitarbeiter anfangen sollte. Frau von Mitterer empfand sogar einen physischen Ekel vor dem Levantiner und pflegte zu beteuern, sie würde lieber sterben als aus den Händen dieses Mannes ein Medikament entgegennehmen. Wenn sie von ihm sprach, nannte sie ihn »Chronos«, da er sie mit seinem Wesen und Gehabe an das Symbol der Zeit erinnerte, allerdings war er ein Chronos, dem der Bart und auch die todbringende Sense und die Sanduhr in der Hand fehlten.

So lebte Cologna in Travnik als Arzt ohne Patienten. Er wohnte außerhalb des Konsulates in einem verfallenen Haus, das an einem felsigen Abhang auf der Nordseite klebte. Familie hatte er nicht. Ein albanischer Diener führte ihm den Haushalt, der sehr dürftig und in allen Dingen absonderlich war: in der Einrichtung, in der Auswahl der Speisen und in der Zeiteinteilung. Vergeblich verbrachte Cologna die Zeit damit, Gesprächspartner aufzuspüren, die nicht müde wurden, ihm zuzuhören, und die nicht davonliefen, oder er beschäftigte sich mit seinen Büchern und Aufzeichnungen, die das gesamte menschliche Wissen umspannten, angefangen von der Astronomie und Chemie bis zur Kriegskunst und Diplomatie.

Dieser nirgendwo verwurzelte, unausgeglichene Mann mit dem lauteren Herzen und einem stets wissensdurstigen Geist hatte nur eine einzige, krankhafte, aber große und selbstlose Leidenschaft: er wollte in das Schicksal der menschlichen Gedanken eindringen, einerlei, wo sie auftraten und in welche Richtung sie führten. Dieser Leidenschaft frönte er mit voller Hingabe, ohne sich ein Maß zu setzen, ohne auf ein bestimmtes Ziel hinzusteuern, unbeschwert von irgendwelchen Rücksichten. Die religiösen und philosophischen Strömungen und Bemühungen aller Zeiten in der Geschichte der Menschheit fesselten seinen Geist ohne Ausnahme und lebten in ihm, sie wirkten in ihm weiter, prallten aufeinander und flossen ineinander über wie Wogen auf der Meeresoberfläche. Jede von ihnen war ihm gleich nahe und fern, er konnte sich mit jeder einverstanden erklären und sich für die Zeit mit ihr identifizieren, da er sich mit ihr befaßte. Diese inneren, geistigen Höhenflüge waren seine eigentliche Welt, hier erfuhr er echte Inspirationen und hatte aufrüttelnde Erlebnisse. Gerade das trennte ihn von den Menschen und der Gesellschaft, entfremdete ihn ihnen und brachte ihn zu der Logik und dem gesunden Denken seiner Umwelt in Widerspruch. Sein besseres Ich blieb verborgen und unzugänglich, und was man von ihm zu sehen bekam oder was man hinter ihm vermutete, stieß jeden Menschen ab. Ein Mann mit seinen Anlagen hätte nicht einmal in einer anderen, weniger schwierigen und weniger rohen Umgebung einen rechten Platz und wirkliches Ansehen erworben. Hier aber, in dieser Stadt und unter dieser Bevölkerung, war sein Schicksal so gut wie besiegelt, hier mußte er wahnsinnig, lächerlich, verdächtig und überflüssig erscheinen.

Die Mönche sahen in ihm einen Wahnbesessenen, ein Chamäleon, die Bürger einen Spion oder einen gelehrten Narren. Sulejman-Pascha Skopljak sagte in einem Gespräch über ihn:

»Nicht der ist der größte Dummkopf, der nicht lesen kann, sondern jener, der alles, was er liest, für wahr hält.«

Der einzige Mensch in Travnik, der nicht vor Cologna floh und der den Willen und die Geduld aufbrachte, ab und zu aufrichtig und ausführlich mit ihm zu plaudern, war des Fossés. Das wiederum brachte Cologna bei den Österreichern unverdienterweise den Ruf ein, in französischen Diensten zu stehen.

Es war schwer zu sagen, worin Colognas Aufgabe als Arzt bestand und wie er ihr nachkam, aber eines ist sicher: Um diese Frage machte er sich die geringsten Sorgen. Im Lichte der philosophischen Wahrheiten und religiösen Schwärmereien, die sich ununterbrochen bei ihm wandelten und einander ablösten, besaßen die Bedürfnisse und die Schmerzen der Menschen, ja das Leben selbst, keine ernstere Bedeutung und keinen tieferen Sinn. Für ihn waren Krankheiten und Veränderungen, die er am menschlichen Körper beobachtete, nur ein Anlaß mehr zur Gymnastik seines Geistes, der zu ewiger Unrast verurteilt war. Selber nur durch lose Fäden mit dem Leben verbunden, vermochte er nicht einmal zu ahnen, was Begriffe wie Blutbande, körperliche Gesundheit und eine längere oder kürzere Lebensdauer für einen normalen Menschen bedeuteten. Auch in den Fragen der Medizin begann und endete bei Cologna von Anfang bis Ende alles mit klingenden Worten, mit einem leeren Wortschwall, mit aufgeregten Gesprächen, Auseinandersetzungen und häufig mit einer jäh und total veränderten Anschauung über ein und dieselbe Krankheit, ihre Ursachen und ihre Behandlung. Es versteht sich von selbst, daß kein Mensch einen solchen Arzt ohne zwingende Notwendigkeit ins Haus rief. Fast könnte man sagen, die wichtigste medizinische Tätigkeit des gesprächigen Arztes bestünde in den ständigen Streitereien mit César d'Avenat und in leidenschaftlichem Haß gegen ihn.

Cologna, ein Arzt der mailändischen Schule, war ein Anhänger der italienischen Medizin, d'Avenat hingegen, der die italienischen Ärzte verachtete und ihnen nichts zutraute, versuchte nachzuweisen, die Universität in Montpellier habe schon vor vielen Jahrhunderten die Schule von Salerno, die veraltet und unzeitgemäß sei, geschlagen und übertroffen. In der Tat schöpfte Cologna seine ganze Weisheit und seine zahlreichen Sentenzen aus dem großen Sammelwerk »Regimen sanitatis Salernitanum«, das er eifersüchtig verborgen hielt und dem er die gereimten Diätvorschriften für Leib und Seele entnahm, die er freigebig nach links und rechts verteilte. D'Avenat dagegen lebte von einigen Heften und niedergeschriebenen Vorlesungen berühmter Professoren aus Montpellier und von einem dicken altertümlichen Handbuch mit dem Titel »Lilium medicinae«. Aber die Grundlage ihres Kampfes waren nicht so sehr die Bücher oder das Wissen, das sie ja gar nicht besaßen, als vielmehr ihr levantinisches Bedürfnis, zu streiten und sich gegenseitig zu übertrumpfen, die typische Eifersucht der Mediziner, die Travniker Langeweile sowie persönliche Eitelkeit und Unduldsamkeit.

Colognas Art, Krankheit und Gesundheit des Menschen zu betrachten, sofern man bei ihm von einer gleichbleibenden Betrachtungsweise reden durfte, war ebenso einfältig wie ergebnislos und unfruchtbar. Getreu seinen Lehrern, hielt Cologna das Leben für einen »Zustand der Aktivität, der stets dem Tode zustrebt, langsam, Stufe um Stufe, sich ihm nähernd«. Der Tod selbst war für ihn »die Lösung dieser langwierigen Krankheit, die man Leben nennt«. Dabei konnten die Kranken, die sich Menschen nannten, lange am Leben bleiben und ihre Leiden und Schmerzen immer mehr verringern, sofern sie sich in allen Dingen des Lebens an die erprobten ärztlichen Ratschläge und Regeln von Maß und Mäßigung hielten. Schmerzen, Gesundheitsstörungen und früher Tod waren nichts anderes als die natürlichen Folgen eines Verstoßes gegen diese Regeln. »Drei Ärzte sind dem Menschen unentbehrlich«, pflegte Cologna zu sagen, »mens hilaris, requies moderata, diaeta.«

Mit solchen Ansichten heilte Cologna seine Patienten; davon wurde niemand gesünder, aber auch niemand kranker, die Patienten starben, wenn sie von der Linie des Lebens zu sehr abgewichen und der Linie des Todes zu nahe gekommen waren, oder sie genasen, das heißt, sie befreiten sich von ihren Schmerzen und Gesundheitsstörungen und kehrten in die Schranken der heilbringenden salernischen Regeln zurück; Cologna stand ihnen dabei mit einigen von den Tausenden lateinischen Vorschriften zur Seite, mit jenen Sprüchlein, die man sich leicht merkt, an die man sich aber nur schwer hält.

Das also war, kurz geschildert, der »illyrische Doktor«, der letzte unter den vier Ärzten, die – jeder auf seine Art – in diesem Tal von Travnik den schweren und aussichtslosen Kampf gegen Krankheit und Tod führten.

XIII

Weihnachten, das Fest der ganzen Christenheit, war mit den dazugehörigen Sorgen, Erinnerungen und feierlichen wie wehmütigen Gedanken auch in Travnik angebrochen. In diesem Jahre bot es die Gelegenheit, die Beziehungen zwischen den Konsuln und ihren Familien wieder aufleben zu lassen.

Besonders lebhaft ging es im österreichischen Konsulat zu. Frau von Mitterer durchlebte in diesen Tagen wieder einmal ihre Periode der Güte, der Frömmigkeit und der Hingebung an die Familie. Sie machte Besorgungen, kaufte Geschenke und Überraschungen für alle und jeden. Sie schloß sich im Zimmer ein und schmückte den Weihnachtsbaum und übte zur Harfe alte Weihnachtslieder. Ja, sie hatte sich sogar in den Kopf gesetzt, die Mitternachtsmesse in der Kirche von Dolac einzuführen, wobei sie sich die Christmette in den Wiener Kirchen zum Vorbild nahm. Aber Fra Ivo, zu dem sie deswegen einen Beamten schickte, antwortete so schroff und unhöflich, daß der Beamte es nicht wagte, der Frau Konsul den Wortlaut zu wiederholen. Es gelang ihm jedoch, sie davon zu überzeugen, daß hierzulande an so etwas nicht zu denken sei. Sie war enttäuscht darüber, ließ sich aber in ihren häuslichen Vorbereitungen nicht entmutigen.

Der Heilige Abend verlief stimmungsvoll. Die gesamte österreichische Kolonie hatte sich um den Christbaum versammelt. Das Haus war durchwärmt und hell erleuchtet. Blaß vor Aufregung, überreichte Anna Maria jedem Anwesenden ein Geschenk, eingewickelt in feines Papier, mit einem goldenen Fädchen verschnürt und mit Tannenzweiglein geschmückt.

Am Tage darauf waren Monsieur Daville mit Gemahlin und des Fossés zu Tisch geladen. An weiteren Gästen waren anwesend der Pfarrer von Dolac, Fra Ivo Janković, und der junge Vikar des Klosters Guča Gora, Fra Julijan Pašalić, der seinen kranken Guardian vertrat. Es war der gleiche barsche, riesenhafte Frater, dem des Fossés bei seiner Herreise im Han auf dem Kupres begegnet war und mit dem er später, bei seinem ersten Besuch in Guča Gora, die Gelegenheit des Wiedersehens nutzend, seine unter so ungewöhnlichen Umständen begonnene Diskussion fortgesetzt hatte.

Es war warm im großen Speisesaal und duftete nach Gebäck und nach Tanne. Der weiße, pulvrige Schnee draußen glitzerte. Ein Abglanz der Helligkeit fiel auch auf den reich gedeckten Tisch und spiegelte sich im Tafelsilber und Kristall. Die Konsuln hatten sich in ihre Paradeuniform geworfen, Anna Maria und ihre Tochter trugen leichte, moderne Tüllkleider mit Stickereien, hohem Mieder und weiten Ärmeln. Nur Madame Daville stach in ihrer Trauerkleidung ab, in der sie noch schmächtiger aussah als sonst. Die beiden Fratres, große, kräftige Gestalten, verdeckten mit ihrer festlichen Ordenstracht die Stühle, auf denen sie saßen, und nahmen sich in dem bunten Kreis wie zwei braune Heuschober aus.

Das Essen war reichlich und gut. Polnischer Schnaps, ungarischer Wein und Wiener Leckereien wurden aufgetischt. Es waren alles kräftige, stark gewürzte Speisen. In allem, bis ins kleinste, kam die Phantasie Frau von Mitterers zur Geltung.

Die Fratres aßen schweigend und mit sichtlichem Appetit, nur dann und wann scheuten sie vor unbekannten Speisen zurück, und die Löffelchen aus Wiener Silber machten sie befangen, da sie in ihren großen Fäusten verschwanden wie Kinderspielzeug. Anna Maria wandte sich oft den Ordensbrüdern zu, sie immer wieder zum Essen ermunternd, fächelte dabei mit ihren weiten Ärmeln, schüttelte ihre Locken und funkelte mit den Augen. Die Mönche wischten sich ihre dichten Bauernschnauzbärte und blickten mit stiller Scheu bald auf die lebhafte weiße Frau, bald auf die unbekannten Speisen. Des Fossés entging die natürliche Würde der schlichten Männer ebensowenig wie ihre Bedachtheit, ihre Zurückhaltung und die gelassene Bestimmtheit, mit der sie Speisen und Getränke ablehnten, die ihnen ungewohnt waren oder ihnen nicht mundeten. Selbst die Ungeschicklichkeit, mit der sie Gabel und Messer handhabten, und die Scheu, mit der sie an einzelne Speisen herangingen, wirkten weder lächerlich noch unschön, sondern eher würdevoll und rührend.

Das Gespräch belebte sich, die Stimmen wurden lauter, und man unterhielt sich in mehreren Sprachen auf einmal. Gegen Ende des Mahls wiesen die Fratres die angebotenen Süßigkeiten und Südfrüchte entschieden zurück. Anna Maria war außer sich. Aber die Spannung ließ nach, sobald Kaffee und Tabak an die Reihe kamen, von den Fratres mit unverhohlener

Zufriedenheit als eine Art Belohnung für all das, was sie bisher ausstehen mußten, begrüßt.

Die Herren zogen sich zurück, um zu rauchen. Der Zufall wollte es, daß weder Daville noch des Fossés rauchten, dafür hüllten sich von Mitterer und Fra Julijan in dichte Rauchschwaden, und Fra Ivo nahm immer wieder eine Prise Schnupftabak und strich sich dann mit seinem großen blauen Taschentuch über den Schnurrbart und über sein rotes Doppelkinn.

Dies war das erstemal, daß Herr von Mitterer seinen Gegner und seine Freunde gleichzeitig einlud und daß sich die beiden Konsuln in Anwesenheit der Fratres trafen. Es schien, als hätten die Weihnachtstage einen feierlichen Waffenstillstand gebracht und als hätte der Tod von Davilles Sohn die Feindschaft und den Wegstreit zwischen den beiden gemildert oder zumindest vertagt. Von Mitterer war zufrieden, daß er so edlen Regungen eine Möglichkeit gegeben hatte, sich zu entfalten.

Zugleich aber diente das Zusammensein jedem der Anwesenden als willkommene Gelegenheit, durch sein ganzes Gebaren seine »Politik« und seine Person in einem möglichst günstigen Licht zu zeigen. Von Mitterer strich auf gefällige und unaufdringliche Weise vor Daville den großen Einfluß heraus, den er auf die Fratres und auf ihre Hirtengemeinde ausübte. Das Benehmen der Fratres und ihr vertraulicher Umgangston mit ihm rundeten das Bild ab. Aus Pflichtgefühl und aus persönlichem Eigensinn gab sich Daville ganz als Vertreter des großen Napoleons, und diese Haltung, die so wenig seiner wahren Natur entsprach, ließ ihn steif erscheinen und rückte seine Persönlichkeit in ein ungünstiges Licht. Der einzige, der sich natürlich und ungezwungen benahm und unterhielt, war des Fossés, doch als Jüngster in der Gesellschaft schwieg er zumeist.

Wenn die Fratres von sich aus auch einmal etwas sagten, so nur, um sich über die Türken, über Geldstrafen und Schikanen, über den Lauf der Geschichte, über ihr Schicksal, ja man kann sagen, über die ganze Welt zu beklagen. Sie taten es mit jenem wunderlichen und typischen Wohlbehagen, mit dem jeder

Bosniake über schwierige Zustände redet, aus denen es keinen Ausweg gibt.

In einer solchen Gesellschaft, in der jeder nur das zu sagen trachtete, was er als Gerücht verbreitet wissen wollte, und in der jeder bemüht war, nur das herauszuhören, was für ihn von Nutzen war und was die anderen nicht preisgeben wollten, konnte sich selbstverständlich das Gespräch nicht frei entfalten und natürlich und herzlich verlaufen.

Als gewandter, taktvoller Hausherr verhinderte von Mitterer, daß das Gespräch auf Themen überging, die in eine Auseinandersetzung ausarten konnten. Nur Fra Julijan und des Fossés entzogen sich dem Kreise und debattierten, als alte Bekannte, lebhafter als die anderen.

Der bosnische Mönch und der junge Franzose empfanden offensichtlich seit ihrem ersten Zusammentreffen Sympathie und Hochachtung füreinander. Die späteren Begegnungen in Guča Gora hatten sie einander noch nähergebracht. Jung, heiter und gesund, wie sie waren, stiegen die beiden in ein Gespräch und in einen freundschaftlichen Disput mit innerem Vergnügen, frei von hinterhältigen Gedanken und persönlicher Eitelkeit.

Sie hatten sich von den anderen etwas abgesondert, um über Bosnien und die Bosniaken zu plaudern, während sie die kahlen, mit feinem Schnee bestäubten Bäume durch die beschlagene Fensterscheibe betrachteten. Des Fossés bat um Daten und nähere Erläuterungen über die Lage der katholischen Bevölkerung und über die Tätigkeit der Fratres. Gleichzeitig berichtete er auch selbst, aufrichtig und gelassen, von seinen bisher gewonnenen Eindrücken und Erfahrungen.

Der Frater stellte sofort fest, daß der »junge Konsul« seinen Aufenthalt in Travnik nicht umsonst verbracht, sondern viele Kenntnisse über Land und Leute sowie über die katholische Bevölkerung und die Tätigkeit der Fratres gesammelt hatte.

Beide waren sich darin einig, das Leben in Bosnien sei ungewöhnlich schwierig und die Angehörigen aller Religionen seien wegen ihrer Rückständigkeit zu bedauern. In dem Bestreben, die Ursachen und Erklärungen für diesen Zustand zu finden, wälzte der Frater alle Schuld auf die Herrschaft der Türken ab und behauptete, ehe diese Länder nicht von der türkischen Macht befreit würden und ehe die türkische Herrschaft nicht von einer christlichen abgelöst sei, könne es zu keiner Besserung kommen. Des Fossés wollte sich mit der Erklärung nicht zufriedengeben, er suchte auch bei den Christen selbst die Ursache des Übels. Nach seiner Auffassung hatte die türkische Herrschaft die christlichen Untertanen dazu verleitet, gewisse charakteristische Eigenschaften, wie Verstellungskunst, Starrsinn, Argwohn, Denkfaulheit und Angst vor jeder Neuerung, jedweder Arbeit und Bewegung, zu entwickeln. Diese Eigenschaften, in jahrhundertelangem ungleichem Kampf und steter Abwehr entstanden, waren den Menschen hier in Fleisch und Blut übergegangen und zu dauernden Merkmalen ihres Charakters geworden. Geboren aus Not und Unterdrückung, waren die Eigenschaften heute, wie auch in Zukunft, ein großes Hindernis für den Fortschritt, ein böses Erbe der unglücklichen Vergangenheit, kurz gewaltige Schäden, die man ausrotten mußte.

Des Fossés verhehlte nicht seine Verwunderung über den Starrsinn, mit dem sich in Bosnien nicht nur die Türken, sondern auch die Menschen der übrigen Glaubensrichtungen gegen jeden Einfluß, und sei er der beste, wehrten; sie widersetzten sich jeder Neuerung, jedem Fortschritt auch dann, wenn er unter den jetzigen Verhältnissen durchaus möglich war und nur von ihnen allein abhing. Er versuchte, die Schädlichkeit dieser chinesischen Starrheit und Lebensfremdheit nachzuweisen.

»Wie soll denn«, fragte des Fossés, »dieses Land zu Ruhe und Ordnung kommen und zumindest die Stufe der Zivilisation seiner nächsten Nachbarn erreichen, wenn sein Volk so zerrissen ist wie kein zweites in Europa? Vier Religionen gibt es auf diesem schmalen, gebirgigen und armseligen Fleckchen Erde. Jede von ihnen erhebt den Anspruch auf Ausschließlichkeit und riegelt sich streng gegen die anderen drei ab. Sie hier leben alle unter ein und demselben Himmel und ernähren sich von der gleichen Erde, aber das geistige Leben Ihrer vier Religionsgemeinschaften hat jeweils ein eigenes Zentrum, das fern, in einem wildfremden Lande liegt: in Rom, in Moskau, in Stambul, in Mekka, in Jerusalem oder weiß Gott wo noch, auf jeden Fall nicht dort, wo Sie zur Welt gekommen sind und wo Sie einmal sterben werden. Und jede der vier vertritt den Standpunkt, ihr eigenes Wohl und Gedeihen müßte mit Benachteiligung und Rückschlägen der übrigen drei erkauft werden und deren Fortschritt wiederum könnte nur zu Lasten des eigenen Gedeihens gehen. Jede der vier hat aus ihrer Unduldsamkeit eine höchste Tugend gemacht und erwartet von außen Rettung, und zwar jeweils aus der entgegengesetzten Richtung.«

Der Frater hörte des Fossés mit dem überlegenen Lächeln eines Menschen an, der glaubt, die Dinge besser zu kennen, und der es nicht nötig hat, sein Wissen zu überprüfen oder zu erweitern. Offenbar entschlossen, um jeden Preis zu widersprechen, versuchte er darzutun, daß sein Volk unter den herrschenden Verhältnissen nur dann leben und bestehen könne, wenn es so, wie es jetzt sei, bliebe, es sei denn, es wolle der Entartung und Entwurzelung anheimfallen und untergehen.

Des Fossés hielt ihm entgegen, ein Volk müsse noch lange nicht deshalb, weil es eine gesündere und vernünftigere Lebensweise annehme, seinen Glauben und seine Heiligtümer über Bord werfen. Seiner Auffassung nach wären gerade die Fratres berufen und befähigt, auf diesen Fortschritt hinzuarbeiten.

»Ach, lieber Herr«, antwortete Fra Julijan mit einer Koketterie, wie sie Menschen eigen ist, die konservative Ansichten verteidigen, »Sie haben es leicht, von der Notwendigkeit materiellen Fortschritts, von gesunden Einflüssen und von chinesischer Starrheit zu reden, aber wären wir nur etwas weniger starr gewesen und hätten wir die Tore für verschiedene ›gesunde Einflüsse‹ geöffnet, so hießen meine Pfarrkinder heute nicht Pero und Anto, sondern Mujo und Husso.«

»Erlauben Sie, man darf nicht gleich ins Extrem verfallen und dickköpfig werden.«

»Was wollen Sie? Wir Bosniaken haben eben einen dicken Schädel. So kennt uns alle Welt, und dafür sind wir berühmt«, antwortete Fra Julijan mit unverminderter Selbstgefälligkeit.

»Aber ich bitte Sie, was kümmert es Sie, wie Sie in den Augen anderer Leute erscheinen und was man über Sie denkt? Als ob das so wichtig wäre! Wichtig ist nur, was man von seinem Leben hat und was man im Leben aus sich, aus seiner Umwelt und seinen Nachkommen macht.«

»Wir wahren unseren Standpunkt, und bis heute kann sich keiner rühmen, er habe uns gezwungen, anders zu werden.«

»Aber, Vater Julijan, nicht der Standpunkt, sondern das Leben ist maßgeblich, und der Standpunkt hat sich dem Leben zu unterwerfen. Wo aber können Sie hier noch von einem Leben reden?«

Fra Julijan wollte eben nach lieber Gewohnheit irgendein Zitat anbringen, als der Hausherr das Gespräch der beiden unterbrach. Fra Ivo hatte sich erhoben. Rot im Gesicht von dem guten Essen, reichte er jedem einzelnen mit bischöflicher Geste seine schwere, gepolsterte Hand, die das Ausmaß eines kleineren Kissens hatte, und wiederholte schwer atmend und prustend, draußen herrschten Kälte und Schneegestöber, der Weg nach Dolac sei weit und sie müßten aufbrechen, wollten sie noch bei Tage nach Hause kommen.

Der junge Franzose und der Frater trennten sich mit sichtlichem Bedauern.

Schon während der Mahlzeit hatte des Fossés von Zeit zu Zeit verstohlen die weißen, nie ruhenden Hände Frau von Mitterers betrachtet und, sooft er den gleichbleibenden, perlmutterhaften Glanz ihrer Haut wahrnahm, der bei jeder Bewegung immer an denselben Stellen sich zeigte, für eine Sekunde die Augen geschlossen, sich dem Gefühl hingebend, zwischen ihm und der Frau bestünden feste Bande, die keiner sah und kannte. In seinen Ohren verfing sich der Klang ihrer auf und ab schwingenden, ein wenig grellen Stimme. Sogar der etwas harte Akzent, mit dem sie das Französische aussprach, schien ihm kein Mangel, sondern ein besonderer, nur ihr eigentümlicher Reiz. Er sagte sich, mit einer solchen Stimme gesprochen, müsse einem jede Sprache der Welt so vertraut und lieb klingen wie die eigene Muttersprache.

Ehe die Gesellschaft auseinanderging, unterhielt er sich mit Anna Maria noch über Musik, und sie zeigte ihm ihr Musikzimmer, einen kleinen, hellen Raum, in dem sich nur wenige Möbel befanden, einige Scherenschnitte an den Wänden hingen und in der Mitte eine vergoldete Harfe stand. Anna Maria äußerte voller Wehmut, sie habe ihr Spinett in Wien zurücklassen müssen, und ihre Harfe, die sie als einziges habe mitbringen können, sei ihr in dieser Öde nun ein großer Trost. Bei diesen Worten streckte sie ihren Arm aus, der sich dabei bis zum Ellenbogen entblößte, und strich wie unabsichtlich über die Saiten. Dem Jüngling war bei den wenigen zufälligen Tönen zumute, als lausche er einer Sphärenmusik, die das bleierne Travniker Schweigen durchbrach und ihm mitten in der Wüste Tage verschwenderischen Glücks verhieß.

Hinter den Saiten der Harfe stehend, versicherte er Anna Maria flüsternd, wie lieb es ihm wäre, einmal ihrem Spiel und Gesang zu lauschen. Sie erinnerte mit einer stummen Kopfbewegung daran, daß Madame Daville in Trauer sei, und vertröstete ihn auf später.

»Sie müssen mir versprechen, mit mir gemeinsam auszureiten, sobald wir schöneres Wetter haben. Oder fürchten Sie sich vor der Kälte?«

»Warum sollte ich mich fürchten?« antwortete sie ihm von jenseits der Harfe, langsam, Wort um Wort. Ihre Stimme, die an den Saiten entlang zu ihm hinüberdrang, tönte ihm in den Ohren wie eine Musik voller Verheißungen.

Er schaute in ihre ins Graue spielenden, irgendwo in der Tiefe gleißenden Augen, und er glaubte, auch in ihnen jene rätselhaften Versprechungen zu finden.

Zur selben Zeit verstand es von Mitterer im Zimmer nebenan, völlig zwanglos und wie beiläufig Daville unter dem

Siegel strengster Verschwiegenheit anzuvertrauen, die Beziehungen zwischen Österreich und der Türkei spitzten sich immer mehr zu und man sei in Wien gezwungen, ernste militärische Maßnahmen nicht nur an den Grenzen, sondern auch im Lande selbst zu treffen, da Österreich möglicherweise noch im bevorstehenden Sommer mit einem Angriff von seiten der Türken rechnen müsse.

Daville, der von den österreichischen Vorbereitungen sehr wohl Kenntnis hatte und wie alle Welt vermutete, daß sie keineswegs gegen die Türkei, sondern gegen Frankreich gerichtet waren und daß die Türkei lediglich als Ausrede diente, fand in Mitterers Worten nur eine neue Bestätigung seiner Vermutung. Er tat so, als glaubte er dem Oberst, indessen überlegte er bereits, wann der Kurier käme, mit dem er die gezielte Indiskretion seinen Vorgesetzten als einen weiteren Beweis für die feindseligen Absichten der Wiener Regierung berichten könnte.

Zum Abschied bestätigten Anna Maria und des Fossés einander vor der ganzen Gesellschaft, sie würden sich von der Kälte keineswegs ihre Reitlust nehmen lassen, sondern wollten, sobald trockenes, klares Wetter einträte, gemeinsam ausreiten.

Im französischen Konsulat blieb man an dem ersten Weihnachtstag nach dem Abendessen nicht mehr lange um den Tisch versammelt; jeder sehnte sich, der stillen Zustimmung der anderen bewußt, möglichst bald in seinem Zimmer mit sich allein zu sein.

Madame Daville war ganz niedergedrückt und mußte sich sehr beherrschen, um nicht schon während des Abendessens in Tränen auszubrechen. Heute war sie zum erstenmal seit dem Tode ihres Kindes unter Menschen gekommen, und jetzt litt sie darunter, denn die erste Berührung mit der Außenwelt hatte sie aufgewühlt und ihr die ganze Schwere ihres Verlustes wieder ins Bewußtsein zurückgerufen. Ihr Schmerz, der sich in der Stille allmählich gelegt hatte, lebte von neuem auf. In den schwersten Augenblicken hatte sie sich gelobt, ihre Tränen zurückzuhalten, den Schmerz zu verbeißen und ihr Kind zusammen mit dem Schmerz über den Verlust Gott als Opfer auf den Altar zu legen. Aber jetzt flossen die Tränen unaufhaltsam, und die Wunde brannte so heiß wie am ersten Tag, vor dem Gelübde. Die Frau weinte und bat gleichzeitig Gott um Vergebung, weil sie ihr Gelöbnis, abgelegt in einer Stunde, in der sie ihre Kräfte überschätzt hatte, nicht halten konnte. Und sie ließ ihren Tränen freien Lauf, sich windend vor lauter Schmerz, der ihren Schoß mehr zerriß als einst die Wehen der Geburt.

Daville schrieb im Arbeitszimmer an seinem Bericht über die Unterredung mit dem österreichischen Konsul, höchst zufrieden damit, daß sich seine Voraussagen »auf diesem bescheidenen Sektor der Weltpolitik, von einer so schwierigen Plattform gesehen,« als richtig erwiesen.

Des Fossés zündete nicht erst die Kerzen an, sondern durchmaß sein Schlafzimmer mit langen Schritten, blieb von Zeit zu Zeit am Fenster stehen und spähte, ob nicht vielleicht im Hause des österreichischen Konsuls, jenseits des Flusses, ein Licht aufblinkte. Die Nacht war taub und undurchdringlich, man konnte draußen weder etwas sehen noch hören. Dafür war der junge Mann selbst von einem einzigen Tönen und Leuchten erfüllt. In der Dunkelheit und Stille erschien ihm, sooft er stehenblieb und die Augen schloß, Anna Maria wie eine Flut von Tönen, wie eine Vision von eitel Glanz. Ihre Worte strahlten Licht aus, und das Gleißen in der Tiefe ihrer Augen sendete Klänge aus, es sprach, ebenso wie ihre Stimme heute, die ruhigen und aus irgendeinem Grunde bedeutsamen Worte: ›Warum sollte ich mich fürchten?‹

Für den jungen Menschen war die ganze Welt von einer ungeheuren Harfe überschattet, und er schlief ein, eingelullt von dem mächtigen, berauschenden Spiel seiner bebenden Sinne.

XIV

Die trockenen, sonnigen Tage, an denen man trotz der Kälte reiten konnte, waren mit der Unvermeidlichkeit von Naturerscheinungen gekommen. Mit der gleichen Unvermeidlichkeit tauchten auch, wie es am Weihnachtsfest abgemacht worden war, die beiden Reiter aus den beiden Konsulaten auf dem hartgefrorenen Wege auf, der über den Kupilo führt.

Dieser Weg ist wie geschaffen für Spaziergänge und Reitpartien. Geebnet und geradlinig, abschüssig und eine gute Meile lang, eingeschnitten in die schroffen Hänge des Karauldžik- und Kajabaša-Berges, verläuft er parallel zur Lašva, doch hoch über dem Fluß und der Stadt, die im Tale unter ihm liegt. Am Schluß wird der Weg etwas breiter und unebener, um sich dann in einzelne vom Wetter ausgespülte Dorfsteige zu verzweigen, die zu den Dörfern Jankovići und Orašje bergauf führen.

Die Sonne geht über Travnik spät auf. Des Fossés ritt, begleitet von einem Kawassen, den von der Sonne überstrahlten Weg. Noch lag die Stadt zu seinen Füßen im Schatten, in einer Hülle von Nebel und Rauch. Dunst stieß den Reitern aus dem Munde und den Pferden aus den Nüstern und erhob sich auch wie Staubregen von den Kruppen der Pferde. Die gefrorene Erde gab den Hufschlag dumpf zurück. Noch steckte die Sonne in den Wolken, aber schon überzog sich das Tal langsam mit rotem Licht. Des Fossés ritt in wechselndem Schritt, bald langsam, so daß es aussah, als wollte er haltmachen und abspringen, bald aber in scharfem Galopp, so daß der Kawaß auf seinem schwerfälligen Falben um Schußweite zurückblieb. So schlug der junge Reiter in Erwartung des Augenblicks, da er Anna Maria mit ihrer Begleitung irgendwo auf dem Wege erblicken würde, der Zeit ein Schnippchen. Wen die Jugend trägt und die Sehnsucht treibt, für den sind selbst das lange Warten auf die Geliebte und die peinigende Ungewißheit Teil jener süßen Lust, wie sie die Liebe einem jeden verheißt. Der junge Franzose wartete mit zaghaftem Bangen, aber auch mit dem sicheren Wissen, alle seine Befürchtungen (›Ob Anna Maria erkrankt ist? Hält man sie zurück? Ist ihr unterwegs etwas zugestoßen?‹) würden sich schließlich als unbegründet herausstellen, denn in einer Liebe wie dieser verläuft alles günstig und nach Wunsch, nur nicht das Ende selbst.

Und in der Tat, jeden Morgen, wenn die Sonne den scharfen Grat des Gebirges bereits überschritten hatte und immer mehr und immer wunderlichere Zweifel und Fragen sich in des Fossés auftürmten, erschien »mit der Unvermeidlichkeit von Naturerscheinungen« Anna Maria in schwarzem Kostüm mit langem Rock im Amazonenschnitt, eins geworden mit dem Damensattel und dem hohen Rappen. Dann verlangsamten beide den Schritt ihrer Pferde und näherten sich einander so natürlich und unbefangen, wie die Sonne über ihnen aufstieg und der Tag im Tal voranschritt. Schon auf eine Entfernung von hundert Schritt glaubte der junge Reiter, klar zu unterscheiden, wie ihr Hut »a la Valois«, so wie bei keiner anderen Frau, mit den Locken ihres braunen Haares ein unteilbares Ganzes bildete, und er vermeinte ihr von der Morgenfrische bleiches Gesicht mit den verschlafenen Augen zu erkennen. (»Sie haben verschlafene Augen«, wiederholte er, sooft sie zusammentrafen, und legte in das Wort »verschlafen« eine besonders kühne, geheimnisumwitterte Bedeutung, die Frau aber senkte daraufhin stets die Augen, und ihre glänzenden Lider umspielte ein bläulicher Schatten.)

Nach den ersten Begrüßungsworten verharrten die beiden noch eine kurze Weile an Ort und Stelle, ehe sie sich abwandten, um einander nach kurzem Ritt wieder, wie zufällig, zu begegnen, ritten dann ein Stück Weges nebeneinanderher, tauschten schnell und begierig einige Sätze aus und stoben auseinander, auf daß sich ihre Wege nochmals kreuzten und sie ihr Gespräch fortsetzten. Diese Manöver waren sie ihrer Stellung und den gesellschaftlichen Rücksichten schuldig, in ihrem Innern aber lösten sie sich nie auch nur für eine Sekunde voneinander, und sooft sie einander begegneten, griffen sie ihr vorheriges Gespräch mit unverminderter Lust auf. Sie mußten bei ihren Begleitern und jedem außenstehenden Betrachter den Eindruck hinterlassen, als schenkten sie beide ihre Aufmerksamkeit hauptsächlich den Pferden und dem Reiten selbst, als wären ihre Bewegungen zufällig und die Gespräche harmlos, als handelte es sich um Bemerkungen über den Zustand der Straße, über das Wetter und die Gangart der Pferde. Niemand konnte wissen, was die weiße Schwade sagte, die wie ein unruhiges Fähnlein bald aus ihrem, bald aus seinem Munde flatterte, jäh abriß und sich ausbreitete, um hernach in der kalten Luft noch lebhafter und noch länger aufzuflattern.

Wenn die Sonne das Tal bis in die entferntesten Winkel durchflutete, die Luft darin sich für eine Weile glutrot verfärbte und die halb zugefrorene Lašva zu dampfen begann, als loderten durch die ganze Stadt unsichtbare Brände, schieden der junge Mann und die Frau mit einem langen, herzlichen Händedruck (beim Abschied verraten sich Liebespaare am leichtesten) und ritten, jeder seines Weges, in die von Schnee und Reif bedeckte Stadt hinab.

Der erste, der bemerkte, daß sich zwischen dem jungen des Fossés und der schönen zehn Jahre älteren Frau von Mitterer etwas anbahnte, war Herr von Mitterer selbst. Er kannte seine Frau nur zu gut als »krankes Kind«. Ihm waren ihre Seitensprünge, er nannte sie »Irrungen«, nichts Neues, und es fiel ihm nicht schwer, ihren Verlauf und ihr Ende vorauszuahnen. Für den Oberst war es also ein leichtes, zu sehen, was mit seiner Frau vorging, und alle Phasen ihrer Krankheit zu überblicken: die Verzückung, das Schwärmen von seelischen Beziehungen, die Enttäuschung über die primitiven Wünsche des Mannes nach sinnlicher Berührung, die Flucht vor dem Manne mit der darauffolgenden Krise und Verzweiflung: »Alle begehren mich, aber niemand liebt mich!«, und zum Schluß das Vergessen und die Entdeckung neuer Objekte, für die sie sich begeisterte und an denen sie dann wieder verzweifelte. Es gehörte ebenfalls nicht viel Scharfsinn dazu, die Absichten des schlanken Jünglings zu durchschauen, der sich, aus Paris nach Travnik verschlagen, vor diese schöne Frau gestellt sah, im Umkreis von

Hunderten Meilen die einzige zivilisierte Dame. Was dem Oberst diesmal ernste Sorgen bereitete und in eine peinliche Situation brachte, war die Frage, wie es nun um seine Position als österreichischer Konsul und um seine Beziehungen zum französischen Konsulat bestellt war?

Der Oberst pflegte für sich, seine Familie und seine Mitarbeiter Richtlinien für die Art der Beziehungen zum gegnerischen Konsulat und zu dessen Personal festzulegen; er unterzog sie von Zeit zu Zeit einer Überprüfung, änderte und regulierte sie, wie man eine Uhr aufzieht und instand hält, gemäß den Instruktionen seines Ministeriums und gemäß der allgemeinen Lage. Das war für ihn stets ein ernstes, schwieriges Problem, denn das Gefühl für soldatische Genauigkeit und für Gewissenhaftigkeit war in ihm tiefer eingewurzelt und mehr entwickelt als jede andere Empfindung. Jetzt bestand die Gefahr, daß Anna Maria mit ihrem Benehmen diese Beziehungen veränderte und der Arbeit wie dem Prestige des Obersten Schaden zufügte. Das war bei ihren früheren »Irrungen« nie der Fall gewesen und bedeutete für den Oberst eine neue, bisher unbekannte Pein, die ihm von seiner Frau widerfuhr.

Stellte der Oberst auch nur ein winziges Rädchen in der Maschinerie des großen österreichischen Kaiserreiches dar, so wußte er doch als Generalkonsul von Travnik, daß seine Regierung in der Hoffnung auf eine neue Koalition gegen Napoleon militärische Vorbereitungen traf und daß er die Aktionen, soweit sie sich nicht verheimlichen ließen, so hinstellen mußte, als seien sie gegen die Türkei gerichtet. Im Gegensatz dazu hatte er ausdrücklichen Befehl, die türkischen Behörden zu beschwichtigen und sie zu versichern, die Vorbereitungen könnten keinesfalls auf einen Krieg mit der Türkei hinzielen. Zugleich wurde er immer häufiger und strenger angewiesen, die Tätigkeit des französischen Konsuls und seiner Agenten zu überwachen und jede, selbst die geringste Kleinigkeit zu melden.

So gelangte der Oberst unschwer zu dem Schluß, daß mit ziemlicher Wahrscheinlichkeit bald ein erneuter Abbruch der

Beziehungen zu Frankreich, neue Koalitionen und Kriege zu erwarten waren.

Unter solchen Umständen ist es verständlich, wenn dem Oberst die Verliebtheit seiner Frau und die amourösen Spazierritte mitten im Winter, vor den Augen der Öffentlichkeit und der Dienerschaft, höchst ungelegen kamen. Aber er wußte, daß es zwecklos war, mit Anna Maria darüber zu reden, denn vernünftige Beweggründe hatten auf sie nur eine entgegengesetzte Wirkung. Er sah, daß ihm nichts übrigblieb, als auf den Augenblick zu warten, da der Jüngling in Anna Maria das Weib begehrte; dann würde sie sich, wie in allen früheren Fällen, enttäuscht und verzweifelt zurückziehen, und die ganze Affäre fände automatisch und für immer ihren Abschluß. Und der Oberst wünschte sehnlichst, dieser Moment möge schnellstens eintreten.

Andererseits waren auch Daville, der seinem »begabten, aber unausgeglichenen« Mitarbeiter gegenüber stets eine gewisse Scheu empfand, des Fossés' Spazierritte und Begegnungen mit Frau von Mitterer nicht entgangen. Da auch er die Beziehungen zum österreichischen Konsulat für sich und sein gesamtes Personal genau festgelegt hatte, kamen ihm die Begegnungen ebenso ungelegen. (Wie so häufig in anderen Dingen deckten sich Davilles Wünsche mit jenen Mitterers, seines Gegenspielers.) Aber auch er wußte noch nicht so recht, wie er die Ausritte vereiteln sollte.

Schon von Jugend auf hatte sich Daville im Umgang mit Frauen als ein Mensch von starker Disziplin des Leibes und der Seele erwiesen. Diese Selbstbeherrschung wurzelte ebenso in der strengen und gesunden Erziehung, die er genossen, wie in einem angeborenen Mangel an Leidenschaft und Phantasie. Wie das bei solchen Menschen zu sein pflegt, war auch Daville von einer abergläubischen Angst vor ungeordneten Beziehungen dieser Art erfüllt. Noch als junger Mann in Paris sowie später beim Militär schwieg er, wenn die Männer ihre frivolen Gespräche über Frauen führten, irgendwie schuldbewußt, obwohl er ein zuchtvolles, enthaltsames Leben führte. Auch jetzt hätte er sein Mißfallen leichter geäußert und den Jüngling ermahnt, hätte es sich nicht um eine Frau gehandelt.

Außerdem fürchtete sich Daville – ja, das ist das richtige Wort: er fürchtete sich vor seinem jungen Mitarbeiter. Er fürchtete den ruhelosen und unbequemen Scharfsinn, das vielgestaltige, ungeordnete, doch riesige Wissen, die Unbekümmertheit und den Leichtsinn, die geistige Neugier, die körperliche Kraft sowie die Eigenschaft des jungen Mannes, vor nichts Angst zu haben. Deshalb wartete er auf eine günstige Gelegenheit, dem jungen Mann durch die Blume eine Warnung zukommen zu lassen.

So verging der Januar, und im Februar brachen wieder feuchte, neblige Tage an, die tiefen Morast und glitschige Wege mit sich brachten. Was Daville und von Mitterer zu verhindern nie gewagt und nie vermocht hätten, verhinderte nun die schlechte Witterung. Ein Ausreiten war unmöglich geworden. Des Fossés ging trotz solchen Unwetters in seinen hohen Stiefeln und seinem braunen Mantel mit dem Kragen aus Otternfell außer Haus, lief sich müde und fror bis zur Erschöpfung. Aber Anna Maria konnte, selbst unter Berücksichtigung ihrer besonderen Logik und Veranlagung, bei solchem Wetter das Haus nicht verlassen, sondern schaute wie ein auf die Erde verbannter Engel – beschwingt, traurig und lächelnd – mit ihren hellen »verschlafenen« Augen in die Welt und schritt wie geistesabwesend vorbei an den Hausbewohnern, als seien es leblose Schatten oder harmlose Traumgesichter. Den größeren Teil des Tages verbrachte sie an ihrer Harfe, wo sie ihr reiches Repertoire an deutschen und italienischen Liedern rücksichtslos ausschöpfte oder sich in endlosen Variationen und Phantasien verlor. Ihre kräftige, warme, aber stark tremolierende Stimme, die stets auf nahe Tränen oder Seufzer hindeutete, erfüllte das kleine Zimmer und drang in die übrigen Gemächer des Hauses. Der Oberst lauschte in seinem Arbeitszimmer, wie Anna Maria sang und sich selbst auf der Harfe begleitete.

»Tutta raccolta ancor
Nel paltipante cor
Tremante ho l'alma ...«

Während er jener Sprache der Leidenschaft und aufwogenden Gefühle lauschte, zitterte er am ganzen Leib vor ohnmächtigem Haß gegen diese ihm unbegreifliche Welt, aus der sein ganzes Familienunglück und alle seine Schmach herrührten. Er legte die Feder weg und hielt sich mit beiden Händen die Ohren zu, aber noch immer vernahm er von unten, vom ersten Stockwerk, wie aus geheimnisvollen Tiefen die Stimme der Frau und die tropfenden, dahinflutenden Klänge der Harfe. Das waren Töne aus einer Welt, die allem widersprach, was dem Oberst wichtig, heilig und ernst schien. Er wähnte, die Musik verfolgte ihn schon seit Ewigkeiten und käme nie zum Verstummen, sondern würde schwach und weinerlich, wie sie klang, ihn und alles Bestehende – Heere und Reiche, Ordnung und Recht, Pflichten und Rücksichten – überdauern und über alle die Begriffe hinwegwinseln wie ein fadendünnes, aber unversiegbares Rinnsal, das über Ruinen rieselt.

Und der Oberst griff erneut nach der Feder und setzte seinen angefangenen Bericht fort, krampfhaft schnell und im Rhythmus der von unten heraufdringenden Musik schreibend, von dem Gefühl beherrscht, daß all das nicht mehr zu ertragen sei und doch ertragen werden mußte.

Zur gleichen Zeit lauschte Agathe dem Gesang ihrer Mutter. In dem geheizten hellen Erker, in Frau von Mitterers »Wintergarten«, saß das Mädchen in einem niedrigen Sessel auf einem roten Kelim. Im Schoß hielt sie zugeklappt den letzten Musenalmanach. Seine Seiten boten ihr eine Fülle neuer, wunderbarer und erhabener Dinge in Vers und Prosa, aber sie zwang sich vergeblich, sie zu lesen; eine schmerzhafte, unwiderstehliche Gewalt trieb sie, der Stimme aus dem Musikzimmer zu lauschen.

Das kleine Geschöpf mit den gescheiten Augen und dem starren Blick, schweigsam und mißtrauisch von Kind auf, ahnte viele Dinge, die ihm unklar waren, aber schwer und verhängnisvoll auf ihm lasteten. Schon seit Jahren gewann es Einblick in die Familienverhältnisse, beobachtete Vater, Mutter, Gesinde und Bekannte verschlossenen Mundes und ahnte manches, was ihm unverständlich schwierig, häßlich und traurig erschien. Von Scham immer mehr überwältigt, zog es sich in seine Innenwelt zurück, fand aber hier neue Gründe, sich zu schämen und noch mehr in sich zurückzuziehen. In Semlin hatte Agathe wenigstens einige Freundinnen, Töchter von Offizieren, gehabt, außerdem war ihr Leben erfüllt gewesen vom Schulbetrieb, von der schwärmerischen Verehrung für ihre Lehrerinnen, die Nonnen, und von hundert kleinen Sorgen und Freuden. Jetzt jedoch war sie völlig vereinsamt, sich selbst und der gärenden Unruhe ihrer Jugend ausgeliefert, dahinlebend zwischen einem gutherzigen, machtlosen Vater und einer tollen, unbegreiflichen Mutter.

Während sie die Mutter singen hörte, verbarg sie ihr Gesicht in den Seiten des Musenalmanachs und verging fast vor unverständlicher Scham und wunderlicher Furcht. Sie tat, als läse sie, in Wirklichkeit lauschte sie mit geschlossenen Augen dem Lied, das sie noch aus jüngeren Jahren gut kannte, das sie haßte und vor dem sie sich fürchtete wie vor etwas, was nur Erwachsene kennen und tun, was aber schrecklich und unerträglich ist und selbst die schönsten Bücher und besten Gedanken Lügen straft.

Die ersten Märztage, ausnehmend warm und trocken, glichen letzten Apriltagen und begünstigten ganz unerwartet die beiden Reiter aus den Konsulaten. Wieder begannen die Begegnungen und das Aufeinanderwarten auf dem hohen, ebenen Weg, die lustigen Galoppritte über den weichen Boden und das gelbliche, niedergedrückte Gras in der milden, frischen Luft des frühen Lenzes. Wieder begannen beide Konsuln, sich Sorgen und Gedanken darüber zu machen, wie sie das Reiteridyll ohne scharfe Zusammenstöße und große Erschütterungen verhindern könnten.

Nach Mitteilungen, die den einen wie den anderen Konsul

erreichten, war ein Konflikt zwischen der Wiener Regierung und Napoleon unvermeidlich. »Die Beziehungen zwischen beiden Ländern entwickeln sich im umgekehrten Verhältnis zu den zarten Herzensbanden, wie sie vor den Augen der Welt auf dem Reitweg oberhalb Travniks geflochten werden«, sagte Daville zu seiner Frau; er erlaubte sich damit eine jener familiären Geistreicheleien, die Männer ihren Frauen mit geringem geistigem Kraftaufwand vorzutragen pflegen, und übte sich gleichzeitig in der Einleitung zu dem Gespräch, das er mit dem jungen des Fossés über das peinliche Thema führen wollte. Dies konnte in der Tat nicht mehr lange auf sich warten lassen.

Der Dämon jedoch, der sich »Sehnsucht nach einem Ritter« nannte und Anna Maria aufstachelte, junge, talentvolle, kräftige Männer zu suchen, sie aber ebenso von dem Ritter wieder abstieß, sobald er als ein Mann von Fleisch und Blut männliche Wünsche und Ansprüche äußerte, dieser Dämon hatte auch hier seine Hand im Spiel und erleichterte Daville wie auch von Mitterer die Situation, sofern man bei Mitterer überhaupt von einer Erleichterung reden konnte. Es kam, was kommen mußte: der Augenblick, in dem Anna Maria, enttäuscht, entsetzt und angewidert, alles stehen- und liegenließ und sich fluchtartig in ihr Haus zurückzog, verfolgt von Abscheu vor sich selbst und vor allem auf der Welt, gehetzt von Selbstmordgedanken und dem Bedürfnis, ihren Mann oder sonstwen zu quälen.

Das ungewöhnlich warme Märzende beschleunigte die Entwicklung und brachte die Krise.

Wieder erklangen eines strahlenden Morgens die Hufe der Pferde auf dem ebenen Weg zwischen kahlem Gestrüpp. Anna Maria und des Fossés waren trunken von der Frische und Schönheit des Morgens. Sie ließen, jeder für sich, ihre Pferde Galopp laufen, trafen sich auf dem Wege und tauschten, entzückt und außer Atem, herzliche Worte und abgerissene Sätze aus, die nur für sie beide Sinn und Bedeutung hatten und von denen ihr Blut, das durch den Ritt und die Frische des Tages erregt war, noch stärker in Wallung geriet. Mitten im Gespräch gab dann Anna Maria ihrem Pferd die Sporen, jagte bis ans

Ende des Weges und ließ den in Glut geratenen Jüngling mitten in der Rede stehen, dann kehrte sie im Schritt zu ihm zurück und nahm ihr Gespräch wieder auf. Das Spiel machte sie beide müde. Wie zwei erfahrene Reiter brachten sie ihre Pferde in Bewegung, sie trafen sich und stoben wieder auseinander, zwei Bällen vergleichbar, die sich in einem fort anziehen und jäh einander abstoßen. Während dieses Spiels hielten sich ihre Begleiter im Hintergrund. Des Fossés' und Anna Marias Knechte und Kawassen ritten gemächlich auf ihren kleinen Pferden hinterher, ohne an dem hochherrschaftlichen Vergnügen Anteil zu nehmen; doch sie scherten sich auch nicht umeinander, sondern die einen wie die anderen warteten darauf, daß ihre Herrschaft endlich, ermüdet und des Spiels überdrüssig, nach Hause aufbrach.

Nachdem sich so der junge Herr und die Dame, jeder für sich, ausgetobt hatten, trafen sie sich in einem bestimmten Augenblick am Ende des ebenen Weges, dort, wo der Weg jäh abbiegt und steinig und ausgewaschen wird. An der Wegbiegung steht ein Kiefernwäldchen. Die Bäume gleichen bei hellem Tageslicht einem dichten schwarzen Klumpen, der Boden unter ihnen schimmert rötlich durch, er ist trocken und mit Nadeln bedeckt. Des Fossés springt plötzlich vom Pferde und schlägt Anna Maria vor, abzusitzen, damit sie besser den Wald sehen könne, der, wie er sie zu überzeugen versucht, an Italien erinnere. Das Wort Italien täuscht die Frau. Beide nehmen locker die Zügel in die Hand und dringen mit vom Reiten ermüdeten Füßen auf dem glatten Teppich der rostfarbenen Kiefernnadeln einige Schritte in das Gehölz vor, das immer dichter wird und sich hinter ihnen schließt. Die Frau geht ungelenk in ihren Stiefeln, mit der einen Hand die lange Schleppe ihres schwarzen Reitkleides hochraffend. Unschlüssig verhält sie. Der Jüngling redet unentwegt, als wolle er die Stille im Walde betäuben und sich und die Frau beruhigen. Er vergleicht den Wald mit einem Tempel oder etwas Ähnlichem. Doch zwischen seine Worte schieben sich Lücken und Augenblicke der Stille, angefüllt von kurzen, heißen Atemstößen und beschleunigtem

Herzklopfen. Dann wirft der Jüngling seine und ihre Zügel über einen Zweig. Die Pferde bleiben ruhig stehen, nur ihre Muskeln spielen. Er zieht die zaudernde Frau noch einige Schritte weiter, bis in eine Mulde, wo Zweige und Kiefernstämme das Paar völlig verdecken. Sie gleitet scheu und ungeschickt auf dem dichten Nadelbelag hin und her und sträubt sich. Ehe sie sich jedoch von ihm befreien oder auch nur ein Wort sagen kann, erblickt sie das glühende Gesicht des jungen Mannes nahe dem ihren. Nun ist keine Rede mehr von Italien oder einem Tempel. Sein großer roter Mund nähert sich jetzt wortlos ihren Lippen. Die Frau erblaßt, reißt die Augen weit auf, als sei sie auf einmal erwacht, sie will ihn von sich stoßen, ihm entfliehen, aber die Beine versagen ihr den Dienst. Schon faßt sein Arm sie um die Hüften. Sie stöhnt auf wie ein Mensch, der wehrlos und meuchlings getötet wird: »Nein! Nicht das!« Ihre Augen bekommen einen weißen Glanz. Sie läßt die lange Schleppe ihres Kleides fallen, die sie bis jetzt krampfhaft festgehalten hat, und sinkt zu Boden.

Versunken sind die Dinge des Alltags, die Worte und Spazierritte, die Konsuln und Konsulate. Versunken auch die beiden Menschen in diesem einzigen Knäuel, das sich verkrampft auf dem dichten Nadelbelag windet, der unter ihnen knistert. Der Jüngling umschlingt die halb besinnungslose Frau wie mit unsichtbaren Armen, es ist, als hätte er nicht zwei Arme, sondern hundert. Speichel mischt sich mit Tränen, denn sie weint, und mit Blut, denn einem von beiden bluten die Lippen. Und doch lösen sich ihre Münder nicht voneinander. Das sind ja eigentlich gar nicht mehr zwei Münder. Die Umarmung des vor Begierde tollen Jünglings und der entrückten Frau währt kaum eine Minute. Anna Maria fährt plötzlich zusammen, ihre Augen weiten sich noch mehr, als hätten sie unverhofft einen Abgrund, etwas Furchtbares geschaut, und ihr Bewußtsein kehrt zurück; auf einmal verspürt sie unerwartete Kräfte in sich, sie stößt den liebestrunkenen Mann entrüstet von sich, hämmert mit beiden Fäusten schnell und wütend gegen seine Brust wie ein zorniges Kind und keucht bei jedem Schlage:

»Nicht, nicht, nicht!«

Verflogen war der verlockende Rausch, vor dem alles versunken war. Ebenso wie die beiden nicht gemerkt hatten, wann sie auf die Erde geglitten waren, fanden sie sich auch wieder auf den Beinen, ohne zu wissen wie. Sie stöhnte wütend und brachte ihr zerzaustes Haar und ihren Hut in Ordnung, er hingegen klopfte ihr, verlegen und ungeschickt, die trockenen Kiefernnadeln vom schwarzen Kleid, reichte ihr die Reitpeitsche und half ihr, aus der Mulde zu klettern. Die Pferde standen noch immer still und schwenkten nur die Köpfe.

Die beiden traten auf den Weg hinaus und saßen auf, ehe die Begleitung bemerken konnte, daß sie überhaupt abgesessen waren. Beim Abschied schauten sie sich noch einmal lange an. Die Wangen des jungen Mannes glühten mehr als gewöhnlich, und seine Augen blinzelten in der starken Sonne. Anna Maria war völlig verwandelt. Aus den Lippen war jede Farbe gewichen, so daß sie sich im bleichen Gesicht ganz verloren, und die Augen erschienen wie neu, plötzlich wach geworden, sie hatten zwei schwarze Ringe um die Pupillen, in die man jetzt noch schwerer hineinschauen konnte als sonst, wenn sie aus der Tiefe leuchteten. Das ganze Gesicht war aufgedunsen, es hatte den Ausdruck häßlichen Zorns und grenzenlosen Ekels vor dem eigenen Ich und vor allem ringsum, als sei es seit langem ungepflegt und gealtert.

Des Fossés, den sonst seine Geistesgegenwart und das ihm angeborene kaltblütige Selbstvertrauen nicht so leicht im Stich ließen, war diesmal wirklich verlegen und fühlte sich unbehaglich, denn er begann zu begreifen, daß Anna Marias Verhalten weder Koketterie noch die übliche Angst war, die eine Dame der Gesellschaft vor Schande und Skandalen empfand. Auf einmal kam er sich selbst niedriger und schwächer vor als diese Kranke, der ihre abartigen Launen und ihre Verbitterung genügten, um in ihnen wie in einer eigenen Welt zu leben.

Alles schien ihm verwandelt und verzerrt, alles um ihn herum und in ihm selbst, sogar die Proportionen seines Körpers.

So schieden die beiden Reitpartner dieses Winters, das einstige zärtliche Liebespaar vom Kupilo, für immer voneinander.

Herr von Mitterer stellte sofort fest, daß die Beziehungen zwischen seiner Gemahlin und ihrem neuen, wieder einmal falsch erkorenen Ritter genau wie in vielen früheren Fällen den kritischen Wendepunkt erreicht hatten und daß nun die Zeit der häuslichen Gewitter anbrechen würde. Und in der Tat, nach zwei Tagen völliger Zurückgezogenheit ohne Speise und Trank und ohne jedes Gespräch begannen die Szenen und grundlosen Beschuldigungen und Beschwörungen (»Joseph, um Gottes willen...!«), die der Oberst mit ruhiger und schmerzlicher Entschlossenheit, all das wie vordem bis zur Neige auszukosten, längst vorausgesehen hatte.

Auch Daville bemerkte bald, daß des Fossés nicht mehr mit Frau von Mitterer ausritt. Das war ihm willkommen, denn es enthob ihn der peinlichen Pflicht, mit dem jungen Herrn darüber zu sprechen und ihm zu sagen, daß jeder intimere Verkehr mit dem österreichischen Konsulat abzubrechen sei. Alle Berichte nämlich wiesen darauf hin, daß sich die Beziehungen zwischen dem Wiener Hof und Napoleon von neuem zuspitzten. Daville las die Meldungen mit bangem Unbehagen, während er dem schweren Märzföhn nachlauschte, der um das Haus brauste.

Unterdessen saß der »junge Konsul« in seinem geheizten Zimmer und versuchte seinen Groll auf Anna Maria und besonders auf sich selbst hinunterzuschlucken. Er marterte sich vergeblich ab, eine Erklärung für das Verhalten der Frau zu finden. Aber einerlei, welche Gründe er dahinter vermutete, sie hinterließen alle in ihm das Gefühl der Enttäuschung, der Beschämung und der verletzten Eitelkeit und außerdem einen heftigen Schmerz, den seine aufgepeitschten, nicht befriedigten Sinne verursachten.

Auch entsann er sich – jetzt, wo es zu spät war – seines Onkels in Paris und des Rates, den er ihm einmal erteilt hatte, als er ihn im Palais Royal gesehen, wie er mit einer Schauspielerin, einer wegen ihrer Extravaganz bekannten Dame, soupierte. »Ich sehe, daß du ein Mann geworden bist«, sagte ihm der alte Herr, »und daß du wie alle anderen beginnst, dich ein bißchen herumzutreiben. Das muß und mag so sein. Nur einen Rat gebe ich dir: Vor verrückten Frauen nimm immer Reißaus.«

Der weise, gute Onkel erschien ihm wie im Traum. Da die Angelegenheit nun auf so dumme und lächerliche Weise ihren Abschluß gefunden hatte, erkannte er plötzlich, als sei er eben aufgewacht, die moralische Verwerflichkeit seines Versuches, mit der reifen, absonderlichen Frau des österreichischen Konsuls anzubändeln – eines Versuchs, zu dem ihn die Travniker Langeweile und seine augenblickliche Unfähigkeit, sich zu beherrschen, verleitet hatten.

Jetzt erinnerte er sich auch des »lebenden Bildes« im Sommer, der Gartenszene mit Jelka, dem Mädchen aus Dolac, das er schon fast vergessen hatte. Und es geschah ihm, daß er mehrmals in einer Nacht vom Stuhl oder aus dem Bett hochsprang; das Blut schoß ihm in den Kopf, vor seine Augen legte sich ein Schleier, und es erfüllte ihn ganz jenes Gefühl der Scham und des Zorns über sich selbst, das in jungen Leuten noch so lebendig und so mächtig sein kann. Mitten im Zimmer stehend, machte er sich Vorwürfe, daß er sich derart töricht und häßlich benommen habe, und hörte nicht auf, gleichzeitig nach einer Erklärung für seine Mißerfolge zu suchen.

›Was ist das bloß für ein Land? Was ist das für eine Luft?‹ fragte er sich dann. ›Und was sind das für Frauen? Sie schauen dich zärtlich und sanft an wie die Blumen im Grase oder blicken (durch die Saiten der Harfen) so leidenschaftlich zu dir herüber, daß dir das Herz schmilzt. Doch wenn du dem bittenden Blick nachgibst, dann stürzen die einen vor dir auf die Knie, geben damit der ganzen Situation eine Wendung um hundertachtzig Grad und flehen dich mit ersterbender Stimme und den Augen eines Schlachtopfers um Schonung an, so daß dir übel wird, dich alles anwidert und du die Lust, zu lieben und zu leben, verlierst, und die anderen wehren sich wie gegen einen Räuber und hauen mit Fäusten um sich wie englische Boxer.‹

So rechnete der »junge Konsul« im Stockwerk über Daville und seiner schlafenden Familie mit sich ab und kämpfte gegen seine verborgene Qual an, bis er sie überwand und bis auch sie, wie jeder Kummer der Jugend, in Vergessenheit geriet.

XV

Die Berichte und Weisungen aus Paris, die Daville in den letzten Tagen regelmäßig mit beträchtlicher Verspätung in die Hände bekam, deuteten darauf hin, daß sich die große Kriegsmaschinerie des Kaiserreichs wieder in Bewegung setzte, und zwar geradewegs auf Österreich zu. Daville fühlte sich persönlich gefährdet und betroffen. Er hielt es für sein Unglück, daß die Lawine sich gerade auf jene Gebiete zuwälzte, in denen sein kleiner, mit großer Verantwortung verbundener Arbeitsbereich lag. Das hektische Bedürfnis, etwas zu unternehmen und zu tun, und das quälende Gefühl, er könnte einen Fehler begehen oder etwas übersehen, verfolgten ihn jetzt bis in den Traum. Mehr als sonst reizten ihn die Gemütsruhe und Kaltblütigkeit des jungen des Fossés. In den Augen des Jünglings war es nur natürlich, wenn sich die kaiserlichen Armeen wieder einmal an irgendeiner Front kriegerisch betätigten, und er sah hierin nicht den geringsten Anlaß, seine Lebensweise und Denkart zu ändern. Daville konnte zittern vor verhaltenem Zorn, wenn er die leicht hingeworfenen, geistreichen Worte hörte, die jetzt unter der Pariser Jugend Mode waren und die des Fossés gebrauchte, sooft er – respektlos und ohne Begeisterung, aber ohne den geringsten Zweifel am siegreichen Ausgang – vom neuen Kriege redete. Das erfüllte Daville mit unbewußtem Neid und tiefer Trauer darüber, daß er keinen Menschen hatte, mit dem er sich über diesen Krieg und über alles sonstige aussprechen (»die bangen Zweifel und Hoffnungen austauschen«) konnte, und zwar im Rahmen der Begriffe und der Anschauungsweise, die ihm und seiner Generation eigen und vertraut waren. Für ihn steckte die Welt jetzt mehr denn je voller Fallen, Gefahren und voll jener unbestimmten, finsteren Gedanken und Befürchtungen, die der Krieg in alle Lande ausstreut und zwischen die Menschen, insbesondere in die Herzen alter oder schwacher und müder Personen, trägt.

Dann und wann schien es Daville, als bekomme er keine Luft mehr, als laste die Müdigkeit wie ein Joch auf ihm, als marschiere er so schon seit Jahren in einer düsteren, unbarmherzigen Kolonne, mit der er nicht mehr Schritt zu halten vermochte, die aber drohte, über ihn hinwegzustampfen und ihn zu zertrampeln, wenn er nur ein einziges Mal in die Knie ging und stehenblieb. Sooft er mit sich allein war, stieß er einen Seufzer aus und stammelte dabei leise und schnell:

»Ach, du gütiger Gott, du gütiger Gott!«

Die Worte flüsterte er unbewußt, und sie standen in keinem Zusammenhang mit dem, was sich im Augenblick um ihn abspielte: Sie waren eins geworden mit seinem Atem, mit dem Seufzer.

Wie sollte man bei einer solchen Übermüdung und in dieser jahrelangen schwindelerregenden Hetze nicht straucheln, und durfte man denn alles hinwerfen und jede weitere Anstrengung und Mühe aufgeben? Wie sollte man auch nur irgend etwas in der allgemeinen, unaufhörlichen Raserei und Verwirrung klar sehen und begreifen und wie durch Übermüdung, Schwierigkeiten und Ungewißheit weitermarschieren in einen neuen Nebel hinein, in unabsehbare Fernen?

Ihm war, als habe er erst gestern voller Erregung die Nachricht vom Siege bei Austerlitz, die so sehr von der Hoffnung auf Frieden und auf eine baldige Lösung der Probleme begleitet war, vernommen und als habe er seine Verse über die Schlacht von Jena am heutigen Morgen verfaßt und die Berichte über den Sieg in Spanien, über den Einzug in Madrid und über die Verjagung der Engländer von der Pyrenäenhalbinsel jetzt eben gelesen. Noch war der Jubel über das eine Unternehmen nicht verhallt, da stieß das Echo schon mit dem Getöse neuer Ereignisse zusammen und vermischte sich mit ihm. Würden die Naturgesetze mit Gewalt auf den Kopf gestellt, oder mußte alles an ihrer unerbittlichen Beständigkeit scheitern? Bald schien das eine, bald das andere zuzutreffen; eine eindeutige Schlußfolgerung war unmöglich. Der Geist stand still, das Gehirn verweigerte den Gehorsam. In solchem Zustand, in solcher Stimmung marschierte Daville weiter mit den Millionen, er arbeitete, er redete, er bemühte sich, mit ihnen Schritt zu halten und sein Teil beizusteuern, ohne jemandem seinen bedrückenden, kläglichen Zweifel und seine geistige Verwirrung einzugestehen oder zu zeigen.

Auch jetzt würde sich alles, bis in jede Einzelheit, wiederholen. Der »Moniteur« und das »Journal de l'Empire« treffen ein mit ihren Leitartikeln, die erläutern, wie unvermeidlich der neue Feldzug sei, die ihn rechtfertigen und ihm einen unbedingten Erfolg voraussagen. (Während Daville sie las, erschien ihm klar und unzweifelhaft, daß es so war und gar nicht anders sein konnte.) Später werden Tage und Wochen des Nachdenkens, des Wartens und Grübelns folgen. (Wozu schon wieder Krieg? Und wie lange wird man noch Krieg führen? Wohin soll das die Welt, Napoleon, Frankreich und ihn, Daville, nebst den Seinen führen? Ob das Glück sie diesmal im Stich lassen und die erste Niederlage als Vorzeichen des endgültigen Zusammenbruchs eintreten wird?) Dann wird wieder das Bulletin erscheinen, das über Erfolge berichtet und die Namen der eingenommenen Städte und der überrannten Länder aufzählt. Endlich reifen der völlige Sieg und der siegreiche Frieden mit Gebietserweiterungen und dem erneuten Versprechen einer allgemeinen Befriedung, die dann doch nicht eintritt.

Und Daville wird dann mit den anderen, ja lauter als sie, den Sieg preisen und von ihm reden wie von einer Sache, die sich von selbst versteht und zu der auch er seinen Anteil beigetragen hat. Von jenen qualvollen Zweifeln und Schwankungen jedoch, die der Sieg wie einen Nebel zerreißt und die er, Daville, jetzt ebenfalls zu vergessen sucht, wird kein Mensch etwas sehen oder erfahren. Eine Zeit, nur eine kurze Zeit, wird er auch sich selbst täuschen, aber bald kommt der kaiserliche

Kriegsmechanismus von neuem in Bewegung, und mit ihm beginnt wieder das Spiel in Daville, das allen vorherigen aufs Haar gleicht. All das zehrt an Daville, macht ihn müde und läßt ihn ein Leben führen, das den Anstrich von Ruhe und Ordnung hat, in Wirklichkeit aber unsagbar qualvoll ist und in schmerzhaftem Widerspruch zu seiner inneren Verfassung und seiner ganzen Natur steht.

Die fünfte Koalition gegen Napoleon war im Laufe des Winters unter Dach und Fach gebracht worden und trat im Frühjahr plötzlich zutage. Wie vor vier Jahren, nur noch geschwinder und kühner, antwortete Napoleon auf diesen heimtückischen Überfall mit einem pfeilschnellen Schlag gegen Wien. Jetzt offenbarte sich auch dem Uneingeweihten, wozu die Konsulate in Bosnien eingerichtet waren und dienen sollten.

Zwischen den Franzosen und Österreichern in Travnik brach jede Verbindung ab. Das Gesinde grüßte sich nicht mehr, die Konsuln vermieden es, einander zu begegnen. Sonntags, während des Hochamts in der Kirche zu Dolac, standen Madame Daville und Frau von Mitterer mit ihrer Tochter getrennt, in weitem Abstand voneinander. Beide Konsuln verdoppelten ihre Bemühungen um die Gunst des Wesirs und seiner Leute, um die der Fratres, Popen und angesehenen Bürger. Von Mitterer verbreitete den Aufruf des österreichischen Kaisers und Daville das französische Bulletin über den ersten Sieg bei Eckmühl. Zwischen Split und Travnik kreuzten und jagten sich die Kuriere. General Marmont wollte um jeden Preis mit seinen Truppen aus Dalmatien zum Heere Napoleons stoßen, bevor es zur entscheidenden Schlacht kommen würde. Deshalb verlangte er von Daville Angaben über die Gegenden, durch die er marschieren mußte, und sandte ihm Befehl um Befehl. Das verdreifachte die Arbeit Davilles und machte sie schwerer, kostspieliger und verworrener, besonders deshalb, weil von Mitterer auf jeden seiner Schritte achtete und – als erfahrener Soldat an Grenzintrigen und Husarenstücke gewöhnt – Marmont bei seinem Vormarsch über die Lika und durch Kroatien alle möglichen Hindernisse in den Weg legte. Mit der Zahl und Schwierigkeit der Aufgaben wuchsen auch Davilles Kraft, sein Erfindungsgeist und sein Kampfeswille. Mit Hilfe d'Avenats gelang es ihm, all jene Leute ausfindig zu machen und an sich zu binden, die auf Grund ihrer Stimmung und ihrer Interessen gegen Österreich eingestellt und willens waren, in der Hinsicht etwas zu unternehmen. Er bestellte Stadthauptleute aus dem Grenzland zu sich, besonders den Hauptmann aus Novi, den leiblichen Bruder des unglückseligen Achmet-Beg Cerić, den er nicht vor dem Tode hatte retten können, er stachelte sie auf, Unruhe in das österreichische Gebiet zu tragen, und bot ihnen die für ihre Überfälle notwendigen Mittel an.

Von Mitterer schickte über die Fratres von Livno Zeitungen und Aufrufe in das von den Franzosen besetzte Dalmatien, unterhielt Verbindungen mit dem katholischen Klerus in Norddalmatien und half, den Widerstand gegen die Franzosen zu organisieren.

Alle gedungenen Agenten und freiwilligen Mitarbeiter des einen wie des anderen Konsuls überschwemmten das Land, und die Früchte ihrer Arbeit zeigten sich in einer allgemeinen Unruhe und häufigen Zwischenfällen.

Die Fratres nahmen völlig davon Abstand, sich mit Leuten aus dem französischen Konsulat zu treffen. In den Klöstern hielt man Bittgottesdienste für den Sieg der österreichischen Waffen über die jakobinischen Heere und ihren glaubenslosen Kaiser Napoleon.

Fortan machten die Konsuln unentwegt Besuche, sie empfingen Leute, die sie sonst nie empfangen hätten, und waren freigebig mit Geschenken und Bestechungsgeldern. Sie arbeiteten Tag und Nacht, ohne wählerisch zu sein in ihren Mitteln, und scheuten keine Mühe. Der Oberst war dabei in weitaus günstigerer Lage. Es stimmte wohl, daß er ein müder Mensch war, behindert durch seine unerquicklichen Familienverhältnisse und seine schlechte Gesundheit, aber für ihn war diese Lebens- und Kampfweise nichts Neues, sie entsprach seinen Erfahrungen und seiner Erziehung. Vor Befehlen von höherer

Stelle vergaß der Oberst plötzlich sich und die Seinen, beschritt die schon festgetretene Bahn im Dienste seines Kaisers und stapfte auf ihr entlang ohne Freude und Begeisterung, aber auch ohne nachzudenken und ohne zu widersprechen. Außerdem kannte der Oberst die Sprache, das Land, die Leute und die Verhältnisse und fand mit Leichtigkeit auf Schritt und Tritt aufrichtige, selbstlose Helfer. All das traf auf Daville nicht zu, so daß er unter weit schwereren Bedingungen wirken mußte. Und doch, seine geistige Frische, sein Pflichtgefühl und sein angeborener gallischer Kampfgeist hielten ihn aufrecht und feuerten ihn an, in dem Wettstreit nicht zurückzubleiben; er zahlte Hiebe zurück und teilte selbst welche aus.

Trotz alledem, wäre es nur auf die beiden Konsuln angekommen, die Beziehungen zwischen ihnen wären nie so schlecht geworden. Am ärgsten benahmen sich die kleinen Beamten, Agenten und das Gesinde. Sie kannten kein Maß, wenn es darum ging, sich zu bekämpfen und anzuschwärzen. Diensteifer und persönliche Eitelkeit machten sie besessen wie die Jagdleidenschaft den Weidmann. Sie vergaßen sich so sehr, daß sie in dem Bestreben, einander auszustechen und zu demütigen, sich selbst in den Augen der Rajah und der schadenfrohen Türken erniedrigten und entwürdigten.

Daville wie auch von Mitterer hatten klar erkannt, wie sehr eine so rücksichts- und schonungslose Art des gegenseitigen Kampfes beiden Teilen und dem Ansehen der Christen und Europäer überhaupt schadete, wie würdelos es war, wenn sie beide, in der Wildnis hier die einzigen Vertreter der zivilisierten Welt, sich vor einem Volke befehdeten und schlugen, das beide haßte, verachtete und für keinen von beiden Verständnis aufbrachte, und gerade diese Leute zum Zeugen und Richter ihres Haders machten. Das spürte vor allem Daville, dessen Position schwächer war. Er beschloß, auf dem Umweg über Doktor Cologna, der als inoffizielle Person galt, von Mitterers Aufmerksamkeit auf den unwürdigen Zustand zu lenken und ihm vorzuschlagen, daß beide ihre übereifrigen Mitarbeiter etwas zügelten. Mit Cologna sollte des Fossés sprechen, denn d'Avenat lag sich dauernd mit ihm in den Haaren. Gleichzeitig wollte Daville über seine fromme Gattin und auf jede andere erdenkliche Art Einfluß nehmen auf die Mönche und ihnen klarmachen, daß sie als Vertreter der Kirche einen Fehler begingen, wenn sie sich so einseitig und ausschließlich für eine der kriegführenden Seiten einsetzten.

Um den Fratres nachzuweisen, wie falsch ihre Beschuldigungen waren, das französische Regime sei gottlos, und um sie so fest wie möglich an sich zu binden, kam Daville auf den Gedanken, von ihnen einen ständigen, besoldeten Kaplan für das französische Konsulat zu verlangen. Und er wandte sich brieflich über den Pfarrer von Dolac an den Bischof in Fojnica. Als darauf keine Antwort erfolgte, sollte Madame Daville mit Fra Ivo sprechen und ihn mündlich davon überzeugen, wie gut und angebracht es wäre, wenn die Fratres einen ihrer Brüder zum Kaplan bestimmten und wenn sie überhaupt ihre Haltung gegenüber dem französischen Konsulat änderten.

Eines Samstagnachmittags begab sich Madame Daville in Begleitung eines illyrischen Dolmetschers und eines Kawassen nach Dolac. Sie wählte für das Gespräch eine besondere Zeit, nämlich die Vesperandacht, nicht aber den Sonntag, an dem eine zu große Volksmenge versammelt und der Pfarrer zu sehr beschäftigt war.

Fra Ivo empfing die Frau Konsul höflich wie immer. Er sagte, die Antwort des Bischofs sei »gerade heute früh« eingetroffen und er habe sich gerade angeschickt, sie dem Herrn Generalkonsul zuzustellen. Die Antwort sei negativ, denn sie hätten in den schweren Zeiten, verfolgt, arm und gering an Zahl, wie sie seien, leider nicht einmal soviel Ordensleute, wie sie für den Seelsorgeunterricht dringend benötigten. Außerdem betrachteten die Türken diesen Kaplan sicher sofort als Vertrauensmann und Spion, und das könnte sich am ganzen Orden rächen. Kurz, der Bischof bedauere, daß er dem Wunsch des französischen Konsuls nicht nachkommen könne, er bitte, nicht mißverstanden zu werden und so weiter.

So schrieb der Bischof, aber Fra Ivo machte keinen Hehl

daraus, daß er niemals, selbst wenn er gekonnt und gedurft, einem der Seinen erlaubt hätte, im Konsulat Napoleons als Kaplan zu dienen. Madame Daville versuchte behutsam, seine Anschauungen richtigzustellen, aber der Mönch in seinem Fettpanzer blieb unerschütterlich. Er zollte ihrer Person jede Anerkennung und Hochachtung wegen ihrer aufrichtigen, unangezweifelten Frömmigkeit (die Fratres schätzten überhaupt Madame Daville mehr als Frau von Mitterer), aber er beharrte entschieden auf seinem Standpunkt. Seine Worte begleitete eine schroffe, kämpferische Geste seiner riesigen weißen Hand, vor der Madame Daville wider Willen innerlich erbebte. Es war offensichtlich, daß er klare Anweisungen erhalten hatte, daß seine Haltung festgelegt war und daß er nicht wünschte, mit irgend jemand darüber zu verhandeln, am wenigsten mit einem Frauenzimmer.

Nachdem er Madame Daville nochmals versichert hatte, daß er ihr zu jeder Zeit als Seelsorger zur Verfügung stehe, im übrigen aber an seinem Standpunkt festhielt, ging Fra Ivo in die Kirche, und die Segensandacht begann. Aus irgendeinem Grund waren gerade an diesem Tag in Dolac besonders viele Fratres als Gäste anwesend, und die Andacht wurde sehr feierlich.

Wäre es auf Madame Davilles Stimmung angekommen, sie wäre sofort nach Hause zurückgekehrt, aber gewisse Rücksichten geboten ihr, an der Andacht teilzunehmen, damit es nicht den Anschein hatte, sie sei wegen der Aussprache mit Fra Ivo hierhergekommen. Die sonst so nüchterne Frau, die keine übertriebene Empfindlichkeit kannte, war durch das Verhalten des Pfarrers aufgebracht und niedergeschlagen. Die unangenehme Aussprache wirkte um so bedrückender auf sie, als sie sich, ihrer Erziehung und ihrer Natur entsprechend, von allen allgemeinen und offiziellen Dingen fernhielt.

Jetzt stand sie in der Kirche neben einem Holzpfeiler und lauschte dem gedämpften, noch nicht ganz aufeinander abgestimmten Gesang der Fratres, die beiderseits des Hochaltars knieten. Fra Ivo selbst hielt die Andacht. So dick und schwer er war, brachte er es doch fertig, sich leicht und behend auf das eine Knie hinunterzulassen und gleich wieder zu erheben, sooft es nötig war. Die Frau hatte immer noch seine riesige Hand mit der ablehnenden Bewegung und seinen vor Hochmut und Starrsinn glänzenden Blick vor Augen, mit dem er während des verflossenen Gesprächs auf ihren Dolmetscher geschaut hatte. Einen solchen Blick hatte sie in Frankreich bei keinem Laien und bei keinem Priester bemerkt.

Die Fratres sangen mit ihren Bauernstimmen leise im Chor die Lauretanische Litanei. Eine schwere Stimme begann:

»Sancta Maria ...«

Alle antworteten dumpf im Chor:

»Ora pro nobis.«

Die Stimme fuhr fort:

»Sancta virgo virginum ...«

»Ora pro nobis«, antworteten die Stimmen harmonisch.

In gedehntem Gebetston zählte die Stimme weiter die Eigenschaften Mariens auf:

»Imperatrix Reginarum ...
Laus sanctarum animarum ...
Vera salutrix earum ...«

Und nach jedem Anruf fiel der Chor monoton ein:

»Ora pro nobis.«

Die Frau wollte auch selbst die ihr wohlbekannte Litanei mitbeten, der sie einst im schattigen Chor der Kathedrale ihres Heimatorts Avranches gelauscht hatte. Aber sie konnte das eben geführte Gespräch mit dem Frater nicht vergessen noch die Gedanken verscheuchen, die sich in ihr Gebet schlichen.

›Wir alle beten dasselbe, wir alle sind Christen und haben den gleichen Glauben, aber zwischen uns Menschen gähnen gewaltige Klüfte‹, dachte die Frau, und vor ihren Augen schwebten immer noch der unerbittliche, harte Blick und die schroffe Handbewegung des gleichen Fra Ivo, der jetzt die Litanei sang.

Der Gesang zählte weiter auf:

»Sancta Mater Domini ...
Sancta Dei genitrix.«

Ja, der Mensch weiß, daß diese Klüfte und Gegensätze zwischen den Menschen bestehen, aber erst, wenn er in die weite Welt hinausgeht und sie am eigenen Leibe spürt, sieht er, wie groß, schwer und unüberbrückbar sie wirklich sind. Welcher Art mußten die Gebete sein, damit sie ausreichten, alle Klüfte zu überbrücken und alle Gegensätze auszugleichen? In ihrer seelischen Bedrücktheit fand sie nur die Antwort, daß es solche Gebete gar nicht gab. Aber da machten ihre Gedanken verängstigt und ohnmächtig halt. Leise lispelte die Frau die Worte mit, und ihre unhörbare Stimme schloß sich dem eintönigen Geraune der Fratres an, das wie eine Welle wiederkehrte:

»Ora pro nobis!«

Als die Andacht beendet war, empfing Madame Daville von ebender Hand Fra Ivos demütig den Segen.

Draußen vor der Kirche erwartete sie neben ihrer Begleitung auch des Fossés mit einem Burschen. Er war durch Dolac geritten, und als er gehört, daß Madame Daville in der Kirche weilte, hatte er sich entschlossen, auf sie zu warten und sie nach Travnik zu begleiten. Madame Daville war erfreut, als sie das vertraute Gesicht des heiteren jungen Mannes sah und Worte in ihrer Muttersprache hörte.

Sie kehrten auf dem breiten, trockenen Weg in die Stadt zurück. Die Sonne war schon untergegangen, aber ein sattes gelbes, indirektes Licht fiel über das ganze Land. Der warme lehmige Boden leuchtete rot, und das junge Laub und die Blütenknospen an den Büschen stachen von der schwarzen Rinde ab, als seien sie selbst eitel Licht.

Der junge Mann, der neben Madame Daville ging und dem

vom Ritt noch die Wangen glühten, plauderte lebhaft. Hinter ihnen hörte man die Schritte der Begleiter und den Hufschlag von des Fossés' Pferden, die sie am Leitstrick führten. Madame Daville klang noch immer die Litanei in den Ohren. Der Weg neigte sich jetzt. Die Travniker Dächer tauchten auf und über ihnen dünne blaue Rauchwölkchen. Mit alldem war auch das wirkliche Leben wieder da mit seinen Ansprüchen und Aufgaben, fern von allen Überlegungen, Zweifeln und Gebeten.

Ungefähr in den gleichen Tagen hatte auch des Fossés eine Aussprache mit Cologna.

Gegen Abend, es mochte etwa acht Uhr sein, ging er zum Arzt, gefolgt von einem Kawassen und einem Burschen, der die Laterne trug.

Das Haus lag abseits auf einer steilen Anhöhe, um die sich bereits dichte Nacht und feuchter Nebel gelagert hatten. Man hörte das Wasser rauschen von der Quelle des Šumeć-Baches, ohne es zu sehen. Die Dunkelheit dämpfte und veränderte den Ton des Wassers, die Stille verstärkte ihn. Der Weg war feucht und glitschig und sah in dem spärlichen flackernden Licht der türkischen Laterne neu und unbekannt wie eine Waldlichtung aus, die das erstemal von Menschen betreten wird. Einen gleich unerwarteten, geheimnisvollen Eindruck machte auch das Haustor. Die Schwelle und die Schaken an der Tür waren beleuchtet, alles andere lag im Dunkeln, man konnte weder Form noch Umriß der Dinge erkennen, ja nicht einmal erraten, wozu sie dienten. Das Tor warf hart und dumpf das Echo der Klopfzeichen zurück. Des Fossés empfand sie wie etwas Plumpes, Unschickliches, fast wie einen Schmerz, und der übertriebene Eifer seines Kawassen wirkte auf ihn besonders häßlich und lästig.

»Wer klopft?«

Der Ruf kam von oben und glich eher dem Widerhall der Klopfzeichen, die der Kawaß gegeben hatte, als einer Frage.

»Der junge Konsul! Mach auf!« rief der Kawaß in jenem

unangenehmen und unnötig barschen Ton, den Subalterne in Anwesenheit eines Vorgesetzten gern gebrauchen.

Die Männerstimmen und das Rauschen des Wassers in der Ferne, all das glich zufälligen, unverhofften Rufen, die aus unbekanntem Anlaß und ohne sichtbare Wirkung im Walde erschallen. Endlich hörte man, wie eine Kette klirrte, wie das Schloß knarrte und der Sperrbalken polterte. Langsam tat sich das Tor auf, hinter ihm stand, blaß und verschlafen, ein Mann mit einer Laterne, den Hirtenmantel lose um die Schultern geworfen. Zwei ungleiche Lichtkegel überstrahlten den abschüssigen Hof und die niedrigen, düsteren Fenster im Erdgeschoß. Beide Laternen wetteiferten darin, dem jungen Konsul das Pflaster vor den Füßen zu erhellen. Verwirrt von dem Spiel der Töne und Lichter, fand sich des Fossés plötzlich vor der weit geöffneten Tür eines großen Gemachs zu ebener Erde, dessen stickige Luft mit Qualm und beißendem Tabakgeruch gesättigt war.

In der Mitte des Zimmers, neben einem großen Leuchter, stand Cologna, groß und gebeugt; er hatte eine Unzahl von Kleidungsstücken am Leibe, türkische und westliche durcheinander; auf dem Kopf saß ein schwarzes Käppchen, unter dem lange Strähnen schütteren grauen Haares hervorlugten. Aus seinen Ohren ragten zwei Haarbüschel, die bei jeder Kopfbewegung abwechselnd wie zwei winzige weiße Flammen aufleuchteten. Der Alte verneigte sich tief und ließ wohlklingende Begrüßungsfloskeln und Komplimente in der ihm eigenen Sprache hören, die ein verdorbenes Italienisch und ein erlerntes Französisch sein konnte, aber dem Jüngling kam das alles oberflächlich und kläglich vor wie hohle Formen, denen es nicht nur an Herzlichkeit und echter Hochachtung mangelte, sondern die allein im Raume standen, ohne den Menschen, der die Worte aussprach. Und dann verdichtete sich alles, was ihn in dem verqualmten Raum empfing – der Geruch der Luft und der Anblick des Zimmers, das Aussehen und die Sprechweise des Mannes –, zu einem einzigen Wort, und zwar so schnell, so lebhaft und klar, daß er es fast laut ausgesprochen hätte: das Alter. Das traurige, zahnlückige, vergeßliche, beschwerliche

Alter eines Hagestolzes, das alles verwandelt, auflöst und vergällt: Gedanken, Blickpunkte, Bewegungen und Töne, alles, selbst Licht und Gerüche.

Der greise Arzt bot dem Jüngling mit umständlicher Feierlichkeit an, Platz zu nehmen, selbst aber blieb er stehen mit der Entschuldigung, das gebiete ihm die alte, gute Salernitanische Regel: Post prandium sta.

Der Jüngling saß auf einem harten Hocker, aber das Gefühl seiner körperlichen und geistigen Überlegenheit machte ihm seine Mission leicht und einfach, ja geradezu angenehm. Und er begann mit jenem blinden Selbstvertrauen zu reden, mit dem so häufig junge Menschen ein Gespräch mit Greisen anfangen, weil sie von den Greisen vermuten, sie seien zeitfremd und verbraucht, wobei sie vergessen, daß die Langsamkeit des Geistes und die körperliche Ohnmacht im Alter oft Hand in Hand gehen mit großer Erfahrung und Gewandtheit in Fragen des menschlichen Lebens. Des Fossés trug Davilles Bestellung an Mitterer vor, darum bemüht, sie so zu übermitteln, daß sie in der Tat als das aufgenommen würde, was sie war: als ein gutgemeinter Vorschlag, der im Interesse aller lag, und nicht als ein Zeichen von Schwäche oder Angst. Er trug sie vor und war mit sich zufrieden.

Cologna beeilte sich, noch während der junge Mann seine letzten Worte sprach, ihm zu versichern, wie sehr er sich geehrt fühle, zum Übermittler der Botschaft auserwählt zu sein, daß er alles gewissenhaft ausrichten werde, da er die redliche Absicht Monsieur Davilles verstehe und seine Meinung teile, zumal er schon infolge seiner Abstammung, seines Standes und seiner Überzeugung für diese Rolle der Berufenste sei.

Offensichtlich war jetzt Cologna an der Reihe, mit sich zufrieden zu sein.

Der Jüngling lauschte ihm, wie man dem Rauschen des Wassers nachlauscht, und blickte dabei zerstreut auf sein regelmäßiges, langes Gesicht mit den lebhaften, runden Augen, den blutleeren Lippen und den Zähnen, die beim Sprechen wackelten. ›Das Alter!‹ dachte der Jüngling. ›Nicht, daß man leidet oder daß man stirbt, sondern daß man altert, ist das schlimmste, denn altern heißt leiden ohne Arznei und ohne Hoffnung, heißt in einem fort sterben.‹ Freilich dachte der Jüngling an das Altern nicht wie an ein allgemeingültiges Schicksal, das auch ihm einmal beschieden war, sondern wie an ein persönliches Ungemach, das den Arzt getroffen hatte.

Cologna aber sagte:

»Mir braucht man nicht viel zu erläutern; ich verstehe, in welcher Lage sich die Herren Konsuln befinden, wie ich die Lage eines jeden kultivierten Menschen aus dem Abendland verstehe, den das Schicksal in diese Gegend verschlagen hat. Für einen solchen Menschen bedeutet das Leben in der Türkei: sich auf einer Messerschneide bewegen und auf einem stillen Feuer schmoren. Ich weiß das, denn wir Hiesigen kommen auf dieser Schneide zur Welt, wir leben und sterben auf ihr, wachsen hier auf und verbrennen in diesem Feuer.«

Mitten in seinen Gedanken über das Alter und das Altern lauschte der Jüngling plötzlich aufmerksamer den Worten des Arztes und begann sie zu begreifen.

»Niemand weiß, was es heißt, auf dieser Grenzscheide zweier Welten geboren zu werden und zu leben, die eine wie die andere Welt zu kennen und zu verstehen und doch nichts unternehmen zu können, daß sie sich verständen und einander näherkämen; was es heißt, die eine wie die andere zu lieben und zu hassen, so hin und her zu wanken und zu taumeln ein Leben lang, eine doppelte und doch keine Heimat zu haben, überall zu Hause zu sein und ewig ein Fremder zu bleiben, kurz: zu leben, an das Kreuz genagelt, Opfer und Folterknecht in einer Person.«

Der Jüngling lauschte überrascht. Ihm schien es, als hätte ein Dritter sich in das Gespräch gemischt und diese Worte gesprochen, keine Spur war mehr von leeren Worten und Komplimenten. Vor ihm stand ein Mann mit leuchtenden Augen, der ihm mit seinen ausgestreckten, langen, hageren Armen vorführte, wie man lebt, wenn man so zwischen zwei entgegengesetzten Welten ans Kreuz genagelt ist.

Wie es oft bei jungen Leuten der Fall ist, hatte des Fossés den Eindruck, als sei das Gespräch nichts völlig Zufälliges und als stehe es in irgendeiner engen, besonderen Beziehung zu seinen eigenen Gedanken und dem Werk, an dem er arbeitete. Zu solchen Gesprächen hatte man in Travnik nur selten Gelegenheit; darum war er freudig bewegt, und aus dieser Erregung heraus begann er, Fragen zu stellen, später auch selbst Bemerkungen zu machen und seine Eindrücke mitzuteilen.

Der Jüngling sprach ebenso aus innerem Bedürfnis wie aus der Absicht, das Gespräch fortzuführen. Aber man brauchte den Alten gar nicht zum Weitersprechen anzuspornen. Er unterbrach seinen Gedankengang nicht. Er redete wie unter dem Zwang einer höheren Eingebung, nur ab und zu rang er um einen fehlenden französischen Ausdruck oder ersetzte ihn durch einen italienischen. Es klang, als lese er vom Blatt ab.

»Ja, das sind Foltern, die dem christlichen Menschen der Levante zusetzen und die Sie aus dem christlichen Westen nie werden ganz begreifen können. Ebensowenig, ja noch weniger, können die Türken sie begreifen. Das ist das Los des levantinischen Menschen, denn er ist *poussière humaine*, menschlicher Staub, der sich qualvoll zwischen Ost und West bewegt, der keiner der beiden Welten angehört und von beiden verstoßen wird. Es sind Menschen, die viele Sprachen kennen, ohne daß eine ihre Muttersprache ist, die zwei Religionen kennen, ohne in einer verankert zu sein. Sie sind Opfer der verhängnisvollen Spaltung unserer Menschheit in Christen und Nichtchristen; ewige Dolmetscher und Vermittler, die aber eine große Zahl von Unklarheiten und von unausgesprochenen Gedanken mit sich herumtragen; gute Kenner des Ostens und des Westens und deren Gebräuche und Glaubensvorstellungen, doch von beiden Seiten in gleicher Weise verachtet und beargwöhnt. Auf sie kann man die Worte anwenden, die vor sechs Jahrhunderten der große Dschelal ad-Din Rumi schrieb: ›Ich kann mich selbst nicht erkennen. Ich bin weder Christ noch Jude, noch Parse, noch Moslem. Ich bin weder vom Morgenland noch vom Abendland, weder vom Festland noch vom Meer.‹ So sind jene.

Sie sind eine kleine, abgesonderte Menschheit, die unter einer doppelten Erbsünde schmachtet und noch ein zweites Mal erlöst und freigekauft werden muß, doch niemand weiß, wie und durch wen. Das sind die Menschen der Grenze, der geistigen und körperlichen Grenze, jener finstern, blutigen Linie, die infolge eines schweren, absurden Mißverständnisses zwischen den Menschen gezogen ist, Geschöpfen Gottes, zwischen denen jede Grenze unnütz und widernatürlich ist. Das ist jener Ufersaum zwischen Meer und Festland, der zu ewiger Bewegung und Unruhe verdammt ist. Das ist die Zwischenwelt, in der sich aller Fluch eingenistet hat, der seit der Spaltung der Erde in zwei Welten, in Orient und Okzident, besteht. Das ist ...«

Des Fossés betrachtete, hingerissen und mit funkelnden Augen, den völlig verwandelten Arzt, der, immer noch die Arme wie ein Gekreuzigter ausbreitend, vergeblich nach Worten rang und plötzlich mit gebrochener Stimme schloß:

»Das ist ein Heldentum ohne Ruhm, ein Märtyrertum ohne Krone. Und zumindest Sie, unsere Glaubensgenossen und Verwandten, Sie Menschen aus dem Westen, die Sie aus derselben Gnade zu Christen geworden sind wie wir, Sie müßten uns verstehen, uns aufhelfen und uns unser Schicksal erleichtern.«

Der Arzt ließ seine Arme mit dem Ausdruck völliger Hoffnungslosigkeit, fast zornig, herunterfallen. Nicht die geringste Spur war von dem farblosen »illyrischen Doktor« zurückgeblieben. Hier stand ein Mann, der eigene Gedanken besaß und über eine starke Ausdruckskraft verfügte. Des Fossés brannte darauf, noch Weiteres zu hören und mehr zu erfahren, er vergaß nicht nur sein eben noch vorhandenes Gefühl der Überlegenheit, sondern auch den Ort, an dem er sich befand, und den Auftrag, um dessentwillen er gekommen war. Schließlich merkte er, daß er viel länger verweilt hatte, als notwendig und vorgesehen war, aber er machte keine Anstalten, aufzustehen.

Der Greis sah ihn jetzt mit einem Blick stummer Rührung an, mit dem man jemandem nachblickt, der sich entfernt und dessen Weggehen man bedauert.

»Ja, mein Herr, Sie können unser Leben zwar verstehen, aber es bleibt für Sie nur ein bedrückender Traum. Sie leben hier, doch Sie wissen, daß die Zeit vorübergeht und daß Sie früher oder später in Ihr Land, in bessere Verhältnisse und ein menschenwürdigeres Dasein zurückkehren. Sie werden aus dem Alptraum aufwachen und sich von ihm frei machen, wir aber werden das nie, denn für uns ist er das einzige Leben.«

Der Arzt wurde gegen Ende seiner Rede immer leiser und merkwürdiger. Auch er setzte sich nun, dicht neben den Jüngling, neigte sich ihm zu wie zum Zeichen besonderen Vertrauens und gebot ihm mit beiden Händen, still zu sein, damit er nicht etwa durch ein Wort oder eine Gebärde etwas erschrecke und in die Flucht schlage, was – winzig, kostbar und scheu – wie ein Vögelchen hier vor ihnen auf dem Boden lag. Den Blick auf diese Stelle des Kelims gebannt, sprach er geradezu flüsternd, aber mit warmer Stimme, die ein inneres Wohlbehagen verriet:

»Am Ende, am wirklichen und endgültigen Ende, wird doch alles gut werden, und alles wird sich harmonisch lösen. Auch wenn jetzt hier alles ungereimt und hoffnungslos verworren aussieht. ›Un jour tout sera bien, voilà notre espérance‹, wie Ihr Philosoph sagte. Und anders läßt sich das auch nicht denken. Denn weshalb soll mein Gedanke, gut und redlich, wie er ist, weniger Wert haben als der gleiche Gedanke, der in Rom oder Paris geboren wird? Etwa deshalb, weil er in dem Sack, der sich Travnik nennt, geboren ist? Und ist es denn möglich, daß dieser Gedanke nirgends verzeichnet, nirgends verbucht wird? Nein, das ist unmöglich. Und trotz der scheinbaren Zerbrochenheit und Unordnung hat alles seinen Zusammenhang und seine Harmonie. Kein einziger menschlicher Gedanke, keine Geistesmüh geht verloren. Wir alle befinden uns auf dem rechten Wege und werden überrascht sein, wenn wir uns eines Tages begegnen. Und wir werden uns finden und einander verstehen, einerlei wohin wir jetzt steuern und wie sehr wir in die Irre gehen. Das wird ein freudiges Wiedersehen sein, eine ruhmvolle heilbringende Überraschung.«

Der junge Franzose vermochte dem Gedanken des Alten nur schwer zu folgen, aber er wünschte, ihm auch fernerhin zuzuhören. Ohne ersichtlichen Zusammenhang, aber in dem gleichen vertraulichen, freudig erregten Ton sprach Cologna weiter. Der Jüngling pflichtete ihm bei, war ganz aufgeregt und warf, von einem unwiderstehlichen Bedürfnis getrieben, hin und wieder selbst etwas ein. So erzählte er, was er auf der Landstraße bei Turbe von den verschiedenen geschichtlichen Epochen beobachtet hatte, die man dort in den einzelnen Schichten der Straße sehen konnte. Dasselbe, was er seinerzeit, ohne auf Verständnis zu stoßen, Daville erzählt hatte.

»Ich weiß, Sie sehen sich alles mit offenen Augen an. Sie interessiert die Vergangenheit und die Gegenwart. Sie verstehen zu beobachten«, pflichtete ihm der Arzt bei.

Als verriete er das Geheimnis von einem verborgenen Schatz und als wünschte er, mit einem lächelnden Blick mehr anzudeuten, als er mit Worten zu sagen vermöchte, flüsterte der Greis:

»Wenn Sie wieder einmal durch die Čaršija gehen, verweilen Sie ein wenig an der Jeni-Moschee. Eine hohe Mauer umgibt das ganze Grundstück. Darin befinden sich unter gewaltigen Bäumen Gräber, von denen niemand mehr weiß, wer in ihnen ruht. Von der Moschee weiß man im Volk, daß sie ehedem, bevor die Türken kamen, die Kirche der heiligen Katharina war. Und das Volk glaubt, es befinde sich noch heute in einer Ecke die Sakristei, die niemand, selbst wenn er es mit Gewalt versuchte, öffnen könne. Wenn Sie sich die Steine der altertümlichen Mauer etwas genauer besehen, werden Sie erkennen, daß sie von römischen Ruinen und Grabdenkmälern stammen. Auf einem Stein, der in dieser Mauer um die Moschee eingefügt ist, können Sie bequem die ruhigen, regelmäßigen römischen Buchstaben eines fragmentarischen Textes lesen: ›Marco Flavio ... optimo ...‹ Und tief darunter, in den unsichtbaren Fundamenten, liegen riesige Blöcke roten Granits, Überreste eines noch viel älteren Kults, eines ehemaligen Heiligtums des Gottes Mithras. Auf einem der Blöcke findet sich ein undeutliches Relief, auf dem man eben noch unterscheiden kann, wie der junge Gott des Lichtes einen kräftigen Keiler im Laufe tötet. Und wer weiß, was sich noch in der Tiefe verbirgt, unter den Fundamenten dort. Wer weiß, wessen Anstrengungen dort begraben und welche Spuren für immer verwischt sind. Und das alles liegt – in diesem weltabgelegenen Städtchen – auf einem winzigen Fleckchen Erde. Wo bleiben erst all die übrigen unzähligen Ansiedlungen auf dem Erdenrund?«

Der junge Mann sah, weitere Erklärungen erwartend, den Greis an, aber hier änderte der Arzt plötzlich seinen Tonfall und begann, bedeutend lauter zu sprechen, so als dürfte ihn von jetzt an auch ein anderer hören:

»Sie verstehen. Alles ist ineinandergefügt, miteinander verflochten und scheint nur auf den ersten Blick verloren und vergessen, planlos und verstreut. Alles strebt, auch ohne es zu ahnen, einem Ziel zu wie konvergierende Strahlen auf einen fernen, unbekannten Brennpunkt. Wir dürfen nicht vergessen, daß es im Koran ausdrücklich heißt: ›Vielleicht wird Gott eines Tages euch und eure Gegner aussöhnen und Freundschaft zwischen euch herstellen. Er ist mächtig, milde und barmherzig.‹ Also besteht Hoffnung, und wo Hoffnung besteht ... Sie verstehen?«

Sein Blick lächelte bedeutsam und sieghaft, wie um den Jüngling zu ermuntern und zu beruhigen, und mit den Händen zeichnete er in der Luft vor seinem Gesicht ein kreisförmiges Gebilde, als wünschte er, den geschlossenen Kreis des Weltalls anzudeuten.

»Sie verstehen«, wiederholte der Alte bedeutungsvoll und ungeduldig, als hielte er es für überflüssig und unangebracht, auch noch Worte für etwas aufzuwenden, was so gewiß und sicher, was ihm so nahe und so gut vertraut war.

Aber das Gespräch erfuhr gegen Schluß eine Wendung. Cologna stand erneut hager und aufrecht da, verbeugte sich immer wieder, sprach wohlklingende, leere Worte und versicherte dem Jüngling, wie sehr er sich durch den Besuch und die ihm anvertraute Botschaft geehrt fühle.

Und so schieden sie.

Auf dem Rückweg ins Konsulat stapfte des Fossés ganz geistesabwesend im Lichtschein der Laterne vorwärts, die sein Kawaß in der Hand hielt. Jetzt nahm er nichts mehr von seiner Umwelt wahr. Er sann über den alten, konfusen Arzt und dessen lebhaft sprühenden, ein wenig verschwommenen Gedanken nach und versuchte sich zurechtzufinden in seinen eigenen Gedanken, die unverhofft aufblitzten und sich kreuzten.

XVI

Die Nachrichten, die aus Stambul in Travnik eintrafen, lauteten von Mal zu Mal ungünstiger und wurden immer undurchsichtiger. Auch nach Barjaktars gelungenem Handstreich und dem tragischen Tod Selims III. ordneten sich die Verhältnisse nicht. Schon gegen Jahresende kam es zu einem neuen Staatsstreich, in dem Mustafa Barjaktar ermordet wurde.

Diese Unruhen und Umwälzungen in der fernen Hauptstadt spiegelten sich in der entlegenen Provinz wider, wenn auch viel später, völlig verändert, karikiert, wie in einem Zerrspiegel. Angst, Unzufriedenheit, Entbehrung und Wut, die vergeblich ein Ventil suchten, quälten und marterten die türkische Bevölkerung in den Städten. In sicherer Vorahnung kommender Erschütterungen und nachteiliger Veränderungen fühlten sich die Menschen im Innern verraten und von außen bedroht. Selbsterhaltungstrieb und Notwehr wühlten sie auf und zwangen sie zu Aktionen, allein die Verhältnisse beraubten sie der notwendigen Mittel und versperrten ihnen alle Wege. Deshalb bewegten sich ihre Kräfte im Kreise und verpufften. In den zwischen hohen Bergen eingepferchten Kassaben, wo die verschiedensten Religionen und die entgegengesetzten Interessen in ihren Stadtvierteln dicht nebeneinander lebten, entwickelte sich eine gereizte, drückende Atmosphäre, in der nichts unmöglich war, in der blinde Kräfte aufeinanderprallten und wütende Unruhen entfachten.

In Europa wurden um diese Zeit Schlachten von bisher nie

geschautem Ausmaß und nie erlebten Greueln geschlagen, nicht abzusehen in ihren historischen Folgen. In Stambul reihte sich Staatsstreich an Staatsstreich, lösten Sultane einander ab und wurden Großwesire ermordet.

In Travnik herrschte reges Treiben. Wie jedes Frühjahr rüstete man auch in diesem Jahr, auf Befehl der Pforte, ein Heer gegen Serbien; man rüstete mit viel Lärm, aber mit magerem Ergebnis. Sulejman-Pascha war bereits mit seiner kleinen, doch geordneten Abteilung abgezogen. In wenigen Tagen sollte auch der Wesir aufbrechen. In Wirklichkeit wußte nicht einmal Ibrahim-Pascha genau, nach welchem Plan er vorging und wieviel Truppen er dafür einsetzen mußte. Er zog, da er nicht anders konnte, aufs Geratewohl ins Feld, dem Ferman folgend und damit rechnend, daß seine Anwesenheit die übrigen veranlaßte, gleichfalls ihre Aufgabe zu erfüllen. Aber die Janitscharen vermochte niemand aufzubieten und in Bewegung zu setzen, denn sie entzogen sich auf jede erdenkliche Weise ihrer Pflicht. Während die einen gemustert wurden, flohen die anderen schon. Oder sie provozierten einfach eine Schlägerei, ein Getümmel und benutzten die Gelegenheit, sich aus dem Staube zu machen und auf ihre Höfe zurückzukehren, während sie in den Stammrollen so geführt wurden, als seien sie nach Serbien in den Kampf gezogen.

Beide Konsuln verwandten all ihre Kraft darauf, möglichst genau über die Absichten des Wesirs, über die Größe und den Kampfwert seiner Truppen und über die wirkliche Situation auf dem serbischen Schlachtfeld unterrichtet zu sein. Sie wie auch ihre Mitarbeiter opferten ganze Tage für diese Geschäfte, die bald ungemein wichtig und bedeutsam, bald überflüssig und unbedeutend schienen.

Gleich nachdem der Wesir Sulejman-Pascha an die Drina gefolgt war und alle Macht und die Verantwortung für die Ordnung dem schwachen, furchtsamen Stadtoberhaupt überlassen hatte, sperrte die Travniker Čaršija plötzlich zum zweitenmal ihre Läden.

Im Grunde war das nur die Fortsetzung des vorjährigen

Aufruhrs, der eigentlich nie völlig erloschen war, sondern unter einem heimtückischen Schweigen fortglomm und nur auf einen geeigneten Vorwand wartete, wieder aufzulodern. Diesmal war die Wut des Pöbels gegen die Serben gerichtet, die unter dem Verdacht, mit den Aufständischen in Serbien Verbindung unterhalten und einen ähnlichen Aufstand in Bosnien vorbereitet zu haben, in verschiedenen Gegenden Bosniens aufgegriffen und nach Travnik geschleppt wurden; zugleich auch tobte die Wut gegen die osmanischen Behörden, gegen die Klage erhoben wurde, sie seien unentschlossen, bestechlich und verräterisch.

Die bosnischen Türken fühlten deutlich, daß der serbische Aufstand gerade das bedrohte, was ihnen am liebsten und teuersten war, und daß der Wesir, wie alle Osmanen, sie nicht so verteidigte, wie es nötig war; sie wußten aber auch, daß sie selbst nicht mehr die Kraft noch den Willen besaßen, sich zu verteidigen; darum eben verfielen sie in jene ungesunde Reizbarkeit, die einer bedrohten Klasse eigen ist, und rächten sich mit eitler Willkür und nutzloser Grausamkeit.

Tag für Tag wurden Serben – gefesselte, ausgemergelte Männer von der Drina und aus der Krajina – unter schweren, unbestimmten Anklagen einzeln, zu zweit, in Haufen, dutzendweise in die Stadt geschleppt. Unter ihnen befanden sich Bürger und Popen, zumeist aber waren es Bauern.

Es fand sich keiner, der ihre Schuld wirklich erforschte oder über sie ordentlich zu Gericht saß. Sie wurden während dieser Tage in die aufgepeitschte Travniker Čaršija wie in den Krater eines tätigen Vulkans geschleudert. Die Čaršija wurde unter Verzicht auf Verhör und Urteil zu ihrem Henker.

Des Fossés ging, allen Bitten und Warnungen seines Chefs zum Trotz, auf die Straße und schaute zu, wie zwei Männer mitten auf dem Viehmarkt von zwei Zigeunern gefoltert und hingerichtet wurden. Von einer Anhöhe aus, im Rücken des Pöbels, der mit dem Schauspiel, das sich ihm bot, beschäftigt war, konnte er, selbst unbemerkt, die Opfer, die Henker und auch die Zuschauer gut beobachten.

Es waren zwei große schwarzhaarige Männer, die einander ähnlich sahen wie Brüder. Soweit man aus den Resten der Kleidung, die unter dem langen Marsch und den Mißhandlungen arg gelitten hatte, schließen konnte, stammten die Männer aus einer Kleinstadt. Es hieß, man habe sie in dem Augenblick ertappt, als sie in hohlen Spazierstöcken irgendwelche Briefe des Sarajevoer Vladikas nach Serbien schmuggeln wollten.

Auf dem Platz herrschten Trubel und Unordnung. Büttel eskortierten die beiden Sträflinge, die bloßfüßig und barhäuptig waren und Hosen aus Loden und zerfetzte, ausgerissene Hemden trugen.

Nur mit Mühe konnten sich die Büttel soviel Raum verschaffen, als zum Strangulieren nötig war. Den Zigeunern, den Henkersknechten, gelang es nicht gleich, die Stricke zu lösen. Die vor Wut kochende Menge schrie ebenso auf die zwei Unglücklichen wie auf die Büttel und die Zigeuner ein, sie schlug Wellen in allen Richtungen und drohte Opfer und Henker in einem Anlauf niederzutrampeln und mit sich zu schleifen.

Die beiden Gefesselten, mit entblößten, langgereckten Hälsen, standen aufrecht und reglos da, ihre Gesichter zeigten den immer gleichen Ausdruck eines seltsamen, verwirrten Unbehagens und verrieten weder Angst noch Tapferkeit, weder Begeisterung noch Gleichmut. Es waren, nach ihrem Gesichtsausdruck zu urteilen, ganz einfach *bekümmerte* Männer, die, in Gedanken an irgendeinen fernliegenden Kummer versunken, nur eines sehnlichst wünschten: man solle sie in diesem fieberhaften, anstrengenden Nachsinnen nicht stören. Es schien, als ginge das Treiben und Geschrei ihrer Umgebung sie gar nichts an. Sie blinzelten nur vor sich hin und neigten dann und wann leicht den Kopf, als wollten sie sich damit gegen den Lärm und das Gewimmel sträuben, die sie hinderten, sich ganz ihrem ernsten Kummer hinzugeben. Auf Stirn und Schläfen sprangen gabelförmige Adern hervor und stand dicker Schweiß; da sie, so gefesselt, den Schweiß nicht abwischen konnten, rann er ihnen in leuchtenden Bächen den sehnigen, unrasierten Hals hinunter.

Endlich hatten die Zigeuner die Stricke entwirrt und traten zu dem ersten der beiden Sträflinge. Der fuhr leicht zurück, aber nur sehr leicht, dann hielt er wieder stand und ließ an sich geschehen, was sie wollten. Zur gleichen Zeit zuckte unwillkürlich auch der andere zurück, als sei er unsichtbar mit dem ersten verbunden.

Hier wandte sich des Fossés, der bisher das Schauspiel still beobachtet hatte, plötzlich um und verschwand in einer anderen Straße. So blieb ihm erspart, das Schwerste und Ärgste mit anzusehen.

Die beiden Zigeuner wanden ihrem Opfer den Strick um den Hals, aber sie henkten den Mann nicht etwa, sondern entfernten sich einige Schritte von ihm und begannen, jeder an seinem Strickende, zu ziehen und zu straffen. Der Mann fing an zu röcheln und mit den Augen zu rollen, mit den Füßen um sich zu schlagen, sich in den Hüften zu winden und zu zappeln wie eine Puppe an einem gespannten Faden.

In der Menge begann ein Gejage und Gedränge. Alle eilten zur Stätte der Folterung. Auf die ersten Bewegungen des Gemarterten antwortete die Bevölkerung begeistert und vergnügt, mit Rufen, mit Gelächter und Bewegungen begleitete sie seine Bewegungen. Aber als die Zuckungen des Gewürgten sich in Todeskrämpfe verwandelten und seine Bewegungen unglaublich entsetzliche und phantastische Formen annahmen, wollten die zunächst stehenden Zuschauer dem Schauspiel den Rücken kehren und sich davonmachen. Wohl hatten sie etwas Außergewöhnliches sehen wollen, ohne selbst genau zu wissen was, und gehofft, daraus etwas Erleichterung zu schöpfen für sich und ihr unbestimmtes, doch tiefes Gefühl allgemeiner Unzufriedenheit. Sie hatten schon seit langem gewünscht, sich am Anblick des besiegten und bestraften Feindes satt zu sehen. Aber was sich jetzt ihren Blicken darbot, bereitete auch ihnen selbst Schmerz und Qual. Deshalb begannen die verblüfften, erschrockenen Menschen plötzlich, sich von diesem Grauen abzuwenden und zu verbergen. Aber jener Teil der Masse, der das Schauspiel nicht zu sehen bekam, drängte, stieß die Leute aus den ersten Reihen immer näher an die Richtstätte heran. Die wiederum kehrten, entsetzt von der Nähe der unerwarteten Martern, der Stätte den Rücken und gaben sich verzweifelte Mühe, durch die Menge zu dringen und zu entfliehen, wobei sie besinnungslos mit den Fäusten um sich schlugen, als flüchteten sie vor einer Feuersbrunst. Die herandrängenden Leute wußten nicht, was die anderen fortjagte, sie konnten deren Panik nicht verstehen, deshalb antworteten sie auf die Hiebe mit Gegenhieben und trieben die Flüchtenden an die Stätte zurück, vor der sie flohen. Parallel zu der langsamen Erdrosselung und der grausigen Zappelei des Opfers kam es so ringsum zu einem regelrechten Handgemenge, zu einer ganzen Kette örtlicher Zusammenstöße, Auseinandersetzungen und wahrer Schlägereien. Die in dem inneren Ring zusammengedrängten Leute konnten nicht mit ihren Armen ausholen und die Hiebe zurückgeben, sondern rangen miteinander, kratzten, spuckten, fluchten und schauten mit völligem Unverständnis und jenem Haß, den sie gegen die Verurteilten empfanden, einander in das verzerrte Gesicht. Jene, die entsetzt aus der Nähe des Gedrosselten flohen, stießen und schlugen verzweifelt um sich, doch ohne einen Laut von sich zu geben. Die anderen jedoch, die, viel mehr an Zahl, von allen Seiten zur Folterstätte hinstrebten, schrien aus voller Kehle. Viele, die in weiter Entfernung standen und weder die Folterung noch die Schlägerei sahen, die sich ringsum entwickelt hatte, lachten, getragen von der wogenden Menge; da sie von dem Grauen, das sich in ihrer Nähe abspielte, nicht die geringste Ahnung hatten, warfen sie sich Scherzworte und Bemerkungen zu, wie man sie von jeder bewegten, zusammengeballten Volksmasse zu hören bekommt. So vermengten sich die verschiedensten Stimmen und Schreie, prallten aufeinander, kreuzten sich – Laute der Überraschung, der Entrüstung, des Entsetzens, des Ekels, der Wut, des Spotts und Gelächters, vermischt mit den allgemeinen unartikulierten Schreien und dem Gebrüll, das jeder zusammengepferchte Menschenhaufe ausstößt, bei dem es gequetschte Bäuche und eingeklemmte Brustkörbe gibt.

»Ho-o-o, ho!« riefen im Chor einige Lausbuben in der Absicht, die Menge noch mehr in Wallung zu bringen.

»Hau ruck!« schrien die anderen darauf und drängten in die umgekehrte Richtung.

»Zum Teufel mit dir! Warum boxt du! Bist du wahnsinnig?«

»Verrückt, verrückt! Er ist verrückt!« rief einer, selbst mit der Stimme eines Rasenden.

»Schlag zurück! Wozu schonst du ihn? Hat ihn deine Mutter geboren?« schrie ein anderer lustig aus der Ferne, meinend, es sei alles nur ein Scherz.

Füßescharren, Getrampel und klatschende Schläge. Dann wieder Stimmen.

»Da hast du, da! Willst du noch mehr? Na! Reicht es noch immer nicht? Da!«

»He, du mit deiner Stoffmütze!«

»Wer stößt da? Komm näher, daß ich mit dir abrechne!«

»Aber wozu dieses Streicheln? Gib ihm doch eins auf den Deckel.«

»Halt, ha-a-alt!«

Was auf der Richtstätte vor sich ging, konnte während dieser Zeit nur sehen, wer ganz in der Nähe stand oder von den erhöhten Plätzen ringsum zuschaute. Beide Gedrosselten waren inzwischen ohnmächtig niedergestürzt, erst der eine, dann der zweite. Jetzt lagen sie auf der Erde. Die Zigeuner stürzten auf sie zu, zerrten sie hoch, übergossen sie mit Wasser, schlugen sie mit Fäusten und kratzten sie mit ihren Nägeln. Sobald die Männer wieder zu sich gekommen waren und stehen konnten, fuhr man mit der Folter fort. Wieder rissen und zerrten die Zigeuner an beiden Enden des Stricks, wieder zappelten und röchelten die Männer, aber jetzt nur ganz kurze Zeit und mit verminderter Kraft. Wieder begannen die, die am nächsten standen, sich abzuwenden und zu fliehen, aber die dichte Masse ließ sie nicht durch, sondern stieß sie fluchend und mit Fausthieben zurück zu dem Schauspiel, dem sie entkommen wollten.

Ein muselmanischer Theologiestudent von kleiner Gestalt und mit faunischen Zügen erlitt einen Nervenanfall, aber er konnte nicht zu Boden sinken, sondern blieb, eingeklemmt und von der wallenden Bewegung der Körper getragen, aufrecht stehen, wenn auch völlig ohne Bewußtsein, mit zurückgeworfenem Kopf, mit kreideblassem Gesicht und Schaum auf den Lippen.

Dreimal wiederholte sich die Marter, und jedesmal standen die beiden Männer ruhig wieder auf und legten, um erneut gewürgt zu werden, ihren Hals vorsichtig in die Schlinge wie Menschen, denen viel daran lag, ihrerseits alles zu tun, damit die Sache planmäßig abliefe; beide schauten gefaßt und ruhig drein, ruhiger als die Zigeuner und als jeder einzelne aus der Zuschauermenge, nur versonnen und bekümmert, und zwar so sehr, daß nicht einmal die Zuckungen, die das Würgen verursachte, den Ausdruck fernen, schweren Kummers völlig aus ihrem Antlitz bannen konnten.

Nachdem sich die Zigeuner vergeblich bemüht hatten, die Männer noch für eine vierte Drosselung ins Bewußtsein zurückzurufen, traten sie zu den Männern, die auf dem Rücken lagen, stießen jedem von ihnen ein paarmal mit dem Fuß in die Leistengegend und gaben ihnen damit den Rest.

Die Zigeuner legten ihre Stricke zusammen, indem sie sie um die Ellenbogen wickelten, und warteten, bis sich die Menge ein wenig verliefe, damit sie mit ihrem Werk fortfahren konnten. Unrast im Blick, zogen sie, zwischen zwei Bewegungen, gierig und aufgeregt an den Zigaretten, die ihnen jemand gereicht hatte. Sie machten den Eindruck, als seien sie auf den vernunftlosen, wimmelnden Haufen um sich herum wie auch auf die beiden Getöteten erbost, die unbeweglich und verloren zwischen den zahllosen hastenden Beinen der Neugierigen lagen.

Etwas später wurden die Leichname der beiden unbekannten Märtyrer auf besonderen Galgen, an der Wand unterhalb des Friedhofs, aufgehängt, so daß man sie von allen Seiten deutlich sehen konnte. Ihre Körper hatten sich wieder gestreckt, sie nahmen ihr früheres Aussehen an, wurden gerade, schlank und einander brüderlich ähnlich wie ehedem. Sie wirkten so leicht, als seien sie aus Papier. Die Köpfe waren klein geworden, denn der Strick hatte sich tief unter das Kinn gezwängt. Ihre Gesichter waren ruhig und blutleer, nicht blau angelaufen und verzerrt wie von solchen, die bei lebendigem Leibe gehenkt werden; die Beine hingen nebeneinander herab, die Füße – wie bei einem Anlauf – ein wenig vorgeschoben.

In diesem Zustand sah sie des Fossés, als er etwa um die Mittagszeit zurückkam. An den Schultern des einen hing der abgerissene Ärmel des beschmutzten Hemdes herunter, und das Stück Leinen flatterte im leichten Wind.

Mit zusammengepreßten Kiefern, zutiefst entschlossen, auch das mit eigenen Augen anzusehen, erschüttert, aber gleichzeitig in feierlich ruhiger Stimmung, betrachtete der Jüngling die beiden emporgereckten Gestalten.

Seine gedrückte, feierliche Stimmung hielt noch lange in ihm an. In dieser Stimmung ging er in das Konsulat zurück. Daville erschien ihm kleinlich, verwirrt, wie ein Mann, der sich durch Kleinigkeiten einschüchtern ließ, d'Avenat hingegen plump und ungebildet. Davilles Befürchtungen wirkten auf ihn jetzt alle kindlich und unwirklich, alle seine Beurteilungen kamen ihm blutleer vor, rochen nach Bücherweisheit oder erschienen ihm als das Produkt einer kleinlichen, würdelosen Beamtenseele. Er erkannte, daß er, seitdem er das Schauspiel mit eigenen Augen gesehen und so tief und unsagbar miterlebt hatte, mit den beiden darüber nicht sprechen konnte. Nach dem Nachtessen fügte er, immer noch in der gleichen Stimmung, seinem Buch über Bosnien wahrheits- und wirklichkeitsgetreu einen gesonderten Abschnitt hinzu: »Wie in Bosnien Todesurteile an der Rajah und an Aufständischen vollstreckt werden.«

Die Bevölkerung gewöhnte sich allmählich an die häßlichen, blutigen Szenen, sie verlor die alten schnell aus dem Gedächtnis und erheischte neue, die mehr Abwechslung versprachen.

Auf einem festgestampften, höher gelegenen Freiplatz zwischen dem Han und dem österreichischen Generalkonsulat wurde eine neue Richtstätte aufgebaut. Hier köpfte Ekrem, der

Henker des Wesirs, höchstpersönlich die Opfer, und ihre Köpfe spießte man dann auf Pfähle.

Im Hause von Mitterers kam es zu Tumulten und Weinkrämpfen. Anna Maria sprang, »Joseph, um Gottes willen« in allen Tonarten und Abstufungen schreiend, ihrem Mann förmlich ins Gesicht, sie nannte ihn einen Robespierre, begann Koffer und Kisten zu packen und alles für die Flucht vorzubereiten. Endlich fiel sie, übermüdet und unfähig, noch länger zu toben, ihrem Mann um den Hals und schluchzte wie eine unglückliche Königin, die sich für die Guillotine rüstet und die der Henker draußen an der Tür erwartet.

Die kleine Agathe, wahrhaft eingeschüchtert und unglücklich, saß auf einem niedrigen Stuhl im Erker und vergoß still unzählige Tränen, was von Mitterer mehr bedrückte als alle Szenen seiner Frau.

Der bleiche, bucklige Dolmetscher Rotta pendelte zwischen Konak und dem Stadthaus hin und her, sparte weder mit Drohungen noch mit Bestechungen und erging sich in Forderungen und Beschwörungen, man solle mit den Exekutionen vor dem Konsulat aufhören.

Noch am gleichen Abend wurden an die zehn serbische Bauern aus der Krajina auf den Platz geschleppt und beim Schein von Laternen und Fackeln unter Gekreisch und Gejohle, unter Freudensprüngen und Tänzen der blutrünstigen Türken getötet. Die Köpfe der Hingerichteten steckte man auf Pfähle. Die ganze Nacht drang in das Konsulat das Knurren der hungrigen Straßenköter, die sich sofort in Rudeln angesammelt hatten. Beim Mondschein konnte man sehen, wie die Hunde die Pfähle ansprangen und Fleischfetzen von den abgehackten Köpfen rissen.

Erst am nächsten Tage, nach dem Besuch des Konsuls beim Stadtoberhaupt, entfernte man die Pfähle und stellte das Morden an dieser Stätte ein.

Daville trat nicht über die Schwelle seines Hauses, und nur das ferne Geschrei der Masse drang von Zeit zu Zeit gedämpft zu ihm herüber, aber er erhielt von d'Avenat genauen Bericht über den Verlauf des Aufruhrs und über die Zahl der Hinrichtungen in der Stadt. Als ihm zu Ohren kam, was sich vor dem österreichischen Konsulat abspielte, verlor er plötzlich alle Bedenken und Rücksichten, er holte keines Menschen Rat ein und fragte sich keinen Augenblick, ob sein Vorgehen den internationalen Gepflogenheiten und Interessen seines Amtes entsprach, sondern setzte sich einfach hin und schrieb an Mitterer einen freundschaftlichen Brief.

Das war eine jener Situationen in Davilles Leben, in denen er, ohne wie üblich zu zögern, klar und richtig wußte, was zu tun war, und dann auch alles zu tun wagte.

In dem Brief war selbstverständlich auch von der Kriegsgöttin Bellona, vom »Waffenlärm«, der noch andauerte, und von den ergebenen Diensten die Rede, die jeder von ihnen seinem Souverän schuldete:

»Aber«, so schrieb Daville, »ich glaube, daß ich mich weder gegen Ihre Empfindungen noch gegen meine Pflicht versündige, wenn ich ausnahmsweise unter den höchst ungewöhnlichen Umständen die wenigen Zeilen schreibe.

Angeekelt, empört und selbst Opfer der täglichen Barbarei, wissen meine Frau und ich, was vor Ihrem Hause vor sich geht, und bitten Sie, zu glauben, daß wir in diesen Stunden an Sie und an Ihre Familie denken.

Als Christen und auch als Europäer wünschen wir, unabhängig davon, was uns augenblicklich trennt, daß Sie in solchen Tagen nicht ohne Worte der Sympathie und ohne ein Zeichen des Trostes von uns bleiben.«

Erst nachdem Daville den Brief durch eine Mittelsperson in das Konsulat jenseits der Lašva geschickt hatte, begannen in ihm Zweifel zu erwachen, ob er richtig gehandelt habe oder nicht.

Am gleichen Sommertag, an dem von Mitterer Davilles Brief empfing – es war der 5. Juli 1809 –, begann die Schlacht bei Wagram.

Etwa die zehn schönsten Julitage hindurch herrschte in Travnik totale Anarchie. Eine ansteckende, allgemeine Raserei jagte die Leute aus den Häusern und ließ sie bei ungeheuerlichen Greueln mitmachen, die sie sich nicht vorgestellt hätten. Die Ereignisse entwickelten sich aus sich heraus, nach einer Logik, die vom Blut und von entarteten Trieben diktiert wurde. Die Situationen ergaben sich rein zufällig, aus einem Aufschrei oder einem Dummenjungenscherz, man konnte ihren Ablauf nicht vorhersehen, sie endeten entgegen aller Berechnung oder brachen plötzlich mitten in ihrem Lauf ab. Haufen von Jungen strebten in einer Richtung, einem Ziel zu; stießen sie nun unterwegs auf ein anderes, aufregenderes Schauspiel, so vergaßen sie alles und stürzten sich leidenschaftlich auf das neue, als hätten sie es seit Wochen vorbereitet. Der Eifer der Bevölkerung war erstaunlich. Jeder einzelne brannte vor Gier, etwas zur Verteidigung des Glaubens und der guten Ordnung beizutragen, und jeder wollte aus redlichster Überzeugung und heiliger Empörung nicht nur seine Augenweide haben, sondern auch mit eigener Hand an der Ermordung und Marterung der Verräter und Bösewichte mitwirken, die schuld waren an allem großen Übel im Lande wie an jedem persönlichen Mißgeschick und Leid des einzelnen. Die Menschen strömten zu den Richtplätzen, wie man zu einem Wallfahrtsort pilgert, wo man durch ein Wunder geheilt und wo jede Qual mit Gewißheit gelindert wird. Jeder war bemüht, selbst einen Aufständischen oder Spion aufzuspüren und sich persönlich an dessen Bestrafung zu beteiligen, ja bei der Wahl der Todesstätte und Methode, wie die Strafe zu vollstrecken sei, gehört zu werden. Sie stritten und rauften darum und übertrugen ihre ganze Glut und Verbitterung in diese Abrechnung mit den Serben. Häufig konnte man neben einer Gruppe gefesselter Sträflinge ein ganzes Dutzend armer Türken sehen, die aufgeregt mit den Armen fuchtelten, sich zankten und balgten, als feilschten sie um Schlachtvieh. Dreikäsehochs riefen einander etwas zu und liefen keuchend und mit flatternden Hosenböden durch die Straßen, getrieben von dem Verlangen, ihre kleinen Messer in das Blut der Getöteten zu tauchen, sie dann prahlend in der Luft zu schwenken und ihre noch jüngeren Kameraden aus der Mahalla zu erschrecken.

Die Tage waren sonnig, der Himmel wolkenlos, die Stadt voller Grün und Wasserrauschen, reich an Frühobst und Blumen. Nachts strahlte der Mond klar, gläsern und kühl. Tag und Nacht hindurch währte der blutige Karneval, in dem alle dasselbe wollten, aber einer den anderen nicht begriff, ja nicht einmal sich selbst wiedererkannte.

Die Aufregung war allgemein und griff wie eine Krankheit um sich. Längst erloschener Haß flammte auf, und alte Feindschaften wurden lebendig. Unschuldige wurden aufgegriffen, oder es kam zu verhängnisvollen Verwechslungen und Mißverständnissen.

Die Fremden in den Konsulaten verließen ihr Gebäude nicht mehr. Die Kawassen berichteten ihnen alles, was sich draußen abspielte. Eine Ausnahme bildete Cologna, der es in seinem feuchten, einsamen Hause nicht aushielt. Der alte Doktor konnte weder schlafen noch arbeiten. Er machte seine gewohnten Gänge in das Konsulat, obgleich er durch die aufgepeitschte Menge oder vorbei an Greuelstätten gehen mußte, die bald hier, bald dort aus dem Boden schossen. Allen fiel auf, daß er stets tief aufgewühlt war, seine Augen flackerten in einem ungesunden Feuer, er zitterte und stotterte vor Aufregung. Der sinnlose Wirbel, der in dem Talkessel wütete, zog den Greis an wie ein Strudel einen Strohhalm.

Eines Tages, um die Mittagszeit, stieß Cologna auf seinem Heimweg vom Konsulat mitten in der Čaršija auf einen Haufen türkischer Nichtsnutze, die einen Mißhandelten in Fesseln abführten. Cologna hatte noch Zeit, in eine Seitengasse auszuweichen, aber der Pöbel zog ihn mit unheimlicher, unwiderstehlicher Macht an. Im Augenblick, da er von dem Haufen nur noch einige Schritte entfernt war, erscholl aus seiner Mitte eine heisere Stimme:

»Doktor! Doktor! Lassen Sie nicht zu, daß ich unschuldig zugrunde gehe!«

Wie gebannt trat Cologna näher, und seine kurzsichtigen Augen erkannten in dem Rufenden einen Bürger aus Fojnica, einen Katholiken namens Kulier. Der Mann schrie, stieß unzusammenhängende Worte aus, wußte nicht, was er zuerst sagen sollte, und beschwor immer wieder seine Bedränger, ihn laufen zu lassen, da er unschuldig sei.

Cologna sah sich um, mit wem aus dem Haufen er wohl verhandeln könnte, aber er fand sich nur finsteren Blicken gegenüber. Ehe er zu Worte kommen und etwas unternehmen konnte, löste sich aus der Menge eine große Gestalt mit eingefallenen blassen Wangen und stellte sich breitbeinig vor dem Doktor auf.

»Geh du deiner Wege.«

Die Stimme zitterte und verriet eine innere Wut, die durch die erzwungene, haßgeladene Zurückhaltung hindurchbrach.

Wären der Mann und seine Stimme nicht gewesen, der Greis hätte vielleicht seinen Weg fortgesetzt und den Mann aus Fojnica, für den es ohnehin kein Entrinnen gab, seinem Schicksal überlassen. Aber die Stimme zog ihn wie ein Abgrund an. Cologna wollte sagen, daß er den Kulier als aufrechten Untertan kannte, und sich erkundigen, was der Mann denn verbrochen habe und wohin man ihn führe, doch der Große ließ ihn nicht zu Wort kommen.

»Ich rate dir, geh deiner Wege«, sagte der Türke nun mit erhobener Stimme.

»Nein, das darf nicht sein. Wohin schleppt ihr den Mann?«

»Nun, wenn du es wissen willst: Ich schlepp ihn ab, den Hund, um ihn wie die übrigen Hunde an den Galgen zu hängen!«

»Wieso? Warum? Das geht doch nicht, daß man unschuldige Menschen hängt. Ich werde das Stadtoberhaupt rufen.«

Jetzt schrie auch Cologna, ohne zu merken, daß er auch immer mehr in Glut geriet.

Ein Gemurmel erhob sich in dem Haufen. Von zwei Minaretten, einem nahe gelegenen und einem entfernteren, riefen Hodschas das Esan aus, und ihre Stimmen, schrill und auf und ab wogend, kreuzten sich. Gaffer sammelten sich um die Menge.

»Ha, wenn du dich zu seinem Verteidiger aufwirfst«, schrie

der Große, »dann sollst du es genau wissen: Hier, an dem Maulbeerbaum, knüpf ich ihn auf.«

»Nein, das darfst du nicht. Ich rufe Soldaten, ich wende mich an das Stadtoberhaupt. Wer bist du überhaupt?« rief der Greis mit schneidender, abgehackter Stimme.

»Ich bin einer, der vor dir keine Angst hat. Hau ab, solange deine Haut noch heil ist.«

Aus dem Haufen wurden Schimpfworte und zornige Rufe laut. Immer mehr Leute aus der Čaršija sammelten sich um sie. Der Große sah sich während des Streits nach jedem Satz beifallheischend um, und seine Zuhörer schauten starr, aber mit sichtlichem Vergnügen zu ihm auf.

Der lange Kerl ging auf die alte Maulbeere am Wegrand zu, der Haufe und Cologna folgten. Nun schrien alle durcheinander und fuchtelten mit den Armen. Auch Cologna schrie ohne Pause, aber keiner wollte auf ihn hören, ja sie ließen ihn nicht einmal ausreden.

»Diese Gaunerei! Diese Frechheit! So ein Verbrechen! Ihr beschmutzt das Ansehen des Sultans! Ihr Verbrecher! Ihr Überläufer!« schrie der greise Arzt.

»Schweig, sonst hängst du neben dem da!«

»Wer? Ich? Du darfst mich nicht antasten, elender Überläufer!« Cologna verlor die Beherrschung über seine Glieder. Er schlug mit den Füßen um sich und gestikulierte mit den Armen. Er und dieser lange Kerl bildeten nun den Mittelpunkt des Auflaufs. Der Mann aus Fojnica stand, ganz vergessen, abseits.

Der Lange neigte sich ein wenig hinab und rief herausfordernd seinen Leuten zu:

»Hat er den Glauben und den Propheten jetzt beschimpft oder nicht? Habt ihr's gehört?«

Sie bestätigten es.

»Knüpft sie beide auf! Sofort!«

Das Gedränge um Cologna wurde noch stärker.

»Wer hat den Glauben beschimpft? Wer den Propheten? Ich kenne den Islam besser als du, du bosnischer Bankert! Ich bin ... ich bin ...«, schrie Cologna und wehrte sich, Schaum auf den Lippen und völlig außer sich.

»Hängt ihn auf, den ungläubigen Hund.«

Außer dem Füßegetrampel und dem Hinundherzerren hörte man nur noch Colognas undeutliche Worte wie ein ersticktes Röcheln:

»... ein Türke... ich bin ein Türke, ein besserer als du.«

Da schalteten sich Leute aus der Čaršija ein und entwanden den Arzt den Händen des Pöbels. Ihrer drei bezeugten, daß der Greis laut und deutlich und sogar zweimal verkündet habe, er bekenne sich zum reinen Glauben des Propheten, womit er unantastbar sei. Jetzt führten sie ihn nach Hause, vorsichtig und festlich wie eine Braut. Und das war nötig, denn der Greis, außer sich geraten, zitterte am ganzen Körper und lallte Worte ohne Sinn und Zusammenhang.

Überrumpelt und enttäuscht ließen die Leute, die Kulier als Bewachung geleitet und sich über ihn als Kläger, Richter und Henker' aufgeworfen hatten, nun auch ihn unangefochten nach Fojnica heimkehren.

Wie ein Lauffeuer verbreitete sich die Kunde, der Arzt des österreichischen Konsulats habe sich zum Islam bekehrt. Sogar für diese ganz und gar außer Sinnen geratene Stadt, für die immer verrücktere Tage anbrachen und in der sich Dinge ereigneten, die man weder zu Ende erzählen noch ganz glauben kann, sogar für diese Stadt war die Bekehrung des Arztes zum Islam eine Überraschung.

Da es kein Christ gewagt hatte, auf die Straße zu gehen, war es unmöglich, das Gerücht auf seinen Wahrheitsgehalt zu prüfen und zu untersuchen. Der Konsul schickte einen Burschen nach Dolac zu Fra Ivo Janković, aber der Pfarrer nahm die Nachricht ungläubig auf und versprach, sobald sich der Aufruhr etwas gelegt hätte, vielleicht schon morgen, im Konsulat vorzusprechen.

Rotta aber machte sich gegen Abend im Auftrag des Konsuls auf den Weg zu Colognas Haus auf dem steilen Felshang. Schon nach einer halben Stunde kehrte der Dolmetscher, blaß und gegen seine sonstige Gewohnheit schweigsam, ins Konsulat zurück. Der Anblick wild aussehender, von Waffen starrender Unbekannter, die ihm ins Gesicht schrien »Bekehr dich, Welscher, solange es Zeit ist!« und sich wie Besoffene oder Wahnsinnige benahmen, hatte ihm einen tüchtigen Schrecken eingejagt. Aber noch mehr war er von dem erschüttert, was er bei Cologna zu sehen bekommen hatte.

Nachdem er mit Mühe Zutritt zum Haus erhalten hatte, aus dem eben einige völlig ruhige, unbewaffnete Türken herausgetreten waren, stieß er auf den verstörten Burschen des Arztes, einen Albaner. Im Vorzimmer herrschte Unordnung, der Fußboden war mit Wasser besprengt; aus der Stube drang die Stimme des Arztes.

Der Alte ging in großer Aufregung im Zimmer auf und ab; über seinem sonst aschgrauen, blutleeren Gesicht lag eine leichte Röte, der Unterkiefer zitterte. Scharf und unfreundlich betrachtete er lange den Dolmetscher mit seinen zusammengekniffenen Augen, so als schaue er in die Ferne und als könne er schlecht, nur mühsam, etwas erkennen. Sobald Rotta berichtete, er sei im Auftrag des Generalkonsuls gekommen, zu erkunden, was vorgefallen sei, unterbrach ihn Cologna hastig:

»Nichts, nichts ist vorgefallen, und nichts wird vorfallen. Niemand soll sich um mich sorgen. Ich verteidige meine Stellung schon allein. Ich stehe hier und verteidige sie wie ein guter Soldat.«

Der Alte hielt inne, warf jäh den Kopf zurück, drückte die Brust heraus und flüsterte mit stockendem Atem:

»Ja, hier stehe ich. Hier, hier.«

»Bleiben Sie so stehen ... bleiben Sie stehen ... Herr Doktor«, stotterte der abergläubische, ängstliche Rotta, den auf einmal seine gewohnte freche Sicherheit im Stich ließ. Dabei trat er einen Schritt zurück und suchte, ohne seine Augen von dem Arzt zu wenden, mit zitternder Hand nach der Türklinke, immerfort wiederholend: »Bleiben Sie nur stehen ... bleiben Sie stehen ...«

Da veränderte der Alte plötzlich seine bisherige starre Haltung und neigte sich irgendwie vertrauensselig und viel sanfter zu dem verängstigten Rotta. In dem greisenhaften Gesicht, nein, eigentlich nur in den Augen, erschien ein bedeutsames, triumphierendes Lächeln. Und als verriete er ein wichtiges Geheimnis, sagte er leise, mit drohend erhobenem Finger:

»Alejhiselam sagt: ›Der Schaitan kreist im Körper des Menschen wie das Blut.‹ Aber Alejhiselam sagt weiter: ›Und wahrlich, schauen werdet ihr euren Herrn so gewiß, wie ihr den Vollmond seht!‹«

Hier machte der Greis eine jähe Wendung und nahm plötzlich einen ernsten, beleidigten Ausdruck an. Der Dolmetscher, dem schon viel weniger gereicht hätte, um tödliches Entsetzen in den Gliedern zu spüren, benützte die Gelegenheit, lautlos die Tür zu öffnen und grußlos, ohne ein Abschiedswort, wie ein Schatten im Vorzimmer zu verschwinden.

Draußen schien bereits der Mond. Rotta huschte durch Nebengäßchen nach Hause; er scheute vor seinem eigenen Schatten zurück und spürte, wie ihm ständig ein Frösteln über den Rücken fuhr. Als er daheim angelangt war und vor den Konsul trat, konnte er sich noch immer nicht völlig fassen und klar schildern, wie es eigentlich um Cologna und seine Bekehrung stand. Er behauptete nur hartnäckig, der Arzt sei verrückt geworden, und als der Konsul Einzelheiten wissen wollte, aus denen man schließen konnte, daß Cologna von Sinnen sei, antwortete er:

»Er ist verrückt, verrückt! Wenn ein Mensch von Gott und vom Teufel faselt, muß er verrückt sein. Und Sie hätten ihn bloß sehen sollen, Sie hätten ihn sehen sollen«, wiederholte der Dolmetscher.

Bis zum Abend hatte sich in der ganzen Stadt die Nachricht verbreitet, der Arzt des österreichischen Konsulats habe öffentlich seinen Willen bekundet, zum Islam überzutreten, und der Übertritt werde schon morgen in feierlicher Form vollzogen. Aber das Schicksal wollte es nicht, daß es zu der Zeremonie kam und daß man je die reine Wahrheit über die »Bekehrung« des Arztes erfuhr.

Schon am nächsten Tage lief – schneller noch als die erste – die Neuigkeit durch die Stadt, daß Cologna in der Frühe tot aufgefunden worden sei, und zwar auf einem Gartenweg neben dem Bach, in jener Kluft unterhalb des hohen steinigen Hangs, auf dem das Haus errichtet war. Der Schädel des Greises war zertrümmert. Der albanesische Diener wußte nicht zu erklären, zu welcher Stunde in der Nacht der Arzt das Haus verlassen hatte oder wie er in die Tiefe gestürzt sein konnte.

Auf die Nachricht vom Tode des Arztes ging der Dolacer Pfarrer nach Travnik, um die Frage des Begräbnisses zu klären. Ständig in Gefahr, vom empörten Pöbel angegriffen zu werden, stieß Fra Ivo bis zum Haus des Arztes vor, aber er hielt sich hier nicht lange auf. Trotz seiner Körperfülle eilte er angesichts der Knüppel und Streitäxte, die die erregten Türken schwangen, federleicht und mit wenigen Sätzen den steilen Weg hinunter; sie gestatteten ihm nicht einmal, daß er einen Blick in das Haus warf. Den Toten versah ein Hodscha, denn drei Bürger hatten bezeugt, der Arzt habe aus freien Stücken, und zwar dreimal, laut erklärt, er sei bereit, den türkischen Glauben anzunehmen, und er sei schon jetzt ein besserer Moslem als viele, die sich in der Travniker Čaršija als Türken aufspielten.

Auch Rotta, der auf die Nachricht vom Tode des Arztes mit dem Kawassen Achmet hinging, sah nur ein paar Türken, die sich geschäftig vor dem Hause des Arztes tummelten, und kehrte ins Konsulat zurück. Der Kawaß blieb, um an der Bestattung teilzunehmen.

Hätten andere Zeiten, zumindest ein wenig ruhigere, geherrscht und wäre zumindest einer der hohen Beamten im Konak gewesen, so hätte man die geistlichen und weltlichen Behörden einschalten können, das österreichische Konsulat wäre entschiedener aufgetreten, Fra Ivo hätte mehrere Ämter und einflußreiche Türken aufgesucht, und die ganze Angelegenheit mit dem unglücklichen Cologna wäre geklärt worden. So aber, in der allgemeinen Raserei und Anarchie, die immer noch anhielten, konnte keiner den anderen richtig anhören oder verstehen. Der Aufruhr, der schon im Begriff gewesen war, abzuebben, fand neue Nahrung, der Pöbel bemächtigte sich der Leiche des alten Arztes als einer willkommenen Trophäe und hätte sie nicht ohne Blutvergießen und neue Menschenopfer herausgegeben.

Gegen Mittag wurde der Arzt in einer grünen Senke des steil ansteigenden türkischen Friedhofs bestattet. Obwohl die Čaršija noch geschlossen war, verließen viele Türken ihre Häuser, um an dem Begräbnis des Arztes teilzunehmen, der sich auf so absonderliche, unerwartete Weise zum Islam bekehrt hatte. Am zahlreichsten waren jedoch jene bewaffneten Habenichtse vertreten, die den Arzt gestern noch aufknüpfen wollten. Sie setzten ein ernstes, düsteres Gesicht auf und lösten einander hurtig und behend beim Tragen des Toten ab, so daß die Bahre mit dem verhüllten Leichnam des Arztes über die Männerschultern, die sich immer wieder darunterschoben, dahinglitt.

So hatte der große Tumult mit unerwarteten, aufregenden Ereignissen geendet. Man hörte auf, Serben zur Richtstätte zu schleppen und zu morden. Die Stadt verfiel wieder in jene Stimmung der Scham und des Katzenjammers, in der jeder möglichst schnell zu vergessen trachtet, was geschehen ist, in welcher der Haufen der lautesten, ärgsten Aufwiegler und Raufbolde so wie ein Strom in sein Bett wieder in die fernen Mahallas zurückflutet und die alte Ordnung wieder einkehrt, die nun, wenigstens eine Zeitlang, jedem besser und erträglicher erscheint. Auf Travnik senkte sich erneut die schwere, ausgeglichene Stille, und es war, als wäre die Ruhe nie gestört gewesen.

Die Befriedung wurde auch durch die Heimkehr Sulejman-Pascha Skopljaks beschleunigt. Sofort spürte man die Wirkung seiner Worte und seiner geschickten Hand.

Sulejman-Pascha berief gleich nach seiner Ankunft die angesehensten Leute der Čaršija zu sich, um sie zu fragen, was sie aus dieser ruhigen Stadt und ihrer sonst so friedfertigen Bevölkerung gemacht hätten. Er stand vor ihnen in schlichter Tracht, abgemagert, so wie er vom Schlachtfelde heimgekehrt war, groß, geschmeidig, man konnte seine Rippen zählen wie bei einem edlen Windspiel, und er forschte sie mit seinen großen blauen Augen aus und schalt sie wie Kinder. Dieser Mann, der sechs volle Wochen auf dem eigentlichen Schlachtfeld und jetzt zwei Wochen auf seinen Besitzungen auf dem Kupres verbracht hatte, durchbohrte sie mit strengem Blick, sie, die so bleich, abgequält und jäh ernüchtert vor ihm standen, und er fragte sie schroff, seit wann es die Čaršija auf sich genommen habe, den Richter zu spielen und Urteile zu vollstrecken, wer ihnen das Recht zugesprochen und wo sie in den letzten zehn Tagen ihren Verstand gelassen hätten.

»Es heißt, die Rajah sei abtrünnig geworden, die Rajah sei ungehorsam und tauge nichts. Ja, das stimmt. Aber ihr müßt wissen, die Rajah atmet nicht aus eigener Seele, sondern lauscht auf den Atem ihres Herrn. Das wißt ihr recht gut. Der Verfall der Sitten beginnt immer bei der Herrschaft, und die Rajah nutzt nur die günstige Gelegenheit aus. Wenn aber die Rajah dir entglitten ist und dreist wird, dann geh und such dir andere Untertanen, denn mit den jetzigen erreichst du nichts mehr.«

Sulejman-Pascha sprach wie ein Mann, der gestern noch schwere, ernste Dinge geschaut hatte, von denen sie mit ihrem engen Travniker Gesichtskreis nichts ahnten; er konnte nur versuchen, sie ihnen soweit wie möglich begreiflich zu machen.

»Uns hat Gott, Ihm sei Ruhm und Ehre, zwei Dinge gegeben: Wir dürfen das Land besitzen und müssen dafür sorgen, daß Recht Recht bleibt. Und nun hock du dich auf dein Kissen und überlaß es irgendwelchen Überläufern und Habenichtsen, Gericht zu halten. Sei unbesorgt, du wirst bald sehen, wie schnell deine Hörigen meutern. Die Pflicht der Hörigen ist es, zu arbeiten, die der Agas, auf sie Obacht zu geben, denn auch das Gras braucht beides, den Tau und die Sense. Eins ist ohne das andere nicht denkbar. Schau mich an« (nicht ohne Stolz wandte er sich an den Nächsten), »ich bin fünfundfünfzig Jahre alt, aber noch pflege ich bis zum hohen Mittag alle meine

Lehensdörfer bei Bugojno zu besichtigen. Doch bei mir gibt es keine schlechten, unbotmäßigen Hörigen.«

Und in der Tat, sein schlanker Hals und seine sehnigen Arme waren sonnengebräunt und derb wie die eines Tagelöhners.

Niemand vermochte ihm eine Antwort zu geben, jeder war darauf bedacht, möglichst schnell den Augen des Paschas zu entrinnen, zu vergessen, was gewesen, und selbst vergessen zu sein.

Sobald der Aufruhr nachgelassen hatte, bemühte sich von Mitterer, Colognas unbegreifliche Bekehrung zum Islam und seinen geheimnisvollen Tod aufzuklären. Er tat das nicht Colognas wegen, den er schon früher für einen unzurechnungsfähigen, für den Konsulatsdienst ungeeigneten Menschen angesehen hatte. Da von Mitterer den Arzt gut kannte, traute er es ihm durchaus zu, daß er sich im Streit, aus der Situation heraus, als Muselman ausgegeben hatte, wie er es auch für glaubhaft und möglich hielt, daß er Selbstmord begangen oder die Besinnung verloren hatte und in einem Augenblick der Erregung in den Abgrund gestürzt war. Außerdem war es jetzt, da sich der Aufruhr gelegt hatte und die Dinge ihr Aussehen und die Menschen ihr Denken und Verhalten gewechselt hatten, nicht leicht, zu untersuchen, was unter den ganz anders gearteten Verhältnissen, in der Atmosphäre des allgemeinen Wahnsinns, des Blutrauschs und Tumults, geschehen war.

Von Mitterer mußte alle diese Schritte unternehmen, um das Ansehen seines Landes zu wahren und um zu verhindern, daß es in Zukunft zu Überfällen auf einen anderen Untertanen des Reiches oder auf jemand vom Personal des Konsulates kam. Auch Fra Ivo drang jetzt in ihn, mit Rücksicht auf die katholische Bevölkerung Aufklärung über Colognas Glaubenswechsel und Begräbnis zu verlangen.

Sulejman-Pascha, der von Anfang an der einzige im Konak war, der für den österreichischen Konsul Sympathien hegte und mit ihm stets vertrauter und herzlicher verkehrte als mit Daville, mit dem er immer nur mittels eines Dolmetschers reden konnte und dessen Äußeres ihm nicht gefiel, bemühte sich, ihm entgegenzukommen. Aber er riet ihm zugleich aufrichtig, nichts zu überspitzen und die Sache nicht zu weit zu treiben.

»Ich sehe ein, Sie müssen sich einsetzen für einen Mann des Kaisers«, sagte er in seiner kalten, vernünftigen, bestimmten Art, die alle, auch er selbst, für unfehlbar hielten, »ich verstehe es, und anders kann es auch nicht sein. Allein es ist nicht gut, das Ansehen des Kaisers an jeden seiner Untertanen zu fesseln. Denn es gibt Leute verschiedenster Art, das Ansehen des Kaisers aber ist einmalig.«

Und Sulejman-Pascha setzte ihm mit trockenen, nüchternen Worten auseinander, welche Aussicht bestünde, die Angelegenheit zur Zufriedenheit aller beizulegen.

Was die Frage beträfe, ob Cologna zum Islam übergetreten sei oder nicht, so sei es am klügsten, darüber überhaupt nicht zu debattieren, denn der Aufruhr hätte doch Formen angenommen, daß man den Tag nicht von der Nacht habe unterscheiden können, geschweige denn eine Religion von der anderen oder einen Aftertürken von einem Türken. Ehrlich gesagt, sei Cologna auch ein Mann gewesen, durch dessen Übertritt zum Islam weder das Christentum viel verloren noch der Islam etwas gewonnen hätte.

Den Versuch zu machen, seinen zwielichtigen Tod aufzuklären, der unmittelbar auf den zwielichtigen Glaubensübertritt folgte, lohne sich noch weniger. Ein toter Mund könne nicht sprechen, und ein Mann, den der Verstand im Stich gelassen habe und der seine Augen nicht auf den Weg vor sich hefte, könne jederzeit ausgleiten. Das sei die natürlichste Lösung, die zudem niemanden verletze. Weshalb sollte man nach anderen Möglichkeiten fahnden, die sich doch nie völlig aufklären lassen und die für das Konsulat nie die gewünschte Genugtuung bringen würden.

»Weder kann ich jetzt die Vagabunden und Narren ausfindig und dingfest machen, die sich als Türken aufgespielt haben und sich zum Richter in Travnik aufwerfen wollten«, schloß

Sulejman-Pascha, »noch können Sie den Toten, der sich in das türkische Grab gelegt hat, wieder zum Leben erwecken und verhören. Wer soll in die Sache Ordnung bringen? Lassen wir das lieber, und kümmern wir uns um Gescheiteres. Trotzdem mache ich Ihre Sorge zu der meinen. Ich werde deshalb anordnen, daß der Tod des Arztes untersucht und aufgeklärt wird, damit sich herausstellt, daß keiner die Schuld daran trägt; das Ergebnis soll dann zu Protokoll genommen und verbrieft und versiegelt werden. Sie werden dann das Ergebnis an Ihre Vorgesetzten schicken, so daß für keinerlei Zweifel und Einwände, weder auf Ihrer noch auf unserer Seite, Raum bleibt.«

Herr von Mitterer sah selbst ein, daß dies, wenn nicht die beste, so doch die einzig mögliche Lösung war. Dennoch erbat und erwirkte er vom Stellvertreter des Wesirs noch einige Befehle und Erlasse, die aus der Ferne wie eine Art Genugtuung und Rechtfertigung für das Konsulat aussehen konnten.

Alles dies, zusammen mit dem Bericht Rottas über seine letzte Begegnung mit Cologna, mochte die Behörden in Wien einigermaßen befriedigen, es mochte den Fall Cologna als das Mißgeschick eines Geistesgestörten hinstellen und so das Ansehen des Konsuls bewahren. Aber im stillen war von Mitterer mit dem Lauf der Dinge und auch mit sich selbst nicht zufrieden.

Blaß und einsam saß der Konsul in seinem recht düsteren Arbeitszimmer und dachte über alles nach, er fühlte sich entwaffnet und ohnmächtig in ein Netz verschiedenartigster Verhängnisse verstrickt, indes er seiner Pflicht hingebungsvoll und gewissenhaft nachging und sich über seine Kräfte hinaus verbrauchte, dabei aber doch einsehen mußte, daß alles hoffnungslos und umsonst war.

Der Oberst zitterte trotz der Julihitze, die draußen herrschte, am ganzen Leibe, und hin und wieder war ihm, als verliere auch er selbst das Bewußtsein, als strauchle und stürze er in einen unbekannten Abgrund.

XVII

Dieser zweite, noch entsetzlichere Straßentumult betraf in keiner Weise das französische Konsulat. Im Gegenteil, den Mittelpunkt des Tumults bildeten im Endstadium das österreichische Konsulat und sein Arzt Cologna. Dennoch verbrachten die Leute im französischen Konsulat schwere Tage und schlaflose Nächte. Abgesehen von den zwei kurzen Gängen, die des Fossés unternahm, wagte während der Tage niemand, sich auch nur am Fenster sehen zu lassen. Auch Daville selbst bedrückte der zweite Aufruhr mehr als der erste, denn an solche Straßentumulte gewöhnt sich der Mensch nicht, im Gegenteil, man trägt an ihnen um so schwerer, je öfter sie sich wiederholen.

Wie zur Zeit des ersten Aufruhrs erwog Daville, aus Travnik zu fliehen und sein Leben und seine Familie zu retten. In seinem Zimmer eingeschlossen, quälte er sich mit den schwierigsten Gedanken herum und rechnete mit dem Schlimmsten, aber vor der Dienerschaft und den Beamten sowie vor seiner Frau verriet er durch nichts seine Gedanken und seine Verfassung.

Doch selbst das gemeinsame Elend war nicht dazu angetan, den Konsul und seinen ersten Mitarbeiter einander näherzubringen. Daville begann mehrmals am Tage ein Gespräch mit des Fossés. (Im Hause eingeschlossen, trafen sie sich noch häufiger als sonst.) Aber keines der Gespräche führte zu etwas Gutem oder beruhigte. Daville mußte sich, neben allen übrigen Sorgen, Zweifeln und Enttäuschungen, jedesmal von neuem sagen, daß er mit einem fremden Menschen zusammenlebte, von dem ihn Lebensauffassungen und Gewohnheiten unüberbrückbar trennten. Selbst die edlen Seiten des Jünglings, wie Kühnheit, Selbstlosigkeit, Geistesgegenwart, die ohne Zweifel vorhanden waren und in solchen Verhältnissen besonders zum Vorschein kamen, wirkten auf Daville nicht anziehend, denn wir akzeptieren und schätzen auch die Tugenden eines Menschen nur dann, wenn sie uns in einer Form entgegentreten, die unseren Auffassungen und Neigungen entspricht. Wie es bisher immer gewesen, sah Daville mit Verbitterung auf alles herab, was in ihrer Umwelt geschah, er erklärte alles mit der eingefleischten Bosheit und der barbarischen Lebensweise der Einheimischen und machte sich einzig darüber Gedanken, wie er in all diesen Vorgängen die französischen Interessen retten und schützen könnte. Des Fossés hingegen analysierte alle Erscheinungen seiner Umwelt mit einer Objektivität, die Daville entsetzte, und bemühte sich, ihre Ursache und Erklärung in ihnen selbst und in ihren Voraussetzungen zu finden, ohne Rücksicht auf den Schaden oder Nutzen, auf die angenehmen oder unangenehmen Folgen, die ihm und seinem Konsulat im Augenblick daraus erwuchsen. Die kalte, interesselose Objektivität des Jünglings verwirrte Daville seit je und war ihm unangenehm, und zwar um so mehr, weil er nicht umhinkonnte, gleichzeitig in ihr einen klaren Beweis für die Überlegenheit des jungen Mannes zu erblicken. Unter den jetzigen Umständen bedrückte ihn die Objektivität nur noch mehr, sie war für ihn nur noch peinlicher.

Jedes Gespräch, ob es ein dienstliches, halbdienstliches oder privates war, löste in dem jungen Mann eine Vielzahl von Assoziationen, freien Betrachtungen und eiskalten, objektiven Schlüssen aus, beim Konsul bewirkte es jedoch Überreiztheit und beleidigtes Schweigen, was aber des Fossés gar nicht wahrnahm.

Dieser allseitig begabte Sproß aus reichem Hause benahm sich auch in seinen Gedanken wie ein Millionär, er war kühn, launisch und verschwenderisch. In der eigentlichen Konsulatsarbeit hatte Daville von ihm keinen großen Nutzen. Obzwar es die Pflicht des Jünglings war, die Berichte des Konsuls ins reine zu schreiben, vermied es Daville, ihm die Arbeit zu überlassen. Ihn hemmte beim Abfassen der Berichte die Vorstellung, dieser junge Mann, dessen wacher Geist hundert Augen zu haben schien, könnte beim Abschreiben die Berichte seines Konsuls kritisch prüfen. Daville machte sich selbst deswegen Vorwürfe, aber er konnte sich nicht bezwingen und mußte bei jedem dritten Satz daran denken, wie er wohl in den

Augen seines Kanzlers aussähe. Deshalb zog er es schließlich vor, seine wichtigeren Berichte selbst zu verfassen und ins reine zu schreiben.

Kurz, in allen Geschäften und, was noch wichtiger war, in allen inneren Bangnissen, welche durch die Ereignisse im Zusammenhang mit Napoleons neuem Feldzug gegen Wien in Daville ausgelöst wurden, bedeutete des Fossés für ihn keine Hilfe, sondern häufig nur eine Belastung und ein Hindernis. Der Unterschied zwischen beiden war derart und so groß, daß sie sich nicht einmal gemeinsam freuen konnten. Als Mitte Juli, ungefähr gleichzeitig mit dem Nachlassen der Straßenunruhen, die Nachricht vom Siege Napoleons bei Wagram und bald danach vom Waffenstillstand mit Österreich eintraf, da setzte für Daville wieder eine Periode der Aufheiterung ein. Alles schien ihm glücklich überstanden und gut abgeschlossen. Das einzige, was ihm seine gute Laune verdarb, war der Gleichmut des jungen Mannes, der ebensowenig Begeisterung über einen Erfolg kannte, wie er etwas von den Ängsten und Zweifeln wußte, die dem Erfolg vorausgehen.

Für Daville war der junge Mann mit seinem stets unverändert gescheiten und gleichmütigen Lächeln im Gesicht ein quälender, unbegreiflicher Anblick. »Er tut, als hätte er auf die Siege eine Anzahlung gegeben«, bemerkte Daville zu seiner Frau, weil er niemanden hatte, bei dem er sonst sein Herz ausschütten konnte, und es nicht über sich brachte, ganz zu schweigen.

Wieder waren die warmen und reichen Travniker Spätsommertage angebrochen, die schönsten und besten Tage für solche Menschen, denen es immer gut geht, und zugleich die erträglichsten für solche, die es im Winter wie im Sommer gleich schlecht haben.

Im Oktober 1809 schlossen in Wien Napoleon und der Wiener Hof miteinander Frieden. Es wurden die Illyrischen Provinzen geschaffen, zu denen Dalmatien und die Lika gehörten, also Gebiete aus Davilles Tätigkeitsbereich. In Ljubljana, der Hauptstadt des neuen Illyriens, zogen ein Generalgouverneur und ein Generalintendant mit einem ganzen Stab von Polizei-, Zoll- und Steuerbeamten ein; sie hatten den Auftrag, die Verwaltungsangelegenheiten und vor allem den Handel und Verkehr mit der Levante zu ordnen. General Marmont, der Befehlshaber von Dalmatien, der rechtzeitig zur Schlacht bei Wagram eingetroffen war, hatte man vorher noch zum Marschall befördert. Daville hatte jetzt, wenn er alles um sich herum betrachtete, das angenehm-melancholische Gefühl eines Menschen, der zwar zum Sieg und Ruhm anderer beigetragen hat, selbst jedoch ruhmlos und ohne Auszeichnung im Schatten geblieben ist. Dieses Gefühl schmeichelte ihm und machte es ihm leichter, seine Travniker Schwierigkeiten zu ertragen, die kein Sieg sehr zu ändern vermochte.

Was Daville jetzt wie auch vordem stets quälte und was er niemandem einzugestehen und anzuvertrauen wagte, war die Frage: Wird das nun der endgültige Sieg sein, und inwieweit wird der Frieden von Dauer sein?

Auf diese Frage, von der nicht bloß sein innerer Friede, sondern auch das Schicksal seiner Kinder abhing, konnte er nirgends eine Antwort finden, weder bei sich selbst noch bei seiner Umgebung.

Auf einem besonders festlichen Empfang machte Daville den Wesir mit den Einzelheiten der Napoleonischen Siege und den Bestimmungen des Wiener Friedens vertraut, vor allem, soweit sie sich auf die Länder in der unmittelbaren Umgebung Bosniens bezogen. Der Wesir sprach seinen Glückwunsch zu den Siegen aus und äußerte seine Zufriedenheit darüber, daß ihre beiden Reiche ihre gutnachbarlichen Beziehungen fortsetzen und daß in den an Bosnien grenzenden Ländern fortan unter französischer Verwaltung Friede und Ordnung herrschen würden.

Aber all die Worte, wie »Krieg«, Frieden« und »Sieg«, waren im Munde des Wesirs tote, ferne Dinge, und er sprach sie mit kalter, harter Stimme und versteinertem Gesichtsausdruck aus, als handle es sich um Ereignisse aus ferner Vergangenheit.

Tahir-Beg, der Teftedar, mit dem Daville noch am gleichen

Tage sprach, war viel munterer und gesprächiger. Er erkundigte sich nach der Lage in Spanien und bat um nähere Einzelheiten über den Aufbau der Verwaltung in den neuen illyrischen Gebieten. Es war offenkundig, daß er sich informieren und Vergleiche anstellen wollte, aber all seine liebenswürdige Beredsamkeit und gescheite Neugier verrieten nicht mehr als des Wesirs stumme, tote Gleichgültigkeit; aus der Unterhaltung mit ihm war zu schließen, daß er weder ein Ende des Krieges noch ein Ende der Eroberungen Napoleons absah. Als Daville ihn drängte, sich deutlicher auszudrücken, vermied der Teftedar eine Antwort.

»Ihr Kaiser ist Sieger, und den Sieger sieht jeder in einem Strahlenglanz, oder, wie ein persischer Dichter sagt: ›Das Gesicht des Siegers ist wie eine Rose‹«, schloß Tahir-Beg verschmitzt lächelnd.

Daville empfand immer ein unbegreifliches Mißbehagen bei dem eigentümlichen Lächeln, das nie aus dem Gesicht des Teftedars wich und durch das seine Augen ein teuflisch schräges, etwas schielendes Aussehen erhielten. Nach jedem Gespräch mit ihm kam er sich verwirrt und bestohlen vor. Jedes dieser Gespräche erschreckte ihn mit neuen Fragen und neuen Unklarheiten, statt eine Lösung und Antwort zu bringen. Dabei war er der einzige Mensch im Konak, der bereit war und sich darauf verstand, Gespräche über geschäftliche Angelegenheiten zu führen.

Sobald der Friede geschlossen war, wurde der Kontakt zwischen den beiden Konsulaten wiederhergestellt. Die Konsuln besuchten sich gegenseitig und versicherten einander mit einem Schwall von Worten, wie sie sich über den erzielten Frieden freuten, wobei beide ein sehr unsicheres Gefühl hatten; sie verbargen hinter der übertriebenen Begeisterung ihre Verlegenheit darüber, was sie in den vergangenen Monaten gegeneinander unternommen hatten. Daville war darauf bedacht, von Mitterer nicht durch die Haltung eines Siegers zu verletzen, aber auch nichts von der Überlegenheit preiszugeben, die ihm der Sieg verlieh. Der Oberst äußerte sich in allem sehr vorsichtig wie jemand, der die unbequeme Gegenwart möglichst nicht eingestehen will und alles von der Zukunft erhofft. Beide verheimlichten ihre wahren Gedanken und tatsächlichen Befürchtungen unter dem Deckmantel einer melancholischen Konversation, in die sich häufig ältere Leute flüchten, die noch etwas vom Leben erwarten, sich jedoch ihrer Hilflosigkeit bewußt sind.

Frau von Mitterer hatte mit Madame Daville noch keinen Besuch ausgetauscht und vermied es geschickt, mit des Fossés zusammenzutreffen, der selbstverständlich seit dem vergangenen Frühjahr für sie »tot« war und in der großen Nekropole ihrer übrigen Enttäuschungen ruhte. Während des ganzen Feldzuges gegen Wien war sie in ihrer Starrköpfigkeit und Zanksucht »mit dem Herzen auf seiten des großen, unvergleichlichen Korsen« und vergällte damit ihrem Mann, der nicht einmal in den vier Wänden seines Schlafzimmers unvorsichtige Gespräche ertragen konnte und dem jedes unangebrachte Wort physischen Schmerz bereitete, die Tage und die Nächte.

Anna Maria wandte sich in diesem Sommer plötzlich ihrer alten Leidenschaft zu: der Liebe zu den Tieren. Auf Schritt und Tritt trat ihr übertriebenes, ungesundes Mitleid für die Zugtiere, für Hunde, Katzen und für das Hornvieh zutage. Der Anblick struppiger, abgeplagter Öchschen, die müde ihre dünnen Beine warfen, indes sich ganze Schwärme von Fliegen in den weichen Polstern festsaugten, die ihre sanften Augen umrandeten, stürzte Anna Maria in wahre Nervenkrisen. Hingerissen von ihrer leidenschaftlichen Natur, setzte sie sich für die Tiere unter allen Umständen und an jedem Ort ein, ohne Maß und Bedenken, und ging so neuen Enttäuschungen entgegen. Sie sammelte lahme Hunde und krätzige Katzen um sich und pflegte und hegte sie. Sie fütterte die Vögel, die ohnehin fröhlich und satt waren. Zornig stürzte sie sich auf die Bäuerinnen, weil sie die Hühner, den Kopf nach unten, über die Schultern gehängt hatten. In der Stadt ließ sie übervolle Wagen und zu sehr bepackte Pferde anhalten, sie forderte die Bauern auf, die Tiere von übermäßiger Last zu befreien, ihre Wunden zu salben, das Geschirr zurechtzurücken oder den Sattelgurt zu lockern.

All das war für das Land hier etwas schwer Zumutbares, Unmögliches, das niemand einsehen konnte und das zu lächerlichen Szenen und peinlichen Zwischenfällen führen mußte.

Eines Tages erblickte die Frau Konsul in einem steilen Gäßchen einen langen Wagen, über und über mit Kornsäcken beladen. Zwei Ochsen quälten sich vergeblich, die Last den steilen Berg hinaufzuziehen. Da führten die Leute einen mageren Gaul heran, spannten ihn vor die Ochsen und begannen unter Hü und Hott das Gefährt bergan zu treiben. Der Bauer, der neben den Ochsen herging, schlug ihnen bald auf die mageren Lenden, bald auf das weiche Maul, das Pferd aber bearbeitete ein grobschlächtiger, abgerissener, sonnenverbrannter Türke aus der Stadt mit der Peitsche – ein gewisser Ibro Žvalo, der niedrigste Mensch in der Stadt, ein Kutscher und Säufer, der sich von Zeit zu Zeit sogar zum Henker hergab und so die Zigeuner um ihren Verdienst brachte.

Die Ochsen und der Gaul vermochten nicht, sich aufeinander einzuspielen und einträchtig anzuziehen. Der Bauer lief alle Augenblicke nach hinten, um einen Stein unter ein Hinterrad zu klemmen. Die Tiere schnauften und zitterten. Der Kutscher fluchte heiser und behauptete, der linke Ochse schone sich und ziehe überhaupt nicht. Noch einmal zogen die Tiere an, aber der linke Ochse gab plötzlich nach und ging mit den Vorderbeinen in die Knie. Der zweite Ochse und das Pferd zogen trotzdem weiter. Die Frau Konsul kreischte auf, lief hinzu und begann, Tränen in den Augen, laut auf den Kutscher und den Bauern einzureden. Wieder legte der Bauer den Stein unter und starrte verlegen auf die Fremde. Aber jener Žvalo, schweißtriefend und zornig auf den Ochsen, richtete nun seine ganze Wut gegen die Frau Konsul; er wischte sich mit dem gekrümmten rechten Zeigefinger den Schweiß von der Stirn, spritzte ihn auf die Erde, fluchte auf die Armut und den, der sie hervorbrachte, und ging, die Peitsche in der Linken, geradewegs auf Anna Maria zu:

»Scher du dich wenigstens aus meinen Augen, du Weibsbild, und reit mir nicht auch noch auf dem Nacken, denn, bei Gott, wenn ich dich ...«

Bei diesen Worten holte der Kutscher mit der Peitsche aus. Anna Maria schaute ganz aus der Nähe in Žvalos Gesicht, in dieses verzerrte, grimassenhafte, von Falten und Narben durchfurchte, mit Schweiß und Staub verschmierte, gemeine, zornige, doch vor allem müde Gesicht, das vor lauter Müdigkeit fast verweint aussah wie das eines Siegers im Wettlauf. Da eilte erschrocken der Kawaß herbei, wehrte den rasenden Mann ab und geleitete die vor ohnmächtiger Wut schluchzende Frau in ihr Haustor.

Noch zwei Tage danach überfiel Anna Maria bei der Erinnerung an die Szene ein Zittern, und sie begehrte unter Tränen vom Konsul, er solle die strenge Bestrafung aller jener fordern, die sich so grausam benommen und außerdem ihr, der Frau des Konsuls, Schmach angetan hätten. Nachts fuhr sie aus dem Schlaf hoch, sprang aus dem Bett und wehrte mit einem Aufschrei das Gesicht Žvalos ab.

Der Oberst gab seiner Frau gute Worte, um sie zu beschwichtigen, obwohl er wußte, daß er nichts in der Sache unternehmen könne. Der Hafer, den man gefahren hatte, war für den Speicher des Wesirs bestimmt gewesen. Žvalo war ein Mann ohne Ansehen, gegen den man nichts vermochte und mit dem man sich besser in keinen Streit einließ. Und schließlich trug die Hauptschuld seine Frau selbst, die sich, wie schon so oft in anderen Fällen, in fremde Angelegenheiten auf unbillige Art eingemischt hatte und die, ihrer Gewohnheit gemäß, jetzt weder Argumenten noch Erklärungen zugänglich war. So besänftigte er sie, so gut er vermochte, versprach ihr wie einem Kinde alles mögliche und ertrug alle gegen ihn gerichteten Vorwürfe und Beleidigungen in der Hoffnung, seine Frau käme einmal los von ihrer Krankhaftigkeit.

Im französischen Konsulat gab es etwas Neues.

Madame Daville war im vierten Monat. Fast unverändert, klein und leicht, bewegte sie sich schnell und geräuschlos in dem großen Haus und im Garten des Konsulats, räumte auf, machte Einkäufe, sorgte vor und gab Anordnungen. Sie trug schwer an dem vierten Kind. Aber all ihre Arbeiten und selbst die körperlichen Beschwerden der Schwangerschaft halfen ihr, den Schmerz um den Knaben zu ertragen, der ihr im vorigen Herbst so blitzschnell entrissen worden war und an den sie ununterbrochen dachte, auch wenn sie nie von ihm sprach.

Der junge des Fossés verbrachte seine letzten Tage in Travnik. Er wartete nur auf den ersten Kurier aus Stambul oder Split, um mit ihm gemeinsam nach Paris abzureisen. Er war in das Ministerium berufen, doch bereits mit dem Hinweis, daß er noch im Laufe des Jahres an die Botschaft in Stambul versetzt würde. Der Stoff zu seinem Buch über Bosnien war vollständig gesammelt. Der junge Mann war zufrieden, daß er das Land kennengelernt hatte, und freute sich, es nun verlassen zu können. Er hatte mit der Stille des Landes und mit vielen Entsagungen gekämpft und verließ es nun unbesiegt und heiteren Sinnes.

Vor seiner Abreise, zu Mariä Geburt, hatte er noch in Gesellschaft von Madame Daville das Kloster in Guča Gora aufgesucht. Wegen der völlig erkalteten Beziehungen zwischen dem Konsulat und den Fratres wollte sich Daville den beiden auf diesem Weg nicht anschließen. Wahrhaftig, diese Beziehungen waren mehr als erkaltet. Der Konflikt zwischen der kaiserlich-französischen Regierung und dem Vatikan hatte um die Zeit seinen Höhepunkt erreicht. Der Papst war verbannt, Napoleon exkommuniziert. Die Fratres hatten schon seit Monaten das Konsulat nicht betreten. Trotzdem wurden die Gäste dank dem Ansehen, das Madame Daville bei den Mönchen genoß, von ihnen gut aufgenommen. Des Fossés mußte im stillen staunen über die Art, wie die Fratres zwischen dem zu unterscheiden wußten, was sie den Gästen persönlich schuldeten, und dem, was ihr Beruf und ihr ernstes Pflichtgefühl von ihnen verlangten. Aus ihrem Benehmen sprachen soviel Zurückhaltung und verletzter Ernst, wie ihre Würde erforderte, und soviel Herzlichkeit, wie die Gesetze uralter Gastfreundschaft und einer elementaren Menschlichkeit es erheischten, die über alle augenblicklichen Kämpfe und vorübergehenden Zeitumstände erhaben sein muß. Von jeder Empfindung war etwas und im richtigen Maß vorhanden, alles war zu einem vollkommenen, abgerundeten Ganzen gefügt und äußerte sich in zwangloser Haltung, in freien, natürlichen Bewegungen und Mienen. Soviel Harmonie und angeborenen Takt hätte er von den derben, dickleibigen und jähzornigen Männern mit den hängenden Schnurrbärten und komisch geschorenen Rundschädeln nie erwartet.

Hier sah er noch einmal die Frömmigkeit der katholischen Dorfbevölkerung, lernte das Leben der Ordensbrüder des heiligen Franziskus »von bosnischem Format« näher kennen, sprach und debattierte noch einmal mit seinem »Herrn Gegner«, Fra Julijan.

Es war ein warmer, schöner Feiertag in der günstigsten Jahreszeit, da das Obst schon reif und das Laub noch grün ist. Die plump aussehende, weißgetünchte Klosterkirche füllte sich bald mit Menschen vom Lande in sauberen, festlichen Trachten, bei denen das Weiß als Farbe vorherrschte. Vor Beginn des »Hochamts« ging auch Madame Daville in die Kirche. Des Fossés blieb mit Fra Julijan, der nicht beschäftigt war, im Pflaumengarten. Hier gingen sie, miteinander plaudernd, auf und ab.

Wie immer, wenn sie zusammentrafen, unterhielten sie sich über die Beziehungen zwischen der Kirche und Napoleon, ferner über Bosnien, über den Beruf und die Rolle, welche die Fratres spielten, und über das Schicksal der Bevölkerung aller Glaubensrichtungen.

Die Fenster der Kirche standen offen, und von Zeit zu Zeit drang der Ton des Ministrantenglöckchens an ihr Ohr oder die kräftige Greisenstimme des Guardians, der die Messe sang.

Die beiden jungen Männer fanden Gefallen an ihrer Diskussion wie gesunde Knaben am Spiel. Und ihre Diskussion, in einem schlechten Italienisch geführt, strotzend von Naivitäten, kühnen Behauptungen und unfruchtbarem Starrsinn, bewegte sich ständig im Kreis und kehrte stets zum Ausgangspunkt zurück.

»Sie können uns nicht begreifen«, antwortete der Frater auf die Einwürfe des Jünglings.

»Ich glaube, ich habe in der Zeit, die ich hier verbrachte, die Verhältnisse in Eurem Land gut kennengelernt und im Gegensatz zu vielen anderen Fremden ebensoviel Verständnis für die Werte, die das Land birgt, gezeigt wie für seine Mängel und rückständigen Einrichtungen, die der Ausländer so schnell herausfindet und so leicht verurteilt. Aber es sei mir die Bemerkung gestattet: Der Standpunkt, den ihr Fratres einnehmt, ist mir unverständlich.«

»Sage ich es nicht immer wieder, daß Sie uns nicht begreifen können.«

»Doch, ich begreife Euch schon, Fra Julijan, nur kann ich das, was ich sehe und begreife, nicht gutheißen. Dieses Land benötigt Schulen, Straßen, Ärzte, Berührung mit der Außenwelt, es muß in Bewegung kommen. Ich weiß, daß Ihr von alledem, solange die türkische Herrschaft währt und solange keine Verbindung zwischen Bosnien und Europa besteht, nichts erreichen noch verwirklichen werdet. Aber Ihr müßt, als die einzigen Gebildeten in diesem Lande, Euer Volk darauf vorbereiten und es schon in diese Richtung lenken. Statt dessen setzt Ihr Euch für die feudale, konservative Politik der reaktionären europäischen Kräfte ein und wollt Euch an jenen Teil Europas binden, der zum Untergang verurteilt ist. Das bleibt mir unverständlich, denn Euer Volk ist weder mit Traditionen noch mit Standesvorurteilen belastet, und sein Platz wäre nach alldem, was dafür spricht, auf der Seite der freiheitlichen, aufgeklärten Staaten und Kräfte Europas . . .«

»Was soll uns Aufklärung, wenn sie den Glauben an Gott verneint?« fiel der Mönch ein. »Diese Aufklärung wird auch in Europa kurze Zeit währen und, solange sie währt, nur Unruhe und Unglück stiften.«

»Ihr täuscht Euch, lieber Fra Julijan. Ihr täuscht Euch gründlich. Ein wenig mehr von dieser Unruhe würde auch den Mönchen hier nicht schaden. Ihr seht doch, wie das Volk in Bosnien aufgespalten ist in drei oder sogar vier Glaubensbekenntnisse und untereinander in argem Zwist lebt, und alle zusammen sind durch eine unübersteigbare Mauer von Europa, das heißt von der Welt und vom Leben, getrennt. Hütet Euch davor, daß nicht eines Tages auf den Mönchen die historische Sünde lasten bleibt, sie hätten die Lage nicht erfaßt und hätten ihr Volk falsch geführt und es nicht beizeiten darauf vorbereitet, was seiner unausweichlich harrt. Unter den Christen im türkischen Reich hört man oft die Worte Freiheit und Befreiung, die Stimmen werden immer lauter. Und in der Tat, eines Tages muß auch in diese Gegenden die Freiheit kommen. Aber schon lange gilt das Wort, daß es nicht genügt, die Freiheit zu erwerben, sondern daß es viel wichtiger ist, der Freiheit würdig zu sein. Ohne eine zeitgemäße Erziehung und ohne eine freigeistige Auffassung wird es Euch nichts helfen, wenn Ihr Euch von der Herrschaft der Osmanen befreit. Im Laufe der Jahrhunderte hat sich Euer Volk in vielem so sehr seinen Unterdrückern angeglichen, daß es ihm nicht viel nützen wird, wenn die Türken eines Tages abrücken, doch dem Volk neben den Übeln, die ihm anhaften, auch ihre eigenen Laster zurücklassen, wie Faulheit, Unduldsamkeit, den Geist der Tyrannei und den Kult der groben Gewalt. Das wäre in Wirklichkeit auch keine Befreiung, denn Ihr wärt dann der Freiheit weder würdig, noch könntet Ihr sie genießen; Ihr verstündet dann ebenso wie die Türken nichts anderes, als Sklave zu sein oder andere zu versklaven. Es besteht kein Zweifel, daß auch Euer Land einmal in die Gemeinschaft Europas eingehen wird, aber es kann geschehen, daß es dann aufgespalten ist und erblich belastet mit Auffassungen, Gewohnheiten und Instinkten, die es woanders nicht mehr gibt, die wie Gespenster Euer Land an einer normalen Entwicklung hindern und aus ihm ein unzeitgemäßes Ungeheuer machen, eine Beute für jedermann, so wie es jetzt die Beute der Türken ist. Doch dieses Volk verdient ein solches Los nicht. Ihr seht selbst: Kein Volk, kein Land in Europa baut seinen Fortschritt auf religiöser Grundlage auf...«

»Das ist ja das ganze Unglück.«

»Nein, ein Unglück ist es, so zu leben.«

»Ein Unglück ist es, ohne Gott zu leben und den Glauben der Väter zu verraten. Wir aber haben ihn, trotz all unserer Fehler und Mängel, nicht verraten, und von uns kann man sagen: Multum peccavit, sed fidem non negavit«, bemerkte Fra Julijan, seiner Leidenschaft zu Zitaten frönend.

Der jugendliche Streit kehrte zum Ausgangspunkt zurück. Beide waren von der Richtigkeit ihrer Behauptungen überzeugt, keiner drückte sich klar aus oder hörte richtig hin, was der andere sagte.

Des Fossés blieb neben einem alten, schief gewachsenen Pflaumenbaum stehen, der mit einer dichten grünlichen Flechte bewachsen war.

»Habt Ihr wirklich nie daran gedacht, daß die Völker, die sich unter türkischer Herrschaft befinden, sich mit verschiedenen Namen bezeichnen und verschiedene Glaubensbekenntnisse haben, eines Tages, wenn das türkische Imperium zusammenbrechen und die Länder freigeben wird, eine gemeinsame Existenzgrundlage finden müssen, eine breitere und bessere, eine vernünftigere und menschlichere Formel...«

»Wir Katholiken haben die Formel seit langem. Sie ist das Credo der römisch-katholischen Kirche. Etwas Besseres brauchen wir nicht.«

»Aber Ihr wißt doch, daß nicht alle Angehörigen Eures Volkes in Bosnien und auf dem Balkan dieser Kirche angehören und daß es nie soweit kommen wird. Ihr seht doch, daß sich keine Gemeinschaft in Europa mehr auf solcher Grundlage bildet. Folglich muß man einen anderen gemeinsamen Nenner finden.«

Aus der Kirche scholl der Gesang der versammelten Gemeinde und unterbrach ihr Gespräch. Erst zögernd und unausgeglichen, dann immer geschlossener und lauter hörte man Frauen und Männer singen; die Bauern sangen, ihrer Art gemäß, einstimmig, die Silben lang dehnend:

»Gegr-ü-ü-üßt seist du Leib Je-e-e-su! ...«

Der Gesang schwoll immer mehr an. Die niedrige, massive Kirche ohne Glockenturm, deren schwarzes Schindeldach von der Apside bis zur Stirnseite hin langsam abfiel, dröhnte und hallte wider gleich einem Schiff, das mit gehißten Segeln und mit Sängern, die keiner sieht, im Winde dahintreibt.

Beide hielten kurz inne im Gespräch. Des Fossés wollte den Text des Liedes wissen, welches das Volk mit so frommer Verzückung sang. Der Frater übersetzte ihn Wort für Wort. Der Sinn des Liedes erinnerte des Fossés an die uralte kirchliche Hymne:

»Ave verum corpus natum
De Maria virgine ...«

Während der Frater nach den Worten auch der zweiten Strophe suchte, folgte der Jüngling nur zerstreut seinem Bemühen, in Wirklichkeit lauschte er nur der schweren, einfachen, traurigen und rauhen Melodie, die ihn bald an das vielstimmige Blöken einer endlosen Schafherde erinnerte, bald an das Sausen des Windes in schwarzen Wäldern. Und er fragte sich, ob es möglich sei, daß die Hirtenklage, von der die Kirche – ein geduckt wirkender Bau – widerhallte, dieselben Gedanken und denselben Glauben zum Ausdruck brachte wie der Gesang der feisten, klugen Kanoniker oder der bleichen Seminaristen in den französischen Kathedralen. ›Urjammer!‹ dachte er in Erinnerung an das Urteil Davilles und von Mitterers über das Lied des Zechers Mussa und ging unwillkürlich tiefer in den Pflaumengarten; er floh vor der Melodie, wie jemand, der sein Haupt von einer unsagbar traurigen Landschaft abwendet.

Hier setzten des Fossés und der Frater ihr Duell fort, Hiebe wechselnd, wobei aber jeder seine Stellung beibehielt.

»Seitdem ich nach Bosnien gekommen bin, frage ich mich, wie ihr Fratres, die ihr die große Welt gesehen und Schulen besucht habt, die ihr im Grunde gute Menschen seid, wahre Altruisten, nicht weiter und ohne Scheuklappen um euch blickt, ich frage mich, wieso ihr die Forderungen der Zeit nicht erfaßt und nicht das Bedürfnis empfindet, daß der Mensch seinem Nächsten als Mensch begegne, damit alle gemeinsam eine würdigere und gesündere Lebensweise suchen ...«

»Mit jakobinischen Klubs!«

»Aber Vater Julijan, jakobinische Klubs gibt es selbst in Frankreich schon seit langem nicht mehr.«

»Es gibt sie nicht mehr, weil sie in den Ministerien und Schulen aufgegangen sind.«

»Aber Ihr seid hier ohne Schulen, ohne irgend etwas, und wenn die Zivilisation eines Tages zu Euch gelangt, dann werdet Ihr sie nicht mehr aufnehmen können, sondern zerstückelt und kopflos sein: eine formlose Masse ohne Richtung und Ziel, ohne jede organische Verbindung zur Menschheit und zu den eigenen Landsleuten, ja selbst zu den nächsten Mitbürgern.«

»Aber ausgerüstet mit dem Glauben an Gott, mein Herr.«

»Mit dem Glauben! Mit dem Glauben! Ihr seid doch nicht die einzigen, die an Gott glauben. Millionen Menschen glauben an ihn. Jeder nach seiner Art. Und das gibt niemandem das Recht, sich abzusondern und einzukapseln in einem ungesunden Hochmut und der übrigen Menschheit, oft der allernächsten, den Rücken zu kehren.«

Die Menschen begannen die Kirche zu verlassen, obwohl der Gesang der Bauern noch anhielt und wie eine schwingende Glocke weiterklang, deren Schläge allmählich schwächer werden. Madame Daville erschien ebenfalls und unterbrach die endlose Diskussion.

Sie nahmen das Mittagessen im Kloster ein und kehrten nach Travnik zurück. Fra Julijan und des Fossés setzten noch während der Mahlzeit ihre Sticheleien fort. Als sie sich, für immer, verabschiedeten, trennten sie sich als die besten Freunde.

Daville nahm des Fossés mit zum Diwan, damit er dem Wesir seine Aufwartung machte und sich von ihm verabschiedete. So sah des Fossés Ibrahim-Pascha noch ein letztes Mal. Er war schwerfälliger und düsterer denn je, sprach mit tiefer, dumpfer Stimme und wälzte, den Unterkiefer hin und her schiebend, seine bedächtigen Worte, so als zermahlte er sie. Mit rot unterlaufenen, müden Augen schaute er angestrengt, fast erbost auf den Jüngling. Man sah, daß seine Gedanken irgendwo in der Ferne weilten, daß er diese Jugend, die dauernd in Bewegung ist, immer Abschied nimmt und hin und her reist, nur schwer verstand und daß ihm gar nichts daran lag, sie zu verstehen, wohl aber daran, sich von ihr möglichst schnell zu befreien.

Auch der offizielle Abschiedsbesuch beim österreichischen Konsul verlief recht gut und schnell. Der Oberst empfing des Fossés mit einer gewissen traurigen Würde, aber sehr freundlich und bedauerte, daß Frau von Mitterer ihn wegen einer schweren, langwierigen Migräne nicht empfangen könnte.

Der Abschied von Daville ging umständlicher und langweiliger vor sich. Neben schriftlichen Berichten bekam der junge Mann viele mündliche Aufträge mit auf den Weg, die sehr verworren und abgestuft waren. Je näher der Tag der Abfahrt heranrückte, um so häufiger wurden die Aufträge abgewandelt und mit immer mehr Vorbehalten und zusätzlichen Anweisungen versehen. Schließlich konnte des Fossés nicht mehr unterscheiden, was er über das Leben in Travnik und die Arbeit des Konsulats berichten sollte, denn der Konsul kam ihm mit unzähligen Beschwerden, Bitten, Bemerkungen und Beobachtungen; etwas davon war für den Minister persönlich, etwas für den Minister und das Ministerium, einiges nur für des Fossés und einiges für alle Welt bestimmt. Die Umsicht, der subtile, pedantische Charakter der zahllosen Aufträge verwirrten den Jüngling, brachten ihn zum Gähnen und lenkten seine Gedanken auf andere Dinge.

Am letzten Oktobertag reiste des Fossés ab; wie bei seiner Ankunft herrschten Frost und früh einsetzendes Schneegestöber.

Travnik ist eine Stadt, die der Scheidende nicht allmählich aus den Augen verliert, sondern die plötzlich in einer Schlucht verschwindet. Ebenso versank sie in der Erinnerung des Jünglings. Das letzte, was er sah, war die Festung, die, niedrig und gewölbt, einem Helm glich, und neben ihr die Moschee mit dem Minarett, das schlank und schön war wie ein Federbusch. Zur rechten Seite der Festung, auf dem steinigen Hang, konnte man noch das große verfallene Gebäude erkennen, in dem des Fossés einst Cologna besucht hatte.

An ihn dachte der junge Mann, als er sich auf dem ebenen, schönen Weg in Richtung Turbe entfernte, an sein Schicksal und das seltsame nächtliche Gespräch, das er damals mit ihm geführt hatte.

»... Sie leben hier, doch Sie wissen, daß Sie früher oder später in Ihr Land, in bessere Verhältnisse und ein menschenwürdigeres Dasein zurückkehren. Sie werden aus dem Alptraum aufwachen und sich von ihm frei machen, wir aber werden das nie, denn für uns ist er das einzige Leben.«

Wie in jener Nacht, da er in dem rauchgeschwängerten Zimmer neben dem Alten gesessen, spürte er noch einmal die Atmosphäre, die – wie eine große Aufregung – um diesen Arzt schwebte, und glaubte sein vertrauliches, warmes Flüstern zu hören:

›Am Ende, am wirklichen und endgültigenEnde, wird doch alles gut werden, und alles wird sich harmonisch lösen.‹

So verließ des Fossés Travnik, indem er sich von allem nur an den unglücklichen »illyrischen Doktor« erinnerte und einen Augenblick über ihn nachdachte.

Aber nur einen Augenblick, denn die Jugend verweilt nicht lange bei Erinnerungen oder bei ein und demselben Gedanken.

XVIII

Im französischen Konsulat hatte das Familienleben gleich in den ersten Tagen seinen geregelten Verlauf genommen, jenes echte Familienleben, das so wesentlich von der Frau abhängt und in dem die Launen und Nackenschläge des Schicksals nicht ankommen gegen die greifbare Realität der Familienbande, ein

Leben, zu dem Geburt und Tod gehören, Leid und Freud sowie jene Schönheiten, die der Außenwelt verborgen bleiben. Dieses Leben strahlte über die Mauern des Konsulats hinaus und erreichte das, was sonst weder Gewaltmittel noch Bestechung, noch Überredungskunst vermochte: Es brachte die Angehörigen des Konsulates den Bewohnern der Stadt wenigstens in gewissem Maße näher. Und das trotz des Hasses, der, wie wir gesehen haben, auch weiterhin gegen das Konsulat schwelte.

Schon im vorvorigen Jahr, als die Familie Daville so unerwartet ihr Kind verloren hatte, wußte man in allen Häusern, ohne Unterschied, von sämtlichen Einzelheiten des Unglücks, und alle Familien nahmen lebhaft daran Anteil. Noch lange nachher wandten sich die Menschen voller Sympathie und Teilnahme nach Madame Daville um, wenn sie ihre seltenen Gänge in die Stadt machte. Außerdem sorgten das Hauspersonal, dann die Frauen aus Dolac und aus Travnik (besonders die Jüdinnen) dafür, daß die ganze Stadt von dem einträchtigen Familienleben erfuhr, von den »goldenen Händen« Madame Davilles, von ihrer Geschicklichkeit, Sparsamkeit, Vornehmheit und Sauberkeit. Selbst in den muselmanischen Häusern, in denen man von den fremden Konsulaten nie sprach, ohne abergläubisch auf die Erde zu spucken, wußte man bis in alle Einzelheiten, wie die Frau des französischen Konsuls ihre Kinder badete und zum Einschlafen brachte, was für Kleidchen die Kinder trugen, wie sie gekämmt waren, welche Farbe die Schleifen hatten, die die Mutter den Kindern ins Haar flocht.

Es war deshalb nur natürlich, daß die Frauen in allen Häusern die Schwangerschaft und die Entbindung von Madame Daville mit einer Aufmerksamkeit und Sorge begleiteten, als handele es sich um eine gute Bekannte aus der Nachbarschaft. Man rätselte, »in welchem Monat« sie sich wohl befände, sprach darüber, wie sie an ihrer Bürde trüge, welche Veränderungen an ihr zu beobachten seien und welche Vorbereitungen sie schon für das Wochenbett träfe. An diesem Interesse konnte man feststellen, welch wichtige und bedeutsame Rolle Geburt und Mutterschaft im Leben dieser Menschen spielten, das im übrigen so arm war an Abwechslungen und Freuden.

Als es dann endlich soweit war, zog ins Konsulat die alte Matišićka ein, die Witwe eines angesehenen, aber gescheiterten Kaufmanns, die als die beste Hebamme in ganz Dolac galt. Diese alte Frau, ohne die in den begüterten Häusern keine einzige Geburt vor sich ging, gab dem Gespräch über Madame Davilles Tugenden als Mutter und Hausfrau noch mehr Nahrung. Bis ins einzelne erzählte sie, wie geordnet, freundlich und schön das tägliche Leben in dem Hause abliefe, das so sauber sei »wie das Paradies selbst«, das angenehm dufte und bis in den letzten Winkel geheizt und beleuchtet sei. Sie berichtete von der Frau Konsul, die noch von ihrem Bett aus, während sie in den Wehen lag, ihre Anweisungen und Aufträge gegeben hatte, und zwar »nur mit den Augen«; sie rühmte ihre Frömmigkeit und unglaubliche Geduld im Ertragen von Schmerzen, und schließlich lobte sie das würde- und liebevolle Verhalten des Konsuls, wie man es »bei unseren Männern« nicht antreffe. Noch viele Jahre später hielt die alte Matišićka den jungen Wöchnerinnen, die sich mehr aufregten als nötig und sich zu sehr der Angst und dem Schmerz hingaben, die Frau des französischen Konsuls als Beispiel vor Augen, um sie zu beschämen und zu beruhigen.

Das Kind, das Ende Februar zur Welt kam, war ein Mädchen.

Nun setzten die Wöchnerinnenbesuche aus den Travniker und Dolacer Häusern ein. (Auch daran konnte man sehen, wie sehr das Volk, auch wenn es sich mit dem Bestehen des Konsulats nicht abgefunden hatte, wenigstens der Familie Daville nähergekommen war.) Es kamen die Hausfrauen aus Dolac, rotwangig und mit ihren langen, ärmellosen, rauschenden Kleidern aus Atlas raschelnd, sie tänzelten leicht und feierlich wie Enten auf einer Eisfläche. Jeder Frau folgte, vorsichtig und am ganzen Leibe zitternd vor Kälte, mit brennenden Ohren ein Lehrjunge; aus der Nase hingen ihm die gefrorenen Butzen, die er nicht abwischen konnte, weil er auf seinen ausgestreckten Armen die säuberlich verpackten Geschenke vor sich her trug. Viele Frauen türkischer Begs schickten der Frau Konsul

Geschenke und ließen durch Zigeunerinnen fragen, wie es ihr ginge. Im Zimmer der Wöchnerin konnte man die Geschenke bestaunen: Kupferpfannen mit Baklava darauf; Dattelkuchen, wie Holzscheite quer übereinandergeschichtet; Rollen von Seidenleinwand; Raki oder Malvasier, in Flaschen und Gläser gefüllt, die mit etwas Blattwerk von Zimmerblumen zugepfropft waren.

Frau von Mitterer nahm, so wie seinerzeit an der Trauer um den Tod von Davilles Söhnchen, auch diesmal regen Anteil an dem freudigen Ereignis. Sie brachte dem Neugeborenen als Geschenk ein schönes, kostbares italienisches Goldmedaillon, verziert mit Blumen aus schwarzer Emaille und aus Diamanten. Dazu erzählte sie die verwickelte, rührselige Geschichte des Medaillons. Anna Maria kehrte in diesen Tagen des öfteren im Hause des Konsuls ein und war fast etwas enttäuscht darüber, daß alles so einfach, so leicht und glatt, ohne Zwischenfälle und ohne jeden Anlaß zu Aufregungen verlaufen war. Sie saß neben der Wöchnerin und redete weitschweifig und zusammenhanglos von alldem, was das kleine Geschöpf erwartete, vom Los der Frau in der Gesellschaft und vom Schicksal im allgemeinen. Klein und bleich, schaute Madame Daville aus den weißen Bettbezügen und lauschte, ohne zu erkennen zu geben, ob sie der Erzählung folgte.

Das größte und schönste Geschenk, das der Wöchnerin gebracht wurde, stammte vom Wesir. Es war eine riesige Kupferpfanne voll Baklava, überdeckt mit Seidenstoff und darüber mit einem breiten Stück blaßroten Brokats aus Brussa. Die Pfanne trugen einige Diener, ihnen voran schritt ein Beamter aus dem Konak. So zogen sie durch die ganze Čaršija, gerade vor der Mittagsstunde.

D'Avenat, dem alles stets zu Ohren kam, hatte auch herausbekommen, wieviel Schwierigkeiten es vor dem Abtransport der Pfanne aus dem Konak gegeben hatte. Der Schatzmeister war es, der die Schwierigkeiten bereitete. Wie immer war Baki bemüht, jede Ausgabe einzuschränken und von jedem Geschenk, das der Wesir machte, etwas abzuzwacken.

Erst gab es ein langes Suchen nach der richtigen Pfanne und ein langes Überlegen, mit was für einem Gewebe man sie bedecken sollte. Der Wesir hatte angeordnet, den Kuchen in der größten Pfanne zu überreichen, die sich im Konak auftreiben ließe. Baki versuchte anfangs nachzuweisen, es wäre überhaupt nicht notwendig, etwas zu schenken, denn eine solche Sitte kenne man nicht bei den Franken, und als das nichts fruchtete, versteckte er die größte Pfanne und wollte eine etwas kleinere geben, aber Tahir-Begs Diener fanden sie doch. Der Schatzmeister kreischte mit dünner, wuterstickter Stimme:

»Nehmt meinetwegen eine noch größere. Schenkt ihnen den ganzen Hof, das ist am besten. Verschenkt und verschleudert alles, wir leiden ja sowieso an Überfluß.«

Als er sah, wie sie das schönste Stück Gewebe zum Zudecken nahmen, kreischte er von neuem auf, warf sich auf den Fußboden, legte sich auf den Stoff und wickelte sich darin ein.

»Nein, nein, ich gebe es nicht! Ihr Verbrecher, ihr Schmarotzer, warum gebt ihr nichts von eurem?«

Mit Mühe und Not konnten sie ihn von dem kostbaren Stück Gewebe trennen und die Pfanne bedecken. Baki blieb stöhnend wie ein Verwundeter zurück, verfluchte alle Konsuln und Konsulate der Welt, alle Geburten und Wöchnerinnen, die dummen Sitten und Gewohnheiten, Wöchnerinnen zu beschenken, und sogar den unglückseligen Wesir, der nicht mehr in der Lage war, das wenige, was er noch besaß, zu verteidigen und zu bewahren, sondern auf den verrückten Verschwender, den Teftedar, hörte und nach rechts und links, an Türken und Ungläubige, Geschenke verteilte.

Das Kind, das so im französischen Konsulat zur Welt kam, wurde erst einen Monat danach getauft, als die Kälte, die in dem Jahr am Ausgang des Winters ausgebrochen war, nachgelassen hatte. Das Mädchen wurde auf den Namen Eugénie-Stéphanie-Annunziata getauft und in das Taufregister des Dolacer Pfarrhauses am 25. März 1810, am Tage Mariä Verkündigung, eingetragen.

Dieses Jahr, friedlich und voller Verheißungen, bescherte jedem etwas von dem, was er sich wünschte und erwartet hatte.

Endlich waren auch für Herrn von Mitterer klare Weisungen darüber eingetroffen, wie er sich dem französischen Konsul gegenüber zu verhalten hatte. (»In persönlichen Beziehungen kann man sich freundlich, ja sogar herzlich geben, aber in der Öffentlichkeit, sei es vor Türken oder Christen, darf man nicht die geringsten Anzeichen von Freundschaft zeigen, sondern eher eine gewisse würdevolle Kühle und Zurückhaltung« und so weiter.) Mit solchen Instruktionen ausgestattet, konnte sich von Mitterer leichter und wenigstens etwas natürlicher bewegen. Ärger hatte er nur mit Anna Maria, die sich um niemandes Instruktionen scherte und überhaupt nicht wissen wollte, was Maß und Grenzen bedeuteten.

Die Verlobung und Vermählung der österreichischen Prinzessin Maria Luise mit Napoleon war für Anna Maria Gegenstand größter Aufregungen. Anhand der Wiener Zeitungen verfolgte sie alle Einzelheiten der Zeremonien, sie kannte die Namen aller Persönlichkeiten, die daran teilgenommen, und prägte sich jedes Wort ein, das nach den Zeitungsberichten bei der Gelegenheit gesprochen worden war. Als sie irgendwo gelesen hatte, Napoleon habe nicht die Geduld besessen, das Eintreffen seiner kaiserlichen Braut an vereinbarter Stätte abzuwarten, sondern sei ihr, inkognito, in einer ganz gewöhnlichen Kutsche entgegengefahren, um dann mitten auf der Landstraße in ihren Wagen zu steigen, da weinte Anna Maria vor Begeisterung und flog wie ein Sturmwind in das Arbeitszimmer ihres Mannes, um ihm zu sagen, wie sehr sie seit eh und je im Recht gewesen sei, wenn sie in dem Korsen einen außergewöhnlichen Menschen und ein einmaliges Beispiel für Größe und Gefühlstiefe gesehen habe.

Obgleich schon die Karwoche gekommen war, stattete Anna Maria Madame Daville einen Besuch ab, um ihr alles wiederzuerzählen, was sie erfahren und gelesen hatte, und mit ihr Bewunderung und Verehrung zu teilen.

Madame Daville nützte die ungewöhnlich sonnigen Apriltage für Arbeiten im Garten aus.

Schon im ersten Jahr hatte Madame Daville den taubstummen Gärtner Munib, genannt Mundjara, mit allen Gartenarbeiten und der Blumenpflege betraut. Sie hatte sich so sehr an ihn gewöhnt, daß sie sich durch Zeichen, Mienenspiel und Fingersprache mit ihm über alles, was die Gartenarbeit betraf, leicht verständigte. Und nicht nur das. Die beiden plauderten – immer nur in dieser Zeichensprache – auch über andere Dinge, über Vorgänge in der Stadt, über die Gärten im Konak und über das österreichische Konsulat, besonders aber über Kinder.

Mundjara lebte mit seiner jungen Frau in einem der ärmlichen Häuschen unterhalb des Osojs. Alles bei ihnen wirkte sauber und ordentlich, und die Frau war gesund, schön und arbeitsam, aber Kinder blieben ihnen versagt. Das war ihr großer Kummer. Deshalb betrachtete Mundjara immer voller Rührung Madame Davilles Kinder, wenn sie ihm bei der Arbeit zuguckten. Stets sauber, flink und rührig, arbeitete er wie ein Maulwurf und lächelte, ohne von seiner Tätigkeit abzulassen, den Kleinen mit seinem sonnenverbrannten, zerfurchten Gesicht zu, wie nur Menschen zu lächeln verstehen, die nicht sprechen können.

Einen breitkrempigen Strohhut auf dem Kopf, stand Madame Daville soeben neben dem Gärtner; sie achtete darauf, wie er düngte, und zerbröckelte selbst Erdschollen zwischen den Fingern und bereitete geeignete Beete für eine besondere Art von Hyazinthen vor, die sie im Frühjahr hatte auftreiben können. Als ihr der Besuch Frau von Mitterers angekündigt wurde, nahm sie die Nachricht wie ein Naturhindernis oder ein Unwetter auf und ging ins Haus, sich umzuziehen.

In einer hellen, warmen Ecke, wo die Fenster und Wände mit weißem Leinen bespannt waren, ließen sich die Frauen der beiden Konsuln nieder, um eine Unzahl von Worten und schönen Gefühlen auszutauschen. Für das eine wie für das andere war Anna Maria zuständig, denn ihre Gesprächigkeit und Gefühlsseligkeit wirkten auf Madame Daville geradezu lähmend. Man sprach nur über die Hochzeit des kaiserlichen Paares. Es gab nichts, was Frau von Mitterer nicht bekannt war. Sie kannte

Zahl und Rang der bei der kirchlichen Feier anwesenden Personen, die Länge von Kaiserin Maria Luises Mantelschleppe, die fünf echte Königinnen gehalten hätten und die, insgesamt neun Fuß lang, aus schwerem Samt und mit goldenen Bienen bestickt gewesen sei, ebensolchen Bienen, wie man sie im Wappen der Barberinis finde, die bekanntlich der Welt eine Unzahl von Päpsten und Staatsmännern geschenkt hätten, die bekanntlich wiederum ...

Die Rede Frau von Mitterers endete irgendwo in ferner Vergangenheit und mit sinnlosen Ausrufen reinsten Entzückens.

»Ach, wir müssen glücklich sein, daß wir in diesen großen Zeiten leben, selbst wenn wir uns – vielleicht – dessen nicht bewußt sind und ihre wahre Größe nicht zu schätzen wissen«, sagte Anna Maria, indem sie Madame Daville umarmte, die alles hinnahm und erduldete, unfähig, sich zu wehren, und immer glücklich war, leben zu dürfen, auch ohne kaiserliche Hochzeit und Daten von geschichtlicher Bedeutung, wenn nur die Kinder gesund waren und im Hause alles seinen richtigen Gang nahm.

Daran schloß sich die Erzählung von dem großen Imperator, der als einfacher Reisender in schlichter Uniform seiner kaiserlichen Braut auf der Landstraße entgegengeeilt und unerwartet in ihren Wagen gestürzt war, da er die Stunde des offiziellen Treffens nicht abwarten konnte.

»In der Tat, in der Tat«, pflichtete Madame Daville bei, obwohl sie nicht recht einsah, um was es hier ging und worin hier eine Größe lag, denn sie hätte es, entsprechend ihrer schlichten Natur, weitaus lieber gesehen, wenn der Bräutigam auf die Braut am vorgesehenen Ort gewartet und nicht gegen die Ordnung verstoßen hätte.

»Ach, majestätisch, einfach majestätisch«, jauchzte Anna Maria, indem sie ihren leichten Kaschmirschal von den Schultern warf.

Vor Verzückung war ihr heiß geworden, obwohl sie nur ein dünnes Kleid, eine rosa *belle assemblée*, trug, zu leicht für die Jahreszeit.

Frau Daville wünschte, schon aus Höflichkeit, nicht allzusehr hinter Frau von Mitterer zurückzustehen und auch etwas Schönes und Freundliches zu sagen. Für sie waren die Schritte und Gewohnheiten von Herrschern und großen Persönlichkeiten fremde, ferne Dinge, sie hatte weder eine rechte Vorstellung von ihnen, noch vermochte sie ein Wort darüber zu äußern, selbst wenn sie hätte lügen oder sich verstellen wollen. Um dennoch etwas zu sagen, schilderte sie Anna Maria beredt ihren Plan, eine neue Art besonders voller Hyazinthen zu stecken, sie sprach entzückt davon, wie die vier Beete verschiedenfarbiger Hyazinthen aussähen, die sich mitten durch den ganzen großen Garten hinziehen sollten. Sie zeigte die Schachteln, in denen sich, nach Blütenfarben geordnet, die braunen, unansehnlichen, rauhen Zwiebeln dieser künftigen schönen Hyazinthen befanden.

In einer Schachtel waren die Zwiebeln einer besonders edlen Sorte weißer Hyazinthen, die der Kurier aus Frankreich gebracht hatte und auf die Frau Daville vor allem stolz war. Ein Gürtel dieser Hyazinthen sollte quer durch alle vier Beete gehen und sie wie ein weißes Band zusammenhalten. Eine solche in Duft, Farbe und Größe edle Sorte hatte hier sicher noch niemand. Sie schilderte die Schwierigkeiten, unter denen sie diese Kostbarkeit erworben hatte, und fügte zu guter Letzt hinzu, das alles sei nicht einmal so teuer gewesen.

»Ach, ach«, jauchzte Anna Maria, die noch immer in hochzeitlicher Stimmung war, »ach, wie majestätisch! Das werden die kaiserlichen Hyazinthen in diesem wilden Lande sein. Ach, liebste Frau, wir wollen diese Sorte taufen und sie ›Hochzeitsfreude‹ oder ›Kaiserlicher Bräutigam‹ nennen oder …«

Anna Maria suchte, hingerissen von ihren eigenen Worten, nach immer neuen Namen, Madame Daville aber gab zu allem von vornherein ihr Einverständnis, so als plauderte sie mit einem Kind, dem man nicht widersprechen durfte, um das Gespräch nicht noch mehr in die Länge zu ziehen.

Dann geriet die Unterhaltung ins Stocken, denn wenn zwei Menschen miteinander reden, entzündet sich ein Wort am anderen, und das Gespräch lodert auf, aber bei diesen beiden gingen die Worte aneinander vorbei, und jedes lebte für sich allein. Anders konnte es auch nicht sein. Anna Maria schwärmte nämlich für das, was fern und fremd war und außerhalb ihres Lebensbereiches lag, Madame Daville hingegen nur für das, was ihr nahe war und in engstem Zusammenhang mit ihr und den Ihren stand. Zum Schluß, und so war es am Ende jeder Unterhaltung mit Madame Daville, kamen die Kinder, um den Gast zu begrüßen und ihm guten Tag zu sagen. Es kamen die beiden Knaben, während das Mädchen, das kaum zwei Monate alt war, gestillt und eingewickelt in seiner Wiege aus weißem Tüll schlief.

Der kleine bläßliche Pierre, der jetzt im achten Lebensjahr war, trug einen Anzug aus dunkelblauem Samt mit einem weißen Spitzenkragen, er war schön und sanft wie ein Ministrant. Er führte seinen jüngeren Bruder Jean-Paul bei der Hand, ein kräftiges, gesundes Kind mit blonden Locken und roten Backen, das, in Split geboren, nun drei Jahre zählte.

Anna Maria mochte Kinder gar nicht, indessen sich Madame Daville nicht vorzustellen vermochte, es könnte jemand Kindern gegenüber gleichgültig sein. Anna Maria betrachtete die Zeit, die sie mit Kindern verbrachte, als verloren. In Anwesenheit von Kindern wurde sie von unendlicher Öde und Langeweile gequält. Die zarten Kinderkörper, die noch im Wachsen begriffen waren, stießen sie ab wie etwas Rohes und Unreifes und riefen in ihr ein Gefühl physischen Unbehagens und unverständlicher Scheu hervor. Sie schämte sich (ohne selbst zu wissen, warum) dieses Gefühls und verbarg es hinter süßen Worten und lebhaftem Jauchzen, mit dem sie Kindern stets entgegenkam. Aber innerlich, tief in ihrem Herzen, ekelte und erschreckte sie der Anblick von Kindern, diesen kleinen Menschen, die uns aus ihren großen, neuen Augen durchbohrend und fragend anblicken und kalt und streng über uns urteilen. (So schien es wenigstens ihr.) Sie schlug regelmäßig die Augen nieder, wenn der Blick eines Kindes länger auf ihr ruhte, was sie beim Blick Erwachsener niemals tat, wohl deshalb, weil die

Erwachsenen häufig entweder bestechliche Richter oder willige Mitschuldige unserer Schwächen und Laster sind.

Auch jetzt empfand Anna Maria in Gegenwart der Kinder die Langeweile und das Unbehagen, und da ihr jede echte Freude an den Kleinen fehlte, gab sie ihnen heiße Küsse; die Begeisterung, die sie dafür benötigte, schöpfte sie aus dem unerschöpflichen Born ihrer Verzückung über die kaiserliche Hochzeit in Paris.

Als sich Anna Maria endlich verabschiedete, ging sie im Schritt eines Hochzeitsmarsches zwischen den frisch aufgeworfenen Beeten davon, während Madame Daville und die erstaunten Kinder ihr von der Schwelle aus nachsahen. An der Gartentür wandte sie sich noch einmal um, winkte mit der Hand und rief Madame Daville zu, sie müßten jetzt öfter zusammenkommen, um möglichst ausführlich über die herrlichen, ach so herrlichen, erhabenen Dinge zu reden, die sich ereigneten.

Der Zustand erhabener Verzücktheit seiner Frau schien dem Oberst nicht im Einklang mit den Instruktionen zu stehen, die er erhalten hatte, aber er war doch, wie auch das ganze Haus, glücklich darüber, daß Anna Maria einen weit entlegenen, harmlosen, dauerhaften Gegenstand für ihre Schwärmereien gefunden hatte. Denn für Anna Maria existierte während des ganzen Jahres weder Travnik noch das kleinliche, quälende Leben im Konsulat. Sie vergaß sogar das Versetzungsgesuch ihres Mannes und lebte nur noch in der Atmosphäre des kaiserlichen Eheglücks, einer allgemeinen Versöhnung und eines mystischen Ausgleichs aller Gegensätze in der Welt. Dem entsprachen ihre Unterhaltungen, ihr Benehmen und ihre Musik. Sie kannte die Namen aller Hofdamen der neuen französischen Kaiserin, Wert, Aussehen und Qualität aller Hochzeitsgeschenke, die Lebensweise und Zeiteinteilung Maria Luises. Sie verfolgte mit viel Verständnis das Schicksal der geschiedenen ehemaligen Kaiserin Josephine. So fand auch ihre Rührseligkeit einen entfernten würdigen Gegenstand, was dem Oberst viele unangenehme Stunden ersparte.

Auch im französischen Konsulat floß das Leben in dem Jahr ohne besondere Veränderungen und Aufregungen dahin. Gegen Ende des Sommers schickte Daville seinen ältesten Sohn nach Frankreich auf ein Lyzeum. Auch d'Avenats Sohn erhielt durch Davilles Vermittlung ein staatliches Stipendium und ging nach Paris.

D'Avenat war außer sich vor Glück und Stolz. Mit seinem düsteren, wie vom Feuer geschwärzten Gesicht konnte er sich gar nicht laut und sichtbar freuen, wie das andere Menschen vermögen, er zitterte bloß am ganzen Leibe, als er sich bei Daville bedankte und ihm versicherte, er sei zu jeder Zeit bereit, sogar sein Leben für das Konsulat zu opfern. Derart groß war die Liebe zu seinem Sohn und sein Wunsch, ihm ein Leben zu sichern, das schöner, besser und menschenwürdiger war als sein eigenes.

Auch sonst konnte man dieses Jahr glücklich nennen, denn es verlief einförmig, still und unauffällig.

In Dalmatien herrschte Frieden, an den Grenzen gab es keine Zwischenfälle, und im Konak ereignete sich nichts von Bedeutung. Die Konsuln trafen sich an Festtagen wie bisher ohne echte Herzlichkeit und engeren Kontakt und beobachteten werktags einander wachsam, aber nunmehr ohne Haß und übertriebenen Eifer. Die Bevölkerung aller Glaubensbekenntnisse gewöhnte sich langsam an die Konsulate, und als sie sah, daß alle bisherigen Hindernisse und Unannehmlichkeiten die Konsuln nicht aus Travnik vertrieben hatten, begann sie sich zu beruhigen, mit ihnen zusammenzuarbeiten und sie einzubeziehen in ihre Geschäftspläne und Gewohnheiten.

So verlief das Leben in der Stadt und in den Konsulaten vom Sommer bis zum Herbst und vom Winter bis zum Frühling ohne Ereignisse und andere Veränderungen als die, die das tägliche Leben und der Lauf der Jahreszeiten ohnehin mit sich bringen.

Doch die Chronik der glücklichen, friedlichen Jahre ist kurz.

XIX

Der gleiche Kurier, der im April 1811 in Travnik mit der Zeitungsmeldung eintraf, Napoleon sei ein Sohn geboren, der den Titel »König von Rom« führen werde, brachte auch für Mitterer das Dekret über seine Versetzung aus Travnik und seine Bereitstellung für das Kriegsministerium. Hier war also die Erlösung, auf die der Oberst mit seiner Familie schon seit Jahren wartete. Und jetzt, da sie hier war, nahm sie den Charakter einer schlichten Selbstverständlichkeit an und kam, wie alle Erlösungen, zu spät wie auch zu früh. Zu spät, weil sie alles, was man in der Wartezeit erduldet hatte, nicht mehr ändern oder mildern konnte; zu früh, weil sie, wie jede Veränderung, eine Fülle neuer Fragen (Umzug, Geld, weitere Karriere) aufwarf, an die vorher kein Mensch gedacht hatte.

Anna Maria, die sich in den letzten Monaten eigentümlicherweise beruhigt und zurückgezogen hatte, brach in Tränen aus, denn sie weinte wie alle Menschen ihrer Art über das Leiden wie über die Medizin, über einen Wunsch wie über seine Erfüllung. Und erst eine stürmische Szene mit dem Oberst, in der sie ihm alles vorwarf, was er, wenn er gewollt und gekonnt hätte, ihr hätte vorwerfen müssen, gab ihr genügend Kraft und Ansporn, mit dem Packen zu beginnen.

Einige Tage später traf der neue Generalkonsul, Oberstleutnant von Paulich, ein, der bis dahin ein Grenzregiment in Kostajnica befehligt hatte und persönlich von Herrn von Mitterer in sein Amt eingeführt werden sollte.

Der Einzug des neuen Generalkonsuls, der an einem sonnigen Apriltag erfolgte, ging sehr festlich und würdevoll vor sich, obwohl ihm der Wesir keine besonders große Zahl von Männern entgegengeschickt hatte. Von Paulich zog, da er jung aussah und eine gute Statur hatte, auf seinem edlen Roß alle Blicke auf sich und löste auch bei solchen, die das nie zugegeben hätten, Neugier und versteckte Bewunderung aus. Nicht nur an ihm, auch an seiner Begleitung war alles ordentlich, blitzblank und gestriegelt, als ginge es zur Parade. Die Zuschauer erzählten jenen, die nicht zufällig in der Čaršija oder am Fenster gewesen waren, welch strammen und stattlichen Eindruck der neue österreichische Konsul mache. (»Abgesehen von seinem Glauben!«)

Als der neue Konsul zwei Tage später in feierlichem Aufzug in Begleitung von Mitterers zum Konak ritt, um dem Wesir seinen Antrittsbesuch zu machen, da ereignete sich ein Wunder, das keiner erwartet hätte. Das Volk begaffte den Zug, reckte sich die Hälse nach dem neuen Konsul aus und schaute ihm noch lange schweigend nach. Die Türkinnen beobachteten ihn durch ihre holzvergitterten Fenster, die Kinder kletterten auf die Zäune und Mauern, aber nirgends ließ sich eine Stimme oder ein einziges Schimpfwort hören. Freilich, die türkischen Kaufleute in ihren Läden blieben wie sonst reglos und mürrisch.

So bewegte sich der Zug des neuen Konsuls durch die Stadt, und so kehrte er aus dem Konak zurück.

Von Mitterer, der schon vorher Herrn von Paulich erzählt hatte, welcher Empfang seinerzeit ihm und seinem französischen Kollegen bereitet wurde, als sie vor etlichen Jahren das erstemal durch Travnik zogen, war enttäuscht über die Wandlung im Verhalten der Bevölkerung, und in einem Anfall von Mißmut, der fast an Neid grenzte, erzählte er dem neuen Konsul bis ins Detail die Beleidigungen, die man ihm seinerzeit zugefügt hatte. In seiner Stimme schwang beim Erzählen ein Unterton von Schmerz und leisem Vorwurf mit, als habe er, von Mitterer, dem Nachfolger mit seinen Leiden diesen leichten, angenehmen Weg gebahnt.

Jedoch der junge Generalkonsul war ein Mann, dem alle Wege von vornherein geebnet zu sein schienen.

Paulich stammte aus einer germanisierten reichen Zagreber Familie. Seine Mutter war eine Steiermärkerin aus dem bekannten Haus »von Niedermayer«. Er selbst, etwa fünfunddreißig Jahre alt, war von ungewöhnlicher männlicher Schönheit, von stattlichem Wuchs und zarter Haut; ein kleiner dunkelblonder Schnurrbart überschattete den Mund; die großen, dunklen Augen lagen in tiefen Schatten, aus denen die dunkelblauen Pupillen hervorschimmerten; das dichte, naturkrause Haar war auf militärische Art geschnitten und gekämmt. Seine ganze Person strahlte etwas mönchisch Reines, Kühles und Abgeklärtes aus, aber ohne die Spuren innerer Kämpfe und Skrupel, die so häufig dem Aussehen und Benehmen eines Mönches das Siegel verborgener Qualen aufdrücken. Dieser ganz ungewöhnlich schöne Mann lebte und bewegte sich, als stecke er in einem kalten Panzer und als sei infolgedessen auch das letzte Anzeichen persönlichen Lebens oder menschlicher Schwächen und Bedürfnisse aus ihm entwichen. Denselben Eindruck machten auch seine Art zu sprechen – sachlich und liebenswürdig, aber völlig unpersönlich –, seine tiefe Stimme und sein Lächeln, das ab und zu, wenn er die weißen regelmäßigen Zähne zeigte, sein unbewegtes Gesicht wie kaltes Mondlicht übergoß.

Dieser stille Mensch, von Haus aus ungewöhnlich reich, galt in seiner Kindheit als ein Wunder an Gedächtnisstärke und früher Reife, später hatte er zu jenen Ausnahmeschülern gehört, die in zehn Jahren einmal auftauchen, für welche die Schule kein Problem ist und die zwei Klassen in einem Jahr absolvieren. Die Jesuitenpatres, bei denen das außergewöhnliche Kind zur Schule ging, dachten schon, ihr Orden würde in ihm eine jener vollkommenen Persönlichkeiten gewinnen, die wie Eckpfeiler das Gebäude des Ordens tragen. Der Junge kehrte jedoch mit vierzehn Jahren dem Orden plötzlich den Rücken, machte alle Hoffnungen der Jesuiten zunichte und widmete sich unerwartet der militärischen Laufbahn. Darin unterstützten ihn auch seine Eltern, besonders seine Mutter, deren Familie auf eine große militärische Tradition zurücksah. So wurde aus dem Knaben, der seine Professoren für klassische Sprachen mit seiner Gabe, schnell zu begreifen, und seinem umfangreichen Wissen in Erstaunen setzte, ein schlanker, rühriger Kadett, dem alle Menschen eine große Zukunft prophezeiten, und später ein junger Offizier, der weder trank noch rauchte, der keine Abenteuer mit Frauen, keine Zusammenstöße mit Vorgesetzten, keine Duelle und keine Schulden hatte. Seine

Kompanie war die am besten disziplinierte und ausgerüstete, er ging aus allen Prüfungen und Übungen als Bester hervor, und das ohne jenes Strebertum, das sonst ehrgeizige Leute bei ihrem Aufstieg wie ein unangenehmer Schatten begleitet.

Nachdem er als Primus alle Prüfungen bestanden und alle Kurse beendet hatte, widmete sich von Paulich, wiederum völlig unerwartet für seine Vorgesetzten, dem Grenzdienst, in dem sonst Offiziere mit geringerem Wissen und schwächeren Kenntnissen unterkamen. Er lernte Türkisch und machte sich mit dem Dienst, mit der Arbeitsweise, mit den Menschen und den Verhältnissen an Ort und Stelle vertraut. Als sich die Gesuche von Mitterers um Versetzung häuften und so die Aufmerksamkeit seiner Vorgesetzten endlich auf sich lenkten, fand man in Paulich jenes geeignete »familienlose Individuum«, nach dem der Oberst aus Travnik so sehr verlangte.

Nun konnte der müde und von der Vielfalt des Lebens eingeschüchterte von Mitterer den jungen Mann und seine eigenartige Arbeitsweise beobachten. Vor den Augen und unter den Händen dieses Menschen wurden alle Angelegenheiten klar und durchsichtig, sie ließen sich leicht und natürlich in Zeit und Raum einfügen, so daß es nie zu einer Überlastung oder Verwechslung, zu Hetze oder Versäumnis kam. Alles wurde so natürlich und glatt bereinigt wie eine Rechnung ohne Rest. Er selbst stand immer über der Sache oder wahrte den Abstand, er blieb undurchdringlich und unerreichbar und nahm an den Arbeiten nur als personifiziertes Bewußtsein, als die Kraft teil, die Anordnungen traf, Weisungen gab und über alles entschied. Ihm waren all jene Zweifel und unwiderstehlichen Schwächen, Sympathien und Abneigungen, all jene Schattierungen des Gefühls völlig fremd, die sonst uns Menschen und unsere Geschäfte begleiten, die sich vor uns auftürmen, uns aufregen, verwirren und lähmen und unsere Arbeit so oft in eine Richtung zwingen, die wir gar nicht wünschten. Er war frei von solchen Belastungen. So schien es wenigstens dem abgekämpften von Mitterer, der den Eindruck hatte, dieser Mensch arbeite wie ein höherer Geist oder wie die gefühllose Natur selbst.

Ein Umzug stellt das Leben des Menschen bis in seine verborgensten Einzelheiten bloß. Von Mitterer hatte Gelegenheit, seinen eigenen Umzug (er hätte am liebsten gar nicht daran gedacht, wenn seine Frau es nur zugelassen hätte) zu beobachten und mit dem jenes außergewöhnlichen Mannes zu vergleichen. Wie in der Arbeit, so verlief auch hier bei ihm alles glatt und reibungslos. Es gab keine Unordnung im Gepäck und keine Verwirrung beim Gesinde. Die Gegenstände fanden wie von selbst ihren Platz und waren allesamt praktisch, einfach, hinsichtlich Zahl und Zweck genau bestimmt. Die Diener verständigten sich mit Blicken, ohne jedes Wort, ohne Zurufe und laute Befehle. Nichts gab zu Zweifeln Anlaß, auf nichts ruhte auch nur ein Schatten von Verärgerung, Ungewißheit oder Unordnung.

Stets und in allem war es eine Rechnung ohne Fehler, ohne Rest.

Genauso verhielt sich auch der Oberstleutnant bei der Übernahme des Inventars und beim Gespräch über die Geschäfte und über das Personal des Generalkonsulats.

Als von Mitterer über Rotta sprach, seinen wichtigsten Mitarbeiter, senkte er unwillkürlich die Augen, und seine Stimme wurde unsicher. Die Worte dehnend, bemerkte er über den ersten Dolmetscher, er handle ein wenig ... so etwas wie ... auf eigene Faust und sei nicht eben ... die aller ... allerbeste Blüte, aber er sei immerhin sehr nützlich und dienstbeflissen. Von Paulich sah während des ganzen Gesprächs ein wenig zur Seite, irgendwie mit scheelem Blick. Seine großen Augen schlossen sich zu einem schmalen Spalt, in deren äußeren Winkeln ein kalter, böser Funke aufsprühte. Er nahm die Erklärungen von Mitterers stumm und kalt entgegen, ohne ein Zeichen der Billigung oder des Mißfallens, offensichtlich faßte er gleich den Entschluß, die Frage ebenso wie die des übrigen Inventars, das er übernahm, nach eigenem Gutdünken und entsprechend seiner Rechnungsweise zu entscheiden, in der es weder Fehler noch Rest geben durfte.

Als ein Mann dieser Veranlagung mußte von Paulich, der so

plötzlich in Travnik vor den Augen der verstörten Anna Maria aufgetaucht war, unweigerlich ihre Aufmerksamkeit auf sich ziehen und ihr unveränderliches, nie befriedigtes Gefühl liebender Bewunderung und ihren nebulosen Hang nach Seelenharmonie wachrufen. Sie nannte ihn sofort »Antinous in Uniform«, was der Oberstleutnant wortlos und ohne eine Miene zu verziehen als eine Bemerkung aufnahm, die sich auf ihn und sein Milieu nicht bezog und nicht beziehen konnte. Sie machte ihn mit ihren Musikstudien bekannt. Der Oberstleutnant war völlig unmusikalisch, er verbarg es nicht und hätte es auch nicht zu verbergen vermocht, selbst wenn er gewollt hätte, doch er war auch frei von jener verlogenen Liebenswürdigkeit, mit der unmusikalische Menschen in der Regel an Gesprächen über Musik teilnehmen, als wollten sie sich damit von ihrer Schuld freikaufen. Ihre Gespräche über Mythologie und über römische Dichter verliefen schon flüssiger, allerdings war darin wieder Anna Maria der schwächere Teil, und auf jedes einzelne ihrer Distichen antwortete der sonderbare Oberstleutnant gleich mit einer Serie von Versen. In den meisten Fällen beherrschte er das Gedicht, von dem sie nur eine Zeile kannte, ganz auswendig und korrigierte dabei noch den Fehler, den sie für gewöhnlich in der Zeile machte. Aber über alles sprach von Paulich kalt, sachlich, unpersönlich, ohne Beziehung zur Umwelt und zu lebenden Menschen überhaupt. Jede ihrer lyrischen Anspielungen prallte an ihm ab wie ein unverständlicher Laut.

Anna Maria war bestürzt. Jede ihrer bisherigen Begegnungen, und es gab deren viele, hatte mit Enttäuschung und Flucht geendet, aber stets hatte sie in ihren »Irrungen« erreicht, daß der jeweilige Mann einen Schritt vorwärts oder einen Schritt zurück tat oder erst das eine und nachher das andere, nie aber war es geschehen, daß ein Mann so auf der Stelle trat, so wie dieser herzlose Antinous, vor dem sie sich jetzt vergeblich in Szene setzte. Das war für sie eine neue und besonders grausame Art, sich selbst zu foltern. Man bekam es sofort im häuslichen Leben zu spüren. (In der unflätigen Art, in der kleine

Beamtenseelen sprechen, bemerkte Rotta gleich am ersten Tage in der Kanzlei: »Die Gnädige spielt um ihr Engagement.«) Während von Mitterer den neuen Konsul mit seinen Pflichten bekannt machte, polterte Anna Maria durch das Haus, warf die Befehle ihres Mannes um, setzte sich auf vollgepackte Kisten und weinte; bald schob sie den Termin der Abreise hinaus, bald verlegte sie ihn vor; nachts jagte sie ihren Mann aus dem ersten Schlaf, damit sie ihm Vorwürfe und Beleidigungen an den Kopf werfen konnte, die sie sich ausgedacht hatte, während er schlief.

Als die Packerei beendet war, stellte sich heraus, daß nichts an seinem Platz war und daß niemand wußte, was wo verpackt war und wie. Als das Umzugsgut abtransportiert werden sollte, waren die Pferde, die der Muteselim von Travnik dem Konsul versprochen hatte, nicht rechtzeitig zur Stelle. Anna Maria fiel aus ihrer lauten Raserei in eine düstere Niedergeschlagenheit. Rotta rannte hin und her, schrie, drohte und tobte. Als am dritten Tag endlich genügend Pferde aufgetrieben waren, zeigte es sich, daß viele Kisten zu groß waren und daß man wieder umpacken mußte. Auch das wäre noch irgendwie gegangen, wäre Anna Maria nicht darauf versessen gewesen, selbst zu befehlen und überall mit Hand anzulegen. So kam es, daß viele Gegenstände, ehe sie auf die Reise gingen, zerbrachen oder beschädigt wurden. Um das Konsulatsgebäude lagerte eine ganze Karawane von Pferden und Saumtiertreibern.

Zu guter Letzt war dann doch alles verladen und verfrachtet. Am nächsten Tag brach auch Familie von Mitterer auf. Mit zusammengekniffenen Lippen und trockenen, bösen Augen nahm Anna Maria vor dem veröedeten Konsulat, mitten auf dem mit Stroh und zerbrochenen Latten übersäten, von Hufen zerstampften Hof, mit verletzender Kühle Abschied von dem Oberstleutnant. Sie fuhr mit der Tochter voraus. Ihnen folgten von Mitterer und von Paulich, beide zu Pferde.

Vom französischen Konsulat bis zur ersten Kreuzung gab Daville, von d'Avenat und einem Kawassen begleitet, Herrn von Mitterer das Geleit. Hier trennten und verabschiedeten sich die beiden Männer, mehr steif und gekünstelt als kühl und unaufrichtig, in der gleichen Art, wie sie sich vor etwas mehr als drei Jahren an jenem Herbsttag zum erstenmal begrüßt und wie sie die ganze Zwischenzeit miteinander gelebt und verkehrt hatten.

Hier an der Wegkreuzung wurde Daville noch Zeuge, wie katholische Frauen und Kinder von beiden Seiten der Straße an von Mitterer, der ganz gerührt war, herantraten und ihm die Hand küßten oder zärtlich den Steigbügel berührten; er sah ganze Scharen von Menschen, die an der Landstraße warteten, bis sie zum Abschiednehmen an die Reihe kamen.

Das Schauspiel des letzten Triumphs von Mitterers vor Augen, kehrte Daville nach Hause zurück, auch selber in einem gewissen Sinne gerührt, nicht wegen der Abreise seines ehemaligen Kollegen, sondern wegen der Gedanken an sein eigenes Los und der Erinnerungen, die von Mitterer in ihm wachrief. Die Abreise des Mannes selbst empfand er als eine gewisse Erleichterung. Nicht, weil er von einem gefährlichen Gegner befreit wurde, denn nach dem, was man über den neuen Konsul erfuhr, war dieser stärker und gescheiter als von Mitterer, sondern weil der Oberst mit dem fahlen Gesicht und den müden, traurig dreinblickenden Augen für ihn mit der Zeit zu einer Verkörperung ihres gemeinsamen, keinem Menschen eingestandenen Elends in dieser wilden Umgebung geworden war. Mochte nach ihm kommen, was wollte, Daville zog es vor, sich lieber von diesem schwerfälligen Mann zu trennen und zu verabschieden als ihm weiterhin begegnen und ihn begrüßen zu müssen.

Bei der ersten Rast, die gegen Mittag am Ufer der Lašva gehalten wurde, nahm Herr von Paulich von seinem Vorgänger Abschied. Anna Maria strafte ihn, indem sie ihm keine Gelegenheit gab, sie noch einmal zu begrüßen. Sie ließ den Wagen leer bergauf fahren, schritt den grünen Straßenrain entlang und schaute absichtlich nicht ins Tal zurück, wo sich die beiden Konsuln am Flußufer verabschiedeten. Jene von Tränen begleitete Trauer, die auch gesündere Frauen überfällt, wenn sie einen Ort verlassen, wo sie einige, seien es gute oder schlechte Jahre des Lebens verbracht haben, würgte jetzt auch Anna Maria. Ein mühsam verhaltenes Weinen schnürte ihr die Kehle und zuckte um ihre Lippen. Aber mehr noch quälte sie der Gedanke an den schönen, kalten Oberstleutnant, den sie jetzt nicht mehr »Antinous«, sondern nur noch »Gletscher« nannte, denn sie fand, daß er noch kälter war als die Marmorstatue des schönen antiken Jünglings. (So hatte sie ihn schon in der vergangenen Nacht genannt und war damit ihrem Bedürfnis nachgekommen, jeden Menschen mit einem besonderen Namen zu belegen, der von ihrer jeweiligen Beziehung zu ihm abhing.) Steif und feierlich schritt Anna Maria die Gebirgsstraße entlang, als erhebe sie sich zu feierlichen, tragischen Höhen.

Auf gleicher Höhe, nur am anderen, inneren Rande der Straße, schritt stumm und verängstigt ihre Tochter Agathe. Im Gegensatz zur exaltierten Mutter hatte sie nicht das Gefühl eines erhabenen Aufstiegs, sondern das eines traurigen Abstiegs in ein Tal. Auch Agathe würgte an zurückgehaltenen Tränen, aber aus völlig anderen Gründen. Sie war die einzige, die es aufrichtig bedauerte, daß sie aus Travnik fortzog und die Stille und Freiheit des Gartens und ihres Erkers verlassen mußte, um in das große, unfreundliche Wien zu gehen, wo es weder Frieden noch Himmel, noch einen weiten Horizont gab, wo die Häuser schon um die Toreingänge einen muffigen Dunst verbreiteten, der ihr das Herz abschnürte, und wo sie ihre Mutter, deren sie sich sogar im Traum schämte, jede Minute vor Augen haben würde.

Doch Anna Maria bemerkte nicht, daß auch ihrer Tochter die Augen voller Tränen standen. Sie vergaß sogar die Anwesenheit ihrer Tochter und flüsterte nur wütende, abgerissene Worte vor sich hin, erbost auf ihren Mann, der sich so lange »mit diesem Gletscher und Unmenschen aufhält und ihm noch den Hof macht«, statt ihm kalt den Rücken zu kehren, wie sie es getan. Bei dem Selbstgespräch fühlte sie, wie ein Windhauch ihren leichten, langen grünen Schleier, der hinten an ihrem Reisehut befestigt war, hochhob, wie er ihn straffte und flattern ließ. Das dünkte sie schön und rührend, verwandelte sie und verbesserte plötzlich ihre Stimmung; sie sah sich in ihren eigenen Augen erhöht, so daß alle Einzelheiten ihres augenblicklichen Lebens versanken und sie sich selbst wie ein erhabenes Opfer vorkam, das vor den überraschten Blicken der Welt den Weg der Entsagung beschreitet.

Nur dies, nur soviel sollte der gefühllose Polarmensch von ihr haben! Nur ihr undeutliches Bild am Horizont und ein letztes, stolz abweisendes Winken ihres Schleiers, der sich unwiderruflich entfernte und schwand!

Mit solchen Gedanken stieg sie am Rand des Berges immer höher hinauf, und sie ging, als bewegte sie sich auf einer großen, weiten Bühne.

Von unten, vom Tale, sah einzig ihr Mann den grünen Schleier auf der Berghöhe und sandte ihm besorgte Blicke nach, indes sich der »Gletscher«, ohne irgend etwas zu bemerken, von ihm auf das vornehmste und höflichste verabschiedete.

Aber die empfindliche, leicht reizbare Anna Maria war nicht die einzige, die von der Person des neuen Konsuls zuerst entzückt und dann enttäuscht war.

Daville sah schon anläßlich des ersten Besuches, den ihm von Paulich noch in Gesellschaft von Mitterers machte, daß er es mit einem völlig anderen Manne zu tun hatte, als von Mitterer es war. In Konsulatsangelegenheiten drückte sich von Paulich klarer und freier aus. Man konnte mit ihm auch über jedes andere Thema reden, ganz besonders aber über die Literatur des klassischen Altertums.

Bei weiteren Besuchen, die sie einander abstatteten, konnte Daville feststellen, wie umfassend und genau der Oberstleutnant antike Texte und Kommentare kannte. Herr von Paulich prüfte die französischen Vergilübersetzungen von Delille, die Daville ihm zugeschickt hatte, und äußerte sich darüber klar und ernsthaft, indem er nachzuweisen suchte, daß eine Übersetzung nur dann richtig sei, wenn sie das Metrum wahre, und indem er den Gebrauch (und den Mißbrauch) des Reims bei

Delille ablehnte. Daville verteidigte sein Idol Delille, glücklich, jemand gefunden zu haben, mit dem er darüber sprechen konnte.

Aber die erste Genugtuung Davilles über die Ankunft des gebildeten und belesenen Mannes verflog schnell. Er brauchte nicht lange, um einzusehen, daß nach einem Gespräch mit dem gelehrten Oberstleutnant auch nicht eine Spur von jener Befriedigung zurückblieb, die man sonst nach einem Gedankenaustausch mit einem edelgesinnten Gesprächspartner empfindet, mit dem man über ein Lieblingsthema geplaudert hat. Eine Unterhaltung mit dem Oberstleutnant war in Wirklichkeit ein Austausch von immer genauen, interessanten und mannigfaltigen Daten über alles mögliche, niemals aber von Gedanken und Eindrücken. Alles an diesem Gespräche war unpersönlich, kalt und allgemein. Nach jeder derartigen Begegnung schied der Oberstleutnant mit seinem reichen Schatz von Kenntnissen und Daten genauso freundlich, sauber, kalt und aufrecht, wie er gekommen war, und Daville war genauso vereinsamt wie zuvor, voller Sehnsucht nach einer ergiebigen Aussprache. Nichts Bleibendes behielten Seele und Verstand von einem Zwiegespräch mit dem Oberstleutnant; nicht einmal an den Klang seiner Stimme konnte man sich erinnern. Der Oberstleutnant gab jeder Unterhaltung eine solche Richtung, daß der Partner nie dazu kam, etwas über ihn zu erfahren oder von sich selbst zu erzählen. Überhaupt prallte alles Innige, Vertraute und Persönliche an ihm ab wie an einer Felswand. So mußte Daville jede Hoffnung aufgeben, sich mit dem kalten Literaturliebhaber über seine dichterische Arbeit zu unterhalten.

Anläßlich des freudigen Ereignisses am französischen Hof hatte Daville ein besonderes Gedicht zur Taufe des Königs von Rom verfaßt und es seinem Ministerium mit der Bitte zugesandt, es an die höchste Stelle weiterzuleiten. Das Gedicht begann mit den Worten:

»Salut, fils du printemps et du Dieu de la guerre!«

In ihm kamen die Hoffnungen auf Frieden und Wohlstand

für alle Völker Europas zum Ausdruck, aber auch die bescheidenen Mitarbeiter an jenem Werk in diesen »wilden und traurigen Gegenden« blieben nicht unerwähnt.

Daville las anläßlich eines Besuchs sein Gedicht Herrn von Paulich vor, ohne jedoch ein Echo zu finden. Nicht nur, daß der Oberstleutnant die Anspielung auf ihre Zusammenarbeit in Bosnien absichtlich überhörte, er äußerte sich nicht mit einem einzigen Wort über das Gedicht oder über seinen Gegenstand. Und was das schlimmste war, er blieb bei jedem Gespräch der gleiche höfliche, liebenswürdige Mensch, der er immer und in allen Dingen war. So war Daville enttäuscht und im Innern erbost, ohne imstande zu sein, zu zeigen, wie sehr er verletzt war.

XX

Diese auf den Wiener Frieden folgenden Zeiten (die Jahre 1810 und 1811), die wir als die friedlichen Jahre bezeichnet haben, bedeuteten für Daville Zeiten reicher Tätigkeit.

Es gab keine Kriege, keine sichtbaren Krisen und offenen Zusammenstöße mehr, aber dafür war das Konsulat mit Handelsgeschäften, mit dem Sammeln von Daten, dem Abfassen von Berichten, mit der Ausgabe von Bescheinigungen über die Herkunft von Waren und von Empfehlungen an die französischen Behörden in Split oder an die Zollstelle in Kostajnica vollauf beschäftigt. »Der Handel geht über Bosnien«, wie es im Volke hieß oder wie Napoleon selbst irgendwo sagte: »Die Zeiten der Diplomaten sind vorbei, nun beginnen die Zeiten der Konsuln.«

Schon vor drei Jahren hatte Daville Vorschläge unterbreitet, wie man den Handel zwischen der Türkei und Frankreich sowie den unter seiner Botmäßigkeit stehenden Ländern entwickeln könne. Er empfahl wärmstens, Frankreich solle seinen eigenen ständigen Postverkehr durch die türkischen Gebiete organisieren, um von der österreichischen Post und dem Schlendrian und der Willkür der Türken unabhängig zu sein. Alle die Vorschläge blieben irgendwo in den vollgestopften Archiven in Paris liegen. Jetzt nach dem Wiener Frieden war offensichtlich Napoleon selbst viel daran gelegen, daß all das verwirklicht würde, und zwar schnell, in erheblich größerem Ausmaß und weiter reichender Bedeutung, als der Travniker Konsul sich je unterstanden hätte vorzuschlagen.

Napoleons Kontinentalsystem erforderte große Umwälzungen im Netz der Verkehrsstraßen und Handelswege auf dem europäischen Festland. Die Gründung der Illyrischen Provinzen mit Ljubljana als Mittelpunkt sollte nach Napoleons Plan ausschließlich diesem Zweck dienen. Die alten Straßen über das Mittelmeer, über die Frankreich bisher seine Rohstoffe, vor allem Baumwolle, aus der Levante bezog, waren seit der englischen Blockade schwer gangbar und bedroht. Nun mußte man den Handel über Festlandwege leiten, das neu geschaffene Illyrien aber sollte als Bindeglied zwischen den türkischen Ländern und Frankreich dienen. Diese Wege bestanden seit eh und je: der Weg zu Wasser von Stambul nach Wien, zum Teil auf der Donau, und der Weg zu Lande von Saloniki über Bosnien nach Triest. Auch der Handel zwischen den österreichischen Ländern und der Levante bediente sich ihrer schon seit langem. Jetzt hieß es aber, sie zu erweitern und den Bedürfnissen des Napoleonischen Frankreichs anzugleichen.

Sobald man aus den ersten Rundschreiben und Zeitungsartikeln entnehmen konnte, wohin Napoleons Plan zielte, kam es bei allen französischen Behörden und Ämtern zu einem allgemeinen Wettbewerb, wer den Wunsch des Kaisers am besten und am eifrigsten förderte. Es begannen ein umfangreicher Briefwechsel und eine lebhafte Zusammenarbeit zwischen Paris, dem Generalgouverneur und dem Generalintendanten in Ljubljana, der Botschaft in Stambul, Marschall Marmont in Dalmatien und den französischen Konsulaten in der Levante. Daville arbeitete mit großem Schwung, dabei berief er sich stolz auf seine Referate vor drei Jahren, die nun bewiesen, wie sehr er in seiner Denkweise und Beurteilung der Dinge schon damals den Auffassungen des Kaisers nahegekommen war.

Jetzt, im Sommer 1811, waren die Geschäfte schon in vollem Gange. Daville hatte im letzten Jahre große Anstrengungen gemacht, in allen Ortschaften, durch die französische Waren transportiert wurden, Vertrauensleute zu finden, den Bedarf an Zugpferden zu decken und wenigstens eine gewisse Aufsicht über die Fuhrleute und Waren zu behalten. Das ging wie jedes Ding in dem Lande schwerfällig, säumig und mangelhaft voran, war stets unvollkommen, aber alles hatte noch den Anstrich, als ließe es sich verbessern, und man arbeitete beschwingt und voll Freude, »mit Napoleons Atem in den Segeln«.

Endlich erlebte es Daville, daß eines der größten Handelshäuser in Marseille, das der Brüder Frayssinet – es hatte sich bis dahin mit Warentransporten aus der Levante auf dem Seeweg befaßt –, eine Agentur in Sarajevo eröffnete. Diese war von der französischen Regierung mit allen Vollmachten versehen und auf die Zusammenarbeit mit dem Konsul verwiesen worden. Einer der Brüder Frayssinet, ein junger Mann, war vor einem Monat in Sarajevo eingetroffen, um die Leitung der Geschäfte persönlich zu übernehmen. Und nun war er auf ein oder zwei Tage nach Travnik gekommen, um selbst beim Generalkonsul vorzusprechen und sich mit ihm über die weitere Arbeit zu beraten.

Der schöne, kurze Travniker Sommer hatte seinen Höhepunkt erreicht.

Der blendend klare Tag, ganz Sonnenschein und Blau des Himmels, stand flimmernd über dem Travniker Tal.

Auf der großen Terrasse, im Schatten des Konsulatsgebäudes, war der Tisch gedeckt, und um ihn stand eine Garnitur weißer Weidenstühle. Der Schatten atmete Frische, wenn man auch die Hitze und den Dunst spürte, die über den zusammengepferchten Häusern unten in der Čaršija lasteten. Die steilen grünen Hänge des engen Tals brüteten eine trockene Hitze aus, und es schien, als atmeten sie und als bewegten sie sich wie die Flanken einer Smaragdeidechse, die in der Sonne liegt.

Auf der Terrasse waren die Hyazinthen Madame Davilles

längst abgeblüht, und zwar die weißen wie die farbigen, die vollen wie die einfachen, aber dafür blühten jetzt an den Rändern der Beete rote Pelargonien oder kleine Alpenveilchen.

Im Schatten saßen Daville und der junge Frayssinet am Tisch. Vor ihnen lagen Kopien ihrer Berichte, Nummern des »Moniteur« mit den Texten von Vorschriften und Verordnungen sowie Schreibgerät.

Jacques Frayssinet war ein rundlicher junger Mann mit Wangen wie Milch und Blut und jener stillen Sicherheit in Stimme und Bewegungen, wie sie Söhnen reicher Häuser eigen ist. Der Handel war ihm sichtlich angeboren. Niemals hatte einer aus seiner Familie einen anderen Beruf ausgeübt oder auch nur den Wunsch gehabt, sich mit etwas anderem zu beschäftigen oder einem anderen Stande anzugehören. Auch er unterschied sich darin von den Seinen nicht. Er war, wie seit jeher alle seiner Familie, sauber, höflich, nüchtern, rücksichtsvoll, entschlossen in der Verteidigung seiner Rechte, auf sein Interesse bedacht, aber nicht blindlings und sklavisch davon besessen.

Frayssinet hatte die Straße von Sarajevo nach Kostajnica in beiden Richtungen bereist, in Sarajevo einen ganzen Han gemietet und sich bereits in Geschäfte mit den Kaufleuten, Saumtiertreibern und Behörden eingelassen. Jetzt war er gekommen, um mit Daville Erfahrungen auszutauschen, ihm seine Beobachtungen zu schildern und Vorschläge zu unterbreiten. Der Konsul war erfreut, daß er den lebhaften, höflichen Südländer als Mitarbeiter für eine Tätigkeit bekam, von der er oft glaubte, sie sei nicht zu bewältigen.

»Ich wiederhole also«, sagte Frayssinet mit jener Sicherheit, mit der Kaufleute Tatsachen feststellen, die zu ihrem Nutzen sind, »ich wiederhole also, für die Strecke von Sarajevo bis Kostajnica müssen wir sieben Tage rechnen, und zwar mit folgenden Übernachtungsstätten für die Karawanen: Kiseljak, Busovača, Karaula, Jajce, Zmijanje, Novi Han, Prijedor und schließlich Kostajnica. Im Winter müssen wir mit der doppelten Zeitspanne rechnen, das heißt mit vierzehn Übernachtungen. Auf dem Wege sind daher wenigstens noch zwei Karawansereien zu errichten, wenn wir die Waren vor Unwetter und Diebstahl schützen wollen. Die Zufuhrpreise sind gestiegen und steigen noch immer. Die österreichische Konkurrenz schraubt sie hoch, desgleichen, wie mir scheint, gewisse Kaufleute in Sarajevo, Serben und Juden, die von den Engländern dazu aufgehetzt werden. Heute muß man mit folgenden Preisen rechnen: von Saloniki bis Sarajevo hundertfünfundfünfzig Piaster je Last; von Sarajevo bis Kostajnica fünfundfünfzig Piaster. Vor zwei Jahren betrugen die Preise genau die Hälfte davon. Man muß alles tun, um ein weiteres Steigen der Preise zu verhindern, denn sonst könnte der ganze Transport in Frage gestellt sein. Dazu kommen noch Willkür und Habgier der türkischen Beamten, der Hang der Bevölkerung zu Diebstahl und Plündereien, die Gefahr, daß der Aufstand in Serbien und das Räuberunwesen in den albanischen Gebieten weiter um sich greifen, und schließlich die stete Seuchengefahr.«

Daville, der in allem die Finger des englischen Geheimdienstes sah, war begierig zu erfahren, woraus Frayssinet folgerte, daß die Kaufleute von Sarajevo im Interesse Englands arbeiteten, der Jüngling ließ sich jedoch nicht irremachen und von seinem Thema abbringen. Seine Notizen vor sich in der Hand, fuhr er fort:

»Ich resümiere also und folgere. Die Gefahren, die den Verkehr bedrohen, sind: der Aufstand in Serbien, die Räuber in Albanien, die Diebstähle in Bosnien, das Steigen der Fuhrlöhne, unvorhergesehene Taxen und Abgaben, die Konkurrenz und schließlich die Pest und andere ansteckende Krankheiten. Folgende Maßnahmen wären zu treffen: Erstens sind zwischen Sarajevo und Kostajnica zwei Karawansereien einzurichten; zweitens muß man das maßlose Schwanken der türkischen Währung beenden und durch einen besonderen Ferman den Kurs von 5,50 Piaster für einen französischen Taler sowie für einen Mariatheresientaler festlegen, für eine venezianische Zechine einen Kurs von 11,50 Piaster und so weiter; drittens muß man das Lazarett in Kostajnica erweitern; anstelle der Fähre ist eine Brücke zu errichten, das Magazin ist so umzubauen, daß es wenigstens achttausend Ballen Baumwolle aufnehmen kann, die Übernachtungsstätten für die Reisenden sind instand zu setzen und so fort; viertens muß man dem Wesir, Sulejman-Pascha und noch einer Anzahl angesehener Türken besondere Geschenke machen und die Gelegenheit gleich für unsere Forderungen ausnützen; alles in allem kostet das etwa dreizehntausend Franc. Auf diese Weise hoffe ich den Verkehr zu sichern und die größten Schwierigkeiten zu beseitigen.«

Daville notierte sich alle Angaben, um sie in seinen nächsten Bericht aufzunehmen, und bereitete sich gleichzeitig voller Genugtuung darauf vor, dem jungen Mann seinen Bericht aus dem Jahre 1807 vorzulesen, in dem er die Absichten Napoleons sowie alles, was man jetzt unternahm, so genau vorausgesehen hatte.

»Ach, lieber Herr, ich könnte Ihnen viel erzählen von den Schwierigkeiten, die in dem Lande hier jede gescheite Angelegenheit und jedes nützliche und vernünftige Unternehmen gefährden. Ich könnte Ihnen viel erzählen, aber Sie werden selbst sehen, was das für ein Land ist, was für ein Volk, was für eine Verwaltung und wie groß die Schwierigkeiten sind, die einem hier auf Schritt und Tritt begegnen.«

Aber der Jüngling hatte nichts mehr hinzuzufügen, denn er hatte die Schwierigkeiten sowie die Mittel zu ihrer Beseitigung genau umrissen. Er hatte offensichtlich kein Verständnis für Klagen allgemeiner Art oder für »psychologische Phänomene«. Aus Höflichkeit ging er darauf ein, Davilles Bericht aus dem Jahre 1807 anzuhören, den der Konsul nun vorzulesen begann.

Der Schatten, in dem sie saßen, wurde länger und länger. Die Limonade in den hohen Kristallgläsern vor ihnen war lauwarm geworden, denn beide hatten über ihren Geschäften das Getränk vergessen.

In der gleichen sommerlichen Stille, zwei Häuserviertel

über dem Konsulat, wo Daville und Frayssinet so in ihre Geschäfte versunken waren, saßen, nur ein wenig weiter links und näher am Gewässer, das dünn, fast unsichtbar, in die Tiefe stürzte, in Mussa Krdžalijas Garten Mussa und seine Kumpane.

In dem steilen, verwahrlosten Garten erstickten die Pflanzen fast an üppigem Wachstum. Auf einer kleinen Terrasse war unter einer großen Zuckerbirne ein Sitzteppich ausgebreitet, auf ihm standen Reste von Speisen, Kaffeeschälchen und ein Gefäß gekühlten Schnapses. Hier war die Sonne bereits untergegangen, sie beschien nur noch das jenseitige Ufer der Lašva. Im Grase lagen Mussa »der Sänger« und Hamza, der Ausrufer. Den Rücken an die Bergwand gelehnt und die Füße gegen den Birnbaum gestemmt, kauerte halb sitzend, halb liegend Murat Hodžić, genannt Torkelhodscha. An dem Birnbaum lehnte ein kleiner Tanbur, und darüber war ein Schnapsglas gestülpt.

Dieser Murat war ein schwarzes Männchen, klein und hitzig wie ein Streithahn. In dem aschfahlen winzigen Gesicht leuchteten große, dunkle Augen, die starr blickten und fanatisch funkelten. Auch er entstammte einem besseren Travniker Haus und hatte einst die Schule besucht, aber der Schnaps hatte verhindert, daß er seine Ausbildung abschloß und daß er in Travnik Imam wurde wie viele aus seiner Familie. Als er seine letzte Prüfung ablegen sollte, soll er derart betrunken vor den Muderis und die Prüfungskommission getreten sein, daß er sich kaum auf den Beinen hielt, torkelte und in einem fort schwankte. Der Muderis lehnte es ab, ihn zu prüfen, und nannte ihn einen Torkelhodscha. Der Spitzname blieb für immer an ihm haften. Jähzornig und empfindlich, ergab sich der beleidigte Jüngling fortan völlig dem Trunk. Je mehr er trank, um so mehr wuchsen seine verletzte Eitelkeit und seine Verbitterung. Gleich zu Beginn ausgestoßen aus dem Kreis seiner Altersgefährten, träumte er davon, sie alle eines Tages durch irgendeine außerordentliche Leistung zu überflügeln und sich dadurch an allen für die erlittene Schmach zu rächen. Wie es bei vielen verkrachten Existenzen der Fall ist, die klein von Wuchs sind und einen unsteten Geist haben, nagte auch an ihm ein geheimer, närrischer Ehrgeiz; er wollte nicht sein ganzes Leben so winzig, unansehnlich und unbekannt verbringen, sondern eines Tages die Welt in Erstaunen setzen, freilich wußte er selbst nicht, wie, wo und wodurch. Mit der Zeit hatte diese Vorstellung, durch starken Alkoholgenuß bis zur Manie angefeuert, ganz von ihm Besitz genommen. Je tiefer er fiel, um so mehr nährte er sich mit Lügen und betrog sich selbst mit großen Worten, verwegenen Erzählungen und eitlen Phantastereien. Unter seinen Freunden, Schnapsbrüdern wie er selbst, war er deshalb oft Gegenstand von Schabernack und Gespött.

Während der schönen Sommertage beginnen sie immer auf solche Weise im Garten Mussas zu dritt ihr Zechgelage, um es dann, erst bei Einbruch der Dunkelheit, unten in der Stadt fortzusetzen. Während sie die Dunkelheit mit ihren großen Sternen am blauen, engen Travniker Horizont und die volle Wirkung des Getränkes in sich abwarten, singen sie vor sich hin oder sprechen leise und träge, ohne viel Zusammenhang und ohne Rücksicht auf den Gesprächspartner. Es sind Gespräche und Gesänge von Menschen, welche die Trunksucht durch und durch vergiftet hat. Sie täuschen ihnen Arbeit und Bewegung vor, denen sie längst entwöhnt sind. In diesen Gesprächen reisen sie, erleben Heldenstücke, verwirklichen Wünsche, die sie anders nie befriedigen können, sehen Niegesehenes und hören Niegehörtes, blähen sich auf, wachsen, genießen ihre eigene Größe, heben sich empor, schweben wie beflügelt, werden zu alldem, was sie nie imstande sind zu werden und niemals sein konnten, und besitzen, was es nirgends gibt und was nur der Schnaps für kurze Frist denen vorgaukelt, die sich ihm völlig ergeben.

Mussa spricht am wenigsten. Er liegt versunken im dichten, mattgrünen Gras, die Arme unter dem Kopf verschränkt, das linke Bein angewinkelt und das rechte darübergeworfen wie beim Sitzen. Sein Blick verliert sich im leuchtenden Himmel. Durch das Gewirr des Grases berühren seine Finger die laue Erde, die, wie ihm scheint, in langen, gleichmäßigen Zügen atmet. Gleichzeitig spürt er, wie ihm warme Luft durch die Hemdsärmel und aufgeknöpften Hosenbeine strömt. Das ist jener kaum spürbare Hauch, jene besondere Travniker Brise, die im Sommer gegen Abend aufkommt und langsam und niedrig, unmittelbar auf der Erdoberfläche, durch Gras und Gebüsch »gleitet«. Mussa, der sich auf halbem Wege zwischen seinem Katzenjammer vom Vormittag und dem neuen, kommenden Rausch befindet, gibt sich ganz dieser Bodenwärme und der leichten, stetigen Brise hin, und es ist ihm, als höben sie ihn hoch, als steige und fliege er, und zwar nicht, weil Bodenwärme und leichte Brise stark und mächtig wären, sondern weil er selbst nahezu nur noch Windhauch und ruhelose Wärme ist, leicht und schwach, so daß er mit ihnen irgendwohin auf Reisen zieht.

Während er so aufsteigt und fliegt und doch am Boden liegt, glaubt er das Gespräch seiner beiden Kumpane wie im Traum zu hören. Hamzas Stimme klingt heiser und ist schwer zu verstehen, die Torkelhodschas klingt tief und abgehackt; er spricht überhaupt langsam und feierlich, den Blick immer auf dieselbe Stelle gebannt, als läse er etwas vom Blatt ab.

Schon vor drei Tagen hatten alle drei festgestellt, daß ihnen das Geld ausgegangen war und daß sie um jeden Preis zu neuem gelangen mußten. Schon längst war Torkelhodscha an der Reihe, welches aufzutreiben, aber es fiel ihm immer besonders schwer, er trank lieber auf fremde Kosten.

Das Gespräch geht um ein Darlehen, das Torkelhodscha von seinem Onkel aus Podlugovi erhalten soll, der in letzter Zeit reich geworden ist.

»Wie kommt dein Onkel zu dem Geld?« fragt Hamza mißtrauisch und bissig wie jemand, der den Onkel gut kennt und weiß, wie schwer man zu Geld kommt.

»Er hat in diesem Sommer gut an der Baumwolle verdient.«

»Ist er Saumtiertreiber bei den Franzosen geworden?«

»I wo! Er kauft und verkauft Baumwolle, die man in den Dörfern ›findet‹.«

»Und geht die Ware gut?« fragt Hamza träge.

»Es heißt, ja. Sie geht wie geschmiert. Weißt du, der Engländer hat den Weg über das Meer abgeriegelt, und nun fehlt es dem ›Bunaparte‹ an Baumwolle. Dabei muß er ein gewaltiges Heer bekleiden. So muß er denn die Baumwolle über Bosnien transportieren. Zwischen Novi Pazar und Kostajnica läuft ein Pferd hinter dem anderen, kommt Ballen um Ballen, nichts als Baumwolle. Die Straßen sind verstopft, die Hane überfüllt. Du treibst beim besten Willen keinen Saumtiertreiber auf; alle hat der Franzose gemietet, und er bezahlt sie mit blanken Dukaten. Wer heute ein Pferd hat, kann es mit Gold aufwiegen, und wer mit Baumwolle wirtschaftet und handelt, ist in einem Monat ein reicher Mann.«

»Gut, aber wie kommen die Leute zu Baumwolle?«

»Ach, wie? Der Franzose gibt dir natürlich keine Baumwolle, und wenn du dein Auge verpfändest. Und wenn du dein Haus anbietest, nicht eine Okka Baumwolle kriegst du dafür. Aber die Leute haben sich was ausgedacht, sie stehlen. Sie stehlen in den Hanen, wo die Saumtiertreiber übernachten und die Pferde absatteln. Wenn sie die Fracht abladen, sind die Ballen vollzählig, am nächsten Morgen, wenn sie wieder aufladen, fehlt ein Ballen. Nun beginnt ein Gelaufe. Wer ist der Dieb? Wo ist er? Aber die Karawane kann doch nicht wegen eines Ballens warten. So zieht sie ohne ihn ab. Noch mehr stehlen die Leute in den Dörfern. Die Kinder verlassen die Dörfer, verbergen sich im Gebüsch am Wege und schlitzen mit kleinen Messerchen den Sack in einem solchen Ballen auf. Weil der Weg eng und mit Gestrüpp bewachsen ist, beginnt die Baumwolle herauszufallen und an den Zweigen beiderseits des Wegs hängenzubleiben. Sobald die Karawane vorbei ist, kriechen die Kinder aus dem Versteck und sammeln die Baumwolle in Körbe, verbergen sich dann wieder und warten auf die nächste Karawane. Die Franzosen führen Klage gegen die Saumtiertreiber und ziehen ihnen den Schaden vom Verdienst ab. An einigen Orten kommen dann die Häscher und fangen die Kinder ein. Aber wer wird mit diesem Volk fertig? Alle Welt pflückt ›Bunapartes‹ Baumwolle und sammelt sie von den Zweigen, wie in Ägypten, und aus den Marktflecken kommen die Leute und treiben damit blühenden Handel. So haben sich viele völlig eingekleidet und bereichert.«

»Und just über Bosnien geht der Segen?« fragt Hamza schläfrig.

»Nicht über Bosnien, sondern über das ganze Reich. ›Bunaparte‹ hat sich in Stambul für seine Konsuln und Kaufleute Geleitbriefe ausstellen lassen, und nun schickt er sie mit dicken Geldbeuteln durch das Land, so geht das. Und wenn du erst wüßtest, daß mein Onkel für ›Bunapartes‹ Baumwolle ...«

»Beschaff Geld«, unterbricht ihn Mussa leise und verächtlich, »und wir wollen dich nicht ausfragen, ob es vom Onkel mütterlicherseits oder vom Onkel väterlicherseits kommt, wir wollen auch nicht wissen, wo Baumwolle wächst und wo es Stahl gibt. Geld brauchen wir.«

Mussa kann die Erzählungen Torkelhodschas, die sich regelmäßig in die Länge ziehen, übertrieben klingen und aus denen man immer nur seine Gelehrsamkeit, Tapferkeit und Welterfahrung ersehen soll, nicht leiden. Hamza hat mehr Geduld, er lauscht ruhig und mit einem Humor, der ihn nie verläßt, auch nicht in Zeiten ärgsten Geldmangels.

»Bei Allah, wir brauchen Geld«, sagt auch Hamza, es klingt wie ein dumpfes Echo. »Wir brauchen's rasch.«

»Ach, ich treib's schon auf, ich schwör's bei Allah. Heut noch, und wenn es mir an den Kragen geht«, versichert Torkelhodscha feierlich.

Keiner antwortet auf seine Schwüre und Versprechungen.

Stille. Drei Leiber, durch Nichtstun geschwächt, stets vom Alkohol angeregt oder von Verlangen danach gequält, atmen nebeneinander in trügerischer Ruhe im Gras und im warmen Schatten.

»Ein mächtiger Mann ist der ›Bunaparte‹«, meldet sich Torkelhodscha wieder und sagt gedehnt, als dächte er laut: »Ja, ein mächtiger Mann. Alle Welt besiegt und beherrscht er. Dabei, sagen sie, ist er klein und winzig; er ist ein ganz unscheinbarer Mensch.«

»Klein, so etwa von deinem Wuchs, aber er hat ein großes Herz«, bemerkt Hamza gähnend.

»Und er soll«, fährt Torkelhodscha fort, »weder einen Säbel noch ein Gewehr tragen. Er stülpt bloß den Rockkragen hoch und zieht den Hut ins Gesicht und stürmt so seinen Truppen voran; und alles vernichtet er, was sich ihm in den Weg stellt; aus den Augen blitzt ihm das Feuer; kein Säbel verwundet ihn, keine Kugel trifft ihn.«

Torkelhodscha nimmt das Glas vom Tanbur, gießt Schnaps ein und trinkt; er tut alles mit der linken Hand, während er die rechte in der aufgeknöpften Anterija hält und, das Haupt auf die Brust gesenkt, seinen verlorenen Blick nicht von der rauhen Rinde des Birnbaums wendet.

Da hebt der Schnaps aus ihm zu singen an.

Ohne seine Stellung zu ändern und ohne seinen Blick zu verrücken, beginnt er mit kaum geöffnetem Mund in seinem schwerfälligen tiefen Bariton:

»Krank lag Naza, krank die Schöne,
Sie, der Mutter einzige.«

Wieder greift er nach dem Glas, schenkt sich ein, leert es und stellt es auf den Tanbur zurück.

»Ach, wenn der mir über den Weg liefe …«

»Wer?« fragt Hamza, obwohl er schon zum hundertstenmal solche und ähnliche Phantastereien gehört hat.

»Wer schon? Der ›Bunaparte‹! Damit wir uns messen, hol der Teufel den ungläubigen Kerl, und sehen, wem das Glück hold ist.«

Sinnlose Worte verlieren sich in der tiefen Stille, die ringsum herrscht. Torkelhodscha greift wieder zum Glas auf dem Tanbur, schüttelt sich prustend beim Heruntertrinken und fährt mit tieferer Stimme fort:

»Besiegt er mich, soll er meinen Kopf heimtragen. Tut mir nicht ein bißchen leid darum. Aber wenn ich ihn unterkriege und fessele, ich täte ihm nichts, ich würde ihn nur gefesselt durch die Truppen vor mir hertreiben und ihn zwingen, dem

Sultan genau so Tribut zu zahlen wie der letzte welsche Hirt am Fuß des Karaulas!«

»›Bunaparte‹ ist weit, Murat, gar weit«, bemerkt Hamza gutmütig, »und groß ist seine Macht und sein Heer. Und wo sind die anderen Ungläubigenreiche, durch die du hindurchmüßtest?«

»Ach was, mit den anderen werde ich leicht fertig«, sagt Torkelhodscha mit einer prahlerischen Handbewegung. »Freilich, er ist weit von hier, wenn er in seinem Land ist, aber er zieht ja durch die Welt, nirgends kommt er zur Ruhe. Voriges Jahr ist er nach Wien gekommen und hat da geheiratet, nämlich die Tochter des deutschen Kaisers.«

»Ah, siehst du, da bei Wien hätte es noch zwischen euch beiden zu was kommen können«, sagt Hamza schmunzelnd. »Hättest du bloß daran gedacht, solange es Zeit war.«

»Aber ich sage dir doch, wir müssen uns eines Tages aufmachen und in die Welt ziehen, statt hier dahinzudösen und zu verfaulen in der Travniker Moderluft. Wir müssen entweder unsere Ehre retten oder sterben. Seit wann red ich das! Aber ihr beiden antwortet immer nur: ›Nein, warte noch, wir wollen heute, wir wollen morgen …‹ Und so …«

Bei diesen Worten ergreift Torkelhodscha mit einer energischen Bewegung das Glas vom Tanbur, schenkt es sich voll und trinkt es mit einem Ruck aus.

Weder Hamza noch Mussa antworten noch etwas auf seine Hirngespinste. In kurzen Zügen, unauffällig, trinken auch sie Schnaps aus ihren Schälchen, die im Gras stehen. Sich selbst überlassen, verliert Torkelhodscha sich in jenem stolzen, verächtlichen Schweigen, das auf schwere Kämpfe und große Taten zu folgen pflegt, für die es keine rechte Anerkennung und keine würdige Belohnung gibt. Düster vor sich hin brütend, die rechte Hand in der aufgeknöpften Anterija, das Kinn auf der Brust, starrt er mit verlorenem Blick vor sich hin.

»Drei Jahre lag sie krank …«

Plötzlich ertönt wieder sein trauriger Bariton, so als sänge die Stimme eines anderen aus ihm.

Hamza gerät in Begeisterung und räuspert sich:

»Heil dir, Murat, alter Kämpe! Du wirst aufbrechen, wenn Allah es zuläßt, und wirst losziehen, ja freilich, und die halbe Welt wird Augen und Ohren aufreißen und staunen, wer dieser Murat ist, von welchem Schlage und von welchem Stamm.«

»Heil dir! Lebe hoch!« antwortet Torkelhodscha schmerzlich gerührt und erhebt müde sein Glas wie einer, der unter der Last seines Ruhmes schwankt.

So vergeht ihnen die Zeit, während Mussa still und regungslos daliegt und mit dem Wind und der Bodenwärme schwebt und fliegt, für einen Augenblick wenigstens befreit vom Gesetz der Schwerkraft und den Fesseln der Zeit.

Der blendend klare Tag, ganz Sonnenschein und Blau des Himmels, steht flimmernd über dem Travniker Tal.

XXI

Als mit dem Beginn des Jahres 1812 immer mehr Vorzeichen auftauchten und Stimmen laut wurden, die auf einen neuen Krieg hindeuteten, wurde Daville bei jeder der Nachrichten wie von einem leichten, unmerklichen Schwindel erfaßt; es ging ihm wie einem Menschen, der sieht, daß altbekannte Qualen, die ihn schon öfters heimgesucht haben, seiner harren.

»Du gütiger Gott, du gütiger Gott!«

So murmelte er undeutlich vor sich hin, mit einem gedehnten Seufzer, im Stuhl zurückgelehnt, die rechte Hand über den Augen.

Alles begann also von neuem, so wie vor zwei Jahren um die gleiche Zeit und wie davor, 1805 und 1806. Wieder würde alles genauso verlaufen. Unruhe und Sorge, Zweifel an allem und Schamgefühl und Ekel und gleichzeitig die schnöde Hoffnung, daß doch alles auch diesmal – dieses letzte Mal! – irgendwie glücklich enden würde und daß das Leben (das inkonsequente, klägliche, süße, einzige Leben), das Leben des Reiches und der Gesellschaft, sein Leben und das seiner Familie, sich als beständig und dauerhaft erwiese, daß dies die letzte Prüfung sein und daß dann ein Schlußstrich unter das Dasein gezogen würde, das immerfort stieg und fiel und wie eine verrückte Schaukel dem Menschen gerade soviel Atem gewährte, als er benötigte, um zu sagen, daß er lebe. Wahrscheinlich endete auch diesmal alles mit Siegesbulletins, mit günstigen Friedensverträgen, aber wer sollte so ein Leben aushalten, das moralisch immer untragbarer und teurer wurde, und wer konnte den Kaufpreis, den es abforderte, mit seinem Blut aufbringen und bezahlen? Was konnte der Mensch, der sich verausgabt hatte, denn noch geben, und wie sollte seine Kraft, die schon überfordert war, etwas leisten? Und doch mußten die Menschen alles tun und ihr Letztes hergeben, nur um endlich einmal einen Ausweg aus dem ewigen Kriegführen zu finden, damit der Mensch aufatmete und ein wenig Beständigkeit und Frieden gewann.

›Frieden, nichts als Frieden! Frieden, Frieden!‹ dachte oder flüsterte er, und dieses Wort allein lullte ihn schon in sanften Halbschlaf ein.

Aber vor den verdeckten Augen, unter der kalten Hand tauchte auf einmal das schon vergessene Gesicht des vergessenen von Mitterer auf, fahl und elend, mit tiefen Furchen, in denen ein grüner Schatten lag, mit dem geraden, gezwirbelten Schnurrbart und den schwarzen Augen voll ungesunden Glanzes. Mit diesem Gesichtsausdruck hatte er ihm voriges Jahr zur selben Jahreszeit liebenswürdig und zweideutig hier in der gleichen Stube versichert, im nächsten Frühling gäbe es »viel Radau« (ja, genau in solcher Kasernensprache hatte er sich ausgedrückt). Nun war er gekommen, pünktlich und unerbittlich, wie ein pedantischer, wenig geistreicher Spuk, um ihm zu beweisen, daß er recht geweissagt hatte und daß es keinen Frieden gab noch geben würde. Von Mitterers Kopf sagte das gleiche wie voriges Jahr beim Abschied, bitter und schadenfroh:

›Il y aura beaucoup de tapage.‹

Häßliche Worte, eine häßliche Aussprache, ein heimtückischer Ton in allem.

›... beaucoup de tapage ... de tapage ... de tapage ...‹

Mit diesem Wort zerriß das Bild von Mitterers, es wurde immer blasser und leichenhafter. Das war auch nicht mehr von Mitterer. Es war jenes abgehackte, blasse, blutige Haupt auf dem Sansculottenpickel, das Daville eines Morgens, vor zwanzig Jahren, an seinem Fenster in Paris gesehen hatte.

Daville sprang auf, nahm jäh die Hand von den Augen und zerstörte seinen Halbschlaf und mit ihm das Gesicht, das gekommen war, ihn, den Hilflosen, Müden, zu ängstigen. Die große Schrankuhr im überheizten Zimmer schlug eintönig ihre Stunden.

Dieses Frühjahr schien viel Schwierigkeiten für Daville zu bringen.

Aus den Rundschreiben, den immer häufiger eintreffenden Kurieren und dem Ton der Presse konnte er ersehen, daß große Dinge und neue Feldzüge vorbereitet wurden und daß die ganze Kriegsmaschinerie des Reiches wieder in Bewegung war. Aber er hatte keinen Menschen, mit dem er sich darüber aussprechen konnte, um die Meinung eines anderen zu hören, ihn nach den Aussichten zu befragen und die eigenen Zweifel und Befürchtungen zu prüfen, um im Lichte eines vernünftigen Gesprächs zu sehen, wie viele seiner Befürchtungen zu Recht bestanden und was bloße Frucht der Phantasie, der Angst und der Übermüdung war. Denn wie alle vereinsamten, schwachen und verbrauchten Menschen, die für gewisse Augenblicke in ihrem Selbstbewußtsein schwankend werden, wollte auch Daville mit aller Gewalt in den Worten und Blicken anderer Menschen einen Ansporn und eine Bestätigung finden für sein Denken und Schaffen, statt sie in sich selber zu suchen. Aber darin besteht ja aller Fluch des Daseins, daß es uns niemals an Gesprächen und Ratschlägen mangelt, außer dann, wenn wir am meisten auf sie angewiesen sind, und daß darüber, was uns in Wahrheit quält, kein Mensch mit uns klar und offen reden will.

Von Paulich ging seinen Geschäften nach wie ein höflicher, kalter, gleißender und unerbittlicher kaiserlich-österreichischer Automat ohne Fehler und ohne Schwanken. Wenn sich die beiden Konsuln trafen, redeten sie über Vergil oder über die Absichten der europäischen Höfe, aber in den Gesprächen gelang es Daville nie, auch nur eine seiner Ahnungen oder Befürchtungen auf ihre Berechtigung hin zu prüfen, denn von Paulich hielt sich an allgemeine Phrasen über die »Bündnis- und Verwandtschaftsbeziehungen, die zwischen dem österreichischen und dem französischen Hof bestehen«, über »die Klugheit und den Weitblick jener, die im gegenseitigen Einvernehmen heute die Geschicke der europäischen Staaten lenken«, und er vermied es, sich in irgendeiner Hinsicht ein wenig bestimmter über die Zukunft zu äußern. Daville wiederum wagte nicht, unmittelbare Fragen an ihn zu richten, da er sich nicht verraten wollte, sondern schaute nur fiebrig in die ungewöhnlich blauen und dunklen Augen seines Gegenübers, in denen er auf die immer gleiche unbarmherzige und abweisende Zurückhaltung stieß.

Mit d'Avenat zu reden hatte keinen Zweck. Für ihn gab es nur greifbare Dinge und konkrete Fragen. Alles, was nicht zu dieser Form herangereift war, bestand für ihn nicht.

So blieb es bei den Gesprächen mit Ibrahim-Pascha und den Leuten aus dem Konak.

Was er vom Wesir zu hören bekam, war mehr oder weniger das gleiche, seit Jahren Wiederholte, das so versteinert war wie er selbst.

Es war Anfang April. Um diese Zeit wurde der Wesir stets unruhig und gereizt, denn es nahte die Zeit, da wieder ein Heer gegen Serbien gerüstet werden mußte, und Stambul stellte dabei Ansprüche an den Wesir, die seine Kräfte weit überschritten.

»Sie wissen dort nicht, was sie tun«, klagte dem Konsul der Wesir, dem ebenfalls daran lag, sich durch eine Aussprache ein wenig von seinen Sorgen frei zu reden. »Sie wissen nicht, was sie tun, das ist alles, was ich dazu sagen kann. Da befehlen sie mir, ich solle mit dem Pascha aus Niš zum gleichen Zeitpunkt aufbrechen, so daß wir die Aufständischen von zwei Seiten angreifen. Dabei wissen sie nicht und wollen nicht wissen, worüber ich hier verfüge. Wie können meine Ochsengespanne mit seinen Pferden Schritt halten? Woher nehme ich zehntausend Mann, und womit soll ich sie verpflegen und ausrüsten? Man kann keine drei Bosniaken in einer Gruppe aufstellen, ohne daß sie sich darüber streiten, wer der erste ist (daß keiner der letzte sein will, versteht sich ohnehin). Und selbst wenn mir das alles gelänge, was hilft es mir, wenn die bosnischen Helden jenseits der Drina und Save nicht kämpfen wollen? Hier an den Grenzen Bosniens endet ihre Tapferkeit und ihr sprichwörtliches Heldentum.«

Offensichtlich war der Wesir nicht in der Lage, in diesem Augenblick über etwas anderes nachzudenken oder zu reden. Er wurde geradezu lebhaft, sofern man das Wort auf ihn überhaupt anwenden kann, und winkte immer wieder ab, als versuchte er vergeblich eine lästige Mücke zu verjagen.

»Im übrigen, Serbien verdient es nicht, daß man soviel darüber spricht. Ach, lebte jetzt Sultan Selim, dann wäre alles anders.«

Und kam die Rede einmal auf den unglücklichen Selim III., so war, wenigstens für diesen Tag, mit keinem anderen Gespräch zu rechnen. Das traf auch jetzt zu.

In diesen Tagen machte Daville Tahir-Beg, dem Teftedar, ein besonderes Geschenk, nur um einen Vorwand zu haben, seine Meinung zu erfragen.

Nachdem Tahir-Beg, mehr auf dem Krankenlager als auf den Beinen, den schweren Winter überstanden hatte, lebte er jetzt plötzlich wieder auf, er wurde gesprächig, rege und nahezu unnatürlich lebhaft. Die Aprilsonne hatte sein Gesicht schon leicht gebräunt, und seine Augen leuchteten wie bei einem leichten Rausch.

Der Teftedar sprach – schnell und fieberhaft – über Travnik, über die Winter, die sie hier verbracht hatten (er den vierten und Daville schon den fünften), über die Gefühle der Freundschaft und Leidensgemeinschaft, die der lange gemeinsame Aufenthalt in der Stadt beim Wesir und bei ihnen allen Daville und den Seinen gegenüber hatte reifen lassen, über Davilles Kinder, über den Frühling, über so viele verschiedene Dinge, die nur dem Schein nach keinen Zusammenhang hatten, in Wirklichkeit aber aufs engste mit der Stimmung verbunden waren, in der sich Tahir-Beg befand. Leise und lächelnd, doch erregt, als sagte er etwas, was auch ihm selbst erst jetzt, in dem Augenblick, offenbar wurde und wovon er sich und Daville zu überzeugen wünschte, so sprach der Teftedar, er tat es wie ein Mensch, der etwas vorliest:

»Der Frühling gleicht alles aus und macht alles wieder gut. Solange die Erde immer wieder blüht und solange es Menschen gibt, die diese Erscheinung beobachten und genießen, ist alles gut.«

Der Teftedar machte mit seiner braunen, sonnenverbrannten Hand, deren bläuliche Fingernägel der Länge nach gerippt waren, eine leichte Bewegung, um zu zeigen, wie sich alles ausglich.

»Und Menschen wird es immer geben, denn unablässig verschwinden jene, die nicht mehr leben können und die Sonne und die Blumen nicht mehr zu sehen vermögen, und es kommen neue hinzu. Wie sagt der Dichter: ›In den Kindern erneuert und reinigt sich der Fluß der Menschheit.‹«

Daville nickte beifällig und lächelte gleichfalls, als er das lächelnde Gesicht seines Gegenübers sah, doch im stillen dachte er: ›Auch er spricht sich heute das von der Seele, was er im Augenblick aus Gott weiß für Gründen loswerden will.‹ Und sofort lenkte er das Gespräch von Frühling und Jugend weg auf Reiche und Kriege. Tahir-Beg griff jedes Thema bereitwillig auf und sprach über alles mit derselben ruhigen, lächelnden Verzückung, so als läse er etwas ganz Neues und Erfreuliches.

»Ja, auch wir haben davon gehört, daß sich neue Kriege am Horizont abzeichnen. Wer mit wem und wer gegen wen stehen wird, soll sich erst noch zeigen, aber ein Krieg scheint für den Sommer so gut wie sicher.«

»Sind Sie sich dessen sicher?« fragte sofort Daville, schmerzlich getroffen.

»Sicher insofern, als es in Ihren Zeitungen steht«, antwortete lächelnd der Teftedar, »und ich habe keinen Grund, den Zeitungen nicht zu glauben.«

Tahir-Beg neigte leicht sein Haupt und betrachtete Daville mit einem leuchtenden, etwas schielenden Blick, mit einem Blick, der Mardern und Wieseln, flinken Raubtieren, eigen ist, die ihr Opfer töten und sein Blut trinken, das Fleisch des getöteten Tieres jedoch verschmähen.

»Sicher insofern«, fuhr der Teftedar fort, »als, soviel ich weiß, schon seit Jahrhunderten zwischen den christlichen Staaten immerzu Krieg herrscht.«

»Die nichtchristlichen, orientalischen Staaten führen aber doch auch Kriege«, unterbrach ihn Daville.

»Gewiß, sie führen auch Kriege. Allein der Unterschied besteht darin, daß die Staaten des Islams ohne zu heucheln und ohne Widerspruch zu ihrer Lehre Krieg führen. Sie betrachten den Krieg seit jeher als einen wichtigen Bestandteil ihrer Mission in der Welt. Der Islam kam als eine kriegführende Partei nach Europa und hat sich bis heute dort gehalten, sei es dadurch, daß er Krieg führte, sei es dadurch, daß sich die christlichen Staaten gegenseitig befehdeten. Die christlichen Staaten jedoch verurteilen, wenn ich gut unterrichtet bin, den Krieg in einem solchen Maße, daß sie die Verantwortung für jeden Krieg aufeinander abwälzen, und während sie den Krieg verurteilen, hören sie nicht auf, ihn zu führen.«

»Ihre Darlegung enthält ohne Zweifel viel Richtiges«, ermunterte Daville den Teftedar mit dem Hintergedanken, ihn zu einem Gespräch über den russisch-französischen Konflikt zu verleiten und auch seine Meinung darüber zu erfahren, »aber denken Sie etwa, der russische Zar würde es wagen, den Zorn des größten christlichen Herrschers auf sich zu lenken und das mächtigste Heer der christlichen Welt gegen sich aufzubringen?«

Der Blick des Teftedars wurde noch funkelnder, noch schielender.

»Die Absichten des Zaren sind mir nicht im entferntesten bekannt, lieber Herr, aber ich bin so frei, Sie auf eine Tatsache hinzuweisen, die ich seit langem beobachtet habe: Der Krieg flackert ständig an der Oberfläche des christlichen Europas, nur bewegt er sich bald hierhin, bald dorthin wie ein Stück Glut, das man auf der Hand trägt und hin und her schiebt, damit es weniger weh tut. In dieser Stunde glimmt der Krieg irgendwo an den europäischen Grenzen Rußlands.«

Daville hatte schon eingesehen, daß er auch hier nichts darüber erfahren würde, was ihn interessierte und quälte, denn der Teftedar sprach gleich dem Wesir nur von dem, wozu ein augenblicklicher innerer Drang ihn antrieb. Trotzdem wollte er noch einen Versuch machen, etwas herauszubekommen, und er ging dabei grob und direkt vor:

»Es ist allbekannt, daß das Hauptziel der russischen Politik die Befreiung der orthodoxen Glaubensgenossen ist, also auch die Befreiung jener Länder, die unter osmanischer Herrschaft stehen. Deshalb halten es viele für glaubwürdiger, daß die eigentlichen Kriegspläne Rußlands gegen die Türkei und nicht gegen die westeuropäischen Länder gerichtet sind.«

Der Teftedar ließ sich nicht aus der Fassung bringen.

»Was wollen Sie? Es ereignet sich nicht immer das, was am wahrscheinlichsten ist. Und wäre es so, wie das ›viele für glaubwürdiger halten‹, dann wäre der Verlauf unschwer vorauszusehen, denn es ist kein Geheimnis, daß all die Länder, die durch einen Krieg erworben sind, mit Hilfe des Krieges verteidigt werden und im Kriege auch verlorengehen, wenn sie verlorengehen sollen. Aber das ändert nichts an dem, was ich gesagt habe.«

Und Tahir-Beg kehrte standhaft zu seinem Thema zurück.

»Achten Sie darauf, und Sie werden sehen, daß es stimmt: Wohin immer das christliche Europa seine Macht ausdehnt und wohin es seine Gebräuche und Einrichtungen bringt, da kommt es zum Krieg, zum Krieg zwischen den Christen. So ist es in Afrika, so in Amerika, so in den europäischen Teilen des Osmanischen Reichs, die unter die Herrschaft eines christlichen Staates geraten sind. Und sollte es, durch Fügung des Schicksals, einst dazu kommen, daß wir die Gebiete verlieren und ein christliches Land sie erobert, wie Sie das eben andeuteten, dann wird es mit ihnen genauso sein. So kann es vielleicht einmal geschehen, daß sich in hundert oder zweihundert Jahren an der gleichen Stelle, wo Sie und ich jetzt miteinander über die Möglichkeiten eines türkisch-christlichen Krieges reden, die Christen, nachdem sie sich von der Herrschaft der Osmanen befreit haben, gegenseitig abschlachten und niedermetzeln.«

Tahir-Beg lachte laut über seine Vision. Auch Daville lachte, aus Höflichkeit und mit dem Wunsch, allem ein angenehmes, harmloses Äußeres zu verleihen, obwohl er von der Wendung, die das Gespräch genommen hatte, enttäuscht und unbefriedigt war.

Zum Schluß würzte Tahir-Beg die Unterhaltung mit neuerlichen Betrachtungen über den Frühling, über die Jugend, die etwas Ewiges sei, wenn es auch nicht ewig dieselben seien, die jung sind, über Freundschaft und über gute Nachbarschaft, die geeignet sei, selbst unwirtliche Gegenden angenehm und erträglich zu machen.

Daville nahm die Worte mit einem Lächeln entgegen, hinter dem er seine Unzufriedenheit zu verbergen suchte.

Auf dem Rückweg vom Konak wechselte Daville, wie das oft geschah, einige Worte mit d'Avenat.

»Welchen Eindruck haben Sie von Tahir-Beg?« fragte Daville, nur um damit das Zeichen zu einem Gespräch zu geben.

»Das ist ein kranker Mann«, antwortete d'Avenat trocken und verstummte.

Ihre Pferde näherten sich wieder einander.

»Aber es sieht so aus, als hätte sich diesmal sein Zustand sehr gebessert.«

»Das hilft ihm auch nicht, daß sich sein Zustand so oft bessert. Er wird sich so immer häufiger bessern, bis der Mann eines Tages ...«

»Meinen Sie?« fragte Daville und fuhr überrascht zusammen.

»Ja, das meine ich. Haben Sie seine Hände und Augen betrachtet? Das ist ein Mensch, der sich zu Tode behandelt und von Drogen lebt«, schloß d'Avenat mit leiser Stimme, streng und hart.

Daville antwortete nichts. Jetzt, nachdem seine Aufmerksamkeit darauf gelenkt war und er sich die einzelnen Teile von Tahir-Begs Äußerungen vergegenwärtigte, ohne unter dem Eindruck von dessen befremdlichem Lächeln und Wesen zu stehen, kamen sie ihm in der Tat zusammenhanglos, ungesund und überspannt vor.

Alles, was d'Avenat in seiner groben und unerbittlich sachlichen Art ausgesprochen hatte, verletzte Daville wie ein schmerzhafter Mißklang und eine ihm persönlich angetane Unfreundlichkeit, obwohl er selbst nicht wußte weshalb. Er ritt d'Avenat wieder um eine Pferdelänge voraus. Das war das Zeichen, daß er das Gespräch für beendet ansah. ›Sonderbar‹, dachte Daville, den Blick auf den breiten Rücken des Unteroffiziers gerichtet, der im Auftrag des Wesirs vor ihnen ritt und ihnen den Weg bahnte, ›sonderbar, wie hierzulande kein Mensch für den anderen Liebe, ja nicht einmal jenes natürliche Bedauern aufbringt, das bei uns in jedem spontan erwacht, wenn er sich fremdem Leid gegenübersieht. In diesen Ländern muß man erst Bettler oder abgebrannt sein oder ein Krüppel auf der Straße, um Mitleid zu erregen. Sonst aber, unter gleichgestellten Menschen, gibt es so etwas nicht. Und lebte man hundert Jahre hier, man könnte sich nicht an die herzlose Gesprächsweise und an die moralische Nacktheit und grobe Unmittelbarkeit hierzulande gewöhnen, man könnte sich nicht so sehr abhärten, daß es einen nicht mehr beleidigte und schmerzte.‹

Über ihnen erscholl jäh und heftig wie eine Explosion die Stimme des Muezzins von der Bunten Moschee. In der schneidenden Stimme zitterte und verströmte eine gewaltige, kämpferische, grimmige Frömmigkeit, von der die ganze Brust des Muezzins erfüllt sein mußte. Es war die Mittagsstunde. Nun meldete sich ein zweiter Muezzin von einer Moschee, die man nicht sah. Seine Stimme, erregt und tief, folgte wie ein frommer, eifernder Schatten der Stimme des Muezzins aus der

Čaršija. Bis zum Konsulat wurden Daville und sein Gefolge von den Stimmen begleitet, die sich bald einholten, bald sich in der Luft über ihnen verloren.

In diesen Tagen jährte sich am Fest Mariä Verkündigung die Taufe von Davilles Töchterchen. Daville nahm das zum Anlaß, um von Paulich und den Pfarrer von Dolac, Fra Ivo Janković, mit dessen Kaplan zum Mittagsmahl zu bitten. Die Fratres nahmen die Einladung an, allerdings konnte man sofort sehen, daß sie ihre Haltung nicht im geringsten geändert hatten. Beide waren von einer übertriebenen Höflichkeit und vermieden, Daville in die Augen zu schauen, ihr Blick kam schräg von unten und streifte die Schultern. Daville kannte diesen Blick bei den Bosniaken (lange Jahre und viele Geschäfte hatten ihn seine Bedeutung gelehrt), und er wußte sehr wohl, daß man gegen das Ungewisse, das sich dahinter verbarg, nicht aufkommen konnte, weder im guten noch mit Gewalt. Er kannte die ungesunde, geheimnisvolle seelische Verworrenheit der Bosniaken, die genauso empfindlich waren, wenn es um sie selbst ging, wie sie grob und schroff handelten, ging es um andere. So bereitete er sich auf die Mittagstafel wie auf ein schwieriges Spiel vor, von dem er im voraus wußte, er werde es nicht gewinnen können, müsse es jedoch spielen.

Bis zum Beginn und während der Mahlzeit verlief das Gespräch in allgemeinen Bereichen, unaufrichtig, süßlich und unverbindlich. Fra Ivo aß und trank so viel, daß sein ohnehin rotes Gesicht violett anlief und sich seine Zunge löste. Auf den jungen Kaplan wirkte das üppige Mahl genau umgekehrt, er wurde von den vielen Speisen blasser und noch wortkarger.

Nach dem ersten Tabakqualm, den Fra Ivo von sich blies, legte er seine riesige rechte Faust, die am Handrücken mit dichtem rötlichem Flaum bewachsen war, auf den Tisch und begann ohne einleitende Worte von den Beziehungen zwischen dem Heiligen Stuhl und Napoleon zu reden.

Daville war überrascht, wie gut der Frater die einzelnen Phasen des Kampfes kannte, der zwischen dem Papst und dem Kaiser ausgefochten wurde. Er wußte bis ins einzelne Bescheid über das nationale Kirchenkonzil, das Napoleon im vergangenen Jahr in Paris zusammengerufen hatte, und über den Widerstand der französischen Bischöfe, wie er auch über alle Stätten, an denen der Papst seine Verbannung verbracht hatte, und über alle Peripetien des Druckes unterrichtet war, dem man ihn aussetzte.

Der Konsul begann, die französischen Schritte zu verteidigen, sie zu erläutern. (Auch ihm klang die eigene Stimme kraftlos und wenig überzeugend.) Dabei bemühte er sich, das Gespräch auf die heutige internationale Lage zu lenken, in der Hoffnung, er könnte herausbekommen, was der Frater und mit ihm seine Ordensbrüder und das ganze Volk dachten und von der nächsten Zukunft erwarteten. Der Frater war aber gar nicht geneigt, über allgemeine Dinge zu sprechen. Er befaßte sich nur damit, was ihn seine leidenschaftliche Natur und seine fanatische Gesinnung lehrten. In allen anderen Fällen warf er einen Blick zu Herrn von Paulich hinüber, der etwas entfernt mit Madame Daville plauderte. Dem Frater war offenbar weder an den Russen noch an den Franzosen viel gelegen. Er malte nur immer wieder mit seiner schneidenden Stimme, die für einen so kräftigen Mann ungemein dünn und zischend wirkte, in den schwärzesten Farben die Zukunft, die einer Nation bevorstand, die so mit der Kirche und ihrem Oberhaupt verfuhr.

»Ich weiß nicht, Herr Konsul, ob Ihr Heer gegen Rußland ziehen wird oder gegen ein anderes Land«, antwortete Fra Ivo auf Davilles Versuche, seine Meinung zu hören und herauszubekommen, auf wessen Seite seine Sympathien in dem Fall wären, »aber ich weiß mit Sicherheit eins und sage es Ihnen offen, daß dieses Heer nirgendwo Segen ernten wird, einerlei, wohin es sich wendet, denn wer so mit der Kirche ...«

Hier folgte wieder eine Reihe von Anschuldigungen, gewürzt mit Zitaten aus der letzten gegen Napoleon gerichteten Bulle über die neuen und immer tieferen Wunden, »die alltäglich den apostolischen Behörden, den Rechten der Kirche, der Heiligkeit des Glaubens und Uns selbst zugefügt werden«.

Während Daville den Mönch betrachtete, der so klotzig, düster und unerschütterlich dasaß, stieg in ihm unwillkürlich ein Gedanke auf, den er nicht seit heute, sondern seit je, seit Jahren schon hatte, nämlich daß dieser Mensch ganz von Ingrimm und Trotz erfüllt war, die mit jedem Wort und mit jenem scharfen Zischen aus ihm hinausschlugen; alles, was er dachte und sagte, auch der Papst selbst, war ihm nur ein willkommener Anlaß, dem Ingrimm und Trotz freien Lauf zu lassen und ihnen Ausdruck zu verleihen. Unmittelbar neben dem grobschlächtigen Pfarrer saß unbeweglich der Kaplan, als sei er eine stumme Miniaturausgabe des Älteren, ihm gleich an Gestalt und Haltung. Auch er hielt die geballte rechte Hand auf dem Tisch; nur war seine Faust noch klein und weiß, mit einem kaum merkbaren Ansatz roter Härchen.

Am anderen Ende der Tafel war ein lebhaftes Gespräch zwischen Madame Daville und von Paulich im Gange. Sie war schon seit der Ankunft des Oberstleutnants in Travnik überrascht und entzückt von seinem aufrichtigen Interesse für alles, was sich auf Wohnung und Hauswirtschaft bezog, und von seinen ungewöhnlichen Kenntnissen in den Fragen und Notwendigkeiten des Haushalts. (Darin glich sie Daville, der überrascht und entzückt gewesen, wie gründlich er Vergil und Ovid kannte, und Herrn von Mitterer, der seinerzeit überrascht und erschrocken war, wie gut sein Nachfolger in militärischen Dingen Bescheid wußte.) Sooft sie zusammentrafen, stießen sie rasch auf diese nicht zu erschöpfenden und angenehmen Gesprächsthemen. Sie sprachen auch jetzt über das Mobiliar und über die Instandhaltung und Pflege der Gegenstände unter den besonderen Bedingungen dieses Klimas.

Die Sachkenntnis des Oberstleutnants schien in der Tat unerschöpflich und unbegrenzt. Er sprach über jedes der Themen, als sei es das einzige, was ihn augenblicklich fesselte, und zwar über alles mit der gleichen kühlen, fernen Objektivität, ohne etwas Persönliches, etwas von seinem Ich hineinzutragen. Auch jetzt sprach er über den Einfluß der Feuchtigkeit auf verschiedene Holzsorten bei Möbeln und auf

Seegras und Roßhaar in den Fauteuils mit sicherer Kenntnis und Erfahrung, aber mit einer wissenschaftlichen Objektivität, als handle es sich allgemein um Möbel in der ganzen Welt, nicht aber um seine Lebensumstände und seine persönlichen Dinge.

Der Oberstleutnant sprach jenes langsame, schülerhafte, doch gewählte Französisch, das sich so angenehm unterschied von dem verballhornten Wortschatz und der hastigen levantinischen Aussprache, die bei Mitterer so unerträglich quälend wirkte. Madame Daville half ihm das eine oder andere Wort, das ihm manchmal fehlte, zu finden.

Es befriedigte sie, mit dem höflichen, pedantischen Menschen über Dinge reden zu können, die ihre Hauptsorge und ihr eigentliches Leben waren. Sie war, wie in der Arbeit und im Gebet, auch im Gespräch immer die gleiche bestimmte, sanfte Frau, bar aller ablenkenden Gedanken und Zweifel, gefestigt und voll Vertrauen auf den Himmel und die Erde und auf alles, was die Zeit bringen mochte und die Menschen zu tun imstande waren.

Während Daville die Leute um sich musterte und ihnen zuhörte, dachte er: ›Sie alle sind ruhig, innerlich sicher, sie alle wissen – zumindest für den Augenblick – genau, was sie wollen, nur ich bin verwirrt und habe Angst vor dem Morgen; ich bin übermüdet und unglücklich und noch dazu verurteilt, das zu verbergen und mit mir herumzutragen, ohne mich im geringsten zu verraten.‹

Daville wurde in seinen Gedanken von Fra Ivo unterbrochen, der sich wie immer jäh erhob und seinen jüngeren Amtsbruder schroff zum Aufbruch mahnte, als sei er daran schuld, daß sie so lange hier verweilt hatten; er rief, es sei schon spät, sie wohnten weit von hier und die Arbeit warte auf sie.

Die Art des Aufbruchs brachte noch mehr unfreundliche Kälte in die Atmosphäre.

Im gleichen Frühjahr kamen in Angelegenheiten der orthodoxen Kirche der Metropolit Kalinik und der Weihbischof Vladika Joanikije nach Travnik. Daville lud sie zum Mittagessen ein, weil er hoffte, ihre Meinung über die zu erwartenden Ereignisse zu erfahren.

Der Metropolit war ein beleibter, lymphatischer, kränkelnder Mann, der eine Brille mit dicken Gläsern (von verschiedener Stärke) trug, hinter denen seine Augen schrecklich entstellt und formlos wirkten, als müßten sie jeden Augenblick ausrinnen und zerfließen. Seine Ausdrucksweise hatte etwas Versöhnlerisch-Süßliches an sich, und er sprach ohne Unterschied von allen Großmächten mit lobenden und besänftigenden Worten. Er hatte überhaupt für alle Dinge und Begriffe bloß eine geringe Auswahl von – ausnahmslos belobenden und bekräftigenden – Ausdrücken, und er wandte sie auf alles an, worüber man mit ihm sprach, leichthin, ohne sehr wählerisch zu sein, ja ohne darauf zu achten, worum es ging. Die übertriebene und verächtliche Höflichkeit, hinter der sich nur schlecht eine völlige Gleichgültigkeit allem gegenüber, was Menschen reden und sagen mögen, verbarg, findet man häufig bei betagten Geistlichen aller Konfessionen.

Ein ganz anderer Typ war der Vladika Joanikije, ein kräftiger, vierschrötiger Mönch. Sein Gesicht schien von den schwarzen Barthaaren ganz zugewachsen und zeigte ständig einen zornigen Ausdruck, das ganze Auftreten hatte etwas Schroffes, Militärisches an sich, so daß man glaubte, er trage unter seiner schwarzen Kutte einen Panzer und eine schwere Rüstung. Die Türken hatten diesen Vladika dauernd im Verdacht, er hätte Verbindungen zu den Aufständischen in Serbien, aber nachweisen konnten sie ihm nichts.

Auf Davilles Fragen antwortete er kurz, aber bestimmt und offen:

»Sie wollen wissen, ob ich für die Russen bin, aber ich sage Ihnen, daß wir für jeden sind, der uns hilft, uns am Leben zu erhalten und uns im Laufe der Zeit zu befreien. Sie wenigstens, der Sie hier leben, wissen, wie es uns geht und was wir leiden. Deshalb braucht sich niemand zu wundern ...«

Der Metropolit wandte sich dem Vladika mit einem mahnenden Blick aus seinen ausdruckslosen Augen zu, die hinter dem dicken Glas schauerlich zerliefen, aber der Vladika fuhr unbeirrt fort:

»Die christlichen Staaten schlagen sich untereinander, statt sich zu vertragen und gemeinsam daran zu arbeiten, diesem Elend ein Ende zu bereiten. Und das geht so nun schon Jahrhunderte, aber Sie wollen wissen, für wen wir sind ...«

Wieder kehrte sich der Metropolit dem Sprecher zu, und als er sah, daß sein Blick nichts half, fiel er ihm hastig und mit salbungsvoller Stimme ins Wort:

»Gott möge erhalten und leben lassen alle christlichen Mächte, die von Ihm gewollt sind und durch Seine Gnade gestützt werden. Wir beten täglich zu Gott ...«

Aber da unterbrach der Vladika den Metropoliten schnell und forsch: »...Wir sind für Rußland, Herr, und für die Befreiung aller orthodoxen Christen von den Nichtchristen. Dafür sind wir, und wer dir etwas anderes sagt, dem glaube nicht.«

Hier unterbrach ihn der Metropolit erneut und begann etwas Liebenswürdiges zu sagen, das ganz aus süßen Beiworten bestand, die d'Avenat rasch, aber nur mühevoll, ungenau und lückenhaft übersetzte.

Daville betrachtete den düsteren Vladika. Er hatte einen schweren Atem, so als sei seine Brust verstopft, und eine piepsige Stimme, die nicht langsam und flüssig sprach, sondern abgehackt, von einem leichten Keuchen begleitet, als explodiere irgendein unverständlicher, lange verhaltener Zorn, der den Menschen bis zur Kehle erfüllte und bei jedem Wort und jeder Geste aus ihm hervorbrach.

Daville setzte alles daran, dem Metropoliten und dem Vladika die Absichten seiner Regierung zu erläutern und sie möglichst günstig darzustellen, aber er glaubte selbst nicht an einen Erfolg, denn nichts vermochte den Ausdruck von Zorn und Beleidigung aus dem Gesicht des Vladikas zu verscheuchen, und dem Metropoliten war ohnehin alles, was man sagte, einerlei, nahm er doch jedes Gespräch nur als ein bedeutungsloses Wortgeplätscher auf, das er stets mit der gleichen liebenswürdigen Unaufmerksamkeit und Gleichgültigkeit und den gleichen süßen, unaufrichtigen Bekräftigungen beantwortete.

Mit den Bischöfen war auch Pahomije in das Konsulat gekommen, der magere, blasse Hieromonach, der die Travniker Kirche betreute. Der kränkliche, in den Hüften gebeugte Mann mit dem immer säuerlichen, verzogenen Gesicht, wie man es bei Magenkranken findet, kam ganz selten in das Konsulat; er lehnte in der Regel alle Einladungen mit der Ausrede ab, er fürchte sich vor den Türken oder er sei nicht gesund. Sooft Daville ihn traf und mit einem liebenswürdigen Gruß in ein Gespräch zu verwickeln suchte, krümmte er sich noch mehr und verzog sein Gesicht noch stärker, während sein Blick (dieser Blick, den Daville bei den Bosniaken so gut kannte) flimmerte und er Daville nicht in die Augen schaute, sondern schräg von unten bald auf die rechte, bald auf die linke Schulter seines Gegenübers schielte. Einzig d'Avenat gelang es manchmal, offener mit ihm zu reden.

Auch an diesem Tage, als er gezwungen war, seine Vorgesetzten zu begleiten, saß er, ein ungemütlicher Gast, verkrampft und schweigsam auf der Stuhlkante, als sei er jederzeit zur Flucht bereit, und starrte wortlos vor sich hin. Aber als ihn d'Avenat zwei, drei Tage nach der Abreise des Metropoliten auf der Straße traf und mit ihm ein Gespräch »auf seine Art« begann, lebte der fahle, schwächliche Hieromonach plötzlich auf und fing an zu reden, sein Blick wurde scharf und gerade. Ein Wort gab das andere, und das Gespräch wurde immer lebhafter. D'Avenat provozierte ihn und behauptete, jedes Volk und jede Religion, alle, die sich etwas von der Zukunft erhofften, müßten ihre Augen auf den allmächtigen französischen Kaiser richten und nicht auf Rußland, das die Franzosen als letzten noch nicht unterworfenen Staat in Europa in diesem Sommer auf die Knie zwingen würden.

Da sperrte der Hieromonach seinen großen, krampfhaft zusammengepreßten Mund weit auf, und man sah auf einmal in dem kleinen Leidensgesicht weiße, regelmäßige, kräftige Zähne, die einem Wolf Ehre gemacht hätten; in beiden Winkeln des Mundes zeigten sich neue, vorher nie beobachtete Züge einer schelmischen, spöttischen Freude; der Hieromonach warf seinen Kopf zurück und lachte unvermittelt laut auf – ironisch und ausgelassen, so daß selbst d'Avenat verwundert innehielt. Das währte nur einen Augenblick. Dann legte sich das Gesicht Pahomijes wie gewöhnlich in Falten und wurde wieder schmal, klein und verbissen. Er drehte sich ein wenig um, schaute kurz in die Runde, um sich zu überzeugen, ob keiner in der Nähe wäre, hielt dann sein Gesicht dicht an d'Avenats rechtes Ohr und sagte mit einer kräftigen, lebhaften Stimme, die seinem vergnügt lächelnden Gesichtsausdruck von vorhin und nicht dem jetzigen entsprach:

»Hör zu, was ich dir sage, Nachbar: Schlag dir deine Flausen aus dem Kopf!«

So vertraulich zu d'Avenat geneigt, sagte er den Satz freundschaftlich und vorsichtig, als schenke er ihm ein Kleinod. Und nach einem knappen Gruß setzte er sogleich seinen Weg fort, wobei er wie stets die Čaršija und die Hauptstraßen mied und durch Nebengassen ging.

XXII

Die Geschicke aller Ausländer, die das Leben in dieses enge, feuchte Tal geschwemmt und gedrängt und dazu verurteilt hatte, hier eine ungewisse Zeit unter ungewöhnlichen Bedingungen zu verbringen, reiften schnell. Die außergewöhnlichen Verhältnisse, in die jene Fremden geworfen waren, beschleunigten in jedem von ihnen den inneren Prozeß, der sich schon bei seiner Ankunft abgezeichnet hatte, und stießen ihn immer heftiger und erbarmungsloser auf den Weg, den seine Triebe ihm wiesen. Hier entwickelten und äußerten sich die Triebe in einem Maß und in einer Form, wie sie sich – vielleicht – unter anderen Umständen nie entwickelt und geäußert hätten.

Schon in den ersten Monaten nach der Ankunft Herrn von Paulichs war es ziemlich klar, daß sich das Verhältnis zwischen dem neuen Generalkonsul und dem Dolmetscher Nikola Rotta nicht günstig gestalten würde, daß es zu einem Zusammenstoß und, früher oder später, zu einem Bruch führen mußte, denn man konnte kaum in der Welt zwei Menschen finden, die so verschieden und so für Mißverständnisse und Konflikte prädestiniert waren wie diese beiden.

Der kalte, maßhaltende, in allen Dingen saubere Oberstleutnant, der überall um sich eine Atmosphäre kristallisch scharfer Kälte und Klarheit ausstrahlte, brachte den eitlen, reizbaren Dolmetscher ganz durcheinander und forderte ihn schon durch seine Gegenwart heraus, er förderte in ihm zahllose krampfhaft verworrene Rechnungen zutage, die bis dahin im verborgenen geschlummert hatten. Es wäre irrig, zu sagen, daß die beiden Männer einander abstießen, denn im Grunde war es bloß Rotta, der von dem Oberstleutnant wie von einer riesigen, unbeweglichen Eisscholle abprallte und, was noch schlimmer war, nach einem unerbittlichen, schicksalhaften Gesetz immer wieder zu ihr zurückkehrte und von neuem gegen sie anrannte.

Man hält es nicht für möglich, daß ein so kluger, gerechter und in jeder Hinsicht kalter Mensch so schicksalhaft und zerstörerisch auf einen anderen Menschen wirken kann. Das war jedoch hier der Fall. Rotta hatte jene Stufe innerer Auflösung und seelischen Verfalls erreicht, auf der ein solcher Vorgesetzter für ihn den raschen Ruin bedeuten mußte. Mit seiner Ruhe, seiner fast unmenschlichen Objektivität war der Oberstleutnant Gift für den vergifteten Dolmetscher. Hätte Rotta einen weichen, nachgiebigen Vorgesetzten erhalten wie von Mitterer oder einen jähzornigen, unausgeglichenen, der ganz von menschlichen, und sei es von den allerschlimmsten, Leidenschaften beherrscht wurde, er hätte sich noch irgendwie behauptet. Im ersten Fall hätte er von dessen Nachgiebigkeit gelebt, im zweiten hätten seine dunklen, wild wuchernden Triebe einen Herd und Angriffspunkt in verwandten Trieben gefunden, mit denen sie zusammengestoßen wären, und er hätte in den dauernden Konflikten und Reibereien ein gewisses Gleichgewicht wahren können. Aber gegen einen Vorgesetzten wie von Paulich warf sich Rotta wie ein Besessener gegen eine Wand von Eis oder gegen eine unwirkliche Garbe blendenden Lichtes.

Schon durch seine Ansichten, seine Wesensart und sein Verhalten bedeutete von Paulich für Rotta eine schwerwiegende Veränderung zum Schlechten. Vor allem war er auf Rotta viel weniger angewiesen als von Mitterer, dem er seit langem unentbehrlich geworden war. Für Mitterer war er eine Art Schild bei den schwersten und gröbsten Konflikten gewesen, zu denen es im Dienste kam, eine Art Handschuh für die unangenehmsten Geschäfte. Danach hatte der Dolmetscher in vielen Dingen, und in den letzten Jahren immer mehr, die Rolle einer »grauen Eminenz« gespielt. Sooft bei Mitterer während einer Familienkrise oder eines geschäftlichen Konflikts, begünstigt durch seine übermäßige Erschöpfung und durch seine Leberkrankheit, jene vorübergehende Willenslähmung auftrat, war Rotta da, ihn zu stützen, nahm die »Sache« in die Hand und weckte allein dadurch bei dem ohnmächtigen Mann das Gefühl von Erleichterung und dankbarer Verbundenheit. Er brachte die »Sache« mit Leichtigkeit in Ordnung, denn sie war gar nicht schwierig, sondern erschien bloß in den Augen von Mitterers, und zwar nur in diesem Augenblick und bei seinem Zustand, so ausweglos und unlösbar.

All das war bei dem neuen Vorgesetzten einfach unvorstellbar. Für Paulich war die Arbeit etwas Glattes und Regelmäßiges wie ein Schachbrett, auf dem er mit der Gelassenheit und Geistesgegenwart eines Spielers spielte, der lange überlegt, aber weder Furcht vor dem nächsten Zug noch Reue nach ihm kennt und der dabei keinen Ratgeber, Beschützer oder Helfer braucht.

Außerdem raubte die Arbeitsweise von Paulichs dem Dolmetscher auch noch das letzte Vergnügen, das ihm in seinem verfehlten, fahlen Leben geblieben war. Das unbeherrschte, freche Auftreten gegenüber Besuchern und Untergebenen, gegenüber allen, die ihm nichts anhaben konnten oder die von ihm abhingen, war für Rotta eine wohl armselige, aber letzte und einzige Freude in seinem inneren Durcheinander und Ruin, eine jämmerliche Illusion von Kraft und ein äußeres Zeichen von Herrentum, für das er seine Seele, seine Kraft und Jugend vergeblich geopfert hatte.

Nach jedem solchen Auftritt, bei dem sich Rotta – aufgebläht, breitbeinig und puterrot im Gesicht – wieder einmal über dem Haupt eines Menschen, der ihm nicht zu antworten wagte oder wußte, ausgetobt und ausgeflucht hatte, empfand er, freilich nur für einen Augenblick, aber für einen herrlichen Augenblick, die tiefe Lust und das unermeßliche Glück, daß er etwas zerbrochen, jemanden niedergeschmettert und zermürbt hatte und nun über dem zum Schweigen gebrachten Gegner stand, der in den Boden versank, während ihn selbst sein großes Glück hoch über alle irdischen Geschöpfe erhob, doch niedrig genug, daß ihn alle sehen und seine Höhe messen konnten. Und nun ließ ihm der Oberstleutnant nicht einmal diesen Augenblick lügnerischen Glückes.

Allein die Anwesenheit des neuen Konsuls machte ein solches Auftreten unmöglich. Vor dem Blick seiner dunkelblauen kalten Augen konnte keine Illusion bestehen, jeder Selbstbetrug zerschellte und fiel in jenes Nichts, aus dem er gekommen.

Schon in den ersten Wochen hatte von Paulich bei der ersten Gelegenheit Rotta zu verstehen gegeben, man könne den Menschen auch auf ruhige Art etwas beibringen und von ihnen in schöner Form erreichen, was man wolle. Auf jeden Fall wünsche er nicht, daß irgendwer aus dem Konsulat mit irgendwem, sei es im Gebäude selbst oder in der Stadt, auf so ungehörige Weise spräche. Der Dolmetscher versuchte damals das erste- und letztemal, auf den neuen Konsul Einfluß zu gewinnen und ihm seinen Standpunkt aufzuzwingen. Aber das erwies sich als aussichtslos. Rotta, der seine Pfiffigkeit und Frechheit zu seiner zweiten Natur gemacht hatte, fühlte sich im Beisein dieses Mannes wie gelähmt. Seine Mundwinkel zuckten, er senkte die Lider in dem zurückgeworfenen Kopf noch tiefer, schlug die Hacken zusammen, antwortete ärgerlich »Wie Sie befehlen, Herr Oberstleutnant!« und verließ den Raum.

Sei es, daß sich Rotta vergessen hatte, sei es, daß er die Energie und Ausdauer seines neuen Vorgesetzten erproben wollte, jedenfalls machte er noch zweimal den Versuch, sich aufzulehnen und sich trotz des ausdrücklichen Verbots auf dem Rücken von Untergebenen auszutoben. Als dies das zweitemal geschah, ließ der Oberstleutnant den Dolmetscher zu sich kommen und sagte ihm, er könne, wenn sich das auch nur in der mildesten Form noch einmal wiederhole, ohne weiteres mit der Anwendung jenes Paragraphen im Dienstreglement rechnen, der sich auf die Wiederholung einer schweren Disziplinlosigkeit beziehe. Bei der Gelegenheit sah Rotta, wie die blauen Augen des Oberstleutnants sich plötzlich verengten und in den äußeren Augenwinkeln zwei grelle, mörderische Funken aufsprühten, die seinen Blick und Gesichtsausdruck völlig verwandelten. Von dem Augenblick an verkroch sich der Dolmetscher eingeschüchtert in sich selbst und begann, einen unsichtbaren, geheimen Haß gegen seinen Vorgesetzten zu nähren, und zwar mit der ganzen Wut und dem Schwung, mit dem er früher gegen seine Opfer aufgetreten war.

Von Paulich, der Rottas Fall wie alles übrige in der Welt kalt und nüchtern betrachtete, war bemüht, sich dieses Mannes möglichst selten zu bedienen; er schickte ihn als Kurier nach Brod und Kostajnica und wartete sogar darauf, daß von Mitterer einer neuen Verwendung entgegenginge, bei der er Rotta brauchte und ihn zu sich riefe. Er hatte jedoch nicht die Absicht, selbst etwas zu unternehmen, um Rotta aus Travnik zu entfernen. Sonderbarerweise dachte auch Rotta nicht daran, seine Stellung zu kündigen, in der ihn, wie er selbst sah, nichts Gutes erwartete, in der er vielmehr wie verhext um seinen Vorgesetzten, diesen kalten Verstandesmenschen, kreiste und mit ihm aneinandergeriet, immer wieder und immer heftiger, wenn auch mehr in Gedanken als in Wirklichkeit.

D'Avenat, der alles wußte oder zumindest ahnte, was sich in Travnik ereignete, bemerkte bald, in welcher Lage sich Rotta im Konsulat befand, und kam sofort auf den Gedanken, daraus mit der Zeit für das französische Konsulat Nutzen zu ziehen.

Gelegentlich eines der Gespräche, die beide Dolmetscher nach ihrer Art und Weise führten, sooft sie sich irgendwo in der Čaršija oder auf dem Wege zum Konak trafen, sagte d'Avenat scherzend zu Rotta, er könne jederzeit im französischen Konsulat Asyl erhalten, wenn er einmal darauf angewiesen wäre. Rotta antwortete ebenfalls mit einem Scherz.

Nach den ersten Auseinandersetzungen trat zwischen Herrn von Paulich und seinem Dolmetscher eine dumpfe Stille ein, die ein ganzes Jahr anhielt. Hätte der Oberstleutnant seinen Dolmetscher mit Aufträgen belästigt und übertriebene Forderungen an ihn gestellt, hätte er ihm seinen Haß oder seine Mißgunst gezeigt, vielleicht hätte Rotta den Zustand überdauert und die Geduld aufgebracht, seinen neuen Vorgesetzten zu ertragen und bis zum Schluß auszuharren. Aber von Paulichs kaltes Benehmen und die Art, mit der er Rottas Person einfach überging, mußten früher oder später zum Bruche führen.

Im Frühjahr 1812 kam es zum offenen Bruch im österreichischen Konsulat. Der kleine bucklige Dolmetscher ertrug es nicht mehr, so unbemerkt dahinzuleben, beschränkt auf seine elementarsten Pflichten und gehemmt in all seinen unbezwinglichen Trieben und eingefleischten Gewohnheiten. Er verlor die Selbstbeherrschung, fiel über das Dienstpersonal und die niederen Beamten im Konsulat her, richtete im Streit mit ihnen unzweideutige Drohungen und Empfehlungen an seinen Vorgesetzten und machte sich damit wenigstens etwas Luft. Endlich kam es auch zum Zusammenstoß mit Paulich selbst. Und als der Oberstleutnant kühl erklärte, er werde nun die Disziplinarklausel anwenden und den ungehorsamen, toll gewordenen Dolmetscher nach Brod schicken, fand Rotta das erstemal die Kraft, sich offen und frech gegen ihn aufzulehnen, und erwiderte lauthals, der Konsul hätte nicht die Macht dazu und er, Rotta, werde den Konsul vielleicht noch etwas weiter wegschaffen. Von Paulich befahl, Rottas Sachen aus dem Haus zu werfen und ihm den Zutritt zum Konsulat zu verwehren. Gleichzeitig ließ er das Stadtoberhaupt wissen, Nikola Rotta stünde nicht mehr im Dienst des österreichischen Generalkonsulats, er genieße nicht mehr den Schutz des Kaisers und sein Aufenthalt in Travnik sei unerwünscht.

Auf die Straße gesetzt, wandte sich Rotta sofort an d'Avenat und bat auf dem Weg über ihn um den Schutz des französischen Konsulats.

Seitdem die Konsuln gekommen und die Konsulate eröffnet waren, gab es kein größeres Zerwürfnis und keinen größeren Skandal in Travnik als diesen. Nicht einmal die absonderliche Bekehrung und die nie aufgeklärte Todesursache Mario Colognas hatten soviel Unruhe, Gelaufe und Geschwätz hervorgerufen. Colognas Fall hatte sich in einer Zeit allgemeinen Aufruhrs ereignet und war ein Bestandteil dieser Wirren gewesen, während jetzt ruhige Zeiten herrschten. Außerdem war der »illyrische Doktor« tot und für immer verstummt, Rotta aber benahm sich lebendiger und großschnäuziger denn je.

Rottas Abfall von seinem Konsul und seinem Staat wurde überall als großer Erfolg d'Avenats verbucht. D'Avenat wies das zurück und verhielt sich wie ein vernünftiger Triumphator, der sich zu mäßigen weiß. In Wirklichkeit war er bemüht, Rottas Lage so gut wie möglich auszubeuten, freilich vorsichtig und ohne sich zu übereilen.

Daville fühlte sich wie in vielen anderen Fällen bei alldem, was geschah, innerlich zerrissen und unbehaglich. Er konnte und durfte nicht den Nutzen von sich weisen, der sich vielleicht für die französischen Interessen aus Rottas Abfall ergab. Getrieben von den Verhältnissen und seiner Veranlagung, glitt der bucklige Dolmetscher immer mehr auf die Bahn des nackten Verrats und deckte allmählich alles auf, was er von der Arbeit und den Absichten seiner Vorgesetzten wußte. Auf der anderen Seite schmerzte und beleidigte es Daville, daß er die gegen einen so ehrenhaften, klugen Mann wie von Paulich angezettelte Verschwörung der Dolmetscher, zweier skrupelloser, gemeiner Levantiner, mit seinem Ansehen decken mußte. Im stillen wünschte er nichts sehnlicher, als daß die ganze Angelegenheit möglichst bald aus der Welt geschafft werde, wenn nur erst d'Avenat den Fall genügend ausgebeutet hatte. Aber das entsprach nicht dem Wunsch der beiden Dolmetscher, vor allem nicht Rottas. Im Kampf gegen von Paulich hatte er jetzt für all seine versteckten und geheimen Leidenschaften und Begierden endlich ein würdiges Ziel gefunden. Er richtete lange Briefe nicht nur an den Konsul, sondern auch an den Kommandanten in Brod, an das Ministerium in Wien und unterrichtete sie über den Fall, wohlweislich verschweigend, daß er mit dem französischen Konsulat Verbindung aufgenommen habe. Er ging, begleitet von einem Kawassen des französischen Konsulats, zum österreichischen Konsulat und forderte die Herausgabe einiger fehlender Privatgegenstände, er provozierte öffentliche Szenen und lauten Streit, erfand immer neue Ansprüche, rannte keuchend durch die Stadt, lief zum Konak und zum Stadtoberhaupt. Kurzum, er genoß seinen Skandal gleich einem tollen, schamlosen Weib.

Von Paulich verlor zwar nicht die Ruhe, doch er beging den Fehler, offiziell vom Stadtoberhaupt zu verlangen, er solle Rotta als gewöhnlichen Dieb amtlicher Akten verhaften. Das zwang Daville, an das Stadtoberhaupt einen Brief zu richten, in dem er ihm mitteilte, Rotta stünde unter französischem Schutz und könne daher weder verhaftet noch ausgewiesen werden. Eine Kopie des Briefes schickte er an Paulich mit einem Begleitschreiben, in dem er erklärte, er bedauere den ganzen Fall, könne aber nicht anders handeln, denn Rotta, der vielleicht ein hitziger, unbequemer Charakter, aber ansonsten ein einwandfreier Mensch sei, habe um den Schutz des französischen Konsulats gebeten, den man ihm nicht verweigern könne.

Von Paulich antwortete recht scharf und protestierte gegen das Vorgehen des französischen Konsulats, das bezahlte Spione, Defraudanten und Verräter schirme. Er stellte an Daville das Ansinnen, in Zukunft auf jedem Brief, den er an ihn richte, den Vermerk zu machen, daß darin kein Wort über Rotta stünde. Anderenfalls würde er, solange der häßliche Zwischenfall mit Rotta nicht bereinigt sei, alle Briefe ungeöffnet zurückweisen.

Dieses Ansinnen wiederum verletzte und betrübte Daville, dem der Skandal mit Rotta immer schwerer und lästiger fiel.

Das alte, griesgrämige Travniker Stadtoberhaupt, das sich in dem Streit zwischen die beiden Konsulate gestellt sah, von denen das eine Rottas Verhaftung forderte und das andere sich dieser Forderung entschieden widersetzte, war verwirrt und über beide Konsulate in gleicher Weise erbittert, insbesondere aber über Rotta. Mehrmals am Tage brummte er vor sich hin: »Da balgen sich die Hunde, und das in meinem Hof.«

Durch einen seiner Leute ließ er beiden Konsuln sagen, er werde eher von seinem Amt zurücktreten als zulassen, daß die beiden, noch dazu auf seinem ohnehin überlasteten Rücken, hier in Travnik Krieg führten, während ihre Kaiser miteinander in Frieden lebten. Er wolle es mit keinem der beiden Konsuln in irgendeiner Angelegenheit verderben und schon gar nicht wegen des kleinen, heißblütigen Mannes, der nichts sei als ein gewöhnlicher niedriger Diener und Laufbursche und als solcher nicht verdiene, Gesprächsgegenstand kaiserlicher Beamter und Würdenträger zu sein. Rotta selbst gab er in scharfer Form zu verstehen, er möge sich ruhig verhalten und darauf achten, daß er seinen kleinen Kopf auf den Schultern behielte, denn seinetwegen seien schon seit Wochen die Vornehmsten in Streit geraten, und das in dieser Stadt, in der bisher eine Ruhe geherrscht habe wie in einem Gebetshaus, und soviel Aufregung sei er nicht wert, selbst wenn er einen Kopf aus purem Gold und einen Verstand wie ein Wesir besäße. Falls er in Travnik friedlich und redlich leben wolle, gut, wenn er jedoch die Stadt durch sein Hin und Her zwischen den beiden Konsulaten in Unruhe versetze und die Türken wie die Rajah in seine Streitigkeiten verwickle, dann solle er sich einen der beiden Wege, die aus Travnik führten, aussuchen, und das so schnell wie möglich.

Tatsächlich erfüllte Rotta die Stadt mit seinem Gezänk und verstrickte darin, wen immer er konnte. Er mietete das obere Stockwerk im Hause eines gewissen Pera Kalajdžić, eines übelbeleumundeten Junggesellen. Er bestellte sich Schlosser ins

Haus, die ihm eiserne Gitter vor den Fenstern und besondere Schlösser an allen Türen anbringen mußten. Neben zwei guten englischen Pistolen, die er unter dem Kopfkissen aufbewahrte, beschaffte er sich ein langes Gewehr sowie Pulver und Blei. Er kochte sich aus Angst, vergiftet zu werden, selbst das Essen und räumte seine Wohnung allein auf, fürchtend, er könnte bestohlen und betrogen werden. In Rottas Zimmern breitete sich jene kalte Öde aus, die in Wohnungen von Junggesellen und komischen Käuzen zu finden ist. Lumpen und Abfälle häuften sich, und Ruß und Staub lagerte auf allem. Das ohnehin unansehnliche Haus wirkte mit der Zeit auch von außen immer verwahrloster.

Auch Rotta selbst veränderte sich jäh, er wurde mager und elend. Er war nicht mehr so sauber wie früher und kleidete sich schlampig. Seine Hemden waren weich, zerknittert und abgetragen, die schwarze Krawatte fleckig von Speiseresten, die Schuhe ungeputzt und ausgetreten. Sein schlohweißes Haar bekam einen gelblichgrünen Schimmer, die Fingernägel waren schwarz, er rasierte sich nicht mehr regelmäßig und roch ganz nach Küche und Schnaps. Auch in seiner Haltung war er nicht mehr der alte. Er ging nicht mehr mit erhobenem Kopf, wobei er die Beine warf und auf die Mitmenschen herabsah, sondern trippelte geschäftig durch die Stadt, flüsterte geheimnistuerisch mit Leuten, die noch mit ihm sprachen, oder schimpfte in der Schenke laut und herausfordernd auf den österreichischen Konsul und bezahlte seine Zuhörer mit einem Gläschen Schnaps, dem auch er selbst immer mehr verfiel. Von Tag zu Tag verlor sich die dünne Goldschicht seiner einstigen Würde, seiner unechten Macht und seines Herrentums.

So lebte Nikola Rotta in Travnik in dem Glauben, er führe einen gewaltigen Kampf gegen große Feinde mannigfacher Art. Völlig verblendet von krankhaftem Haß, bemerkte er gar nicht, daß er sich jäh veränderte, daß es mit ihm abwärts ging und daß er dabei denselben Weg zurücksank, auf dem er so langsam und mühselig emporgestiegen war. Er spürte gar nicht, wie unzählige winzige Umstände zusammentrafen und ihn wie ein unmerklicher, aber machtvoller Strom in jenes Leben zurücktrugen, das er als Kind im Armenviertel San Giusto von Triest verlassen hatte, in jene Welt häßlicher Armut und Verkommenheit, die er dreißig Jahre lang geflohen und der er sich lange Zeit auch entkommen geglaubt hatte.

XXIII

Daville schalt sich selbst wegen seines kleinlichen Aberglaubens, aber er ertappte sich immer wieder bei solchen Erwägungen. So auch bei dem Gedanken, die Sommermonate in Travnik seien Unglücksmonate und brächten stets unfreundliche Überraschungen mit sich. Er redete sich ein, dies sei naturbedingt. Mit dem Sommer begönnen alle Kriege und Aufstände. Außerdem seien die Sommertage ja länger, und die Menschen hätten mehr Zeit und somit mehr Gelegenheit, aus einem steten und tief in ihnen verwurzelten Bedürfnis Dummheiten und böse Taten zu begehen. Auch wenn er sich das alles vor Augen hielt, ertappte er sich doch schon nach wenigen Sekunden bei demselben Gedanken: daß der Sommer mit sich Unannehmlichkeiten bringe und die Sommermonate (jene, die kein *r* haben) in jeder Hinsicht gefährlicher seien als die anderen.

Dieser Sommer begann unter bösen Vorzeichen.

An einem Maitag, der gut, das heißt mit einer zweistündigen Arbeit an den Versen der »Alexandreis«, begonnen hatte, saß Daville mit dem jungen Kaufmann Frayssinet zusammen, der gekommen war, um ihm mündlich über die schwierige Lage des »französischen Hans« in Sarajevo sowie über alle Mißstände des durch Bosnien laufenden französischen Transithandels zu berichten.

Der junge Mann saß, mitten unter Blumen, auf dem Söller und sprach in seiner lebhaften, schnellen südländischen Art.

Er verbrachte schon das zweite Jahr in Sarajevo. In dieser Zeit war er bisher bloß ein einziges Mal nach Travnik gekommen, doch er stand mit seinem Generalkonsul in stetem Briefverkehr. In diesem Briefverkehr nahmen die Beschwerden über die Menschen und Zustände in Sarajevo immer mehr Platz ein. Der junge Mann war völlig enttäuscht und entmutigt. Er war abgemagert, sein Haar begann sich am Scheitel zu lichten, und das Gesicht zeigte eine ungesunde Farbe. Daville bemerkte, daß die Hände des Jünglings zitterten und daß aus seiner Stimme Verbitterung klang. Jene ruhige Klarheit, mit der er bei seinem ersten Besuch, im vorvorigen Sommer, auf derselben Terrasse alles vorausgeschaut und eingeteilt hatte, war verflogen. (›Das ist der Orient‹, dachte Daville mit jenem menschlichen Gefühl unbewußter Schadenfreude, mit der wir bei anderen Spuren der gleichen Krankheit, an der wir selbst leiden, entdecken und beobachten. ›Der Orient ist dem jungen Mann ins Blut gedrungen, er hat ihn ausgelaugt, ihm die Ruhe geraubt und ihn verbittert.‹)

Der Jüngling war in der Tat vergrämt und entmutigt. Die gereizte Unzufriedenheit mit allem und jedem, die den, der aus Geschäftsgründen aus dem Westen in diese Gegend kommt, überfällt und erobert, hatte offenbar auch von ihm Besitz ergriffen, und er besaß nicht die Kraft, Herr über sie zu werden oder sie vor anderen zu verbergen.

Seine Vorschläge waren radikal. Man müsse alles liquidieren, und zwar je eher, desto besser, und müsse andere Handelswege ausfindig machen, Wege durch ein anderes Land, in dem man leben und mit den Menschen zusammenarbeiten könne.

Für Daville war es klar, daß der junge Mann mit dem »orientalischen Gift« infiziert war und daß seine Krankheit jenes Stadium erreicht hatte, in dem der Mensch wie im Fieber unfähig ist, die Wirklichkeit zu erkennen und gerecht zu urteilen, sondern sich in ständiger Auseinandersetzung und in stetem Kampf gegen alles befindet, was ihn umgibt. Der Gemütszustand des jungen Mannes war Daville so sehr vertraut, daß er jetzt die Rolle des älteren und gesunden Freundes spielen konnte, der ihn beriet und beschwichtigte. Der Jüngling wehrte sich gegen jeden Trost wie gegen einen persönlichen Angriff oder eine Beleidigung.

»Nein«, wehrte er schroff ab, »die in Paris ahnen nicht, wie man hier lebt und arbeitet, kein Mensch kann das ermessen. Nur wer selbst mit den Leuten hier zu tun hat und unter ihnen lebt, kann beurteilen, wie unzuverlässig, hochfahrend, ungeschlacht und verschlagen die Bosniaken sind. Das wissen nur wir.«

Daville glaubte seine eigenen Worte zu hören, die er so oft gesprochen und geschrieben hatte. Er lauschte ihnen aufmerksam, ohne sein Auge von dem Jüngling zu wenden, der vor erstickter Wut und tiefer Abscheu bebte. ›So also habe ich in den Augen des Fossés' und all jener ausgesehen, denen ich viele Male das gleiche im gleichen Tonfall und in der gleichen Weise gesagt habe‹, dachte Daville bei sich. Zugleich aber sprach er dem aufgeregten Jüngling mit besänftigenden Worten Trost zu.

»Gewiß, die Verhältnisse sind schwierig, und wir alle wissen das aus Erfahrung, aber wir müssen Geduld haben. Zu guter Letzt werden französische Vernunft und französischer Stolz über den Jähzorn und den Hochmut der Hiesigen den Sieg davontragen. Man muß nur ...«

»Man muß fliehen von hier, Herr Generalkonsul, und das so schleunig wie möglich. Stolz, Vernunft und alle Kraft, die man einsetzt, verpuffen hier ohne Wirkung. Das steht fest, wenigstens was die Aufgabe betrifft, um derentwillen ich hierhergekommen bin.«

›Die gleiche Krankheit, das gleiche Symptom‹, sann Daville und fuhr fort, ihn zu beruhigen und ihm klarzumachen, daß er sich gedulden und abwarten müsse, daß er die Arbeit nicht so einfach hinwerfen dürfe, daß Sarajevo im großen kaiserlichen Plan vom Kontinentalsystem und von der Ordnung der europäischen Gesamtwirtschaft ein wichtiger, wenn auch undankbarer Punkt sei und daß ein Nachgeben an irgendeinem beliebigen Punkte die gesamte Idee in Frage stellen und den Plänen des Kaisers schaden könne.

»Das ist unser Beitrag an Anstrengungen und Beschwerden, und wir müssen ihn auf uns nehmen, mag es uns noch so schwerfallen. Begreifen wir auch noch nicht Sinn und Ziel des großen Plans, an dem wir mitarbeiten, die Früchte werden nicht ausbleiben, sofern nur jeder auf seinem Platz bleibt und nicht nachgibt. Wir müssen uns immer vor Augen halten, daß uns die Vorsehung den größten Herrscher aller Zeiten geschenkt hat, damit er alle Schicksale, also auch unser Schicksal, lenke und damit wir uns seiner Führung blindlings anvertrauen. Es ist kein Zufall, daß das Schicksal der ganzen Welt in seinen Händen ruht. Sein Genie und sein glücklicher Stern werden alles zu einem guten Ende führen. Darauf gestützt, dürfen wir – trotz größter Schwierigkeiten – unseren Geschäften ruhig und mit Zuversicht nachgehen.«

Bedächtig und gelassen redend, lauschte Daville aufmerksam seiner Stimme und betrachtete erstaunt die Worte und Gründe, die er in seinen täglichen Schwankungen und Zweifeln nie hatte finden können. Und er sprach immer beredter und überzeugender. Daville widerfuhr dasselbe, was einer alten Amme widerfährt, die ein Kind einschläfert und ihm lange Märchen erzählt, bis sie sich selbst am Ende einlullt und neben dem wachen Kind einschlummert. Zum Schluß der Aussprache war er zufrieden und überzeugt, der junge Mann aber, dem die Kaufleute und Saumtiertreiber in Sarajevo das Leben vergifteten, schüttelte nur nachdenklich den Kopf und schaute Daville mit zusammengepreßten Lippen an, während sein Gesicht, in dem schlechte Verdauung und ausgeflossene Galle ihre Spuren hinterlassen hatten, nervös zitterte.

In diesem Augenblick trat d'Avenat hinzu, bat um Verzeihung, weil er das Gespräch unterbreche, und meldete dem Konsul leise, am Vorabend sei ein berittener Bote aus Stambul mit der Nachricht eingetroffen, in Ibrahim-Paschas Harem sei eine Seuche ausgebrochen. Die Pest, die in den letzten Wochen in Stambul gewütet, habe den Weg ins Haus des Wesirs am Bosporus gefunden. Fünfzehn Haremsinsassen seien in kurzer Zeit gestorben, in der Hauptsache handele es sich um Bedienstete, aber unter den Opfern befänden sich auch die älteste Tochter des Wesirs und sein zwölfjähriger Sohn. Alle übrigen Angehörigen seien ins Landesinnere, ins Gebirge geflohen.

Während Daville die düstere Meldung von d'Avenat entgegennahm, glaubte er die große, lächerlich herausgeputzte, immer nach rechts oder links geneigte Gestalt des Wesirs zu sehen, wie sie unter den neuen Schlägen zusammenzuckte.

Auf Anraten d'Avenats und mit Rücksicht auf die orientalischen Sitten beschloß man, den Wesir nicht sofort um eine Audienz zu bitten, sondern einige Tage und mit ihnen die erste und tiefste Wirkung des Unglücks vergehen zu lassen.

Als Daville sein Gespräch mit Frayssinet wiederaufnahm, kam er sich, gestählt durch das fremde Unglück, noch weiser und noch geduldiger vor. Kühn und ohne zu zögern, versprach er dem jungen Mann, im kommenden Monat selbst nach Sarajevo zu reisen, um an Ort und Stelle zu prüfen, was er bei den Behörden zur Verbesserung der Transitbedingungen erreichen könne.

Drei Tage darauf empfing der Wesir Daville im oberen, nur im Sommer benutzten Diwan.

Aus dem sommerhellen Tag trat der Konsul unmittelbar in das düstere, kühle Erdgeschoß des Konaks, und es fröstelte ihn, als stiege er in eine Katakombe. Im Obergeschoß war es etwas heller, aber auch hier herrschten, im Vergleich zum Sonnenglast und zur Hitze draußen, Schatten und Kühle. Ein Fenster war hochgestellt, üppiges Reblaub rankte sich davor und drang bis ins Zimmer.

Auf seinem üblichen Platz saß, nach außen hin unverändert, der Wesir in vollem Ornat, seitwärts geneigt wie ein uraltes Denkmal. Da Daville ihn so antraf, bemühte auch er sich, schlicht und unverändert zu erscheinen, und dachte nur angestrengt darüber nach, was man wohl am besten über das Unglück sagen dürfte; er wollte warm und diskret zugleich sprechen, ohne die Verstorbenen, vor allem die Frauen, im Gespräch zu erwähnen, aber doch so, daß sein Verständnis und sein Mitgefühl zum Ausdruck kämen.

Der Wesir erleichterte ihm die Situation durch seine moralische Steifheit, die ganz seiner körperlichen Unbeweglichkeit entsprach. Nachdem er reglos und ohne eine Miene zu verziehen Davilles Worte in der Übersetzung d'Avenats angehört hatte, ging er sofort, ohne ein Wort über die Toten zu verlieren, auf das Schicksal und Treiben der Lebenden über.

»Da haben wir es, nun ist auch noch die Pest über Stambul hereingebrochen, und noch dazu über Landstriche, in denen sie seit Menschengedenken nie gewütet hat«, sagte der Wesir mit fester, eiskalter Stimme, als spräche er mit steinernem Munde, »da haben wir es: Auch die Pest durfte nicht ausbleiben. Sie mußte kommen, unserer Sünden wegen. Ich muß wohl auch ein Sünder sein, wenn sie mein Haus heimgesucht hat.«

Hier verstummte der Wesir, und Daville wies d'Avenat eilends an, er möge in seiner Eigenschaft als Arzt einwenden, es läge nun einmal im Wesen dieser Krankheit und man kenne eine Vielzahl von Beispielen, daß auch heiligmäßige, unschuldige Menschen und Familien durch zufällige Ansteckung an der gefährlichen Seuche zugrunde gegangen seien.

Der Wesir wandte langsam seinen Kopf und schaute zum erstenmal mit jenem blinden Blick seiner schwarzen Augen, die, als wären sie aus Stein, blickten, ohne zu sehen, d'Avenat an, als bemerkte er ihn erst jetzt, und wandte sich sofort wieder dem Konsul zu:

»Nein. Von der Sünde, allein von der Sünde rührt alles her. Die Bevölkerung der Hauptstadt hat den Verstand und jedes Schamgefühl verloren. Alle sind wie toll und jagen hinter Lastern und Luxus her. Und von höchster Stelle wird nichts dagegen unternommen. Alles kommt eben davon, daß Sultan Selim nicht da ist. Solange er lebte und regierte, wurde die Sünde in der Hauptstadt geahndet, man bekämpfte Trunksucht, Niedertracht und Faulheit. Aber jetzt …«

Der Wesir hielt erneut im Sprechen inne, ganz plötzlich, wie ein abgelaufener Mechanismus, und wieder machte Daville den Versuch, etwas Tröstliches und Beschwichtigendes zu sagen und ihm zu erklären, daß es zwischen Schuld und Sühne endlich einmal zu einem Ausgleich kommen und daß dann die Prüfungen wohl ihr Ende nehmen müßten.

»Gott ist der einzige! Er allein weiß das Maß.« Mit diesen Worten wehrte der Wesir jeden Trost ab.

Durch das offene Fenster drang das Gezwitscher von Vögeln, die man nicht sah, die jedoch die ins Zimmer hängenden Reben zittern ließen. Auf dem Abhang, der den Ausblick begrenzte, schimmerten reife Weizenfelder, die durch grüne Raine oder einen lebenden Zaun voneinander getrennt waren. Plötzlich schmetterte in die Stille, die nach den Worten des Paschas eingetreten war, das schrille, muntere Wiehern eines Fohlens, das irgendwo auf dem Abhang graste.

Die Audienz schloß mit Worten über Sultan Selim, der gefallen sei als ein Heiliger und Märtyrer. Der Wesir war gerührt, obgleich man es weder seiner Stimme noch seinem Gesicht anmerkte.

»Gott spende Ihnen alle erdenkliche Freude an Ihren Kindern«, sagte er Daville zum Abschied.

Daville beeilte sich zu antworten, auch dem Wesir werde sicher nach der Trübsal Freude beschert sein.

»Was mich betrifft, so habe ich im Leben schon so viel verloren und eingebüßt, daß ich jetzt am liebsten in härenem Gewand meinen Garten bestellen möchte, weit weg von der Welt und ihren Geschehnissen. Gott ist der einzige!«

Der Wesir sagte das wie eine lang durchdachte fertige Phrase, wie ein Gleichnis, das seinen Gedanken innig vertraut war und für ihn eine besondere, Dritten unverständliche, tiefe Bedeutung hatte.

Der Sommer des Jahres 1812, der unselig begonnen hatte, lief ebenso unselig weiter.

Während des vorigen Krieges, der im Herbst gegen die fünfte Koalition geführt wurde, war es Daville in vieler Hinsicht leichter zumute gewesen. Erstens, weil das Ringen mit von Mitterer, die Zusammenarbeit mit Marmont und mit den

Stadthauptleuten an der österreichischen Grenze, wie wir gesehen haben, zwar anstrengend und zermürbend gewirkt, aber wenigstens die Zeit ausgefüllt und die Gedanken auf tatsächliche Sorgen und greifbare Ziele gelenkt hatten. Zweitens, weil der ganze Feldzug von Sieg zu Sieg fortgeschritten und – vor allem – schnell verlaufen war. Schon der Frühherbst hatte den Wiener Frieden und zumindest eine vorläufige Beruhigung gebracht. Jetzt jedoch war alles ungemein fern und gänzlich unübersichtlich geworden, es erschreckte durch seine Unklarheit und sein riesenhaftes Ausmaß.

In Gedanken und Leben abhängig sein von den Bewegungen eines Heeres irgendwo in der russischen Ebene, nichts wissen von jenem Heer und seinen Bahnen, seinen Mitteln und Aussichten, sondern stets warten und auf alles, selbst auf das Schlimmste, gefaßt sein, während man die steilen Wege im Garten des Konsulats entlangspaziert – das war Davilles Schicksal in diesen Sommer- und Herbstmonaten. Und nichts war da, was ihm das Warten erleichterte, keiner, der ihm dabei geholfen hätte.

Häufiger als zuvor erschienen Kuriere, aber über den Krieg brachten sie nicht viel Neues mit. Die Bulletins, die ungewohnte, völlig unbekannte Städtenamen, wie Kowno, Wilna, Witebsk, Smolensk, erwähnten, vermochten weder die Ungewißheit zu zerstreuen noch die Befürchtungen zu beseitigen. Auch die Kuriere selbst, sonst voller Erzählungen und Gerüchte, waren jetzt todmüde, schlecht gelaunt und einsilbig. Nicht einmal mehr Lügen oder Mutmaßungen gab es, die den Menschen ein wenig aufpulverten und aus den verschiedensten Befürchtungen und Ungewißheiten herausrissen.

Die Geschäfte, die der Transit der französischen Baumwolle über Bosnien mit sich brachte, waren im Gange und kamen gut voran, oder sie erweckten wenigstens diesen Eindruck, wenn man sie mit den Sorgen und Ängsten verglich, die einem das große Unternehmen dort irgendwo im Norden bereitete. Allerdings schraubten die Saumtiertreiber die Preise in die Höhe, die Bevölkerung bestahl die Baumwolltransporte, die türkischen Zöllner waren schlampig und, was Bestechungsgelder anging, unersättlich. Frayssinet, angefressen von der Krankheit, die jeden Ausländer auf Grund der hiesigen Ernährung, der Menschen und der widrigen Verhältnisse befällt, schrieb verzweifelte Briefe. Daville beobachtete die ihm längst bekannten Symptome der Krankheit, er gab ihm kluge, maßvolle Antworten aus staatsmännischer Sicht und riet ihm zu Geduld im Dienste für das Reich.

Zur gleichen Zeit hielt er selbst verzweifelt Umschau nach einem wahrhaft menschlichen Zeichen, das ihn etwas beruhigen und gegen seine Zweifel und seine verborgene, aber dauernde Angst vor allem möglichen hätte wappnen können. Aber es gab nichts, woran man sich halten und klammern konnte. Wie stets bei ähnlichen Gelegenheiten und wie seinerzeit im Fall des jungen Hauptmanns von Novi fühlte sich Daville von einer lebenden Mauer aus Gesichtern und Augen umzingelt, die ihn wie nach einer stummen Übereinkunft kalt und stumm musterten oder rätselhaft, leer und lügnerisch dreinblickten. An wen sollte er sich wenden, wen fragen, wer konnte die Wahrheit wissen, und wer sollte sie ihm sagen?

Beim Wesir stieß er immer auf die kurze Frage:

»Wo befindet sich jetzt Ihr Kaiser?«

Daville nannte dann den Namen der Stadt, die im letzten Bulletin erwähnt war, der Wesir aber winkte nur leicht ab und flüsterte:

»Gebe Gott, daß er auch schnell nach Petersburg kommt.«

Dabei sah er Daville mit einem Blick an, der ihm die Eingeweide gefrieren ließ und sein Gemüt noch mehr bedrückte.

Das Verhalten des österreichischen Konsuls war gleichfalls dazu angetan, Daville noch mehr zu beunruhigen.

Nachdem das französische Heer nach Rußland aufgebrochen war und nachdem Daville die Nachricht erreicht hatte, daß die Wiener Regierung diesmal als Verbündeter auf seiten Napoleons stand und sich mit dreißigtausend Mann unter dem Befehl des Fürsten Schwarzenberg am Feldzug beteiligte, stattete er sofort Herrn von Paulich einen Besuch ab in der Hoffnung, sich mit ihm über die Aussichten des großen Feldzugs auszusprechen, in dem diesmal ihre beiden Höfe glücklicherweise auf der gleichen Seite fochten. Er stieß auf stumme, eisige Höflichkeit. Der Oberstleutnant benahm sich kühler und fremder denn je, er tat, als wüßte er nichts vom Kriege und von Waffenbrüderschaft, und er überließ es Daville, allein darüber nachzudenken, sich über Erfolge zu freuen und vor Mißerfolgen zu zittern. Sooft Daville versuchte, wenigstens ein Wort der Zustimmung oder des Unmuts aus Paulich herauszulocken, schlug er seine schönen blauen Augen nieder, und diese blicklosen Augen wurden plötzlich bösartig und gefährlich. Nach jedem Besuch bei Paulich kehrte Daville noch verwirrter und bedrückter heim. Auch sonst schien der österreichische Konsul bemüht, beim Wesir und der Bevölkerung den Eindruck zu hinterlassen, als habe er nicht im geringsten etwas gemeinsam mit diesem Krieg und als sei das ganze Unternehmen eine rein französische Angelegenheit. D'Avenats Beobachtungen bestätigten das.

Kam Daville mit solchen Eindrücken und Erkenntnissen nach Hause, fand er seine Frau eifrig damit beschäftigt, Wintervorräte anzulegen. Gewitzigt durch die Erfahrungen früherer Jahre, wußte sie jetzt genau, welches Gemüse sich besser und länger hielt, welche der hiesigen Obstsorten sich am besten einwecken ließen und wie Nässe, Kälte und Witterungswechsel auf die Lebensmittel wirkten. So waren ihre Dunstgläser und Konserven von Jahr zu Jahr immer vollkommener und feiner geworden, die Speisekarte wurde reichhaltiger und vielseitiger und Schaden und Verlust immer geringer. Die Frauen arbeiteten nach ihren Anweisungen und unter ihrer Aufsicht, und auch sie griff immer wieder mit zu.

Daville wußte, ebenfalls auf Grund langer Erfahrung, sehr wohl, daß es keinen Wert hatte und nichts half, wenn er seine Frau in ihrer Arbeit unterbrach, denn sie war weder jetzt noch später in der Lage, für seine wenig realistischen Gespräche über Ängste und Befürchtungen, die ihn nie verließen, Verständnis aufzubringen. Selbst die geringste häusliche Sorge um die Kinder, um das Heim und um den Mann war ihr ein viel wichtigerer und würdigerer Gesprächsstoff als die höchst komplizierten »Seelenzustände« und Stimmungen, über die er ständig nachsann und über die er sich so gern mit jemandem ausgesprochen hätte. Er wußte nur zu gut, daß diese Frau (sonst sein einziger und sicherer Kamerad) sich immer und auch jetzt dem gegenwärtigen Augenblick und nur der Aufgabe hingab, die vor ihr stand, als gäbe es nichts anderes in der Welt und als träfen alle Menschen, von Napoleon bis zur Frau des Konsuls von Travnik, ebenso hingebungsvoll, nur jeder auf seine Art, die Vorbereitungen für den Winter. Für sie war es klar, daß Gottes Wille sich in jedem Augenblick, überall und in allem vollzog. Was gab es dann noch darüber zu sprechen?

Daville setzte sich jetzt oft in seinen großen Sessel, beschattete seine Augen mit der Hand, nahm nach einem lautlosen Seufzer (»Ach, du gütiger Gott, du gütiger Gott!«) seinen Delille wieder zur Hand und schlug das Buch mitten in irgendeinem Gesang auf. Im Grunde suchte er etwas, was sich weder im Leben noch in Büchern finden läßt: einen mitleidigen und feinfühlenden Freund, der gewillt war, zuzuhören, und alles verstand, mit dem er sich ehrlich aussprechen und der ihm auf alle Fragen eine klare, offene Antwort geben konnte. In einer solchen Aussprache wollte er zum erstenmal wie in einem Spiegel sein wahres Gesicht sehen, den tatsächlichen Wert seiner Tätigkeit ermessen und eindeutig seine Stellung in der Welt erkennen. Hier hoffte er endlich unterscheiden zu können, was von seinen Skrupeln und Befürchtungen begründet und sachlich gerechtfertigt und was grundlos und phantastisch war. Eine solche Erleuchtung sollte für ihn, der schon das sechste einsame Jahr in dem trübseligen Tal verbrachte, eine Art Erlösung bringen.

Aber ein solcher Freund kam nicht. Er kommt auch niemals. Statt seiner stellten sich nur absonderliche, unerwünschte Gäste ein.

Auch in den ersten Jahren war es vorgekommen, daß sich ein französischer Reisender oder ein Ausländer mit französischem

Paß einfand, um in Travnik Station zu machen, um Hilfe zu erbitten oder seine Dienste anzubieten. In letzter Zeit jedoch stieg die Zahl solcher Reisenden.

Es erschienen Reisende, zweifelhafte Kaufleute, Abenteurer, Betrüger, die sich selbst betrogen hatten und, vom Wege abweichend, in dieses unwegsame, elende Land gekommen waren. Sie alle befanden sich auf der Durchreise oder auf der Flucht nach Stambul, Malta oder Palermo, und sie betrachteten den Aufenthalt in Travnik als eine Strafe und ein Unglück. Für Daville brachte jeder der unerwarteten und ungebetenen Gäste zahllose Aufregungen und Sorgen. Er war dem Verkehr mit Landsleuten und überhaupt mit Menschen aus dem Westen ganz entwöhnt. Wie alle leicht erregbaren Charaktere, denen die innere Sicherheit fehlt, unterschied er nur schwer Lüge von Wahrheit und schwankte ständig zwischen unbegründetem Zweifel und überschwenglichem Vertrauen. Kopfscheu geworden durch die Rundschreiben des Ministeriums, die unaufhörlich die Konsuln vor englischen Agenten warnten, die außergewöhnlich listig seien und sich geschickt tarnten, vermutete Daville in jedem Reisenden sofort einen englischen Spion; er unternahm daher eine Reihe überflüssiger und zweckloser Maßnahmen, um einen solchen Spion zu entlarven oder sich seiner zu erwehren. In Wirklichkeit handelte es sich dabei meist nur um Menschen, die aus ihrer Lebensbahn geschleudert waren, arme Teufel und Verirrte, vom Schicksal Verschlagene, Flüchtlinge und Schiffbrüchige eines sturmbewegten Europas, das Napoleon mit seinen Eroberungen und seiner Politik in allen Himmelsrichtungen durchackert und durchwühlt hatte. Diese Leute ließen Daville manchmal erahnen, was »der General« in den letzten vier, fünf Jahren aus der Welt gemacht hatte.

Daville haßte diese Menschen auch deshalb, weil sie ihm mit ihrem panikartigen Drang, möglichst schnell von hier wegzukommen, mit ihrer Gereiztheit angesichts der hiesigen Schlamperei, Schwerfälligkeit und Ungenauigkeit und mit ihrem verzweifelten, ohnmächtigen Kampf gegen das unwirtliche Land, seine Bewohner und Verhältnisse vor Augen führten, wohin er geraten war und in was für einem Lande er seine besten Jahre verlor.

Jeder der unerwünschten Gäste bedeutete für Daville eine Qual und eine Plage, es war ihm, als säße der Betreffende ihm auf dem Kopf, als stellte er ihn vor ganz Travnik bloß; darum bemühte er sich, ihn mit allen erdenklichen Mitteln – mit Geld, mit Zugeständnissen und mit Überredung – aus Bosnien fortzuschaffen, um nicht in ihm die Verkörperung des eigenen Schicksals sehen und wenigstens keinen Zeugen seiner persönlichen Nöte haben zu müssen.

Auch früher hatten sich solche zufälligen Reisenden eingefunden, aber nie in solchem Maße wie dieses Jahr, da der Feldzug gegen Rußland begonnen hatte, und nie waren so viele querköpfige, zwielichtige und nichtsnutzige Gestalten darunter gewesen. Zum Glück hatte Daville d'Avenat an seiner Seite, den niemals, auch nicht unter diesen Umständen, sein Wirklichkeitssinn, seine kaltblütige, dreiste Geistesgegenwart und seine Rücksichtslosigkeit jedem und allem gegenüber verließen, so daß er sogar die schwersten Fälle meisterte.

Am Nachmittag eines verregneten Maitages kamen wieder einige Reisende vor den großen Han. Sofort waren sie von unzähligen Kindern und von Nichtstuern der Čaršija umringt. Aus den Reisedecken und Umschlagetüchern schlüpften drei Personen in europäischer Kleidung: ein kleiner, wendiger Mann, eine große, kräftige Dame, geschminkt, gepudert, das Haar wie eine Schauspielerin gefärbt, und ein etwa zwölfjähriges Mädchen. Sie alle waren von der beschwerlichen Reise und dem langen Ritt übermüdet und zerschlagen, hungrig und verärgert übereinander und über alles, was sie umgab. Die Auseinandersetzung mit den Saumtiertreibern und dem Wirt des Hans nahm kein Ende. Der kleine Mann mit schwarzem Haar und fahlem Gesicht bewegte sich mit der Lebhaftigkeit eines Südländers, er zeterte, erteilte Befehle und ließ seinen Ärger an Frau und Kind aus. Endlich waren ihre Kisten abgeladen und vor dem Han aufgestapelt. Der quirlige Mann faßte das wohlgenährte Kind unter die Achseln, hob es hoch, setzte es auf die oberste Kiste und befahl ihm, hier, ohne sich zu rühren, sitzenzubleiben wie ein lebendiges Wahrzeichen. Dann machte er sich auf den Weg zum französischen Konsulat.

Der kleine Italiener kehrte mit d'Avenat zurück, der ihn mißtrauisch und von oben herab ansah, während er ihm auseinandersetzte, er heiße Lorenzo Gambini, sei aus Palermo gebürtig, habe bis jetzt als Kaufmann in Rumänien gelebt und kehre nach Italien zurück, da er das Leben in der Levante nicht mehr aushielte. Man hätte ihn betrogen, ausgeplündert und seine Gesundheit zugrunde gerichtet. Er benötige ein Visum, um nach Mailand zurückzukehren. Wie man ihm gesagt habe, könne er es hier in Travnik bekommen. Er besäße einen abgelaufenen Paß der Zisalpinischen Republik und wünsche sofort und augenblicklich weiterzureisen, sagte er, denn jeder Tag, den er hier unter diesem Volk leben müsse, bringe ihn dem Wahnsinn näher, und er könne weder für sich noch für seine Handlungen einstehen, wenn er hier noch länger herumhocken müsse.

D'Avenat kümmerte sich beim Gastwirt um Unterkunft und Verpflegung, ohne das eifrige Geschwätz des Reisenden zu beachten.

Nun mischte sich auch die Frau ins Gespräch, sie sprach mit der verweinten, müden Stimme einer Schauspielerin, die weiß und keinen Augenblick vergißt, daß sie altert, und sich damit nicht abfinden will. Von oben, von der Kiste, schrie das Mädchen, es habe Hunger. Alle redeten auf einmal. Sie wollten ein Zimmer, sie wollten essen, sich ausruhen, ein Visum haben, möglichst schnell aus Travnik abreisen und Bosnien verlassen. Und dennoch hatte man den Eindruck, es ginge ihnen vor allem darum, zu reden und zu zanken. Keiner hörte auf den anderen, keiner verstand den anderen richtig.

Auf einmal hatte der kleine Italiener den Wirt vergessen, er kehrte d'Avenat den Rücken und schrie die Frau an, die zweimal so groß war wie er:

»Misch du dich nicht ein! Halt du bloß den Mund. Verflucht

sei die Stunde, da du zum erstenmal deinen Mund aufgesperrt hast und ich dich das erstemal gehört habe. Deinetwegen ist alles so gekommen.«

»Meinetwegen? Meinetwegen? Ach!« kreischte die Frau, Himmel und alle Anwesenden zu Zeugen anrufend. »Ach, meine Jugend, mein Talent, alles, alles habe ich ihm geopfert. Ach! Und jetzt heißt es: meinetwegen!«

»Deinetwegen, Schönste, ja, deinetwegen, verdammt noch mal ... Deinetwegen gehe ich zugrunde und verliere mein Leben, und deinetwegen werde ich mich jetzt hier erschießen!«

Mit geübter Bewegung zog der Kleine aus seinem überweiten Reisemantel eine große Pistole und setzte sie an die Stirn. Die Frau kreischte auf, lief auf den Mann zu, der gar nicht daran dachte, abzudrücken, und begann ihn zu umarmen und zu liebkosen.

Oben auf den Kisten saß das wohlgenährte Mädchen und kaute friedlich an dem gelben Pfefferkuchen, den ihm irgendwer in die Hand gedrückt hatte. D'Avenat kratzte sich hinter dem Ohr. Der Kleine vergaß inzwischen die Frau und die Selbstmorddrohung. Leidenschaftlich versuchte er d'Avenat klarzumachen, daß er bis morgen sein Visum haben müsse, er fuchtelte mit einem zerknitterten, zusammengeklebten Paß herum und schalt das Mädchen, weil es auf die Kisten geklettert sei, statt seiner Mutter zu helfen. Nachdem d'Avenat die Angelegenheit mit dem Wirt geregelt und versprochen hatte, morgen früh Bescheid zu geben, machte er sich auf den Weg zum Konsulat, ohne die merkwürdige Familie eines Blickes zu würdigen und ohne auf die leidenschaftlichen Schwüre und Beteuerungen des Italieners zu achten.

Vor dem Han blieb ein Haufen neugierigen Volks zurück, er betrachtete verwundert und befremdet die Reisenden, ihre Tracht und ihr absonderliches Benehmen, ganz als handelte es sich hier um ein Theater oder einen Zirkus. Die Türken vor den Geschäftsbuden und die Fußgänger, die beruflich unterwegs waren, schielten mißmutig und scheel herüber und wandten den Blick sofort wieder ab.

Kaum daß d'Avenat zurückgekehrt war, dem Konsul berichtet hatte, was für sonderbare Gäste eingetroffen seien, und ihm Gambinis Paß gezeigt hatte, der von sagenhafter Herkunft, vollgeschrieben mit Visa und Empfehlungen und zerfetzt und zusammengestückelt war, da erscholl vom Tor her Lärm und Geschrei. Lorenzo Gambini war höchstpersönlich gekommen und verlangte Einlaß, um mit dem Konsul unter vier Augen zu sprechen. Der Kawaß verwehrte ihm den Eintritt. Die Straßenjungen waren dem Italiener von weitem gefolgt, weil sie witterten, daß der Fremde überall, wo er hinkam, Unruhe, Geschrei und aufregende Szenen auslösen mußte.

D'Avenat trat vor das Tor und rief den ewig aufgeregten Mann schroff zur Ordnung, der aber versicherte, er habe sich um Frankreich verdient gemacht und habe in Mailand und in Paris auch noch ein Wörtchen mitzureden. Endlich gehorchte er und ging in den Han mit der Versicherung zurück, er werde sich auf der Schwelle des Konsulats erschießen, wenn er nicht bis morgen seinen Paß erhielte.

Daville war eingeschüchtert, angewidert und verärgert und gab d'Avenat die Anweisung, die Sache möglichst zu beschleunigen, damit man der Čaršija nicht länger ein solches Schauspiel biete und es nicht zu noch Ärgerem käme. D'Avenat, der für solche Rücksichten völlig unempfindlich und gewöhnt war, das Gezänk als eine regelmäßige Begleiterscheinung aller Geschäfte im Orient anzusehen, beschwichtigte den Konsul trokken und sachlich:

»Der begeht keinen Selbstmord. Wenn er sieht, daß er nichts von uns erhält, verschwindet er genauso, wie er gekommen.«

Und es war in der Tat so. Schon am übernächsten Tag verließ die ganze Familie Travnik nach einem geräuschvollen Streit zwischen dem Dolmetscher und Lorenzo, in dem der Italiener, während seine hochgewachsene Frau d'Avenat mit den gefährlichsten Blicken ihrer verblichenen Schönheit beschoß, bald damit drohte, sich auf der Stelle zu entleiben, bald damit, seine Klagen über das Travniker Konsulat Napoleon persönlich vorzutragen.

Daville, ewig um das Ansehen seines Landes und Konsulats besorgt, atmete erleichtert auf. Aber drei Wochen später tauchte erneut ein unerwünschter Gast in Travnik auf.

Im großen Han stieg ein auffallend gut gekleideter Türke ab, der aus Stambul kam und nach d'Avenat verlangte. Er hieß Ismail Raif und war in Wirklichkeit ein zum Islam übergetretener Elsässer Jude namens Mendelsheim. Auch er wollte mit dem Konsul persönlich reden und behauptete, er habe wichtige Nachrichten für die französische Regierung. Er prahlte, weitverzweigte Beziehungen in der Türkei, in Frankreich und in Deutschland zu haben, Mitglied der ersten Freimaurerloge in Frankreich zu sein und viele Pläne von Napoleons Gegnern zu kennen. Er war von hünenhafter, kräftiger Gestalt, hatte fuchsrotes Haar und ein puterrotes Gesicht. Sein Auftreten war dreist, und er redete viel. Auf seinen Augen lag ein trunkener Glanz. D'Avenat schüttelte ihn mit einem schon oft bewährten Trick ab. Er riet ihm, seinen Weg unverzüglich, ohne Zeitverlust, fortzusetzen und alles, was er wisse, dem Militärbefehlshaber in Split zu melden, denn er als einziger sei dafür zuständig. Der Jude sträubte sich dagegen und klagte, die französischen Konsuln brächten nie Verständnis für Dinge auf, die ein englischer oder österreichischer Konsul mit beiden Händen ergreifen und mit purem Gold bezahlen würde, aber nach einigen Tagen machte er sich doch aus dem Staub.

Schon am folgenden Tage bekam d'Avenat heraus, daß er vor seiner Abreise auch bei Paulich gewesen sei und ihm seine Dienste gegen Napoleon angeboten habe. D'Avenat benachrichtigte davon sofort den Kommandanten in Split.

Knapp zehn Tage waren vergangen, da erhielt Daville aus Bugojno einen ausführlichen Brief. Der gleiche Ismail Raif berichtete ihm, er sei in Bugojno in den Dienst von Mustafa-Pascha, dem Sohn Sulejman-Paschas, getreten. Er schreibe im Auftrage Mustafas und bitte in seinem Namen um Übersendung von wenigstens zwei Flaschen Cognac, Calvados oder eines anderen französischen Getränks, »wenn es nur stark genug ist«.

Mustafa-Pascha war der älteste Sohn Sulejman-Pascha Skopljaks, ein verwöhntes, zügelloses, vielen Lastern, vor allem der Trunksucht, ergebenes Herrchen, das seinem Vater, einem listigen und verlogenen, aber tapferen, sauberen und arbeitsamen Manne, nicht im geringsten glich. Der junge Paschasohn führte ein inhaltsloses, verschwenderisches Leben, belästigte die leibeigenen Frauen, soff mit Müßiggängern und vertrieb sich die Zeit mit Ritten auf dem Kupres-Plateau. Der alte Sulejman-Pascha, sonst im Umgang mit Menschen streng und geschickt, war seinem Sohn gegenüber machtlos und nachgiebig und fand für sein Faulenzerleben und seine üblen Streiche immer eine Entschuldigung.

D'Avenat erfaßte sofort, was die beiden Männer verband. Im Einvernehmen mit dem Konsul antwortete er dem Sohn des Paschas unmittelbar, er werde das Getränk bei nächster Gelegenheit schicken, empfehle ihm jedoch, diesem Ismail keinesfalls zu vertrauen, denn er sei ein Abenteurer und wahrscheinlich ein österreichischer Spion.

Ismail Raif antwortete mit einem langen Brief, in dem er sich zu verteidigen, zu rechtfertigen und nachzuweisen suchte, daß er niemandes Spion sei, sondern ein guter Franzose und Weltbürger, ein vom Unglück verfolgter fahrender Geselle. Der Brief endete, inspiriert vom Kupreser Schnaps, mit düsteren Versen, in denen der Schreiber sein eigenes Geschick beweinte:

>»O ma vie! O vain songe! O rapide existence!
>Qu'amusent les désirs, qu'abuse l'espérance.
>Tel est donc des humains l'inévitable sort!
>Des projets, des erreurs, la douleur et la mort!«

Auf diese Weise meldete sich Ismail noch mehrmals, er rechtfertigte sich und gab Erklärungen in der mit Versen verschönten Prosa eines Trinkers und unterschrieb mit seinem früheren Namen und einem angeblichen Freimaurergrad Cerf Mendelsheim, Chev *** d'or ... Endlich schwemmten auch ihn das Trinken, die Lust am Vagabundieren und die Ereignisse aus Bosnien hinaus.

Als hätten sie sich verabredet, einander abzulösen, so kam unmittelbar, nachdem der Jude aufgehört hatte, sich in Erinnerung zu rufen, ein zweiter französischer Reisender, ein gewisser Pepin: ein kleiner, pedantisch gekleideter, parfümierter und gepuderter Mensch mit einer Fistelstimme und weibischen Bewegungen eines Wachtelhundes. Er erklärte d'Avenat, er komme aus Warschau, wo er eine Tanzschule geleitet habe, er sei hier in Travnik abgestiegen, weil man ihn unterwegs bestohlen habe, und wolle nach Stambul, wo er früher gelebt habe und noch einige Gläubiger wisse. (Wie er sich nach Travnik verirrt hatte, das keinesfalls auf dem Wege von Warschau nach Stambul liegt, konnte er nicht erklären.)

Der kleine Mann besaß die Frechheit eines käuflichen Weibes. Er hielt Daville an, der durch die Čaršija ritt, lief vor sein Pferd und bat mit zeremoniöser Verneigung, von ihm empfangen und gehört zu werden. Um einen öffentlichen Skandal zu vermeiden, versprach ihm der Konsul, ihn zu empfangen. Aber zu Hause ließ er, zitternd vor Aufregung und Zorn, sofort d'Avenat zu sich kommen und beschwor ihn, er möge ihn von dem zudringlichen Kerl befreien.

Der Konsul, der selbst im Traum mit englischen Agenten rang, behauptete, der Mann habe eine englische Betonung und Aussprache. D'Avenat, stets unerschütterlich in seiner Ruhe, bar aller Phantasie und Fähigkeit, etwas zu sehen, was es nicht gab, und etwas zu beschönigen, was er sah, war sich über den Reisenden sofort im klaren.

»Behalten Sie bitte den Mann im Auge«, sagte der Konsul erregt zu d'Avenat. »Bitte, schaffen Sie ihn mir vom Halse, denn er ist ein Agent, offensichtlich dazu hergeschickt, das Konsulat zu kompromittieren oder etwas Ähnliches zu unternehmen. Er ist ein Provokateur ...«

»Nein«, antwortete trocken d'Avenat.

»Wieso nicht?«

»Er ist ein Päderast.«

»Was ist er?«

»Ein Päderast, Herr Generalkonsul.«

Daville faßte sich an den Kopf.

»Oh, oooh! Was wird nicht noch alles auf das Konsulat einstürmen! So, meinen Sie wirklich? Oh, oh!«

D'Avenat beruhigte seinen Chef und erlöste schon am nächsten Tag die Stadt Travnik von Monsieur Pepins Anwesenheit. Ohne jemandem ein Wort zu sagen, trieb er den abnormen Menschen in eine Ecke seines Zimmers, ergriff ihn an seinem untadeligen Jabot, schüttelte ihn heftig durch und drohte, er werde ihn morgen mitten in der Čaršija windelweich prügeln und von den türkischen Behörden in den Turm werfen lassen, wenn er nicht augenblicklich abreise. Und der Tanzlehrer gehorchte.

Daville war glücklich, daß er sich auch dieses Vagabunden entledigt hatte, aber er zitterte im geheimen schon jetzt bei dem Gedanken, was noch alles an Abschaum der Gesellschaft und an Schiffbrüchigen vom trüben, dummen Spiel des Zufalls in dieses Tal geschwemmt würde, in dem das Leben ohnehin schwierig genug war.

Davilles sechster Herbst in Travnik war langsam herangereift und näherte sich plötzlich wie ein Drama seinem Höhepunkt.

Ende September traf die Nachricht von der Eroberung, aber auch vom Brande Moskaus ein. Kein Mensch kam, um Daville zu gratulieren. Von Paulich bestritt auch fernerhin mit schamloser Ruhe, über den Kriegsverlauf irgendwie informiert zu sein, und vermied jedes Gespräch darüber. D'Avenat stellte fest, daß von Paulichs Angestellte in Gesprächen mit der Bevölkerung die gleiche Haltung einnahmen und stets so taten, als wüßten sie nichts davon, daß sich Österreich mit Rußland im Kriegszustand befände.

Daville ging eigens häufiger in den Konak und suchte mit Leuten in der Stadt ins Gespräch zu kommen, aber alle vermieden es, über den Rußlandfeldzug zu reden, als hätten sie sich dazu verabredet, und versteckten sich hinter allgemeinen, bedeutungslosen Phrasen und unverbindlichen Liebenswürdigkeiten. Manchmal schien es Daville, als sähen ihn alle mit jener

Verwunderung und Scheu an, mit der man einen Mondsüchtigen beobachtet, der über gefährlichen Abgründen wandelt, und als sei jeder ängstlich darauf bedacht, ihn nicht durch ein unvorsichtiges Wort zu wecken.

Und dennoch, die Wahrheit kam langsam ans Tageslicht. An dem regnerischen Tage, da der Wesir Daville wie üblich fragte, welche Nachrichten er aus Rußland habe, und da Daville ihm das Bulletin über die Einnahme Moskaus vorlas, zeigte sich der Wesir hocherfreut, obgleich er längst davon unterrichtet war; er gratulierte dem Konsul und sprach den Wunsch aus, Napoleon möge siegreich vorstoßen wie einst der gerechte Eroberer Kyros.

»Aber warum marschiert Ihr Kaiser jetzt, vor Anbruch des Winters, nach dem Norden? Das ist gefährlich. Gefährlich! Ich sähe ihn lieber etwas weiter südlich«, sagte Ibrahim Pascha und blickte sorgenvoll aus dem Fenster in die Ferne, als schaute er irgendwo dieses gefährliche Rußland.

Der Wesir äußerte das im gleichen Tonfall wie vorhin seine Glückwünsche und seinen Vergleich mit Kyros, und d'Avenat übersetzte es ebenso, wie er alles andere verdolmetschte, was man ihm auftrug – trocken und vereinfacht –, aber Daville hatte das Gefühl, als drehten sich ihm die Eingeweide um und um. ›Das ist es, was ich ahne und was sie alle denken und wissen, aber was kein Mensch aussprechen will‹, dachte Daville, gespannt auf die weiteren Worte des Wesirs. Aber Ibrahim-Pascha blieb stumm. ›Auch er will es nicht sagen‹, dachte Daville gequält. Erst nach längerem Schweigen begann der Wesir wieder zu reden, aber jetzt über etwas anderes. Er erzählte, wie seinerzeit Gisari Tschelebi Khan gegen Rußland marschiert sei und in einigen Schlachten das feindliche Heer geschlagen habe, das sich dauernd und immer weiter nach Norden zurückzog. Da wurde der siegreiche Khan plötzlich vom Winter überrascht. Sein bis dahin sieggewohntes Heer geriet in Verwirrung und bekam es mit der Angst zu tun, während die wilden, struppigen Ungläubigen, an die Winterkälte gewöhnt, es von allen Seiten angriffen. Da habe Gisari Tschelebi Khan die bekannten Worte gesprochen:

»Wenn einen die Sonne der Heimat im Stich läßt,
Wer soll dann den Weg ihm zur Rückkehr bestrahlen?«

(Daville haßte von jeher den türkischen Brauch, in einem Gespräch Verse als etwas besonders Wertvolles und Bedeutendes zu zitieren, er konnte nie erfassen, worin der wahre Sinn der zitierten Verse lag und was sie mit dem gegebenen Gesprächsgegenstand zu tun hatten, doch er spürte stets, daß die Türken ihren Versen einen Wert und eine Bedeutung beimaßen, die er nicht empfand und erriet.)

Der junge Herrscher, erzählte der Wesir weiter, wurde fürchterlich zornig auf seine Sterndeuter, die er eigens mitgenommen und die einen späteren Winteranbruch geweissagt hatten. Darum ließ er die Weisen, die sich als Ignoranten erwiesen hatten, fesseln und in leichter Kleidung, gefesselt und barfuß vor den ersten Reihen her treiben, damit sie am eigenen Leibe die Folgen ihres Betruges spürten. Es stellte sich jedoch heraus, daß die mageren Gelehrten, ausgedörrte, blutarme Gestalten, ebenso wie Wanzen den Frost besser ertrugen als die Truppe. Während sie am Leben blieben, zersprang den vollblütigen, jungen Kriegern das Herz im Leibe wie hartes Buchenholz bei Frost. Es heißt, man habe den Stahl nicht anfassen können, weil er so brannte, als glühte er, und ganze Hautfetzen auf ihm zurückblieben. So scheiterte Gisari Tschelebi Khan, er verlor seine herrliche Streitmacht und rettete mit Mühe das nackte Leben.

Die Unterredung schloß mit Segenssprüchen und besten Wünschen für einen guten Ausgang des napoleonischen Feldzugs und für die sichere Niederlage der Moskowiter, die als böse Nachbarn bekannt seien, keinen Frieden wollten und ein gegebenes Wort nie hielten.

Natürlich waren die Geschichten von Kyros und Gisari Tschelebi nicht dem Kopf des Wesirs, sondern dem Tahir-Begs entsprungen. Er gab sie zum besten, wenn man im Konak auf die Einnahme Moskaus und auf die weiteren Aussichten des napoleonischen Feldzugs gegen Rußland zu sprechen kam.

D'Avenat, der alles erfuhr, hatte das ebenso wie die wahre Meinung, die im Konak über die Lage des französischen Heeres in Rußland herrschte, ausgekundschaftet.

Tahir-Beg war es, der dem Wesir und den anderen darlegte, daß die Franzosen schon zu weit vorgestoßen seien und sich nicht mehr ohne große Verluste zurückziehen könnten.

»Wenn Napoleons Soldaten noch einige Wochen dort bleiben, wo sie jetzt sind«, sagte der Teftedar, »dann sehe ich sie nur noch als Grabhügel, zugeweht vom russischen Schnee.«

Der Vertrauensmann im Konak hatte die Worte d'Avenat berichtet, und jener gab sie, ohne mit der Wimper zu zucken, an Daville weiter.

»Zum Schluß bewahrheiten sich alle Befürchtungen«, sagte Daville laut und ruhig zu sich, als er eines Wintermorgens aufwachte.

Es war ein ungewöhnlich eisiger Dezembermorgen. Daville erwachte plötzlich, er fühlte sein Haar wie eine kalte fremde Hand auf dem Kopf. Die Augen aufschlagend, sprach er die Worte, als hätte jemand sie ihm im Traume zugeflüstert.

Die gleichen Worte wiederholte er einige Tage später bei sich, als d'Avenat mit der Nachricht erschien, man rede im Konak viel von Napoleons Niederlage in Rußland und von einer völligen Auflösung des französischen Heeres. Ein russisches Bulletin mit allen Einzelheiten der französischen Niederlage kreiste in der Stadt. Allem Anschein nach hatte sich das österreichische Konsulat die russischen Bulletins beschafft und ließ sie, selbstverständlich heimlich und über Mittelspersonen, verbreiten. Jedenfalls war Tahir-Beg im Besitz des Kommuniqués und hatte es auch dem Wesir gezeigt.

›Alles bewahrheitet sich ...‹, wiederholte Daville im stillen, während er d'Avenat lauschte. Endlich faßte er sich und befahl d'Avenat in ruhigem Ton, er solle unter irgendeinem Vorwand zu Tahir-Beg gehen und ihn gesprächsweise um das russische Bulletin bitten. Gleichzeitig ließ er seinen zweiten Dolmetscher, Rafo Atijas, kommen und gab ihm wie d'Avenat die

Weisung, den ungünstigen Gerüchten in der Stadt entgegenzutreten und die Bevölkerung davon zu überzeugen, daß das Napoleonische Heer unbesiegbar sei, trotz der augenblicklichen Schwierigkeiten, an denen nur der Winter und die langen Nachschubwege schuld seien, nicht aber irgendwelche russischen Siege.

Es gelang d'Avenat, Tahir-Beg zu sprechen. Er bat ihn um das russische Bulletin, aber der Teftedar lehnte das Ansinnen ab.

»Wenn ich es dir gebe, gehört es sich, daß du es Herrn Daville zeigst, und das möchte ich nicht. Der Wortlaut ist zu ungünstig für ihn und sein Land, ich aber schätze Herrn Daville sehr und wünsche nicht, daß er solche Nachrichten von mir erfährt. Sag ihm, daß meine guten Wünsche ihn stets begleiten.«

D'Avenat wiederholte Daville all das in seiner erbarmungslos wahrheitsgetreuen und ruhigen Art und entfernte sich sofort danach, Daville aber blieb allein mit seinen Gedanken und mit Tahir-Begs orientalischen Freundlichkeiten zurück, von denen man eine Gänsehaut bekam.

›Mit wem die Osmanen so freundlich umgehen, der ist entweder tot oder der unglücklichste Mensch auf Erden.‹ Das dachte Daville, während er, ans Fenster gelehnt, in die winterliche Abenddämmerung schaute.

Auf dem schmalen dunkelblauen Himmelsstreifen über der Vilenica erschien unbemerkt der zunehmende Mond, scharf geschnitten und kalt wie ein Buchstabe aus Metall.

Nein, diesmal würde es nicht wie früher mit triumphierenden Bulletins und siegreichen Friedensverträgen enden.

Was seit langem in Daville wie eine Ahnung schlummerte, stand jetzt in der eisigen, fremden Nacht unter dem bösen zunehmenden Mond als klare Erkenntnis vor ihm und zwang ihn, nachzudenken, was für ihn und seine Familie der totale Zusammenbruch und die endgültige Niederlage Frankreichs bedeuten könnten. Er begann darüber nachzudenken, aber er fühlte, daß er dafür mehr Kraft und Kühnheit benötigte, als ihm heute abend zur Verfügung standen.

Nein, diesmal würde es nicht wie sonst mit einem triumphierenden Bulletin und einem Friedensvertrag enden, der Frankreich neue Territorien und dem kaiserlichen Heer neue Lorbeeren brächte, sondern, im Gegenteil, mit einem Rückzug und Zerfall. In der ganzen Welt war es still geworden, und dumpf warteten die Menschen auf den sicheren furchtbaren Zusammenbruch. Daville wenigstens kam es so vor.

Während dieser Monate war Daville völlig ohne Nachrichten, fast ohne jede Berührung mit der Außenwelt, der all seine Gedanken und Befürchtungen galten und mit der sein Schicksal verbunden war.

Travnik und das ganze Land waren von einem bösen, langen und ungewöhnlich grimmigen Winter gefesselt, dem ärgsten aller Winter, die Daville hier erlebt hatte.

Die Menschen erzählten sich, ein ähnlicher Winter habe vor einundzwanzig Jahren geherrscht, aber wie es zu sein pflegt, erschien der jetzige noch bösartiger und noch grausamer. Bereits im November hatte der Winter begonnen, das Leben zu knebeln und das Antlitz der Erde und das Gesicht der Menschen zu verwandeln. Bald senkte er sich ganz auf das Tal herab, er machte alles gleich und wurde zur Todeswüste, die jede Hoffnung auf Veränderung ausschloß. Der Winter plünderte die Scheunen aus und sperrte die Straßen. Die Vögel fielen tot aus der Luft wie Gespensterobst von unsichtbaren Zweigen. Die wilden Tiere verließen die steilen Berghänge und fielen in die Stadt ein, ihre Angst vor den Menschen aus Angst vor dem Winter vergessend. Den Armen und Obdachlosen konnte man die Furcht vor dem Tode, gegen den sie wehrlos waren, von den Augen ablesen. Die Menschen erfroren mitten auf den Straßen, auf der Suche nach Brot oder nach einer warmen Übernachtungsstätte. Die Kranken starben, weil es gegen den Winter keine Arznei gab. In der eisigen Nacht hörte man, wie die Dachbalken des Konsulats vor Frost laut barsten oder wie über die Vilenica die Wölfe aufheulten.

Auch nachts ließ man das Feuer in den Lehmöfen nicht ausgehen, denn Madame Daville bangte um ihre Kinder, immer an ihren Buben denkend, den sie vor vier Jahren verloren hatte.

In den Nächten blieben Daville und seine Frau noch lange nach dem Abendessen an der Tafel sitzen, sie rang nach den Anstrengungen des Tages mit Müdigkeit und Schlaf, er mit Schlaflosigkeit und unübersehbaren Sorgen. Sie wollte schlafen, er erzählen. Ihr waren alle Erzählungen und Betrachtungen über den Winter und die Not fremd und zuwider, denn sie kämpfte den ganzen Tag gegen sie an – klein, in Schals gehüllt, aber leichtfüßig und ewig in Bewegung. Er dagegen fand gerade darin die einzige, zumindest augenblickliche Erleichterung. Sie hörte ihm zu, obgleich die Schläfrigkeit sie schon lange peinigte, und erfüllte damit auch ihm gegenüber ihre Pflicht, der sie bei Tage allen gegenüber nachkam.

Daville erzählte alles, was ihm im Zusammenhang mit dem unglückseligen Winter, der allgemeinen Not und seinen eigenen geheimen Ängsten einfiel.

Er habe, so erzählte er, schon viele Plagen mit ansehen und erleben müssen, die den Menschen in seinem Verhältnis zu den Naturgewalten ereilen, und zwar zu denen, die ihn umgeben, wie auch zu denen, die im Menschen wohnen oder aus seinen Konflikten geboren werden. Er hatte den Hunger und jederlei sonstige Entbehrung während des Schreckensregimes vor zwanzig Jahren in Paris kennengelernt. Damals waren Gewalt und Chaos, so hatte es geschienen, die einzige Zukunftsaussicht für das ganze Volk gewesen. Die fettigen, schäbigen Assignaten, Tausende und aber Tausende Franc, waren wertlos geworden, und für ein Stückchen Speck oder eine doppelte Handvoll Mehl ging man nachts in entlegene Vororte und handelte und feilschte mit verdächtigen Gestalten in dunklen Kellern. Tag und Nacht lief man herum und machte sich Sorgen, wie man sein Leben erhalten könnte, das ohnehin nicht hoch im Kurs stand und das man jederzeit durch eine Denunziation, ein Versehen der Polizei oder ganz einfach eine Laune des Schicksals verlieren konnte.

Er erinnerte sich ferner auch an seine Teilnahme am Feldzug in Spanien. Damals hatte er wochen- und monatelang nur ein einziges Hemd gehabt, das ihm, verstaubt und verschwitzt, wie es war, am Körper schimmelte, und doch hatte er nicht gewagt, es auszuziehen und zu waschen, denn es wäre bei der geringsten Berührung in Fetzen und Streifen zerfallen. Außer seinem Gewehr, Bajonett und etwas Pulver und Blei nannte er bloß einen Ranzen aus ungegerbtem Leder sein eigen; auch ihn hatte er einem toten aragonischen Bauern abgenommen, der zu Ehren Gottes sein Dorf verlassen hatte, um die französischen Eindringlinge und Jakobiner zu töten. In diesem Ranzen verwahrte Daville nichts, außer an unerhört glücklichen Tagen einen Bissen harten Gerstenbrots, das er einem Unbekannten entwendet oder aus einem der verlassenen Häuser gestohlen hatte. Auch damals hatten wilde Schneestürme getobt, gegen die selbst bessere Kleidung und festeres Schuhwerk nichts ausgerichtet hätten und vor denen der Mensch alles vergaß und nach nichts anderem als nach Unterschlupf und Schutz suchte.

All das hatte er im Leben kennengelernt, aber noch nie hatte er die Gewalt und Entsetzlichkeit des Winters als eine stumme, zerstörerische Macht so erlebt. Er hatte nicht geahnt, daß es dieses orientalische Elend und diese Armut überhaupt geben könnte, diese totale Lähmung, die mit dem langen, grimmigen Winter kam und die auf der ganzen ärmlichen und unglückseligen Gebirgslandschaft wie eine Strafe Gottes lastete. Das hatte er erst hier in Travnik erfahren, und erst im jetzigen Winter.

Madame Daville mochte Erinnerungen überhaupt nicht und scheute wie alle tatkräftigen, wahrhaft religiösen Menschen vor lauten Betrachtungen zurück, die zu nichts führen, uns nur verweichlichen, im Verkehr mit der Umwelt schwächen und unsere Gedanken häufig auf Abwege bringen. Bis hierher hatte sie angestrengt und freundlich zugehört, aber nun erhob sie sich, von Müdigkeit überwältigt, und erklärte, es sei Zeit, schlafen zu gehen.

Daville blieb allein im großen Zimmer, in dem es immer kälter wurde. Noch lange saß er so einsam da, ohne einen Gesprächspartner, und »lauschte«, wie der Frost sich in alles einschlich und am Mark eines jeden Dinges nagte. Und worauf immer seine Gedanken sich erstreckten, ob er über den Orient, über die Türken und ihr Leben nachdachte, das ohne Ordnung und Beständigkeit, also ohne Sinn und Wert war, ob er rätselte, was in Frankreich vor sich ging und wie es um Napoleon und seine Heeresmacht stand, die geschlagen aus Rußland heimkehrte, überall stieß er auf Jammer, Leid und peinigende Ungewißheit.

So vergingen die Tage und Nächte dieses Winters, der kein Ende und keine Milderung versprach.

Kam es einmal vor, daß der Frost für ein, zwei Tage nachließ, dann fiel schwerer, dichter Schnee und legte sich auf die alten Schneemassen, auf denen sich schon wie ein neues Antlitz der Erde eine Eiskruste gebildet hatte. Unmittelbar darauf folgte noch stärkerer Frost. Der Atem gefror, das Wasser wurde zu Eis, die Sonne verdüsterte sich. Das Gehirn arbeitete nicht, es war wie gelähmt; sein einziges Denken beschränkte sich nur noch auf die Abwehr des Frostes. Es kostete große Anstrengung, sich vorzustellen, daß irgendwo tief unter den Füßen die Erde war, die lebendige, warme Nährmutter Erde, die blüht und Früchte trägt. Zwischen die Früchte und den Menschen hatte sich eine frostige, weiße und unüberwindliche Urkraft gelegt.

Die Preise für alles waren schon in den ersten Wintermonaten in die Höhe geschnellt, insbesondere für Weizen; jetzt gab es ihn überhaupt nicht mehr zu kaufen. In den Dörfern herrschte Hunger, in der Stadt große Not. Auf den Straßen sah man ausgemergelte, unruhig dreinblickende Bauern auf der Suche nach Korn, die einen leeren Sack über dem Arm trugen. An den Straßenecken wurde man von zerlumpten Bettlern mit blau verfärbten Gesichtern belästigt. Die Nachbarn zählten einander den Bissen im Munde.

Beide Konsulate bemühten sich, der Bevölkerung zu helfen und das durch Hunger und Winterkälte verursachte Elend zu mildern. Madame Daville und von Paulich wetteiferten im Verteilen von Nahrungsmitteln und Geld. Vor den Toren der Konsulate sammelte sich hungriges Volk an, zumeist Kinder. Zu Beginn waren es nur Zigeunerkinder und nur ab und zu ein Christenkind, aber als der Winter und mit ihm die Not grimmiger wurde, tauchten auch türkische Waisenkinder auf, die sich aus der Umgebung der Stadt hierher verirrt hatten. An den ersten Tagen lauerten ihnen die türkischen Kinder städtischer Familien auf, verhöhnten sie, weil sie bettelten und von den Ungläubigen Nahrung annahmen, bewarfen sie mit Schneebällen und riefen ihnen zu:

»Hungerleider! Ungläubiger! Na, hast du dich satt gefressen am Schweinefleisch? Du Hungerleider!«

Aber später wurde der Frost so stark, daß sich die Kinder der städtischen Familien nicht mehr aus den Häusern wagten. Vor den Konsulaten trippelten, zähneklappernd vor Kälte, ganze Rudel frierender Kinder und Bettler, die so durchgefroren und mit allen möglichen Fetzen vermummt waren, daß man nicht mehr unterscheiden konnte, welcher Religion sie angehörten oder woher sie stammten.

Die Konsuln verteilten so viele Lebensmittel, daß ihnen selbst die eigenen Vorräte ausgingen. Aber sobald der Frost so weit nachgelassen hatte, daß die Saumtiertreiber aus Brod wieder durchkamen, veranlaßte von Paulich geschickt und mit sicherer Hand, daß die Zufuhr von Getreide und anderen Nahrungsmitteln für sein wie auch für Davilles Konsulat nicht abriß.

Schon seit Anbruch des Winters waren die französischen Baumwollieferungen über Bosnien eingestellt. Frayssinet schrieb nach wie vor verzweifelte Briefe und schickte sich an, alles im Stich zu lassen. Trotzdem herrschte im Volk die einhellige Meinung, die Franzosen seien mit den hohen Löhnen, die sie den Saumtiertreibern zahlten, nicht nur schuld an der Teuerung, sondern auch an der Not, indem sie die Bauern von der Feldarbeit weggelockt hatten. Für alles wurde »Bunapartes Krieg« verantwortlich gemacht. Wie so oft in der Geschichte machte die Welt ihren Henker zum Opfer, das die Sünden und Vergehen eines jeden einzelnen auf seine Schultern nehmen mußte. Immer größer wurde die Zahl derer, die allmählich, ohne zu wissen warum, Heil und Rettung nur in der Niederlage und im Verschwinden dieses »Bunaparte« sahen, von dem sie nichts wußten, als daß er »für die Erde zu schwer geworden« war, denn er brachte überallhin Krieg, Unfrieden, Teuerung, Krankheit und Not.

Drüben, in den österreichischen Ländern, wo das Volk unter der Last der Steuern und Finanzkrisen, der allgemeinen Wehrpflicht und der blutigen Verluste auf den Schlachtfeldern stöhnte, war dieser ›Bunaparte‹ bereits in die Welt des Liedes und der Sagen eingegangen, und zwar als Ursache aller Nöte, ja selbst des persönlichsten Unglücks. In Slawonien sangen die sitzengebliebenen Jungfern:

>»Du, gewalt'ger Kaiser der Franzosen!
>Gib den vielen Mädchen ihre Burschen wieder.
>Sieh: die Joppen und die Brautgeschenke
>Modern und die goldbestickten Hemden.«

Das Lied kam über die Save, man sang es in Bosnien, und es drang auch nach Travnik.

Daville wußte sehr wohl, wie solche allgemeinen Auffassungen in diesen Gebieten auftauchten, Wurzel faßten, sich ausbreiteten und wie schwierig, ja aussichtslos es war, gegen sie anzukämpfen. Trotzdem focht er wie früher dagegen, aber nur noch mit angekränkeltem Willen und halber Kraft. Er schrieb die gleichen Berichte, gab dem Personal und seinen Vertrauten die gleichen Anweisungen und warb um die Gunst des Wesirs und jedes einzelnen im Konak. Alles war das gleiche wie früher, nur er, Daville, war nicht mehr der gleiche.

Der Konsul hielt sich aufrecht und trat ruhig und sicher auf. Alles war, nach außen hin, wie zuvor. Und doch gab es viel, was sich an ihm und in seinem Wesen verändert hatte.

Hätte sich, sofern das möglich wäre, jemand unterfangen, die Kraft des menschlichen Willens, den Lauf der Gedanken, den seelischen Schwung und die Stärke der äußeren Bewegungen zu messen, dann hätte er festgestellt, daß Davilles Handlungen nunmehr dem Rhythmus, in dem diese bosnische

Stadt atmete, lebte und arbeitete, weit mehr glichen als dem Rhythmus, in dem er sich vor mehr als sechs Jahren bewegt hatte, als er hierhergekommen war.

Alle diese Veränderungen gingen langsam und unmerklich, aber stetig und unerbittlich vor sich. Daville scheute schriftlich niedergelegte Worte und schnelle, klare Entschlüsse, fürchtete Neuigkeiten und Gäste und bangte vor Veränderungen, ja vor dem bloßen Gedanken daran. Eine einzige Minute sicheren Friedens und der Rast war ihm lieber als Jahre der Zukunft, von denen man nicht wußte, was sie brachten.

Auch die äußeren Veränderungen ließen sich nicht verheimlichen. Menschen, die auf so beschränktem Raum zusammen leben und einander den ganzen Tag vor Augen haben, bemerken weniger, wie der einzelne unter ihnen altert und sich verändert. Dennoch sah man, daß der Konsul, vor allem in den letzten Monaten, beträchtlich abgemagert und gealtert war.

Seine ehedem kühn über die Stirn fallende Haarsträhne hing jetzt schlaff herunter und hatte jenes fahle Grau angenommen, das für das Haar blonder Menschen, wenn sie ergrauen, so typisch ist. Sein Gesicht war noch immer von Röte überzogen, aber die Haut war spröder geworden, das Kinn hatte Falten, das frische Aussehen war verlorengegangen. Den ganzen Winter über quälten ihn schwere Zahnschmerzen, und es begannen ihm sogar Zähne auszufallen.

Dies waren die sichtbaren Spuren, die im Laufe der Jahre den Travniker Frösten, den Regenfällen, den immer feuchten Winden, den kleinen und großen Familiensorgen, den unzähligen Konsulatsgeschäften, besonders aber den inneren, durch die letzten Ereignisse in der Welt und in Frankreich bedingten Seelenkämpfen zuzuschreiben und im Aussehen Davilles zu lesen waren.

So war Davilles Lage am Ende des sechsten Jahres seines Travniker Aufenthalts und zu Beginn der Ereignisse, die sich nach Napoleons Rückkehr aus Rußland abspielten.

XXIV

Als endlich, Mitte März, die Kälte nachließ und das scheinbar ewige Eis aufzutauen begann, blieb die Stadt dumpf und verängstigt wie nach einer mörderischen Seuche zurück, die Straßen waren aufgeweicht, die Häuser verfallen, die Bäume nackt, die Bevölkerung erschöpft und niedergeschlagen, als hätte sie den Winter nur überlebt, um nun von noch größeren Sorgen um Nahrung, Saatgut und einem Haufen verworrener, auswegloser Schulden und Darlehen gequält zu werden.

An einem solchen Märztag, wieder in aller Frühe, erfuhr Daville durch d'Avenats tiefe und gallige Stimme, mit der er seit Jahren Frohes und Unfrohes, Wichtiges und Gleichgültiges unerbittlich und eintönig ankündigte, Ibrahim-Pascha sei abgesetzt worden, ohne bisher einen neuen Posten erhalten zu haben. Dem Befehl zufolge sollte er Travnik verlassen und in Gallipoli auf weitere Anweisungen warten.

Als Daville vor fünf Jahren in gleicher Weise von Mechmed-Paschas Versetzung erfahren hatte, war er aufgebracht gewesen und hatte das Bedürfnis gehabt, tätig zu werden, sich auszusprechen und irgend etwas gegen eine solche Entscheidung zu unternehmen. Auch jetzt lastete die Nachricht schwer auf seiner Seele und bedeutete für ihn, gerade in solchen Zeiten, einen unermeßlichen Verlust. Aber diesmal fand er in sich nicht die Kraft, aufzubegehren und sich zu widersetzen. Seit dem vergangenen Winter, seit der Moskauer Katastrophe, herrschte in ihm das Gefühl, es würde doch alles zusammenbrechen und verfallen, und jeder Nackenschlag, gleich von welcher Seite er kam, bestätigte und rechtfertigte dieses Gefühl.

Alles war im Sturze begriffen, Kaiser und Heere, Würden und Ämter, Hab und Gut, Träume und Ideen, wie sollte da nicht auch eines Tages der ohnehin halbtote, unglückliche Wesir stürzen, der sich schon seit Jahren auf seinem Thron bald nach links, bald nach rechts geneigt hatte. Man wußte, was es hieß »in Gallipoli weitere Anweisungen abwarten«. Das bedeutete Verbannung und einsames Dahindämmern in ziemlicher Armut, ohne ein Wort der Klage und ohne die Aussicht, etwas erklären oder verbessern zu können.

Erst in zweiter Linie dachte Daville daran, daß er im Wesir einen langjährigen Freund und eine sichere Stütze verlor, noch dazu in einem Augenblick, wo er sie am nötigsten brauchte. Nirgends aber entdeckte er in seinem Innern jene Erregung, jenen Eifer und jenes Bedürfnis, das ihn vor der Abreise Mechmed-Paschas getrieben hatte, Briefe zu schreiben, zu mahnen, Vorwürfe zu machen und um Hilfe zu rufen. Alles fiel, warum nicht auch Freunde, die Halt und Stütze gewesen waren? Und wer darüber die Fassung verlor und sich oder andere zu retten versuchte, erreichte nichts. Also stürzte auch der schon immer mit einer Schlagseite dahinlebende Wesir und verschwand wie alles andere. Was zurückblieb, war lediglich ein Nachgeschmack von Mitleid.

Doch während sich der Konsul, unfähig, einen Entschluß zu fassen, solchen Überlegungen hingab, traf aus dem Konak die Nachricht ein, der Wesir bitte den Konsul zu einer Aussprache.

Im Konak waren Hast und Verwirrung zu spüren, einzig der Wesir blieb unverändert. Er sprach von seiner Ablösung wie von etwas, was angesichts der Reihe von Mißgeschicken, die ihn seit Jahren verfolgten, geradezu eine Selbstverständlichkeit war. Als hätte der Wesir selbst gewünscht, die Unglückskette möge sich rasch auffüllen und vollenden, war er entschlossen, die Abfahrt nicht hinauszuzögern und sich schon in zehn Tagen, also Anfang April, auf den Weg zu machen. Er hatte in Erfahrung gebracht, daß sein Nachfolger schon unterwegs sei, und war bemüht, ihm nicht in Travnik zu begegnen.

Wie einst Mechmed-Pascha behauptete auch der jetzige Wesir, er sei ein Opfer seiner Sympathien für Frankreich. (Daville wußte längst, daß das eine der orientalischen Lügen oder Halbwahrheiten war, die zwischen den aufrichtigen Beziehungen und Gefälligkeiten wie falsche Münzen zwischen echten kreisen.)

»Jaja, solange Frankreich siegreich vorwärtsstrebte, beließen sie auch mich auf meinem Posten und wagten nicht, mich anzutasten, aber jetzt, da Frankreich vom Glück stiefmütterlich behandelt wird, lösen sie mich ab und vereiteln jeden Kontakt und jede Zusammenarbeit mit den Franzosen.«

Plötzlich wurde das Falschgeld zur echten Münze, und ohne die fragwürdige Prämisse des Wesirs weiter zu beachten, spürte Daville, daß die Niederlage Frankreichs eine vollendete Tatsache war. Die bald stärkere, bald schwächere kalte, quälende Beklemmung, die im Konak so oft sein Inneres aufgewühlt hatte, plagte ihn auch jetzt, da er der Rede des Wesirs, einem Gemisch von verlogener Liebenswürdigkeit und bitterer Sachlichkeit, ruhig lauschte.

›Lüge hat sich mit Wahrheit gepaart‹, dachte Daville, während er den Dolmetscher die Worte übersetzen ließ, die er auch selber gut verstand. ›Es ist alles so verquickt, daß sich kein Mensch darin zurechtfindet, aber eines ist gewiß: Alles stürzt zusammen.‹

Der Wesir war in seiner Rede über Frankreich bereits auf seine Einstellung zu den Bosniaken sowie zu Daville übergegangen.

»Das Volk hier, glauben Sie mir, verdient einen härteren und grausameren Wesir. Nun ja, man erzählt, die Armen im ganzen Lande segneten mich. Und das ist schließlich mein einziges Ziel gewesen. Die Reichen und Mächtigen hassen mich. Auch über Sie haben sie mich anfangs falsch unterrichtet, aber ich habe Sie kennengelernt und schnell eingesehen, daß Sie mein einziger Freund sind. Ehre sei Gott dem einzigen! Glauben Sie mir: Ich habe selbst einigemal beim Sultan um Abberufung nachgesucht. Nun brauche ich nichts mehr. Am liebsten möchte ich als schlichter Gärtner meinen Garten bebauen und so meine letzten Tage in Frieden verbringen.«

Davilles tröstende Worte und Segenswünsche für eine bessere Zukunft verwarf der Wesir wie jeden anderen Trost.

»Nein, nein! Ich sehe, was mir bevorsteht. Ich weiß, daß man sich, wie so oft bisher, bemühen wird, mich anzuschwärzen und aus dem Wege zu schaffen und meinen Besitz zu erschleichen. Es ist mir, als hörte ich, wie sie an höchster Stelle mein Ansehen untergraben und mich ruinieren, aber was vermag ich dagegen? Gott ist der einzige! Seitdem ich meine liebsten Kinder und so viele von meiner Familie verloren habe, bin ich auf jedes Unheil vorbereitet. Wäre Sultan Selim noch am Leben, dann wäre alles anders ...«

Daville kannte den Mechanismus, der sich nun in Bewegung setzte. D'Avenat leierte beim Übersetzen die Worte herunter wie den Text einer vertrauten liturgischen Formel.

Beim Verlassen des Konaks konnte Daville beobachten, wie sehr hier Hast und Unruhe von Minute zu Minute wuchsen. Der bunte, komplizierte Haushalt des Wesirs, der sich in den fünf Jahren erweitert und Wurzel gefaßt hatte und mit dem Gebäude und seiner Umgebung zusammengewachsen war, wankte plötzlich, als wollte er einstürzen.

Aus allen Gärten und Höfen vernahm man Rufe, Schritte, Hammerschläge und ein Gepolter von Kisten und Körben. Jeder war um seine Sicherheit besorgt und wollte sich retten. Diese ungleiche und doch miteinander verbundene Großfamilie ging der völligen Ungewißheit entgegen, wie das nur bei den Türken möglich war, sie knarrte und krachte – in den Strudel geraten – in allen Fugen. Der einzige, der in dem Getriebe eiskalt und reglos blieb, war der Wesir; er saß, etwas zur Seite geneigt, auf seinem Platz, unbeweglich wie ein herausgeputztes Idol aus Stein, das man in die Mitte des bewegten, verängstigten Gesindes gebracht hatte.

Schon am darauffolgenden Tage brachten Knechte aus dem Konak eine ganze Prozession von zahmen oder gezähmten Tieren, Angorakatzen, Windspiele, Füchse und weiße Hasen, in das französische Konsulat. Daville erwartete und empfing sie feierlich im Hof. Der Höfling, der die Prozession begleitet hatte, stellte sich mitten auf dem freien Platz auf und erklärte mit feierlicher Stimme, diese Geschöpfe Gottes seien im Haushalt des Wesirs wie Freunde behandelt worden und der Wesir überlasse sie jetzt einem befreundeten Hause.

»Er hat sie geliebt und kann sie nur einem überlassen, den er liebt.«

Der Höfling und die Knechte wurden beschenkt und die

Tiere, sehr zum Ärger von Madame Daville und zur großen Freude der Kinder, im Hinterhof untergebracht.

Einige Tage später rief der Wesir Daville nochmals zu sich, um von ihm ohne Zeugen Abschied zu nehmen, inoffiziell und freundschaftlich. Diesmal war der Wesir tatsächlich gerührt. Keine Spur war mehr von den Falschmünzen des Gefühls zu entdecken, von den Halbwahrheiten und Liebenswürdigkeiten, die echt und doch auch unecht waren.

»Man muß von jedem Menschen einmal Abschied nehmen, und auch für uns ist die Zeit gekommen. Wir beide, hierher verschlagen und zwischen dieses schreckliche Volk geweht, haben einander wie zwei Verbannte gefunden. Hier sind wir schon seit langem Freunde geworden, und wir werden es immer bleiben, sollten wir uns jemals an einer besseren Stätte wieder begegnen.«

Und dann geschah etwas unerhört Neues, etwas, was in dem fünfjährigen Zeremoniell des Konaks einmalig war. Die Hofbeamten eilten auf den Wesir zu und halfen ihm aufzustehen. (Er erhob sich mit einer ruckartigen, heftigen Bewegung, und erst jetzt sah man, wie groß und kräftig er war; dann durchquerte er langsam, fast bewegungslos, auf unsichtbaren Beinen das Zimmer, so als rolle er auf Rädern, die unter dem schweren Mantel versteckt waren.) Mit ihm begaben sich alle auf den Hof. Hier stand, gewaschen und poliert, die von Herrn von Mitterer geschenkte schwarze Karosse und in einiger Entfernung von ihr ein schöner Vollblutfuchs mit weißroten Nüstern in vollem Geschirr.

Der Wesir verharrte still neben dem Wagen und lispelte etwas wie ein Gebet; dann wandte er sich Daville zu:

»Da ich aus dem traurigen Land fortgehe, lasse ich Ihnen dieses Gefährt als Hilfsmittel zurück, damit auch Sie möglichst bald von hier fortziehen ...«

Dann führten sie das Tier heran, und der Wesir wandte sich wieder Daville zu:

»Dieses edle Tier aber möge Sie allem Guten entgegenführen.«

Zutiefst gerührt, wollte Daville etwas erwidern, doch der Wesir setzte das vorgesehene Zeremoniell ernst und bedächtig fort:

»Der Wagen ist ein Zeichen des Friedens, das Pferd ein Symbol des Glücks. Friede und Glück – das wünsche ich Ihnen und Ihrer Familie.«

Erst da gelang es Daville, seine Dankbarkeit in Worte zu fassen und dem Wesir für die Reise und die Zukunft seine Segenswünsche auszusprechen.

Noch während sie im Konak waren, brachte d'Avenat in Erfahrung, daß der Wesir Herrn von Paulich kein Geschenk überreicht und sich von ihm nur kurz und kühl verabschiedet habe.

Vor dem Konak lagerten Karawanen von Pferden und Säumern, man hatte alle Hände voll zu tun mit dem Verladen, wartete noch immer auf dies und jenes und tauschte Zurufe aus. Das leere Gebäude hallte wider von Schritten, Befehlen und stetem Gezeter. Alle aber übertraf Bakis Fistelstimme.

Schon der Gedanke, daß er in so kalter Jahreszeit (in den Bergen lag noch Schnee) und auf so schrecklichen Straßen reisen mußte, machte ihn unglücklich und krank; die Unkosten, die Verluste und die Tatsache, daß es unmöglich war, alles mitzunehmen, brachten ihn zur Verzweiflung. Er rannte von Zimmer zu Zimmer und sah nach, ob nichts liegengeblieben sei, er legte jedem ans Herz, nichts wegzuwerfen oder zu zerschlagen, er drohte und bettelte. Bechdžet forderte Bakis Wut mit seinem ewigen Lächeln heraus, mit dem er den Tumult verfolgte. (»Mit so wenig Verstand im Kopf würde auch ich immer nur grinsen.«) Tahir-Begs Sorglosigkeit und Leichtsinn beleidigten ihn. (»Er hat sich zugrunde gerichtet, warum sollte er davor zurückschrecken, auch alle anderen zu ruinieren?«) Die Geschenke, die der Wesir Daville zugedacht hatte, brachten Baki derart in Aufruhr, daß er die Körbe und Saumtiertreiber vergaß. Er eilte von einem zum anderen, lief zum Wesir und beschwor ihn, wenigstens das Pferd nicht zu verschenken. Als das alles nicht fruchtete, setzte er sich auf den nackten Diwan und erzählte schluchzend allen, Rotta habe ihm seinerzeit im Vertrauen und auf Grund zuverlässiger Quellen erzählt, von Mitterer hätte bei seiner Versetzung aus Travnik fünfzigtausend Taler mitgenommen, die er in kaum vier Jahren gespart habe!

»Fünfzigtausend Taler! Fünfzigtausend! Und noch dazu dieses deutsche Schwein! Und das in vier Jahren!« schrie Baki und fragte laut, wieviel dann erst der Franzose erspart haben müsse. Vor ohnmächtiger Wut schlug er mit der flachen Hand auf seinen seidenen Mintan, etwa an der Stelle, wo seine Hüften sein mußten.

Ende der Woche brach Ibrahim-Pascha bei strömendem Regen, der oben in den Bergen in feuchten Schnee überging, mit seinem Gefolge auf.

Beide Konsuln begleiteten, von ihren Kawassen gefolgt, den Wesir. Auch eine große Zahl von Travniker Begs, hoch zu Roß, und viele Menschen zu Fuß zogen eine Zeitlang mit ihm, denn Ibrahim-Pascha reiste nicht verstohlen ab, ihn verfolgte nicht der allgemeine Haß der Bevölkerung wie einst Mechmed-Pascha.

Im ersten und zweiten Jahr seiner Regierung waren unter den Ajanen auch gegen ihn, wie gegen die meisten seiner Vorgänger, Unruhen geschürt und Ränke geschmiedet worden, aber mit der Zeit hatte sich das gelegt. Die völlige Gelähmtheit des Wesirs, seine Sauberkeit in den Finanzen und die geschickte, maßvolle und großzügige Art, in der Tahir-Beg das Land verwaltete, schufen im Laufe der Zeit erträgliche Verhältnisse und kühle, doch immerhin friedliche Beziehungen zwischen dem Konak und den bosnischen Begs. Man verargte dem Wesir, daß er nichts im Lande tat und nichts gegen Serbien unternahm. Aber auch diese Einwände äußerten die Begs mehr, um ihr Gewissen zu beschwichtigen und ihren Eifer zu bezeigen, als deshalb, weil sie etwa ernstlich die unfruchtbare, doch angenehme »Stille« unterbrechen wollten, die sich während des langen Wesirats Ibrahim-Paschas ausgebreitet hatte. (Denn auch der Wesir beklagte sich seinerseits, und das mit gutem Recht, es liege nur an der Faulheit, Schlampigkeit und Uneinigkeit der Bosniaken, wenn es ihm nicht gelinge, ein Heer gegen Serbien auf die Beine zu stellen.) Je mehr der Wesir von Jahr zu Jahr einem Leichnam ähnlich sah, um so milder urteilte man über ihn, und um so wohlwollender wurde die Meinung über seine Verwaltung.

Allmählich lichtete und verlor sich das Abschiedsgefolge des Wesirs. Zuerst blieben die Fußgänger zurück, dann einzelne Reiter. Zum Schluß waren nur noch der muselmanische Klerus, einige Ajanen und die beiden Konsuln mit ihrer Begleitung übrig. Die Konsuln verabschiedeten sich vom Wesir an der gleichen Kaffeeschenke, wo einst Daville von Mechmed-Pascha Abschied genommen.

Noch immer stand vor dem Kaffeehaus – halb verfallen und schwarz vom Regen – die Laube, um die sich eine Lache gebildet hatte. Hier gebot der Wesir seiner Begleitung haltzumachen und verabschiedete sich von den Konsuln mit einigen unklaren Worten, die niemand übersetzte. D'Avenat wiederholte laut die Glückwünsche und Abschiedsworte seines Herrn, während von Paulich selbst türkisch antwortete.

Kalt rieselte der Regen. Der Wesir ritt sein starkes, sanftes, breitkruppiges Pferd, dem man im Konak den Spitznamen »die Kuh« gegeben hatte. Er trug einen weiten Mantel aus schwerem Pelz und tiefrotem Tuch, das mit seiner leuchtenden Farbe seltsam von der traurigen, feuchten Landschaft abstach. Hinter dem Wesir sah man Tahir-Begs fahles Antlitz mit den strahlenden Augen, das längliche Jägergesicht Ešref Effendis, des Arztes, und ein aufgepustetes, rundes Kleiderbündel, aus dem Bakis blaue zornige Augen blickten, stets bereit, in Tränen auszubrechen.

Alle hatten es eilig, diese versumpfte Schlucht zu verlassen, so als entfernten sie sich von einem offiziellen Begräbnis.

Daville kehrte mit Paulich in die Stadt zurück. Mittag war vorüber. Es hatte aufgehört zu regnen, und irgendwoher kam indirektes Sonnenlicht, spärlich und ohne Wärme. In dem recht banalen Gespräch tauchten Gedanken und Erinnerungen auf. Je mehr sie sich der Stadt näherten, um so enger wurde die Schlucht. Auf den steilen Hängen wagte sich junges Gras vor, das in blauen regennassen Schatten lag. An einer Stelle entdeckte Daville einige halb aufgeblühte gelbe Primeln; sofort empfand er die ganze Betrüblichkeit seines siebenten Frühlings in Bosnien, und das mit solcher Stärke, daß es ihm kaum gelang, mit höflichen, einsilbigen Worten auf einige friedliche Ausführungen von Paulichs zu reagieren.

Daville war überrascht, als er bereits zehn Tage nach der Abreise des Wesirs die erste Botschaft von ihm empfing. Ibrahim-Pascha war in Novi Pazar mit Siliktar Ali-Pascha zusammengetroffen, der ihn als Wesir von Bosnien ablöste, und hier verweilten beide einige Tage. Da zu gleicher Zeit auch der französische Kurier aus Stambul Novi Pazar berührte, sandte Ibrahim-Pascha durch ihn seinem Freund die ersten Grüße von der Reise. Der Brief enthielt eine Fülle von freundschaftlichen Erinnerungen und Segenswünschen. Am Rande erwähnte Ibrahim-Pascha mit einigen Worten den neuen Wesir. »Ich würde Ihnen, verehrter Freund, gern meinen Nachfolger beschreiben, aber das ist mir unmöglich. Ich kann nur sagen: Gott möge sich der Armen erbarmen und eines jeden, der sich nicht wehren kann. Jetzt werden die Bosniaken sehen ...«

Was Daville vom Kurier und später aus Frayssinets Briefen noch zusätzlich erfuhr, deckte sich mit Ibrahim-Paschas Eindruck.

Der neue Wesir kam ohne Beamtenstab, ohne Höflinge und Harem, »allein und besitzlos wie ein Haiduck im Walde«, dafür aber mit zwölfhundert gut bewaffneten, gefährlich aussehenden Arnauten und zwei großen Feldkanonen, und ihm voraus ging der Ruf eines unberechenbaren Bluthundes, des grausamsten Wesirs im Reich des Sultans.

Irgendwo auf dem Wege zwischen Plevlje und Priboj blieb eine der Kanonen des Wesirs im Morast stecken, die Straßen dort waren nämlich stets, besonders aber um diese Zeit, schwer befahrbar. Als der Wesir in Priboj eintraf, ließ er deswegen unterschiedslos alle dortigen Staatsbeamten (zum Glück waren es ihrer nur drei) und außerdem noch die zwei angesehensten Männer der Čaršija köpfen. Ihm selbst reiste stets ein Herold mit dem strengen Befehl voraus, die Wege auszubessern und instand zu setzen. Aber der Befehl war überflüssig. Das Beispiel von Priboj wirkte furchtbar genug. Auf dem Wege von Priboj bis Sarajevo wimmelte es von Fronarbeitern und Wegemeistern, sie schütteten die Pfützen und Schlaglöcher zu und besserten die hölzernen Brücken aus. Die Angst ebnete dem Wesir den Weg.

Ali-Pascha reiste langsam, in jeder Stadt verweilte er längere Zeit und führte sofort seine Art Ordnung ein; er setzte den neuen Tribut fest, ließ unbotmäßige Türken enthaupten, Männer von Rang und Ansehen und ausnahmslos alle Juden verhaften.

In Sarajevo war nach einem erschöpfenden, anschaulichen Bericht, den Frayssinet geschickt hatte, der Schrecken so groß, daß die angesehensten unter den Begs und den Männern der Čaršija dem Wesir bis vor die Kozija ćuprija entgegengingen, um ihn zu begrüßen und ihm die ersten Geschenke zu überreichen. Ali-Pascha, der wußte, daß die Begs von Sarajevo im Rufe standen, seit jeher den Wesiren auf ihrem Weg von Stambul nach Travnik kalt und trotzig zu begegnen, lehnte es barsch ab, die Abordnung zu empfangen, rief vielmehr mit lauter Stimme aus seinem Zelt heraus, sie sollten sich aus dem Wege scheren, er würde die, die er brauche, in ihren Häusern zu finden wissen.

Tags darauf saßen in Sarajevo alle reicheren Juden in Haft, desgleichen einige hoch angesehene Begs. Einen, der nur gewagt hatte zu fragen, warum man ihn verhafte, fesselten und prügelten die Schergen im Beisein des Wesirs.

All dies wurde auch in Travnik ruchbar, und der neue Wesir war bald in den Erzählungen der Menschen zu einem Ungeheuer angewachsen. Aber seine tatsächliche Ankunft in Travnik, die Art, wie er die Ajanen empfing und mit ihnen den ersten Diwan abhielt, übertrafen noch seinen bösen Ruf.

An diesem Frühlingstag zog zuerst eine Abteilung von dreihundert Arnauten des Wesirs in Travnik ein. In breiter Formation ausgerichtet, glichen sie einander so sehr, als wären sie nach einem Maß gemacht, dabei waren sie von mädchenhafter

Schönheit. Sie trugen kurze Gewehre und marschierten mit kurzen Schritten, den Blick nach vorn. Ihnen folgte der Wesir mit einer kleinen Begleitung und einer Abteilung Reiterei. Auch diese ritten in einem Schritt, der an einen Begräbniszug erinnerte; sie vermieden jeden Lärm und jeden Zuruf. Dem Pferd des Wesirs voran schritt an der Spitze des Zuges ein hünenhafter Krieger, der mit beiden Armen ein großes, nacktes Schwert vor sich hielt. Weder das ausgelassenste Berserkertum noch der Einmarsch grimmiger Tscherkessen mit Kriegsgeschrei und wildem Geschieße hätte der Bevölkerung so einen Schrecken eingejagt wie der geräuschlose, langsame Einzug.

Noch am gleichen Abend ließ Ali-Pascha wie üblich die Juden und etliche angesehene Männer nach dem Grundsatz verhaften, daß »man mit einem Menschen wesentlich besser spricht, wenn er eine Nacht im Gefängnis verbracht hat«. Wer immer aus der Verwandtschaft und dem Freundeskreis der Verhafteten eine Träne weinte, klagte oder etwas sagen oder helfen wollte, erhielt die Bastonade. Alle jüdischen Familienväter kamen in Haft, denn Ali-Pascha hatte ein genaues Namensverzeichnis und vertrat den Standpunkt, kein anderer bezahle, um freizukommen, soviel Geld wie ein Jude und keiner sei geeigneter, in der Stadt Angst zu verbreiten, als die Juden. Die Travniker, die schon allerlei gewöhnt waren, bekamen neben anderen Wundern und Skandalen zu sehen, wie man die sieben Atijasse, alle an einer Kette, ins Gefängnis schleppte.

In der gleichen Nacht wurden auch der Pfarrer von Dolac, Fra Ivo Janković, der Guardian des Klosters in Guča Gora und der Hieromonach Pahomije gefesselt abgeführt und in die Festung geworfen.

Am nächsten frühen Morgen holte man alle jene aus der Festung, die wegen Mordes oder schweren Diebstahls eingekerkert waren und hier schon lange auf ihr Urteil warteten, denn Ibrahim-Paschas Justiz arbeitete langsam und rücksichtsvoll. Sie alle wurden bei Sonnenaufgang an den Kreuzungen der Stadt an einen Baum geknüpft. Um die Mittagsstunde waren die Ajanen zum ersten Diwan im Konak versammelt.

Der Saal, in dem der Diwan abgehalten wurde, war Schauplatz vieler stürmischer und gefährlicher Sitzungen gewesen, in ihm waren schon oft schicksalsschwere Worte, Entscheidungen und Todesurteile gefallen, aber eine solche Stille, die den Anwesenden den Atem verschlug und die Eingeweide lähmte, hatte man noch nie erlebt. Ali-Paschas Geschicklichkeit bestand darin, daß er eine Atmosphäre des Entsetzens zu schaffen, zu erhalten und zu verbreiten verstand, die auch solche Menschen zu Boden warf und zerbrach, die nichts, nicht einmal den Tod, fürchteten.

Als erstes verkündete der Wesir, nachdem er den Ferman des Sultans verlesen, den versammelten Ajanen die von ihm über Resim-Beg, das Stadtoberhaupt von Travnik, verhängte Todesstrafe. Die Schläge, die Ali-Pascha austeilte, wirkten besonders deshalb furchtbar, weil sie unerwartet kamen und unglaublich klangen.

Als Ibrahim-Pascha vor drei Wochen Travnik verlassen hatte, war Sulejman-Pascha Skopljak mit dem Heer wieder einmal irgendwo an der Drina gewesen und hatte es unter einem passenden Vorwand abgelehnt, zurückzukehren und den Wesir bis zur Ankunft des neuen zu vertreten. Deshalb fungierte als höchste Behörde der alte Resim-Beg, das Stadtoberhaupt von Travnik.

Der Mann sei bereits verhaftet, sagte der Wesir, und er würde am Freitag hingerichtet, denn er habe, während er den Wesir vertrat, die Geschäfte so nachlässig und unordentlich verwaltet, daß er zweimal den Tod verdiente. Das sei erst der Anfang; dem Stadtoberhaupt würden alle übrigen folgen, die im Auftrag des Sultans Ämter bekleideten und gegenüber dem Staat Verpflichtungen übernommen hätten, sie aber nicht so erfüllten, wie es nötig war, oder sich sogar öffentlich oder geheim widersetzten.

Auf diese Botschaft folgte die Bewirtung mit Kaffee, Tabak und Scherbet.

Nach dem Kaffee sagte Halid-Beg Teskeredžić als der älteste der Begs ein paar Worte zur Verteidigung des unglücklichen

Stadtoberhaupts. Noch während er redete, zog sich ein Diener, der eben Ali-Pascha bedient hatte, zur rechten Tür zurück, das Gesicht dem Wesir zugewandt. Da stieß er leicht gegen einen Tschibukträger und warf eine Pfeife zu Boden. Als hätte der Wesir nur darauf gewartet, blitzte er mit den Augen, beugte sich zur Seite, reckte seinen Körper und warf ein großes Messer, das in seiner Reichweite lag, auf den vor Angst erstarrten Diener. Unter den übrigen Dienern, die den blutüberströmten Unglücksraben hinausführten, entstand Verwirrung, noch größer aber war die Lähmung unter den Ajanen und Begs, die unentwegt in ihr Kaffeeschälchen schauten, den Tschibuk vergessend, der neben ihnen weiterqualmte.

Der einzige, der seine Ruhe und Geistesgegenwart bewahrte, war Halid-Beg, er beendete seine Verteidigungsrede zugunsten des alten Stadtoberhaupts und bat den Wesir, auf das Alter und die früheren Verdienste und nicht auf die jetzigen Fehler und Mängel zu sehen.

Mit lauter, klarer Stimme antwortete der Wesir schroff und bestimmt, unter seiner Regierung erhalte jeder, was ihm gebühre; jene, die sich Verdienste erwarben und gehorchten, bekämen Preise und Anerkennung, die aber nichts taugten und sich nicht fügten, erwarte der sichere Tod oder die Bastonade.

»Ich bin nicht mit der Absicht gekommen, daß wir uns gegenseitig belügen und durch das Jasmingesträuch Liebesgeschäker austauschen oder daß ich mich auf meinem Kissen dem Schlummer hingebe«, schloß der Wesir, »sondern ich bin gekommen, Ordnung in dem Lande einzuführen, von dem man sogar im fernen Stambul weiß, daß es sich seiner Unordnung brüstet. Auch für den härtesten Kopf gibt es einen Säbel. Die Köpfe sind auf euren Schultern, doch der Säbel ist in meiner Hand und der Ferman des Sultans unter meinem Sitzkissen. Jeder benehme sich dementsprechend und handle danach, sofern er sein Brot weiter verzehren und sich an der Sonne satt sehen will. Merkt euch das und macht es dem Volk klar, damit wir mit vereinten Kräften durchführen, was der Sultan von uns fordert.«

Die Begs und die Ajanen erhoben sich von ihren Sitzen und schieden mit stummem Gruß, glücklich, daß sie noch am Leben waren, und verwirrt, als hätten sie der Vorstellung eines Schwarzkünstlers beigewohnt.

Schon am nächsten Tage empfing der Wesir Daville zu einer festlichen Audienz.

Die Arnauten des Wesirs kamen in Paradeuniform und auf prächtigen Pferden, Daville abzuholen. Sie ritten durch menschenleere Straßen und eine fast ausgestorbene Čaršija. Nirgends tat sich eine Tür auf, kein Fenster wurde hochgeklappt, und kein Gesicht zeigte sich.

Der Empfang verlief protokollgemäß. Der Wesir beschenkte den Konsul und d'Avenat mit edlen Pelzen. Im Konak fiel Daville auf, daß alle Gemächer und Gänge leer standen und keinerlei Mobiliar und Schmuck aufwiesen. Auch die Anzahl der Würdenträger und Diener war ungewöhnlich klein. Im Vergleich zu dem Gewimmel, das hier unter Ibrahim-Pascha geherrscht hatte, wirkte jetzt alles kahl und öde.

Selber aufgeregt und neugierig, war Daville überrascht, als er den neuen Wesir vor sich sah. Der Wesir hatte eine große, kräftige, aber feingliedrige Gestalt, er bewegte sich energisch und schnell, ohne jene träge Würde, die sonst alle türkischen Persönlichkeiten hervorstrichen. Sein dunkles Gesicht hatte eine braune Hautfarbe, die Augen waren groß und grün, Bart und Schnurrbart schneeweiß und eigentümlich gestutzt.

Der Wesir sprach leicht und flüssig, er lachte häufig und für einen türkischen Würdenträger etwas zu laut.

Daville fragte sich, ob das tatsächlich der gleiche Wesir sei, von dem er die entsetzlichen Greuel gehört hatte und der noch gestern das Todesurteil über den alten Resim-Beg gesprochen und im gleichen Diwan sein Messer auf einen Diener geschleudert hatte.

Lachend sprach der Wesir von seinen Plänen, im Lande Ordnung einzuführen und ein Heer gegen Serbien aufzubieten, das endlich ernst und energisch durchgreifen sollte. Den Konsul ermunterte er, in seiner Arbeit wie bisher fortzufahren, und versicherte ihn seines guten Willens, ihm jeden Gefallen zu tun und jeden Schutz zu gewähren.

Auch Daville sparte nicht mit Liebenswürdigkeiten und Beteuerungen, aber er konnte sofort feststellen, daß der Vorrat des Wesirs an schönen Worten und freundlichen Mienen sehr dürftig war, denn sooft er nur für einen Augenblick aufhörte zu lächeln und in seiner Rede innehielt, bekam sein Gesicht einen düsteren, harten Ausdruck, und die Augen wurden unstet, als suchten sie nach einem Ziel, das sie angreifen konnten. Das kalte Flackern in den Augen war unerträglich und stand in wunderlichem Widerstreit zu dem lauten Lachen.

»Die bosnischen Begs haben Ihnen schon von mir und meiner Art, zu regieren, berichtet. Das sollte Sie in keiner Weise beirren. Ich glaube wohl, daß ich den Leuten unbequem bin, aber ich bin nicht gekommen, um ihnen zu gefallen. Die Begs sind Narren, sie wollen aus einem leeren Herrschaftsanspruch heraus leben und geben sich mit frechen, großen Worten zufrieden. Das kann nicht so bleiben. Die Zeit ist reif, daß auch sie zur Vernunft kommen. Freilich, der Weg zur Vernunft geht bei den Menschen nicht durch den Kopf, sondern über den entgegengesetzten Körperteil, über die Fußsohlen. Mir ist noch niemand begegnet, der, wenn er eine saftige Tracht Schläge auf die Fußsohlen bekommen hatte, dies vergessen hätte, wohl aber habe ich hundertmal erlebt, daß Menschen selbst die besten Ratschläge und Empfehlungen vergessen haben.«

Der Wesir lachte laut auf, und um den Mund und die gestutzten Schnurrbart- und Barthaare spielte ein jungenhafter, schelmischer Zug.

»Sie sollen reden, was sie wollen«, fuhr der Wesir fort, »aber glauben Sie mir, ich werde diesem Volk Zucht und Ordnung einbleuen. Ich bitte Sie aber, nehmen Sie auf nichts Rücksicht, kommen Sie geradewegs zu mir, wenn Sie etwas benötigen. Es ist mein Wunsch, daß Sie ruhig und zufrieden sind.«

Zum erstenmal begegnete Daville einem jener völlig ungebildeten, grausamen und blutrünstigen Osmanen, die er bisher nur aus Büchern und vom Hörensagen kannte.

Nun begann eine Zeit, in der sich jeder bemühte, winzig und unsichtbar zu sein, und jeder nach einem Versteck und Zufluchtsort suchte, so daß man in der Čaršija zu sagen pflegte, daß »auch ein Mauseloch tausend Dukaten wert ist«. Die Angst lastete auf Travnik wie dichter Nebel und bedrückte alles, was atmete und denken konnte.

Das war jene große, unsichtbare und unwägbare, aber allmächtige Angst, die von Zeit zu Zeit eine menschliche Gemeinschaft heimsucht und alle Köpfe beugt oder abreißt. Viele Menschen vergessen dann in ihrer Blindheit und Torheit, daß es so etwas wie Verstand und Tapferkeit gibt, daß alles im Leben vorübergeht und daß das menschliche Leben wie jedes andere Ding seinen Wert hat, daß aber auch dieser Wert begrenzt ist. Betrogen von der augenblicklichen Magie der Angst, zahlen sie für ihr nacktes Leben mehr, als es wert ist, geben sich zu heimtückischem, gemeinem Tun her und erniedrigen und schänden sich selbst, wenn aber der Augenblick der Angst vorbei ist, erkennen sie, daß sie für ihr Leben einen zu hohen Preis bezahlt haben oder daß sie gar nicht in Gefahr waren, sondern nur dem unwiderstehlichen Trugbild der Angst erlagen.

Das Sofa in der Kaffeeschenke des Lutvo stand verödet, wenn auch der Frühling seinen Einzug gehalten und die Linde zu grünen begonnen hatte. Das einzige, was die Travniker Begs wagten, war, daß sie den Wesir unterwürfigst baten, Resim Beg seine Fehler zu vergeben (obgleich keiner wußte, um welche Fehler es sich handelte) und ihm mit Rücksicht auf das Alter und die einstigen Verdienste das Leben zu schenken.

Mit den übrigen Häftlingen in der Festung, den Würfelspielern, Pferdedieben und Brandstiftern, hatte man kurzen Prozeß gemacht, man hatte sie hingerichtet und ihre Köpfe auf Pfähle gespießt.

Der österreichische Konsul setzte sich sofort für die verhafteten Fratres ein. Daville wollte nicht hinter ihm zurückstehen, allerdings schloß er auch die Juden in seine Fürsprache ein. Erst wurden die Fratres auf freien Fuß gesetzt. Dann entließ man die Juden, und zwar einen nach dem anderen, nicht ohne daß sie besteuert wurden und im Konak so viel Lösegeld niederlegten, daß alle jüdischen Schubfächer bis zum letzten Groschen, das heißt bis zum letzten Groschen jener Summe entleert wurden, die ohnehin zu Bestechungszwecken vorgesehen war. Am längsten verblieb in der Festung der Hieromonach Pahomije, für den sich niemand einsetzte. Endlich kauften auch ihn seine wenigen, armen Gemeindemitglieder mit der runden Summe von dreitausend Groschen los, zu der allein die beiden Brüder Fufić, Petar und Jovan, über zweitausend Groschen beisteuerten. Aus den Reihen der Begs in Travnik und den anderen Ortschaften wurden die einen in Freiheit gesetzt, die anderen wieder verhaftet, so daß stets zehn, fünfzehn Mann in der Festung saßen.

So begann Ali-Pascha, in Travnik zu regieren und schleunigst ein Heer gegen Serbien zu rüsten.

XXV

Die Plage, die mit der Ankunft des Wesirs in Travnik ihren Einzug gehalten hatte, lastete schwer auf der ganzen Stadt, und jeder unmittelbar Betroffene glaubte die Welt auf seinen Schultern zu tragen; freilich blieb diese Plage hier in dem Gebirgsmassiv, das die Stadt einschließt und einzwängt, begraben sowie in den Berichten der beiden Konsuln, die in diesen Tagen kein Mensch in Paris und Wien aufmerksam las. Der gesamte weite Erdkreis war indessen von Meldungen über das große europäische Drama von Napoleons Niederlage überflutet.

Die Zeit um Weihnachten und Neujahr verbrachte Daville in ängstlicher Erwartung und in dem panischen Gefühl, alles sei verloren. Aber sobald man von Napoleons Rückkehr nach Paris erfuhr, nahm alles eine mildere Form an. Aus Paris kamen tröstliche Kommentare, Befehle und Rundschreiben, Meldungen über die Aufstellung neuer Armeen und über entschlossene Maßnahmen der Regierung auf allen Gebieten.

Daville schämte sich noch einmal seines Kleinmuts. Aber der gleiche Kleinmut trieb ihn jetzt dazu, sich einer unbestimmten Hoffnung hinzugeben. So stark ist eben in schwachen Menschen der Drang, sich zu betrügen, und so grenzenlos die Möglichkeit, betrogen zu werden.

So begann jene quälende, närrische Schaukel, auf der Davilles Stimmung seit Jahren stieg und sank, von neuem zwischen kühnen Hoffnungen und tiefer Hoffnungslosigkeit hin und her zu pendeln. Allerdings verbrauchte jeder neue Aufschwung die schwindende Hoffnung mehr und mehr.

Ende Mai trafen Bulletins über Napoleons Siege in Deutschland, bei Lützen und Bautzen, ein. Das alte Spiel begann erneut.

In Travnik herrschte jedoch in den Tagen eine solche Not, Niedergeschlagenheit und Angst vor dem neuen Wesir und seinen Arnauten, daß es keinen gab, dem man die Siegesmeldungen hätte mitteilen können.

In ebendiesen Tagen zog Ali-Pascha gegen Serbien ins Feld, nachdem er allen ohne Ausnahme »Angst und Zucht« eingebleut hatte. Auch hierbei verfuhr er anders als seine Vorgänger. Ehedem war der »Aufbruch gegen Serbien« eine Art Volksfest gewesen. Tage, ja Wochen dauerte es, bis sich die Hauptleute aus den Städten im Inneren Bosniens auf dem Travniker Feld versammelt hatten. Sie kamen träge und nach eigenem Gutdünken und brachten eine Mannschaft mit, deren Anzahl und Ausrüstung sie selbst bestimmten. Waren sie einmal in Travnik, dann setzten sie sich hier fest, führten langwierige Unterredungen mit dem Wesir und den Behörden, schraubten ihre Forderungen in die Höhe, stellten Bedingungen, feilschten um Lebensmittel, Ausrüstungsgegenstände und Sold. All das geschah unter dem Mantel begeisterter Kundgebungen und kriegerischer Feiern.

Dann sah man tagelang in Travnik unbekannte Männer herumspazieren, in Uniformen und bewaffnet, Nichtstuer und fragwürdige Gestalten. Auf dem Travniker Feld herrschte Wochen hindurch ein buntes, lärmendes Durcheinander. Biwakfeuer brannten, Zelte wurden aufgestellt. In der Mitte des Platzes stand ein Pfahl mit drei Roßschweifen, besprengt mit dem Blut von Hammeln, die als Opfer für den glücklichen Ausgang des Feldzugs geschlachtet waren. Trommeln dröhnten, Trompeten schmetterten, öffentliche Gebete wurden gehalten. Kurz, man tat alles, um den Abmarsch hinauszuzögern. Oft lag das Schwergewicht der Aktion auf dem Aufgebot und den Festlichkeiten, die es begleiteten, so daß die meisten Krieger das Schlachtfeld nie zu sehen bekamen.

Diesmal vollzog sich alles unter der Hand Ali-Paschas in strenger Stille und großer Angst, ohne alle Festlichkeiten, dafür aber auch ohne Verzögerung und ohne Feilschen. Nahrungsmittel waren nirgends zu bekommen. Man lebte von den spärlichen Rationen aus den Speichern des Wesirs. Keinem war nach Gesang und Musik zumute. Als der Wesir persönlich an der Sammelstätte auftauchte, mußte sein Scharfrichter auf dem Varošluk den Hauptmann von Cazin köpfen, weil er neun Mann weniger mitbrachte, als er versprochen hatte. Aus der so eingeschüchterten Caziner Abteilung bestellte der Wesir sofort einen neuen Hauptmann.

So sah diesmal der Aufbruch gegen Serbien aus, wo Sulejman-Pascha bereits mit seiner Truppe wartete.

Als höchste Behörde blieb in Travnik wieder das alte Stadtoberhaupt Resim-Beg zurück, den Ali-Pascha bei seiner Ankunft zum Tode verurteilt und dem die Begs mit Mühe das Leben gerettet hatten. Die Angst, die er damals ausgestanden hatte, war für den Wesir die beste Bürgschaft dafür, daß er dieses Mal seine Geschäfte ganz nach den Wünschen und Absichten seines Herrn führte.

Was nützte es, so dachte jetzt Daville, dem unglücklichen Greis die Nachrichten von Napoleons Siegen mitzuteilen? Und wem sollte man sie sonst mitteilen?

Der Wesir war mit dem Heer und seinen Arnauten fortgezogen, aber er hatte eisige Angst als Pfand zurückgelassen, die so hart und zuverlässig war wie die festeste Mauer, und das Wissen um seine Wiederkehr war stärker als jede Drohung und fürchterlicher als jede Strafe.

Die Stadt versank in Taubheit und Stummheit, sie wirkte leer und ausgehungert wie nie vorher in den letzten zwanzig Jahren. Die Tage waren sonnig und lang, und man schlief weniger und wurde schneller hungrig als im Winter, da die Tage kürzer gewesen. Abgemagerte, krätzige Kinder lungerten in den Straßen herum und suchten, was es nicht gab: kräftige Nahrung. Die Menschen wanderten, auf der Suche nach Korn, und sei es nur für die Saat, bis in die Savenniederung.

Der Markttag ähnelte normalen Wochentagen. Viele Geschäfte öffneten gar nicht erst. Die Kaufleute saßen düster und bedrückt vor ihren Läden, Kaffee und andere Überseeprodukte gab es schon seit dem Herbst nicht mehr. Die Nahrungsmittel waren vom Markt verschwunden. Es gab nur Kunden, die kaufen wollten, was nicht vorhanden war. Der neue Wesir hatte die Čaršija mit einer solchen Steuer belegt, daß viele Darlehen aufnehmen mußten, um sich freizukaufen. Es herrschte so große Angst, daß niemand wagte, sich zu beklagen, nicht einmal innerhalb seiner vier Wände.

In den Häusern und Geschäften erzählte man sich, sechs christliche Herrscher hätten sich zusammengetan, um gegen »Bunaparte« loszuschlagen, man habe jedes männliche Wesen aufgeboten und würde nicht eher pflügen, hacken, säen und ernten, bevor er besiegt und vernichtet sei.

Nun vermieden es sogar schon die Juden, sich in der Nähe des französischen Konsulats zu zeigen. Frayssinet, der die Liquidierung der französischen Niederlassung in Sarajevo einleitete, meldete Daville, die dortigen Juden hätten plötzlich all ihre Wechsel und mannigfaltigen Forderungen vorgelegt, so daß er nicht in der Lage sei, den Verpflichtungen nachzukommen. Paris antwortete auf keine Frage mehr. Seit drei Monaten kam kein Geld für die Gehälter und die Unkosten des Konsulats.

Zu einer Zeit, in der in Travnik der Wesir abgelöst wurde und in Europa große Dinge geschahen, ging in der kleinen Welt des Konsulats alles seinen natürlichen Gang: Neue Erdenbürger kamen zur Welt, alte verfielen und gingen zugrunde.

Madame Daville war in den letzten Monaten der Schwangerschaft, die sie ebenso leicht und unbemerkt ertrug wie vor zwei Jahren. Den ganzen Tag verbrachte sie bei den Arbeitern im Garten. Dank der Hilfe Herrn von Paulichs war es ihr auch dieses Jahr gelungen, aus Österreich die nötigen Sämereien zu beschaffen, und sie erhoffte sich viel von der Aussaat, obwohl ihre Niederkunft in eine Zeit fiel, da ihre Anwesenheit im Garten am nötigsten gewesen wäre.

Ende Mai kam Davilles fünftes Kind zur Welt, diesmal ein Knabe. Das Neugeborene war schwächlich und wurde deshalb sofort getauft und unter dem Namen Auguste-François-Gérard ins Taufbuch der Dolacer Pfarrei eingetragen.

Bei der Niederkunft Madame Davilles spielte sich alles ab wie das letztemal: die Stadtgespräche und die innigen Sympathiebekundungen aller Frauen in Travnik, die Wöchnerinnenbesuche, die wohlmeinenden Fragen und Glück- und Segenswünsche; auch Geschenke für die Wöchnerin trafen, trotz der allgemeinen Not, wieder ein. Einzig die Festgabe aus dem Konak blieb diesmal aus, da der Wesir mit dem Heer an die Drina gezogen war.

Alles hatte sich in den vergangenen zwei Jahren gewandelt, die Verhältnisse draußen in der Welt und hier im Lande, aber die Einstellung zum Familienleben war unverändert geblieben, und alles, was sich darauf bezog, verband die Menschen hier fest und unabänderlich wie ein Heiligtum, dessen Wert allgemeingültig, beständig und von den Veränderungen und Ereignissen in der Welt unabhängig ist. In einem Milieu wie dem hiesigen konzentriert sich das Leben jedes einzelnen auf seine Familie als auf die vollkommenste Form eines geschlossenen Kreises. Aber diese Kreise haben, obwohl streng voneinander getrennt, irgendwo auch ihren unsichtbaren gemeinsamen Mittelpunkt und ruhen mit einem Teil ihrer Last auf ihm. Deshalb kann hier nichts, was in einer Familie vor sich geht, für den anderen gleichgültig sein, deshalb nehmen alle Anteil an familiären Ereignissen wie Geburt, Hochzeit, Tod, und sie tun es innig, triebhaft lebendig und aufrichtig.

Etwa um die gleiche Zeit focht der ehemalige Dolmetscher des österreichischen Konsulats, Nikola Rotta, seinen letzten, sinnlosen und verzweifelten Kampf gegen sein Schicksal.

In der Familie von Mitterers hatte seit Jahren eine alte Ungarin als Köchin gedient, die sich vor Beleibtheit und Rheumatismus in den Beinen kaum noch bewegen konnte. Sie war eine perfekte Köchin, ein aufrichtiger Freund des Hauses und zugleich ein unausstehlicher Tyrann aller Hausinsassen. Volle fünfzehn Jahre hatte Anna Maria mit ihr gestritten und sich immer wieder mit ihr versöhnt. Da die Köchin in den letzten Jahren immer schwerfälliger geworden war, hatte man zur Aushilfe noch eine jüngere Frau aus Dolac ins Haus genommen. Sie hieß Lucija und war eine kräftige, tüchtige und emsige Frau. Sie verstand es, sich den Launen der alten Köchin so anzupassen, daß sie an ihrer Seite kochen und arbeiten lernte. Als Familie von Mitterer ihren »Hausdrachen«, wie Anna Maria die alte Köchin nannte, mit sich nahm, blieb Lucija als Köchin bei Herrn von Paulich zurück.

Lucija hatte eine Schwester namens Andja, die für die Familie ein Unglück und für die ganze Gemeinde von Dolac eine Schande war. Schon als Mädchen war sie auf die schiefe Bahn geraten und von der Kanzel herab verdammt und aus Dolac verwiesen worden. Jetzt unterhielt sie an der Landstraße in Kalibunar einen Ausschank. Lucija litt, wie all die Ihren, um dieser Schwester willen, zumal sie ihre Schwester innig liebte und die Beziehung zu ihr trotz allem nie völlig abgebrochen hatte. Sie sah sie von Zeit zu Zeit heimlich wieder, obgleich sie unter den Begegnungen mehr litt als an ihrer Sehnsucht nach der Schwester, denn Andja ging unbeirrt ihren Weg weiter, und Lucija weinte jedesmal nach vergeblichen Versuchen, sie zur Besserung zu bewegen, über sie wie über eine Verstorbene. Aber sie hörten nie ganz auf, einander zu begegnen.

Rotta, der sich, faul und zügellos, doch wichtigtuerisch und angeblich immer beschäftigt, in Travnik und Umgebung herumtrieb, kam auch oft in Andjas Schenke nach Kalibunar. Er band sich allmählich immer mehr an das lockere Weib, das ebenso wie er aus seinen Kreisen ausgeschlossen war, vor der Zeit alterte und sich dem Trunk ergab.

Um die Zeit vor Ostern bemühte sich Andja mit Erfolg um eine Zusammenkunft mit ihrer Schwester Lucija. Dabei machte sie ihr in knappen, brutalen Worten den Vorschlag, den österreichischen Konsul zu vergiften. Das Gift hatte sie gleich mitgebracht.

Es war ein Plan, wie er nur nachts in einer verrufenen Schenke von zwei kranken, unglücklichen Geschöpfen unter der Wirkung von Schnaps, Unwissenheit, Haß und völliger Verblendung ausgeheckt werden kann. Andja, ganz unter Rottas Einfluß, verbürgte sich dafür, die Wirkung des Giftes bestünde nur darin, daß der Konsul langsam und unauffällig verfallen und sterben werde, als leide er an einer natürlichen Krankheit. Sie versprach der Schwester eine riesige Belohnung und ein herrschaftliches Leben neben Rotta, den sie heiraten wollte und der nach dem Tode des Konsuls wieder eine hohe Stellung einnehmen werde. Dann war auch noch von baren Dukaten die Rede. Kurz, alle drei konnten glücklich werden und für ihr weiteres Leben versorgt sein.

Lucija glaubte, vor Angst und Scham sterben zu müssen, als sie hörte, was die Schwester ihr vorschlug. Sie nahm sofort die beiden weißen Fläschchen an sich und verbarg sie hastig in den Taschen ihrer Pluderhosen, faßte dann das erbärmliche Weib an den Schultern, schüttelte sie, als müßte sie sie aus bleiernem Schlaf wachrütteln, und beschwor sie beim Grabe ihrer Mutter und bei allem, was ihr noch heilig sei, zur Besinnung zu kommen und sich von solchen Gedanken und Plänen frei zu machen. Um sie zu überzeugen und zu beschämen, erzählte sie von der Güte des Konsuls, sie sagte, wie sündig und grauenvoll schon allein der Gedanke wäre, seine Güte so zu entgelten. Sie gab ihr den Rat, nicht nur in dieser Sache, sondern überhaupt jeden Verkehr mit Rotta abzubrechen.

Überrascht von dem Widerstand und der Ablehnung, auf die sie gestoßen war, ließ Andja zum Schein von ihrem verbrecherischen Vorhaben ab und erbat von der Schwester die Fläschchen zurück. Aber davon wollte Lucija nichts hören. So schieden sie voneinander, Lucija gebrochen und in Tränen aufgelöst, Andja wortkarg, mit einem verschlagenen, undurchsichtigen Ausdruck im roten, gedunsenen Gesicht. Lucija schloß die ganze Nacht kein Auge, sondern quälte sich lange mit der Frage, was zu tun sei. Sobald der Morgen dämmerte, ging sie unbemerkt nach Dolac, vertraute alles dem Pfarrer Ivo Janković an, übergab ihm die Fläschchen mit Gift und bat ihn, zu unternehmen, was er für angebracht hielte, um das Unglück zu verhüten und die Sünde abzuwenden.

Ohne Zeit zu verlieren, suchte Fra Ivo noch am selben Morgen von Paulich auf, setzte ihm die ganze Angelegenheit auseinander und händigte ihm das Gift aus. Der Oberstleutnant schrieb sofort an Daville einen Brief, in dem er ihn davon unterrichtete, daß sein Schützling Rotta versucht habe, ihn zu vergiften. Es gäbe dafür Beweise und Zeugen. Der Elende habe sein Ziel zwar nicht erreicht und werde es auch nicht erreichen, aber er, von Paulich, stelle es Daville und seiner Einsicht anheim, zu entscheiden, ob er einem solchen Mann auch weiterhin seinen Schutz gewähren wolle. Mit einem ähnlichen Brief unterrichtete er auch Resim-Beg. Danach ging der Oberstleutnant wieder ruhig an seine Arbeit, er fuhr fort, wie bisher zu leben und sich in gleicher Weise zu ernähren, und behielt das Dienstpersonal und auch die Köchin. Dafür herrschte bei allen anderen große Aufregung: beim Stadtoberhaupt, bei den Fratres und besonders bei Daville. D'Avenat erhielt den Auftrag, Rotta vor die Wahl zu stellen, entweder sofort aus Travnik zu fliehen oder den Schutz des französischen Konsulats zu verlieren und von den türkischen Behörden wegen erwiesenen Giftmordversuchs verhaftet zu werden.

Noch in derselben Nacht verschwand Rotta aus Travnik, gemeinsam mit Andja von der Schenke in Kalibunar. D'Avenat verhalf ihm zur Flucht nach Split. Daville aber unterrichtete die französischen Behörden in Split von Rottas letzten Streichen und empfahl, Rotta für keine weiteren Dienste zu verwenden, da er ein gefährliches, unzurechnungsfähiges Subjekt sei, sondern ihn weiter in die Levante abzuschieben und ihn seinem Schicksal zu überlassen.

XXVI

Die Sommermonate brachten diesmal wenigstens eine gewisse Erleichterung und Atempause. Es gab wieder Obst, auf den Feldern reifte der Weizen, das Volk durfte sich ein wenig Ruhe gönnen. Aber die Stimmen über den Krieg, über die große Abrechnung mit Napoleon und seinen unausweichlichen Sturz, zu dem es noch vor dem Herbst kommen mußte, wollten nicht schweigen. Besonders die Fratres waren es, die die Gerüchte ins Volk trugen. Sie gingen dabei so heimlich und so eifrig zu Werke, daß Daville sie weder ertappen noch ihre Gerüchte gebührend widerlegen konnte.

An einem der ersten Septembertage stattete von Paulich mit einem größeren Gefolge als sonst seinem französischen Kollegen einen Besuch ab.

Während des ganzen Sommers, in dem aufregende Gerüchte und die unglaublichsten frankreichfeindlichen Meldungen verbreitet worden waren, verhielt sich von Paulich allen gegenüber unverändert und gelassen. Sonntag für Sonntag schickte er Madame Daville Proben von selbstgezogenen Blumen und Gemüsearten, deren Samen sie seinerzeit gemeinsam erworben hatten. Bei den seltenen Begegnungen mit Daville erklärte er jedesmal, er glaube nicht an einen allgemeinen Krieg und es gebe keine Anzeichen dafür, daß Österreich seine Neutralität aufgeben könnte. Er zitierte Ovid und Vergil. Er sprach über die Ursachen von Hunger und Not in Travnik und legte dar, wie sich dies Elend beseitigen ließe. Wie stets sprach er über all das so, als ginge es um einen Krieg auf einem anderen Planeten und um eine Hungersnot in einem entlegenen Lande der Welt.

Jetzt, genau zur Mittagszeit des friedlichen Septembertages, saß von Paulich in Davilles Arbeitszimmer im Erdgeschoß seinem französischen Kollegen feierlicher als sonst gegenüber, aber ruhig und reserviert wie immer.

Er sei, so sagte er, wegen der sich immer mehr häufenden Gerüchte gekommen, die man unter der hiesigen Bevölkerung verbreite und die von einem bevorstehenden Krieg zwischen Österreich und Frankreich wissen wollten. Nach seinen Informationen seien die Meldungen unrichtig, und es läge ihm daran, Daville davon zu überzeugen. Bei dieser Gelegenheit wünsche er ihm jedoch zu schildern, wie er sich ihre Beziehungen vorstelle, wenn es tatsächlich zum Krieg käme.

Und der Oberstleutnant brachte, den Blick auf seine gefalteten weißen Hände geheftet, ruhig seinen Standpunkt vor.

»Nach meiner Meinung müssen unsere Beziehungen, soweit sie nicht die Politik und den Krieg betreffen, die gleichen bleiben wie bisher. Auf jeden Fall glaube ich, daß wir als zwei ehrenhafte Männer und Europäer, die wir in dieses Land verschlagen wurden, um unsere Pflicht zu erfüllen, und gezwungen sind, unter außergewöhnlichen Verhältnissen zu leben, uns nicht vor den Augen der Barbaren hier gegenseitig verfolgen und verleumden dürfen, wie das womöglich früher geschehen ist. Ich erachte es als meine Pflicht, Ihnen das im Zusammenhang mit den aufregenden Nachrichten zu sagen, die ich für unbegründet halte, und Sie nach Ihrem Standpunkt zu fragen.«

Daville würgte etwas im Halse.

Aus der Unruhe der französischen Behörden in Dalmatien hatte auch er in den letzten Tagen auf gewisse Vorbereitungen geschlossen, aber über andere Nachrichten verfügte er nicht, was er freilich von Paulich nicht zeigen wollte.

Nachdem er ein wenig seine Fassung zurückgewonnen hatte, dankte er von Paulich mit vor Erregung heiserer Stimme und fügte sofort hinzu, daß er diese Ansichten teile, daß dies stets sein Standpunkt gewesen wäre und es nicht an ihm gelegen hätte, wenn die Beziehungen zu von Paulichs Vorgänger einst anders ausgesehen hätten.

Daville wollte noch einen Schritt weitergehen.

»Ich hoffe, lieber Herr, daß der Krieg vermieden wird, sollte er aber doch unvermeidlich sein, so wird er wohl ohne Haß geführt werden und nicht lange dauern. Ich glaube, daß die zarten und edlen verwandtschaftlichen Bande, die unsere beiden Höfe verknüpfen, auch in diesem Fall allem die Schärfe nehmen und die Versöhnung beschleunigen werden.«

Hier schlug von Paulich, der bisher geradeaus geschaut hatte, seine Augen nieder, und sein Gesicht nahm einen strengen und abwehrenden Ausdruck an.

So schieden sie voneinander.

Eine Woche später trafen Sonderkuriere, erst ein österreichischer aus Brod und danach ein französischer aus Split, in Travnik ein, und beide Konsuln wurden nahezu gleichzeitig von der Kriegserklärung unterrichtet. Schon am nächsten Tag empfing Daville ein Schreiben von Paulichs, in dem er ihn davon in Kenntnis setzte, daß sich ihre beiden Länder im Kriegszustand befänden, und nochmals alles wiederholte, was sie in bezug auf ihren Verkehr für die Dauer des Krieges mündlich vereinbart hatten. Zum Schluß versicherte er Daville nochmals seiner stetigen Hochachtung und seiner Bereitschaft, ihm jeden privaten Gefallen zu tun.

Daville antwortete unverzüglich und wiederholte, auch er und sein Personal würden sich an die Vereinbarung halten, denn »alle Angehörigen der westlichen Staaten stellen hier im Orient unterschiedslos eine einzige Familie dar, ganz gleich, welche Unstimmigkeiten in Europa zwischen ihnen bestehen«. Er fügte hinzu, Madame Daville danke für seine Aufmerksamkeit und bedaure, daß sie für einige Zeit die Gesellschaft des Oberstleutnants entbehren müsse.

So traten die Konsulate im Herbst 1813 in den Krieg und in das letzte der »Jahre der Konsuln« ein.

Die steilen Wege im großen Garten rings um das französische Konsulat waren von gelbem Laub bedeckt, das sich in trockenen, raschelnden Bächen nach der blätterübersäten Terrasse ergoß. Auf den abschüssigen Pfaden unter den gebeugten, abgeernteten Obstbäumen war es warm und friedlich, wie es nur an Tagen sein kann, da in der ganzen Natur ein Augenblick der Stille herrscht, jene wunderbare Atempause zwischen Sommer und Herbst.

Hier hielt Daville, im Verborgenen und nur den kümmerlichen Gesichtskreis des Nachbarberges vor Augen, seine große Abrechnung mit sich selbst, mit seinen Schwärmereien, Plänen und Überzeugungen.

Hier erfuhr er in den letzten Oktobertagen von d'Avenat den Ausgang der Schlacht bei Leipzig. Hier erhielt er von einem durchreisenden Kurier die Nachricht von den französischen Niederlagen in Spanien. In diesem Garten nämlich verbrachte er den ganzen Tag, solange es noch nicht ganz kalt war und die eisigen Regenschauer das gelbe, raschelnde Laub nicht in einen glitschigen, formlosen Morast verwandelt hatten.

An einem Sonntagvormittag, am 1. November 1813, donnerte die Kanone von der Travniker Festung herab und zerriß die tote, feuchte Stille zwischen den steilen, nackten Berghängen. Die Travniker reckten die Köpfe, zählten die Kanonenschüsse und sahen einander gleichzeitig mit stummem, fragendem Blick an. Einundzwanzig Kanonenschüsse wurden abgefeuert. Die weißen Rauchwolken über der Festung zerstoben, und wieder legte sich Stille über Travnik, um wenig später erneut unterbrochen zu werden.

Mitten in der Čaršija schrie der Ausrufer Hamza, der mehr und mehr seine Stimme und seine heitere, dreiste Schlagfertigkeit eingebüßt hatte, keuchend eine Meldung, daß ihm die Halsadern schwollen. Dennoch bemühte er sich, nach Leibeskräften zu schreien, und da er keine Stimme mehr besaß, unterstützte er sie durch Gesten. Indessen ihm der eisige Frost das Atmen noch schwerer machte, verkündete er, Allah habe die islamischen Waffen mit einem großen, gerechten Sieg über die aufständischen Ungläubigen gesegnet, Belgrad sei in die Hände der Türken gefallen und auch die letzten Spuren des Aufstands in Serbien seien für immer getilgt.

Die Nachricht verbreitete sich schnell von einem Ende der Stadt zum anderen.

Noch am selben Tage ging d'Avenat nachmittags in die Stadt, um festzustellen, welchen Eindruck diese Nachrichten bei der Bevölkerung hinterlassen hätten.

Die Begs und die Leute der Čaršija wären nicht das gewesen, was sie waren – Travniker Vornehme –, wenn sie sich aufrichtig und offen über etwas gefreut hätten, und sei es über einen Sieg der eigenen Waffen. Sie alle kauten nur, zurückhaltend und mit Würde, an einem einzigen einsilbigen und nichtssagenden Wort, aber sie hielten es nicht einmal für angebracht, das Wort laut auszusprechen. Freilich, so sehr wohl war ihnen gar nicht zumute. Denn so vorteilhaft es war, daß Serbien zur Ruhe kommen würde, so ungünstig war es, wenn Ali-Pascha als Sieger in die Stadt zurückkehren und als solcher, aller Voraussicht nach, für sie eine nur noch schwerere und bedrückendere Last sein würde als bisher. Im übrigen hatten sie in ihrem langen Leben schon viele Ausrufer angehört und viele Siegesmeldungen vernommen, und doch konnte sich keiner erinnern, daß irgendein neues Jahr darum besser gewesen sei als das vergangene.

Das war es, was d'Avenat ihnen ablas, obwohl niemand daran dachte, auch nur mit einem Blick auf seine zudringliche Neugier zu antworten.

Er war auch in Dolac, um die Meinung der Fratres zu hören. Aber Fra Ivo gebrauchte die Ausrede, er habe in der Kirche zu tun, er dehnte die Abendandacht so lange aus wie nie zuvor und verließ so lange nicht den Altar, bis d'Avenat müde wurde zu warten und nach Travnik zurückging.

Er suchte den Hieromonach Pahomije in seiner Wohnung auf und fand ihn, starr wie ein Brett, in seinem kalten, öden Zimmer in Kleidern auf einem Lager ausgestreckt, das Gesicht grün verfärbt. D'Avenat bot ihm seine Dienste als Arzt an, ohne ihn nach der heutigen Neuigkeit zu fragen, aber der Hieromonach lehnte es ab, ein Medikament anzunehmen, und beteuerte, er sei gesund und brauche nichts.

Am nächsten Tag statteten Daville und von Paulich dem Vertreter des Wesirs ihren Besuch ab und beglückwünschten ihn zum Siege, nur richteten sie es so ein, daß sie einander weder im Konak noch bei der Ankunft oder auf dem Heimweg begegneten.

Mit dem ersten großen Schneefall kehrte Ali-Pascha zurück. Bei seinem Einzug in die Stadt donnerten die Kanonen von der Festung, Trompeten erklangen, und Kinder liefen auf den Straßen herum. Jetzt lösten sich auch die Zungen der Travniker Begs. Die meisten priesen den Sieg und den Sieger würdig und maßvoll, aber öffentlich und vernehmlich.

Daville entsandte schon am ersten Tage d'Avenat in den Konak, damit er dem siegreichen Wesir seine besten Wünsche übermittle und ein Geschenk des Konsuls überreiche.

Vor mehr als zehn Jahren hatte Daville, während er als Geschäftsträger beim Malteserorden in Neapel weilte, einen schön ziselierten, schweren Männerring aus Gold erstanden, den oben nicht ein Stein schmückte, sondern ein fein gearbeiteter Lorbeerkranz. Daville hatte den Ring aus der Hinterlassenschaft eines Malteserritters gekauft, der eine Menge Schulden hinterlassen hatte und keinen Nachkommen besaß. Wie man erzählte, hatte der Ring einst bei den ritterlichen Turnieren des Malteserordens als Siegespreis gedient.

(In letzter Zeit, seitdem die Dinge unwiderruflich den Weg der Niederlagen eingeschlagen hatten und Daville sich allein und richtungslos der qualvollen Ungewißheit seines Landes, seiner Familie und des eigenen Schicksals ausgeliefert sah, machte er mit leichterem Herzen und häufiger Geschenke und fand eine ungewöhnliche, bisher nicht gekannte Befriedigung darin, fremden Menschen Gegenstände zu schenken, die er bis dahin geliebt und eifersüchtig gehütet hatte. Indem er die vertrauten und wertvollen Gegenstände weggab, von denen er bisher geglaubt hatte, sie seien ein Bestandteil seines persönlichen Lebens, bestach er unbewußt das Schicksal, das sich diesmal ganz gegen ihn und die Seinen gewandt hatte, und gleichzeitig empfand er dabei eine aufrichtige, tiefe Freude, ähnlich jener, die er einst beim Kauf verspürt hatte.)

D'Avenat wurde nicht zum Wesir vorgelassen, sondern übergab das Geschenk dem Teftedar und erklärte ihm dabei, das Kleinod wäre seit Hunderten von Jahren jenem überreicht worden, der Sieger im Zweikampf geblieben sei, daher sende der Konsul den Ring nun dem erfolgreichen Sieger mit allen Glück- und Segenswünschen.

Ali-Paschas Teftedar war ein gewisser Asim Effendi, genannt Peltek. Er war blaß und mager, ein Schatten von einem Menschen, er stotterte und hatte Augen von ungleicher Größe und Farbe. Immer sah er fürchterlich verängstigt aus und jagte so jedem Besucher von vornherein Angst vor dem Wesir ein.

Zwei Tage darauf wurden die Konsuln empfangen, erst der österreichische, dann der französische. Die Zeiten des französischen Vorrangs waren vorbei. Ali-Pascha machte einen abgespannten, aber zufriedenen Eindruck. Daville bemerkte zum erstenmal im Licht des verschneiten Wintertages, daß die Pupillen des Wesirs ab und zu unstet von unten nach oben zuckten. Sooft die Augen und ihr Blick sich beruhigten, begann das wunderliche Flackern der Pupillen. Es schien, als ob dies auch dem Wesir selbst bekannt und peinlich war, deshalb bewegte er ständig die Augen und ließ seinen Blick wandern, das aber verlieh dem ganzen Gesicht wiederum einen unangenehmen, verstörten Ausdruck.

Ali-Pascha, der zu dieser Audienz den Ring auf den rechten Mittelfinger gesteckt hatte, bedankte sich für das Geschenk und die Glückwünsche. Über den Feldzug gegen Serbien und seine Erfolge sprach er wenig und mit jener heuchlerischen Bescheidenheit eitler und empfindlicher Naturen, die schweigen, weil sie der Überzeugung sind, keine Worte könnten ihre Leistung hinreichend würdigen; mit ihrem Schweigen demütigen sie den Gesprächspartner und vergrößern ihren Erfolg, denn sie tun so, als handle es sich dabei um etwas Unbeschreibliches, für Durchschnittsmenschen schwer Begreifliches. Solche Sieger schmettern noch nach Jahren jeden zu Boden, der mit ihnen über ihren Sieg spricht.

Das Gespräch floß zäh und unaufrichtig dahin. Jeden Augenblick trat eine Pause ein, in der Daville nach neuen, wirkungsvolleren Worten suchte, um Ali-Paschas Erfolg zu loben. Der Wesir gab ihm Zeit zum Nachdenken und ließ seinen Blick durch das Zimmer schweifen; sein Gesicht spiegelte Unruhe, Langeweile und die heimliche Überzeugung wider, daß es dem Konsul doch nie gelänge, das richtige, erschöpfende Wort zu finden.

Und wie es in solchen Fällen zu sein pflegt, verstieß Daville in seinem Bemühen, möglichst rege Anteilnahme und aufrichtige Freude zu äußern, unwillkürlich gegen diese Empfindlichkeit des siegreichen Wesirs.

»Weiß man, wo sich jetzt der Führer der Aufständischen, der ›Schwarze Georg‹, befindet?« fragte Daville, und er tat es gerade deshalb, weil er erfahren hatte, daß Karadjordje nach Österreich geflohen sei.

»Wer kann es wissen, und wen kümmert es schon, wo der jetzt herumirrt«, antwortete verächtlich der Wesir.

»Und besteht keine Gefahr, daß ihm irgendein Staat Gastfreundschaft und Hilfe gewährt und daß er später nach Serbien zurückkehrt?«

Die Muskeln in den Mundwinkeln des Wesirs zuckten zornig auf, doch dann verzog er sein Gesicht zu einem Lächeln.

»Der kommt nicht zurück. Im übrigen, wohin sollte er. Serbien ist so verwüstet, daß noch viele Jahre lang weder er noch ein anderer daran denken wird, einen Aufstand anzuzetteln.«

Mit noch geringerem Erfolge bemühte sich Daville, das Gespräch auf die Lage Frankreichs und die kriegerischen Pläne der Verbündeten zu lenken, die sich in den Tagen bereits anschickten, über den Rhein zu gehen.

Schon auf dem Rückweg nach Travnik hatte der Wesir einen ihm von Herrn von Paulich nach Busovača entgegengesandten Sonderkurier empfangen, der mit den Glückwünschen von Paulichs auch einen ausführlichen schriftlichen Bericht über die Lage auf dem europäischen Kriegsschauplatz mitbrachte. Von Paulich schrieb dem Wesir: »Gott hat endlich den nicht mehr zu ertragenden Hochmut Frankreichs gebrochen, und die vereinten Anstrengungen der europäischen Völker haben nun ihre Früchte gezeitigt.« Er schilderte bis in alle Einzelheiten die Schlacht bei Leipzig, Napoleons Niederlage und den Rückzug über den Rhein, das unaufhaltsame Nachrücken der Verbündeten und die Vorbereitungen, die für den Rheinübergang und den Endsieg getroffen würden. Er nannte genaue Zahlen über die französischen Verluste an Toten, Verwundeten und Waffen und zählte die Armeen der unterworfenen Völker auf, die Napoleon im Stich gelassen hatten.

Bei seiner Ankunft in Travnik fand Ali-Pascha auch andere Berichte vor, die bestätigten, was von Paulich ihm geschrieben hatte. Deshalb sprach er jetzt so mit Daville, ohne mit einem Wort den Namen des Herrschers oder des Staates zu erwähnen, ganz als spräche er mit dem Vertreter eines namenlosen, in der Luft schwebenden Reiches, das keine dingliche Gestalt und keine räumliche Ausdehnung hat, und als vermeide er ängstlich und abergläubisch, auch nur in Gedanken die zu berühren, gegen die sich das Schicksal gewendet hatte und die schon längst zu Besiegten geworden waren.

Daville warf noch einen Blick auf seinen Ring an der Hand des Wesirs und verabschiedete sich mit einem gezwungen heiteren Gesichtsausdruck, der ihm um so besser gelang, je schwieriger und undurchsichtiger seine Stellung geworden war.

Als sie aus dem Konak traten, war es im überdachten Hofe schon dunkel, und als sie aus dem Tor ritten, leuchtete weiß vor Davilles Augen der weiche, feuchte Schnee auf, der auf allen Häusern lag und die Straßen zudeckte. Es war etwa vier Uhr nachmittags. Auf dem Schnee lagen blaue Schatten. Wie immer, wenn die Tage am kürzesten waren, brach die Dämmerung in diesem Gebirgsmassiv zeitig und unfreundlich an, und noch unter der schweren Schneedecke hörte man Wasser rauschen. Von allen Seiten schlug einem Feuchtigkeit entgegen. Dumpf hallte die hölzerne Brücke unter den Hufen der Pferde.

Daville fühlte sich wie immer, wenn er den Konak verließ, vorübergehend erleichtert. Er vergaß für den Augenblick, wer Sieger und wer Besiegter war, und dachte nur daran, was zu tun sei, um wenigstens noch diesmal friedlich und würdevoll durch die Stadt zu reiten.

Ein Schauer überlief ihn unter dem Einfluß der Erregung, der überhitzten Luft im Diwan und der abendlichen Nässe. Er beherrschte sich, um nicht zu zittern. Das erinnerte ihn an den Februartag, an dem er zum erstenmal, geschmäht und bespuckt oder verfolgt von dem verächtlichen Schweigen der fanatischen Bevölkerung, zum Empfang bei Husref Mechmed-Pascha durch die Čaršija geritten war. Und plötzlich war ihm, als hätte er schon immer, seitdem er sich seiner erinnerte, nie etwas anderes getan, als diesen Weg zu reiten, mit derselben Begleitung und denselben Gedanken.

Langsam und der Not gehorchend, hatte er sich in den sieben Jahren an vieles Lästige und Unfreundliche gewöhnt, aber in den Konak war er stets mit dem gleichen Gefühl der Furcht und des Unbehagens geritten. Auch in den glücklichsten Zeiten und unter den günstigsten Umständen hatte Daville, wenn er nur konnte, einen Besuch im Konak vermieden und danach getrachtet, die Angelegenheit über d'Avenat zu regeln. Wenn etwas einen Besuch beim Wesir erfordert hatte und es wirklich nicht anders gegangen war, hatte er sich darauf wie auf einen schweren Feldzug vorbereitet, hatte nur schlecht schlafen und den Tag vorher nur wenig essen können. Er hörte sich wie ein Schüler ab, was und wie er sprechen wollte, und er erwog die Antworten und Finten seiner Gesprächspartner, so daß er sich so im voraus müde machte. Um sich wenigstens einigermaßen zu erholen, zu beruhigen und zu trösten, sprach er dann nachts im Bett zu sich selbst:

»Ach was, morgen um die Zeit bin ich schon wieder zurück, und die beiden bitteren, unangenehmen Stunden liegen weit hinter mir.«

Schon frühmorgens begann das qualvolle Spiel. Im Hof und vor dem Konsulat dröhnten die Hufe der Pferde, und die Knechte rannten hin und her. Dann kam zu einer gewissen Zeit d'Avenat mit seinem düsteren, sonnenverbrannten Gesicht, das auch himmlische Engel entmutigte, ganz zu schweigen von einem sterblichen, sorgenbeladenen Menschen. Das war das Zeichen, daß die Qual begann.

Daran, daß Kinder und Müßiggänger immer wieder stehenblieben, merkte man in der Stadt, daß einer der beiden Konsuln auf dem Wege zum Konak vorbeikommen würde. Dann erschien hinter der Biegung, wo die Hauptstraße begann, Daville mit seiner Begleitung. Es war immer das gleiche Bild. Voran der Reiter des Wesirs, der jedesmal den Konsul hin- und zurückbegleiten mußte. Danach der Konsul auf seinem Rappen, ruhig und würdevoll, zwei Schritte hinter ihm, ein wenig links, d'Avenat auf seiner launischen, scheckigen Araberstute, die die Türken ebenso haßten wie den Reiter selbst. Endlich die beiden Kawassen des Konsuls, bewaffnet mit Pistolen und Messern, auf guten bosnischen Pferden.

So mußte Daville jedesmal vorbeireiten, und zwar aufrecht auf dem Pferde sitzend, die Augen nicht nach links noch rechts gerichtet; er durfte weder zu hoch noch dem Pferd zwischen die Ohren, weder zerstreut noch besorgt, weder lächelnd noch grimmig blicken, sondern mußte ernst, aufmerksam und vor allem ruhig schauen, mit dem ein wenig unnatürlichen Blick, mit dem auf Gemälden Heerführer über Schlachtfelder in die Ferne starren, auf einen Punkt zwischen der Heerstraße und jener Linie am Horizont, woher im entscheidenden Augenblick die sichere, wohl vorausberechnete Hilfe kommen soll.

Daville wußte selbst nicht, wieviel hundertmal er so in den Jahren den gleichen Weg zurückgelegt hatte, aber er wußte, daß er ihm stets, in allen Zeiten und unter allen Wesiren, schwergefallen war, als ginge er zur Folterstätte. Es war vorgekommen, daß er von diesem Ritt träumte und sich im Traum quälte, während er, von einem gespenstischen Gefolge begleitet, durch ein Spalier von Drohungen und Hinterhalten zum Konak ritt, der nie zu erreichen war.

Während er sich all dessen entsann, ritt er in der Tat durch die dämmerige, verschneite Čaršija.

Die meisten Geschäfte waren bereits geschlossen, Fußgänger waren selten, und die wenigen gingen niedergebeugt und müde, als schleppten sie Fesseln nach sich, durch den schweren, tiefen Schnee, die Hände in der Bauchschärpe vergraben und die Ohren mit einem Tuch umwickelt.

Als sie ins Konsulat zurückgekehrt waren, bat d'Avenat Daville, ihn für einige Minuten zu empfangen, und berichtete ihm dabei die Neuigkeiten, die er vom Gefolge des Wesirs gehört hatte.

Ein Reisender aus Stambul hatte Nachrichten über das Schicksal Ibrahim Halimi-Paschas gebracht.

Nach einem zweimonatigen Verbleib in Gallipoli war der ehemalige Wesir in ein kleinasiatisches Städtchen verbannt worden, nachdem man zuvor seinen ganzen Besitz in Stambul und der Umgebung eingezogen hatte. Seine Begleitung war allmählich abgebröckelt; jeder hatte sich nach einem Broterwerb umgesehen und überließ sich seinem eigenen Schicksal. Nahezu allein machte sich Ibrahim-Pascha in die Verbannung auf. Noch auf seiner Reise in das ferne kleinasiatische Provinznest, in dem der Boden kahl, von der Sonne gedörrt und zerklüftet war, auf der Reise in diese steile Steinwüste, wo kein Gras wuchs und es keinen Tropfen fließendes Wasser gab, redete er unaufhörlich von seiner Sehnsucht, von aller Welt zurückgezogen und als schlichter Gärtner seine Gärten bearbeiten zu dürfen – in Einsamkeit und Stille.

Einige Tage vor der Abreise in die Verbannung starb jäh, am Herzschlag, wie es hieß, sein einstiger Teftedar Tahir-Beg. Das war ein schwerer Schlag für Ibrahim-Pascha, von dem ihn einzig die Vergeßlichkeit des Alters heilte, während er seine letzten Tage in dem felsigen Ort vertrödelte, in dem es überhaupt kein Wasser gab.

Daville entließ d'Avenat und blieb allein, es dämmerte, und draußen fiel Schnee. Aus dem Tal stieg die Nässe in großen Schwaden herauf. Der weiche, hohe Schnee verschluckte jeden Laut. Am Horizont schimmerte das verschneite Grabmal Abdulah-Paschas. Durch das Fenster drang der schwache Schein der Wachskerze, die im Mausoleum über dem Grab brannte.

Den Konsul fröstelte es. Er fühlte sich schwach und fiebrig.

Die Nachrichten und Eindrücke wühlten in ihm.

Und wie es sorgenvollen und übermüdeten Menschen oft geht, vergaß auch Daville für einen Augenblick alles, was er an dem Tage gehört und erlebt hatte, alles Schwere und alle Unbilden, die ihn morgen und in Zukunft erwarteten. Er dachte nur an das, was er unmittelbar vor sich sah.

Er dachte an das achteckige Grabmal aus Stein, an dem er seit Jahren vorbeiging, an das Kerzenflämmchen in der Ferne, das jeden Abend schwach durch den Nebel schimmerte und das er und des Fossés einst das »ewige Licht« zu nennen pflegten, an die Geschichte von der Entstehung des Grabmals und von Abdulah-Pascha, der darin ruhte.

Der steinerne, flache Sarkophag, mit einem grünen Tuch bedeckt, das die Aufschrift trug: »Der Allerhöchste erleuchte sein Grab«, die dicke Wachskerze im hohen hölzernen Leuchter, die Tag und Nacht über dem dunklen Grab brannte in dem ohnmächtigen Bemühen, zu erfüllen, was die Aufschrift von Gott erbat und was Gott anscheinend nicht zu tun gewillt war. Der Pascha, der, noch jung, auf der Leiter des Erfolges hoch emporgestiegen und zufällig in seine Heimat gekommen war, um hier zu sterben. Ja, Daville erinnerte sich an alles, als handle es sich um das Schicksal eines jeden und auch um sein eigenes. Er erinnerte sich, daß es des Fossés vor seiner Abreise doch noch gelungen war, Abdulah-Paschas Testament einsehen und lesen zu dürfen, und daß er ihm begeistert und ausführlich davon erzählt hatte.

Wissend, wie wenig Licht es in dem Tal gab, hatte der Pascha Häuser und Leibeigene und auch Bargeld nur zu dem Zweck gestiftet, daß über seinem Grabe, solange Menschen lebten und es eine Zeitrechnung gab, wenigstens die eine große Wachskerze fortwährend brenne. Noch zu seinen Lebzeiten hatte er alles festgelegt und schriftlich beim Kadi und vor Zeugen bekräftigt: die Sorte des Wachses, das Gewicht der Kerze und das Entgelt für den Mann, der die Kerzen auszuwechseln und anzuzünden hatte, so daß kein Nachfahre und kein Fremder das Vermächtnis bestreiten oder das Geld veruntreuen konnte. Ja, der Pascha wußte um die düstern Abende und nebligen Tage in der Schlucht, in der er bis zum Jüngsten Tage ruhen mußte, er wußte, wie schnell die Menschen die Lebenden und die Toten vergessen, Verpflichtungen ableugnen und Gelöbnisse brechen. Und während er in einem der hölzernen Wachttürme ohne Aussicht auf Genesung dahinsiechte, ohne Hoffnung, daß seine Augen, die soviel von der Welt gesehen hatten, jemals einen weiteren Horizont erblicken würden, als er ihn während der Krankheit vor sich sah, da konnte ihn nur eines in dem unermeßlichen Jammer über das versäumte Leben und über seinen vorzeitigen Tod ein wenig hinwegtrösten: der Gedanke an reines Bienenwachs, das über seinem Grab als friedliche, lautlose Flamme ohne Rauch und Rückstände verbrennen würde. Deshalb opferte er alles, was er mit soviel Mühe, Mut und Verstand in seinem kurzen Leben erworben hatte, für das Flämmchen, das über seinen armseligen Überresten brannte. In seinem unruhigen Leben, in dem er Länder und Menschen zur Genüge gesehen, hatte er beobachtet, daß der Schöpfung einziges Fundament das Feuer ist; es bewegt das Leben und vernichtet es auch, sichtbar oder unsichtbar, in zahllosen Formen und verschiedenen Graden. Deshalb waren seine letzten Gedanken dem Feuer gewidmet. Zwar war dieses winzige Flämmchen nichts Großes und nichts Zuverlässiges, und es wird vermutlich kaum endlos brennen, aber es wird alles, was in seinem Vermögen liegt, vollbringen, nämlich: einen Punkt in diesem düsteren, kalten Land ununterbrochen erleuchten. Das aber heißt, es wird die Augen eines jeden, der hier jemals vorbeigeht, wenn auch nur mit einem kleinen Strahl bescheinen.

Fürwahr, wunderliche Vermächtnisse und wunderliche Menschen! Aber wer hier etliche Jahre gelebt und seine Nächte so wie Daville am Fenster zugebracht hat, der wird das leicht und gut begreifen.

Daville konnte kaum seinen Blick von der ohnmächtigen Flamme lösen, die immer mehr in der Dunkelheit und den feuchten Dünsten versank. Da aber tauchte vor ihm sofort die

Erinnerung an den vergangenen Tag, an das quälende Gespräch mit dem Wesir, an Ibrahim Halimi-Pascha und an Tahir-Beg auf, den einstigen Teftedar, dessen Tod er heute abend erfahren hatte.

Lebendiger, als er in Travnik gelebt, stand der Teftedar vor seinen Augen. In den Hüften gebeugt, mit leuchtenden Augen, die wegen des heftigen Glanzes ein wenig schielten, sagte der Teftedar zu ihm wie einst an einem ebenso kalten Abend:

»Ja, Herr, den Sieger sieht jeder in einem Strahlenglanz, oder, wie ein persischer Dichter sagt: ›Das Gesicht des Siegers ist wie eine Rose!‹«

»Jawohl, das Gesicht des Siegers ist wie eine Rose, aber das Gesicht des Besiegten gleicht der Friedhofserde, vor der jeder flieht und sein Antlitz abwendet.«

Daville sprach die Antwort, die er dem damals noch lebenden Teftedar schuldig geblieben war, laut vor sich hin.

Und jetzt erst entsann er sich des Gesprächs mit dem Toten. Er spürte nochmals, wie ein kalter Schauer und ein Zittern durch seinen Körper lief, und er läutete nach dem Diener, damit er die Kerzen bringe.

Aber auch nachher trat Daville oft an das Fenster, betrachtete den Schein der Wachskerze in Abdulah-Paschas Grabmal und die winzigen, verschwommenen Lichter in den Travniker Häusern und sann auch weiter über das Feuer in der Welt nach, über das Schicksal der Besiegten und Sieger und gedachte der Lebenden und Toten, bis die Lichter hinter allen Fenstern, auch die im österreichischen Konsulat, eines um das andere erloschen. (Sieger gehen früh zu Bett und schlafen gut!) Übrig blieb nur das traurige Kerzenlicht im Grabmal sowie am entgegengesetzten Ende der Stadt ein Feuer, das ein anderes und größeres war als das erste. Hier brannte man, wie stets um die Jahreszeit, in einem Küferschuppen Schnaps.

Am jenseitigen Ende der mit feuchtem Schnee durchwehten Travniker Schlucht stand tatsächlich im Küferschuppen von Petar Fufić der erste Branntweinkessel in diesem Jahre, und man hatte mit dem Schnapsbrennen begonnen. Der Schuppen befand sich am Stadtrand, unmittelbar über der Lašva und unterhalb der Straße, die nach Kalibunar führt.

Eisiger Wind und nasser Schnee erfüllten das Tal. Im Schuppen, der über dem Wasser aufragte, pfiff und sang die ganze Nacht die »Wetterhexe« unter dem Dach und drängte den Qualm in die Luke zurück.

Das grüne Holz zischte unter dem Kessel, um den vermummte, verrußte, durchfrorene Männer herumschlichen, den Kopf in rote Schals gewickelt; sie kämpften gegen den Feuerqualm und die Funken an, gegen den Wind und den Durchzug und den starken Tabak, der ihnen neben allem anderen auf den Lippen brannte und in die Augen biß.

Tanassije, weit berühmt für seine Brennkunst und seinen Schnaps, ist hier am Werk. Während der Sommermonate arbeitet er, wenn er will, oder arbeitet auch nicht. Mit der ersten Pflaume, die vom Baum fällt, bricht er auf und zieht von Haus zu Haus durch die Städte der Travniker Umgebung und noch weiter hinaus. Keiner versteht es besser, die Pflaumen einzufässern, den Augenblick abzupassen, da das Gemenge durchgegoren ist, und den Schnaps zu brennen und abzufüllen. Er ist ein düsterer Mensch, der sein Leben in kalten, verrauchten Schuppen verbracht hat, immer blaß und unrasiert, immer verschlafen und griesgrämig. Wie alle wahren Meister ist er stets unzufrieden mit seiner Arbeit wie mit jenen, die ihm helfen. Sein ganzes Sprechen besteht in einem ärgerlichen Gebrumm, und alle Befehle sind verneinend:

»Nicht so ...! Nicht überbrühen lassen ... Nichts mehr zusetzen ... Nicht mehr anfassen ... Laß das, genug ... Weg hier ... Scher dich.«

Nach diesem ärgerlichen, undeutlichen Geknurr, das nur er und seine Gehilfen recht verstehen, fließt aus Tanassijes rußigen, aufgerissenen Händen, aus dem Schmutz, Qualm und scheinbaren Durcheinander zum Schluß ein vollkommenes, sauberes Ergebnis seiner Leistung: guter, klarer Schnaps, eingeteilt in den Vorlauf, den Starken, den Sanften und den Fusel. Eine leuchtende, feurige Flüssigkeit ist es, klar und heilkräftig, ohne Satz und Ruß, ohne eine Spur der Anstrengung und des Schmutzes, aus denen sie entstanden ist; sie schmeckt weder nach Rauch noch Fäulnis, sondern riecht nach Pflaumen und Obstgärten und fließt – kostbar und rein wie eine Seele – in die Gefäße. Bis zu diesem Ergebnis schwebt Tanassije über dem Getränk wie über einem zarten Neugeborenen; am Ende vergißt er sein Gebrumm und sein Raunzen, bewegt nur noch die Lippen, als flüstere er unhörbar Zauberformeln vor sich hin, blickt mit sicherem Auge auf den Strahl des Schnapses und beurteilt danach, wie der Strahl aussieht, ohne den Schnaps zu kosten, den Stärkegrad und die Qualität des Branntweins sowie die Stelle, wo er aufbewahrt werden soll.

Rings um das Feuer, das unter dem Kessel brennt, sind immer noch Gäste versammelt, Bürger aus der Stadt, und unter ihnen hält sich für gewöhnlich auch ein zufälliger Einkehrer und Müßiggänger, ein Guslar oder Schnurrenerzähler auf, denn es ist eine wahre Lust, um den Kessel zu hocken, zu essen, zu trinken und zu erzählen, wenn auch der Qualm in die Augen beißt und der Frost einem eisig den Rücken hinaufzieht. Für Tanassije gibt es diese Leute nicht. Er arbeitet und brummt, erteilt seine Befehle, die nur Verbote darstellen, und geht dabei über die, die um das Feuer sitzen, hinweg, als seien sie Luft. Es sieht aus, als seien die Nichtstuer für ihn ein Bestandteil des Kessels. Jedenfalls pflegt er sie weder zu rufen noch zu vertreiben, noch zu bemerken.

In dieser Weise brennt Tanassije schon vierzig Jahre den Schnaps in Städten, Städtchen und Klöstern. So ist er auch heute am Werk. Nur sieht er schon recht verfallen und gealtert aus. Sein Murmeln ist leiser als einst und geht oft in ein Husten und greisenhaftes Knurren über. Seine dichten, buschigen Augenbrauen sind grau geworden und wie das Gesicht stets mit Ruß und der Lehmerde beschmutzt, mit der man den Kessel verschmiert. Unter den zusammengeklebten Lidern erahnt man die Augen nur wie zwei ungleiche gläserne Lichter, die bald stärker aufblitzen, bald vollends erlöschen.

Heute abend sitzt eine größere Gesellschaft um das Feuer.

Der Hausherr selbst, Gazda Pero Fufić, mit noch zwei serbischen Kaufleuten aus Travnik, ein Guslar und Marko aus Džimrije, ein frommer Mensch und Traumdeuter, der unablässig durch Bosnien reist und ab und zu auch in Travnik einkehrt, der aber auch dann nicht weiter als bis zu dem Schuppen vordringt und weder die Stadt noch die Čaršija aufsucht. Dieser Marko ist ein sauberer Bauer aus dem östlichen Bosnien mit leicht angegrautem Haar, klein, lebhaft, flink wie ein Wiesel und geschickt.

Marko steht im Ruf eines Traumkundigen und Wahrsagers. In seinem Heimatdorf leben seine erwachsenen Söhne und verheirateten Töchter, dort besitzt er auch Grund und Boden. Aber seitdem er verwitwet ist, hat er sich Gott im Gebet zugewandt und ermahnt die Bevölkerung zum Guten und prophezeit die Zukunft. Nicht auf Geld versessen, denkt er gar nicht daran, zu jeder beliebigen Zeit und dem Nächstbesten zu weissagen. Gegen Sünder ist er streng und rücksichtslos. Auch die Türken kennen ihn und dulden seine Wahrsagerei.

Taucht Marko irgendwo auf, so umgeht er die Häuser der Reichen und läßt sich lieber in einem Küferschuppen oder einer Bauernhütte am Feuer nieder. Er unterhält sich mit den Männern und Frauen, die sich hier versammeln. Dann tritt er zu einer ganz bestimmten Zeit plötzlich in die Nacht hinaus und bleibt dort eine, manchmal auch zwei Stunden. Kehrt er wieder ins Haus zurück, taubedeckt oder regendurchnäßt, so setzt er sich ans Feuer, wo die Zuhörer noch auf ihn warten, und hebt an zu sprechen, den Blick auf ein dünnes Brett aus Eibenholz geheftet. Aber oft wendet er sich vorher noch an einen der Anwesenden, rügt ihn scharf wegen seiner Sünden und fordert ihn auf, die Gesellschaft zu verlassen. Vor allem den Frauen kann das geschehen.

Er pflegt dann lange und streng eine Frau anzustarren und sagt ihr gelassen, aber mit Nachdruck:

»Frau, dir brennen die Hände bis zum Ellenbogen. Geh, lösch das Feuer und wirf ab deine Sünde. Du weißt selbst, welches deine Sünde ist.«

Beschämt verschwindet die Frau, und dann erst beginnt Marko den Versammelten über allgemeine Dinge zu weissagen.

Auch heute abend ist Marko trotz des heftigen Windes und der eisigen Schneewehen ins Freie gegangen. Nun betrachtet er sein Brettchen und klopft leicht mit dem linken Zeigefinger darauf, starrt lange vor sich hin und beginnt langsam:

»In der Stadt hier glimmt Feuer, es glimmt an vielen Stellen. Man sieht es nicht, denn die Menschen tragen es in sich, eines Tages aber wird es ausbrechen und Schuldige wie Unschuldige erfassen. An diesem Tage wird der Gerechte nicht in der Stadt anzutreffen sein, sondern draußen. Weit draußen. Und jeder möge Gott bitten, daß er ein solcher sei!«

Daraufhin dreht er sich vorsichtig um und sagt gemächlich zu Petar Fufić:

»Gazda Pero, auch in deinem Hause herrscht Trauer. Sie ist groß und wird noch anwachsen, sich aber dann zum Guten wenden. Sie wird sich zum Guten wenden. Aber nimm dich der Kirche an und vergiß die Armen nicht. Sorge, daß die Ampel vor der Ikone des heiligen Dimitrije nie verlischt!«

Während der Greis so spricht, läßt Gazda Pero, sonst ein barscher, stolzer Mann, seinen Kopf sinken und richtet den Blick auf seine seidene Bauchschärpe. Stille und Verwirrung herrschen, bis Marko von neuem auf sein Brettchen starrt und versonnen mit dem Nagel darauf pocht. Von dem hölzernen Ton löst sich unmerklich seine milde, aber feste Stimme, erst mit ein paar unverständlichen Worten, dann immer klarer:

»Wehe, ihr armen Christen, ihr armen Christen!«

Das ist eine jener strengen Prophezeiungen, die Marko von Zeit zu Zeit aussprach und die sich nachher von Mund zu Mund unter den Serben verbreiteten:

»Ja, im Blute waten sie. Bis zum Knöchel reicht ihnen das Blut und steigt noch höher. Hier, das Blut – von heute an noch hundert Jahre und von dem zweiten Jahrhundert auch noch die Hälfte. Soviel sehe ich. Sechs Geschlechter reichen einander das Blut mit vollen Händen. Alles christliches Blut. Es kommt die Zeit, da wird jedes Kind lesen und schreiben können, die

Menschen werden von einem Ende der Erde zum anderen miteinander sprechen, jedes Wort des anderen vernehmen, aber sie werden sich nicht verständigen können. Erdreisten werden sich die einen und Schätze erwerben, wie sie nie jemand geschaut, aber ihr Reichtum wird in Blut ertrinken, und alle Geschwindigkeit und Wendigkeit wird ihnen nichts nützen. Die anderen werden verarmen und hungern und vor Hunger ihre eigene Zunge zerbeißen, und sie werden den Tod rufen, daß er sie erwürge, aber der Tod wird taube Ohren haben und träge sein. Und die Erde mag noch so viele Früchte tragen, jede Nahrung wird vom Blutgeschmack vergällt sein. Das Kreuz wird von selbst verdunkeln. Dann wird ein Mann kommen, nackt und barfuß, ohne Stab und Ranzen, und er wird mit seiner Klugheit, Kraft und Schönheit alle Augen blenden und die Menschen von Blut und Macht erlösen und jede Seele trösten. Und der Dritte der Dreifaltigkeit wird herrschen.«

Gegen den Schluß werden die Worte des Alten immer leiser und unverständlicher, bis sie völlig in einem undeutlichen Raunen und einem stillen, eintönigen Pochen seines Nagels auf dem trockenen, dünnen Eibenbrett untergehen.

Alle starrten ins Feuer, beeindruckt von den Worten, die sie nicht verstanden, deren unbestimmter Sinn sie aber beklommen machte und mit jener unklaren Verwirrung erfüllte, mit der einfache Leute jede Prophezeiung aufnehmen.

Tanassije erhob sich, um den Kessel zu prüfen. Da fragte einer der Kaufleute Marko, ob wohl ein russischer Konsul nach Travnik käme.

Verlegene Stille trat ein, in der alle merkten, daß die Frage in dem Augenblick unangebracht war. Schroff und böse antwortete der Greis:

»Weder er noch andere werden kommen, sondern auch jene, die bisher hier waren, werden bald gehen, und schnell werden Jahre folgen, da sich die Verkehrsstraße von der Stadt abwenden wird; ihr werdet es euch noch wünschen, einen Reisenden und Kaufmann zu sehen, aber sie werden eine andere Richtung nehmen, und ihr werdet nur untereinander Handel treiben.

Ein und derselbe Groschen wird von Hand zu Hand wandern, aber er wird in keiner Hand warm werden und wird keine Früchte bringen.«

Die Kaufleute sahen sich an. Betretenes Schweigen herrschte, aber nur für eine Weile, denn es wurde sofort unterbrochen von einem Geplänkel zwischen Tanassije und seinen Gehilfen. Auch die Kaufleute begannen ein Gespräch. Der greise Wahrsager hatte wieder sein alltägliches bescheidenes Lächeln zurückgewonnen. Er öffnete seinen abgeschabten Ledersack und kramte aus ihm Maisbrot und Zwiebeln hervor. Die Knechte schmorten Rindfleisch über der Glut, das prasselte und einen kräftigen Duft verbreitete. Dem Greis bot man nichts an, weil man wußte, daß er von niemandem etwas annahm und nur von der trockenen Nahrung lebte, die er im Lederbeutel bei sich trug. Er aß langsam und mit Appetit, dann ging er auf die andere Seite hinüber, wohin der Qualm des Feuers und der Geruch des schmorenden Fleisches nicht drang, legte sich, mit eingezogenen Knien und brav wie ein Klosterschüler, hier nieder und schlief ein, den Kopf in die Rechte gebettet.

Der Schnaps hatte das Gespräch unter den Kaufleuten belebt, dennoch blickten sie immer scheu hinüber in die Ecke, wo der Greis schlummerte, und dämpften dann ihre Stimmen. Seine Anwesenheit erfüllte sie mit Unbehagen, aber auch mit einem feierlichen Ernst, der ihnen wohltat.

Tanassije – mürrisch und verschlafen wie immer – stand ab und zu auf und schürte, unerschütterlich wie die Natur selbst, geduldig und unablässig das Feuer, Buchenscheit um Buchenscheit nachlegend, ohne daran zu denken, daß auf der anderen Seite von Travnik ein französischer Konsul den roten Widerschein seines Feuerstoßes betrachtete, und ohne in seiner Einfalt zu ahnen, daß in der Welt Konsuln und auch andere Menschen noch lebten, denen nicht zum Schlafen zumute war.

XXVII

Daville verbrachte die ersten Monate des Jahres 1814, die für ihn die letzten Monate in Travnik sein sollten, völlig vereinsamt, »auf alles gefaßt«, ohne Informationen und Weisungen aus Paris oder Stambul. Seine Leibwächter und die Dienerschaft bezahlte er aus eigener Tasche. Bei den französischen Behörden in Dalmatien herrschte Verwirrung. Die Reisenden und Kuriere aus Frankreich blieben aus. Die Nachrichten aus österreichischer Quelle, die spärlich und unzuverlässig in Travnik eintrafen, lauteten immer ungünstiger. Er nahm davon Abstand, den Konak aufzusuchen, denn der Wesir empfing ihn mit immer weniger Aufmerksamkeit und mit einer gewissen zerstreuten, verletzenden Gutmütigkeit, die schmerzender brannte als jede Grobheit und Demütigung. Im übrigen war der Wesir für das ganze Land eine Last, die mit jedem Tage schwerer zu ertragen war. Seine Arnautenabteilungen hausten in Bosnien wie in einem unterjochten Land und plünderten Türken wie Christen. Unter der muselmanischen Bevölkerung griff die Unzufriedenheit immer mehr um sich, und zwar nicht jene laute, die in unbedeutenden Stadtunruhen verpufft, sondern jene gedämpfte, heimliche Unzufriedenheit, die lange glimmt, aber, wenn sie ausbricht, zu einem Blutbad und Gemetzel führt. Der Wesir war berauscht von seinem Sieg in Serbien. Freilich, der Sieg erwies sich später, in den Erzählungen von Kennern und Augenzeugen, als zweifelhaft und Ali-Paschas Anteil daran als unbedeutend, aber dafür wurde er für Ali-Pascha selbst immer wichtiger und bedeutsamer; er stieg als Sieger immer höher in seinen eigenen Augen. Mit jedem Tage steigerten sich auch seine rücksichtslosen Ausfälle gegen die Begs und andere angesehene Türken. Aber eben dadurch untergrub der Wesir seine Stellung. Man kann wohl mit Gewalt Überfälle machen und vorteilhafte Wendungen erzwingen, aber man kann mit ihr nicht auf die Dauer regieren. Terror als Mittel der Herrschaft stumpft schnell ab. Das weiß jeder außer denen, die durch die Umstände oder ihre Triebhaftigkeit gezwungen werden, Terror auszuüben. Und der Wesir kannte kein anderes Mittel. Er bemerkte gar nicht, daß in den Begs und Ajanen die Angst längst gestorben war und daß seine Ausfälle, die anfangs Panik hervorgerufen hatten, jetzt niemanden mehr einschüchterten, ebenso wie sie auch ihn selbst nicht mehr ermutigen konnten. Früher hatten alle vor Angst gebebt, jetzt waren sie »abgestorben und abgekühlt«; nun war er es, der wegen des kleinsten Zeichens von Unbotmäßigkeit oder Widerstand, ja sogar ihres Schweigens wegen vor Wut zitterte. Die Stadthauptleute tauschten heimlich Briefe aus, die Begs tuschelten miteinander, und in allen Städten wahrte die Čaršija ein gefährliches Schweigen. Beim Anbruch wärmerer Tage konnte man mit einer offenen Bewegung gegen Ali-Paschas Herrschaft rechnen. Das sah d'Avenat mit Gewißheit voraus.

Die Fratres mieden das französische Konsulat, obwohl sie Madame Daville auch weiterhin liebenswürdig aufnahmen, wenn sie sonn- und feiertags in die Dolacer Kirche zur heiligen Messe kam.

Die Kawassen erkundigten sich bei Daville, wie lange sie noch damit rechnen könnten, in französischen Diensten zu bleiben. Rafo Atijas sah sich nach einem anderen Posten als Dolmetscher oder Vertrauensmann um, denn er hatte keine Lust, in das Geschäft seines Onkels zurückzukehren. Durch die unsichtbare, aber ständige Wirksamkeit des österreichischen Konsulats wurde selbst der kleinste Mann im Volke über die Siege der Verbündeten und das Ende Napoleons, das nur noch eine Frage von Tagen war, unterrichtet. Immer mehr festigte sich die Überzeugung, daß es mit der französischen Ära vorbei und daß die Tage des Travniker Konsulats gezählt seien.

Von Paulich selbst tauchte nirgends auf und sprach mit keinem. Daville hatte ihn sechs Monate, seit Österreich in den Krieg eingetreten war, nicht zu Gesicht bekommen, aber er fühlte seine Anwesenheit in jeder Minute; er dachte an ihn mit einem Gefühl, das weder Angst noch Neid bedeutete, in dem aber von beidem etwas enthalten war; er glaubte ihn vor sich zu sehen, wie er in dem großen Gebäude jenseits der Lašva ruhig seinen Geschäften nachging, kühl, nüchtern, immer im Bewußtsein seines Rechts, nie im Zweifel oder im Zwiespalt mit sich selbst, korrekt, doch listig, sauber, aber unmenschlich. Genau das Gegenteil des tollen und kranken Siegers im Konak, war von Paulich im Grunde der einzige Sieger in dem Spiel, das schon seit Jahren im Travniker Tal ausgetragen wurde. Er wartete bloß unerbittlich und gelassen darauf, wann das in die Enge getriebene Opfer zu Boden stürzte und mit seinem Sturz den Sieg offenbarte.

Dieser Augenblick kam. Auch hierbei benahm sich von Paulich wie ein Mann, der an einem uralten feierlichen Spiel teilnimmt, dessen Regeln unerbittlich und schmerzlich, aber logisch, gerecht und für die Besiegten wie für die Sieger gleich ehrenhaft sind.

An einem Apriltag kam zum erstenmal nach sieben Monaten ein österreichischer Kawaß in das französische Konsulat und brachte einen Brief für den Konsul.

Daville erkannte die Handschrift an ihren reinen, ebenmäßigen Linien, die, alle gleich spitz und in eine Richtung führend, stählernen Pfeilen glichen. Er erkannte sie an der kalligraphischen Sorgfalt, und obgleich er den Sinn des Briefes ahnte, wurde er doch von seinem Inhalt überrascht.

Von Paulich meldete ihm, er habe soeben die Nachricht erhalten, der Krieg zwischen den Verbündeten und Frankreich sei glücklich beendet, Napoleon habe dem Throne entsagt und der gesetzliche Herrscher sei auf den französischen Thron berufen worden. Der Senat habe durch Abstimmung eine neue Verfassung angenommen, und eine neue Regierung, unter Talleyrand, dem Fürsten von Benevent, sei gebildet. Da er vermute, die Nachrichten interessierten Daville, da sie sich auf das Geschick seiner Heimat bezögen, übermittle er sie ihm, beglückt davon, daß ihnen das Ende des Krieges wieder die Aufnahme wechselseitiger Beziehungen ermögliche, er bitte ihn, Madame Daville seiner stets gleichen Hochachtung zu versichern, und so weiter.

Die Überraschung für den Konsul war so groß, daß der wahre Sinn und die volle Bedeutung dessen, was er erfahren hatte, gar nicht in sein Bewußtsein drangen. Im ersten Augenblick legte er das Schreiben aus der Hand und stand vom Tisch auf, als hätte er eine Botschaft erhalten, auf die er seit langem gewartet hatte.

Seit langem, besonders seit dem Dezember vergangenen Jahres und der Niederlage in Rußland, hatte Daville an die Möglichkeit eines solchen Ausgangs gedacht, Überlegungen darüber angestellt und seinen Standpunkt für einen solchen Fall festzulegen versucht.

Langsam und unmerklich hatte sich Daville mit dem Sturz des Kaiserreichs, mit der Möglichkeit eines solchen Sturzes abgefunden. So war mit jedem Tage und jedem Ereignis die ferne, längst erkannte Gefahr näher gerückt, hatte sich unauffällig in die Wirklichkeit eingeschlichen, um sie stufenweise abzulösen. Hinter dem Kaiser und dem Kaiserreich schimmerte wieder das Leben durch, das ewige, allmächtige, unfaßliche Leben mit seinen zahllosen Möglichkeiten.

Er wußte eigentlich selbst nicht, wann er begonnen hatte, sich daran zu gewöhnen, die Ereignisse und Dinge dieser Welt ohne Napoleon als Grundvoraussetzung zu betrachten. Zuerst war das schwer und schmerzlich gewesen; der Zustand entsprach einer Art seelischer Ohnmacht; er strauchelte innerlich wie jemand, dem die Erde unter den Füßen wankt und entgleitet. Später fühlte er nur noch eine große Leere in sich, das Fehlen jeder Begeisterung und jeglichen Haltes, nur das nüchterne, dürftige Leben, dem jeder weitere Gesichtskreis und alle jene Zukunftsträume abgingen, die unwirklich sind, uns aber stärken und unserem Auftreten echte Würde verleihen. Schließlich gab er sich diesen Gedanken und Gefühlen so oft hin, daß er anfing, die Welt, Frankreich, sein eigenes Los und das seiner Familie mehr und mehr von diesem eingebildeten Standpunkt aus zu beurteilen.

Während der ganzen Zeit ging Daville dabei wie bisher gewissenhaft seinen Pflichten nach, er las die Erlasse und Artikel im Moniteur, lauschte den Berichten von Kurieren und Reisenden über Napoleons Pläne, die die Verteidigung des engeren Frankreich betrafen, oder über die Aussichten eines Friedens mit den Verbündeten. Aber unmittelbar danach kehrte er zu seinen eigenen Überlegungen zurück, was wohl geschehen würde, wenn der Kaiser und das Kaiserreich untergingen, und er verweilte immer länger bei ihnen.

Kurz, in ihm ging dasselbe vor sich, was sich um diese Zeit in der Seele von Tausenden Franzosen abspielte, die sich im Dienst eines Regimes aufgerieben hatten, welches in Wirklichkeit schon längst dadurch geschlagen war, daß es sich genötigt sah, von den Menschen mehr zu verlangen, als sie zu geben vermochten.

Wenn sich der Mensch in seinen Gedanken mit etwas versöhnt und befreundet, findet er dafür früher oder später auch in der Wirklichkeit eine Bestätigung. Das gelingt um so leichter, wenn sich die Wirklichkeit in der gleichen Richtung wie die Gedanken bewegt, ja sie oft noch überholt hat.

In letzter Zeit konnte Daville mit Erstaunen bemerken, daß er in dieser Richtung schon eine riesige Strecke Wegs zurückgelegt hatte. Da er die vielen langen Seelenkämpfe der letzten Jahre vergessen hatte, glaubte er, leicht und plötzlich dahin gelangt zu sein, wo er sich jetzt befand. Auf jeden Fall kam er sich schon seit langem wie ein Mann vor, der »auf alles gefaßt« ist, was in Wirklichkeit bedeutete, daß er innerlich mit der jetzt in Frankreich abgelösten Ordnung gebrochen hatte und bereit war, sich damit abzufinden, was nach ihr kam, mochte es sein, was es wollte.

Und dennoch, jetzt, da sich all dies als Wirklichkeit erwies, taumelte Daville, als sei er von einem unerwarteten, übermächtigen Schlag getroffen. Er ging im Zimmer auf und ab, und die Bedeutung dessen, was er im Schreiben Herrn von Paulichs gelesen hatte, wuchs in ihm und löste neue und neue Wellen von Gefühlen aus; es war ein Gemisch aus Verwunderung, Angst, Mitleid und bald aus erbärmlicher Zufriedenheit, daß er und die Seinen verschont und trotz der vielen Zerstörungen und

Veränderungen am Leben geblieben waren, bald wieder ein Gemisch aus Ungewißheit und bangem Zagen. Irgendwoher drang in seine Erinnerung das alttestamentarische Wort, daß der Herr groß sei in seinen Werken, und dieses Wort kehrte in ihm unaufhörlich wieder wie eine Melodie, von der man nicht loskommen kann, obwohl er nicht hätte erklären können, was für Werke das waren und worin ihre Größe bestand oder was der biblische Herrgott mit alldem zu schaffen hatte.

Lange ging er so im kalten Zimmer auf und ab, aber er konnte bei keinem einzigen Gedanken verweilen und noch viel weniger das Vernommene überschauen und innerlich ordnen. Er fühlte, daß er dafür noch viel Zeit benötigte.

Er sah ein, daß alle Überlegung, Voraussicht und alle billigen Versuche, sich in Gedanken mit den Tatsachen auszusöhnen, wenig wert waren und nichts halfen in dem Augenblick, da der Schlag fiel.

Denn im Traum seine Ängste projizieren, das Schlimmste voraussehen, seinen zukünftigen Standpunkt und seine Verteidigung von vornherein festlegen und gleichzeitig Zufriedenheit empfinden, daß doch noch alles in Ordnung und an seinem Platz sei, war etwas anderes, als dem wirklichen Zusammenbruch ins Auge zu sehen, der von uns schnelle Entschlüsse und wirkliches Handeln erfordert. Dem angetrunkenen, heftigen Kollegen aus dem Marineministerium, der seinerzeit mit brennenden Augen gerufen hatte: »Der Kaiser ist verrückt! Wir alle schlittern mit ihm gemeinsam in den Abgrund, der uns am Ende aller Siege erwartet!«, zuzuhören war etwas anderes, als zu begreifen und die Tatsache hinzunehmen, daß das Kaiserreich wirklich besiegt und ruiniert war, daß es keinen Napoleon mehr gab, sondern nur noch einen entthronten Usurpator, der weniger galt, als er gegolten hätte, wäre er in einem seiner Siege gefallen. Am Wert der Siege und an der Beständigkeit des Kriegsglücks zweifeln, wie er es in den letzten Jahren immer häufiger getan hatte, und überlegen, was mit ihm und den Seinen geschähe »im Falle, daß ...«, war etwas anderes, als plötzlich zu erfahren, daß nicht nur die Revolution und alles, was sie im Gefolge hatte, sondern auch der »General« und die unwiderstehliche Magie seines siegreichen Genies sowie die ganze Gesellschaftsordnung, die auf ihm geruht hatte, über Nacht verschwunden waren, als hätte es sie nie gegeben, und daß nun alles in den Zustand zurückkehren mußte, der geherrscht, als Daville noch ein Kind gewesen war und auf dem Marktplatz seiner Geburtsstadt vor Begeisterung über die »königliche Güte« Ludwig XVI. zugejubelt hatte.

Das wäre sogar für einen Traum zuviel gewesen.

Unfähig, sich zurechtzufinden und zu sammeln, in den Sinn dessen einzudringen, was vor sich ging, und die Zukunft zu durchschauen, klammerte sich Daville an die Tatsache, daß sein alter Beschützer Talleyrand an der Spitze der neuen Regierung stand. Das erschien ihm als das einzige Rettungszeichen, als eine besondere Gnade des Schicksals seiner Person gegenüber in einer Stunde des allgemeinen Zusammenbruchs und der Zerrüttung.

Wie mit dem »General«, so hatte Daville auch mit Talleyrand in seinem ganzen Leben nur ein einziges Mal gesprochen, und das vor mehr als achtzehn Jahren, als Talleyrand weder berühmt war noch den Titel eines Fürsten von Benevent trug. Im alten Außenministerium, wo zur damaligen Zeit nicht nur in der Arbeit und der personellen Besetzung, sondern auch in der Einrichtung und der Unterbringung eine fürchterliche Unordnung herrschte, war er für einige Minuten in einem improvisierten Salon von Talleyrand empfangen worden, der ihn zu sehen wünschte, da er auf Grund seiner Zeitungsartikel im Moniteur auf ihn aufmerksam geworden war. Auch die Unterredung stand im Zeichen dieser Unordnung.

Der kräftige Mann, der Daville stehend empfing und während des ganzen Gesprächs diese Haltung beibehielt, hatte einen durchdringenden, forschen, ruhigen Blick, mit dem er den jungen Mann oberflächlich betrachtete, als suche er hinter ihm den wahren Gegenstand seines Interesses. Auch redete er so zerstreut und flüchtig, als bereute er, sein Interesse für die Artikel verraten und den Wunsch geäußert zu haben, den jungen

Mann zu sehen. Er bedeutete Daville, er solle »so fortfahren« und er werde ihn stets in seiner Arbeit und seiner Laufbahn unterstützen. Das war im Grunde alles, was Daville von seinem Beschützer gesehen und gehört hatte. Dennoch hatte es in den achtzehn Jahren für Daville selbst wie für alle Beamten des Ministeriums unzweifelhaft festgestanden, er sei Talleyrands Schützling und sein dienstliches Fortkommen sei an den Stern Talleyrands gebunden. Und in der Tat, Talleyrand unterstützte ihn jedesmal, wenn er an der Macht und an der Regierung war. So geschieht es häufig, daß mächtige Leute hartnäckig einen Haufen von Schützlingen bis an ihr Lebensende mit sich herumschleppen, nicht um der Schützlinge willen, die sie weder kennen noch schätzen, sondern um ihrer selbst willen, denn die Förderung und der Schutz, den sie diesen Menschen angedeihen lassen, ist der sichtbare Beweis ihrer eigenen Macht und Bedeutung.

›Ich wende mich an den Fürsten‹, sagte Daville zu sich, ohne noch zu wissen, wie und wozu. ›Ich wende mich an den Fürsten‹, wiederholte er bei sich die ganze Nacht, unfähig, etwas anderes zu denken, und bedrückt von dem Gefühl, daß er niemanden besaß, mit dem er sich hätte beraten können. Der nächste Tag traf ihn übermüdet und verwirrt, doch ebenso unentschlossen wie gestern.

Als er seine Frau beobachtete, wie sie nichts ahnend durch das Haus ging und Anweisungen für die Arbeit im Garten gab, als werde sie ihr Leben in Travnik verbringen, kam er sich vor wie ein verwunschenes Wesen, das etwas weiß, wovon die anderen Sterblichen nichts wissen, und deswegen größer und zugleich unglücklicher ist als sie.

Die Ankunft des Kuriers aus Konstantinopel riß ihn aus seiner Unentschlossenheit. Der Kurier brachte die Glückwünsche des Botschafters und des Personals an die Adresse der neuen Regierung sowie ihre Ergebenheitserklärung für den legitimen Herrscher Louis XVIII. und die bourbonische Dynastie. Er brachte auch Daville den Befehl, den Wesir und die hiesigen Behörden über die Veränderungen in Frankreich zu unterrichten, und eröffnete ihm, er habe sich vom heutigen Tage in Travnik als Vertreter Louis XVIII., des Königs von Frankreich und Navarra, zu betrachten.

Als handle Daville nach einem lange überlegten Plan oder einem unhörbaren Diktat, schrieb er im Laufe des Tages ohne Zögern und Schwanken alles nieder, was nach Paris zu berichten war.

»Durch den hiesigen österreichischen Konsul erfahre ich von dem glücklichen Umschwung, der wieder einen Nachkommen Heinrichs des Großen auf den französischen Thron und für Frankreich Frieden und die Aussicht auf eine bessere Zukunft gebracht hat. Solange ich lebe, werde ich bedauern, daß ich bei diesem Ereignis nicht in Paris war, um auch meine Stimme in dem Jubel des begeisterten Volkes ertönen zu lassen.«

So begann Davilles Brief, in dem er der neuen Regierung seine Dienste anbot und sie bat, man möge den Ausdruck seiner Ergebenheit und Treue »an den Stufen des Throns unterbreiten«, wobei er bescheiden unterstrich, er sei »ein gewöhnlicher Bürger, einer von den zwanzigtausend Parisern, die die berühmte Bittschrift zur Verteidigung des Märtyrerkönigs Louis XVI. und des königlichen Hauses unterschrieben«.

Am Schluß des Briefes äußerte er die Hoffnung, es möge »nach dem eisernen Zeitalter das goldene« anbrechen.

Gleichzeitig sandte er Talleyrand einen Glückwunsch in Versen, wie er das auch bei früheren Gelegenheiten oft getan hatte, wenn Talleyrand an der Macht gewesen. Der Glückwunsch begann:

> »Des peuples et des Rois heureux modérateur!
> Talleyrand, tu deviens notre libérateur!«

Da der Kurier drängte, hatte er keine Zeit, das Gedicht zu beenden, und bezeichnete die zwei Dutzend armseliger Verse als Fragment.

Zur gleichen Zeit schlug Daville vor, man solle das Konsulat in Travnik auflösen, denn unter den völlig veränderten Umständen bestehe kein Bedürfnis, es weiter aufrechtzuerhalten. Er bat, noch im Laufe des Monats Travnik mit seiner Familie verlassen und d'Avenat, dessen Treue erprobt und hundertmal bewiesen sei, mit der Leitung und Auflösung des Konsulats beauftragen zu dürfen.

Mit Rücksicht auf die außerordentlichen Verhältnisse werde er, falls er bis Monatsende keine entgegengesetzten Instruktionen erhalte, mit der Familie nach Paris aufbrechen.

Daville verbrachte die Nacht mit dem Verfassen dieser Glückwünsche, Gesuche und Briefe. Er schlief zwar nur zwei Stunden, stand aber frisch und munter auf und verabschiedete den Kurier.

Von der Terrasse, auf der noch verschlossene Tulpenkelche unter dem schweren Tau nickten, verfolgte Daville mit den Augen den Kurier und seinen Begleiter, wie sie den steilen Weg zur Straße im Tal hinabritten. Ihre Pferde wateten bis über die Knie in dichtem Bodennebel, den die noch nicht sichtbare Sonne rot verfärbte; sie versanken immer mehr in ihm, bis sie völlig aus dem Blickfeld geschwunden waren.

Dann kehrte er in sein Zimmer im Erdgeschoß zurück. Hier lagen ringsherum die sichtbaren Spuren der mit Arbeit und Schreibereien verbrachten Nacht: verbogene und heruntergebrannte Kerzen, verstreutes Papier, zerbröckeltes Wachs. Ohne etwas anzurühren, ließ sich Daville zwischen den Kopien und Papierfetzen nieder. Er verspürte eine schwere Müdigkeit, aber auch eine große Erleichterung, weil er alles erledigt und an die zuständige Stelle gesandt hatte, entschlossen und unwiderruflich, so daß sich Zweifel und jede Grübelei erübrigten. (Er saß am Tisch und lehnte seinen Kopf schläfrig auf die gefalteten Hände.)

Doch es ist schwer, das Denken auszuschalten, sich nicht zu erinnern und nichts zu sehen. Fünfundzwanzig Jahre hatte er auf der Suche nach dem »Mittelweg« verbracht, der einen Ausgleich bringen und der Persönlichkeit jene Würde verleihen sollte, ohne die man nicht bestehen kann. Fünfundzwanzig Jahre war er gewandert, hatte gesucht und gefunden, verloren und aufs neue gewonnen, von einer »Begeisterung« zur anderen strebend, jetzt aber war er, erschöpft, innerlich zerrissen und verbraucht, an jenem Punkt angelangt, von dem er mit achtzehn Jahren ausgegangen war. Also führten alle Wege nur dem Anschein nach voran, in Wirklichkeit führten sie im Kreis herum wie trügerische Labyrinthe in orientalischen Erzählungen, und so hatten sie ihn nun erschöpft und kleinmütig an diesen Platz gebracht, zwischen Papierfetzen und durcheinandergeworfene Kopien, an den Punkt, wo der Kreis wie an jedem beliebigen Punkt des Kreises von neuem beginnt. Also gab es nicht den mittleren Weg, jenen wahren, der vorwärts führt zu Beständigkeit, zu Frieden und Würde, vielmehr bewegten sich alle Menschen im Kreise, immer auf demselben trügerischen Weg, und nur die Menschen und Geschlechter, die da, immer betrogen, wandelten, lösten sich ab. Mithin, so folgerten die müden, fehlerhaften Gedanken des müden Mannes, gab es überhaupt keinen Weg, und auch das, wohin ihn jetzt sein lahmer Beschützer, der mächtige Fürst von Benevent, wankend führen sollte, würde nur ein Teil dieses Kreises sein, der nichts war als Weglosigkeit. Man wanderte nur in einem fort. Sinn und Würde des Wanderns waren nur insoweit vorhanden, als man sie in sich selbst entdecken konnte. Es gab keinen Weg und kein Ziel. Man wanderte nur. Man wanderte, verbrauchte sich und wurde müde.

Ja, so wanderte auch er jetzt ohne Unterlaß und ohne Rast. Sein Kopf sank herab, die Augen fielen von selbst zu, vor ihm stieg roter Nebel auf, und Pferde, immer mehr Pferde verwirrten mit ihren Füßen das Bild, sie ritten in kurzem Trab, gingen mehr und mehr im Nebel unter und verschwanden in ihm zusammen mit ihren Reitern. Immer neue, unzählige Pferde und Reiter tauchten auf und versanken in dem endlosen Nebel, in dem man vor Übermüdung und Schlaftrunkenheit niederstürzte.

Den Kopf auf die gefalteten Hände gestützt, von Müdigkeit und unentwirrbaren Gedanken überwältigt, war Daville an seinem Schreibtisch zwischen den Papieren und niedergebrannten Kerzen der vorigen Nacht eingeschlafen.

Wenn sie ihn bloß schlafen ließen, wenn er nur nicht den Kopf heben und die Augen in dem feuchten roten Nebel öffnen müßte, zwischen den bewegten, immer dichteren Wellen von Reitern. Aber man gönnte ihm keine Ruhe. Einer von den Reitern hinter ihm legte immer wieder unbarmherzig die kalte Hand auf seinen Nacken und sprach unverständliche Worte zu ihm. Daville ließ den Kopf noch tiefer sinken, aber man weckte ihn immer unnachgiebiger.

Als er den Kopf endlich hob und die Augen aufschlug, schaute er in das lächelnde und vorwurfsvolle Gesicht seiner Frau. Madame Daville rügte ihn, weil er sich so überanstrengte, und wollte ihn überreden, sich auszuziehen, hinzulegen und auszuruhen. Jetzt, da er wieder munter geworden war, erschien ihm der bloße Gedanke unerträglich, mit seinen schweren Sorgen im Bett allein zu sein. Er begann die Papiere auf dem Tisch zu ordnen und dabei mit seiner Frau zu reden. Bisher hatte er es stets vermieden, seiner Frau offen und in vollem Umfang einzugestehen, welche Veränderungen in der Welt und in Frankreich eingetreten waren und was das für sie bedeutete. Nun aber kam ihm das plötzlich leicht und einfach vor.

Als Madame Daville so klar und bestimmt vernahm, daß sich alles von Grund auf änderte, also auch ihre Lage, und daß tatsächlich das Ende ihres Aufenthaltes in Travnik gekommen war, stand sie im ersten Augenblick vernichtet und verstört da. Aber nur einen Augenblick, bis sie überschaute, was das für ihre Familie hieß und vor welche wirkliche Aufgaben sie persönlich gestellt war. Sobald sie das erfaßt hatte, beruhigte sie sich. Sofort begannen beide, über die Reise, über den Transport der Sachen und ihren künftigen Aufenthalt in Frankreich zu beraten.

XXVIII

Madame Daville begab sich an die Arbeit.

Ebenso, wie sie einst das Haus in Ordnung gebracht und wohnlich eingerichtet hatte, bereitete sie jetzt alles zum Umzug vor, ruhig, umsichtig und unermüdlich, ohne zu klagen und ohne jemand um Rat zu fragen. Langsam und wohlüberlegt löste sie den Haushalt auf, den sie in den sieben Jahren geschaffen hatte. Alles wurde aufgeschrieben, gut verpackt und reisefertig gemacht. Ein schmerzliches Kapitel war für Madame Daville die Blumenterrasse und der große Garten mit den Gemüsebeeten.

Die weißen Hyazinthen, die Frau von Mitterer einst »Hochzeitsfreude« oder »Kaiserlicher Bräutigam« getauft hatte, waren noch immer kräftig und voll, aber den Mittelpunkt der Terrasse bildeten holländische Tulpen, die Madame Daville sich während der vergangenen Jahre in großer Zahl und in verschiedenen Farben hatte beschaffen können. Letztes Jahr noch zart und ungleich in der Größe, waren sie in diesem gut, prall und gleichmäßig aufgeblüht, so daß sie aussahen wie ein Spalier von Schulkindern in einer Prozession.

Im Gemüsegarten blühten schon die deutschen Süßerbsen, deren Saat sie im vorigen Jahr von Herrn von Paulich erhalten hatte, einige Wochen vor der Kriegserklärung. Jetzt häufelte der taubstumme Mundjara sie an.

Denn Mundjara arbeitete auch diesmal wie in jedem Frühjahr. Er wußte nichts von den Ereignissen in der Welt, nichts vom Wandel im Schicksal dieser Menschen. Für ihn war ein Jahr wie das andere. Ewig in gebückter Haltung, zerbröckelte er die Erde, Krume um Krume, mit den Händen, er düngte, verzog Pflanzen und begoß sie, lächelte zwischendurch Jean-Paul oder der kleinen Eugénie zu, wenn das Kindermädchen sie auf die Terrasse führte. Mit flinken, geschickten Zeichen seiner verkrusteten Finger und mit Gemurmel und Mienenspiel versuchte er Madame Daville zu erklären, die gleiche Süßerbse wüchse im Garten von Paulichs höher und sei an Blüten reicher, aber das bedeute nichts, denn daraus könne man nicht auf die spätere Frucht schließen. Erst wenn die Schoten kämen, könne man das erkennen.

Madame Daville betrachtete ihn. Sie bestätigte ihm durch Gesten, daß sie alles verstanden habe, ging ins Haus und fuhr mit dem Verpacken fort. Jetzt erst kam ihr zum Bewußtsein, daß sie in wenigen Tagen alles verlassen müsse, auch das Haus und den Garten, und daß weder sie noch die Ihren die reifen Früchte der Erbse erlebten. Tränen stiegen ihr in die Augen.

So trafen sie alle im französischen Konsulat ihre Vorbereitungen. Eine Frage jedoch beschäftigte auch Daville. Das war die Geldfrage. Die geringen Ersparnisse, die sie besaßen, hatte Daville vordem nach Frankreich überwiesen. Nun trafen schon seit Monaten keine Gehälter mehr ein. Die Juden in Sarajevo, die mit Frayssinet zusammengearbeitet und oft auch dem Konsulat Darlehen gegeben hatten, waren jetzt mißtrauisch geworden. D'Avenat hatte erspartes Geld, aber er blieb mit einer nicht fest umrissenen Aufgabe und in völliger Ungewißheit hier in Travnik zurück; es wäre nicht recht gewesen, ihn seines Eigentums zu entblößen und ihm zuzumuten, daß er dem Staat, noch dazu ohne Sicherheit, etwas borgte.

Beide Dolmetscher, d'Avenat wie auch Rafo Atijas, wußten sehr wohl, in welcher Lage sich Daville befand. Und während er sich so den Kopf zerbrach und überlegte, an wen er sich wenden könnte, kam eines Tages der alte Salomon Atijas, Rafos Onkel, der angesehenste unter den Brüdern und das Haupt der ganzen großen Sippe der Travniker Atijasse.

Klein von Wuchs, fettleibig und krummbeinig, in schmieriger Anterija, mit einem Kopf, der wirkte, als sei er ohne Hals unmittelbar zwischen die schmalen Schultern gesetzt, hatte er große, vorstehende Augen wie Menschen, die an einem Herzfehler leiden. Er war völlig verschwitzt und außer Atem von der Wärme des Maitags und dem ungewohnten steilen Aufstieg. Ängstlich schloß er die Tür hinter sich und fiel keuchend auf einen Stuhl. Ein Geruch von Knoblauch und ungegerbtem Leder ging von ihm aus. Auf den Knien hielt er die geballten behaarten schwarzen Fäuste, und auf jedem Härchen saß ein winziger Schweißtropfen.

Die beiden Männer tauschten mehrmals Begrüßungsworte und kehrten wieder und wieder zu denselben leeren Höflichkeitsfloskeln zurück. Weder wollte Daville eingestehen, daß er mit seiner Familie Travnik für alle Zeit verließ, noch konnte der keuchende, schwerfällige Gazda Salomon gestehen, weshalb er gekommen war. Endlich jedoch begann der Jude mit seiner rauhen, gutturalen Stimme, die Daville stets an Spanien erinnerte, dem Konsul zu beteuern, er habe Verständnis für die unerwarteten Veränderungen und die großen Ansprüche und Bedürfnisse der Staaten und Staatsmänner, er wisse, wie schwer die Zeiten für die Menschen seien, auch für einen Kaufmann, der nur seinem Geschäft nachgehe, und – schließlich, ja schließlich –, wenn also die staatlichen Gelder für den Herrn Konsul nicht rechtzeitig eintreffen sollten, denn Reise bliebe Reise, und auch die Staatsgeschäfte dürften nicht warten, stehe er, Salomon Atijas, dem französischen kaiserlichen ... das heißt königlichen Konsulat und dem Herrn Konsul persönlich immer zu Diensten und zur Verfügung mit dem wenigen, was er besitze und vermöge.

Daville, der zuerst geglaubt hatte, Atijas sei gekommen, um etwas von ihm zu erbitten, war überrascht und gerührt. Seine Stimme wurde vor Erregung unsicher. Die Gesichtsmuskeln zwischen Mund und Kinn, dort, wo seine rötliche Haut anfing, zu welken und faltig und schlaff zu werden, vibrierten merklich.

Ein verlegenes gegenseitiges Anbieten und Sichbedanken hob an. Zum Schluß kamen sie überein, daß Atijas dem Konsulat fünfundzwanzig kaiserliche Dukaten auf Wechsel lieh.

Salomons große Glotzaugen waren feucht, was ihnen, obgleich das Weiß der Augen gelblich und blutunterlaufen war, einen besonderen Glanz verlieh. Auch in Davilles Augen leuchteten Tränen der Erregung, die ihn in diesen Tagen nie verließ. Jetzt sprachen beide erleichtert und freier.

Daville suchte nach erlesenen Worten, um seine Dankbarkeit auszudrücken. Er sprach über seine Sympathie und sein Verständnis für die Juden, über Menschlichkeit und die Notwendigkeit, daß die Menschen, ohne Unterschied, einander begriffen und unterstützten. Er hielt sich an allgemeine Redensarten, denn von Napoleon, dessen Name für die Juden eine starke Anziehungskraft und besondere Bedeutung hatte, konnte er nicht mehr reden, noch weniger wagte er, seine neue Regierung und seinen neuen Herrscher unmittelbar und beim Namen zu nennen. Salomon betrachtete ihn mit seinen großen Augen, er schwitzte und atmete schwer, so als leuchte ihm alles ebensosehr ein und als sei ihm so schwer zumute wie Daville, ja noch schwerer, als verstehe und erfasse er, was für eine Plage und Gefahr all die Kaiser und Könige, die Wesire und Minister mit sich brächten, deren Auf- und Abtritt in keiner Weise von uns abhängt, die uns aber erheben oder vernichten, uns, unsere Familie und alles, was wir sind und besitzen; als sei er unglücklich, daß er seinen düsteren Laden und die Lederbündel verlassen, an diesen sonnigen, hoch gelegenen Ort hinaufklettern und nun mit hohen Herrschaften auf so ungewohnten Stühlen in luxuriösen Gemächern sitzen mußte.

Froh darüber, daß die Frage des Reisegeldes so unerwartet leicht gelöst war, und in der Absicht, dem Gespräch wenigstens eine etwas heitere Note zu geben, sagte Daville halb im Scherz:

»Ich bin Ihnen dankbar und werde es Ihnen nie vergessen, daß Sie bei Ihren eigenen Sorgen noch dazu kommen, an das Schicksal des Vertreters Frankreichs zu denken. Und, um aufrichtig zu sein, ich bewundere Sie, daß Sie nach allem, was sich hier ereignet hat, nach all den Bußgeldern, die Sie haben zahlen müssen, noch in der Lage sind, jemandem etwas zu leihen. Denn der Wesir prahlte, er hätte Ihre Kassen bis auf den Boden geleert.«

Als die Verfolgung und das Lösegeld erwähnt wurden, das die Juden an Ali-Pascha hatten zahlen müssen, erhielten Salomons Augen plötzlich einen starren, kummervollen, tierisch traurigen Ausdruck.

»Das hat uns viel gekostet, man hat uns viel genommen und unsere Schubfächer wirklich ausgeschöpft, aber Ihnen kann ich es ja sagen, und Sie sollen es wissen …«

Hier betrachtete Salomon verlegen seine verschwitzten

Hände, die auf den Knien ruhten, und fuhr nach kurzem Schweigen mit einer anderen, dünneren Stimme so verändert fort, als spräche er plötzlich aus anderer Richtung:

»Ja, wir haben uns einschüchtern lassen, und es hat uns viel gekostet. Ja. Und der Wesir ist tatsächlich ein strenger, ein strenger und schwieriger Herr. Aber er hat nur einmal mit Juden zu tun, wir jedoch haben schon Dutzende und aber Dutzende Wesire hinter uns. Die Wesire lösen einander ab und gehen. (Freilich, jeder nimmt etwas mit.) Die Wesire gehen fort und vergessen, was sie getan haben und wie sie vorgegangen sind, es kommen neue Wesire, und jeder beginnt das alte Spiel. Wir aber bleiben hier, behalten alles in Erinnerung, schreiben alles auf, was wir ertragen, wie wir uns dagegen gewehrt und davor gerettet haben, und überliefern so vom Vater auf den Sohn die teuer erkauften Erfahrungen. Sehen Sie, deshalb haben unsere Geldfächer zwei Böden. Bis zu dem einen gelangen die Hände des Wesirs und entleeren alles, aber darunter bleibt immer etwas für uns und unsere Kinder, damit wir unser Leben erretten und den Unseren und den Freunden helfen, wenn sie in Not sind.«

Hier blickte Salomon zu Daville auf, aber nicht mehr mit komisch-ängstlichen, traurigen Augen, sondern mit einem geraden, tapferen Blick.

Daville lachte herzlich auf:

»Ach, das ist ja gut. Das gefällt mir. Und der Wesir hielt sich für besonders geschickt und listig.«

Salomon unterbrach ihn sofort mit leiser Stimme, als wollte er auch Daville den gedämpften Ton aufzwingen.

»Nein, ich will nicht bestreiten, daß er es ist. Oh, die Herren sind geschickt und klug. Nur, wissen Sie, wie das so ist: Die Herrschaften sind wohl kluge und gewaltige Männer, unsere Herrschaften sind wie Drachen, aber diese Herrschaften führen miteinander Krieg, sie schlagen sich und reiben einander auf. Denn wissen Sie, die Herrschaften sind, so heißt es bei uns, wie ein großer Sturm, sie geraten in Bewegung, toben sich aus und verpuffen ihre Kräfte. Wir aber harren aus, arbeiten und gehen unserem Erwerb nach. Und deshalb hält bei uns alles länger, und es findet sich immer noch etwas.«

»Ach, das ist gut, das ist gut«, erwiderte Daville und nickte zur Bestätigung, immer noch lachend und Salomon ermunternd, fortzufahren.

Aber gerade wegen dieses Lachens hielt der Jude plötzlich inne und schaute dem Konsul etwas genauer ins Gesicht, wieder mit seinem ursprünglichen sorgenvollen, verschüchterten Blick. Er fürchtete, übertrieben und etwas ausgeplaudert zu haben, was er nicht hätte sagen sollen. Er erkannte selbst, daß das, was er gesagt hatte, nicht dem entsprach, was er hatte sagen wollen. Nicht einmal er selbst wußte, was das sein sollte. Er fühlte nur, daß ihn eine innere Kraft trieb, zu sprechen, sich zu beschweren, zu rühmen und verständlich zu machen, gleich einem Menschen, dem sich eine einmalige, nicht länger als wenige kostbare Minuten während Gelegenheit für die Überbringung einer dringenden, wichtigen Botschaft bietet. Nachdem er seinen Laden verlassen, den steilen Weg erklommen, den er sonst nie ging, und sich in das helle Zimmer gesetzt hatte, in diese ungewohnte Schönheit und Sauberkeit, erschien es ihm wichtig und wertvoll, daß er mit dem Ausländer hier reden konnte, der in wenigen Tagen die Stadt verließ, und zwar so reden, wie er vielleicht nie wieder mit einem Menschen würde reden können noch reden dürfen.

Seine erste Zurückhaltung und Beklommenheit hatte er vergessen und empfand immer stärker das Bedürfnis, dem Fremden noch etwas über sich und die Seinen zu sagen, etwas Dringendes und Geheimes über das Leben in diesem Travniker Loch, in seinem feuchten Laden, wo man unter großen Beschwernissen lebte, ehr- und rechtlos, ohne Schönheit und Ordnung, ohne Gericht und Zeugen; er wollte etwas wie eine Botschaft schicken, nicht an einen bestimmten Menschen, sondern einfach dorthin, in eine bessere, geordnetere und kultiviertere Welt, in die der Konsul zurückkehrte. Einmal wollte er etwas sagen dürfen, was weder einer List noch einer Vorsicht entsprang, was in keiner Beziehung stand zum Verdienen und

Sparen, zum täglichen Rechnen und Feilschen, sondern im Gegenteil etwas mit Verschenken und Verschwenden, mit schmerzlichem, aber erhabenem Stolz und mit Offenherzigkeit zu tun hatte.

Aber gerade dieser jähe, starke Drang, etwas Allgemeingültiges und Bedeutsames über sein Dasein und über die Qualen auszusagen und weiterzugeben, von denen alle Travniker Atijasse seit je heimgesucht wurden, hemmte ihn, die richtige Form und die geeigneten Worte zu finden, die knapp und doch würdig das wiedergegeben hätten, was ihn jetzt würgte und ihm das Blut in den Kopf trieb. Deshalb redete er stotternd und sprach nicht davon, was ihn ganz ausfüllte und was er so gern gesagt hätte – nämlich, wie sie im Leben rangen und wie es ihnen gelang, ihre unsichtbare Kraft und Würde zu bewahren –, sondern er fand nur abgehackte Worte, die ihm auf die Zunge kamen:

»So also ... so halten wir uns am Leben, und so haben wir noch etwas ... und wir bedauern nichts ... den Freunden, der Gerechtigkeit und Güte zuliebe, die man uns erweist. Denn wir ... denn auch wir ...«

Hier stieg ihm plötzlich das Wasser in die Augen, und seine Stimme brach. Vor Verlegenheit stand er auf. Auch Daville erhob sich und streckte ihm, von unerklärlicher Rührung und freundschaftlichen Gefühlen überwältigt, die Hand entgegen. Salomon ergriff sie mit einer lebhaften, doch ungewohnten, ungeschickten Bewegung, und dann stammelte er noch einige Worte, mit denen er bat, Daville möge die Juden nicht vergessen und dort, wo es nötig und möglich sei, von ihnen erzählen, wie sie hier lebten, sich abmühten und unter Qualen immer neu freikauften. Es waren nur unklare, zusammenhanglose Worte, die sich mit Davilles Dankesworten vermischten.

Was Atijas im Augenblick würgte, was ihm Tränen in die Augen trieb und seinen Körper vor Aufregung zittern ließ, wird immer ungesagt bleiben. Hätte er zu reden vermocht, dann hätte er etwa das gesagt:

›Mein Herr, Sie haben über sieben Jahre unter uns geweilt

und uns Juden in dieser Zeit derart viel Aufmerksamkeit erwiesen, wie wir sie weder von Türken noch von Ausländern erlebt haben. Sie haben uns wie Menschen behandelt, gastlich bewirtet und uns von den übrigen nicht abgesondert. Vielleicht wissen Sie selber nicht, wieviel Güte Sie uns damit erwiesen haben. Jetzt gehen Sie. Ihr Kaiser wurde gezwungen, sich vor der Übermacht seiner Feinde zurückzuziehen. In Ihrer Heimat vollziehen sich unter Schmerzen große Umwälzungen. Aber Ihr Land ist edel und mächtig, und alles muß sich in ihm zum Besseren wenden. Auch Sie werden in Ihrer Heimat Ihren Weg finden. Zu bedauern sind wir, die wir hier bleiben, die Handvoll sephardischer Juden, von denen zwei Drittel Atijasse sind, denn Sie haben für uns soviel bedeutet wie ein Schimmer des Lichtes für das Auge. Sie haben das Leben gesehen, das wir führen, und Sie haben uns alles Gute erwiesen, dessen ein Mensch fähig ist. Und wer Gutes tut, von dem erwartet jeder noch mehr Gutes. Deshalb wagen wir, Sie noch darum zu bitten: Seien Sie für uns Kronzeuge im Westen, aus dem wir gekommen sind und der wissen soll, was man aus uns gemacht hat. Mir scheint, daß es uns leichter fiele, alles zu ertragen, wenn wir wüßten, daß jemand davon Kenntnis hat und es würdigt, daß wir nicht so sind, wie wir aussehen, und nicht so, wie wir leben.

Vor mehr als drei Jahrhunderten vertrieb man uns aus unserer Heimat, dem einzigartigen Andalusien, ein furchtbarer, sinnloser, brudermörderischer Sturm, den wir heute noch nicht begreifen können und der sich bis heute selbst nicht begriffen hat, zerstreute uns in alle Welt und machte uns zu Bettlern, denen alles Gold nichts nützt. Uns hat er nach dem Orient geworfen, und das Leben im Orient ist für uns weder leicht noch segensreich; je weiter der Mensch geht und sich dem Sonnenaufgang nähert, um so schlimmer wird es für ihn, denn immer jünger und rauher wird die Erde, aus der ja der Mensch geschaffen ist. Unser Elend besteht darin, daß wir weder dieses Land, dem wir verpflichtet sind, weil es uns aufgenommen und uns Schutz geboten hat, richtig liebgewinnen konnten noch jenes Land hassen gelernt haben, das uns ungerecht vertrieben und wie unwürdige Söhne verbannt hat. Wir wissen nicht, was uns schwerer fällt: daß wir hier sind oder daß wir dort nicht sind. Einerlei, wo wir außerhalb Spaniens lebten, wir würden leiden, denn wir hätten immer zwei Heimatländer, das weiß ich, aber hier hat uns das Leben zu sehr in die Enge getrieben und gedemütigt. Ich weiß, daß wir längst verändert sind, wir erinnern uns nicht mehr, wie wir einst waren, aber daß wir anders waren, darauf besinnen wir uns. Es ist lange her, daß wir ausgezogen sind, unsere Wanderung war schwer, und wir sind unglücklicherweise an diese Stätte geraten und haben uns hier niedergelassen, deshalb sind wir nicht einmal der Schatten dessen, was wir einst waren. Wie der zarte Schmelz auf der frischen Frucht verlorengeht, wenn sie von Hand zu Hand wandert, so fällt auch vom Menschen zuerst das ab, was an ihm das Feinste ist. Deshalb sind wir so. Aber Sie kennen uns, uns und unser Leben, wenn man das überhaupt als Leben bezeichnen darf. Wir leben zwischen den Türken und der Rajah, zwischen der armseligen Rajah und den grausigen Türken. Völlig abgeschnitten von den Unseren und den Nächsten, bemühen wir uns, alles zu bewahren, was an Spanisches erinnert: die Lieder, die Speisen und die Gebräuche, aber wir fühlen, wie sich alles in uns verwandelt, wie es verdirbt und vergessen wird. Wir haben die Sprache unserer alten Heimat in Erinnerung, wie wir sie vor dreihundert Jahren mitgebracht haben und wie man sie auch dort nicht mehr spricht, und wir radebrechen die Sprache der Rajah, mit der wir unser Leid teilen, und die der Türken, die über uns herrschen. So ist vielleicht der Tag nicht weit, da wir uns rein und menschenwürdig nur noch im Gebet ausdrücken können, für das aber Worte eigentlich nicht nötig sind. Vereinsamt und gering an Zahl also, vermählen wir uns untereinander und sehen, wie unser Blut dünner wird und verblaßt. Wir bücken und beugen uns vor jedem, wir darben und versuchen, uns durchzuschlagen, wir schüren Feuer auf dem Eis, wie man sagt, wir arbeiten, gehen auf Erwerb aus und sparen, nicht nur für uns und unsere Kinder, sondern für alle, die stärker und dreister sind als wir und die unserem Leben, unserer Ehre, unserer Börse nachstellen. So haben wir uns den Glauben bewahrt, um dessentwillen wir unsere schöne Heimat verlassen mußten, dafür aber nahezu alles andere verloren. Zu unserem Glück und zu unserem Leidwesen haben wir auch das Bild der lieben Heimat nicht aus dem Gedächtnis verloren, so wie sie einst war, ehe sie uns stiefmütterlich vertrieb; ebenso wird unsere Sehnsucht nach einer besseren Welt, nach einer Welt der Ordnung und Menschlichkeit, nie verlöschen, einer Welt, in der man aufrecht geht, ruhig vor sich hin schaut und offen redet. Davon werden wir uns ebensowenig befreien können wie von dem Gefühl, daß wir trotz allem dieser Welt angehören, obwohl wir, verbannt und unglücklich, in der entgegengesetzten Welt leben.

Wir wollen, daß man *drüben* von uns weiß. Daß unser Name nicht verschwindet in der helleren und höheren Welt, die sich ständig verdunkelt und einstürzt, sich bewegt und wandelt, aber nie untergeht und stets irgendwo und für jemand da ist. Jene Welt möge wissen, daß wir sie in unserer Seele tragen, daß wir ihr auch hier auf unsere Art dienen und daß wir uns eins fühlen mit ihr, wenn wir auch für immer hoffnungslos von ihr getrennt sind!

Das ist keine Eitelkeit und kein leerer Wunsch, sondern ein wirkliches Bedürfnis und eine aufrichtige Bitte.‹

Das wäre es ungefähr, was Salomon Atijas in dem Augenblick gesagt hätte, als der französische Konsul sich rüstete, Travnik für immer zu verlassen, und als Salomon dem Konsul die mühsam ersparten Dukaten gab, damit er seine Reise antreten konnte. Das oder etwas Ähnliches hätte er gesagt. Aber seine Gedanken waren noch unklar und unbestimmt und überhaupt nicht reif, um geäußert zu werden, sie ruhten lebendig und schwer, doch unausgesprochen und unaussprechlich in ihm. Wem gelingt es schon im Leben, seine besten Gefühle und besten Wünsche auszudrücken? Keinem; fast keinem. Und wie sollte es dann ein Travniker Lederhändler können, ein spanischer Jude, der keine einzige Sprache der Welt so beherrschte, wie es nötig wäre, und selbst wenn er alle Sprachen könnte, nützte es ihm nichts, denn man erlaubte es ihm nicht einmal in der Wiege, laut zu weinen, geschweige denn im Leben, frei und klar zu reden. Das aber war die Ursache und der schwer erkennbare Sinn seines Stotterns und Zitterns, als er vom französischen Konsul schied.

Während der Aufbau und die Führung einer Behörde oder eines Haushalts langsam und schwer vor sich gehen wie die Ersteigung eines Berges, geht ihre Auflösung schnell und leicht vonstatten wie ein Abstieg.

Schneller, als Daville hoffen konnte, erhielt er Antwort aus Paris. Man gewährte ihm einen dreimonatigen Urlaub mit dem Vermerk, er könne seine Familie sofort mitnehmen und d'Avenat als Geschäftsführer des Konsulats zurücklassen. Während seines Aufenthaltes in Paris würde man dann über die Liquidierung des Generalkonsulates in Travnik entscheiden.

Daville bat um eine Audienz beim Wesir, um ihn von seiner Abreise zu unterrichten.

Ali-Pascha bot jetzt das Bild eines kranken Mannes. Daville gegenüber war er ungewohnt liebenswürdig. Man sah, daß er von der bevorstehenden Auflösung des Konsulats wußte. Daville schenkte dem Wesir ein Jagdgewehr und erhielt vom Wesir einen pelzgefütterten Mantel, was als ein Zeichen galt, daß seiner Meinung nach Daville nicht mehr zurückkehrte. Sie verabschiedeten sich wie zwei Menschen, die einander nicht viel zu sagen haben, weil jeder zu sehr mit eigenen Sorgen beschäftigt und belastet ist.

Am selben Tage sandte Daville von Paulich ein Gewehr zum Geschenk, einen wertvollen deutschen Stutzen, und einige Flaschen Martinique-Rum. In einem längeren Schreiben unterrichtete er ihn, er verlasse dieser Tage mit seiner Familie Travnik und gehe »auf längeren Urlaub, der, so Gott will, ein Urlaub für immer sein wird«. Daville bat, man möge ihm die notwendigen Visa und Empfehlungsbriefe für die österreichischen Grenzbehörden und den Kommandanten der Quarantäne in Kostajnica ausfertigen.

»Es ist mein Wunsch«, schrieb Daville weiter, »daß die Verträge, die jetzt in Paris geschlossen werden, der Welt einen Frieden bringen, der dauerhaft und weise ist wie einst der Westfälische, und daß sie dem jetzigen Geschlecht eine lange Atempause bereiten und sichern. Ich hoffe und wünsche, daß unsere große europäische Familie, befriedet und geeint, von nun an der Welt nie mehr das traurige Beispiel der Zerrissenheit und Zwietracht liefert. Sie wissen, daß das meine Grundsätze vor dem vergangenen Krieg, während des Krieges waren und heute erst recht sind.

Wo immer ich bin«, schrieb Daville, »und wohin mich das Schicksal verschlägt, ich werde nie vergessen, daß ich in dem barbarischen Land, in dem zu leben ich verurteilt war, in Ihnen den kultiviertesten und liebenswürdigsten Mann Europas gefunden habe.«

Während er so sein Schreiben beendete, war er entschlossen, abzureisen, ohne sich von Herrn von Paulich persönlich und mündlich zu verabschieden. Schwerer als alles, was er zu ertragen hatte, schien es ihm, in das friedliche Siegergesicht des Oberstleutnants schauen zu müssen.

Von Paulich unterrichtete die Hofkanzlei von der bevorstehenden Auflösung des französischen Generalkonsulats in Travnik und schlug sofort auch die Auflösung des österreichischen Generalkonsulats vor. Das Konsulat sei fortan nicht nur deshalb überflüssig, weil es in den hiesigen Bereichen zu keiner französischen Aktion mehr kommen werde, sondern auch deshalb, weil in Bosnien allem Anschein nach innere Erschütterungen und ein offener Kampf zwischen dem Wesir und dem Begovat zu erwarten seien. Alle Kräfte und alle Aufmerksamkeit wären diesem Kampf gewidmet, und daher hätte man in absehbarer Zeit nicht mit Unternehmungen gegen die österreichische Grenze zu rechnen. Was die inneren Vorgänge in Bosnien beträfe, so könnte Wien stets über die Fratres und über besondere Agenten auf dem laufenden gehalten werden.

Mit dem Vorschlag sandte von Paulich auch eine Abschrift

von Davilles Brief ab. Am Schluß, wo Daville von ihm persönlich so schmeichelhaft sprach, fügte er eigenhändig hinzu: »Ich habe schon früher genug Gelegenheit gehabt, auf die blühende Phantasie Herrn Davilles und auf seinen Hang zur Übertreibung hinzuweisen.«

Den ganzen Sommernachmittag verbrachte Daville damit, zusammen mit d'Avenat Papiere zu ordnen und ihm Weisungen zu geben.

D'Avenat sah finster drein wie sonst, auf seinen Kinnbacken sprangen die gespannten Muskeln hervor. Auch über seinen Sohn war eine Entscheidung gefallen, er sollte der Botschaft in Stambul zugeteilt werden. Daville versprach dem Vater, er werde sich im Ministerium für die Angelegenheit einsetzen, die infolge der Umwälzungen in Frankreich ins Stocken geraten war. In Gedanken immer nur bei seinem Sohn, einem stattlichen, gescheiten jungen Mann von zweiundzwanzig Jahren, beteuerte d'Avenat hoch und heilig, er werde die Liquidierung so vollziehen, wie man es verlange, bis auf die letzte Feder und das kleinste Stück Papier, und sollte man ihn in Stücke hauen.

Da sie mit der Arbeit nicht fertig wurden, fuhren sie damit nach dem Abendessen fort. Erst um zehn Uhr ging d'Avenat.

Allein geblieben, sah sich Daville in dem halbleeren Zimmer um, in dem eine einzige Kerze brannte und das von der Dunkelheit erobert wurde. An den Fenstern fehlten die Vorhänge. Auf den weißen Wänden hoben sich hellere Flächen ab, wo bis gestern noch Bilder gehangen hatten. Durch das offene Fenster drang das Rauschen des Wassers. Von zwei Türmen schlugen türkische Uhren, und zwar erst die des näher benachbarten Turms, dann, als bestätige sie die erste, jene des entfernteren in der unteren Čaršija.

Der Konsul war übermüdet, aber seine Aufregung hielt ihn wie eine innere Kraft wach und munter, und er ordnete weiter seine privaten Papiere.

In Kartondeckeln, die mit grünem Band verschlossen waren, lag das Manuskript seines Epos über Alexander den Großen.

Von den vorgesehenen vierundzwanzig Gesängen waren siebzehn geschrieben, doch auch sie waren nicht vollständig. Früher hatte er, sooft er über Alexanders Feldzüge schrieb, immer den »General« vor Augen gehabt, aber nun war mehr als ein Jahr verstrichen, seitdem Daville den Sturz des Eroberers, der wirklich lebte, wie sein eigenes Schicksal verfolgt hatte, und er wußte nichts mehr zu sagen über den Aufstieg und Fall seines längst toten Helden im Epos. So stand das begonnene Werk wie etwas Unlogisches, wie ein Anachronismus vor ihm: Napoleon hatte den großen Bogen seines Aufstiegs und Sturzes schon hinter sich, Alexander aber befand sich noch irgendwo im Fluge, er besetzte die »syrischen Pässe« bei Issos und dachte gar nicht an einen Sturz.

Daville hatte sich häufig abgequält, die Arbeit voranzutreiben, aber er hatte jedesmal eingesehen, daß die unmittelbare Nähe wirklicher Ereignisse seine Poesie regelmäßig verstummen ließ.

Hier lag auch der Anfang der Tragödie über Selim III., die Daville im vorigen Jahr, nach der Abreise Ibrahim-Paschas, zu schreiben begonnen hatte, schöpfend aus der Erinnerung an die langen Gespräche, die er mit dem Wesir über den unglücklichen, aufgeklärten Sultan geführt.

Hier lagen auch all jene Glückwünsche und Widmungen in Versen, die er anläßlich verschiedener festlicher Ereignisse und Jubiläen vieler Männer und Regimes verfaßt hatte. Es waren klägliche Verse, verlorenen Dingen oder Persönlichkeiten, die heute noch weniger bedeuteten als Tote, gewidmet.

Zum Schluß kamen Bündel von Rechnungen und privaten Briefen zum Vorschein, mit einem Bindfaden verschnürt, vergilbt und an den Rändern zerschlissen. Sobald man den Faden aufknüpfte, zerfielen die Papiere wie morsche Ruinen. Manche von ihnen waren mehr als zwanzig Jahre alt. Schon auf den ersten Blick erkannte Daville einzelne Briefe. Er sah die regelmäßige, feste Handschrift eines seiner besten Gefährten, Jean Villeneuves, der im vergangenen Jahr auf einem Schiff, unweit von Neapel, unerwartet gestorben war. Das Schreiben datierte aus dem Jahre 1808 und bezog sich auf einen sorgenvollen Brief Davilles:

»Glauben Sie mir, mein Lieber, daß Ihre Sorgen und düsteren Gedanken unbegründet sind. Heute mehr denn je. Der große, außergewöhnliche Mann, der heute die Geschicke der Welt lenkt, legt den Grundstein für eine bessere und bis in die entferntesten Zeiten währende Ordnung. Deshalb können wir uns ganz auf ihn verlassen. Er ist die beste Garantie für eine glückliche Zukunft, die nicht nur jedem von uns, sondern auch unseren Kindern und Kindeskindern beschieden ist. Seien Sie deshalb beruhigt, lieber Freund, so wie auch ich es bin, dessen Ruhe in der oben erwähnten Erkenntnis verankert ist ...«

Daville sah von dem Brief auf und schaute auf das offene Fenster, durch das Nachtfalter, vom Zimmerlicht angelockt, hineinflogen. Da erklang aus der benachbarten Mahalla, erst leise, dann lauter, ein Lied. Mussa, der Sänger, war auf dem Heimweg. Seine Stimme war heiser und schwach, auch der Gesang klang abgehackt, aber der Schnaps hatte den Mann noch nicht zu Boden geworfen, noch lebte er und in ihm das, was von Mitterer einst als »Urjammer« bezeichnet hatte. Nun war Mussa in seine Mahalla eingebogen, denn seine Stimme wurde leiser und leiser, sie war nur mehr in immer längeren Pausen zu hören wie die Hilferufe eines Ertrinkenden, der untergeht und wieder auftaucht, um noch einmal um Hilfe zu rufen und dann noch tiefer zu versinken.

Der Sänger torkelte in sein Gehöft hinein. Seine Stimme war nicht mehr zu hören. Wieder herrschte die Stille, die vom nächtlichen Rauschen des Wassers nicht gestört, sondern nur noch eintöniger und vollkommener wirkte.

So versank alles. So war auch der »General« versunken und vor ihm soviel mächtige Leute und große Bewegungen.

In der wieder ungetrübten Stille der Nacht saß Daville – wie vom Schnee zugeweht – einen Augenblick mit gekreuzten Armen und verlorenem Blick da. Er war erregt und bekümmert, nicht aber verängstigt und einsam. Trotz aller Ungewißheit und aller Schwierigkeiten, die seiner harrten, schien es ihm, als klärte sich alles zum erstenmal, seitdem er in Travnik war, ein wenig auf und als zeichnete sich endlich eine Strecke Wegs übersehbar vor ihm ab.

Seit dem Februartag, vor mehr als sieben Jahren, als er nach dem ersten Diwan bei Husref Mechmed-Pascha voller Erregung und gedemütigt in Baruchs Zimmer zurückgekehrt und auf sein hartes Lager gesunken war, hatten ihn alle Geschäfte und Mühen im Zusammenhang mit Bosnien und den Türken immer mehr in die Tiefe gezerrt, geknebelt und geschwächt. Von Jahr zu Jahr steigerte sich in ihm die verheerende Wirkung des »orientalischen Giftes«, das den Blick trübte und den Willen ätzte und mit dem ihn dieses Land vom ersten Tage getränkt hatte. Weder die Nähe des französischen Heeres in Dalmatien noch der Glanz der großen Siege vermochten daran etwas zu verändern. Und jetzt, da er sich nach dem Zusammenbruch und der Niederlage anschickte, alles zu verlassen und ins Ungewisse zu ziehen, spürte er in sich einen Ansporn und Willen, wie er sie während der sieben Jahre nie gekannt hatte. Die Sorgen und Bedürfnisse waren größer denn je, aber sie raubten ihm sonderbarerweise nicht wie bisher die Vernunft, sondern schärften seine Gedanken und erweiterten den Horizont, sie stürzten nicht wie ein Fluch und Unheil aus dem Hinterhalt auf ihn ein, sondern flossen dahin mit dem übrigen Leben.

Im Nebenzimmer hörte man jetzt etwas wie ein Rascheln und Scharren, als wühle eine Maus im Gemäuer. Das war seine Frau, unermüdlich wie immer und ohne die Ruhe zu verlieren, war sie mit dem Packen und den Vorbereitungen zur Reise beschäftigt. Im gleichen Hause schliefen seine Kinder. Auch sie würden eines Tages groß sein (Daville wollte alles daransetzen, daß sie gut und glücklich heranwuchsen) und in die Welt hinausziehen, den Weg zu suchen, den er nicht hatte finden können, aber sollten auch sie ihn nicht finden, so würden sie ihn vielleicht mit mehr Kraft und Würde suchen, als er es verstanden hatte. Auch jetzt, während sie schliefen, wuchsen sie. Ja, man lebte und bewegte sich in diesem Haus wie draußen in der Welt, wo sich Aussichten eröffneten und neue Möglichkeiten heranreiften. Als hätte er Travnik längst verlassen, dachte er nicht mehr an Bosnien, nicht daran, was es ihm geschenkt und wieviel es ihm geraubt hatte. Er fühlte bloß, wie ihm irgendwoher Kraft, Geduld und Entschlossenheit zuströmten, sich und die Seinen zu retten. Er fuhr fort, seine vergilbten Papiere zu ordnen, Veraltetes und Überflüssiges zerriß er, was er unter den veränderten Verhältnissen in Frankreich noch brauchen konnte, hob er auf.

Die mechanische Tätigkeit wurde, wie von einer beharrlichen Melodie, von dem vagen, doch unablässigen Gedanken begleitet, daß es den »rechten Weg«, den er sein ganzes Leben vergeblich gesucht hatte, doch irgendwo geben mußte, daß es ihn gab und daß einmal ein Mensch ihn finden und ihn allen anderen erschließen würde. Er wußte selbst nicht, wie, wann und wo, aber irgendwann würden seine Kinder, Kindeskinder oder noch spätere Nachkommen diesen Weg finden.

Diese Hoffnung machte ihm, wie eine unhörbare innere Melodie, seine Arbeit leichter.

Epilog

Seit drei Wochen herrscht beständiges Wetter. Wie jedes Jahr haben die Begs begonnen, zu Lutvos Kaffeeschenke zu gehen, um wieder ihre Gespräche in der Sofarunde zu führen. Aber ihre Gespräche sind düster und zurückhaltend. Im ganzen Lande ist jene geheime Verschwörung am Werk, die den Widerstand und Aufstand gegen das unerträgliche, irrsinnige Regime Ali-Paschas vorbereitet. Der Beschluß ist längst in den Gehirnen gefaßt und reift jetzt zur Tat heran. Ali-Pascha beschleunigt die Entwicklung noch durch sein Vorgehen.

Heute ist der letzte Freitag im Mai des Jahres 1814. Die Begs sind vollzählig versammelt, ihr reges Gespräch hat einen ernsten Charakter. Alle kennen die Nachrichten von den Niederlagen der Armeen Napoleons und von seiner Abdankung; jetzt tauschen sie ihr Wissen nur aus, vergleichen und ergänzen ihre Informationen. Ein Beg, der am heutigen Morgen mit Leuten aus dem Konak gesprochen hat, berichtet, für die Abreise des französischen Konsuls und seiner Familie sei alles vorbereitet und man wisse aus zuverlässiger Quelle, daß ihm bald der österreichische Konsul folgen werde, der nur wegen der Anwesenheit der Franzosen in Travnik gesessen habe. So könne man gewiß damit rechnen, daß noch vor dem Herbst die Konsuln, die Konsulate und alles, was sie mitgebracht und eingeführt hätten, aus Travnik verschwunden seien.

Alle nehmen die Nachricht wie eine Siegesbotschaft entgegen. Obgleich sie sich im Laufe der Jahre in vieler Hinsicht an die Gegenwart der fremden Konsuln gewöhnt haben, sind doch alle zufrieden, daß die Ausländer mit ihrer fremden, ungewohnten Lebensart, mit ihrer frechen Einmischung in bosnische Angelegenheiten und Verhältnisse verschwinden. Sie erörtern die Frage, wer den »Dubrovniker Han«, wo sich jetzt das französische Konsulat befindet, übernehmen wird und was mit dem großen Hause des Hafizadić geschieht, wenn auch der österreichische Konsul Travnik verlassen hat. Alle sprechen ein wenig lauter, damit auch Hamdi-Beg Teskeredžić, der auf seinem Stammplatz sitzt, vernehmen kann, wovon die Rede ist. Er ist alt und siech geworden und in sich zusammengesunken wie ein morsches Gebäude. Das Gehör läßt ihn langsam im Stich. Er kann die noch tiefer herabhängenden Augenlider kaum mehr heben, sondern muß den Kopf zurückwerfen, wenn er jemanden besser sehen will. Die Lippen sind blau und kleben beim Reden aneinander. Der Greis hebt seinen Kopf und fragt den, der eben das Wort hatte:

»Wann sind sie eigentlich gekommen, diese ... diese Konsuln?«

Die Anwesenden schauen sich an und rätseln herum. Die einen meinen, es seien seitdem sechs Jahre vergangen, die anderen, es müßte länger her sein. Sie rechnen und deuten eine Weile herum, dann einigen sie sich darauf, daß der erste Konsul vor mehr als sieben Jahren gekommen sei, drei Tage vor dem Bairam des Ramadans.

»Sieben Jahre«, sagt Hamdi-Beg versonnen, jede Silbe dehnend, »sieben Jahre! Und erinnert ihr euch, was für Trubel und Aufregung wegen dieser Konsuln herrschte und wegen jenes ... jenes ... ›Bunaparte‹? ›Bunaparte‹ hier, ›Bunaparte‹ dort. Und dies wird er tun, dies unterlassen. Die Welt war ihm zu eng geworden; für seine Kraft gab es kein Maß und nichts Gleichwertiges. Und unser einheimisches Ungläubigenpack erhob sein Haupt wie ein tauber Weizenhalm. Die einen klammerten sich dem französischen, die anderen dem österreichischen Konsul an die Rockschöße, und die dritten warteten auf den moskowitischen. Die Rajah verlor richtig den Verstand und wurde geradezu toll. Und sieh da, auch das ging vorbei. Die Kaiser erhoben sich und zerbrachen den ›Bunaparte‹. Die Konsuln werden sich aus Travnik davonmachen. Ein paar Jahre wird man sie noch erwähnen. Die Kinder werden am Ufer Konsul und Kawaß spielen, auf hölzernen Stangen reiten, aber auch sie werden die Konsuln vergessen, als hätte es sie nie gegeben. Alles wird wieder so sein, wie es nach Gottes Willen von jeher war.«

Hamdi-Beg stockt in seiner Rede, denn der Atem verläßt ihn. Die anderen schweigen. Sie warten, was der Greis noch zu sagen hat, und schmauchend genießen alle die behagliche, sieghafte Stille.

Belgrad, im April 1942

Anmerkungen*

Seite 5: »*Lutvina kahva*« – (serbokroat.) »Lutvos Kaffeeschenke«.

Seite 16: Karadjordje – deutsch: Schwarzer Georg; Führer mehrerer serbischer Aufstände zu Beginn des 19. Jahrhunderts.

Seite 28: curriculum vitae – (lat.) Lebenslauf.

Seite 101: »*Que crois-tu* ...« – (franz.)
»Was Alexander trieb, kannst du es wohl erraten,
zu Wirrnissen und Krieg, zu Mord und Schreckenstaten?
Der Langeweile konnte er sich nicht entziehn;
Aus Furcht, allein zu sein, begann er, sich zu fliehn.«

Seite 108: Quod custodiet Christus ... – (lat.) Was Christus schützt, kann der Gote nicht rauben.

Seite 109: Vale, reverendissime domine! – (lat.) Leben Sie wohl, hochwürdigster Herr!

Seite 130: im Stil »*Louis Caisse*« – Wortspiel mit Louis seize (Ludwig XVI.). Caisse bedeutet im Französischen Kasten, Truhe.

Seite 141: Chi vuol fare ... – (ital.) Willst du dein Leben dir selbst verderben, mußt du um eine Levantinerin werben!

Seite 193: Brko – (serbokroat.) Schnauzbart.

* Hier und im folgenden handelt es sich um Anmerkungen des Verlages.

Seite 284: Likar – (serbokroat.) Arzt.

Seite 289: in herbis, in verbis et in lapidibus – (lat.) in Kräutern, in Worten und im Gestein.

Seite 298: benigna, mitis ... – (lat.) wohltätige, milde, geduldige und den Menschen immer hilfreiche Magd.
Illa medicas fundit ... – (lat.) Sie läßt Heilkräuter sprießen, und ihre Fruchtbarkeit für den Menschen kennt kein Ende.

Seite 299: Compositiones medicamentorum – (lat.) Heilmittelsammlungen.

Seite 305: Abu Hanifa – islamischer Theologe (699-767), Begründer der Hanefiten-Richtung.
Al Ghasali – berühmter mohammedanischer Philosoph und Theologe (1058-1111).

Seite 308: »*Regimen sanitas Salernitanum*« – (lat.) »Salernitanischer Leitfaden der Gesundheit«.
»*Lilium medicinae*« – (lat.) »Blütenlese der Medizin«.

Seite 309: mens hilaris ... – (lat.) ein heiterer Sinn, mäßige Ruhe und Diät.

Seite 326: »*Tutta raccolta ancor ...*« – (ital.)
»Völlig entrückt noch,
Im rastlosen Herzen
Trag ich die bebende Seele ...«

Seite 342: Sancta Maria ... – (lat.) Heilige Maria ...
Ora pro nobis – (lat.) Bitte für uns.
Sancta virgo virginum ... – (lat.) Du heilige Jungfrau der Jungfrauen ...
Imperatrix Reginarum ... Laus sanctarum animarum ... Vera salutrix earum ... – (lat.) Du Herrscherin der Königinnen ... Du Lob der heiligen Seelen ... Ihr wahres Heil ...

Sancta Mater Domini ... Sancta Dei genitrix – (lat.) Du heilige Mutter des Herrn ... Du heilige Gottesgebärerin.

Seite 346: Post prandium sta – (lat.) Nach der Mahlzeit sollst du stehen.

Seite 348: Dschelal ad-Din Rumi – persischer mystischer Dichter (1207 bis 1273), der nach 1223 in Kleinasien lebte.

Seite 350: Un jour tout sera bien ... – (franz.) Eines Tages wird alles gut sein, darin liegt unsere Hoffnung.

Seite 389: Multum peccavit ... – (lat.) Er hat viel gesündigt, doch seinen Glauben nicht verleugnet.

Seite 390: »Ave verum ...« – (lat.) »Sei gegrüßt, du wahrer Leib, geboren aus der Jungfrau Maria ...«

Seite 415: »Salut, fils du printemps ...« – (franz.) »Sei gegrüßt, du Sohn des Frühlings und des Kriegsgottes!«

Seite 430: Il y aura beaucoup de tapage – (franz.) Es wird viel Radau geben.

Seite 473: »O ma vie ...« – (franz.)
»O mein Leben, eitler Traum! O schnelle Tage!
Euch schmeicheln die Wünsche und betrügt die Hoffnung.
Das also ist der Menschen unvermeidliches Geschick!
Pläne, Irrungen, Schmerz und Tod!«

Seite 496: Kozija ćuprija – (serbokroat.) Ziegenbrücke.

Seite 540: Des peuples et des Rois ... – (franz.) Du, der du glücklich Völker und Könige mäßigtest, Talleyrand, nunmehr wirst du unser Befreier!

Verzeichnis fremder Ausdrücke

Die Wörter türkischen und arabischen Ursprungs sind zumeist in der Form und Bedeutung zitiert, die sie in Bosnien angenommen haben. Aus ebendiesem Grunde wurde meist auch die serbokroatische Schreibweise beibehalten.

Aga – türkischer Titel kleiner Grundherren und militärischer Führer.
Ajanen – aus den Reihen der angesehenen einheimischen Muselmanen ausgewählte Ratgeber des Paschas von Bosnien.
Alejhiselam – Allahs Prophet (Mohammed).
alla franca – auf fränkische, in diesem Fall: westliche Art.
Anterija – männliches Obergewand.
Arnauten – türkische Bezeichnung für Albaner.
Baklava – Gebäck aus Honig und Nüssen.
Beg – höherer Adliger und Großgrundbesitzer im Osmanischen Reich.
belle assemblée – Modekombination; wörtl.: schöne Zusammenstellung (frz.).
Berat – türkische Urkunde (für ausländische Konsuln).
Bostandžibaša – Beamter am Hofe des Sultans (eigentlich: Anführer der Gartenwache des Serails).
Čaršija – Geschäfts- und Verkaufsbudenviertel; in übertragenem Sinn: Kaufmannschaft, öffentliche Meinung, Öffentlichkeit.
Diwan – 1. Ruhebett, 2. Gedichtsammlung, 3. Beratung und Beratungsstätte (hier vor allem in der letzteren Bedeutung).
Drachme – Gewichtseinheit (2,5 g).
Effendi – Herr; vornehmlich Anrede gegenüber Gebildeten.
Esan – Gebetsruf des Muezzins von der Moschee.
Feredsche – weibliches Obergewand.

Ferman – Befehl, Erlaß des Sultans.
Gazda – Titel und Anrede für einen begüterten Nichtmohammedaner.
Giaur – Ungläubiger (Nichtmohammedaner).
Hafis – Titel dessen, der den Koran auswendig kennt (wörtl.: Bewahrer).
Han – Herberge, Gasthaus.
Haiducken – Partisanenkämpfer gegen die türkischen Okkupanten.
Hekim – Arzt.
Hieromonach – in der orthodoxen Kirche Mönch, der zugleich Priester ist.
Hodscha – muselmanischer Geistlicher.
Iftar – an den Ramadantagen abendliches Essen, nachdem man den Tag über streng gefastet hat.
Ikindija – Gebet am Nachmittag.
Janitscharen – türkische Infanteristen. (In den ersten Jahrhunderten der türkischen Herrschaft wurden Janitscharentruppen aus islamisierten Christenknaben gebildet.)
Kalemegdan – Festung in Belgrad (heute mit großer Parkanlage).
Kapidžibaša – hoher Beamter am Sultanshof, oft mit Auslandsmissionen (Absetzung von Würdentragern) beauftragt.
Kassabe – kleines Städtchen, Marktflecken.
Kawaß – hier im Sinne von Leibwächter, bewaffneter Begleiter.
Konak – 1. Übernachtungsstätte, 2. repräsentatives Gebäude (Schloß) eines türkischen Grundherrn oder Würdenträgers.
Mahalla – Straße, kleines Viertel, Randsiedlung, hier vorwiegend in der Bedeutung: abgelegenes Armeleuteviertel.
Mameluken – eine Art ägyptischer Soldaten; Leibwächter.
Medresse – islamische Hochschule für Juristen und Theologen.
merhaba – türkische Begrüßung.
Mintan – männliches Obergewand.
Muderis – Leiter einer islamischen theologischen Hochschule.
Muteselim – Beamter des Wesirs; Stadthauptmann.
Okka – früheres Gewicht in den Ländern des Islams (1,28 kg).
Osmane – Türke türkischer Herkunft und Nationalität. Daneben gibt es die Bezeichnung »Türken« für die zum Islam bekehrten Angehörigen der eingesessenen slawischen Bevölkerung.
Padischah – Großherr, Kaiser; hier auf Napoleon angewandt.
Paschalik – Amtswürde und Bezirk eines Paschas.

Rachmet – Abkürzung für: Alah rachmet olsun (Gott verzeihe ihm).

Rajah – die nichtislamischen Untertanen im Osmanischen Reich (wörtl.: die Herde).

Ramadan – mohammedanischer Fastenmonat, in dem tagsüber gefastet und erst am Abend gegessen und getrunken wird.

Ramadanbairam – Bairam ist der Name zweier türkischer Feste. Hier ist vom Bairamfest am Ende des Fastenmonats, des Ramadans, die Rede.

Reis-Effendi – hoher Würdenträger am Sultanshof; Außenminister.

Scherbet – süßes Getränk.

Scheriatgesetz – religiöses Gesetz des Islams.

Sofa – hier: Beratung und Beratungsort der Ajanen.

Spahi – Angehöriger der feudalen Reiterei, Krieger; Grundbesitzer.

Tanbur – arabische mit Dorn gespielte Langhalslaute.

Tatar – hier in der Bedeutung: berittener Bote, Kurier.

Teftedar – Sekretär (des Wesirs).

Tschibuk – türkische Tabakspfeife mit langem Rohr.

Tschin und Matschin – Abgeleitet vom persischen Tschinu-Matschin (China), wird es im Türkischen als Bezeichnung für alle weit entlegenen Länder gebraucht.

Türke – siehe Osmane.

Vakuf – durch fromme Stiftungen entstandener Besitz der mohammedanischen Kirche; Verwaltung dieses Besitzes.

Vladika – Bischof der orthodoxen Kirche.

Wali – türkischer Statthalter eines Gebiets, einer Provinz.

Wesir – hoher Würdenträger im Osmanischen Reich; Minister, Gouverneur.

Zurle – flötenähnliches türkisches Blasinstrument aus Holz.

Zur Aussprache
serbokroatischer Eigennamen

Folgende Buchstaben sind im Deutschen unbekannt oder weichen in der Aussprache vom Deutschen ab:

- c – wie deutsches z in Zeitung.
- ć – Aussprache liegt zwischen tj und tsch.
- č – wie deutsches tsch in rutschen.
- h – wie deutsches ch in ach.
- s – stets scharf wie deutsches ß in reißen.
- š – wie deutsches sch in schauen.
- z – wie deutsches s in Rose.
- ž – wie j in Journal.

Die Romane des Jahrhunderts
im suhrkamp taschenbuch

Besonders sorgfältig und aufwendig ausgestattet mit schwarzer Klappenbroschur, geprägten metallischen Farben und gutem Papier, unterstreichen diese Bände den bleibenden Charakter dieser großen Romane des 20. Jahrhunderts – zum Lesen, Sammeln, als persönliches Geschenk.

Bisher erschienen:

Isabel Allende, *Das Geisterhaus*. Roman. Aus dem Spanischen von Anneliese Botond. 504 Seiten. suhrkamp taschenbuch 2887.

Ivo Andric, *Wesire und Konsuln*. Roman. Aus dem Serbokroatischen von Hans Thun. 576 Seiten. suhrkamp taschenbuch 3308.

Djuna Barnes, *Nachtgewächs*. Roman. Aus dem Englischen von Wolfgang Hildesheimer. 200 Seiten. suhrkamp taschenbuch 2817.

Ingeborg Bachmann, *Malina*. Roman.
360 Seiten. suhrkamp taschenbuch 2700.

Jurek Becker, *Jakob der Lügner*. Roman.
322 Seiten. suhrkamp taschenbuch 2939.

Samuel Beckett, *Molloy*. Roman. Aus dem Französischen von Erich Franzen. 260 Seiten. suhrkamp taschenbuch 3302

Thomas Bernhard, *Auslöschung*. Ein Zerfall.
652 Seiten. suhrkamp taschenbuch 2558.

Thomas Bernhard, *Holzfällen*. Eine Erregung.
328 Seiten. suhrkamp taschenbuch 3188.

Volker Braun, *Hinze-Kunze-Roman. Berichte von Hinze und Kunze*.
235 Seiten. suhrkamp taschenbuch 3194.

Bertolt Brecht, *Dreigroschenroman*.
394 Seiten. suhrkamp taschenbuch 2804.

Bernard von Brentano, *Theodor Chindler. Roman einer deutschen Familie*. 452 Seiten. suhrkamp taschenbuch 3279.

Hermann Broch, *Schlafwandler*. Romantrilogie.
760 Seiten. suhrkamp taschenbuch 2586.

Guillermo Cabrera Infante, *Drei traurige Tiger*.
Roman. Aus dem kubanischen Spanisch von Wilfried Böhringer.
742 Seiten. suhrkamp taschenbuch 2846.

Alejo Carpentier, *Explosion in der Kathedrale*. Roman. Aus dem Spanischen von Hermann Stiehl. 444 Seiten. suhrkamp taschenbuch 2945.

Julio Cortázar, *Rayuela. Himmel-und-Hölle*. Roman.
Aus dem argentinischen Spanisch von Fritz Rudolf Fries.
636 Seiten. suhrkamp taschenbuch 2579.

Alfred Döblin, *Berge Meere und Giganten*. Roman.
544 Seiten. suhrkamp taschenbuch 3267

Max Frisch, *Homo faber*. Ein Bericht. 240 Seiten.
suhrkamp taschenbuch 2740.
Max Frisch, *Mein Name sei Gantenbein*. Roman.
320 Seiten. suhrkamp taschenbuch 2879.

Max Frisch, *Stiller*. Roman. 426 Seiten. suhrkamp taschenbuch 2647.

Peter Handke, *Mein Jahr in der Niemandsbucht*. Ein Märchen aus den
neuen Zeiten. 632 Seiten. suhrkamp taschenbuch 3084.

Peter Handke, *Die Wiederholung*.
340 Seiten. suhrkamp taschenbuch 3010.

Jaroslav Hašek, *Die Abenteuer des braven Soldaten Schwejk*.
Roman. Aus dem Tschechischen von Grete Reiner.
802 Seiten. suhrkamp taschenbuch 3078.

Hermann Hesse, *Das Glasperlenspiel*.
608 Seiten. suhrkamp taschenbuch 2572.

Hermann Hesse, *Narziß und Goldmund*.
328 Seiten. suhrkamp taschenbuch 2640.

Hermann Hesse, *Siddhartha. Eine indische Dichtung*. Mit Texten aus dem
Umkreis. 190 Seiten. suhrkamp taschenbuch 2931.

Hermann Hesse, *Der Steppenwolf*. 280 Seiten.
suhrkamp taschenbuch 2786.

Ödön von Horváth, *Ein Kind unserer Zeit*. Roman.
286 Seiten. suhrkamp taschenbuch 2716.

Bohumil Hrabal, *Ich habe den englischen König bedient*. Roman. Aus dem
Tschechischen von Karl-Heinz Jähn.
304 Seiten. suhrkamp taschenbuch 2923.

Hans Henny Jahnn, *Fluß ohne Ufer*. Roman. Vier Bände. 2160 Seiten.
suhrkamp taschenbuch 3142.

Hans Henny Jahnn, *Perrudja*. Roman.
814 Seiten. suhrkamp taschenbuch 2913.

Uwe Johnson, *Jahrestage. Aus dem Leben von Gesine Cresspahl*.
In einem Band. 1728 Seiten. suhrkamp taschenbuch 3220.

James Joyce, *Ulysses*. Roman. Aus dem Englischen von Hans Wollschläger. 990 Seiten. suhrkamp taschenbuch 2551.

Franz Kafka, *Amerika*. Roman. 314 Seiten. suhrkamp taschenbuch 2654.

Franz Kafka, *Der Prozeß*. 280 Seiten. suhrkamp taschenbuch 2837.

Franz Kafka, *Das Schloß*. Roman. 426 Seiten. suhrkamp taschenbuch 2565.

Wolfgang Koeppen, *Tauben im Gras*. Roman. 240 Seiten. suhrkamp taschenbuch 2953.

Wolfgang Koeppen, *Der Tod in Rom*. Roman. 208 Seiten. suhrkamp taschenbuch 3261.

György Konrád, *Der Komplize*. Roman. Aus dem Ungarischen von Hans Henning Paetzke. 478 Seiten. suhrkamp taschenbuch 3039.

Stanislaw Lem, *Sterntagebücher*. Aus dem Polnischen von Caesar Rymarowicz. 526 Seiten. suhrkamp taschenbuch 3313

Gert Ledig, *Vergeltung*. Roman. 224 Seiten. suhrkamp taschenbuch 3241.

José Lezama Lima, *Paradiso*. Aus dem Spanischen von Curt Meyer-Clason unter Mitwirkung von Anneliese Botond. Roman. 648 Seiten. suhrkamp taschenbuch 2708.

Heinrich Mann, *Die kleine Stadt*. Roman. 434 Seiten. suhrkamp taschenbuch 3176.

Thomas Mann, *Lotte in Weimar*. Roman. 398 Seiten. suhrkamp taschenbuch 3051.

Cees Nooteboom, *Rituale*. Roman. Aus dem Niederländischen von Helga van Beuningen. 240 Seiten. suhrkamp taschenbuch 2862.

Hans Erich Nossack, *Spirale*. Roman. 304 Seiten. suhrkamp taschenbuch 3233.

Kenzaburo Oe, *Eine persönliche Erfahrung*. Roman. Aus dem Japanischen von Siegfried Schaarschmidt. 292 Seiten. suhrkamp taschenbuch 3072.

Juan Carlos Onetti, *Das kurze Leben*. Roman. Aus dem Spanischen von Curt Meyer-Clason. Mit einem Nachwort von Durs Grünbein. 380 Seiten. suhrkamp taschenbuch 3017.

Juan Carlos Onetti, *Leichensammler*. Roman. Aus dem Spanischen von Anneliese Botond. 208 Seiten. suhrkamp taschenbuch 3200.

Amos Oz, *Der dritte Zustand*. Roman. Aus dem Hebräischen von Ruth Achlama. 376 Seiten. suhrkamp taschenbuch 3182.

Sylvia Plath, *Die Glasglocke*. Aus dem Englischen von Reinhard Kaiser. 264 Seiten. suhrkamp taschenbuch 2854.

Marcel Proust, *In Swanns Welt. Auf der Suche nach der verlorenen Zeit*. Erster Band. Aus dem Französischen von Eva Rechel-Mertens.
572 Seiten. suhrkamp taschenbuch 2671.

João Ubaldo Ribeiro, *Brasilien, Brasilien*. Roman.
Aus dem brasilianischen Portugiesisch von Curt Meyer-Clason und Jacob Deutsch. 734 Seiten. suhrkamp taschenbuch 3098.

Rainer Maria Rilke, *Die Aufzeichnungen des Malte Laurids Brigge*.
256 Seiten. suhrkamp taschenbuch 2870.

Anna Seghers, *Das siebte Kreuz. Ein Roman aus Hitlerdeutschland*.
400 Seiten. suhrkamp taschenbuch 3025.

Sascha Sokolow, *Die Schule der Dummen*. Roman. Aus dem Russischen von Wolfgang Kasack. Mit einem Vorwort von Iris Radisch. 240 Seiten. suhrkamp taschentuch 3255.

Jorge Semprun, *Was für ein schöner Sonntag!* Aus dem Französischen von Johannnes Piron. 396 Seiten. suhrkamp taschenbuch 3032.

Mario Vargas Llosa, *Das grüne Haus*. Roman. Aus dem Spanischen von Wolfgang A. Luchting. 504 Seiten. suhrkamp taschenbuch 2827.

Mario Vargas Llosa, *Der Krieg am Ende der Welt*. Roman. Aus dem Spanischen von Anneliese Botond.
726 Seiten. suhrkamp taschenbuch 3066.

Martin Walser, *Halbzeit*. Roman.
780 Seiten. suhrkamp taschenbuch 2657.

Martin Walser, *Ehen in Philippsburg*. Roman.
346 Seiten. suhrkamp taschenbuch 2974.

Robert Walser, *Geschwister Tanner*. Roman.
358 Seiten. suhrkamp taschenbuch 2724.

Ernst Weiß, *Der arme Verschwender*. Roman.
504 Seiten. suhrkamp taschenbuch 3004.

Ernst Weiß, *Der Augenzeuge*. Roman.
298 Seiten. suhrkamp taschenbuch 3122.

Peter Weiss, *Die Ästhetik des Widerstands*. Roman.
980 Seiten. suhrkamp taschenbuch 2777.

Oscar Wilde, *Das Bildnis des Dorian Gray*. Aus dem Englischen von Hedwig Lachmann und Gustav Landauer. Herausgegeben von Norbert Kohl. 332 Seiten. suhrkamp taschenbuch 2732.

Józef Wittlin, *Das Salz der Erde*. Aus dem Polnischen von Izydor Berman, durchgesehen von Marianne Seeger. Mit einem Vorwort von Peter Härtling. 304 Seiten. suhrkamp taschenbuch 3169.